Comprendre
les théories
économiques

*Jean-Marie Albertini
et Ahmed Silem*

Comprendre
les théories
économiques

Quatrième édition mise à jour en 2011

Éditions du Seuil

COLLECTION DIRIGÉE PAR JACQUES GENEREUX

La présente édition, qui regroupe
les deux volumes initialement publiés sous le même titre,
a été entièrement revue et mise à jour.

Schémas et graphiques de Fernand Lerouge

ISBN 978-2-7578-4205-8
(ISBN 978-2-02-006567-2, 1re publication tome 1
ISBN 978-2-02-006568-9, 1re publication tome 2
ISBN 2-02-006569-X, édition complète)

© Éditions du Seuil, 1983, 1987 (t. 2), 1991 (t. 1),
2001, et 2011 pour la présente édition

Le Code de la propriété intellectuelle interdit les copies ou reproductions destinées à une utilisation collective. Toute représentation ou reproduction intégrale ou partielle faite par quelque procédé que ce soit, sans le consentement de l'auteur ou de ses ayants cause, est illicite et constitue une contrefaçon sanctionnée par les articles L. 335-2 et suivants du Code de la propriété intellectuelle.

Avertissement

La première édition de ce livre qui comportait deux tomes est parue en 1983. Depuis lors, le succès de *Comprendre les théories économiques* a permis des rééditions régulières. Aujourd'hui, il apparaît nécessaire d'en réaliser une refonte plus complète. Dès 2001, la division en deux tomes ne se justifiait plus, les lecteurs désiraient aller plus loin dans l'histoire de la pensée économique. Par ailleurs, si les grands courants de la science économique demeurent, la transformation des données économiques et politiques a accéléré l'apparition de nouvelles théories. À la fin des années 1980, l'affrontement entre les grandes orthodoxies dominait encore la science économique. En ce début du XXIe siècle, ces orthodoxies doivent faire face à l'assaut des hérétiques en tout genre.

Nous avons cependant continué à faire de *Comprendre les théories économiques* un livre d'initiation. Cela nous a amenés à opter pour un certain style qui risque de heurter les initiés. Qu'ils nous pardonnent en pensant aux autres. Nous avons été, pour la même raison, entraînés à ne pas tout « dévoiler » en même temps. Dans les deux premiers chapitres de chaque partie, nous approchons chaque courant de pensée en donnant d'abord une vue globale, puis en allant un peu plus loin dans un troisième chapitre. Pour chaque courant, le lecteur qui désire aller plus loin qu'une première découverte trouvera un certain nombre d'approfondissements dans des encadrés et des annexes. Cette possibilité de lecture différente permet une meilleure progressivité et personnalisation de l'initiation. Nous pensons aussi que certaines analyses transversales ne peuvent être abordées avec profit qu'après une première approche. Un des domaines que certains économistes considèrent comme le plus fondamental, celui de la valeur, n'est traité que dans le chapitre de conclusion.

Le troisième chapitre de chaque partie est consacré au déroulement historique du grand courant qu'elle explore. L'étude du « déploiement » de chaque courant permet aussi de mieux situer les enchaînements historiques entre les théories et les économistes. Quand, dans le cadre d'une initiation, on commence par une description historique, cela présente un inconvénient majeur : on ne peut pas saisir les caractéristiques essentielles de chaque école. Ce n'est qu'après avoir donné les « clés de lecture », qui permettent de comprendre les différences, que l'on peut aller plus loin dans la connaissance des économistes. Ceux qui ont seulement besoin d'une première initiation aux théories économiques peuvent dans un premier temps ignorer ces chapitres.

Quant aux références bibliographiques, notre comportement est véritablement sacrilège. Nous avons réduit au minimum les citations qui émaillent certains ouvrages comme des rappels incessants à une écriture sainte. Nous avons réduit les références bibliographiques en bas de page. Ceux qui désirent aller plus loin trouveront des indications à la fin de l'ouvrage. Elles sont sommaires. Nous y indiquons principalement les livres d'histoire de la pensée auxquels nous nous sommes référés et notons, pour chaque partie, les livres qui, à notre avis, permettent d'approfondir la connaissance du courant étudié. Nous n'avons cité que les ouvrages publiés en français.

Un dernier mot. Cet ouvrage est une œuvre commune. La rédaction finale de sa majeure partie a été faite, cependant, par J.-M. Albertini. Une unité de style facilite la lecture. A. Silem a été plus directement responsable des chapitres consacrés au déploiement de la science économique

Notons aussi que sans les graphiques de F. Lerouge (†) et sans J.-B. Mathieu, qui a préparé le manuscrit de la première édition et P.-M. Perret qui en avait réalisé l'index et revu les schémas d'enchaînement des écoles, ce livre ne serait pas ce qu'il est. Merci aussi à Martine Ezikian qui a corrigé le manuscrit de cette présente édition.

Merci enfin aux auteurs qui nous ont précédés et dont nous avons utilisé les idées. On trouvera en fin de volume une bibliographie sommaire indiquant les travaux qui nous ont particulièrement inspirés. Certains trouveront ce procédé peu orthodoxe, il nous a été imposé par le caractère « initiatique » de cet ouvrage.

Introduction

*Où les auteurs essaient de justifier leur livre
et – finalement – justifient les économistes*

Depuis les trois dernières décennies du XXe siècle, l'économie des anciens pays industriels ne va pas très bien. Aux « Trente Glorieuses » semblent avoir succédé les « Trente Médiocres ». Si parfois la croissance paraissait être provisoirement de retour, dans bien des pays le chômage demeurait important et partout la pauvreté ne reculait guère. Toutefois, dans les pays industrialisés capitalistes, la récession de 1990 a mis fin à la grande vague inflationniste des années 1970 et 1980. Cependant certains redoutant la reprise de la hausse des prix, des gouvernements hésitaient à accélérer la relance de leur économie. Dans le contexte d'une mondialisation toujours plus importante, il n'est pas facile d'échapper aux contraintes extérieures et aux risques de spéculation monétaire et financière. La crise de 2008 a brutalement fait apparaître que l'expansion sans précédent des activités financières et spéculatives menait à une impasse économique.

Devant cette situation on consulte souvent les économistes ; on leur confie des responsabilités gouvernementales. Le non-économiste attend beaucoup de ces « spécialistes » qui semblent détenir la « potion magique » qui permettrait de sortir à la fois de la crise, du chômage ou encore de l'inflation. Malheureusement, leurs espoirs se transforment en inquiétude lorsque ces « médecins » de l'économie prescrivent leurs ordonnances.

Chacun semble avoir la sienne, tout aussi « scientifiquement » fondée que celle de son confrère ; chacun l'étaye d'arguments convaincants. Même lorsque ces éminents spécialistes consentent à constater à peu près les mêmes faits, ils n'aboutissent pas aux mêmes conclusions. Bien plus, ils parent leurs propos de tels mots, de telles formules que l'on est tenté d'ajouter à la fin de chaque phrase, à la façon de Molière : « et voilà pourquoi votre fille est muette ».

1. Chacun voit l'économie d'un point de vue différent

1. Contrairement à ce que pensent la plupart des économistes, l'étonnement, sinon la colère du non-économiste devant des discours aussi contradictoires et obscurs, n'est pas lié à l'analphabétisme économique.

Toutes les études sur la manière dont un non-économiste voit l'économie montrent que la description qu'il en fait, même lorsqu'il est très jeune, n'est pas absurde. Elle est cohérente et correspond, à la fois, à son point d'observation, aux problèmes qu'il a à résoudre et à ses objectifs.

Un jeune élève de 10-11 ans (classe de sixième) parle de l'économie à partir du revenu de sa famille, de la consommation, de la gestion de son argent de poche. L'ouvrier aura, sur l'économie, des propos sensés mais, évidemment, différents de ceux du patron. Il ne voit pas la même chose et n'a pas les mêmes préoccupations. Ce n'est pas en le formant à l'économie qu'il « parlera » (qu'il verra l'économie et l'analysera) comme un patron. La seule manière efficace pour obtenir un tel résultat est d'en faire un patron, de déplacer son point de vue, de lui donner d'autres objectifs à poursuivre et d'autres problèmes à résoudre.

2. Ce n'est pas parce que les non-économistes ne sont pas des familiers du vocabulaire économique qu'ils ne comprennent pas les économistes. En fait, c'est parce qu'ils n'observent pas l'économie du même point de vue qu'eux.

La « science économique » emploie peu de mots compliqués ; ses termes sont des termes de tous les jours : offre, demande, prix, monnaie, ménage, épargne, investissement, baisse, hausse… Ce n'est qu'au moment où un économiste ne sait pas bien expliquer un phénomène qu'il le nomme de manière compliquée. Ainsi est né le mot « stagflation » (terme qui allie deux phénomènes en apparence contradictoires : la stagnation et l'inflation). Cette démarche, que connaissent bien les médecins, est heureusement rare. La plupart du temps, l'économiste s'empare d'un mot « bien de chez nous » et il en décale le sens. Les mésaventures du mot « ménage » sont, sur ce point, très caractéristiques. Pour le commun des mortels, il évoque la famille, la vie en ménage de deux personnes. Pour l'économiste, « ménage » signifie, aujourd'hui, un « secteur institutionnel » de la Comptabilité nationale. Sous ce titre, il regroupera toutes « les unités économiques dont la fonction principale est la consommation, éventuellement la production, si celle-ci est organisée dans le cadre d'une entreprise individuelle ». Un célibataire, une entreprise agricole, les personnes vivant dans une même communauté, religieuse ou non, dans des ménages dits collectifs, les soldats d'un régiment appartiennent à la même grande catégorie. C'est du moins le sens actuel de la Comptabilité nationale française. Ce sens, bien entendu, a varié et peut encore varier suivant l'objectif poursuivi. C'est en cela que le langage économique n'est pas compliqué, mais *décalé*. C'est là une des causes fondamentales de son obscurité. Pour le comprendre, il faut comprendre les raisons du décalage.

3. Contrairement à ce qui peut paraître, les analyses contradictoires, les disputes sans fin, les prescriptions opposées des économistes ne viennent pas des imperfections de la science économique. Ce n'est pas le retard de cette science qui explique la diversité de ses analyses et de ses conclusions.

Les économistes sont dans une situation semblable à celle des non-économistes. Ils n'observent pas l'économie du même endroit et ne poursuivent pas des buts identiques.

4. Que faire pour initier à l'économie ?

– Initier à l'économie revient à faire comprendre au non-initié à travers quelle grille l'économie est analysée.

– Initier aux théories économiques revient à faire comprendre au non-économiste à partir de quel point de vue et de quels objectifs chaque grand courant théorique décrit l'économie.

C'est ce que nous allons tenter de faire, en analysant successivement les quatre grands courants de la pensée économique contemporaine.

a) L'économie selon les fils de Keynes.

J. M. Keynes (1883-1946) a fondé toute une partie de la politique économique occidentale contemporaine en se plaçant du point de vue d'un ministre des Finances désireux de réguler l'économie.

b) L'économie selon les descendants d'Adam Smith.

Adam Smith (1723-1790), que certains considèrent comme le père de la science économique, analyse l'économie en voulant justifier la liberté d'entreprendre ou, plutôt, la liberté d'entreprise. C'est, en quelque sorte, l'économie vue de l'entreprise.

c) L'économie selon les disciples orthodoxes de Karl Marx.

K. Marx (1818-1883) fonde une vision de l'économie cohérente avec les objectifs d'un courant révolutionnaire. Il se place du point de vue de ceux qui veulent renverser le capitalisme, en orientant la lutte de la classe ouvrière.

d) L'économie selon les hérétiques « à la Schumpeter ».

J. A. Schumpeter (1883-1950) se refuse à une coupure stricte entre l'analyse économique, sociale, politique. Intellectuel plus qu'homme d'action, il rejette les simplifications nécessaires à l'action. Il fonde le point de vue de ceux qui veulent d'abord comprendre la complexité des choses et les rendre intelligibles.

2. DE QUELQUES-UNES DE NOS EXCUSES ET DE NOS JUSTIFICATIONS

1. Certes, nous avons conscience de toutes les approximations que supposent ces regroupements. Ils sont, cependant – comme nous espérons le démontrer –, loin d'être arbitraires.

L'objectif pédagogique est notre excuse immédiate, mais notre justification est plus profonde.

2. L'ordre dans lequel nous présentons ces quatre courants n'est pas arbitraire.

a) Nous nous sommes refusés à une présentation suivant le déroulement historique. Un courant de pensée a des représentants à chaque époque historique. Lorsqu'on suit le déroulement chronologique, la description devient plus confuse. Cela suppose aussi une connaissance précise des contextes historiques qui est de moins en moins répandue. Par ailleurs, une description historique a un inconvénient majeur. Elle fait penser que la science économique est parfaitement cumulative. Chaque économiste tire parti, bien sûr, de ce que ses prédécesseurs ont dit. Mais ce caractère cumulatif doit être fortement relativisé. Il existe dans la science économique des césures (les spécialistes diraient « des ruptures épistémologiques »), que risque de camoufler une description historique de la pensée des économistes.

b) Nous avons commencé par le courant keynésien pour plusieurs raisons :

D'abord, il est au centre d'une partie des polémiques actuelles sur les politiques économiques. En ce sens, il est plus proche de nous.

Ensuite, il permet une description plus simple de l'économie, d'autant plus simple à comprendre que les informations économiques transmises par les médias et les discours politiques empruntent plus ou moins explicitement une approche keynésienne. Toute une partie des comptabilités nationales contemporaines est inspirée par le « système keynésien ». Les catégories dominantes de l'information économique sont, le plus souvent, des catégories keynésiennes. Il y a là une « proximité culturelle » qui permet une initiation économique plus aisée. Ce n'est pas par hasard si notre premier ouvrage d'initiation, *Les Rouages de l'économie nationale,* fut largement inspiré par le circuit keynésien et la comptabilité nationale.

Enfin, historiquement, le courant keynésien, par ses ancêtres, est sans doute le courant le plus ancien, du moins si on essaie de commencer l'histoire de la pensée économique contemporaine à partir du moment où elle se détache de la morale, de la théologie ou de la philosophie. Ce moment peut être situé, assez exactement, à la fin du Moyen Âge. Il coïncide avec la montée d'une administration centrale et la transformation des arts militaires (notamment, à la suite de l'invention de l'artillerie). Les besoins des trésors royaux vont croître rapidement. Alors, à l'affirmation de Machiavel : « La richesse du prince est fondée sur l'appauvrissement de ses sujets », va répondre l'interrogation des premiers économistes, tous conseillers du pouvoir royal : « Comment enrichir le prince sans appauvrir ses sujets ? » Les économistes cherchent toujours une réponse définitive à cette question. Les manipulations de la valeur des monnaies auxquelles se livrent les rois d'alors mettent en outre l'accent sur les politiques monétaire et budgétaire. Peu à peu se constitue une science qui vise d'abord à définir la politique financière et économique du gouvernement. C'est aussi en fonction de cet objectif que Keynes a décrit l'économie de son époque. Il voulait découvrir quelle politique économique et financière permettrait une diminution du chômage.

c) C'est en réaction contre cette optique que s'est constituée la science des descendants d'Adam Smith. Au moment où la révolution industrielle éclate, les réglementations royales et corporatives, les interventions publiques en tout genre paralysent les initiatives. Elles risquent d'arrêter le progrès technique, dans lequel l'optimisme des philosophes du XVIIIe siècle voit la clé du progrès humain. Les économistes vont justifier la liberté d'entreprendre, en fondant théoriquement le laissez-faire et le laisser-passer. Pour y parvenir, ils vont changer le point d'observation de l'économie.

d) Réagissant contre l'écrasement de la classe ouvrière, Karl Marx s'oppose, en même temps, à ce qu'il nomme l'économie politique bourgeoise. Il veut construire une science économique de la classe ouvrière. L'étude de la vision économique marxiste vient donc, tout naturellement, après celle de l'économie selon les descendants d'Adam Smith. C'est par opposition à elle qu'elle se construit, tout en lui empruntant une partie de ses concepts.

e) Enfin, nous examinerons en dernier lieu les hérétiques « à la Schumpeter » (même si nous nous sentons, personnellement, plus proche de ce courant – avouons-le avant qu'on nous en accuse). Là encore, il ne s'agit pas d'une brutale apparition. À certaines époques, au XIXe siècle en Allemagne et en 1930 aux États-Unis, des hérétiques « à la Schumpeter » tiennent le haut du pavé. Certes, il ne s'agit pas d'un courant très unifié, mais plutôt d'une attitude qui incite à limiter les conclusions que l'on peut tirer de la seule science économique. Au moment où les autres sciences humaines progressent et où les problèmes à résoudre paraissent de plus en plus ardus, le nombre des tenants de ce courant augmente. On assiste même en ce début du XXIe siècle à une véritable invasion de la science économique par des hérétiques en tout genre. En fait, l'attitude schumpétérienne est proche de celle de l'intellectuel qui se dit que rien n'est simple et dont l'objectif est, d'abord, la progression de ce qu'il croit être la connaissance, tout en s'interrogeant sur la nature de la vérité. On comprend que, pédagogiquement, nous ayons renvoyé à la quatrième partie l'analyse schumpétérienne de l'économie.

3. Pour chaque partie, nous avons adopté l'ordre suivant :
– *Le premier chapitre* décrit le fonctionnement de l'économie par les tenants du courant de pensée retenu. Une première section fait une description non située dans le temps ; la seconde section l'analyse dans la situation présente (la crise et, surtout, le chômage).
– *Le deuxième chapitre* de chaque partie va plus loin dans l'analyse théorique ; il est d'un niveau de difficulté supérieur. Son objectif est de situer *les clés de lecture,* les articulations théoriques et méthodologiques. Toutefois, il essaie de demeurer à un niveau d'initiation.

Quand cela nous a paru nécessaire, nous avons mis en « encadré » ou dans des annexes des développements plus difficiles pour un premier niveau de lecture. Ils sont marqués d'un astérisque *. Ils peuvent être sautés. Leur compréhension n'est pas nécessaire pour la suite ; ils constituent un approfondissement, à lire éventuellement plus tard.

Ceux pour lesquels la lecture de ce livre est une première initiation à la pensée économique, voire à l'économie, peuvent :
1. lire le premier chapitre de chaque partie (la lecture du premier chapitre d'une partie ne suppose pas que soient connus les éléments se trouvant dans le second chapitre de la partie qui le précède) ;
2. lire les seconds chapitres, à la suite ;
3. lire le chapitre de conclusion de l'ouvrage ;
4. lire – ensuite et seulement – les annexes et encadrés marqués d'un *.

– *Dans le troisième chapitre de chaque partie,* sur le déploiement des économistes, on trouvera le développement dans le temps du courant de pensée, allant de son origine à notre époque. Il s'agit d'un mémento chronologique qui permettra de mieux situer les principaux économistes et d'affiner un peu plus la description des grands courants de la pensée économique.

À chaque étape – quand cela est nécessaire –, nous avons établi et inséré dans le texte des schémas et des graphiques pour illustrer ou synthétiser certains développements.

3. Après la lecture de cet ouvrage…

Après la lecture de cet ouvrage, le lecteur se posera peut-être la question qu'il se pose sans doute déjà : *« Mais à quoi servent les économistes ? »*

La lecture de la liste des prescriptions pour sortir de la crise et vaincre le chômage par laquelle se termine chacun des premiers chapitres des quatre parties ne le fera certes pas sortir de sa perplexité. Ces prescriptions sont, le plus souvent, contradictoires. Il le savait déjà. Il commence sans doute à comprendre pourquoi.

Ce qui est plus grave, c'est que le lecteur découvrira, au passage, des mesures qui ont été déjà prises, en France ou ailleurs. Leurs résultats ont été, dans l'ensemble, très médiocres. Tant de science pour si peu d'effets, cela semble bien décourageant…

Les économistes seraient-ils la mouche du coche, s'agitant sans cesse, s'affrontant, proposant beaucoup ? À force de dire et de proposer ils finissent bien par faire coïncider leur théorie avec un certain succès. Quand l'économie va bien, leur science triomphe. Certains prétendent même que la science économique ne peut être validée que par beau temps.

1. Un tel jugement serait une contrevérité historique.

Il est toujours difficile de dire si une théorie est vraie. Nous le verrons, cela n'a souvent guère de sens. En revanche, on peut aisément constater que les économistes ont, depuis plus de deux siècles, joué un rôle éminent dans l'évolution historique de la société.

Après tout, les instruments de la politique keynésienne ont permis, pendant près de trente ans, la *régulation* d'une croissance économique sans précédent.

Les grands classiques, de Smith à Ricardo, ont fondé la politique libérale, lutté pour une profonde modification des institutions politiques et économiques. Sans eux, le capitalisme industriel se serait heurté à des obstacles qui auraient, sans doute, considérablement ralenti son expansion… et l'évolution technologique.

Le marxisme a animé des combats révolutionnaires à l'échelle planétaire et permis l'instauration d'un nouveau régime économique qui pendant quelques décennies a gouverné plus d'un milliard et demi d'hommes.

À côté de ces monstres sacrés, il y a aussi les Sully, les Colbert et les Turgot de nos livres d'histoire, puis les moins connus du grand public. À un titre ou à un autre, ils ont influencé l'évolution historique et, finalement, notre vie quotidienne, voire notre destin. Ils furent et demeurent divers. Jamais science n'a réuni un tel échantillon d'humanité : philosophes, mathématiciens, militants révolutionnaires, technocrates, banquiers, ministres, religieux, bannis, dictateurs, doux cinglés, orateurs enflammés et raseurs en tout genre. Certains firent des faillites retentissantes ou vécurent dans la misère ; d'autres bâtirent d'immenses fortunes. Certains aimèrent les succès mondains et les honneurs ; ils ne déméritèrent cependant pas de la science économique ; quelques-uns gouvernèrent des empires, d'autres luttèrent pour leurs idées et moururent dans des geôles obscures et dans quelques *goulags* sibériens, ou bien furent assassinés par des soudards imbéciles ou des tueurs à gages.

Dans son ouvrage sur *Les Grands Économistes*, Robert L. Heilbroner (1919-2005) l'a mieux dit que nous : « Ces hommes n'ont eu de commun ni leurs défauts, ni leur carrière, ni leurs idées. Leur dénominateur commun fut tout autre : la curiosité. Tous furent fascinés par le monde de leur époque, par sa complexité et son désordre apparents, sa cruauté sous des dehors bénins et ses succès, pourtant inconnus de lui-même. Tous s'absorbèrent dans l'étude du comportement de l'homme, leur semblable ; cet homme qui créa, le premier, la richesse matérielle et qui, par la suite, marcha sur les plates-bandes de son voisin pour accroître sa richesse. »

2. Tout cela est bien beau, direz-vous, mais cela n'excuse pas l'incapacité apparente des économistes contemporains à proposer une solution efficace aux déséquilibres de toutes sortes que connaît le monde.

D'abord, en êtes-vous si sûr ? Une proposition ne peut être efficace qu'à certaines conditions : encore faut-il que les groupes en présence soient d'accord pour les accepter et ne luttent pas avec acharnement pour qu'elles ne se réalisent pas. Durant la grande inflation des années 1970 et 1980, certains économistes proposaient ainsi d'arrêter l'inflation non en réduisant, d'une manière ou d'une autre, la demande, ce qui provoque, au moins passagèrement, l'accroissement du chômage, mais par *une politique des revenus.* Mais, qui voulait donc, en France, une politique des revenus ? Chaque groupe social avait peur d'en être le perdant. La politique économique n'est pas simplement l'affaire des économistes ; elle est, surtout, l'affaire des rapports de forces, et c'est pour cela que ce sont des hommes politiques, et non des économistes, qui doivent en avoir la responsabilité.

Ensuite, il ne suffit pas de décrire un phénomène ou la conséquence d'un phénomène pour convaincre. En 1929, l'aveuglement idéologique de la plupart des gouvernements de l'époque a mené le monde à la plus grande crise économique de l'histoire. À voir actuellement l'entêtement des gouvernements, dans leur obstination à ne pas réformer le système monétaire international et la finance mondiale, on a l'impression désagréable que l'histoire se répète.

Enfin et surtout, l'économiste observe ce qui se passe à partir de ce qui a été observé dans le passé. Il a quelquefois – et même souvent – du mal à comprendre une situation quand il y a rupture d'évolution, changement des tendances et des comportements. Comme l'a écrit, à la fin du XVIIIe siècle, le moraliste français Chamfort : « L'économiste est un chirurgien qui a un merveilleux scalpel et un bistouri ébréché ; il fait merveille sur le mort et martyrise le vivant. » Or, on ne demande pas simplement à l'économiste ce qui se passe, mais ce qui va se passer. « La prévision, dit un proverbe chinois, est surtout difficile quand elle concerne l'avenir. »

Si vous avez acheté ce livre c'est que vous êtes déjà disposé à l'indulgence. Nous en sommes heureux pour vous, pour eux et, surtout, pour nous.

*

APPENDICE AU CHAPITRE D'INTRODUCTION
Petite liste d'affirmations, souvent contradictoires,
où, après avoir lu la suite du livre,
le lecteur pourra voir l'influence d'un ou
de plusieurs courants de la pensée économique

		N° du courant
1.	Nous devons libérer la volonté d'entreprendre.....	☐ ☐ ☐ ☐
2.	Il faut augmenter le pouvoir d'achat des masses populaires....................	☐ ☐ ☐ ☐
3.	Le déficit budgétaire amènera fatalement l'inflation, la banqueroute et le chômage.........	☐ ☐ ☐ ☐
4.	Les dépenses publiques doivent permettre de relancer l'économie..................	☐ ☐ ☐ ☐
5.	Le progrès scientifique et technique nous permettra de sortir de la crise.............	☐ ☐ ☐ ☐
6.	L'augmentation de la pression fiscale décourage les plus entreprenants....................	☐ ☐ ☐ ☐
7.	Toute atteinte aux lois du marché se traduit par des erreurs qui, tôt ou tard, se payent.........	☐ ☐ ☐ ☐
8.	En évitant, par des allocations chômage, l'effondrement de la consommation, on empêche une aggravation de la crise...................	☐ ☐ ☐ ☐

9. Le désordre monétaire international est une des causes fondamentales de la crise. .... ☐ ☐ ☐ ☐

10. Les charges sociales et fiscales minent la compétitivité des entreprises françaises. .... ☐ ☐ ☐ ☐

11. Les superprofits des entreprises amputent le pouvoir d'achat des masses laborieuses. ...... ☐ ☐ ☐ ☐

12. Les profits d'aujourd'hui font les investissements de demain et l'emploi d'après-demain. .... ☐ ☐ ☐ ☐

13. Il faut partager le travail, en réduisant pour chacun sa durée ; cela permettra, en outre, d'améliorer les conditions de travail. .... ☐ ☐ ☐ ☐

14. Les forts taux d'intérêt bloquent l'investissement. . ☐ ☐ ☐ ☐

15. Il faut garantir l'épargne contre l'inflation. .... ☐ ☐ ☐ ☐

16. La productivité et les cadences infernales font partie de l'exploitation des travailleurs et de la diminution de leur pouvoir d'achat. ...... ☐ ☐ ☐ ☐

17. Pas de diminution du chômage sans rééquilibre du commerce extérieur ; pas de rééquilibre du commerce extérieur sans redéploiement industriel et arrêt de l'inflation. .... ☐ ☐ ☐ ☐

18. Le développement du Tiers-Monde facilitera la sortie de la crise ; il faut lancer un « plan Marshall » en sa faveur. .... ☐ ☐ ☐ ☐

19. La nationalisation des principales industries permettra la mise en place d'une politique d'investissement adaptée à la situation.. .... ☐ ☐ ☐ ☐

20. Les multinationales préfèrent investir dans les pays à bas salaires et entraînent une désindustrialisation de la France. .... ☐ ☐ ☐ ☐

21. La concurrence des pays à bas salaires entraîne le chômage. .... ☐ ☐ ☐ ☐

22. Nationaliser les entreprises, c'est les bureaucratiser, en d'autres termes, les priver de toute efficacité. ... ☐ ☐ ☐ ☐

23. L'orthodoxie budgétaire, la limitation de la croissance des dépenses publiques, la suppression du déficit, voilà les éléments d'une politique efficace de lutte contre l'inflation. . ☐ ☐ ☐ ☐

24. Parmi les chômeurs, beaucoup le sont volontairement, car ils n'acceptent pas les places qu'on leur propose. .... ☐ ☐ ☐ ☐

25. La politique des revenus est le seul moyen de sortir de l'inflation. ☐☐☐☐
26. Sans amélioration des conditions de travail, on ne parviendra pas à réduire le chômage et on sera entraîné à faire appel à des travailleurs étrangers... ☐☐☐☐
27. Accroître la productivité, c'est remplacer des travailleurs par des machines et aggraver le chômage. ☐☐☐☐
28. S'il y avait moins de fonctionnaires, les entreprises auraient moins de charges fiscales et moins d'entraves à leurs initiatives. ☐☐☐☐
29. Il faut libérer les prix. ☐☐☐☐
30. Il faut contrôler, sinon bloquer, les prix, voire les salaires. ☐☐☐☐
31. Il n'y a pas de politique économique efficace sans politique sociale efficace. ☐☐☐☐
32. Seule, une bonne politique économique permet une bonne politique sociale. ☐☐☐☐
33. La propriété privée, voilà l'ennemi. ☐☐☐☐
34. La rareté est la principale contrainte économique. ☐☐☐☐
35. Pas de politique économique efficace sans consensus social. ☐☐☐☐
36. Payer des chômeurs à ne rien faire, c'est aggraver le chômage. ☐☐☐☐
37. Il faut créer de nouveaux types d'emplois et de besoins ; il faut développer l'économie sociale. ☐☐☐☐

Vous pouvez compléter vous-même cette liste

38. .... ☐☐☐☐
39. .... ☐☐☐☐
40. .... ☐☐☐☐
41. .... ☐☐☐☐
42. .... ☐☐☐☐
43. .... ☐☐☐☐
44. .... ☐☐☐☐

Après la lecture de chaque chapitre, mettre la lettre désignant le courant (K : keynésien ; S : smithien ; M : marxiste ; H schumpétérien) auquel on peut trouver un fondement théorique à cette affirmation.

Voyez notre opinion à la fin de l'ouvrage (page 711), mais après avoir terminé sa lecture.

PREMIÈRE PARTIE

L'économie selon les fils de Keynes

Qui était Lord John Maynard Keynes ?
(1883-1946)

Lord Keynes, né roturier, est un pur produit des public schools[1] *et de la haute société britannique. Il fut un homme heureux de vivre, brillant et omniprésent dans tous les aspects de la vie britannique de la première moitié du XXe siècle. Il réussit, en effet, à être le premier économiste de son temps, un spéculateur de génie (fait relativement rare chez les économistes), un haut fonctionnaire, un directeur de théâtre et de restaurant à la mode, un amateur d'art averti, etc.*

*Après ses études à Eton, puis au King's College de Cambridge, on lui propose de devenir professeur. Il refuse car, à l'époque, il désire devenir directeur de société... de chemin de fer (ce fut le seul rêve qu'il ne réalisa pas, même si, au soir de sa vie, il prétendait que son plus grand regret était de ne pas avoir assez bu de champagne). Il prépare le concours lui ouvrant la haute administration. Il y est reçu second (avec une note médiocre en économie) et est affecté à l'*Indian Office. *Il y demeure peu de temps et revient vite en Grande-Bretagne. Alors commence sa carrière de professeur au King's College, qu'il n'abandonnera jamais. En 1911, il devient directeur de l'*Economic Journal *et, en 1913, publie* Indian Currency and Finance. *Cela l'amène à être membre d'une commission royale sur les problèmes monétaires indiens.*

---

1. Écoles privées réservées aux enfants de familles fortunées. Les plus célèbres sont Eton (Oxford) et Cambridge.

Ces fonctions ne l'empêchent nullement de mener joyeuse vie et bien d'autres activités intellectuelles. Passionné de jeu, pour améliorer ses gains il s'intéresse aux mathématiques. Il étudie les probabilités (en 1921, il publiera un traité sur ce sujet). Il se lie à des écrivains, des peintres et des artistes et appartient au groupe dit de Bloomsbury, animé par Virginia Woolf. Ce groupe fut à l'origine d'une réaction profonde contre l'ère victorienne[2]. Très anticonformiste, « Bloomsbury » ne reculait pas devant les pires canulars. Il fut ainsi à l'origine du « scandale des cuirassés » en organisant la visite des navires de guerre les plus modernes par un faux empereur d'Abyssinie.

La guerre de 1914 amène Keynes à reprendre ses activités de fonctionnaire. Il commence par s'occuper de la gestion des réserves en devises étrangères, puis devient un des principaux responsables du financement de la guerre et de l'approvisionnement des armées.

À ce titre, il spécule sur les devises étrangères et propose à la France de payer ses importations avec les tableaux de ses grands peintres. Il en profite pour acheter un Cézanne. C'est à cette époque qu'il rencontre la danseuse Lydia Lopokova, qui devait devenir sa femme.

En 1919, il participe à la Conférence de la Paix. Il comprend vite l'absurdité dans laquelle le partage de l'Empire austro-hongrois et les réparations exigées de l'Allemagne engagent l'Europe. Il tente de s'y opposer, mais en vain. Le morcellement de l'Autriche-Hongrie livre toute une partie de l'Europe à la stagnation car toute croissance suppose des espaces économiques importants. Les réparations s'élèvent à 24 milliards de livres sterling de l'époque, elles supposent que l'Allemagne exporte « gratuitement » l'équivalent du coût total de la guerre pour les Alliés. Ne pouvant pas faire prévaloir son point de vue, Keynes démissionne de la délégation britannique et publie Les Conséquences éco-

---

2. Elle correspond au règne de la reine Victoria qui va de 1837 à 1901 et fut marqué par l'impérialisme, la vertu, le moralisme et le conformisme.

nomiques de la paix. *Ce livre lucide et prophétique eut un grand retentissement mais les responsables politiques ne le comprirent pas. « Si nous cherchons délibérément, écrivait Keynes, à appauvrir l'Europe centrale, j'ose prédire que la vengeance sera terrible. Nous aurons encore une guerre... (car) les hommes ne meurent pas toujours tranquillement... Nous pouvons provoquer une hystérie nerveuse et la rage du désespoir. »*

Keynes retourne à l'Université et tente de s'enrichir par des spéculations financières. Il se ruine puis, grâce au prêt d'un banquier américain, gagne plus de deux millions de dollars. Il reprend sa vie mondaine, collectionne les tableaux et s'occupe de la troupe de ballets dirigée par sa femme. Tout cela ne l'empêche pas de continuer à s'insurger contre l'establishment des économistes de son temps. Quatre ouvrages vont marquer les étapes de la révolution keynésienne.

En 1923, Tract sur la réforme monétaire *est une critique du retour à l'étalon-or. En 1925,* Les Conséquences économiques de M. Churchill *montrent comment le retour de la livre à sa parité de 1914, la déflation et les économies budgétaires entraînent la montée du chômage. En 1930, son* Traité de la monnaie *pose les bases théoriques des rapports entre l'épargne, l'investissement, la déflation, le cycle et le chômage. C'est cependant la* Théorie générale de l'emploi, de l'intérêt et de la monnaie *qui, en 1936, fondera ce qu'il est désormais convenu d'appeler le système keynésien.*

Dans ce dernier ouvrage, en se plaçant délibérément au niveau des grands équilibres globaux et du revenu national, il fonde à la fois une nouvelle approche de la macroéconomie et une nouvelle politique économique. La voie est ouverte à la mise en place des comptabilités nationales, à l'élaboration de modèles prévisionnels et à la définition de politiques de régulation par la demande.

Sa notoriété devient mondiale. Il conseille le gouvernement et, en même temps, profite de ses « coups » heureux dans l'effondrement de la Bourse. Il fait construire le Théâtre des Beaux-Arts de Cambridge, y adjoint un restaurant dont il surveille personnellement les menus, ouvre un bar renommé pour son champagne. Malheureusement, en 1937, une grave crise cardiaque en fait un demi-invalide. Cela ne l'empêche pas de devenir en 1939 le conseiller financier du Chancelier de l'Échiquier (le ministre des Finances britanniques). En 1940, dans un ouvrage : Comment financer la guerre, *il propose une politique anti-inflationniste fondée sur des emprunts forcés. En 1942, il devient Lord et membre du Comité d'encouragement de la musique et des beaux-arts. Il participe à la rédaction du rapport Beveridge, qui fonde le* Welfare State, *la politique sociale britannique de l'après-guerre. Il négocie les prêts américains à la Grande-Bretagne, devient conseiller de la Banque d'Angleterre et prépare la conférence de Bretton Woods chargée d'établir un nouveau système monétaire international. Il y combat la thèse américaine. Keynes demande en effet la création d'une véritable banque centrale mondiale à laquelle chaque État abandonnerait une partie de ses prérogatives. Cela ne correspondait guère aux idées de la nouvelle puissance dominante. L'anarchie monétaire internationale actuelle montre que Keynes, une fois de plus, avait vu juste.*

En 1946, une crise cardiaque le terrasse ; ses obsèques ont lieu dans l'abbaye de Westminster.

*Cet homme riche, doué, comblé d'honneurs ne supportait pas orthodoxie et conformisme en tout genre. Il fut ainsi amené à réconcilier le capitalisme et l'État, la recherche du profit, le bien-être et le plein-emploi. Les conservateurs sociaux et les partisans du libéralisme ne le lui ont pas pardonné. Périodiquement, ils annoncent la mort... de Keynes. Il n'avait pourtant rien d'un socialiste celui qui, en 1931, écrivait à propos du communisme : « Comment puis-je adopter une doctrine qui préfère la vase au poisson, exalte le prolétariat crasseux au détriment de la bourgeoisie et de l'*intelligentsia *? »*

1. Le fonctionnement de l'économie et l'explication du chômage par les fils de Keynes

Dans l'immédiat après-guerre, des deux côtés de l'Atlantique, les keynésiens sont légion. Les plus grands économistes sont influencés par les idées de J. M. Keynes. Tous ceux qui créent alors les premières comptabilités nationales se réfèrent à l'approche mise en honneur par l'auteur de la *Théorie générale*. Plus près de nous, une partie des auteurs américains de modèles macroéconomiques, en particulier ceux de Wharton School, de Lawrence Klein, sont des continuateurs directs de son œuvre. Par ailleurs, le professeur Paul Davidson, coéditeur du *Journal of Post Keynesian Economics,* cherche à développer une voie hors du chemin de la pensée néoclassique.

Toutefois, il faut signaler la position originale de John Kenneth Galbraith (1908-2006). Certains voient en lui un économiste plus radical que keynésien. En réalité, il a réintégré Keynes dans la tradition institutionnaliste américaine. Il a lié l'approche keynésienne à une approche sociopolitique qui lui a donné une autre dimension. J. K. Galbraith fut un proche du président John F. Kennedy. Homme du Middle West au franc-parler, il a poussé, beaucoup plus que d'autres, l'étude des rapports de forces dans le capitalisme contemporain. Il a permis de situer, de manière plus concrète et plus historique, l'analyse keynésienne. En France, la *Théorie générale* a largement inspiré les vues économiques de Pierre Mendès France. Parmi les économistes français contemporains, Alain Barrère, président des Semaines sociales de

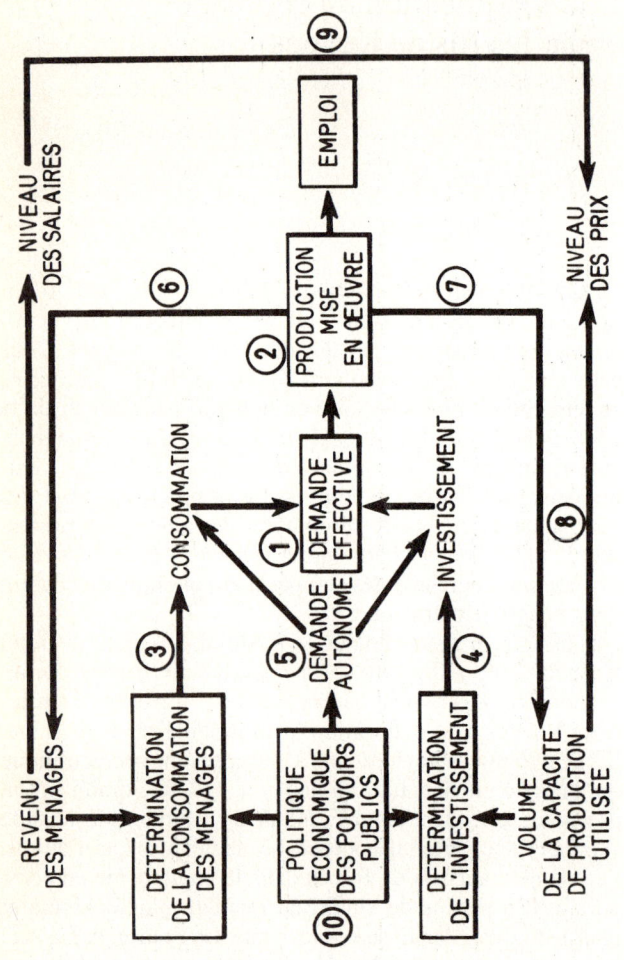

France de 1960 à 1985[1], fut le plus connu des keynésiens. Les plans de relance du gouvernement Chirac, en 1974, et du premier gouvernement Mauroy, en 1981, peuvent être rattachés très directement à l'analyse de J. M. Keynes. Ils échouèrent, car ni l'un ni l'autre n'avaient pris en compte les conditions d'applications d'une relance keynésienne.

1. LE « CIRCUIT KEYNÉSIEN »[2]

Pour les keynésiens, les chefs d'entreprise fixent le montant de la production à réaliser en essayant de prévoir la demande solvable, *la demande effective*.

En fixant la production à partir de la demande prévisible, les chefs d'entreprise déterminent l'emploi. C'est donc la demande ou, plus exactement, la demande que les entreprises se préparent à satisfaire, qui commande l'emploi.

DEMANDE EFFECTIVE → PRODUCTION MISE EN ŒUVRE → EMPLOI

Lorsque les entrepreneurs veulent déterminer la demande qu'ils chercheront effectivement à satisfaire – *la demande effective* ① – par *une production* ②, ils tentent de prévoir :
 – la demande des ménages en biens de consommation ③, ou, si vous préférez, de la consommation des ménages ;
 – la demande des entreprises en biens de production ④, ou, si vous préférez, de l'investissement des entreprises ;

---

1. Les Semaines sociales de France fondées en 1904 ont pour objet de faire connaître la doctrine sociale de l'Église telle qu'elle a été formulée par le pape Léon XIII dans l'encyclique *Rerum novarum* (1891).
2. Tel qu'il peut être analysé aujourd'hui, et non dans sa présentation primitive par Keynes.

– la demande de biens de consommation et de biens de production des administrations et de l'étranger (les exportations) ; cette demande est dite *autonome*[3] ⑤, car son niveau n'est pas influencé par celui de la production et, donc, par celui des autres demandes.

Comme le montre le schéma de la page 32, il existe des liens étroits :
– d'une part, entre la production et la consommation des ménages ; la consommation dépend des revenus distribués dans la mise en œuvre de la production ⑥ ;
– d'autre part, entre la production et l'investissement des entreprises ; l'investissement est en partie fonction de l'utilisation de la capacité de production ⑦, du rapport entre la production désirée et la capacité de production existante.

Dans ce schéma, *le niveau des prix* est lié à la volonté des entrepreneurs de réaliser la production avec un profit suffisant. En simplifiant, on peut dire qu'ils prennent d'abord en compte le taux d'utilisation de la capacité de production ⑧ ; plus ce taux sera faible, plus les entrepreneurs chercheront à élever leurs prix, afin de pouvoir amortir et renouveler leurs équipements.

En second lieu, les entrepreneurs feront varier leurs prix en fonction des salaires ⑨ qu'ils devront distribuer (ce niveau des salaires est fixé par les conventions collectives passées entre syndicats et patrons). Dans tous les cas, les rapports de forces jouent un rôle décisif dans la fixation du prix et des salaires.

Même à ce stade de l'analyse, il est aisé de comprendre que le seul facteur qui peut rapidement et de manière autonome influencer *la demande effective* est, en définitive, la politique des pouvoirs publics ⑩.

Les pouvoirs publics peuvent agir directement sur la demande effective, en faisant varier leurs dépenses propres. Ils peuvent, en outre, par leur politique fiscale, monétaire et budgétaire, influencer les prévisions concernant la consommation des ménages et l'investissement des entreprises.

---

3. Certains préfèrent « exogène ».

1. Comment se fixe l'investissement ?

Un entrepreneur n'investit pas, n'achète pas de nouveaux équipements sans en attendre un profit. Il commence donc par évaluer ce que peut lui rapporter cet équipement, tant qu'il sera en état de le faire fonctionner. Il fait ainsi une estimation des ventes et des profits probables. Bien entendu, cela l'amène à prendre en considération le volume des équipements qui existent à un moment donné, leur évolution possible et leur taux d'utilisation.

Rapporté à l'investissement envisagé, le profit escompté pendant toute la durée de vie de l'équipement permet de calculer *l'efficacité marginale du capital*, c'est-à-dire le taux du profit maximum que l'on peut attendre d'une unité supplémentaire de capital.

L'entrepreneur compare alors cette *efficacité marginale du capital au taux d'intérêt* réel (taux d'intérêt nominal moins le taux d'inflation). Plus le taux d'intérêt réel sera inférieur à l'efficacité marginale du capital, plus l'entrepreneur aura avantage à investir. Pour investir, il faut pouvoir emprunter à un taux inférieur au taux de profit attendu, ou encore n'avoir pas avantage à prêter ses fonds propres.

Reste à savoir de quoi dépend le taux d'intérêt. Pour Keynes, la réponse est simple : *le taux d'intérêt est le prix de la monnaie*. Il résulte de la confrontation de l'offre et de la demande de monnaie.

La quantité de monnaie mise à la disposition de l'économie par la Banque centrale *est l'élément essentiel de l'offre*. Par ses avances à l'État, par ses interventions sur le marché monétaire, la Banque centrale peut faire varier de façon déterminante l'offre de monnaie.

La demande de monnaie dépend du désir des agents économiques de se procurer et de conserver des avoirs liquides.

Plusieurs motifs expliquent cette *préférence pour la liquidité*. Certains ne varient qu'en fonction du revenu national. Il s'agit des motifs de transactions (pour faire face aux achats courants) et de précaution (par exemple, pour faire

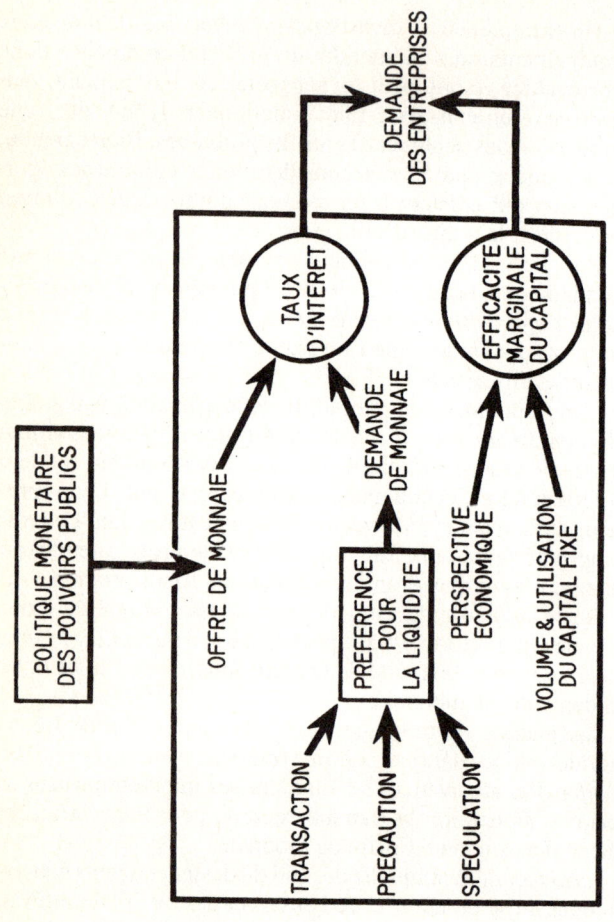

face aux aléas de la défaillance d'un débiteur ou aux risques de chômage). La variation des liquidités recherchées pour ces motifs est relativement lente et dépend du revenu des agents. En revanche, il existe *des motifs de spéculation* qui peuvent faire très sensiblement varier à court terme la préférence à la liquidité.

Notons dès maintenant que, si le taux d'intérêt est très faible, *la soif de liquidités* devient immense, car la détention d'encaisses liquides permet de profiter des bonnes occasions. La demande de monnaie augmente aussi vite que l'offre. Le taux d'intérêt ne peut plus baisser.

2. *Comment se fixe la consommation ?*

Généralement, la consommation est inférieure au revenu. Les pauvres épargnent peu et leur revenu est presque entièrement dépensé. En revanche, les plus riches épargnent beaucoup. Pour Keynes, l'épargne est ainsi une sorte de résidu. C'est ce qui reste lorsqu'on a dépensé tout ce qu'on désirait affecter à la consommation. Certes, il existe des exceptions. Il se peut que l'on veuille dépenser plus qu'on ne gagne. Il faudra s'endetter. Durant la période suivante, on épargne plus, pour pouvoir rembourser ses dettes.

De toute façon, selon la « loi de Keynes », au fur et à mesure que les revenus augmentent, la part du revenu consacrée à la consommation diminue, celle de l'épargne s'élève. C'est là une simple constatation.

Toutefois, pour affiner l'analyse, il faut distinguer la manière dont s'effectue, à un moment donné, le partage du revenu total (*la propension moyenne*) de la manière dont se partage l'augmentation du revenu ou, pour être plus exact, d'une unité supplémentaire du revenu (*la propension marginale*).

D'une période à une autre, le partage du revenu total entre la consommation et l'épargne évolue. La propension moyenne à consommer diminue.

En revanche, le partage d'une unité supplémentaire se réalise suivant une propension toujours identique. *La propension marginale à consommer est, à court terme, constante*. Elle n'évolue que très lentement. Au fur et à mesure que la distribution des revenus entre les riches et les pauvres se modifie, les besoins changent, et les structures de consommation et de production se transforment. Ces transformations n'ont pas, toutefois, d'effet sensible à court terme.

Prenons un exemple chiffré :

Soit, au début de la première période, un revenu Y de 100 et une consommation C de 80, la propension moyenne à consommer (C/Y) est de 0,80.

$$\frac{C}{R}[4]$$

Durant la période suivante, le revenu passe à 110. Si la propension marginale à consommer

$$\frac{\delta C}{\delta R} = 0,75 \, [5]$$

le revenu supplémentaire 10 va donc se partager en 7,5 de consommation et 2,5 d'épargne.

Au total, la consommation de la deuxième période devient :
$$80 + 7,5 = 87,5$$
et la propension moyenne devient :
$$\frac{87,5}{110} = 0,7954$$

Elle a donc légèrement baissé, tandis que la propension marginale à consommer est demeurée constante.

---

4. En langue anglaise, $\frac{C}{R}$ est représenté par $\frac{C}{Y}$ (Y = *yield* : revenu).

5. δ est la lettre grecque *delta*. Elle désigne habituellement une augmentation. Sous sa forme d minuscule, c'est la dernière augmentation. Sous sa forme D majuscule, c'est une augmentation totale. La formule anglaise de la propension marginale à consommer est, bien entendu, $\frac{C}{R}$. Cette propension marginale est le résultat de $\frac{C_2 - C_1}{R_2 - R_1}$.

Notons également que l'abréviation utilisée pour l'épargne, en langue anglaise, est S (*saving*).

Économie et chômage par les fils de Keynes

Notons qu'il est normal que la propension moyenne à consommer soit supérieure à la propension marginale. Un revenu supplémentaire a tendance à être davantage épargné, car les besoins ressentis sont mieux satisfaits.

La relative fixité de la propension marginale à consommer est un des éléments essentiels du système keynésien.

Par ailleurs, la propension marginale à consommer étant inférieure à la propension moyenne, au fur et à mesure que la croissance du revenu s'accélère, la consommation croît de moins en moins rapidement. L'optimisme des entrepreneurs risque d'en souffrir et, finalement, la poursuite de la croissance peut être compromise.

Ce risque a incité certains keynésiens à proposer une redistribution des revenus en faveur des bas salaires. Une meilleure couverture des risques sociaux, des impôts progressifs éviteront l'effritement de la croissance de la consommation et permettront le plein-emploi.

Les systèmes de sécurité sociale entraînent, en outre, un certain dégonflement des encaisses de précaution. On fait alors coup double. La consommation est favorisée, la demande de monnaie amoindrie, l'intérêt baisse.

Malheureusement, au moment où l'inflation se combine au chômage, ces politiques sont d'une application de plus en plus délicate. En effet, les politiques anti-inflationnistes directement inspirées de Keynes consistent en partie à encourager l'épargne[6]. À son époque, Keynes affrontait une inflation par excès de la demande sur la production, qui ne pouvait qu'exceptionnellement aller de pair avec le chômage.

Nous savons aujourd'hui que l'inflation contemporaine n'est plus de cet ordre. Dès lors, la mise au point de nouvelles politiques anti-inflationnistes se révèle délicate.

---

6. Durant la guerre de 1939-1945, Keynes, dans son livre *Comment financer la guerre,* proposa un système d'épargne forcée qui fut mis en application, mais avec une ampleur bien moindre qu'il ne l'aurait souhaité. Le gouvernement britannique, tout en comprenant Keynes, eut peur de le suivre totalement.

3. La fixation des prix chez Keynes.

En fixant la production à mettre en œuvre, les entrepreneurs déterminent aussi son prix. Ce prix est naturellement égal au prix de la demande effective (tant en volume qu'en valeur, la demande effective et la production à mettre en œuvre pour la satisfaire sont deux aspects d'une même réalité : le niveau d'activité prévu par les entrepreneurs).

Ce prix tient compte des prix effectifs de la période précédente et de la volonté des entrepreneurs d'obtenir un profit suffisant. À ce propos, les entrepreneurs intègrent dans leur calcul la hausse des salaires nominaux, résultat des rapports de forces syndicat-patronat. La hausse des salaires nominaux est aussi un indicateur important pour prévoir à quel prix ils devront acheter les biens de production qu'ils désirent se procurer. Les entrepreneurs prennent ensuite en compte les frais financiers (les intérêts) qu'ils devront payer pour se procurer des liquidités. Enfin, ils ne doivent pas ignorer les conséquences sur les coûts des variations de la production. Cela n'est pas très simple. Au fur et à mesure que la production autorisée par la demande effective s'élève, il y a à la fois des économies d'échelle (on peut, par exemple, amortir certains équipements ou des dépenses de publicité sur le plus grand nombre de ventes) et des coûts croissants. L'usure du matériel est plus intense, certaines fournitures risquent d'augmenter par suite de pénuries relatives. Afin d'éviter ces coûts croissants, les entrepreneurs peuvent accélérer le renouvellement de leur matériel, envisager des techniques plus perfectionnées. Ils sont ainsi incités à augmenter le niveau du profit souhaitable.

Bien entendu, tout au long du processus de la fixation du prix, les entrepreneurs ne doivent pas perdre de vue le prix acceptable par leurs clients.

La prévision de la demande effective porte donc à la fois sur des prix et des quantités (des volumes). Une fois fixée la production à mettre en œuvre, les revenus sont distribués. Si tout se passe comme prévu, la demande globale qui apparaîtra sera égale à la demande effective, les prix effectifs, aux prix anticipés. Si l'ensemble des agents économiques (ménages, entreprises, administrations, extérieur) dépense plus que ce que les entrepreneurs attendaient, les prix effectifs s'élèveront, à moins qu'il n'existe des stocks, que les importations s'accroissent ou qu'une augmentation rapide de la production soit possible. Si les agents économiques dépensent moins, les entrepreneurs chercheront d'abord à maintenir leurs prix en réduisant leur production ou en gonflant leurs stocks. En d'autres termes, les adaptations entre les flux d'offre et de demande se réalisent d'abord par des variations de volume, et ensuite seulement par des variations de prix.

De toute manière, chez Keynes, la fixation des prix dépend des décisions des entrepreneurs, de leurs calculs et de leur situation dans la confrontation entre l'offre et la demande.

2. LA FIXATION DE L'EMPLOI ET LES DIFFICULTÉS ACTUELLES DE LA LUTTE CONTRE LE CHÔMAGE

En fixant le niveau de la production capable de satisfaire la demande qu'ils prévoient, les entrepreneurs déterminent l'emploi.

Rien ne garantit, *a priori,* que cet emploi corresponde au plein-emploi. Si les entrepreneurs sont trop timorés et leurs prévisions pessimistes, il y a de fortes chances pour que des travailleurs ne puissent pas trouver un emploi.

Pour lutter contre le chômage, il faut donc prendre des mesures qui favorisent la croissance de la demande prévisible par les entrepreneurs. Les entrepreneurs deviendront plus optimistes ; pour produire plus, ils emploieront plus de personnes, reconstitueront des stocks, achèteront de nouvelles machines... Directement ou indirectement, ils créeront des emplois.

LA DEMANDE EFFECTIVE, AU CŒUR DE L'ANALYSE KEYNÉSIENNE[1]

Pour Keynes, l'emploi dépend de la production mise en œuvre par les entrepreneurs.

À court terme, la productivité ne changeant pas, à chaque niveau de production correspond un niveau d'emploi.

Pour chaque niveau de production et donc d'emploi, les entrepreneurs procèdent à une estimation de ce que les consommateurs sont susceptibles de demander (la demande globale) et de ce qu'ils sont susceptibles de produire pour répondre à leurs sollicitations, du profit qu'ils en retireront étant donné leurs coûts de production (l'offre globale). La courbe de la demande globale (DD') s'infléchit progressivement sous l'effet de la propension moyenne à consommer. Plus l'ensemble des revenus s'élève, plus la part consacrée à l'épargne augmente et plus celle allouée à la consommation diminue.

La demande globale est une estimation des dépenses monétaires des acheteurs. Elle est fonction de la part des revenus reçus par l'ensemble des consommateurs qui est consacrée aux achats. Elle représente en quelque sorte les recettes que les entreprises espèrent retirer de la vente de la production à chaque niveau de l'emploi procuré par la production. Elle intègre les profits escomptés.

L'offre globale est l'estimation du montant de production qui peut être mis en œuvre à chaque niveau d'emploi ; son montant comprend la rémunération des facteurs et un profit minimum. À certains niveaux d'emploi et de production les perspectives de profits sont trop faibles pour inciter les entreprises à la réaliser.

Si l'on trace la courbe de la demande globale (DD') et celle de l'offre globale (OO'), elles se croisent car la courbe de la demande globale s'infléchit tandis que la courbe de l'offre globale est parfaitement proportionnelle au niveau de l'emploi et de la production.

Tant que la courbe de la demande globale demeure au-dessus de celle de l'offre globale, les entreprises sont incitées à mettre en œuvre une offre globale supérieure. En effet, les espérances de profits autorisées par la demande sont plus importantes que celles comprises dans l'offre globale. En revanche, lorsque la courbe de l'offre globale est au-dessus de celle de la demande globale, les entreprises n'ont plus intérêt à produire davantage. En effet, les profits autorisés par la demande globale deviennent inférieurs à ceux permis par l'offre globale. S'ils mettaient en œuvre l'offre globale, ils ne pourraient pas réaliser les profits qu'elle intègre.

---

1. Cet encadré a été rédigé à partir de l'analyse de la demande effective faite par Alain Barrère dans son ouvrage *Théorie économique et impulsion keynésienne*, Dalloz, 1952, p. 280 et *sq.*

Au point de croisement de la courbe de la demande globale et de l'offre globale, les profits réalisables sont au maximum ; ce point de croisement détermine la demande effective, le niveau de production que les entreprises tenteront effectivement de mettre en œuvre pour la satisfaire.

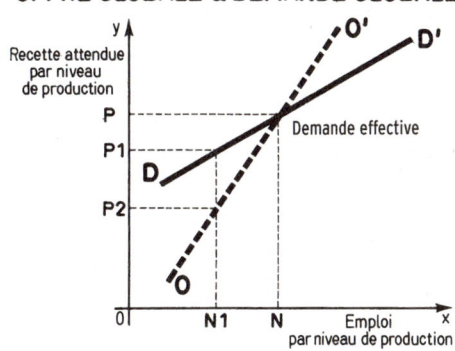

La demande effective :
– elle est une prévision de recettes permettant le profit maximum.
– elle est la demande que les entreprises se décident à satisfaire en distribuant des revenus grâce à l'emploi qu'elle implique.
– elle détermine le niveau d'emploi que les entreprises feront et qui ne correspond pas automatiquement au plein-emploi.
C'est la prévision la plus avantageuse d'une dépense de revenus.
La demande effective contient l'essentiel de la théorie keynésienne. Elle indique que le volume de l'emploi dépend de la demande et non du niveau des salaires et que la production est aussi indépendante des prix. En outre, comme les dépenses des consommateurs augmentent moins vite que leur revenu, si les entreprises se consacrent uniquement à produire des biens de consommation, toute leur production ne pourra pas être vendue. Le circuit keynésien ne tourne rond que si des demandes de biens capitaux s'ajoutent à celles des biens de consommation. Ces dernières peuvent être prévues avec une assez grande exactitude grâce la stabilité de la propension marginale à consommer, c'est donc en fait le montant de l'investissement ou de toute autre injection de demande qui détermine en définitive l'emploi. C'est l'augmentation de ces demandes qui en favorisant une prévision plus optimiste de la demande effective peut amener au plein-emploi.

1. Du triomphe keynésien à une mise en œuvre difficile des enseignements keynésiens.

Dans les années 1930, d'autres politiques que celles issues de la vulgate libérale d'alors ont été mises en œuvre. D'une manière ou d'une autre, elles tentaient toutes d'augmenter la demande adressée aux entreprises par des dépenses publiques. Keynes n'est pas à l'origine de ces politiques. Toutefois, en 1936, son ouvrage intitulé *Théorie générale de l'emploi, de l'intérêt et de la monnaie* expliqua pourquoi elles pouvaient réussir. À partir de 1945, une *vulgate* keynésienne se substitua à la *vulgate* libérale. À travers elle, les enseignements de Keynes, même si la situation était bien différente de celle des années 1930, inspireront plus ou moins largement les politiques des pays à économie de marché. Ils contribuèrent à justifier socialement et économiquement l'État providence. L'augmentation du poids de dépenses qui ne dépendaient plus des variations de la demande a installé au cœur du fonctionnement de l'économie des stabilisateurs automatiques empêchant les enchaînements catastrophiques de la crise de 1929. L'existence de revenus indépendants du niveau de la production évitait l'effondrement de la consommation. L'effet stabilisateur était d'autant plus important que le développement de l'impôt progressif sur le revenu défavorisait les contribuables épargnant le plus. De leur côté, les dépenses militaires de la guerre froide et une société de consommation incitant à dépenser participaient à leur manière à l'adoucissement des fluctuations économiques conjoncturelles. L'intervention de l'État ne supprimait pas en effet les variations cycliques de la production, mais celles-ci étaient largement amorties. Elles l'étaient d'autant plus que les enseignements de Keynes, réinterprétés par la *vulgate* keynésienne, avaient abouti à des politiques anti-cycliques simples et efficaces. Quand la stimulation de la demande débouchait, avec une spirale prix-salaires, sur un début de surchauffe, les gouvernements prenaient des mesures restrictives pour provoquer un fléchissement de la demande et briser l'inflation salariale. Le fléchissement de la demande provoquait un développement du chômage qui calmait les ardeurs revendicatives et l'inflation. Si la chute de la demande était trop importante, il suffisait de mettre en œuvre une politique de relance de la demande. À partir de séries statistiques longues entre 1861 et 1957 portant sur le Royaume-Uni[7], Alban William Phillips (1914-1975), un économiste d'origine néo-zélandaise de la London School of Economics, établit même en 1958 une corrélation négative entre la variation des salaires et le taux de chômage. Il indique une relation stable qui permet de vérifier qu'un taux de chômage à 5,5 % maintient un taux de croissance des salaires nul. En 1960, le keynésien Richard George Lipsey donne les fondements théoriques manquants et transforme la relation de Phillips en une relation inverse entre inflation et chômage[8]. Cette transformation est popularisée la même année par l'article des deux prix Nobel P.A. Samuelson et R. Solow[9] qui montrent clairement que la politique économique ne peut éviter de tomber de Charybde en Scylla : pour réduire l'inflation, il faut accepter la hausse du taux de chômage ; et pour réduire le chômage, il faut accepter de perdre des points sur le champ de bataille contre l'inflation.

À partir des années 1960 l'application des politiques inspirées par les enseignements de Keynes vont se heurter à l'évolution économique et sociale.

Les keynésiens ont dû prendre conscience que les mesures pour gommer le cycle, lutter contre le chômage et l'inflation avaient perdu de leur efficacité :

A) L'ouverture des frontières compromettait les politiques nationales de relance.

---

7. A. W. Phillips, « The Relation Between Unemployment and the Rate of Change of Money Wage Rates in the United Kingdom, 1861-1957 », *Economica*, novembre 1958, 11, p. 283-299.

8. R G. Lipsey, « The Relationship Between Unemployment and the Rate of Change of Money Wage Rates in the United Kingdom, 1862-1957 : A Further Analysis », *Economica*, février 1960, 27, p. 1-32.

9. P. Samuelson, R. Solow, « The Problem of Achieving and Maintaining a Stable Price Level : Analytical Aspects of Anti-Inflation Policy », *American Economic Review*, mai 1960, p. 177-194.

B) L'inflation par les coûts rendait inadéquates les politiques de luttes contre l'inflation qui s'étaient élaborées à propos de l'inflation par la demande.

C) À partir de 1973, les incitations aux investissements de capacité qui seuls peuvent faciliter la croissance de l'emploi diminuent, tandis que les investissements de productivité se développent au moment où arrivent sur le marché de l'emploi les jeunes du bébé boum alors que ne partent à la retraite que les classes creuses.

A) *La contrainte extérieure compromet les politiques de relance.*

La situation internationale actuelle ne facilite guère les relances économiques.

Avec les augmentations en cascade du prix du pétrole, la plupart des pays industriels ont dû faire face à des déficits énergétiques importants. Pour la France, ce déficit est passé de dix milliards de francs en 1973 à cinquante et un milliards en 1974 et cent quatre-vingts milliards en 1985. La chute des prix du pétrole après 1985, qui a réduit notre déficit énergétique de moitié, n'a pas eu d'effets sur les contraintes extérieures. En France, en effet, le paiement de la facture pétrolière a entraîné une ouverture plus importante de l'économie. Il n'y a plus de taux de change fixe des monnaies. Les monnaies *flottent*. Leurs valeurs internationales sont déterminées par l'offre et la demande de chaque monnaie sur les marchés de change. Pour un pays, tout déficit extérieur risque de se traduire par une dévalorisation rapide de sa monnaie. Si le cours du franc chute, il faut plus de francs pour obtenir un même dollar. Le pétrole étant généralement payable en dollars, la facture pétrolière augmente… le déficit aussi, la spéculation contre le franc s'accentuera. Avec l'instauration de l'euro, il n'existe plus de variations de change à l'intérieur de la zone euro, toutefois, la valeur de l'euro continue à varier par rapport à celle du dollar. Ainsi, durant l'année 2000, l'augmentation du prix du pétrole a été accentuée par la dégradation du taux de change de l'euro exprimé en dollar.

Par ailleurs, depuis 1945, on assiste à une ouverture toujours plus grande des économies industrielles au commerce mondial. La nécessité de payer le pétrole plus cher a accéléré cette ouverture. Chaque pays exporte une part croissante de sa production. En France, on est ainsi passé d'un taux d'ouverture de 10 % à la fin des années 1950 à un taux de 25 % au début des années 1980. Au départ, cette internationalisation des économies a été un élément important de la prospérité économique. La demande externe a renforcé la demande interne, le déplacement des capitaux d'un pays à un autre a facilité l'investissement.

Mais toute politique de relance bute contre cette ouverture. L'augmentation de la demande se traduit par des importations supplémentaires non seulement de matières premières et d'énergie mais de biens d'équipement et de biens de consommation. Sans une capacité d'exporter plus, le déficit extérieur s'aggrave. La spéculation contre la monnaie nationale risque d'être d'autant plus forte que les capitaux étrangers cherchent, dans ces conditions, à quitter le pays.

Dans certains cas, les effets de la relance sont plus sensibles à l'étranger que dans le pays où le gouvernement cherche à la promouvoir.

Ce fut le cas des plans de relance de 1974 et de 1981. En 1974 les avantages fiscaux, accordés par le gouvernement Chirac aux entreprises qui investissaient, ont brutalement fait augmenter les importations. En effet, la France importe souvent plus de 50 % des biens d'équipement dont elle a besoin. En 1981 et 1982, le plan de relance du gouvernement Mauroy favorisait la consommation des ménages, malheureusement ces derniers ont profité de l'augmentation de leurs revenus pour acheter des magnétoscopes et d'autres biens que la France ne produisait pas ou encore des voitures de marques étrangères. Dans les deux cas, les effets de la relance ont été transférés à l'étranger.

B) *L'inflation par les coûts rend inadéquates les politiques de lutte contre l'inflation par la demande.*

Pour les keynésiens – comme nous l'avons vu – les prix sont le résultat de rapports de forces. En ce sens, les

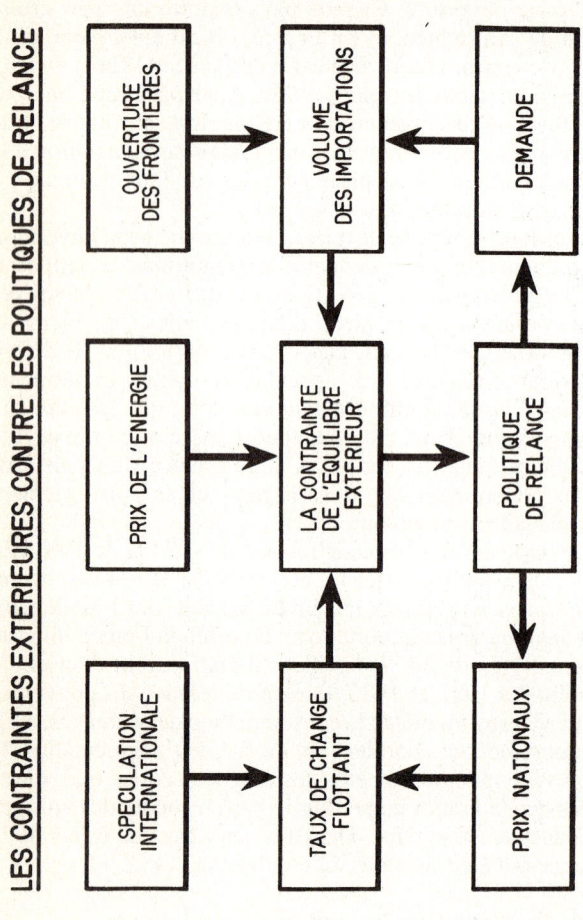

keynésiens sont plus aptes que d'autres à comprendre les mystères de l'inflation moderne qui allie hausse des prix et mévente. Nous sommes bien loin d'une inflation pouvant s'analyser en termes d'excès de la demande sur l'offre. Peu à peu, chaque groupe social s'est organisé pour conserver sa part relative dans le revenu national. Le maintien de la croissance sur une longue période a favorisé cette stratégie. Les contraintes qui pesaient sur les salaires et les prix ont été longtemps très faibles. Chaque groupe social a pu perfectionner les pratiques qui lui permettaient une plus grande liberté dans la fixation de son revenu. Les prix augmentent... quand la demande chute ; les salaires s'élèvent aussi... quand le chômage s'accroît. Publicité, innovations techniques et commerciales, services joints, facilité de crédit, *marketing* en tout genre augmentent les coûts et facilitent les ventes à des prix plus élevés. Le poids des amortissements oblige d'ailleurs les entreprises à empêcher toute baisse des prix. De leur côté, les salariés s'organisent pour faire garantir leur pouvoir d'achat, voire son élévation, quoi qu'il arrive.

En l'absence d'une vigoureuse politique des revenus, la relance risque de perpétuer l'inflation, sinon de l'accélérer. Une expansion plus grande diminue en effet les contraintes qui pèsent sur les entreprises. Elles sont moins obligées de modérer la hausse de leurs prix. Un crédit abondant atténue, de son côté, leur résistance aux revendications de salaires. Si une entreprise sait qu'elle peut obtenir un crédit à bon marché, elle accepte les revendications de ses salariés. Parallèlement, elle augmente ses prix. Elle peut ainsi rembourser avec ses gains supplémentaires l'avance bancaire qui lui avait permis d'augmenter son fonds de roulement.

Dans ces conditions, une politique de relance est d'autant moins praticable que toute accélération de l'inflation aggrave la spéculation monétaire extérieure. Le gouvernement est alors contraint de calmer l'inflation en ralentissant la croissance. Le prix de l'arrêt de l'inflation est le chômage et la récession.

C) Les incitations aux investissements de capacité diminuent.

De 1973 à 1997, lorsque les entrepreneurs déterminent la demande effective (celle qu'ils chercheront à satisfaire), ils sont incités à prévoir des investissements médiocres.

Tous les facteurs qui expliquent le niveau de l'investissement les entraînent, en effet, à le baisser.

Durant cette période, les taux d'intérêt réels ont progressivement augmenté. À partir de 1990, l'arrêt de l'inflation n'a pas été accompagné d'une baisse sensible des taux d'intérêt réel car la crainte de sa reprise a persisté et le désordre monétaire international a fait le reste.

L'inflation accélère l'augmentation de toutes les encaisses, et notamment des encaisses de spéculation. Le désordre monétaire international les fait aussi grossir. On désire garder de l'argent liquide, afin de pouvoir réaliser des gains de change ou éviter des pertes de change. L'existence de grandes firmes multinationales ayant besoin de liquidités internationales immédiatement disponibles ne fait qu'aggraver la situation. De leur côté, les Banques centrales cherchent à retenir les capitaux étrangers qui, en partant, risqueraient de faire déprécier la monnaie nationale et bondir la facture pétrolière. Elles sont obligées de maintenir des taux d'intérêt élevé en restreignant l'offre de monnaie. L'effondrement du système monétaire international a été ainsi un facteur décisif de la hausse des taux d'intérêt.

Au moment où les taux d'intérêt réel s'orientaient vers la hausse, tout indiquait que l'efficacité marginale du capital s'orientait vers la baisse. Les incertitudes rendent les entrepreneurs pessimistes. Dans les années 1970, nous avons subi, en outre, les erreurs d'investissement de l'euphorie des années 1960. Durant cette période, la main-d'œuvre était rare et les salaires réels augmentaient rapidement. Les entreprises investissaient massivement. La substitution du capital au travail[10] a été rapide. Elle a été d'autant plus forte que

---

10. La substitution du capital au travail désigne l'augmentation du capital par personne employée.

l'inflation atténuait les dettes, alors que les salaires étaient en quelque sorte « surindexés ». Au moment où la croissance s'est ralentie, le fardeau du renouvellement de capital a été de plus en plus lourd, et le rendement net[11] escompté s'en est trouvé amoindri.

Dans les années 1980, on aurait pu revenir à une situation plus normale mais le déréglement du système monétaire international a provoqué le maintien, voire l'élévation, des taux d'intérêt réel. Ils ont découragé les investissements dont les rendements escomptés étaient en dessous de leur niveau. Les entreprises ont préféré les investissements qui amélioraient la productivité du travail aux investissements qui augmentaient la capacité de production. Ils immobilisent moins de moyens financiers. D'un rendement à court terme plus élevé, ils peuvent être plus rapidement amortis que les investissements de capacité et permettent de maintenir les profits même en période de récession. Malheureusement s'ils facilitent l'amélioration de la compétitivité, par définition ils ne créent pas d'emplois, voire en suppriment.

Dans ces conditions, avant même la crise de 2008, les keynesiens formulent un certain nombre de mesures devant permettre la mise en œuvre de la politique keynésienne.

a) Il est indispensable de rétablir un système monétaire international. Sans cette restauration, la hausse des taux d'intérêt, qui cherche à retenir les capitaux spéculatifs existant dans un pays, découragera toute reprise de l'investissement privé. Keynes avait compris, dès 1944, la nécessité d'un véritable pouvoir monétaire international. Dans le même esprit, les keynésiens sont partisans d'un contrôle des firmes transnationales. La capacité des transnationales à se moquer des frontières et à déplacer les liquidités internationales paralyse les politiques gouvernementales de relance. La création d'une zone euro ne réduit ce danger que partiellement car l'essentiel des arbitrages des transnationales se

---

11. Rendement une fois déduit l'amortissement.

fait entre la zone euro, la zone dollar et la zone yen et non à l'intérieur de la zone euro.

b) Il faut prendre en compte l'ouverture grandissante des économies nationales. Même si l'on parvenait à lutter contre la spéculation internationale, l'ouverture de l'économie peut amener un transfert des effets de relance à l'étranger, le pays qui en est à l'origine n'en retirant qu'une élévation de son déficit extérieur. Il est donc nécessaire de constituer de grands espaces au sein desquels, grâce à un pouvoir monétaire unique, les politiques de relance deviennent communes. En d'autres termes, les keynésiens réclament la transformation d'une partie des échanges externes en échanges internes. Les pays de l'UE ne formant plus qu'un seul espace monétaire, la contrainte extérieure serait pour chaque pays réduite de moitié. Imaginez les États-Unis d'Amérique où le commerce inter-États serait paralysé par des problèmes de change. Plus aucune politique de relance ne serait praticable. Les keynésiens ont été, dans les années 1980, les plus farouches partisans de l'accélération de l'intégration européenne proposée par J. Delors.

Avec l'instauration du marché unique et la création de la zone euro, une partie des conditions d'une relance européenne est réunie. L'instauration d'une monnaie unique a certainement joué un rôle non négligeable dans la reprise de la croissance économique européenne à partir de 1997. Toutefois la création d'une zone euro a préalablement imposé une cure d'austérité. Il fallait permettre un ralentissement accéléré de l'inflation et une diminution des déficits budgétaires. En outre, le désordre monétaire international ne supprime pas les risques de spéculation contre l'euro au profit du dollar. La baisse de l'euro vis-à-vis du dollar a ainsi amené la nouvelle Banque centrale européenne à relever son taux d'intérêt à court terme qui était pourtant déjà très supérieur aux taux d'inflation. Quand les taux d'intérêt ont baissé aux États-Unis, elle a longtemps hésité à en faire autant. Cette politique a agi indirectement sur les taux d'intérêt à long terme. Le maintien de taux d'intérêt réel est un frein à la reprise de la croissance et surtout aux investissements de capacité. Or, comme nous l'avons dit, seuls ces derniers permettent d'assurer la continuité de la croissance et de la création des emplois. Pour pallier cette déficience, les keynésiens veulent aller encore plus loin dans l'intégration européenne. Ils ne se contentent pas d'un pouvoir monétaire européen essentiellement dévolu à la Banque centrale européenne. Ils veulent qu'existe un véritable pouvoir politique européen doté de tous les attributs de l'État, y compris une armée. Ils n'oublient pas les propositions de Keynes à la conférence de Bretton Woods. Dans le système keynésien, la monnaie est un pouvoir dont les autorités politiques, et pas seulement monétaires, doivent disposer. Une visibilité de la volonté politique européenne leur paraissait d'ailleurs seule susceptible de renforcer la confiance vis-à-vis de l'euro et faciliterait l'augmentation de son taux de change avec le dollar.

c) Il faut, parallèlement, organiser la croissance mondiale. Après trente ans de prospérité, ce n'est que par rapport à cette croissance que se justifie l'énorme capacité de production des puissances industrielles actuelles. On ne peut se contenter aujourd'hui de relancer la consommation interne. Il faut relancer la demande mondiale. Les keynésiens sont partisans d'un plan Marshall pour le Tiers-Monde ou encore vis-à-vis des pays de l'Europe de l'Est.

d) Le dépassement de l'espace économique national n'empêche pas les keynésiens de prendre en compte les risques de dérapage inflationniste. L'inflation interne aurait tôt fait d'amoindrir les possibilités de relance. *Pour la réduire, une politique des revenus est nécessaire.* On ne peut pas indéfiniment compter sur le chômage pour calmer les revendications. Prix et salaires sont les résultats de rapports de forces que, seule, une telle politique peut arbitrer. Si on ne négocie pas le partage du revenu national, la volonté de chaque groupe social d'améliorer sa part relancera l'inflation et anéantira toute chance d'un retour au plein-emploi.

e) Les investissements doivent être plus volontairement orientés. D'une part, on doit éviter toute reprise du surinvestissement et de la substitution abusive du capital au travail qui ont caractérisé les années 1960. D'autre part, il faut adapter les économies nationales au nouveau cours de l'économie mondiale. Politique d'expansion, politique de plein-emploi et politique de croissance sont désormais inséparables. Reste à savoir si la volonté d'investir réapparaîtra. Certes, l'arrêt de la guerre des taux d'intérêt peut raffermir cette volonté. Il existe cependant encore beaucoup trop d'incertitudes. Dans cette perspective, certains keynésiens ont pensé que la nationalisation de certaines industries était une manière de rétablir l'efficacité marginale du capital à un niveau qui permette l'investissement.

Les nationalisations réalisées en 1981 ont en effet permis une modernisation incontestable des entreprises. Elles ont en particulier facilité la suppression ou la réorganisation de secteurs qui n'étaient plus adaptés aux conditions actuelles de la croissance. À partir de 1987 les nationalisations n'ont plus été d'actualité. La mondialisation exige des alliances et des concentrations bien au-delà des frontières nationales. Pour les faciliter, elle impose une privatisation d'une partie du secteur public. Toutefois, sans les nationalisations de 1981, cette mondialisation aurait pu être fatale à une grande partie du secteur industriel français. De toute façon, Keynes n'a jamais été hostile à l'économie de marché et à la libre entreprise ; les keynésiens désirent seulement se servir des politiques publiques pour faciliter leur développement et leur adaptation aux nouvelles donnes économiques.

Au total, pour eux, devant les difficultés de mise en œuvre des enseignements de Keynes, il s'agit de restaurer un espace keynésien au sein duquel *les pouvoirs publics pourraient mener à nouveau une politique active de relance.*

2. Les keynésiens devant la crise de 2008.

Pendant que les fils de Keynes recherchaient ce nouvel espace keynésien, leurs prescriptions ont été supplantées par celles des descendants de Smith. Dès la fin des années 1960 et surtout à partir des années 1970, les difficultés de mise en œuvre des politiques « keynésiennes » ont en effet ouvert la voie à des politiques inspirées par les tenants du libéralisme. Certains auteurs, ceux de la Nouvelle économie classique (NEC), iront même jusqu'à affirmer l'inutilité de l'État car selon eux le marché était autorégulateur. C'était la mort théorique de Keynes.

La crise qui se déclenche en 2008 met à mal ces politiques « libérales » : partout les gouvernements et les banques centrales interviennent massivement pour éviter les effondrements bancaires et relancer l'économie. Keynes semble de retour, mais, en fait, ce qui est de retour, c'est l'intervention massive des États et des banques centrales. Malheureusement, l'application des enseignements de Keynes à la situation créée par la crise de 2008 est encore plus difficile que dans les décennies précédentes.

Par rapport aux conditions dans lesquelles se sont développées les politiques keynésiennes, il existe en effet des différences importantes.

A) Nous sommes aujourd'hui en présence d'une grande modération salariale.

Le pouvoir des salariés a été laminé par les recettes anti-inflationnistes libérales, la mondialisation et l'érosion du pouvoir syndical. Une partie des salariés est hors course et inemployable quelle que soit l'expansion d'une demande de travail qui résulterait d'une relance de la demande par la production. Par ailleurs, il n'y a plus guère de rigidités des salaires nominaux car, en dépit des mesures prises à partir des années 1970 pour la supprimer, il existe toujours un minimum d'indexation des salaires. En 1930, le marché du travail fonctionnait mal et Keynes voulait intervenir en jouant sur les dépenses publiques. Aujourd'hui cela n'aurait au mieux qu'un effet à très court terme.

B) Par rapport à 1930, il n'y a pas un effondrement général de la demande des ménages et des entreprises, mais la faillite de la banque américaine Lehman Brothers a créé un choc qui a déclenché une crise de confiance des banques entre elles.

Pour comprendre cette situation, il faut revenir sur les évolutions du système bancaire et financier. À partir des années 1970 et surtout 1980, l'expansion des activités financières avait été rapide. Elle s'accélère encore dans les années 2000. On assiste à un véritable « big-bang financier » (voir l'encadré ci-contre). Il va être à l'origine de la crise de 2008. En effet, grâce aux innovations financières auxquelles ce big-bang a donné lieu, les liquidités bancaires du monde entier ont peu à peu été composées d'éléments opaques et douteux. Le 15 septembre 2008, quand le gouvernement américain laisse tomber en faillite la banque Lehman Brothers, l'ensemble des banques prend conscience de cette situation et ne veut plus participer au marché interbancaire de peur de se voir offrir des créances douteuses. Tout le système bancaire est bloqué et risque de s'effondrer. L'action publique a été rapide et a évité l'effondrement. Les trésoriers des entreprises ont été progressivement assurés du refinancement de leurs crédits. Il reste qu'aujourd'hui de nombreuses créances douteuses sont encore dans les actifs des banques et qu'il existe une crise latente du marché interbancaire. La trappe à liquidité fonctionne à plein, les liquidités injectées dans le système bancaire même à des taux d'intérêt très bas ne provoquent pas de croissance suffisante des crédits bancaires et la reprise devient plus difficile, une rechute dans une crise du marché interbancaire n'est pas si éloignée.

C) On est aujourd'hui en présence d'un endettement public considérable et plus dangereux qu'autrefois. Dans ces conditions, il devient difficile d'envisager un déficit public supplémentaire pour relancer l'économie.

Dès maintenant dans bien des pays, les déficits publics deviennent auto-entretenus par le service de la dette. Or ce ne sont plus principalement des banques centrales et des investisseurs nationaux qui prêtent aux États mais des investisseurs internationaux. Si le doute s'instaure sur la capacité d'un État à maîtriser son endettement, les investisseurs internationaux deviendront plus exigeants, les taux d'intérêts à long terme monteront, le poids des services de la dette s'accroîtra, les investissements des ménages et des entreprises seront handicapés, la capacité de relance de l'économie aussi. Devant la perte de confiance de ses créanciers, sans l'intervention des autres pays de la zone euro et du FMI, la Grèce n'aurait pu se procurer les sommes nécessaires pour faire face au service de sa dette qu'en contractant des emprunts à des taux exorbitants. Cela l'aurait acculée à la banqueroute et à l'abandon de l'euro. La

---

LE BIG-BANG FINANCIER
À L'ORIGINE DE LA CRISE DE 2008

Ce big-bang financier est dû aux actions conjuguées de la déréglementation des activités financières et des technologies de l'information. La déréglementation permet de multiplier les activités spéculatives tandis que les technologies de l'information facilitent leur rapidité et leur mondialisation. Une véritable économie de casino se met en place, notamment grâce à la multiplication des marchés dérivés. Ces marchés ont pour principal but de couvrir les risques pris sur les autres marchés mais, à partir de cet objectif, ils deviennent une source autonome de profits financiers ou de pertes. Ils drainent actuellement des sommes considérables. En 2007, à la veille de la crise, certains évaluent entre 1 000 trillions de dollars les sommes engagées sur ces marchés. De 2004 à 2007, les opérations quotidiennes sur ces marchés sont passées de 1 200 milliards à 2 100 milliards de dollars. Parallèlement d'autres innovations financières se développent. Aux États-Unis, elles le sont notamment à partir des prêts immobiliers accordés aux ménages. Une partie de ces prêts a été accordée à des personnes à faibles revenus qui acceptaient des taux d'intérêt variables (les *subprimes*, des crédits hypothécaires accordés en dessous des conditions normales). Ces ménages espéraient ainsi bénéficier d'un effet de levier : l'augmentation des prix de l'immobilier devait leur permettre de rembourser leurs dettes. C'est le même effet de levier qui incite les investisseurs financiers et les entreprises à s'endetter. En disposant de plus de fonds, ils peuvent réaliser plus d'opérations financières, plus d'investissements et accroître ainsi leurs profits.

La déréglementation a permis des innovations et des pratiques facilitant le développement des *subprimes*. Les organismes prêteurs, pour retrouver leurs fonds, ont titrisé les dettes. Ils transforment les reconnaissances de dettes qu'ils possèdent en dettes obligataires qu'ils revendent dans le monde entier à des banques et à d'autres institutions financières. Pour donner confiance à leurs acheteurs, ils combinent dans chaque titre des titres sans risque à des titres adossés à des reconnaissances de dettes plus douteuses ; ce sont les CDO (*Collaterazised Debt Obligation*, titres obligataires fondés sur des titres de plusieurs actifs, de 100 à 250 et parfois beaucoup plus). Leur montant était évalué à 4 trillions de dollars en 2007, contre 1,2 en 1999. Toujours pour donner confiance en ces CDO, leurs émetteurs complètent le dispositif par les CDS (*Credit Default Swap*) qui prétendent garantir contre les risques encourus tant par l'émetteur que par l'acquisiteur de CDO. En fait, il ne s'agit pas d'une véritable assurance mais d'une sorte de troc *(swap)* de risques (généralement de gré à gré). Le vendeur s'engage à rembourser à l'acheteur les pertes que celui-ci viendrait à subir. Comme l'innovation est sans limite, ces CDS sont à leur tour titrisés. Leur encours (ou la valeur notionnelle) est passé de près de 4 trillions (milliers de milliards) de dollars en 2003 à près de 60 trillions en 2008, soit l'équivalent de 1 à 2 % du PIB mondial tel qu'il est calculé par l'OCDE[1]. Vendus dans le monde entier, ces titres obligataires d'un genre nouveau deviennent l'un des éléments importants sinon le principal de la liquidité des banques. Tout était prêt pour un krach financier et bancaire.

1. André Cartapanis, « Comment répondre à la crise financière ? Économie politique d'une nouvelle architecture financière internationale », Conférence à l'IUFM d'Aix-en-Provence, 12 décembre 2008, disponible sur http://www.aix-mrs.iufm.fr/formations/filieres/ses/fc/resumeconferenceisabelle.pdf

grande crainte des gouvernements est de voir aujourd'hui la crise économique commencée avec la crise dites des *subprimes*, aggravée par la crise bancaire, rebondir avec une crise de l'endettement public, notamment en Europe. Or le poids économique de l'Europe est encore suffisamment important pour plonger alors l'économie mondiale dans une profonde dépression.

Cette situation renforce bien entendu les fils de Keynes dans leur volonté de créer un nouvel espace keynésien. Toutefois, pour y parvenir, il faut aujourd'hui prendre en compte moins les enseignements de Keynes que ceux des institutionnalistes américains des années 1930. Ces keynésiens convertis plus ou moins complètement à l'institutionnalisme retrouvent les préceptes du *New Deal*.

On ne pourra rétablir la confiance dans le système bancaire sans le transformer profondément. C'est ce que fit Franklin Delano Roosevelt et ce qu'on défait les politiques libérales à partir des années 1960. Aujourd'hui, il faut casser la confusion entre les activités bancaires habituelles et les activités d'investissements ; il faut éviter des concentrations qui rendent les banques incontrôlables et « invulnérables », car il devient impossible de leur laisser faire faillite sans un risque majeur pour l'ensemble du système financier. Pour ne pas avoir pris en compte ce risque en laissant tomber la Banque Lehman Brothers, l'administration Bush a frôlé la catastrophe.

Il ne suffit plus de faciliter la croissance de la production pour permettre l'augmentation générale du pouvoir d'achat et la relance. La redistribution des revenus doit être au cœur des mesures pour relancer l'économie. Il faut s'attaquer aujourd'hui aux facteurs qui créent et accentuent les inégalités. On ne pourra pas relancer l'économie si on ne rééquilibre pas les rapports de pouvoir. C'est là encore ce qu'avait mis en œuvre Fr. D. Roosevelt en accordant d'importants droits aux syndicats, et notamment dans certains cas le contrôle de l'embauche. Parallèlement, la remise à plat des systèmes fiscaux est nécessaire.

On ne pourra pas rétablir les amortisseurs créés par l'État providence sans transformer ce dernier en profondeur. L'État providence, inauguré par l'administration Roosevelt, semble avoir atteint les limites de son efficacité. Certes, dans bien des pays, y compris aux États-Unis, il avait d'importantes lacunes. Ainsi, jusqu'à la réforme de l'Assistance maladie du président Barak Obama, la prise en charge de la maladie des plus pauvres était très limitée. Toutefois, pour avoir trop bien réussi, l'État providence voit certaines de ses charges bondir au moment où il est de plus en plus difficile de le financer. Parallèlement, il ne suffit plus d'octroyer des droits nouveaux à des catégories de personnes, il faut de plus en plus avoir pour certaines d'entre elles des actions très personnalisées. Toute personne du troisième et à plus forte raison du quatrième âge est un cas particulier, tout jeune qui décroche du système scolaire l'est tout autant. Dans le chômage structurel actuel, le passage du chômage à l'emploi ne peut plus simplement se réaliser par des politiques nationales. Il est nécessaire de coupler l'action de l'État à celle d'associations ou de collectivités agissant au plus près des problèmes à résoudre.

Les politiques de relance doivent intégrer une vision à long terme en stimulant le progrès technique, en concentrant leurs dépenses sur la mise en place d'infrastructures qui à l'avenir favoriseront les gains de productivité, en recherchant les voies d'un développement durable. Là encore, ces préceptes sont plus proches de la politique de relance de Roosevelt que des enseignements de Keynes.

2. Les clés de la lecture keynésienne de l'économie

Lorsque Keynes écrit la *Théorie générale,* le capitalisme vient de subir la plus formidable crise de son histoire : celle de 1929. L'économie mondiale est plongée dans une profonde dépression. À l'époque, le capitalisme était déjà parvenu à la production de masse (la Ford T a été produite à treize millions d'exemplaires). Malheureusement, la consommation de masse ne progressait pas au même rythme. Bien plus, les facteurs externes (exogènes, c'est-à-dire indépendants des principales variables économiques) ne jouent plus le rôle qu'ils avaient eu jusqu'en 1914. Les empires coloniaux sont en place. Aux États-Unis, la marche vers l'Ouest est terminée. Il n'existe pas d'innovations techniques ayant un poids économique comparable à ceux de la machine à vapeur et des chemins de fer. Le réarmement n'a pas encore repris... En revanche, la plupart des économistes, et surtout des hommes politiques, s'acharnent à prendre des mesures à contretemps : déflation monétaire, pression sur les salaires afin de favoriser les profits, encouragement de l'épargne, retour au protectionnisme. Toutes ces mesures paralysent la croissance de la consommation et prolongent, voire amplifient, la dépression[1]. Le désarroi est immense.

---

1. On notera que la description que nous faisons est directement inspirée par une approche hérétique « à la Schumpeter ». Pour nous, la crise de 1929 s'enracine dans l'incohérence entre des évolutions techniques, économiques, sociales et politiques ; d'un point de

Rappelons que pour sortir de la crise, des hommes aussi divers que Roosevelt aux États-Unis ou le docteur Schacht en Allemagne découvrent pragmatiquement le rôle stratégique des dépenses publiques. La gloire de Keynes est de les avoir théoriquement justifiées. Cette politique a-t-elle vraiment réussi ? On en discute encore. Certains prétendent que, de toute manière, la reprise aurait eu lieu ; d'autres pensent que, sans le réarmement et la guerre, le monde aurait connu une nouvelle crise en 1938. Cependant, il faut bien constater que, de 1950 à 1970, les politiques d'inspiration keynésienne sont intimement liées à l'histoire de la plus longue période de croissance du capitalisme.

Pour comprendre la lecture keynésienne de l'économie, il faut se rappeler les cinq points suivants :

1. L'analyse économique est d'abord une analyse macroéconomique en terme de flux ;

2. Son cadre préférentiel est l'économie nationale ;

3. Elle intègre la monnaie dans toutes ses fonctions économiques ;

4. L'économie est décrite en heurts de pouvoirs ;

5. Le marché n'est pas le régulateur de la vie économique.

1. L'ANALYSE ÉCONOMIQUE KEYNÉSIENNE EST D'ABORD MACROÉCONOMIQUE

Au départ de l'analyse keynésienne, nous n'avons pas des individus, mais des relations entre des données globales (demande globale, offre globale, épargne globale…).

Cette optique est, comme nous aurons l'occasion de le voir, aussi ancienne que la science économique, mais elle

---

vue hérétique « à la Schumpeter », Keynes a permis de mettre en accord les politiques économiques (et sociales) avec les évolutions techniques et économiques.

fut quelque temps éclipsée par la démarche « smithienne ».

Bien entendu, la détermination de ces grandeurs et leurs relations entre elles dépendent, en fin de compte, de comportements et de décisions. Toutefois, ces comportements ne sont ni une généralisation des comportements individuels ni leur simple sommation. Ils sont le résultat d'une interaction entre le comportement qu'un individu a au départ et celui qu'il a avantage à prendre, étant donné l'opinion dominante qui se dégage ou risque d'apparaître. Les interdépendances économiques font en effet que chacun doit se conformer au comportement majoritaire. Les comportements « keynésiens » sont du type *grégaire* ou, plus vulgairement, *moutonnier*.

Si une entreprise décide de produire plus, alors que la demande effective que cherchent à satisfaire les autres entreprises est en contradiction avec cette décision, l'entrepreneur optimiste est voué à l'échec. La demande globale réelle sera insuffisante pour qu'il puisse écouler la totalité de sa production. Si des individus désirent épargner plus que ne le voudrait la propension marginale à consommer, il y aura baisse de la demande globale, diminution des revenus distribués et, finalement, diminution de l'épargne.

2. LE CADRE DE L'ANALYSE EST L'ÉCONOMIE NATIONALE

Keynes et, après lui, ceux qui se sont inspirés de son analyse, recherchent d'abord les conditions de l'équilibre entre des flux de biens (évalués en monnaie) et des flux de revenus et de dépenses à l'intérieur d'une économie nationale.

Ils supposent que l'économie nationale forme un tout nettement distinct du reste de l'économie mondiale, réduite à une économie inter-nations (internationale). L'existence de monnaies nationales brise en espaces monétaires nationaux l'espace économique mondial. Les keynésiens vont même plus loin ; ils supposent que l'ouverture de l'économie ne remet pas en cause la primauté des équilibres internes. C'est d'ailleurs l'importance actuelle de l'ouverture qui est une des limites, reconnue par les keynésiens, aux politiques de régulation globale. Leurs prescriptions cherchent à reconstituer un espace homogène au sein duquel l'équilibre des flux soit à nouveau maîtrisable par un pouvoir politique. De la nation, on passe au supranational.

La clé de l'équilibre du circuit de l'économie nationale est donnée par $I = S$: l'égalité entre l'investissement et l'épargne (*Saving*).

Au niveau de la prévision initiale de la demande effective, cette égalité est purement comptable. En effet, quand les entrepreneurs décident d'un niveau de production à mettre en œuvre, ils décident de ce fait d'une certaine distribution des revenus. Tout coût de production (y compris la rémunération de la fonction d'entrepreneur par un profit jugé normal) est aussi un revenu, donc :

Production = Revenu distribué

$P = R$

Par ailleurs, la production mise en œuvre doit satisfaire à la fois la demande de consommation et la demande d'investissement :

$P = C + I$[2]

De leur côté, les revenus distribués se partagent en consommation et épargne : $R = C + S$

> Si $P = R$, $C + I = C + S$, donc $I = S$

Quand ils prévoient la demande effective, les entrepreneurs sont, par définition, amenés à équilibrer l'épargne et l'investissement.

Mais que se passe-t-il, si les entreprises constatent qu'elles se sont trompées ?

Supposons, par exemple, que les entrepreneurs investissent plus que prévu et que les familles épargnent moins que prévu.

---

2. On notera qu'en ajoutant en ressources les importations (IM) et en emploi les exportations (EX), on a l'équation de base de l'équilibre de la comptabilité nationale : $P + IM = C + I + EX$.

Il y aura déséquilibre entre l'épargne et l'investissement, mais pour peu de temps, car le fonctionnement de l'économie amènera une nouvelle égalité entre l'épargne et l'investissement.

En effet, l'excédent initial d'investissement se transforme en revenus, puis en dépenses. Les dépenses deviennent à leur tour des recettes nouvelles pour les entreprises et entraînent une nouvelle distribution de revenus qui, à leur tour, sont dépensés... À chaque « tour de circuit » de revenus et de dépenses, l'épargne s'accroît et les dépenses sont amputées d'autant. Lorsque la totalité de l'accroissement de l'épargne sera égale à l'excès d'investissement sur l'épargne initiale, le circuit sera à nouveau équilibré[3].

> Si I > S, R s'accroît et à nouveau I = S

En fait, l'égalité de l'épargne et de l'investissement a une signification précise : elle fonde les politiques nationales de relance. L'épargne est une donnée peu modifiable à court terme, elle est déterminée de manière très stricte par la propension marginale à consommer. Il faut donc agir par l'investissement. En accroissant de manière autonome l'investissement, on peut faciliter l'expansion. La relation qui unit l'augmentation de l'investissement à une élévation des revenus permettant d'égaliser à nouveau I et S est *l'effet de multiplication.*

Bien entendu, cet effet de multiplication n'a d'effet positif sur la production que si celle-ci peut s'accroître, autrement dit, si le plein-emploi n'est pas atteint. Au-delà, l'effet de multiplication débouche sur l'inflation. L'originalité de l'approche keynésienne est d'avoir fait comprendre que l'équilibre I = S pouvait exister, même si le plein-emploi n'était pas atteint.

---

3. Bien entendu, une insuffisance de l'investissement par rapport à l'épargne entraînera, par un mécanisme du même ordre, une régression des revenus distribués et un fléchissement de l'épargne ; l'égalité de l'épargne et de l'investissement sera réalisée, mais pas une diminution de l'épargne.

LE MULTIPLICATEUR KEYNÉSIEN*

Chez les keynésiens, l'équilibre des flux du circuit économique est donc garanti par les relations qui unissent la production, les revenus distribués, la consommation, l'épargne et l'investissement.

Comme nous l'avons vu, ces éléments ne sont pas indépendants les uns des autres. Le prix de la production représente les revenus distribués. Consommation et épargne sont déterminées de manière très stricte par la propension marginale à consommer. La propension marginale à consommer permet, à travers le jeu du multiplicateur, d'égaliser l'épargne et l'investissement.

Nous avons décrit son effet ; essayons de le préciser : en prenant un accroissement autonome d'investissement de 100 et une propension marginale à consommer de 0,5 (autrement dit, les familles épargnent 50 % de tout revenu additionnel), on peut établir le tableau suivant :

Période	1	2	3	4	5	6	7	8	Total des 8 périodes
Production	100	+ 50	+ 25	+ 12,5	+ 6,25	+ 3,12	+ 1,6	+ 0,8	= 199,27
Revenus distribués	100	+ 50	+ 25	+ 12,5	+ 6,25	+ 3,12	+ 1,6	+ 0,8	= 199,27
Épargne		50	+ 25	+ 12,5	+ 6,25	+ 3,12	+ 1,6	+ 0,8	+ 0,4	= 99,67
Consommation		50	+ 25	+ 12,5	+ 6,25	+ 3,12	+ 1,6	+ 0,8	+ 0,4	= 99,67

À la huitième période, le montant des revenus distribués est pratiquement le double (donc un multiple) de l'investissement autonome initial. De son côté, l'accroissement de l'épargne est très proche de l'investissement autonome initial. Bien entendu, si la propension marginale à consommer avait été de 0,8, l'épargne aurait mis beaucoup plus de temps à égaliser l'investissement et l'effet de multiplication aurait dû être plus fort (4 au lieu de 2, faites le calcul). L'effet de multiplication est inversement proportionnel à la *fuite* provoquée à chaque période par l'épargne, autrement dit, à la propension marginale à épargner.

Les clés de la lecture keynésienne de l'économie 67

> En d'autres termes : $K = \dfrac{1}{s}$
>
> et s étant égal comme nous l'avons vu à $1 - c$ on peut donc écrire :
> $$K = \dfrac{1}{1-c}$$
>
> Le tableau montre que ce mécanisme du multiplicateur correspond à une progression géométrique. La raison est c (0,5), le premier terme (a) est 100, le nombre (n) de périodes est 8
> $$\text{Production} = \dfrac{100\,(1-0,5^8)}{1-0,5}$$
> si n tend vers l'infini, alors 0,5 à la puissance n tend vers 0. On vérifie que l'augmentation de la production est égale K fois la variation de l'investissement.
>
> À partir de cette première approche du multiplicateur, on peut élargir son emploi et l'appliquer à tout apport supplémentaire de monnaie non immédiatement compensé par des fuites. Il en va ainsi d'un déficit budgétaire ou d'un accroissement des exportations. Dans ce dernier cas, on peut considérer les importations comme une *fuite* de monnaie annulant les injections de monnaie liées aux exportations. Le degré d'ouverture et le coefficient d'importation (importations induites par un accroissement de la production) font ainsi varier l'effet de multiplication des exportations et le transfèrent éventuellement à l'étranger.

3. La monnaie est directement intégrée au fonctionnement de l'économie

Chez Keynes, l'ensemble des prévisions des agents économiques est exprimé en termes monétaires.

Il n'y a pas, chez les keynésiens, d'un côté des prix *réels,* exprimant la valeur relative des biens en termes d'utilité (ou de valeur travail), et, de l'autre, des prix *monétaires*. Il n'y a pas séparation entre une théorie des prix fondée sur les coûts de production (et/ou l'utilité) et, de l'autre, un niveau général des prix lié à la quantité de monnaie en circulation. L'ensemble des calculs économiques est monétarisé. L'intérêt est un phénomène purement monétaire (c'est le prix de la monnaie), l'efficacité marginale du capital est aussi exprimée en monnaie, les salariés agissent en défendant leur salaire nominal. Monnaie et production sont intégrées. L'ensemble des fonctions économiques[4] de la monnaie est pris en compte.

La monnaie a plusieurs fonctions économiques :
– Elle sert d'abord d'unité de compte, d'étalon des valeurs pour permettre des comparaisons.
– Elle facilite les échanges, en décomposant le troc[5] en plusieurs échanges. Dans le troc, il faut que celui qui possède ce que vous désirez désire ce que vous possédez. Les échanges possibles sont donc restreints. Dans l'échange monétaire, tout le monde désire de la monnaie. Chacun vend donc contre de la monnaie ce qu'il possède et peut ensuite, avec la monnaie, acheter ce qu'il désire... quand il le veut.
– La monnaie est, en effet, une réserve de valeurs. On peut garder de la monnaie ou l'utiliser. Elle est l'instrument idéal pour permettre la prévision et, bien sûr, la... spéculation.

Cette dernière fonction explique le rôle central qu'a la monnaie dans le système keynésien. Grâce à elle et à son rôle dans l'échange, la monnaie n'est pas un bien comme les autres : elle est un droit à agir dans l'économie[6]. Elle n'est pas neutre ; ceux qui la possèdent commandent aux autres.

Or, ce droit, ce pouvoir, est créé par l'État. Le droit de battre monnaie est un droit régalien lié à l'histoire, sinon à « l'essence » même du pouvoir politique. La création d'une monnaie internationale véritable se heurte ainsi à un des attributs les plus essentiels de la souveraineté nationale.

Il existe toutefois une limite *objective* à ce droit : la capacité d'une économie à mettre des biens en face de la monnaie, et

---

4. Nous verrons plus loin que les fonctions sociales de la monnaie sont, en revanche, négligées. Ce sont les marxistes et, surtout, certains hérétiques « à la Schumpeter » qui prennent en compte les fonctions sociales de la monnaie. Cf. p. 684 *sq*.
5. L'idée que le troc précède historiquement la monnaie est, aujourd'hui, contestée, cf. p. 533-536.
6. Par là, un pont est possible avec les fonctions *sociales* de la monnaie.

LES KEYNÉSIENS
ET LA POLITIQUE MONÉTAIRE *

De la monnaie-pouvoir, il ne faut pas déduire que la politique monétaire soit le *nec plus ultra* de la politique keynésienne. Bien au contraire, pour les keynésiens, une simple création plus ou moins importante de monnaie ne peut permettre une véritable régulation. En effet :

1. Le niveau général des prix ne résulte pas de l'équilibre économique général et de la plus ou moins grande masse de monnaie face aux biens disponibles. Pour Keynes, les prix sont déterminés par les anticipations des entrepreneurs, qui prennent ainsi en compte l'état des rapports de forces dans le partage salaire-profit. L'aisance monétaire n'est qu'un des éléments de ce rapport de forces. La fixation du niveau nominal des salaires, l'exigence d'un niveau minimum de profit, le degré de concurrence sont tout aussi importants, sinon plus.

2. En faisant varier la masse monétaire, on peut agir sur les taux d'intérêt (ils représentent le prix de la monnaie disponible). Cela n'est pas sans importance sur la demande d'investissements, compte tenu, par ailleurs, du niveau de l'efficacité marginale du capital. Toutefois, une variation du taux d'intérêt a aussi et, principalement, une autre conséquence. Il amène des changements dans les diverses encaisses que les agents économiques se constituent.

Lorsqu'il y a élévation de la masse monétaire et une première baisse du taux d'intérêt, les agents économiques vont profiter de l'occasion. Ils vont gonfler les encaisses liquides. Une partie de ces encaisses sert à faire face aux transactions courantes ; elle dépend du niveau de la production et des prix. L'autre a un but spéculatif, elle est constituée par la monnaie que les agents économiques détiennent pour, éventuellement, profiter de bonnes occasions. Lorsque le taux d'intérêt baisse, les agents économiques vont chercher à élever cette encaisse de spéculation. Comme nous l'avons vu plus haut, à un certain taux d'intérêt très bas, tout accroissement de la masse monétaire est englouti par la soif de liquidités. Il existe alors une véritable trappe à monnaie, qui empêche toute nouvelle baisse du taux d'intérêt.

Dans ces conditions, les keynésiens préfèrent se servir des dépenses budgétaires que de la politique monétaire. Ces dépenses n'ont pas pour fonction première de créer de la monnaie, mais d'agir directement sur la demande et de provoquer ainsi un déséquilibre entre l'épargne et l'investissement. C'est dans cette perspective qu'il faut situer le rôle attribué par les keynésiens au déficit budgétaire.

cela à un prix relativement stable. La valeur de la monnaie est en fin de compte son pouvoir d'achat et s'enracine dans la puissance économique d'une nation. Il ne faut pas voir chez les keynésiens l'adoption d'une relation naïve et fruste entre la quantité de monnaie et la quantité de biens disponibles. Le pouvoir d'achat ne résulte pas d'une simple confrontation de l'offre et de la demande. Il est fixé par les anticipations des entrepreneurs, relatives à la demande effective, aux profits espérés et aux salaires socialement acceptés.

4. L'ÉCONOMIE EST DÉCRITE EN HEURTS DE POUVOIRS

Keynes et, à sa suite, les économistes de sa tendance, situent leur analyse dans le cadre d'une économie fortement structurée par des pouvoirs. Ce n'est pas par hasard si l'un des plus éminents héritiers actuels de Keynes, J. K. Galbraith, est l'auteur de la *Théorie des pouvoirs compensateurs*[7].

L'économie keynésienne est commandée moins par des décisions individuelles rationnelles que par des rapports de forces. Le professeur A. Barrère l'a fort bien montré :

a) *Le pouvoir des salariés* s'exprime à travers les syndicats. Il est capable de bloquer toute baisse du salaire nominal (même en période de chômage) et de lutter pour le maintien du salaire réel. Malheureusement, il est difficile pour les syndicats de prévoir quel sera le niveau auquel se fixera le salaire réel ; selon le rapport de forces du moment, ils vont, d'abord, tenter de faire fixer le plus haut possible les salaires nominaux[8].

---

7. Cf. p. 577.
8. Notons, au passage, que l'impossibilité de connaître à l'avance le salaire réel revient à rejeter l'idée que l'utilité du salaire, pour un salarié, dépend de la désutilité marginale du travail. On ne peut pas connaître l'utilité réelle du salaire, puisqu'on ne peut pas déterminer à l'avance son pouvoir d'achat qui, en fin de compte, dépend des entrepreneurs.

Ajoutons que, dans l'analyse keynésienne, ce sont les conventions collectives, expression du rapport de forces syndicat-patronat, qui fixent, en début de période, le niveau des salaires nominaux.

b) *Le pouvoir des entrepreneurs* s'exprime à travers les anticipations des entreprises. Il détermine l'investissement, l'emploi à mettre en œuvre, les prix et les revenus distribués. Ce pouvoir est donc considérable ; il n'est cependant pas autonome. Il doit prendre en compte le niveau des salaires nominaux fixés par les conventions collectives et la politique menée par le gouvernement.

c) *Le pouvoir des banques* est, pour les keynésiens, réduit. De leur propre initiative, les banques ne peuvent que tenter d'ajuster la masse monétaire au niveau de la production et des prix (notamment, à travers les avances accordées aux entreprises pour leur permettre de faire face à l'accroissement des salaires nominaux et des autres fournitures). Même dans ce simple ajustement, leur pouvoir est limité, car elles sont, directement et institutionnellement, soumises au pouvoir de l'État. Seul, ce dernier possède le droit de battre monnaie et, par sa législation, il contrôle étroitement la création de monnaie scripturale. Notons aussi que le pouvoir des banques est d'autant plus réduit que l'effet des variations de la masse monétaire est limité. Il reste qu'aujourd'hui, en échappant au pouvoir politique national, grâce à un réseau bancaire international capable de créer de la monnaie internationale, les banques acquièrent une autonomie dangereuse.

d) *Le pouvoir de l'État* est, en revanche, autonome et doté d'initiatives. Il commande la demande autonome et le taux d'intérêt. La création monétaire des banques dépend, en dernière analyse, de ses décisions. Il assure la compatibilité entre les comportements des autres agents économiques et arbitre les conflits. Il régente les anticipations et les comportements, notamment des entrepreneurs. Il peut réguler et stabiliser un système fondamentalement instable.

BAISSE DES SALAIRES ET EMPLOI *

Les descendants d'Adam Smith voient dans la baisse des salaires réels la meilleure arme contre le chômage involontaire. Si le chômage persiste, la faute en revient aux syndicats et au gouvernement qui, par leur action ou leur législation, bloquent toute baisse des salaires et empêchent donc les profits de se reconstituer.

Keynes s'est fermement attaqué à cette théorie. Toutefois, sa conception est plus complexe qu'on ne le croit.

On trouve dans Keynes plusieurs manières d'expliquer son opposition à la baisse des salaires.

La première, relativement triviale est la plus répandue. Elle reprend les arguments populaires, La consommation dépendant des revenus, toute baisse des salaires nominaux entraîne des anticipations pessimistes chez les entrepreneurs. La demande effective fléchit, et l'emploi se dégrade. On peut rétorquer à cette explication que la baisse des coûts de production permet une baisse des prix et une amélioration de la compétitivité qui facilite le développement des ventes. Cela suppose que les salariés ne représentent qu'une petite partie des consommateurs ou, ce qui revient au même, que l'essentiel de la production est exporté. S'il en va autrement, l'entrepreneur sera plus attentif à sa demande qu'à ses coûts. Pour prévoir l'avenir, il regardera devant lui, et non derrière lui.

En fait, ce premier niveau d'explication n'est pas le niveau privilégié par Keynes. Keynes part d'un fait : la difficulté de faire admettre, dans un capitalisme évolué, une baisse des salaires nominaux (voire des prix nominaux). Pour lui, le salaire nominal est le seul auquel s'intéressent les salariés, car il est le seul à pouvoir être déterminé avec certitude. Il n'est donc pas flexible à la baisse. Cela ne signifie pas qu'une baisse du salaire réel moyen ne faciliterait pas la résorption du chômage.

Pour comprendre la position de Keynes, il faut revenir à la loi des rendements décroissants. Cette loi sert d'hypothèse de base à toute une partie de la science économique. Selon cette loi, toute chose étant égale par ailleurs, au fur et à mesure que l'emploi se développe, la production augmente, mais le rythme de sa croissance fléchit. Il y a baisse de la productivité marginale du travail (c'est-à-dire de la dernière unité de travail). Cette loi des rendements décroissants joue pour toutes les activités humaines.

Il est, en effet, normal que l'on utilise d'abord ce qui est le plus efficace et que l'on ne mette en œuvre qu'ensuite ce qui n'aura qu'un rendement médiocre. Les bonnes terres sont cultivées avant les mauvaises, les impôts à haut rendement sont institués avant ceux dont la levée est difficile et hasardeuse. Dans les gisements miniers, on exploite en priorité les bons filons ; on ne s'intéresse aux autres qu'en cas de pénurie.

Lorsque la production augmentera – si le progrès technique n'en bouleverse pas les conditions –, on aura donc une baisse de productivité marginale de travail (et des autres facteurs de production)[1] et le coût relatif de leur mise en œuvre s'élèvera. Les entrepreneurs seront donc tentés d'élever leurs prix. L'inflation entraîne une baisse du *salaire réel moyen*. Cette baisse du salaire réel moyen ne porte cependant pas atteinte à la croissance de la demande, puisqu'elle se produit quand plus de personnes sont employées. Comme chez les néoclassiques, le plein-emploi s'accompagne d'une baisse des salaires réels, mais cette baisse n'est pas la cause du plein-emploi, elle en est la conséquence. Bien entendu, on peut échapper à cette baisse par le progrès technique. Keynes, qui raisonne à court terme, n'intègre pas un tel changement. Quand il écrit la *Théorie générale*, l'urgence des problèmes à résoudre ne l'incite pas à prendre en considération des éléments sans effets immédiats.

Ce deuxième niveau d'explication a un inconvénient. Il part d'un cas particulier, celui d'une économie et d'une société dans lesquelles les salaires et les prix sont rigides. La théorie générale en perd sa généralité. Dans le cas où prix et salaires retrouveraient leur flexibilité, la baisse des salaires, suivie de celle des prix, ne peut-elle pas faciliter la reprise de l'emploi, que l'économie soit ouverte ou fermée que les salariés représentent ou non le plus grand nombre de consommateurs ?

Ici, l'explication keynésienne va se servir du rôle des encaisses liquides, dont nous avons précédemment parlé. Si les salaires et les prix baissent, les besoins d'encaisses pour les transactions courantes diminuent. De la monnaie sera disponible, et le taux d'intérêt baissera ; il y a bien là les premières conditions de la reprise, mais cette baisse a une limite.

En effet, lorsque le taux d'intérêt est bas, la soif de liquidités pour les encaisses de spéculation intervient. Nous avons déjà parlé de cette trappe à monnaie. Lorsqu'elle fonctionne, la monnaie dégagée par les encaisses de transaction, grâce à une baisse des prix et des salaires, se retrouve dans les encaisses de spéculation. Le taux d'intérêt se stabilise. Or, rien ne garantit que cette stabilisation corresponde au plein-emploi. Bien au contraire, lorsqu'une dépression est assez profonde pour provoquer une baisse des prix et des salaires, les taux d'intérêt doivent être extrêmement bas, voire négatifs, pour entraîner une reprise de l'investissement. Un équilibre de sous-emploi a donc toute chance de s'instaurer.

---

1. Au moins, à partir du moment où les économies d'échelle ne jouent plus et ne permettent plus un rendement croissant. Cf. p. 176-177.

e) Le pouvoir des consommateurs est, chez Keynes, à peu près nul. Le consommateur règne, mais ne gouverne pas. Il se contente d'obéir aux comportements routiniers, voire aux réflexes qui commandent sa consommation. Au premier rang des éléments qui expliquent son comportement : la propension marginale à consommer, dont nous avons vu le rôle central dans le système keynésien.

On comprend mieux, maintenant, que cette vision du fonctionnement de l'économie puisse permettre aux keynésiens de décrire la *stagflation* et débouche sur une politique volontaire des revenus.

5. Le marché n'est pas le régulateur de la vie économique

Chez Keynes, le prix n'est pas l'expression de l'équilibre entre l'offre et la demande. C'est le résultat du calcul des entrepreneurs. Ce calcul prend en compte les coûts de production et le profit considérés comme normaux et le rapport de forces dans lequel se trouve l'entrepreneur. Une variation de prix n'exprime pas un rééquilibre entre une offre et une demande mais le résultat de la lutte pour le partage du revenu national.

Dans ces conditions, les déséquilibres keynésiens ne sont pas des déséquilibres du marché, mais des déséquilibres entre les flux monétaires. Les réajustements ne se font pas principalement à partir des prix, considérés comme très peu flexibles à la baisse. Les réajustements principaux se font au niveau des quantités globales, qui intègrent principalement des modifications de volume et, accessoirement, des variations de prix. Ils sont gouvernés par un certain nombre de phénomènes cumulatifs, dont le principal est le *multiplicateur d'investissement*. Ces mouvements cumulatifs sont déclenchés à partir du déséquilibre entre certaines quantités globales. L'inégalité, en début de période, entre l'épargne et l'investissement, déclenche l'effet de multiplication.

Bien entendu, quand les affaires vont mal, il est difficile de provoquer une reprise de l'investissement par une baisse du taux d'intérêt. Les keynésiens préfèrent relancer l'économie par un investissement autonome de l'État, financé par le déficit budgétaire. Le déséquilibre entre I et S, créé par les dépenses publiques, disparaîtra en fin de période, l'effet de multiplication aura amené une augmentation de l'épargne de telle façon qu'à nouveau I = S. L'ajustement des flux sera alors complet ; le surcroît d'épargne permettant un financement du déficit par l'emprunt, ou sa résorption par des entrées fiscales supplémentaires.

Les prix, quant à eux, varieront en fonction de l'évolution des rapports de forces. Quand d'importantes pénuries apparaissent, la position des entrepreneurs est renforcée. Ils vont pouvoir imposer des prix. En période de plein-emploi, le multiplicateur d'investissement devient un multiplicateur des prix. En effet, à ce moment-là, l'ajustement entre les flux ne peut plus être en volume, la production a de plus en plus de difficultés à s'accroître, et elle est principalement réalisée en valeur. Toutefois, *le multiplicateur des prix* est une image et, en tout cas, n'a pas la même stabilité que le multiplicateur d'investissement, qui dépend de la propension à consommer. Les variations de prix étant liées à l'état des rapports de forces, à un même équilibre entre des flux globaux peuvent correspondre plusieurs hausses de prix, voire une infinité.

Dans un tel système, l'État est le seul élément qui puisse permettre une régulation de l'économie.

Comme nous l'avons vu, par le maniement du taux d'intérêt et surtout la variation de ses dépenses, il peut agir sur la fixation de la demande effective des entrepreneurs.

*

Au total, pour les keynésiens, le système capitaliste est instable et, spontanément, son équilibre général peut se fixer à n'importe quel niveau de l'emploi. Rien ne permet donc de garantir une allocation des ressources qui entraînerait la suppression du chômage. Seule, l'intervention publique peut donner une certitude (ou un espoir) de plein-emploi.

Le point de vue est, en quelque sorte, celui d'un ministre de l'Économie et des Finances qui cherche à améliorer le fonctionnement du capitalisme. Il ne tente pas de se substituer aux entreprises dans l'orientation de l'économie. Il ne désire qu'encadrer les anticipations des entrepreneurs. Son but est de parvenir à une régulation générale des flux économiques, en accord avec les exigences du plein-emploi. Nous sommes loin des conceptions qui voyaient dans l'intervention publique un palliatif provisoire à la défaillance du système. Il ne s'agit pas simplement de faire d'épisodiques politiques de grands travaux. *L'État est un rouage fondamental du système.* Sans l'intervention publique, il n'y a pas d'équilibre de plein-emploi garanti.

La spécificité de la crise des années 1970-1980 a diminué l'efficacité des interventions publiques en faveur du plein-emploi. Les keynésiens le reconnaissent. Aussi cherchent-ils à reconstituer un espace keynésien qui permette à l'État de jouer pleinement son rôle.

Annexe

La présentation de la politique keynésienne par les courbes IS-LM *

L'analyse keynésienne a bousculé la présentation traditionnelle de l'économie que font les néoclassiques anglo-saxons. Ils aiment raisonner à partir de graphiques d'offre et de demande, de courbes d'indifférence ou de coût marginal.

À la suite de Keynes, des auteurs tels que Samuelson, Hicks et Hansen ont tenté de faire une présentation qui explicite les relations keynésiennes sous une forme assez traditionnelle pour eux. Tel est le but du schéma (ou modèle) dit IS-LM[1] proposé par R. Hicks et par A. H. Hansen. Que ceux qui débutent dans la connaissance des auteurs économiques en délaissent la description. Il est, certes, utile pour synthétiser les effets attendus d'une politique keynésienne ; il est surtout utile pour se familiariser avec un certain type de présentation de l'économie.

1. Construisons d'abord le schéma IS-LM.

Soit un graphique. Sur l'axe des x, on porte les divers niveaux de la production (P) dont un P_e correspond au plein-emploi. Sur l'axe des y, les divers niveaux du taux d'intérêt (i).

a) Pour chaque niveau de production et de taux d'intérêt (toute chose étant égale par ailleurs, notamment l'efficacité marginale du

---

1. Exprimant la double égalité, d'une part, entre l'épargne et l'investissement (IS) et, d'autre part, entre l'offre de la monnaie, la masse monétaire (M) et la demande de liquidités (L).

SITUATION COURANTE

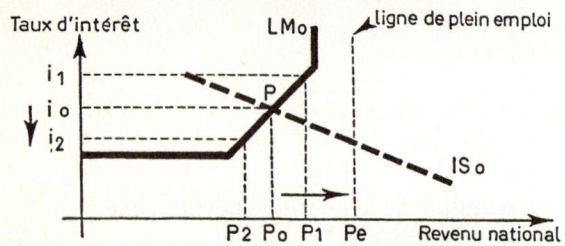

EFFET DE LA POLITIQUE BUDGETAIRE
(augmentation du revenu national et du taux d'intérêt.)

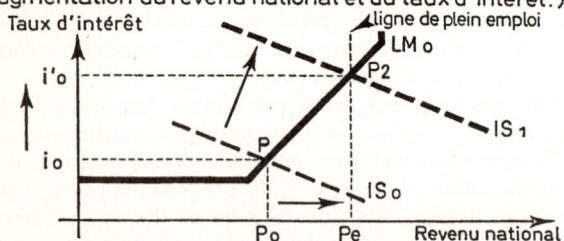

EFFETS DE LA COMBINAISON DES POLITIQUES BUDGETAIRES ET MONETAIRES EXPANSIONNISTES

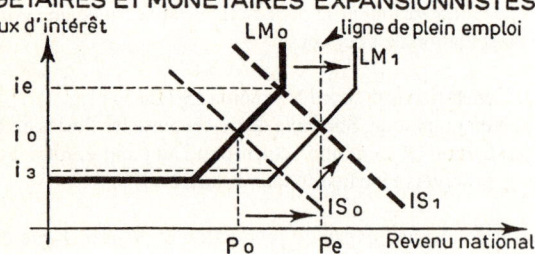

capital liée à la propension marginale à consommer), il existe une égalité possible entre l'épargne et l'investissement. Si on joint tous les points d'égalité entre I et S, on obtient la courbe IS. Son orientation est due au fait qu'à efficacité marginale du capital égale, un fort taux d'intérêt va de pair avec un faible niveau d'investissement, et donc de production; un faible taux d'intérêt facilitera le développement de l'investissement et de la production. *Production et intérêt varient ici en sens contraire.*

b) À chaque niveau de production et d'intérêt correspond aussi un point qui assure l'égalité de l'offre de monnaie (M) et de la demande pour les diverses encaisses de liquidité (L). S'il n'y a pas d'intervention publique au fur et à mesure que la production augmente, la demande de monnaie pour les encaisses de liquidité deviendra plus forte (puisque la demande des encaisses de transaction augmentera), le taux d'intérêt montera. Intérêt et production varient ici dans le même sens, ce qui détermine l'orientation de la courbe.

2. Comme pour toute chose égale par ailleurs, il n'y a jamais, pour chaque niveau de i et P, qu'un seul point de croisement entre la courbe IS et la courbe LM. Les deux courbes se coupent en un point P.

a) Ce point correspond fatalement au niveau de production (P_0) de la *demande effective* que les entrepreneurs chercheront à mettre en œuvre.

En effet, à droite de ce point, l'égalité de l'épargne et de l'investissement est réalisée à un niveau plus élevé, mais la production (P_1) à mettre en œuvre entraînerait des besoins de liquidités qui, à leur tour, feraient bondir le taux d'intérêt en i_1. Or, i_1 est incompatible avec le niveau de l'égalité IS (l'égalité IS correspondant à la production P_1 va de pair avec un taux d'intérêt i_1'), le taux d'intérêt i_1 amènera une réduction des anticipations. À gauche de P_0, le besoin de liquidités est faible, le taux d'intérêt impliqué par l'égalité LM est bas (en i_2), mais à ce taux d'intérêt ne correspond pas un niveau de l'investissement et de l'épargne allant de pair avec la production P_2. Avec un tel taux d'intérêt (i_1), les anticipations de l'investissement et de la production vont devenir plus optimistes.

Il n'existe qu'un seul point d'équilibre *stable* P_0, ce point, comme le point de demande effective auquel il correspond, se fixe indépendamment du niveau de plein-emploi. Aucune coïncidence spontanée entre P et le plein-emploi n'est garantie.

b) Supposons maintenant une augmentation des dépenses budgétaires qui, dans chaque niveau du taux d'intérêt, entraîne, d'une part un gonflement parallèle de I et de S, d'autre part, une augmentation de la production conforme aux résultats du multiplicateur.

La courbe IS va se déplacer vers le haut. Si le supplément de dépenses publiques est suffisant, la courbe IS peut couper la courbe LM en P. La différence entre P et P_2 (du graphique 2) est due à l'effet de multiplication.

On notera qu'une politique fiscale qui redistribue les revenus en faveur de ceux qui épargnent le moins – et augmente donc la propension marginale à consommer – a le même résultat. Toute augmentation de la propension marginale à consommer accroît l'effet de multiplication[2].

c) Supposons maintenant une politique d'expansion de la masse monétaire. Ne serait-ce qu'à travers le déficit budgétaire qui accompagnerait les dépenses publiques, ce qui n'est pas fatal, puisqu'un déficit peut être financé par des emprunts et non des avances de l'Institut d'émission.

La masse monétaire variant de manière autonome, la courbe LM va se déplacer vers le bas. Si l'offre de monnaie augmente pour chaque niveau de production, le taux d'intérêt qui assure l'égalité LM sera plus bas qu'auparavant, la production, plus élevée.

Cette démonstration ne joue que dans une situation normale.

En effet, en dehors de sa partie médiane, la courbe LM est :

– horizontale et parallèle à l'axe des X lorsque le taux d'intérêt devient trop bas. C'est le fonctionnement de la « trappe à monnaie ». Toute création de monnaie se précipite dans l'encaisse de spéculation ;

---

2. Cf. p. 66-67.

LES SITUATIONS EXCEPTIONNELLES

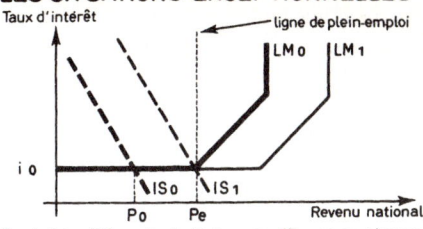

Seule la politique budgétaire est efficace au niveau de la trappe à la liquidité.

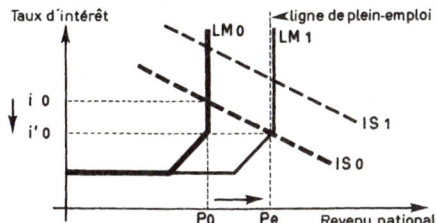

Seule la politique monétaire est efficace au-dessus d'un taux d'intérêt considéré comme maximum par les détenteurs d'encaisse spéculation.

– verticale et parallèle à l'axe des Y lorsque le taux d'intérêt devient trop élevé. En effet, au-delà d'un certain taux, toutes les liquidités existantes vont se placer ; plus aucune somme n'est conservée dans les encaisses de spéculation.

1. Lorsque la courbe LM est horizontale, seule l'action budgétaire (autrement dit, le multiplicateur de dépenses) est efficace. Le taux d'intérêt ne pouvant plus baisser, les entreprises ne peuvent plus être incitées à investir. La politique monétaire est inefficace.

2. Lorsque la courbe LM est verticale, on ne peut plus agir sur les dépenses budgétaires. Il n'y a plus d'argent susceptible d'être emprunté par l'État. Il faut commencer par faire déplacer la courbe LM vers la droite, en créant plus de monnaie. L'intersection entre LM et IS se déplace aussi vers la droite. Le taux d'intérêt baisse, et la production s'élève. Toute augmentation des dépenses

budgétaires, en faisant déplacer la courbe IS vers le haut, ne ferait qu'élever le taux d'intérêt.

En fait, lorsque les taux d'intérêt sont très élevés, l'efficacité de la politique monétaire est subordonnée à une efficacité marginale du capital encore plus élevée. Sans cela la politique monétaire ne pourra pas provoquer une augmentation des investissements et entraîner une augmentation induite de la production. Ce n'est pas une impossibilité théorique, mais une impossibilité pratique.

En d'autres termes, l'efficacité de la politique monétaire est, dans une perspective keynésienne, très douteuse. Les keynésiens préfèrent agir directement par le budget. Ils dénoncent, en outre, toute politique qui aboutit à des taux d'intérêt élevés.

3. Le déploiement des keynésiens

Dans l'histoire de la pensée économique, le point de vue qui caractérise le courant keynésien a une antériorité incontestable.

Avant d'imaginer une économie qui fonctionnerait sans intervention des princes, les économistes, ou du moins ce qui en tenait lieu, ont cherché à conseiller ceux-ci. Peu à peu, ils ont construit les éléments d'une macroéconomie. Plus près de nous, tout au long du XIXe siècle, la microéconomie triomphante n'a pu étouffer la vision macroéconomique. Dès le XIXe siècle, bien des des auteurs annoncent Keynes. Une fois la révolution keynésienne faite, les courants se divisent et se multiplient.

Nous nous bornerons à présenter ici les prékeynésiens et les postkeynésiens. Nous négligerons l'apport des auteurs tels que Hicks, Hansen, Samuelson, Lerner, Harrod, Klein, etc., lorsqu'ils ne présentent pas une reformulation du système keynésien. Cela reviendrait à une fastidieuse répétition. Certains de ces auteurs ont repris d'ailleurs Keynes dans des présentations plus conformes aux traditions néoclassiques (notamment Hicks et Samuelson). Ils furent en partie à l'origine de la contre-offensive néoclassique contemporaine.

1. LES PRÉCURSEURS DU SYSTÈME KEYNÉSIEN[1] ANTÉRIEURS À ADAM SMITH

On peut reconnaître un précurseur de Keynes lorsqu'un auteur a une analyse macroéconomique et se réfère au moins à l'un des critères suivants : reconnaissance de l'absence d'équilibre de plein-emploi, existence de cycles ou de fluctuations durables, doctrines interventionnistes, rejet d'une dichotomie entre les phénomènes réels et les phénomènes monétaires.

En fait, avec de tels critères, on pourrait citer tous ceux qui ne furent pas des classiques et néoclassiques de stricte observance. Aussi insisterons-nous ici principalement sur les auteurs ou les écoles qui n'ont pas un rattachement plus net à l'un des trois autres courants.

1. Morale et économie dans l'Antiquité et chez les scolastiques.

Si les spéculations théoriques et explicatives sont récentes, les prescriptions économiques sont sans doute presque aussi anciennes que l'invention de l'économie. Le code du roi Hammourabi (vers 1730 avant J.-C.), la sagesse égyptienne ou la Bible comportent des recommandations morales à portée économique. Bien plus, la Bible, avec les sept vaches grasses et les sept vaches maigres, donne l'une des premières constatations empiriques d'un cycle d'activités.

---

1. Ou si l'on préfère : du « keynésisme ».
N.B. : Nous ne donnerons que les dates de naissance et de mort des principaux auteurs.

A) L'Antiquité.

La première réflexion économique (en fait très liée à une morale pratique) est faite par Xénophon (430-355 avant J.-C.). Dans *L'Économique*, il propose un premier traité des lois de la maison, qui annonce l'économie de la gestion et, dans une certaine mesure, la microéconomie. Les *Revenus de l'Attique* sont, en revanche, le premier traité de macroéconomie. Xénophon y examine comment lutter contre la pauvreté et comment assurer la richesse d'Athènes. On peut même y retrouver la loi de Keynes, puisque Xénophon fait dépendre l'épargne de la consommation. Bien avant John Law et Keynes, il fait de l'abondance monétaire l'élément nécessaire au développement des échanges.

Chez Platon (428-347 avant J.-C.) et Aristote (384-322 avant J.-C.), des préoccupations macroéconomiques existent, mais moins autonomisées. Platon, partisan d'un communisme aristocratique, se prononce pour un étatisme qu'édulcore Aristote, pourtant adversaire de la richesse pour la richesse. Au passage, il condamne le prêt à intérêt, le commerce, l'accaparement du surplus matériel. Il préfigure les scolastiques et Marx.

B) Saint Thomas d'Aquin et les scolastiques.

Saint Thomas (1228-1274) va justifier « chrétiennement » la condamnation aristotélicienne de l'intérêt. L'argent ne fait pas de petits. L'intérêt est un phénomène essentiellement monétaire. Dans l'analyse de saint Thomas et des scolastiques, Keynes verra « un honnête effort intellectuel » pour distinguer ce que la théorie classique a confondu de manière inextricable : le taux d'intérêt et l'efficacité marginale du capital. Dans l'idée de juste prix, que défendent saint Thomas et les scolastiques, on trouve bien souvent des analyses sous-jacentes qui mènent tout droit à l'idée de politique des revenus et des prix sans marché. Un keynésien ne les désavouerait pas. Ainsi fut inventée la notion d'honoraires pour payer ce qui est sans prix, par exemple les services d'un docteur : on ne le paie pas, on l'honore.

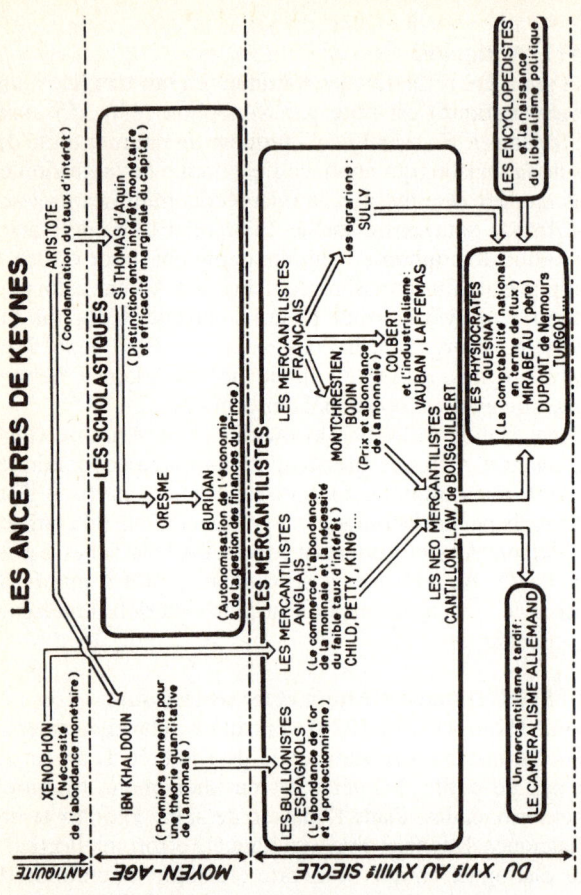

Les schémas présentés dans cet ouvrage n'ont pour objectif que de permettre de faire le point. Ils sont souvent des simplifications fort abusives qui ne se comprennent qu'en fonction de la lecture du chapitre et de la section qui y correspondent. Pour des raisons graphiques, le déroulement chronologique n'a pu être qu'approximativement pris en compte. Les flèches n'indiquent pas toujours une influence, elles peuvent signifier des approches ou idées voisines. Certains noms n'appartiennent pas aux écoles prises en compte dans le schéma, ils permettent de sortir de leur champs théorique propre.

Le déploiement des keynésiens　　　　　　　　　　　　　　87

Les derniers scolastiques, tels Nicolas Oresme (mort en 1382) et Jean Buridan (v. 1300 - apr. 1366) peuvent être considérés comme des précurseurs de la science économique moderne. Ils vont, notamment à propos des problèmes monétaires et des finances publiques, accélérer l'autonomisation de la réflexion économique[2]. Comme nous avons eu l'occasion de le dire, au moment où les besoins financiers des États nationaux augmentent, ils vont se demander comment « enrichir le prince sans appauvrir les sujets ». Certes, ils portent des jugements de valeur, mais nous savons que la séparation radicale entre jugement de valeur et économie est un leurre.

2. Les mercantilistes et la première esquisse d'une véritable théorie keynésienne.

En considérant l'enrichissement comme une fin louable, les mercantilistes furent les premiers à véritablement autonomiser l'économie.

Nous les reverrons à propos de leur conception de la richesse[3]. Sous le nom de mercantilistes, on rassemble une série d'auteurs qui, de 1500 à 1750, et même au-delà (si on intègre les caméralistes allemands), ne forment pas une école, mais une série d'écoles nationales. Tous cherchent, d'une manière ou d'une autre, à rendre l'or et l'argent abondants.

– *Le mercantilisme espagnol* est le premier à apparaître ; on parle à son propos de bullionisme. Ses principaux auteurs sont Ortiz, Olivares et Mariana. Tous leurs écrits débouchent sur un protectionnisme visant à réduire l'évasion de l'or. Certains auteurs, qui ont pu avoir connaissance des écrits arabes d'Ibn Khaldoun et El Makrizi, énoncent déjà le principe de la théorie quantitative de la monnaie.

---

2. Cf. p. 16.
3. Cf. p. 687 *sq.*

– *Le mercantilisme français* se confondra avec le colbertisme, il annonce l'industrialisme public français. Toutefois, ces auteurs présentent une plus large palette d'opinions. Olivier de Serres (1539-1619), Sully (1560-1641) sont des agrariens, Jean Bodin (1530-1596) restera célèbre pour avoir établi un lien entre l'abondance de la monnaie et la hausse des prix. Antoine de Montchrestien (1575-1621) invente l'expression d'*économie politique*. Plus proche du corps central des hypothèses de cette école, on trouve Barthélemy de Laffemas (1546-1612), fondateur des Chambres de commerce et d'industrie, Colbert (1619-1683), Vauban (1633-1707).

– *Le mercantilisme anglais (et hollandais)* est le plus mercantile de tous ; on peut l'appeler commercialisme. C'est par le commerce extérieur qu'on crée l'abondance des monnaies, clé de la prospérité des nations. Ses principaux auteurs sont Josiah Child (1630-1699), William Petty (1623-1687), Thomas Mun (1571-1641), Gregory King (1648-1712), Gérard Malynes (1601-1665). C'est le mercantilisme anglais qui, en dépit des nuances, est le plus proche du système keynésien. La plupart de ses auteurs conseillent un faible taux d'intérêt et font de ce dernier le prix de l'argent. Bien plus, ils admettent que l'abondance de la monnaie, nécessaire à un bas taux d'intérêt, engendre la hausse des prix. C'est pour eux une bonne chose : « Lorsque les approvisionnements sont chers, les gens sont riches, lorsqu'ils sont bon marché, les gens sont pauvres » (J. Child, en 1668). On notera que certains mercantilistes anglais ont fait, par ailleurs, des apports théoriques qui se détachent du noyau des hypothèses de cette école. Le chancelier Gresham (1519-1579) est resté célèbre pour sa loi : « La mauvaise monnaie chasse la bonne », même si l'idée remonte au Polonais Nicolas Copernic (1473-1543), le père de l'héliocentrisme faisant tourner la Terre autour du soleil. Il la présenta en 1521 dans son projet de réforme monétaire.

Gregory King établit, en 1693, une loi qui porte son nom : « L'accroissement de la production de biens alimentaires par l'agriculture suscite une baisse plus que proportionnelle des prix de cette production. »

William Petty est un précurseur des économètres, il propose toutefois d'abaisser les salaires pour lutter contre le chômage volontaire et semble introduire la notion de valeur-travail. C'est en cela que, pour Karl Marx, il est le père de l'économie politique.

Bernard de Mandeville (1670-1733), dont on cite toujours *La Fable des abeilles* (1714) pour justifier l'invention du libéralisme économique, est en fait du même avis. La recherche de l'intérêt personnel n'est bonne que pour les riches. Lorsque la convoitise et l'envie prennent les pauvres, les vices privés sont aussi des vices publics, et non des bienfaits. Il faut combattre la propension à la paresse. Toutefois, de Mandeville redevient plus keynésien lorsqu'il dit que l'épargne individuelle, facteur d'enrichissement, peut être funeste pour une nation. On retrouve aussi chez Richard Cantillon l'idée qu'un excès d'épargne et la sous-consommation peuvent entraîner le marasme des affaires.

– *Le néomercantilisme.* Peu à peu, avec l'évolution de l'économie, les mercantilistes s'éloignent de l'interventionnisme pour adhérer à la philosophie de l'ordre naturel. Peuvent être rattachés à ce courant néomercantiliste : Thomas Hobbes (1588-1679), qui invente la notion d'État-gendarme (*Léviathan*, 1651); Pierre Le Pesant de Boisguilbert (1646-1714), auteur de la représentation de l'économie sous forme d'un circuit, du multiplicateur en cas de baisse de la dépense[4]; Richard Cantillon (1680-1734), à l'origine de la théorie de l'entrepreneur, il perfectionne le circuit de Boisguilbert et il introduit la notion de vitesse de circulation de la monnaie (*Essai sur la nature du commerce en général*, 1755), le banquier écossais John

---

4. Ses principaux travaux en économie sont *Le Détail de la France, la cause de la diminution de ses biens et la facilité du remède en fournissant en un mois tout l'argent dont le Roi a besoin et enrichissant tout le monde* (1695), *Le Factum de la France* (1705), *Traité de la nature, culture, commerce et intérêt des grains* (1707), *Causes de la rareté de l'argent* (1707), *Dissertation sur la nature des richesses, de l'argent et des tributs, où l'on découvre la fausse idée qui règne dans le monde à l'égard de ces trois articles* (1707).

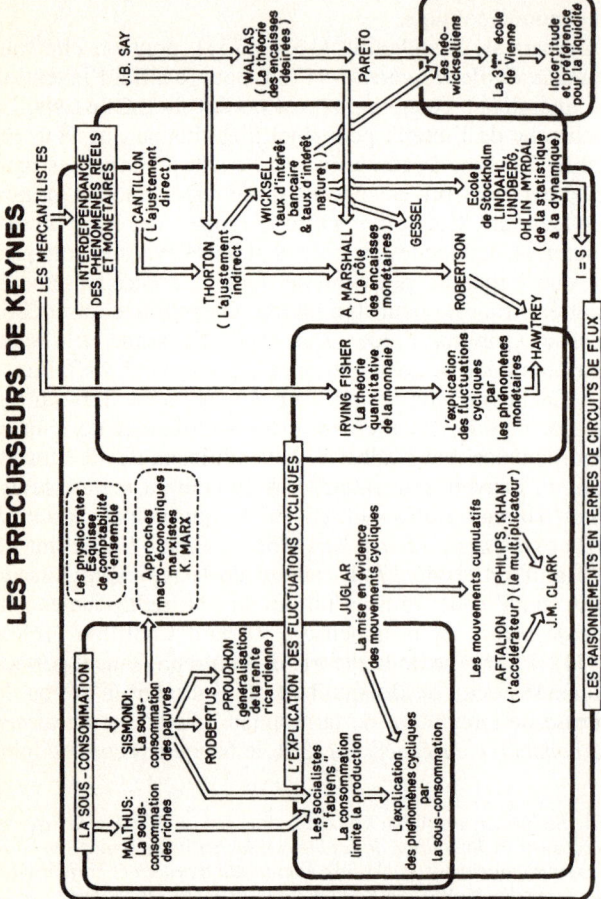

Law (1671-1729) à l'origine du système qui porte son nom et qui consiste à développer l'émission de billets de banque, invention du Suédois Palmstruck, sans disposer préalablement de l'or pour en garantir la valeur, par application de l'adage « les prêts font les dépôts ».

– *Les mercantilistes allemands, ou « cameralistes »*, sont plus tardifs. Ils s'intéressent surtout au problème du Trésor public. En fait, ils préfigurent l'École historique allemande. Notons cependant que Schumpeter fait d'un des membres de cette école, Johann Heinrich Gottlob von Justi (1717-1771), un économiste de plus grande envergure qu'Adam Smith : on lui doit la première distinction entre courte et longue période.

3. La physiocratie.

Contrairement au mercantilisme, auquel elle s'oppose par sa philosophie de l'ordre naturel, la physiocratie est une véritable école économique, très fortement constituée. Comme J.-C. Casanova le fait remarquer, il y a bien un maître, un manifeste et des disciples.

Le maître est François Quesnay (1694-1774), le manifeste est son *Tableau économique* qui, en 1758, présente le premier modèle quantitatif du circuit économique. C'est l'abandon de l'analyse en termes de stock (Vauban, King) pour l'analyse en termes de flux, que W. Petty avait déjà annoncée. On y trouve aussi une nouvelle conception de la richesse et d'une liaison entre la richesse, sa circulation et les classes sociales. Si une classe dépense moins que son revenu, les autres auront alors un surplus de marchandises. Le principe de la demande effective est implicitement posé (explicitement chez Dupont de Nemours).

Nous approfondirons plus loin[5], à propos de la valeur, les principales idées de la physiocratie, en tout cas nous ne sommes pas en présence, ici, de nombreuses écoles. Selon

---

5. Cf. p. 687 *sq.*

la terminologie de l'époque, il s'agit d'une « secte », dont les principaux membres sont Mirabeau père (1715-1789), Dupont de Nemours (1739-1817), Le Mercier de la Rivière (1721-1793), l'abbé Baudeau (1730-1792) et Anne Robert Jacques Turgot (1727-1781), qui exprime une pensée plus originale.

Ce dernier est, peut-être plus que d'autres, un précurseur de Keynes. Pour lui, c'est bien l'offre et la demande de monnaie qui déterminent le taux d'intérêt (idée reprise par Montesquieu dans *L'Esprit des lois*). Turgot distingue divers types d'encaisses monétaires (l'encaisse de transaction et l'encaisse de l'emprunt). De son côté, Boisguilbert annonce la demande effective, en faisant de la consommation une source de revenus.

2. LES CLASSIQUES ET LES NÉOCLASSIQUES DISSIDENTS

Sous ces vocables, nous regroupons tous ceux des classiques « historiques », comme Malthus, et des socialistes non marxistes encore imprégnés des classiques, qui répondent aux critères que nous avons annoncés plus haut. Toutefois, pour certains de ces auteurs, l'essentiel de leur œuvre se rattache à un autre courant.

Ces classiques et néoclassiques dissidents peuvent être regroupés sous quatre rubriques :
– la sous-consommation ;
– le rejet de la dichotomie entre le réel et le monétaire ;
– l'explication des fluctuations cycliques ;
– le raisonnement en termes de circuit.

C'est à propos de ces sujets que, tout au long du XIXe siècle et au début du XXe siècle, des économistes ont ouvert la voie à Keynes.

1. Les théories de la sous-consommation.

A) Robert Malthus (1766-1834).

Il fut le premier à s'insurger contre la loi de J.-B. Say. Malheureusement, il n'est pas parvenu à convaincre Ricardo d'expliquer comment et pourquoi la demande effective pouvait être insuffisante (Keynes *dixit*). Nous lui devons cependant la première tentative pour expliquer, contre J.-B. Say, les risques d'un excès d'épargne... des riches. Nous en reparlerons.

B) Jean Charles Simonde de Sismondi (1773-1842).

Ce Genevois est un hérétique « à la Schumpeter ». Nous retiendrons ici qu'il est l'un des pères de la dynamique. Il écrit, en 1819 : « C'est le revenu de l'année passée qui doit payer la production de cette année. » Il distingue le long et le court terme et ébranle l'optimisme libéral : « Gardons-nous de la dangereuse théorie de cet équilibre qui se rétablit de lui-même. Un certain équilibre se rétablit, à la longue, mais c'est par une effroyable misère. » La répartition inégale des revenus, le progrès technique et ses conséquences sur l'emploi à la suite d'une substitution du capital au travail entraînent des crises de sous-consommation et de surproduction.

C) Karl Rodbertus (1805-1875).

Il exprime, en Allemagne, les mêmes idées que Sismondi. Toutefois, dans ses prescriptions, Rodbertus va plus loin : il envisage l'appropriation collective des biens de production. On peut cependant difficilement voir en lui un révolutionnaire : il est ministre du roi de Prusse. En fait, partant de la sous-consommation, il aboutit à des conclusions assez voisines de celles de certains keynésiens actuels, favorables aux nationalisations.

D) Pierre Joseph Proudhon (1809-1865).

Nous le retrouverons dans le courant socialiste non marxiste[6]. Il a, dans *Principal et intérêt*, généralisé la rente

---

6. Cf. p. 399.

ricardienne, mais dans une perspective keynésienne. La possession de la monnaie permet de se procurer une rente de situation : le taux d'intérêt, qui est le prix de la monnaie. Cela se traduit, pour l'entreprise, par un coût qui est sans rapport avec la productivité du capital. L'entreprise répercute ce coût sur les consommateurs et les travailleurs et provoque une sous-consommation. Pour éviter que les revenus des travailleurs et le pouvoir d'achat des consommateurs ne soient amputés, Proudhon préconise de rendre plus abondante la monnaie, en supprimant sa base métallique. Il fait la jonction entre la sous-consommation et les théories qui refusent la neutralité de la monnaie.

On verra réapparaître les théories de la sous-consommation (ou de l'excès d'épargne) à la fin du XIXe siècle, dans l'explication du cycle, notamment chez les Anglais J. Hobson, C. Douglas, les Américains W. J. Foster, W. Catchings, H. G. Moulton et les Allemands F. Lederer et E. Presser. On se rappellera que le Marx de la maturité ne donne pas une place centrale à la sous-consommation ouvrière dans l'explication du cycle. Pour lui, ce sont la surcapitalisation et la contradiction fondamentale du capitalisme qui expliquent le cycle[7].

E) Le socialisme fabien.

Le fabianisme est une doctrine réformiste dont est issu le travaillisme britannique. Il a été élaboré par un groupe d'intellectuels : Sidney et Beatrice Webb, George Bernard Shaw, H. G. Wells, John A. Hobson, Virginia Woolf, etc. Le mathématicien Bertrand Russell y a adhéré. Dans la foulée de J. S. Mill, qui avait déclaré libre la distribution, ils veulent corriger les abus du capitalisme et *temporiser* le système pour accéder en douceur au socialisme... Cette doctrine tire son nom de Fabius Cunctator (275-203 avant J.-C.), dit le Temporisateur, à la suite de sa prudence devant les armées d'Hannibal. Dans ce courant, ce sont les idées de John Atkinson Hobson (1858-1940) qui sont les plus intéressantes.

---

7. Cf. p. 331-333.

Le caractère keynésien de J. A. Hobson (dont nous reparlerons à propos de l'impérialisme) réside dans les relations entre les décisions d'investissement et l'épargne. Dans la *Physiologie de l'industrie,* qu'il rédige avec Albert Frederick Mummery, il indique que : « L'épargne, tout en accroissant l'ensemble du capital existant, réduit simultanément la quantité de marchandises et de services consommés. » Peu à peu, l'épargne entraîne un excès de capital et, finalement, de production. La surproduction n'est pas absolue, mais relative. C'est la consommation qui limite la production, et non la production qui limite la consommation. Nous voilà à nouveau dans les théories de la sous-consommation. L'investisseur a besoin de prévoir une consommation croissante, mais l'épargne qui le finance réduit la consommation. Il faudrait pouvoir trouver un taux d'épargne optimum, mais les inégalités ne le permettent pas. Les riches épargnent trop et réinvestissent leurs profits sans se soucier de la demande solvable. Il s'ensuit une baisse des profits. Alors, les nations aux prises avec la surproduction se tournent vers l'impérialisme.

Avant Lénine, Hobson établit une relation entre la surproduction et l'impérialisme. On notera qu'il manque, à Hobson une conception du taux d'intérêt indépendant du taux de profit.

2. Le rejet de la dichotomie entre le réel et le monétaire.

L'attribution d'un rôle moteur à la monnaie remonte très loin dans le temps. Le banquier Law avait déjà bien remarqué que le crédit facilite l'investissement et la croissance de la production. Il reprend là, en la formalisant un peu plus, l'une des constantes du mercantilisme : prospérité et abondance monétaire vont de pair.

C'est K. Wicksell et ses disciples qui vont aller plus loin, en montrant que l'influence de la monnaie sur l'investissement passe par la variation des taux d'intérêt.

Toutefois, en dehors de l'École suédoise, on trouve aussi des éléments précurseurs de Keynes toutes les fois que des auteurs se sont préoccupés du rôle des *encaisses* dans le fonctionnement de l'économie.

Il faut, en outre, comme le fait Keynes, réserver une place à part à Silvio Gesell (1862-1930), son « prophète méconnu ». Riche commerçant germano-argentin, ministre socialiste (antimarxiste) du soviet de Bavière en 1919, il propose, comme Proudhon, « l'affranchissement du sol et de la monnaie ». Il distingue, comme Wicksell, mais avec quelques originalités, deux taux d'intérêt (le monétaire et le réel) et surtout il montre à la fois le danger et la facilité de la conservation de la monnaie (contrairement aux autres biens, sa conservation ne donne lieu à aucun frais). Il préconise donc que tout billet non utilisé soit taxé par l'apposition d'une vignette. On se rapproche de l'idée d'une « monnaie fondante » (réalisée en fait par l'inflation), et en tout cas de la suppression de toute supériorité du taux d'intérêt sur l'efficacité marginale du capital.

A) L'École suédoise.

La plupart des membres de cette école ont rejoint le marginalisme ou ont appliqué des raisonnements à la marge. L'École suédoise a cependant apporté des contributions décisives au courant keynésien ou aux hérétiques « à la Schumpeter ». Il nous a semblé pourtant préférable de ne pas morceler sa présentation et de l'intégrer aux pré-keynésiens.

Avant d'analyser les travaux de Wicksell et de ses disciples contemporains, il faut signaler le cas de *Gustave Cassel,* marginaliste de stricte observance et adversaire déclaré de Keynes, dans les années 1930 ; avec Robbins, Hayek, Hawtrey et Schumpeter, il condamne le déficit budgétaire et, en 1937, il accuse Keynes de vouloir ruiner les épargnants. Il rejoint par bien des points les perspectives de J. Rueff.

a) Knut Wicksell (1851-1926).

Professeur à Lund, de formation scientifique, il fut, paradoxalement, un économiste littéraire. Dans ses premiers écrits, il apparaît comme un néoclassique parfaitement orthodoxe. Ce n'est que dans le tome II de ses *Lectures d'économie politique* qu'il prend une position originale. En partant d'une analyse néoclassique, il fait une critique de la loi de J.-B. Say et de la théorie de la monnaie qui en découle. Pour lui, il y a contradiction entre une méthode qui ne raisonne qu'en termes d'utilité subjective et une théorie quantitative qui ne met en rapport que des éléments objectifs et macroéconomiques. Il faut donc explorer d'autres voies. Il part d'une constatation : les prix et les taux d'intérêt bancaires varient dans le même sens ; parallèlement, il s'interroge sur les éléments qui expliquent la variation de la masse monétaire (ce que ne permet pas de savoir la théorie quantitative de la monnaie). Les taux d'intérêt bancaires varient en fonction des prêts (la demande de monnaie). Cette demande de prêts est en très grande partie liée aux profits attendus par les entreprises. Le taux naturel d'intérêt (ce qui deviendra, chez Keynes, l'efficacité marginale du capital) est lié à la productivité du capital. Si le taux d'intérêt bancaire est inférieur au taux naturel, les entreprises accroissent leur demande de monnaie, et les banques compensent l'insuffisance de l'épargne par la création de monnaie scripturale. Cette création est cependant limitée par la demande de monnaie manuelle du public, qui oblige les banques à être prudentes. Elles augmentent les taux d'intérêt.

Au fur et à mesure que le taux d'intérêt se rapproche du taux naturel, la demande d'investissement se fait moins importante. Si l'investissement devient inférieur à l'épargne, il y a contraction de la masse monétaire, baisse des prix et récession et, finalement, baisse du taux d'intérêt bancaire.

Nous sommes très proches de Keynes, mais à l'intérieur d'un raisonnement microéconomique. La théorie des deux taux d'intérêt et de l'équilibre monétaire est une révolution dans la révolution marginaliste. Elle admet que la monnaie joue un rôle dans l'équilibre réel. On peut se demander pourquoi il a fallu attendre Keynes afin que ce résultat devienne une évidence. En fait, la majeure partie des néoclassiques, se plaçant au niveau microéconomique ne pouvait admettre une théorie qui, tout en gardant leur méthode, déplaçait leur point d'observation. Pour qu'un nouveau programme de recherches apparaisse, il fallait que la réalité oblige l'État à intervenir et qu'un grand nombre d'économistes acceptent, avec Keynes, de changer d'angle de vision.

On notera que l'originalité de K. Wicksell est encore plus importante que ne le laisserait croire sa théorie des deux taux d'intérêt. Son nom est attaché à la théorie du cycle des affaires, à la théorie de l'optimum de peuplement avec introduction du progrès technique. Il ouvre ainsi une dynamique des structures, que développera un autre Suédois : Johan Henryk Åkerman (1896-1982), auteur notamment de *Economic Progress and Economic Crisis* (Mac Millan, 1932).

b) Les wickselliens.

Il y eut trois grandes écoles wickselliennes. Nous trouvons ainsi les *néowickselliens germano-autrichiens,* avec pour figures dominantes Friedrich August von Hayek, Richard von Strigl, Ludwig von Mises, et dont a fait partie J. Schumpeter (cette école recoupe la deuxième École de Vienne et, plus généralement, le néomarginalisme), *l'École hollandaise*, avec Tjalling C. Koopmans (1910-1985), et surtout *l'École de Stockholm.* Cette dernière occupe une place particulière par ses contributions à la dynamique économique et à la macroéconomie, c'est-à-dire avec des théories qui n'ont plus rien à voir avec le néoclassicisme des pionniers : c'est l'École de Stockholm qui est véritablement prékeynésienne.

Les auteurs appartenant à cette école prolongent le raisonnement du maître, la plupart dans une perspective dont les prémisses demeurent néoclassiques. Peu à peu, l'École de Stockholm s'oriente très nettement vers les théories qui restent à la base des recherches contemporaines sur la dynamique économique, voire sur la dynamique des structures.

David Davidson (1854-1942) étudie, dès 1906, les conséquences de la productivité sur les prix. Il énonce les deux règles de la répartition des surplus de productivité : baisse des prix, qui profite à tous les individus, et hausse des revenus, qui ne profite qu'à ceux qui travaillent. La seule façon de maintenir l'équilibre est que tout gain de productivité doit être accompagné d'une baisse des prix. Wicksell rejette cette règle de Davidson, car les mouvements des prix et leur amplitude ne peuvent pas être anticipés par les producteurs. Par conséquent, selon la règle de Wicksell, les gains de productivité doivent profiter aux travailleurs par l'augmentation des revenus, y compris les profits.

Erik R. Lindhal (1891-1960), Erik F. Lundberg (1907-1987) et Gunnar Myrdal (1898-1987) énoncent les principes d'une analyse dynamique. Le premier intègre, en 1929, le temps des anticipations ; le deuxième invente, en 1937, le principe des *modèles séquentiels,* qui permettent de suivre l'évolution d'une économie de séquence en séquence. Son modèle de séquence lui permet de montrer que, selon les périodes, l'investissement peut être lié, soit à la demande (Keynes), soit à l'abondance de l'épargne (les néoclassiques) ; le troisième, G. Myrdal (prix Nobel 1974), distingue les grandeurs *ex-ante* (prévision) et *ex-post* (réalisation) et montre l'importance de l'égalité : I = S. Si Keynes n'avait pas écrit la *Théorie générale,* on parlerait aujourd'hui de myrdalisme et non de keynésisme. Après 1945, G. Myrdal deviendra l'un des principaux économistes des problèmes du sous-développement, qu'il analyse en termes de « cercles vicieux ». Il rejoint les institutionnalistes américains.

Bertil Ohlin (1899-1979, prix Nobel 1977) approfondit le rôle des taux d'intérêt monétaire dans la lutte contre les processus cumulatifs. Par ailleurs, il élabore une théorie pure du commerce international[8] dans une perspective néoclassique. Du point de vue doctrinal, il est libéral et s'est opposé à la thèse de Keynes selon laquelle l'Allemagne ne peut pas payer pour les réparations de la guerre qu'exigent la France et l'Angleterre.

---

8. Cf. p. 522.

B) Le rôle des encaisses monétaires[9].

Walras a fortement maintenu la dichotomie entre le monétaire et le réel. Toutefois, par sa théorie des encaisses désirées, il a introduit un élément qui permet une connexion avec Keynes. A. Marshall a, de son côté, perfectionné la théorie des encaisses, et son école, l'École de Cambridge, à laquelle Keynes a appartenu, a apporté un certain nombre d'éclaircissements conceptuels dans le domaine des liquidités. Pour le cambridgien Connan, la demande de monnaie est une demande « non pas pour effectuer immédiatement des paiements, mais pour conserver de la monnaie » (1921). Dans leurs raisonnements néomarginalistes, Paul Narcyz Rosenstein-Rodan (1902-1985), en 1935, et John Richard Hicks, en 1936, se sont efforcés de répondre à la question : « Pourquoi des individus préfèrent-ils détenir de la monnaie ? » La réponse est identique : la préférence pour la liquidité est liée à l'incertitude qui est au centre du paradigme keynésien. Les cambridgiens ont, en outre, avec Dennis Holme Robertson (1890-1963), introduit la spéculation et lié taux d'intérêt et spéculation. On ne peut terminer ce survol rapide des précurseurs de la théorie monétaire de Keynes sans rappeler que Ralph George Hawtrey (1879-1975) et D. H. Robertson ont introduit le courant wicksellien en Angleterre. Keynes leur a d'ailleurs rendu hommage et a reconnu sa dette.

Rappelons aussi que Marx s'est toujours refusé à une dichotomie entre le réel et le monétaire. C'est d'ailleurs la monétarisation de la valeur-travail marxiste qui distingue cette dernière de celle de Ricardo.

3. L'explication des cycles économiques.

La prise de conscience des fluctuations et des cycles implique l'introduction de la dimension historique dans

---

9. Cf. les théories de la monnaie exposées, p. 194 *sq.*

les travaux des économistes. Sismondi l'hérétique et, bien entendu, Karl Marx, en sont des précurseurs. John Stuart Mill, tout enfermé qu'il était dans la loi de J.-B. Say, avait reconnu le phénomène et donné une conception plus souple de la loi des débouchés. C'est à Clément Juglar (1819-1905) que l'on doit la première constatation de la périodicité des cycles. Toutefois, il alla plus loin en montrant l'interdépendance des phénomènes réels et des phénomènes monétaires dans le déclenchement de la crise. L'économiste anglais Ralph G. Hawtrey (1879-1971) et le Suédois Gustav Cassel (1866-1945) reprirent cette idée, en la liant à celle de l'étalon-or. L'or est responsable de la crise, car il ne permet pas l'adaptation de la circulation monétaire aux besoins des transactions. Vers la fin de la période d'expansion, la distorsion est trop grande et provoque le renversement de la tendance. On notera que la fin de la périodicité des crises coïncide avec l'abandon d'un réel rattachement à l'or.

La relation entre l'accroissement de la consommation et l'accroissement de l'investissement, l'accélérateur, décrit à la fois par le néoclassique socialisant français Albert Aftalion (1874-1956) et l'institutionnaliste américain John Maurice Clark (1884-1963), relève d'une explication de la crise par la surcapitalisation.

Le principe de l'accélérateur est simple : l'accélérateur établit la relation entre la demande de biens de consommation et la demande de biens de production[10]. Tout accroissement de la demande de biens de consommation entraîne une augmentation plus que proportionnelle de la demande de biens de production. Les anticipations optimistes ne font qu'accentuer cette distorsion. En revanche, tout ralentissement dans la demande des biens de consommation peut entraîner un véritable effondrement dans la cote des biens de production. C'est la fameuse théorie du « poêle d'Aftalion » : lorsqu'il fait froid, on allume le poêle : comme le feu a du mal à prendre on active le tirage, le feu s'emballe, il fait trop chaud, on ouvre la fenêtre. On retrouve ici, sous une

---

10. En situation de plein-emploi des capacités de production.

102 L'économie selon les fils de Keynes

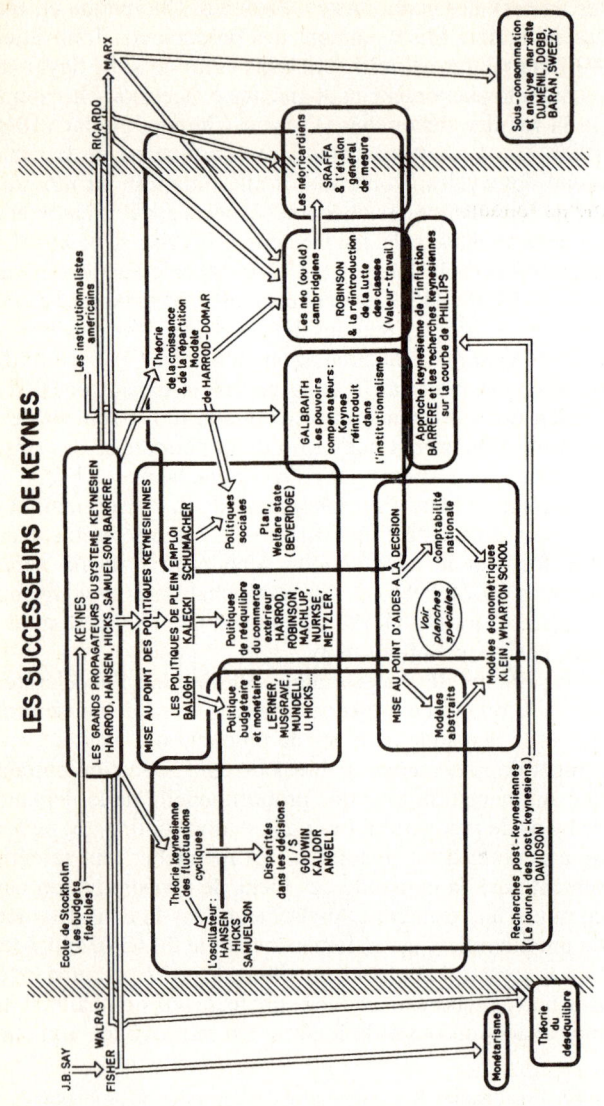

forme imagée, les diverses phases de la crise. Nous sommes loin du néoclassicisme.

Toutefois, cette théorie introduit un élément qui n'est pas étranger au système keynésien : c'est l'insuffisante croissance de la consommation qui entraîne l'effondrement de l'investissement. On verra d'ailleurs plus loin que, combiné au multiplicateur keynésien, l'accélérateur est un des éléments fondamentaux de toute dynamique keynésienne.

Bien entendu, il faut reparler ici du recours au raisonnement par périodes qu'amène l'explication du cycle économique. Elle apparaît, avant même l'École suédoise, en 1922 chez l'Espagnol German Bernacer (1883-1965) et en 1927 chez l'Anglais Dennis H. Robertson (1890-1963).

4. Le raisonnement en termes de circuit.

Nous avons vu que le raisonnement en termes de circuit est une des caractéristiques de l'analyse keynésienne.

Chez Léon Walras, l'interdépendance n'aboutit pas au circuit, car elle lie les individus et les marchés. C'est l'économètre norvégien Ragnar A.K. Frisch (1895-1973), premier prix Nobel de science économique, qui fait faire un progrès notable au système walrassien (en 1949), en introduisant des données globales. C'est dans une voie identique que s'est ensuite engagé le Japonais Michio Morishima (1923-2004). Après Keynes et la généralisation des comptabilités nationales, il est difficile d'ignorer les grandeurs globales quand on parle d'interdépendance.

Le circuit keynésien est, quant à lui, un circuit de flux. Dès W. Petty, les physiocrates et K. Marx, on retrouve l'idée de la circulation monétaire. Les théories de la sous-consommation et toutes les premières critiques de la loi de J.-B. Say amènent un raisonnement en termes de circuit : l'argent ne revient pas à son point de départ, de ce fait il y a un déséquilibre ou du moins un équilibre de sous-emploi.

On approchera beaucoup plus du système keynésien à partir du moment où l'on introduira des phénomènes proches du multiplicateur d'investissement.

Dans son livre *Bank Credit. A Study of the Principles and Factors Underlying Advances Made by Banks to Borrowers*, publié en 1920, Chester Arthur Phillips donne une première formule du multiplicateur de crédit. L'argent prêté revient dans le circuit des banques et facilite la multiplication des prêts réflexes qui, à leur tour, autorisent de nouveaux prêts. Les théories de la relance, connues sous le nom de politiques d'amorçage, ou encore de grands travaux contracycliques, vont aller plus loin. Richard F. Kahn (1905-1989), en 1931, redécouvre, après les mercantilistes (Edward Misselden en 1620, Petty en 1680, Boisguilbert en 1707), la notion de multiplicateur d'emploi, qu'adapte J. M. Clark[11] dans *Économie des travaux publics* (1935), Keynes en fera le multiplicateur d'investissement. La même idée sous-tend les travaux qui devaient aboutir, après Keynes, à l'élaboration d'une véritable comptabilité nationale.

3. L'EXPANSION KEYNÉSIENNE

Il n'est pas toujours facile d'identifier les keynésiens. Comme le dit Milton Friedman en nuançant le raccourci de sa pensée par la formule : « Nous sommes tous des keynésiens » ; en effet « Nous utilisons tous le langage et l'appareil d'analyse keynésiens », mais en même temps il affirme que « plus personne n'accepte les conclusions keynésiennes originelles »[12].

Keynes a entraîné avec lui une grande partie des économistes contemporains dans l'analyse macroéconomique : les Britanniques Roy F. Harrod, James E. Meade (prix Nobel

---

11. Cf. p. 568. Notons que J. M. Clark démontre que les exportations ont le même effet qu'une augmentation de dépense (1935).

12. Rectificatif publié dans le journal Le Monde du 26 mai 1996, cité par Fabrice Mazerolle, 19 décembre 2010, http ://www.maze rolle.fr/HPE/Economistes/Friedman/Milton-FRIEDMAN.pdf

1977), les Britanniques d'origine hongroise, Nicholas Kaldor et Thomas Balogh, les Américains Paul A. Samuelson (prix Nobel 1970), Lawrence Klein (prix Nobel 1980), Alvin Hansen, Bent Hansen, James Tobin (prix Nobel 1981), Franco Modigliani (prix Nobel 1985), les Français Alain Barrère, Jean Denizet, Jean-Paul Fitoussi, etc.

Certains n'ont fait que reformuler l'analyse keynésienne. D'autres en ont été les grands vulgarisateurs (parfois en la reformulant dans les habitudes pédagogiques néoclassiques). De ce point de vue, Samuelson, incontestablement keynésien par bien des aspects, peut être aussi considéré comme l'homme clé du renouveau néoclassique contemporain.

Cette jonction entre Walras et Keynes, les théoriciens du déséquilibre ont cherché dans les années 1970 à la systématiser, mais ils demeurent, des néoclassiques.

D'autres, comme nous l'avons vu, retrouvent la valeur-travail ricardienne ou la plus-value marxiste. Ce sont les néocambridgiens de Joan Robinson. Ils cherchent à mieux intégrer la lutte des classes dans les perspectives keynésiennes. On les nomme de divers noms : néoricardiens, old ou néocambridgiens ou encore néokeynésiens, selon l'importance qu'ils donnent – ou que l'on veut donner – à certains aspects de leurs théories.

De son côté, J. K. Galbraith a lui aussi cherché à mieux intégrer au système keynésien les rapports entre les groupes sociaux, mais dans une perspective institutionnaliste. Il fait la jonction entre le courant keynésien et le courant des hérétiques « à la Schumpeter ».

Rappelons enfin qu'il est parfois difficile de distinguer certains monétaristes de certains keynésiens, même si la croyance ou non à la loi de J.-B. Say demeure un bon moyen de séparer un keynésien d'un monétariste.

À côté des postkeynésiens qui font la jonction avec les trois autres grands courants de la pensée économique, et que nous retrouverons plus loin, il existe un grand nombre de keynésiens beaucoup plus orthodoxes. Certains sont franchement des libéraux tel William J. Fellner (1905-1983), d'autres se situent dans une perspective plus interventionniste, d'autres, enfin, regroupés dans le *Journal of Post Keynesism,* veulent prolonger la pensée keynésienne hors des chemins néoclassiques.

Afin de ne pas être entraînés dans des classements difficiles, sinon impossibles, il nous a paru plus utile de nous attacher aux thèmes qui ont permis un développement et un approfondissement du système keynésien. La plupart du temps, ces élaborations théoriques prennent la forme de l'élaboration d'un modèle macroéconomique. Il ne faut cependant pas confondre ces élaborations théoriques et les recherches beaucoup plus opératoires qui ont abouti aux comptabilités nationales actuelles et aux modèles macroéconomiques utilisés par les pouvoirs publics. Sans Keynes, la politique économique n'aurait peut-être pas disposé des mêmes instruments d'aide à la décision.

1. Croissance et fluctuations.

Si les classiques et Marx ont légué des théories du développement, Keynes ne s'est intéressé que marginalement au problème de la croissance, voire à celui des fluctuations. Sa boutade est restée célèbre : « À long terme, nous serons tous morts. »

A) L'établissement d'une théorie keynésienne du cycle économique.

La base d'une théorie keynésienne du cycle est la *combinaison du multiplicateur et de l'accélérateur,* que l'on nomme parfois *l'oscillateur de Samuelson.* On la retrouve dans la plupart des travaux explicatifs et des modèles keynésiens.

John Richard Hicks (1904-1989, colauréat du prix Nobel 1974 avec Kenneth Arrow) a perfectionné l'oscillateur de Samuelson qui avait d'ailleurs déjà été décrit par Alvin H. Hansen (1887-1975).

Hicks part d'une croissance équilibrée (concept forgé par Roy F. Harrod) et y introduit un choc erratique : un investissement autonome. Cet investissement entraîne un effet de multiplication du revenu national. L'accroissement de la consommation (impliqué par le multiplicateur) amène, par le jeu de l'accélérateur, une demande de biens de production, c'est-à-dire des investissements induits qui, à leur tour, entraînent un effet de multiplication.

On voit donc très bien comment, progressivement, l'expansion se développe jusqu'au « boom des affaires ». Malheureusement, l'expansion réelle ne peut pas se poursuivre indéfiniment. Soit elle se heurte au plein-emploi, soit, progressivement, l'accélération de la consommation s'atténue (augmentation de l'épargne, limite des stocks…) et l'accélérateur entraîne un effondrement des investissements induits qui, à leur tour, entraînent un fonctionnement à l'envers du multiplicateur. La chute ne peut pourtant pas se poursuivre sans fin ; il vient un moment où, au fond de la dépression, il existe un minimum d'investissements nécessaires (renouvellement du capital, reconstitution des stocks, dépenses publiques…). À partir d'un redémarrage de l'investissement, multiplicateur et accélérateur permettent une reprise de l'expansion.

De leur côté, N. Kaldor, socialiste non marxiste hongrois, et Michal Kalecki (1899-1970), socialiste marxiste polonais, ont construit un autre type d'explication du cycle, dû à la disparité entre les décisions d'épargne et d'investissement. On retrouve ce même type d'explication chez James W. Angell (1898-1986) et Richard M. Goodwin (1913-1996). Les épargnants n'étant pas les investisseurs, on a soit I>S, soit I<S. L'équilibre *ex-post* se rétablit, dans le premier cas, par une expansion, dans le second cas, par une contraction de l'activité économique. C'est en fait les capitalistes qui sont maîtres du jeu. Eux seuls peuvent épargner et décider d'investir. Ce cycle va dépendre de l'évolution de leur comportement et des délais entre leurs décisions et les effets de celles-ci.

B) Les modèles de la croissance équilibrée et de la répartition.

L'exemple type de ces modèles est celui de Roy Forbes Harrod (1900-1978). Il fut le premier, en 1938, à formuler une théorie de la croissance dans une optique keynésienne. L'Américain Evsey Domar a développé, de son côté, un modèle très proche, repris par Harrod en 1948.

Ainsi est née une série de modèles dits d'Harrod-Domar. Citons celui du libéral William Fellner (1954), de N. Kaldor (1957), de M. Kalecki (1958), de Joan V. Robinson (1956 et 1962). Essayons de les caractériser.

a) L'outil de base est le coefficient de capital, c'est-à-dire le rapport entre la valeur du capital en usage et celle de la production annuelle. Ce coefficient était connu des néoclassiques (E. von Böhm-Bawerk, F. A. von Hayek) et il était à la base des théories de l'accélérateur (A. Aftalion, J. M. Clark).

L'utilisation du coefficient de capital par les keynésiens est une prise en compte des problèmes de l'accumulation du capital et du long terme. Il existe plusieurs formules de ce coefficient ; certaines d'entre elles, notamment celle utilisée par les néocambridgiens, distinguent les valeurs réelles et les valeurs monétaires.

b) La croissance est bien entendu équilibrée lorsque l'investissement ex-post *est égal à l'investissement* ex-ante *(prévu).* Le taux de la croissance équilibrée est égal au rapport entre la propension marginale à épargner et le coefficient de capital. Si le coefficient de capital est (en supposant une absence de progrès technique)

$$\beta = \frac{K}{Y} = \frac{\Delta K}{\Delta Y} = 5$$

et la propension marginale à épargner, 0,2, le taux de la croissance équilibrée sera de $G = \frac{0,2}{5} = 4\%$.

En effet, dans notre exemple, un taux de croissance de 4 % permettra une égalité de l'épargne et de l'investissement S = 20 % ; 4 % x 5 = 20 %[13].

---

13. En effet, pour faire face à une croissance de 4 %, l'investissement devra représenter 20 % de la production.

À partir de ce concept de base, les modèles introduisent plusieurs autres types de taux : le taux de croissance garantie (GW), qui assure aux industriels, le profit désiré, le taux de croissance naturel (GN), qui permet une croissance égale à la croissance de la population augmentée de la croissance de la productivité.

On voit très bien comment les différences entre les taux permettent d'envisager le plein-emploi et le maintien de la croissance :

G doit être égal à GW et GN.

Les auteurs keynésiens en déduisent toute une série de conséquences :

1. Ainsi pour augmenter la croissance, il faut se rapprocher de GW, voire le dépasser. Il faut donc que les entreprises se débarrassent du capital le plus ancien et utilisent du matériel plus moderne, plus productif. On a ainsi été amené à introduire la notion de génération de capital.

2. Pour les modèles postkeynésiens, c'est l'investissement qui détermine l'épargne, alors que pour les modèles néoclassiques, c'est l'inverse.

3. Ces modèles adoptent une fonction de production généralement à complémentarité de facteurs : si le capital s'accroît, l'emploi s'élève. Toutefois, avec l'introduction de générations de capital, la complémentarité existe au sein d'une génération, mais, au total, il y a substitution du capital au travail. En effet, les générations qui disparaissent sont remplacées par des générations utilisant plus de capital et moins de travail.

4. Il y a une relation mécanique entre le taux de profit et le taux d'investissement. Si la part des salaires augmente, la part des profits diminue et, finalement, le taux d'investissement chute. Toutefois, si les salaires stagnent, la consommation est insuffisante, et nous avons un arrêt de la croissance. Le tout est de déterminer le partage salaire/profit le plus adéquat, d'où l'importance de la politique des revenus[14].

---

14. Ce sont les néokeynésiens qui ont le plus développé ce type de modèles en mettant l'accent sur les problèmes de la répartition.

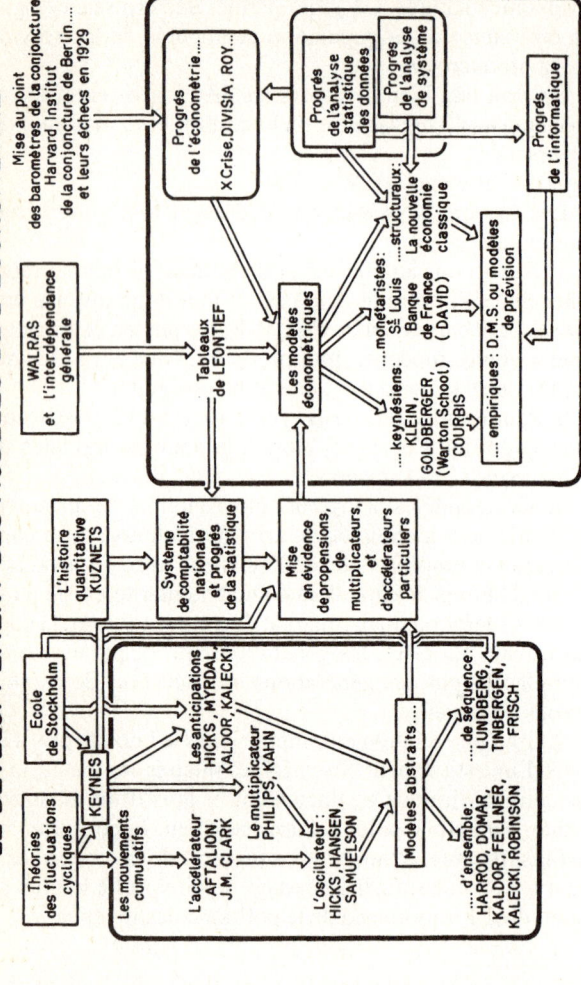

5. Ce sont généralement, du moins au départ, des modèles mono-sectoriels et d'économie fermée.

Si ces modèles ont servi à l'élaboration théorique et à la mise au point de modèles économétriques dans les pays développés, leurs utilisations dans les pays sous-développés ont été très décevantes. En effet, les problèmes structuraux, notamment de désarticulation, enlèvent tout sens à l'analyse keynésienne en termes de flux globaux.

2. L'intégration des relations économiques internationales.

L'extension de la théorie générale au cas d'une économie ouverte est l'œuvre de Roy F. Harrod, de Joan Robinson, de Ragnar Nurkse (1907-1959) et de Lloyd A. Metzler (1913-1980), de Fritz Machlup, spécialiste par ailleurs de l'économie de la connaissance et de la méthodologie (à laquelle se rattache l'histoire de la pensée économique).

A) Les propensions internationales et les multiplicateurs.

Si Keynes a raisonné en économie fermée, il a beaucoup apprécié les mercantilistes lorsqu'ils conseillaient au prince d'accroître les exportations. Les postkeynésiens, avec le modèle d'équilibre global en économie ouverte, montreront dans cet esprit que la croissance économique peut être tirée ou poussée par les exportations.

En d'autres termes, les exportations peuvent compenser la faiblesse de la consommation domestique, à condition, évidemment, qu'il y ait excédent commercial. Cela n'est pas une découverte des postkeynésiens, puisque Keynes avait lui-même déjà assimilé l'excédent commercial à un investissement.

En période de récession ou de crise, la politique d'excédent commercial s'appelle politique d'exportation du chômage, ou politique de transformation des voisins en « mendiants » (selon l'expression de J. Robinson).

Pour les modèles postkeynésiens ouverts, les exportations sont autonomes par rapport au revenu national, tandis que les importations sont induites par le revenu national. Les exportations se comportent comme l'investissement, tandis que les importations se rapprochent du comportement de l'épargne. On peut ainsi calculer une propension à importer et un multiplicateur d'exportation.

Les keynésiens donnent plusieurs versions des multiplicateurs du revenu national en économie ouverte. Ils envisagent, soit :

– un accroissement de l'investissement intérieur, avec la prise en compte des importations comme une fuite, au même titre que l'épargne, sans tenir compte du comportement du reste du monde ;

– un accroissement des exportations dans les mêmes termes que pour les investissements ;

– un accroissement des exportations ou de l'investissement en tenant compte du comportement du reste du monde (propensions marginales à importer et à exporter). Dans ce dernier cas, on en arrive à des formules de plus en plus complexes, auxquelles sont attachés les noms de Meade, Day, Metzler et Machlup.

B) L'approche-« revenu » du rééquilibrage de la balance des paiements.

L'approche-revenu, qu'on appelle encore approche keynésienne, se distingue de l'approche des prix généralement adoptée par les classiques et néoclassiques.

Celle-ci croit au rééquilibrage automatique de la balance des paiements tandis que la première privilégie les changements de la demande.

Il ne sert à rien de dévaluer de 10 %, c'est-à-dire d'augmenter les prix des produits importés de 10 % et de baisser les prix des produits exportés de 10 % si, à l'intérieur, on continue à importer la même quantité et si l'étranger n'augmente pas sa demande. Dans ce cas, on ne fait que creuser le déficit. Il en est de même si la production nationale ne peut pas répondre aux demandes interne et externe, en raison du plein-emploi des capacités de production. Joan Robinson parle, à ce propos, des *élasticités critiques*.

L'approche-revenu que développent les postkeynésiens a des antécédents classiques et néoclassiques, de Wheatley et Ricardo à Ohlin, en passant par Wicksell et Aftalion. Il existe, cependant, deux différences de taille entre ces précurseurs et les postkeynésiens :

– la première tient à l'hypothèse du plein-emploi chez les néoclassiques, du sous-emploi possible chez les keynésiens ;

– la seconde, liée à la première, tient à l'hypothèse selon laquelle la baisse du revenu dans un pays correspond à une augmentation dans les autres, sans changement du volume global, tandis que les postkeynésiens démontrent avec les multiplicateurs du commerce extérieur que le rééquilibrage n'est pas un jeu à somme nulle. Ce que gagne l'un n'est pas égal à ce que perd l'autre. Non seulement les gains peuvent être supérieurs aux pertes, mais il est possible également que les deux pays gagnent.

3. La politique budgétaire et fiscale.

Les postkeynésiens perfectionnent les multiplicateurs pour y intégrer les effets des dépenses publiques, des impôts, de l'augmentation du budget équilibré (multiplicateur budgétaire de Haavelmo, 1945) et du mode de financement des dépenses.

Ils élargissent le keynésisme pour récupérer les leçons de l'expérience des budgets cycliques suédois, adoptés sous l'influence de l'École de Stockholm dans les années 1930.

Les trois lois des *finances fonctionnelles* de Abba Lerner sont, à certains égards, le fruit du double héritage keynésien et suédois :

– Le gouvernement fixe le solde budgétaire, et donc le montant de la dette publique, de telle sorte que l'équilibre global du plein-emploi soit réalisé.

– Le Trésor doit financer le découvert budgétaire par une combinaison entre la création monétaire et l'emprunt, qui permet d'obtenir le taux d'intérêt et le niveau de l'investissement privé désirés.

– La création et la destruction de monnaie devraient être entreprises pour réaliser les deux premières lois.

Ces préoccupations d'efficacité dans *l'économie financière* se retrouvent chez divers auteurs, notamment chez Richard Abel Musgrave (1910-2007) qui publie *La Théorie des finances publiques* (1959), ou encore chez Alan S. Blinder et Robert M. Solow, dans *Fondement analytique de la politique financière* (1974).

Dans les années 1960, la querelle entre keynésiens et monétaristes, avec le fameux débat entre Walter W. Heller et Milton Friedman, donne lieu à une abondante littérature, avec parfois des positions à mi-chemin, telle celle du Canadien Robert Mundell[15]. C'est également le cas de l'Américain James Tobin (1918-2002) qui reçut le Nobel 1981 pour son analyse des marchés financiers et de leurs rapports avec les décisions en matière de dépenses, d'emploi, de production et de prix. Il est cependant plus keynésien que monétariste. Il admet, certes, que les banques centrales ont le devoir de contrôler les tendances inflationnistes de leur société par le suivi de la masse et aussi de la vitesse de circulation de la monnaie, mais il considère également que la régulation anticyclique de la demande est fondamentale. La stagnation des économies européennes des années 1980 est, selon lui, la conséquence du non-interventionnisme et de l'application du monétarisme mécanique. Au-delà de la problématique de régulation conjoncturelle, on note, en outre, la prise en compte des structures économiques dans la définition d'un système fiscal et d'une politique budgétaire. Elle apparaît dans les travaux d'Ursula Kathleen Webb-Hicks (1896-1985)[16] et de Benjamin Higgins, orientés vers les pays sous-développés et l'économie régionale dans le cas de B. Higgins. On la retrouve chez Graham K. Shaw et Alan Turner Peacock, tous

---

15. R. Mundell, prix Nobel d'économie en 1999 (cf. encadré « Modèle de Mundell-Fleming » en Annexe du présent chapitre).

16. Cf. *Public Finance*, Cambridge Economic Handbooks, 1947, 3ᵉ éd., 1968.

deux membres de l'Institute of Economic Affairs[17], qui reformulent dans une optique plus libérale l'ouvrage de base de Musgrave dans la *Théorie de la politique budgétaire* (publié en anglais sous le titre *The Economic Theory of Fiscal Policy*. George Allen & Unwin Ltd, Londres, 1971, 214 p.).

4. La mise au point d'outils d'aide à la décision.

Nous retrouvons ici avec plus de netteté l'origine et la clé de lecture du courant keynésien : *les économistes conseillers du prince*. Le système keynésien a facilité et accéléré tout à la fois la mise en place des comptabilités nationales et la mise au point des modèles économiques en macroéconomie.

A) **Nous aurons encore l'occasion de parler du développement des *modèles économétriques*[18].**

Nous savons que la théorie keynésienne n'est pas l'unique raison de leur progrès, mais l'a largement favorisé. Parmi les économistes qui ont le plus contribué à l'élaboration de ces modèles, citons : Lawrence R. Klein (prix Nobel 1980), Jan Tinbergen (prix Nobel 1969), Ragnar Frisch (prix Nobel 1969), Wassily Leontief (prix Nobel 1973), Tjalling Koopmans (prix Nobel 1975), Simon Kuznets (prix Nobel 1971), Trygve Haavelmo (prix Nobel 1989), Jacques Mairesse, Edmond Malinvaud et Pierre Massé (1898-1987), Raymond Courbis... En France, les principales équipes d'économistes qui travaillent à la mise au point de modèles économétriques appartiennent à l'INSEE et à la Direction de la prévision.

Dans les années 1960, on vit apparaître de grands modèles macroéconomiques, qui furent essentiellement keynésiens. Dans les années 1970, on vit apparaître des modèles monétaristes. Il faut bien avouer que ces modèles n'ont guère donné satisfaction au moment où la croissance s'est infléchie.

---

17. L'IEA, fondé en 1955, est comme l'indique l'encyclopédie Wikipédia le plus important think-tank libéral britannique.
18. Cf. p. 537 *sq.*

L'économie selon les fils de Keynes

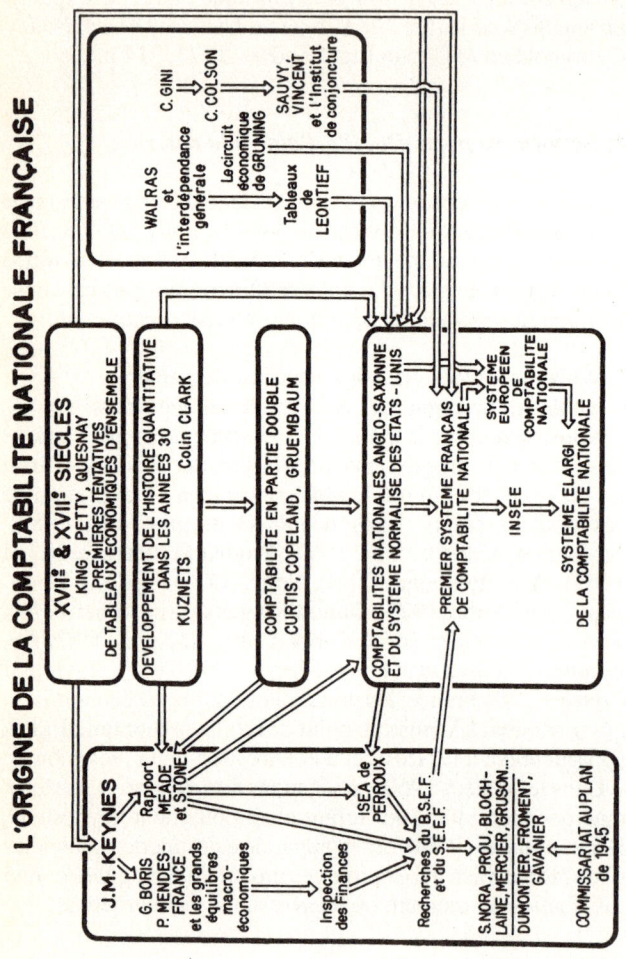

Depuis lors, deux voies ont été explorées. D'une part, des modèles empiriques (tel le modèle français DMS[19]). À partir d'une base keynésienne en ce qui concerne la formation de l'équilibre macroéconomique, ces modèles combinent diverses approches. La division du modèle en blocs (prix, revenu, formation du capital, emploi, production par branche, consommation de biens durables, consommation de service, exportation…) permet en effet de déterminer les résultats d'un bloc en se référant à une théorie et de transmettre les résultats à un autre bloc dont le fondement théorique est quelque peu différent. D'autre part, on voit aujourd'hui se multiplier les tentatives de modèles dans l'optique d'une *Nouvelle économie classique* (NEC). Ici, l'équilibre walrassien est au centre du modèle, et ce sont les comportements microéconomiques des agents, ou, plus exactement leur capacité à avoir des comportements rationnels, à optimiser et à anticiper, qui sont pris en compte dans les équations. Nous les retrouverons en présentant le déploiement des descendants d'Adam Smith.

B) L'histoire de la *Comptabilité nationale* ne se confond pas, elle non plus, avec celle du courant keynésien.
Toutefois, ses liaisons avec le courant keynésien sont encore plus étroites que celles de l'élaboration des modèles économétriques.

a) On peut voir l'origine de la Comptabilité nationale dans les travaux de W. Petty, G. King, Pierre Le Pesant de Boisguilbert et surtout de François Quesnay, sans oublier Antoine Laurent Lavoisier qui publie en 1791 *De la richesse territoriale du royaume de France*. Dans ce rapport, rédigé à la demande de la Convention, il préconise la création d'un bureau national de statistique, c'est-à-dire l'ancêtre de l'INSEE. C'est cependant dans les années 1930, au moment même où s'élabore la *Théorie générale* que se précisent les tentatives de Comptabilité nationale.

---
19. Cf. p. 539.

Une première tentative part de l'évaluation de *la richesse nationale*. Elle est faite en France par Clément Colson, puis André Vincent, en 1941, à la demande d'Alfred Sauvy. Elle rejoint les travaux de Corrado Gini, qui remontent à 1914 et se précisent dans les années 1930.

Une deuxième tentative se rapproche beaucoup plus de la Comptabilité nationale actuelle. *Le Circuit économique. Libéralisme ou autarcie* (Payot) de Ferdinand Grüning, publié en Allemagne en 1937, est véritablement une première tentative de Comptabilité nationale.

De son côté, aux États-Unis, Kuznets (prix Nobel 1971), essayant de reconstituer des séries longues, met au point une conceptualisation. À la même époque, Leontief présente le modèle de base de ses tableaux d'*input, output*. En 1937, Colin Clark publie *Revenu national*. L'idée d'une comptabilité en partie double est mise au point aux États-Unis par M. Curtis et Morris Copeland, tandis qu'en Palestine, en 1938, L. Gruembaum élabore un système totalement intégré.

b) C'est la révolution keynésienne qui est cependant l'élément décisif de l'évolution. En 1941, Kuznets publie *Le Revenu national et sa composition*; de 1919 à 1938, Meade et Stone élaborent leur rapport, qui sera publié en 1944 sous la forme d'un livre blanc : *Le Revenu et la Dépense nationale*.

En France, l'impulsion keynésienne va être donnée par l'Inspection des Finances. C'est un inspecteur des Finances, Jean de Largentaye, et non un universitaire, qui traduit, en 1938, la *Théorie générale*. C'est G. Boris, directeur de cabinet de Léon Blum, qui fait connaître Keynes à P. Mendès France (sous-secrétaire d'État au Trésor). Ce dernier popularise, d'abord auprès des députés, puis d'un plus vaste public, les idées de Keynes et les contraintes des grands équilibres macroéconomiques.

Après le renversement du second cabinet Léon Blum, Paul Reynaud, sur les conseils d'A. Sauvy, met en place l'Institut national de la conjoncture.

Il faudra cependant attendre la fin de la guerre, en 1944-1945, pour voir se concrétiser en France la mise en œuvre

Le déploiement des keynésiens

d'une Comptabilité nationale. La création d'un commissariat au Plan va de pair avec une première tentative de bilan chiffré. J. Dumontier, R. Froment et P. Gavanier établissent les *disponibilités* de la France en 1929, 1938, 1945. En 1947, est publiée par le Plan une estimation du revenu de la France, et la revue de l'INSEE fait paraître, la même année, *La Comptabilité nationale de la France en 1938, une méthode de comptabilité nationale*. De son côté, l'ISEA (devenant ISMEA[20]) de F. Perroux multiplie les études théoriques de comptabilité nationale. Elle fait connaître les travaux anglo-saxons, alors que les Nations unies posent, dès 1945, les principes d'une normalisation de la Comptabilité nationale.

C'est cependant par la conjonction des efforts du Plan et de l'Inspection des Finances que sera véritablement établie la Comptabilité nationale française. Au ministère des Finances, le BESF (Bureau des études et statistiques financières) avait été chargé de faire un inventaire national. C'est de sa fusion avec une équipe venant du Plan que sortira, en 1950, le SEEF (Service d'études économiques et financières). Une grande partie des grands économistes de l'Administration y travaillent : C. Gruson, J. Sérisé, S. Nora, R. Froment, Ch. Prou, L. P. Blanc, R. Mercier. On doit principalement sa création à F. Bloch-Lainé et C. Gruson. C'est cette équipe qui créera le premier système français d'élaboration de la Comptabilité nationale, reprise par la suite par l'INSEE, et qui a été, depuis lors, plusieurs fois modifié. Puis, le « système élargi de Comptabilité nationale » de 1976 se rapproche du système européen et prend en compte les nouveaux problèmes auxquels les responsables de la politique économique doivent faire face.

Grâce à Keynes et aux hommes qui ont transformé sa théorie en outil d'aide à la décision, les rapports « de la science économique et de l'action » se sont précisés[21].

---

20. Institut de sciences mathématiques et économiques appliquées.
21. Nous reprenons ici le titre de l'ouvrage de Pierre Mendès France et Gabriel Ardant : *La Science économique et l'Action*, dont la seconde édition porte le titre : *Science économique et lucidité politique*.

5. La nouvelle économie keynésienne (NEK)[22]

Dans les années 1970 et suivantes, l'approche globale keynésienne rencontrait des limites dans la mesure où, par sa nature macroéconomique, elle ne permettait pas de rendre compte des comportements des agents individuels. Cependant les hypothèses réalistes retenues par Keynes apparaissent utiles pour comprendre les comportements microéconomiques considérés comme les fondements de la macroéconomie. Cette observation, qui a commencé avec George A. Akerlof pour l'analyse du marché des voitures d'occasion, constitue le début d'un nouveau courant dit de la « NEK » ou « nouvelle économie keynésienne ». Les économistes de la NEK s'intéressent à la macroéconomie comportementale et aux comportements macroéconomiques[23], accordant de la sorte moins d'intérêt immédiat aux flux qui sont à expliquer après avoir analysé les différents comportements sur des marchés imparfaits et incomplets.

Optant pour le réalisme des hypothèses, les nouveaux économistes keynésiens[24] reprennent l'hypothèse de l'information imparfaite, asymétrique, et celle de la rigidité de prix et des salaires à la baisse, et rejettent l'hypothèse de la dichotomie des phénomènes réels et des phénomènes monétaires. Comme l'indique Akerlof dans son discours de réception du prix Nobel, il fallait sortir du modèle néoclassique instrumentaliste simplificateur. Pour cela, il propose de prendre en compte le rôle des facteurs psychologiques et

---

22. Cf. p. 580.
23. C'est le titre du discours de réception du prix Nobel d'économie de George A. Akerlof prononcé le 8 décembre 2001.
24. Les principaux représentants de ce courant sont George A. Akerlof, Olivier Blanchard, Pierre Fortin, Gregory N. Mankiw, Michael Parkin, Carl Shapiro, Joseph E. Stiglitz, Lawrence Summers, Andrew Weiss, Janet Yellen. On note que ce sont, pour la plupart, à la fois des chercheurs et des acteurs engagés, conseillers gouvernementaux ou responsables dans de grandes institutions publiques nationales ou internationales.

sociologiques, tels que les biais cognitifs, les phénomènes de la réciprocité, l'équité, l'éducation et le statut social. Il n'est plus question du modèle de concurrence pure et parfaite, avec des agents preneurs de prix. La rigidité des prix s'explique par la structure monopolistique ou par la concurrence imparfaite ainsi que l'a analysé le Français Olivier Blanchard, professeur au MIT à Boston. Les économistes de la NEK introduisent des fondements microéconomiques par le biais de la nouvelle microéconomie ou économie de l'information. Celle-ci analyse les comportements rationnels dans des situations d'information dite « asymétrique » où certains individus disposent d'une information privée, inconnue des autres. Dans ce cadre, deux types de problèmes peuvent apparaître : l'anti-sélection et le risque moral.

L'aléa moral, dit aussi « risque moral » ou « hasard moral », est une situation qui s'applique à des actions et des comportements non observables et susceptibles d'être entrepris par les agents après signature du contrat. On a évoqué un risque moral de ce type pour expliquer l'attitude allemande de refus de venir en aide au gouvernement grec dans la crise de l'endettement en 2010, cette aide étant censée favoriser le laxisme, la mauvaise gestion. L'aléa moral apparaît ainsi comme la conséquence de l'incomplétude de l'information. Il est possible de réduire le risque moral par des contrats incitatifs. Par exemple, les dirigeants d'une entreprise reçoivent des droits d'acheter des actions à un prix inférieur à celui du marché (stock-options) pour les inciter à ne pas nuire aux intérêts des actionnaires.

L'asymétrie informationnelle, ce n'est pas seulement le risque moral auquel un contrat incitatif apporte une solution satisfaisante, c'est également le délicat phénomène de l'anti-sélection. George Akerlof l'a présenté dans un article célèbre (« le marché des tacots : incertitude de la qualité et mécanismes de marché », *Quaterly Journal of Economics*, 1970). Sur le marché des voitures d'occasion, pris comme exemple, l'asymétrie d'information est indéniable. Dans ce cas, les échanges risquent de ne pas avoir lieu, si l'acheteur considère que le vendeur cherche toujours à lui vendre les plus mauvais produits aux prix les plus élevés. En effet seul le vendeur connaît la qualité des produits et ce vendeur sait que l'acheteur a une attitude méfiante. L'acheteur n'est pas certain qu'un prix élevé soit une information suffisante indiquant une bonne qualité. Dans cette situation aucun choix ne peut être fait – c'est la signification de anti-sélection –, sauf si l'on prévoit des garanties, ou bien que l'État impose une qualité minimale ou encore, par exemple dans le cas du marché des véhicules d'occasion, qu'il institue l'obligation de faire des contrôles techniques périodiques sur les organes essentiels.

Le risque d'anti-sélection existe dans d'autres situations, comme par exemple avec le *salaire d'efficience* qui peut conduire à l'aggravation du chômage[25]. En effet le demandeur d'emploi (offreur de travail) exige un salaire élevé pour signaler sa compétence et sa haute productivité. Les entreprises se livrent à une surenchère pour obtenir les services de ces travailleurs exigeants. Leurs moyens étant limités, elles réduisent leur embauchent et tente d'accroître la productivité. Le chômage durable s'installe. Pour garder leur emploi, ceux qui ont un emploi redoublent d'effort et répondent aux exigences des entreprises en matière de productivité. Les gains de productivité réduisent les besoins de main d'œuvre. Le cercle vicieux ne peut s'arrêter que par le jeu de conventions collectives de travail, des rémunérations en fonction du diplôme, de l'ancienneté, etc.

La dimension keynésienne du salaire d'efficience est que ce dernier explique la rigidité du salaire à la baisse. Cet aspect a donné lieu à un grand nombre de travaux dont les plus cités sont ceux de Joseph E. Stiglitz[26], George A. Akerlof, Janet L. Yellen. Ces deux derniers ont publié *Efficiency Wage Models of the Labor Market*[27], un ouvrage collectif qui réunit les principaux articles d'auteurs importants ayant abordé ce thème (Harvey Leibenstein, Carl Shapiro, Robert Solow, Joseph E. Stiglitz, Steven Salop, Andrew Weiss, etc.).

---

25. Cf. p. 581, le déploiement des hérétiques à la Schumpeter.
26. Joseph E. Stiglitz, « The Efficiency Wage Hypothesis, Surplus Labour and Distribution of Income in LDC », *Oxford Economic Papers*, 1976.
27. University Press of Cambridge, 1986.

Annexes

ANNEXE 1

Tableau synoptique des différentes formes de keynésianisme

Formes	Auteurs	Caractères
Keynésianisme de la croissance	R. Harrod E. Domar	– Extension au long terme de la théorie de Keynes mais avec complémentarité des facteurs de production.
École néo-cambridgienne (avec des tendances vers une approche néo-ricardienne)	J. V. Robinson N. Kaldor P. Garegnanim P. Sraffa L. L. Pasinetti	– Importance des problèmes de la répartition des revenus. – Tentative pour concilier dans une vision pessimiste, via M. Kalecki, Keynes et Marx : le taux de partage salaires/profit en faveur des salariés suscitera un blocage de la croissance ; le faible profit en effet engendre l'arrêt des investissements. Mais si les profits sont avantagés, la consommation est pénalisée par les salaires trop faibles. Donc les entreprises cessent d'investir.
École de la synthèse classico-keynésienne	J. R. Hicks A. Hansen P. A. Samuelson R. Solow J. Tobin L. Klein F. Modigliani D. Patinkin	– Tentative pour réaliser la synthèse de Keynes et de Walras. Les courbes ISLM, le schéma de la courbe d'offre globale à 45° sont les produits les plus notoires de cette synthèse se limitant à mettre en relations les équilibres réels et monétaires.
École néokeynésienne, école du déséquilibre, école d'équilibres à prix fixes, équilibre avec rationnement	R. W. Clower A. Leijonhfvud R. Barro J. P. Bénassy Ed. Malinvaud J. M. Grandmont J. H. Drèze P. Artus A. d'Autume	– Autre tentative pour concilier l'*équilibre général* de Walras et l'*équilibre global* de sous-emploi de Keynes, par l'introduction de certaines contraintes – par exemple, la rigidité des prix à court terme – parmi un certain nombre d'hypothèses néoclassiques. En fonction des niveaux des variables conjoncturelles (taux d'intérêt, niveau du PIB, etc.), elle débouche sur différentes formes de déséquilibre (chômage, inflation contenue).

Formes	Auteurs	Caractères
Économie postkeynésienne (PKE selon le sigle anglais)	P. Davidson S. Weintraub F. Kahn G. Shackle H. Minsky G. Harcourt M. Lavoie	– Ceux qui se disent fidèles à la pensée fondamentale de Keynes : le noyau central de la PKE est la faiblesse de la demande globale qui résulte de l'incertitude fondamentale qui caractérise une économie monétaire. Cela se traduit par l'incapacité des agents de prévoir (cf. P. Davidson, « Reality and Economic Theory », *Journal of Post Keynesian Economics*, 18, p. 479-508).
École du circuit	A. Barrère A. Parguez B. Schmitt	– Des postkeynésiens français mais qui accordent une place essentielle à la monnaie et à l'analyse des fuites (thésaurisation) dans le circuit.
Nouvelle économie keynésienne (NEK)	G. Akerlof B. Bernanke O. Blanchard D. Cohen S. Fischer P. Krugman N. G. Mankiw M. Parkin Ed. Phelps K. Rogoff P. Romer N. Roubini R. Shiller J. Stiglitz L. Summers J. Yellen	– Les économistes de la NEK, en réponse aux critiques des NEC (Nouveaux économistes classiques), cherchent des fondements microéconomiques à l'économie keynésienne. Les comportements sont rationnels, mais les marchés connaissent de nombreuses défaillances, l'équilibre ne se réalise pas spontanément, notamment en raison de la viscosité si ce n'est de la rigidité des salaires et des prix face aux changements de l'environnement. La concurrence est monopolistique et non pure et parfaite. La régulation par l'État et la Banque centrale est préférable au libéralisme qui conduit aux fluctuations de l'activité.

ANNEXE 2

Modèle de Mundell-Fleming*

Robert A. Mundell, d'abord, puis Marcus Fleming ont étendu le raisonnement fondé sur les courbes ISLM au cas d'une économie ouverte avec, d'une part, l'hypothèse sur la nature du change (fixité, variabilité) et, d'autre part, l'hypothèse sur le degré de mobilité des capitaux (rigidité, mobilité modérée, mobilité parfaite). La droite représentative de l'équilibre externe est BO pour différents couples de revenu Y et de taux d'intérêt i. La balance des paiements globale B est égale à la Balance des transactions courantes (importations et exportations de biens et services), qui est fonction de Y, plus la balance des capitaux, qui est fonction de i. Lorsque B est équilibrée on a B = 0. La droite BO, dont la pente dépend de la propension marginale à importer (variation des importations divisée par la variation du revenu national) et du degré de mobilité de capitaux, est croissante dans le système d'axes (i, Y) : une augmentation du revenu national Y entraîne une augmentation des importations, ce qui suscite un solde négatif de la balance commerciale, obligeant à relever le taux d'intérêt afin que l'entrée de capitaux compense les sorties dues aux importations de marchandises. BO, *i.e.* l'équilibre externe, peut être au-dessous (excédent externe), ou au-dessus (déficit externe) ou exceptionnellement se confondre, *i.e.* être compatible, avec l'équilibre interne (ISLM). Les schémas page suivante illustrent l'ajustement de la balance des paiements en cas de déficit externe :

a) en changes fixes par réduction de LM (déplacement à gauche) en raison de la sortie de devises faisant ainsi monter les taux d'intérêt. La baisse du revenu due aux importations porte en elle la réduction même des importations, et la hausse de i attire les capitaux, et ainsi les équilibres internes et externes sont confondus en E2 ;

b) en changes flottants par augmentation de IS (déplacement à droite) et de BO (déplacement vers le bas) en raison de la dépréciation du taux de change qui favorise les exportations et défavorise les importations.

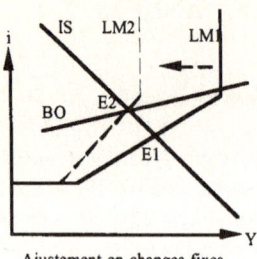

Ajustement en changes fixes

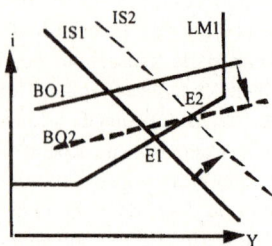

Ajustements en changes flottants

Mundell-Fleming-Mc Kinnon, les zones monétaires optimales (ZMO) et la crise de 2007-2010 dans la zone euro

Après avoir lancé en 1961 les bases de la théorie des zones monétaires optimales en montrant les avantages de celles-ci[1], Robert Mundell propose en 1973 de réfléchir à la constitution d'une telle zone en Europe[2]. Ce thème donnera lieu à de nombreuses contributions. Et on peut dire que ces travaux ne sont pas totalement

---

1. Robert Mundell, « A Theory of Optimum Currency Areas », *The American Economic Review*, 51, 1961.
2. Robert Mundell, « A Plan for a European Currency », *in* Harry G. Johnson et Alexander K. Swoboda, *The Economics of Common Currencies*, Londres, George Allen & Unwin Ltd., 1973.

étrangers à la création de la zone euro qui, sous certaines conditions[3], pourrait être une zone monétaire optimale, c'est-à-dire un espace géographique et économique disposant de tous les avantages d'une monnaie unique commune aux différents pays respectant ces conditions dites de « convergence ».

Le taux de change n'est plus un instrument de politique économique lorsque les pays adoptent une monnaie unique et commune. Ce choix est d'autant plus évident que les économies ont un fort degré d'ouverture, puisque le taux de change perd son efficacité en tant qu'instrument de politique économique, comme le démontre Mc Kinnon[4]. La zone monétaire suppose aussi que les rythmes de l'inflation ne soient pas trop différents entre les pays qui envisagent une intégration dans la zone, ainsi que l'explique Fleming[5]. Mais pour faire une zone monétaire optimale, il faut que les économies aient une forte mobilité des facteurs de production (Mundell, 1961). En effet, si une économie subit un ralentissement de son activité ou si une autre économie subit des tensions inflationnistes, le déplacement des facteurs de production permettrait alors de résoudre le problème de chômage dans l'économie en récession et celui de la pression à la hausse des salaires dans la seconde. La diversification de la production est également un facteur favorable à la constitution d'une zone monétaire, selon Peter B. Kenen[6].

L'intérêt de la ZMO est aussi financier. Il n'est plus en effet nécessaire de manipuler le taux de change pour avoir des flux de capitaux, comme l'indique Ingram (1962). Les emprunts dans les zones de surplus, la vente d'actifs étrangers sous la forme d'emprunts auprès de zones de surplus ou la vente nette d'actifs étrangers ainsi que de faibles changements des taux d'intérêt permettent d'avoir des entrées nettes de capitaux.

---

3. Voir Jérôme Trotignon, « Une analyse de l'intégration commerciale et monétaire régionale », mémoire d'HDR, Lyon 2, Presses de l'université de Lyon, 12 juin 2009.

4. Ronald Mc Kinnon, « Optimum Currency Areas », *The American Economic Review*, 53, 1963.

5. Marcus Fleming, « On Exchange Rate Unification », *Economic Journal*, vol. 81, 1971.

6. Peter B. Kenen, « The Theory of Optimum Currency Area : An Eclectic View », *in* Robert Mundell et Alexander K. Swoboda (dir.), *Monetary Problems of the International Economy*, Chicago, University of Chicago Press, 1969.

L'abandon de l'instrument de politique du taux de change comporte des coûts. On l'a bien vu avec la crise de 2007-2010 au sein de la zone de l'euro avec un taux de change unique imposé à des économies aussi différentes que la Grèce et l'Allemagne. Le recours à la dévaluation, si celle-ci avait été possible, aurait permis à la Grèce de relancer son économie en favorisant les exportations, en freinant les importations, avec pour effet d'augmenter les recettes fiscales assises sur l'activité économique tout en réduisant l'endettement public.

DEUXIÈME PARTIE

L'économie selon les descendants d'Adam Smith

Qui était Lord Adam Smith ?
(1723-1790)

Adam Smith naquit en Écosse en 1723, à la veille de la révolution industrielle. Au départ, l'économie ne le tente guère. Il désire devenir professeur de philosophie. Il fait ses études à Glasgow, puis à Oxford à une époque où cette université ne passe pas pour un lieu de travail acharné. On y débat un peu de tout et on lit ce qu'on veut. Adam Smith pousse cependant un peu loin la curiosité intellectuelle en se passionnant pour le Traité de la nature humaine *de Hume. L'auteur y prêchait l'introduction de la méthode expérimentale dans l'étude des sujets... moraux. Cela fit scandale, et Adam Smith frôla l'exclusion de cette université peu contraignante.*

En 1751, à 28 ans, il retourne en Écosse. Après avoir donné quelques cours de littérature et... d'économie à Édimbourg, il obtient la chaire de logique, puis celle de philosophie morale de l'université de Glasgow, une des plus grandes universités du XVIIIe siècle. En 1759, il publie son premier ouvrage : la Théorie des sentiments moraux. *Il tente d'y expliquer un paradoxe : l'homme n'a rien de bon, il est un loup pour l'homme, et il est capable de porter des jugements moraux, voire de se juger lui-même, pourquoi ? Adam Smith voit la réponse dans la capacité de l'homme à se placer en observateur et à prendre des distances vis-à-vis de lui-même.*

Ce livre eut un grand retentissement ; on discutait dans toute l'Europe intellectuelle du temps du paradoxe d'Adam Smith. Une conséquence inattendue se produisit pour

Smith : son livre attira l'attention du richissime et intrigant Ch. Townshend. C'était un homme doué, mais capricieux, qui manquait parfois de bon sens. Il restera dans l'histoire le protecteur temporaire d'Adam Smith, et surtout le chancelier de l'Échiquier qui, par des mesures absurdes, a provoqué la révolution américaine. En 1754, il venait d'épouser la riche veuve du duc de Dolkeit et avait en charge l'éducation du jeune duc, son beau-fils. Il offre à Adam Smith d'en devenir le précepteur contre, outre le remboursement de ses dépenses courantes, une rente à vie de huit cents livres sterling. Smith en gagnait alors trois fois moins.

L'éducation du jeune duc commence par un long voyage de dix-huit mois à travers l'Europe, en fait, essentiellement en France, la patrie des encyclopédistes. Smith et son jeune élève séjournent d'abord de longs mois à Toulouse, passent ensuite par Genève, rencontrent Voltaire et arrivent enfin à Paris où ils demeureront dix mois. À Paris, Smith est lié aux encyclopédistes et surtout aux physiocrates (les économistes de l'époque, qui prêchaient la liberté mais qui affirmaient que seule l'agriculture était source de richesse). Sa rencontre avec le Dr Quesnay, médecin de Mme de Pompadour et le plus célèbre des physiocrates, est capitale. Pendant tout son séjour, il multiplie les dialogues avec lui et Turgot. Malheureusement (et heureusement pour la science économique) le rôle de précepteur d'Adam Smith s'achève brutalement. Le frère cadet du jeune duc est assassiné au coin d'une rue de Paris, et Adam Smith rentre précipitamment en Angleterre.

Il retourne en Écosse, s'enferme à Kirkcaldy et, pendant dix ans, rédige (ou plutôt, dicte) ce monument de la science économique, commencé deux ans plus tôt à Toulouse : Recherche sur la nature et les causes de la richesse des nations. L'ouvrage paraît en 1776. Il fonde le libéralisme économique. C'est un livre complexe, et souvent obscur. Il fait le point des connaissances économiques de l'époque, polémique, décrit le monde de Smith, moralise quelquefois et, au détour, règle des comptes ou se complaît dans d'amusantes boutades. La Richesse des nations n'affirme que *rarement des règles absolues. Smith n'est ni un doctrinaire ni un utopiste. Il adore les digressions et les anecdotes ; quand il affirme un principe, il multiplie immédiatement les exceptions. Certes, il vante les mérites du marché, mais il ne se fait guère d'illusions sur les rustres égoïstes que sont les industriels de l'époque. Il prône le libéralisme, condamne l'intervention gouvernementale, démontre que la liberté est la condition du progrès. Il s'accommode cependant du protectionnisme ou du monopole de la Compagnie des Indes. Cet homme peu effarouché par les contradictions accepte même, en 1778, le poste de commissaire des douanes d'Édimbourg !*

En réalité, dans cet ouvrage complexe et en apparence attrape-tout qu'est Recherche sur la nature et les causes de la richesse des nations, *deux livres s'entrecroisent. Dans le premier, Adam Smith élabore une théorie générale de l'économie. Dans le second, il illustre et commente sa théorie par des observations et des digressions en tout genre.*

Le premier livre montre les hommes se livrant à l'activité qui domine leur vie tout entière : l'échange. *Toutefois, cet échange se structure d'abord dans des entités où s'affrontent et cohabitent des intérêts opposés :* les Nations. *Nous sommes très loin de la Nation de Jean-Jacques Rousseau. Pour Adam Smith, la Nation c'est d'abord la « société civile » par opposition à la société politique. Son but est la réalisation des intérêts matériels et la satisfaction des besoins en permettant l'épanouissement des pulsions qui incitent les hommes à échanger et, à travers l'échange, la maximisation du plaisir. La division du travail, en rendant le travail plus efficace, accroît les richesses à échanger et suppose l'accumulation du capital. Adam Smith n'ignore pas, comme nous le dirons plus loin, l'État mais il interprète « la politique » en fonction de « l'économie ». Il est bien en cela le père de l'économie politique.*

Parallèlement, il fonde le libéralisme car il démontre que l'économique fonctionne de toute éternité suivant la recherche de l'intérêt particulier et parvient à travers l'échange (et les mécanismes du marché) à l'intérêt général.

L'État chez Smith existe, il est même indispensable, car les hommes en société ont besoin d'une entité, située au-dessus des passions et intérêts particuliers, et garantissant la nécessité de vie économique.

L'État de Smith c'est l'État-gendarme rassurant les propriétaires et tous ceux qui œuvrent à l'accroissement de la richesse de la Nation et qui craignent les désordres sociaux. Cette nécessité explique le regroupement d'individus en Nations. La boucle est bouclée et Adam Smith est le père du libéralisme économique et de l'État libéral. L'influence de cette vision théorique sur la pensée économique a été considérable, beaucoup plus grande que ses implications politiques immédiates. En effet, au moment où Adam Smith écrit, l'État libéral de ses vœux est déjà en Angleterre une réalité. Il y a bien longtemps qu'outre-Manche l'absolutisme et le corporatisme d'antan sont déjà morts. Parallèlement, la révolution industrielle bat son plein et il est étonnant que le grand chantre de l'accumulation du capital et de la division du travail ne dise pas un mot des machines à vapeur qui commencent à envahir la vie industrielle. Quant au libre-échange, il faudra plus d'un demi-siècle avant qu'il ne devienne une réalité (du moins pour la Grande-Bretagne).

Ses contemporains ne s'y sont point trompés, ils ont fait de son livre le livre fondateur de la pensée libérale. Recherches sur la nature et les causes de la richesse des nations *sera traduit, de son vivant, en allemand, en français, en danois, en italien et en espagnol. Adam Smith devient recteur de l'université d'Édimbourg, et le gouvernement lui rend officiellement hommage. Sa mort, en 1790, fait cependant peu de bruit. La Révolution française avait éclipsé l'événement. On y parlait de liberté, mais pas exactement de celle de* La Richesse des nations.

4. Le fonctionnement de l'économie et l'explication du chômage par les descendants d'Adam Smith

Aujourd'hui, les descendants d'Adam Smith sont nombreux et fort divers. Après les grands classiques de la fin du XVIIIe siècle et du début du XIXe siècle (J.-B. Say, T. Malthus, Ricardo et, un peu plus tard, Stuart Mill), apparurent, à la fin du siècle dernier, les néoclassiques marginalistes, suivis, plus près de nous, des néomarginalistes et autres variétés de néoclassiques. Une place à part doit être, en outre, faite au Français L. Walras (1834-1910), qui donna une synthèse mathématique du monde harmonieux d'Adam Smith.

Après Keynes, le courant « smithien » a longtemps été sur la défensive. Ce n'est que récemment que ses membres ont contre-attaqué. La persistance de l'inflation leur en a donné l'occasion. La première grande contre-offensive a été celle de *l'École de Chicago,* avec son chef de file, Milton Friedman, et les économistes de la Banque de Saint-Louis aux États-Unis. Ces deux groupes constituent le bastion du *monétarisme* américain. Plus récemment, on a vu se développer les partisans de la *théorie de l'offre (Supply Side Economy),* par opposition aux keynésiens, qui s'intéressent surtout à la demande. Le plus connu de ces partisans est Arthur B. Laffer de l'université de Californie du Sud. Nous verrons par la suite que des essais de synthèse entre Keynes et Smith[1] ont été tentés notamment par les partisans de la

---

1. Ou, plus exactement, entre Keynes et Walras.

théorie du déséquilibre, tel l'Américain Robert Clower et le Français Jean-Pascal Benassy. Les vues que nous allons exposer dans ce chapitre ne prennent pas en compte ces positions moyennes. Elles se retrouvent, en France, dans les écrits de l'École dite des *nouveaux économistes* avec, notamment, J.-J. Rosa, F. Aftalion, A. Wolfelsperger, H. Lepage. La Nouvelle économie classique (NEC), appelée initialement École de Minneapolis, à partir des années 1980 et jusqu'à la crise de 2008, va prospérer. Elle tentait de donner avec ses anticipations rationnelles et ses démonstrations mathématiques une pseudo-justification scientifique aux politiques ultra-libérales. La crise de 2008 a brutalement interrompu son développement. Les idées des descendants actuels d'Adam Smith ont largement inspiré les politiques entreprises dans les années 1980 par Mme Thatcher au Royaume-Uni et par l'administration Reagan aux États-Unis. M. Barre ne put jamais, quant à lui, totalement abandonner les idées de Keynes, très largement exposées dans son traité d'*économie politique*. Par contre, le gouvernement de M. Chirac, de 1986 à 1988, ou encore ceux de MM. Balladur (1993-1995) et Juppé (1995 et 1997), et la politique mise en œuvre par le président Sarkozy jusqu'à la crise de 2008 se sont inspirés des idées smithiennes.

1. « L'ÉCONOMIE DE MARCHÉ » DES DESCENDANTS D'ADAM SMITH

Les fils de Keynes raisonnent en termes de flux et de circuit, d'offre et de demande globales, les descendants d'Adam Smith, en termes de marché et d'équilibre entre l'offre et la demande. Derrière l'analyse des uns, nous avons les grands équilibres comptables nationaux ; derrière celle des autres, les conséquences du choix rationnel des individus. Nous en reparlerons.

1. Sachons lire les courbes d'offre et de demande.

Prenons un produit donné, par exemple des chemises ; le prix de la chemise est bas, les consommateurs en achèteront beaucoup. Certes, le besoin de chemises est limité, mais ceux qui étaient rationnés par un prix élevé pourront se payer ce qui était jusqu'ici hors de leur portée. Un prix bas attire de nouveaux consommateurs. En d'autres termes, la demande de chemises varie en fonction inverse de la variation des prix. Au contraire, au fur et à mesure que les prix augmentent, les fabricants de chemises ont normalement avantage à accroître leur production. Un prix élevé peut d'ailleurs rendre rentables des fabrications qui ne l'étaient pas lorsque le prix était bas. L'offre varie dans le même sens que les prix.

Nous pouvons représenter les intentions d'achat et de vente de chemises sur un graphique. Sur l'axe des X, nous portons les quantités offertes ou demandées ; sur l'axe des Y, les prix. À chaque niveau de prix correspond une intention d'achat ; en reliant tous les points ainsi obtenus, on obtient la courbe de la demande. De la même manière, nous pouvons tracer la courbe de l'offre.

Si le prix du marché lui était supérieur, des entreprises auraient théoriquement avantage à produire une plus grande quantité de chemises, mais ces chemises resteraient invendues. Ce prix ne pourrait pas être maintenu. Si le prix du marché était inférieur à ce prix d'équilibre, les achats pourraient être importants, mais les entreprises ne produiraient pas les quantités demandées.

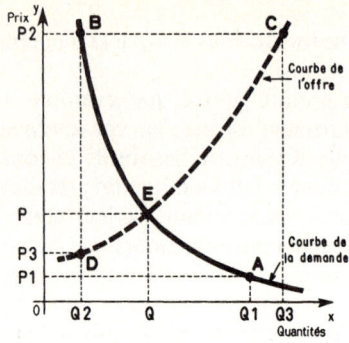

Si le prix était P1, les consommateurs seraient disposés à acheter Q1 ; mais à ce prix, les entreprises ne sont pas intéressées à produire la moindre chemise. S'il était P2, ils n'achèteraient que Q2, alors que, pour ce prix, les entreprises sont disposées à produire une quantité de chemises égale à Q3 ; cette production resterait invendue. Un seul point correspond à l'égalité de l'offre et de la demande : E. Il correspond au croisement des deux courbes et détermine le prix dit *d'équilibre*.

L'ajustement entre l'offre et la demande suppose naturellement une circulation parfaite de l'information et des anticipations sur les conséquences de tel prix ou de telle quantité offerte ou demandée. Des tâtonnements sont prévisibles mais le prix qui apparaît sera stable car, à un moment donné, il n'existe (normalement) qu'un point d'équilibre.

Bien entendu, sur une période plus longue, le prix d'équilibre change. Par exemple, une augmentation du revenu des consommateurs peut les amener à accepter d'accroître pour chaque niveau de prix les produits désirés. La courbe de la demande se déplace alors vers la droite. On peut aussi imaginer que des innovations techniques abaissent les coûts de production. À chaque niveau de production, le prix permettant un profit acceptable est abaissé. La courbe de l'offre se déplace elle aussi vers la droite ; le prix d'équilibre change.

Il s'agit là d'un exemple théorique et simplifié. Nous affinerons par la suite cette description. Les partisans de l'économie de marché pensent que, de toute manière, il est bon de raisonner à partir d'un modèle exemplaire. On peut ainsi mieux comprendre les conditions d'un équilibre stable (comportement rationnel, concurrence, bonne circulation de l'information... nous en reparlerons) et expliquer les distorsions entre les prix réels et les prix théoriques.

2. Le marché peut assurer le bon fonctionnement de l'économie.

L'explication de l'économie par les « smithiens » est centrée sur le marché. Bien sûr, il existe plusieurs types de marchés : marché des biens de consommation, marché des biens de production, marché des capitaux, marché du travail. Toutefois, pour les « smithiens », un seul est déterminant : *le marché des biens de consommation*[2].

A) Le marché et la formation d'un prix d'équilibre.

Supposons que, sur le marché, la demande d'un produit excède son offre. Si la production ne peut immédiatement suivre, les prix vont monter.

Cette hausse de prix va avoir pour effet immédiat de diminuer la demande (l'augmentation des prix est une manière de rationner la consommation ; les prix montant, certains consommateurs renoncent totalement à l'achat qu'ils envisageaient ; d'autres, au contraire, vont diminuer leur demande). L'équilibre entre l'offre et la demande est rétabli.

Toutefois, cette hausse des prix n'a pas seulement pour effet de diminuer la demande. Elle se transmet à tous les autres marchés, par l'intermédiaire des entrepreneurs. Voyant les prix monter, l'entrepreneur a avantage à produire plus, car il peut espérer un profit plus élevé.

Une hausse des prix incite donc les entreprises à transmettre au reste de l'économie l'ordre du consommateur de

---

2. La valeur des choses résulte des utilisations finales, cf. p. 670-673.

L'ÉQUILIBRE WALRASSIEN

L'économiste Léon Walras (1834-1910), professeur de l'université de Lausanne à partir de 1870, a donné la première vue parfaitement cohérente de l'équilibre général. Par bien des aspects il a fondé l'approche « smithienne » contemporaine.

L. Walras était socialiste agrarien (pour lutter contre la rente foncière qui n'incite pas à agir rationnellement, il proposait la nationalisation de toutes les terres), mais il voulait fonder scientifiquement sa théorie économique, ce qui signifiait, pour lui, le rejet de toute démarche normative. Il distinguait donc les faits économiques, qui relevaient de la science, des faits *humanitaires,* qui relevaient de la morale. C'est là une approche typiquement réformiste, fortement opposée à l'approche marxiste qui cherche à unir dans une même science l'étude des faits économiques et sociaux.

Sa volonté d'une science économique parfaitement autonomisée l'a amené à donner une formulation mathématique de l'équilibre général. Il a ainsi mathématiquement démontré que, dans un système de concurrence pure et parfaite, le prix de chaque produit est égal à son prix de revient, et que l'ensemble des facteurs de production est utilisé. C'est ce qu'on nomme *l'équilibre walrassien.* En fait, cette économie pure n'est pas parfaitement automatisée, car elle suppose exacts des postulats libéraux sur les comportements des individus. Or, ces postulats sont de nature philosophique et idéologique.

Nous verrons dans le chapitre suivant d'autres caractéristiques supplémentaires de l'équilibre walrassien. Disons seulement ici que Walras a complété et dépassé la vision d'Adam Smith. Il lui a donné une cohérence d'ensemble et les instruments d'une démonstration mathématique. Il a surtout démontré l'interdépendance de tous les prix et de toutes les quantités. Certains y voient la *justesse* de la vision smithienne ; d'autres font remarquer que possibilité de *formalisation mathématique* et *vérité* sont deux choses bien différentes.

L. Walras n'était pas dupe de sa théorie pure. Il n'y voyait qu'un instrument d'analyse, et non une représentation de la réalité. Socialiste agrarien, comme nous venons de l'indiquer, il proposait, dans son *Traité d'économie sociale,* que toute la terre soit propriété de l'État. Ce dernier s'appropriera ainsi la rente foncière et pourra supprimer l'impôt. L'inégale fertilité des terres et la diversité des charges fiscales seront ainsi supprimées. L'échange se fera alors dans de meilleures conditions. Nous sommes ici bien loin du « laisser-faire » libéral.

Les défenseurs du marché se réfèrent toujours à l'équilibre walrassien, mais ils ont oublié cet aspect du maître de Lausanne. L'égalisation du prix de vente et du prix de revient dans l'équilibre général n'était certainement pas pour Walras une justification du capitalisme, mais de la concurrence et du libre-échange. Au passage, il faisait la démonstration mathématique que la meilleure allocation des ressources et le plein-emploi ne sont atteints qu'au moment où le profit a disparu. Les libéraux français de l'époque, politiquement conservateurs, ne s'y sont pas trompés ; ils l'obligèrent à aller enseigner à l'étranger.

Entré à Polytechnique, il en était sorti avant d'avoir son diplôme et n'avait pas soutenu de thèse. Son opposition au marxisme ne suffisait pas à lui faire pardonner sa proposition de *nationalisation des terres* par l'État. Paul Leroy-Beaulieu, pape du conservatisme universitaire et libéral français de la fin du siècle dernier, n'avait pas de mots assez forts pour condamner la méthode mathématique. « C'est, disait-il, une pure chimère, une vraie duperie. Elle n'a aucun fondement scientifique, ni aucune application pratique. C'est un jeu de l'esprit qui ressemble à la recherche de martingales à la roulette de Monaco » (*Traité d'économie politique*, t. I, p. 85).

Aujourd'hui, la revanche de Léon Walras est spectaculaire. Les imperfections mathématiques de ses démonstrations ont été, peu à peu, supprimées par des économistes. On a beaucoup, depuis sa mort, perfectionné l'équilibre général walrassien. Cet équilibre est le plus généralement défini par le système d'équations simultanées mis au point par les économistes Arrow et Debreu. Mais la gloire de Walras est moins sa démonstration que la découverte fondamentale de l'interdépendance de tous les prix et de toutes les quantités. Ce fut dans la longue suite des descendants d'Adam Smith, la seule idée réellement nouvelle depuis Ricardo. Toute l'analyse des équilibres sur des marchés particuliers, réalisée au début du siècle par l'économiste britannique A. Marshall, en a découlé. Keynes lui-même n'aurait pas pu parvenir à un système aussi noué, s'il n'avait pas eu le concept d'interdépendance. Plus près de nous, l'analyse de l'économie en termes de tableaux, de relations industrielles, a été créée par l'économiste américain d'origine russe, Wassily Leontief ; son tableau des relations industrielles a permis durant la Seconde Guerre mondiale la planification de la production américaine d'armement. La mise au point des modèles économétriques s'appuie sur la constatation fondamentale de L. Walras.

Au-delà des descendants d'Adam Smith, elle fonde l'économie contemporaine et préfigure l'analyse systémique actuelle.

produire plus. Les entreprises vont ainsi augmenter leur demande sur le marché des biens de production, sur le marché des capitaux et sur le marché du travail.

Suivant les situations de ces marchés, les demandes risquent, bien entendu, d'amener de nouvelles hausses de prix (prix des biens de production), prix du travail (le salaire), prix des capitaux (les taux d'intérêt).

Ces diverses hausses ont évidemment pour résultat de décourager certains entrepreneurs, car une partie des profits attendus est progressivement grignotée par la hausse des coûts de production.

La production réalisée peut donc être inférieure à celle qui avait été primitivement envisagée. Une nouvelle confrontation a lieu entre l'offre et la demande sur le marché des biens de production.

L'apparition d'une production supplémentaire sur le marché des biens de consommation amène une baisse des prix du produit dont l'offre augmente. Cette baisse a pour conséquence normale la satisfaction des besoins qui n'avaient pu être satisfaits à la suite d'un prix trop élevé. Cependant, si les entreprises ont été trop optimistes ; si elles ont produit et compté sur une baisse moins importante des prix, on assistera à une série de rééquilibrages. Les demandes sur les marchés des biens de production, du travail et des capitaux baissent. Les prix sur ces marchés chutent, ce qui permet la poursuite de certaines productions menacées par la baisse des prix de vente sur le marché des biens de consommation.

À travers une série d'oscillations successives de la production entraînant des hausses et des baisses de prix, on s'achemine peu à peu vers un équilibre stable entre l'offre et la demande. Cet équilibre sera général, car il s'étendra à tous les marchés.

Pour les « smithiens », ce prix d'équilibre stable est le meilleur possible. Au moment où un prix d'équilibre stable s'établit, plus aucun consommateur ne peut et ne veut acheter plus qu'il ne le fait ; les besoins solvables sont tous satisfaits. Aucune entreprise ne peut produire plus, car le profit est juste suffisant pour maintenir la production. Aucun salarié ne cherche du travail, car le niveau du salaire est tel que tous ceux qui étaient sans emploi et prêts à accepter un salaire moindre ont trouvé du travail. Il peut, certes, exister encore des chômeurs. Ce sont des chômeurs volontaires : s'ils demeurent sans travail, c'est qu'ils le veulent bien ; s'ils acceptaient une rémunération moindre, ils trouveraient un emploi. En effet, les salaires baissant, les entreprises auraient des perspectives de profit plus grandes. Elles produiraient plus. Les prix baisseraient, mais les acheteurs seraient alors plus nombreux, et un nouvel état d'équilibre stable pourrait s'établir.

B) De la formation d'un prix d'équilibre à l'équilibre général, instrument d'analyse économique.

La formation d'un prix d'équilibre que nous venons de décrire, est, par rapport à la théorie de l'équilibre général de L. Walras, très triviale.

Nous avons supposé un déroulement dans le temps et la formation d'équilibres provisoires, nécessaires à une première explication de l'équilibre général.

Dans l'équilibre walrasien l'information circule parfaitement entre tous les participants à l'échange. C'est le marché qui la fait circuler. Walras imagine, à ce propos, qu'il joue le rôle d'un *commissaire-priseur* qui centralise toute l'information, la diffuse, et propose des prix qui se rapprochent peu à peu des prix de l'équilibre général. Les oscillations que nous avons décrites sont, en quelque sorte, des propositions successives, des tâtonnements qui acheminent les échanges vers les *prix d'adjudication* de l'équilibre général.

L'échange, sur l'ensemble des marchés, n'a lieu qu'au moment où l'on est parvenu à définir les prix.

Nous verrons plus loin pourquoi nous sommes ici en présence d'une nécessité théorique fondamentale. Disons simplement que chacun, dans l'échange, poursuit sa satisfaction personnelle et cherche à la satisfaire au mieux de ses intérêts. L'échange ne peut donc se faire qu'au moment où toutes les préférences sont devenues compatibles entre elles. Bien

TABLEAU D'ENSEMBLE DES FORMES DE MARCHÉS

DEMANDE / OFFRE	Un seul acheteur	Quelques acheteurs	Très grand nombre d'acheteurs	Très grand nombre d'acheteurs, mais avec d'autres hypothèses d'imperfection
Un seul vendeur	monopole bilatéral	monopole contrarié	monopole	monopole imparfait
Quelques vendeurs	monopsone contrarié	oligopole bilatéral	oligopole	oligopole imparfait
Très grand nombre de vendeurs	monopsone	oligopsone	concurrence pure et parfaite	concurrence imparfaite des acheteurs
Très grand nombre de vendeurs, mais d'autres formes d'imperfection	monopsone imparfait	oligopsone imparfait	concurrence imparfaite des vendeurs	concurrence doublement imparfaite

Sources : Tableau inspiré de Stackelberg, repris par le professeur H. Guiton dans son *Précis d'économie politique*, Dalloz, 1953.

entendu, cela suppose que l'information circule bien, mais dans la théorie pure de Walras, c'est, par définition, le cas.

Le fonctionnement de l'économie que nous venons de décrire suppose, en outre, que les entrepreneurs et les travailleurs se fassent une concurrence acharnée. Sitôt qu'une entreprise espère pouvoir vendre plus en abaissant ses prix, elle le fait. Les travailleurs au chômage sont, de leur côté, prêts à accepter des salaires moindres pour trouver un emploi. Les prix et les salaires se fixent librement ; aucune régleme ntation ni entente ne les empêche de baisser.

L'État n'a pas à intervenir, puisque l'équilibre est automatique. Il doit se contenter d'assurer le respect des règles de la concurrence.

C'est là un modèle *idéal,* mais la réalité est différente ; pour les « smithiens », ce modèle n'a pas pour objectif de décrire exactement ce qui existe il doit permettre de juger ce qu'il est nécessaire de modifier pour assurer un meilleur fonctionnement de l'économie de marché.

La plupart des économistes « libéraux » pensent que les diverses formes de concurrence imparfaite sont néfastes pour une bonne allocation des ressources. C'est Joseph Schumpeter (1883-1950), dont nous reparlerons plus loin, qui s'éleva le premier et le plus vigoureusement contre cette idée. Pour lui, en fixant des prix plus élevés que ceux autorisés par la concurrence pure et parfaite, la grande firme réalise ses investissements avec plus de certitude. Elle peut mettre en œuvre des plans à long terme plus ambitieux, et finalement promouvoir le progrès économique et social. En fait, comme nous le verrons, son argumentation et sa représentation de l'économie sortent du code de référence des descendants d'Adam Smith. J. A. Schumpeter est un hérétique.

Nous avons vu que J. M. Keynes a porté un rude coup à l'idée que l'équilibre général correspondait à la meilleure allocation possible des ressources. En refusant d'admettre les postulats du raisonnement smithien et en se plaçant directement au niveau macroéconomique, J. M. Keynes a

> ## CONCURRENCE PURE ET PARFAITE, CONCURRENCE IMPARFAITE, ÉQUILIBRE GÉNÉRAL, DÉSÉQUILIBRE*
>
> La description smithienne de l'économie part d'une situation de concurrence pure et parfaite.
> Dans un tel marché, la concurrence est pure, car :
> – Les vendeurs et les acheteurs sont très nombreux, et aucun d'eux ne peut, à lui seul, influencer la formation des prix (hypothèse d'atomicité) ;
> – Les produits échangeables sont identiques et substituables les uns aux autres (hypothèse d'homogénéité) ;
> – Aucune réglementation n'empêche acheteurs et vendeurs de s'exprimer librement (hypothèse de fluidité).
> La concurrence est dite parfaite, car :
> – L'information *circule librement* (hypothèse de transparence) ;
> – Les facteurs sont parfaitement *mobiles* (hypothèse de mobilité).
> Reprenez le fonctionnement du marché que nous venons de décrire. Vous verrez que, si l'une des hypothèses n'est plus vérifiée, *l'équilibre général* ne peut plus se former de manière *optimale,* avec la meilleure allocation possible des ressources.
> Or, il existe de nombreuses impuretés et imperfections. La publicité, les habitudes, la facilité d'accès troublent la concurrence, même si vendeurs et acheteurs sont très nombreux. Ce sont les auteurs anglo-saxons du début de ce siècle et des années 1930 qui ont le plus étudié les conséquences de ces imperfections. Les plus célèbres d'entre eux furent A. Marshall, E. Chamberlin et Joan Robinson. Ils abandonnèrent l'équilibre général et étudièrent comment des équilibres partiels pouvaient se produire. Les interdépendances entre les marchés étaient délaissées au profit de l'étude de tel ou tel marché. On trouvera p. 146 un tableau d'ensemble des diverses formes de confrontation entre l'offre et la demande.

montré que l'équilibre stable pouvait correspondre à une situation de sous-emploi. Même dans une situation de concurrence pure et parfaite et de flexibilité des salaires et des prix, le chômage peut exister, si on tient compte de la monnaie.

2. Le fonctionnement normal de « l'économie de marché » perturbé par les politiques keynésiennes

Pour les descendants d'Adam Smith, la situation actuelle est, en grande partie, la conséquence de l'application des idées keynésiennes. En intervenant systématiquement, soit pour relancer l'économie, soit pour stabiliser la conjoncture, les pouvoirs publics perturbent les décisions des entreprises et des salariés. Des erreurs sont commises et s'accumulent. Aujourd'hui, nous les payons.

Pour les libéraux contemporains, l'erreur part d'une mauvaise interprétation de la crise de 1929. De la persistance du chômage dans les années 1930, Keynes a cru pouvoir conclure qu'il ne pouvait y avoir de retour spontané au plein-emploi. Or, d'après les descendants actuels d'Adam Smith, 1929 n'est qu'un accident historique. À la suite de mesures prises à contretemps, les autorités monétaires américaines avaient provoqué une amputation de 30 % de la masse monétaire. Cet événement fortuit créait le chômage, car les salariés refusaient une baisse identique de leur salaire, autorisant une baisse des prix et un rajustement général.

Dans une telle situation, en partant de prémisses théoriques non fondées, la politique keynésienne eut à l'époque des résultats relativement efficaces. La réinjection de pouvoir d'achat et de monnaie permettait de relever les prix et de rendre plus supportables les rigidités des salaires nominaux. Malheureusement, par la suite, la politique keynésienne n'eut plus à lutter contre une situation exceptionnelle. Elle a donc perdu son efficacité. Pire, en déstabilisant les comportements des agents économiques, elle est devenue pernicieuse.

Aujourd'hui, la persistance du chômage n'est plus due pour les libéraux à une insuffisance de la demande effective. La relance de la demande ne peut pas améliorer l'emploi. *Pour réduire le chômage, il faut d'abord permettre à l'économie de marché de retrouver un fonctionnement normal.*

Pour parvenir à ce diagnostic, les descendants d'Adam Smith font trois constatations :

1. Il existe, dans nos économies, une tendance à l'augmentation du chômage volontaire ;
2. Les politiques keynésiennes ne parviennent qu'à un abaissement passager du taux *naturel* du chômage ;
3. Les errements keynésiens débouchent sur l'inflation, l'instabilité et des erreurs dans l'allocation des ressources.

1. Il existe, dans nos sociétés, une augmentation du chômage volontaire.

Dans toute société, des personnes, en raison notamment de leur situation de famille, peuvent se permettre de refuser de travailler pour le salaire qu'on leur offre. Elles constituent le groupe des chômeurs volontaires. Certaines d'entre elles peuvent, bien sûr, se retirer du marché du travail. D'autres vont rechercher un emploi correspondant mieux à leurs désirs. Dans certains cas, des personnes tombées involontairement au chômage y demeurent volontairement en attendant une proposition plus avantageuse que celles qu'elles ont eues jusque-là.

En fait, un individu qui recherche un emploi fait toujours un arbitrage entre l'utilité et la pénibilité du travail, entre le coût psychologique et économique du chômage et le temps de loisir supplémentaire que le chômage lui procure. En demeurant au chômage plus longtemps, cet individu peut espérer trouver un emploi qui, par le salaire et l'agrément, compensera la pénibilité du travail et la perte de liberté.

Le nombre des chômeurs volontaires est très lié au niveau de vie, à l'environnement social et culturel. Il ne varie que lentement. À ce propos, les descendants d'Adam Smith parlent de *chômage naturel*. Ces dernières années, l'évolution économique et sociale aurait amené une croissance de ce chômage. Les allocations-chômage se sont généralisées. Elles permettent à ceux qui ont perdu un emploi de prendre leur temps. L'évolution du niveau de vie a accru la pénibilité

> **CHÔMAGE INVOLONTAIRE
> ET CHÔMAGE VOLONTAIRE**
>
> Pour les keynésiens, le chômage volontaire est extrêmement réduit, voire nul. Tout au plus acceptent-ils d'appeler chômeurs volontaires les personnes en changement d'emploi. Pour eux, toute société doit être capable d'offrir à tous ses membres les emplois qu'ils désirent. Le plein-emploi n'est pas un mythe, mais une réalité possible. Si la recherche d'un emploi s'avère vaine, même si le chômeur a quitté volontairement son emploi, il devient un chômeur involontaire. Dans ces conditions, le chômage volontaire ne dépasse guère 1 % de la population active.
>
> Les libéraux néoclassiques, monétaristes ou nouveaux économistes, ont une tout autre conception. La notion de chômage volontaire est très extensible. Elle englobe tous ceux qui, se voyant proposer un emploi, le refusent. Pour eux, le chômage involontaire n'existe que dans deux cas extrêmes. Soit les entreprises, par suite de pénurie physique, ne peuvent pas produire autant qu'elles le désireraient ; une partie des travailleurs est mise au chômage. Soit, à l'opposé, les salariés accepteraient de travailler avec un salaire réel plus bas qui conviendrait aux entreprises ; malheureusement, les ajustements de prix, de demandes et de salaires ne peuvent, pour diverses raisons, avoir lieu. La formation d'un nouvel équilibre est gagnée de vitesse par la récession. Alors, apparait le chômage involontaire. On conviendra que ces deux situations extrêmes sont aujourd'hui relativement rares.

psychologique de certains emplois. Il est apparu en effet une distorsion grandissante entre l'amélioration des conditions générales de vie et de revenus et les conditions de travail. Certaines tâches deviennent inacceptables. Nos économies doivent faire appel à des travailleurs étrangers, alors que des jeunes préfèrent demeurer sans emploi. On parle, à ce propos, de chômage d'incohérence ; il vaut mieux parler de chômage volontaire. Ce chômage est d'autant mieux accepté par les jeunes que leur prise en charge par leur famille leur permet de profiter de leurs loisirs forcés. Enfin, parmi les chômeurs, nous trouvons de plus en plus de femmes.

L'évolution de la famille et de la société incite en effet les femmes à rechercher un travail rémunéré. Toutefois, le revenu de la femme n'est pas le plus souvent le revenu principal de la famille. Le temps de prospection d'un emploi peut s'allonger. L'abaissement du coût relatif du chômage et l'accroissement du coût psychologique du travail amènent normalement l'élévation du taux naturel du chômage.

2. Les politiques keynésiennes ne provoquent qu'un abaissement de plus en plus passager du chômage naturel.

La montée du chômage volontaire rend aujourd'hui la réalisation du plein-emploi de plus en plus mythique. Telle est du moins l'opinion des descendants d'Adam Smith. On ne peut, pour eux, durablement descendre au-dessous du taux *naturel* du chômage. Les politiques de relance ne peuvent que passagèrement le camoufler. Malheureusement, l'illusion ne dure pas et, rapidement, nous sommes ramenés au taux naturel du chômage.

Que se passe-t-il, en effet, lorsqu'un gouvernement accroît brutalement et de manière artificielle la demande, par une injection supplémentaire de monnaie (déficit budgétaire financé par la création de monnaie, modification dans la réglementation du crédit, etc.) ?

Les entreprises voient brutalement s'élever leurs ventes. Elles interprètent cette évolution comme l'ordre de produire plus, comme une amélioration durable de leur position sur le marché. Les entreprises font difficilement le départ entre une augmentation réelle de leurs ventes (notamment par substitution d'un produit qu'elles offrent à un autre, par amélioration de leur compétitivité…) et un gonflement artificiel de la demande. Espérant produire plus et abaisser leurs coûts fixes, voire vendre plus cher (puisque la demande semble augmenter), elles acceptent de payer des salaires plus élevés.

De leur côté, les salariés, qui voient augmenter les propositions des entreprises, acceptent d'offrir plus de travail. Ils ne peuvent savoir que l'augmentation de salaire proposée

LES EFFETS DE L'ÉVOLUTION DU COÛT RELATIF DU CHÔMAGE ET DE LA PÉNIBILITÉ DU TRAVAIL SUR LA COURBE D'OFFRE DE TRAVAIL

Comme tout prix, le salaire est déterminé par une offre et une demande (ici, de travail). Sur ce marché, ce sont les entreprises qui demandent le travail que les salariés offrent. Lorsque le prix du travail est élevé, les salaires compensent mieux la pénibilité de l'emploi et le désagrément de la perte d'une partie de son temps libre. En revanche, à un haut niveau des salaires, certaines productions ne sont pas rentables et les entreprises demandent moins de travail. Si les salaires baissent, des salariés préfèrent rechercher un emploi plus rémunérateur et deviennent volontairement chômeurs. Inversement, les entreprises seraient susceptibles de demander plus de travail car, avec des salaires plus bas, certaines productions deviendraient ou redeviendraient rentables. Bien entendu, le salaire se fixera au prix d'équilibre entre l'offre et la demande.

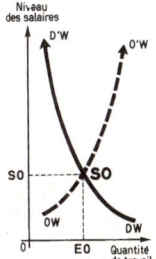 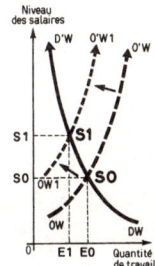

Lorsque le coût psychologique relatif du travail augmente, que l'utilité du revenu qu'il procure diminue, et que le coût psychologique (voire économique, par suite des indemnités-chômage) du chômage diminue pour chaque niveau des salaires, le travail offert est le moindre.

La courbe de l'offre de travail se déplace vers la gauche. Le prix du travail (le salaire) qui permettra l'équilibre entre l'offre et la demande de travail passe de E_0 à E_1. L'emploi diminue, car à ce prix les entreprises demandent moins de travail ; certaines entreprises font faillite, et d'autres abandonnent les productions non rentables. Mais en E_1, il n'y a aucun chômage involontaire. La diminution de l'emploi est due à l'augmentation du chômage volontaire, puisque aucun travailleur se trouvant à droite de E_1 n'accepterait de travailler pour le salaire S_1.

est purement nominale. Le nombre des chômeurs volontaires diminue ; *pour un certain temps, le chômage naturel régresse*. À la demande de travail des entreprises, répond une offre de travail.

Malheureusement, toute injection brutale de monnaie entraîne une hausse des prix nominaux[3]. Les coûts de production vont s'élever. Des entreprises perdent leur compétitivité, le pouvoir d'achat des salariés baisse. L'augmentation de la demande réelle est bien moindre que prévu. La hausse des salaires nominaux ne se traduit pas par une hausse du salaire réel. Dans ces conditions, pour chaque niveau des salaires, les entreprises sont moins portées à demander autant de travail. Quant aux salariés, ils rétablissent leur offre au niveau qui correspond au salaire réel. Un nouvel équilibre entre l'offre et la demande a lieu ; l'emploi se dégrade ; le taux naturel du chômage est identique à celui qui existait avant la relance de la demande.

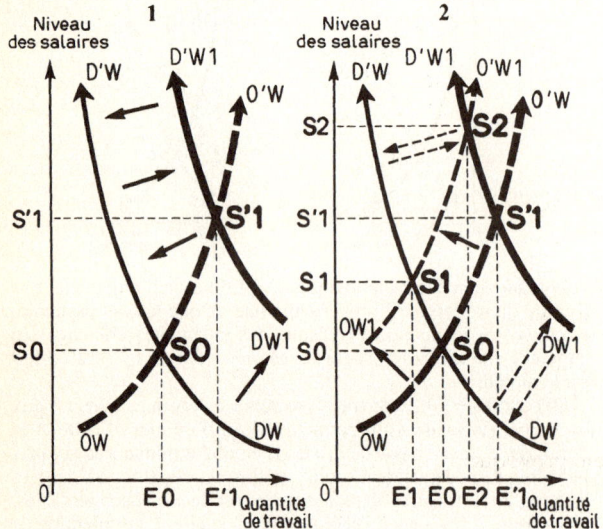

---

3. Nous reverrons plus loin et plus en détail ce qui se cache derrière cette phrase. Disons, pour l'instant, que les descendants d'Adam Smith établissent une relation étroite entre création de monnaie et inflation. Ils ont une conception très *monétaire* de l'inflation.

Paradoxalement, disent les libéraux actuels, l'échec des politiques keynésiennes a renforcé le mythe du plein-emploi. En effet, pendant un certain temps, le taux naturel du chômage a reculé ; lorsqu'il retourne à son étiage normal, les responsables économiques réagissent en accentuant leur politique de relance.

Peu à peu, cette politique va devenir de moins en moins efficace. En effet, entreprises, salariés et consommateurs savent désormais que le gonflement de la demande est artificiel, et l'augmentation des salaires, purement nominale. Dans ces conditions, ils n'anticipent plus l'expansion, mais l'inflation[4]. Le taux naturel du chômage ne baissera plus, même momentanément, bien au contraire, puisque la perte de l'illusion monétaire se combine avec l'élévation, à moyen terme, du chômage volontaire.

Pire, aujourd'hui, les politiques sociales de *Welfare*, inspirées par la théorie keynésienne, ont amené une accentuation de la pression fiscale. La progressivité de l'impôt sur le revenu décourage l'initiative.

Les impôts et les charges sociales rognent le profit des entreprises. Même lorsque la demande augmente, les entreprises n'ont pas avantage à produire plus. Ici, les théoriciens de l'offre, tel le Californien Laffer, s'allient au monétariste M. Friedman.

Les gouvernements prisonniers des vues de Keynes ont beau procéder à des injections de plus en plus fortes de monnaie, le chômage ne recule pas. On débouche dans l'inflation et le chômage : la *stagflation*.

Reste à savoir pourquoi une politique de relance est une illusion monétaire et toute injection de monnaie, inflationniste.

Résumons-nous :

La relance brutale de la demande par une injection de monnaie provoque un déplacement de la courbe de demande de travail vers la droite. Pleins d'espérance, les entrepreneurs, pour chaque niveau des salaires, demandent plus de travail.

---

4. C'est la *théorie des anticipations rationnelles*. Elle se fonde sur une capacité grandissante des agents économiques à anticiper les effets d'une politique monétaire.

Quand l'illusion monétaire disparaît, puisque toute injection intempestive aboutit, selon les descendants d'Adam Smith, à l'inflation, la courbe de demande de travail se redéplace vers la gauche. L'emploi rejoint progressivement son niveau primitif (graphique 1).

Lorsque, pour les salaires, l'utilité relative du travail et le coût relatif du chômage diminuent, la courbe de l'offre de travail se déplace vers la gauche. Aussi, la relance sera moins efficace (l'emploi se déplacera seulement de E_0 à E_2). Par ailleurs, lorsque l'illusion monétaire disparaîtra, on pourra ici très bien aller en deçà du taux initial du chômage (en E'_1) (graphique 2).

Bien entendu, pour les économistes, le résumé paraîtra bien sommaire. Nous nous en tiendrons là pour des raisons pédagogiques. C'est seulement dans le chapitre cinq que nous analyserons les présupposés théoriques qu'implique *l'illusion monétaire,* ou certain déplacement des courbes d'offre et de demande.

3. Les errements keynésiens entraînent l'inflation et des erreurs de plus en plus graves dans l'allocation des ressources.

Pour les descendants d'Adam Smith, il est facile de comprendre pourquoi toute injection brutale de monnaie est inflationniste. Dans une économie donnée, tout agent garde par-devers soi une certaine encaisse liquide. Elle lui est nécessaire pour faire face à son activité courante (nous avons vu que Keynes parle, lui aussi, des encaisses). Lorsqu'on injecte brutalement de la monnaie, ces encaisses se gonflent au-dessus du montant désiré. Ce surplus va être dépensé. Mais en devenant brutalement plus abondante, la monnaie perd sa valeur car la production ne peut augmenter aussi rapidement. Elle est abondante, et les biens sont rares. Or, la valeur d'un bien dépend de sa rareté relative (nous aurons à réexaminer et affiner cette proposition au chapitre suivant). L'augmentation des prix est d'autant plus forte que la demande s'élève brutalement et que certaines productions ne peuvent suivre qu'après un long délai.

Cette augmentation des prix entraîne un besoin d'encaisses supplémentaires. L'augmentation initialement prévue de la demande réelle ne peut pas se réaliser. Les entreprises qui s'étaient trop pressées de mettre en œuvre une production plus importante sont en difficulté. L'emploi entre dans une phase de contraction et de dégradation. Bien entendu, les gouvernements, comme nous l'avons analysé antérieurement, interviennent d'abord pour arrêter l'inflation, puis pour relancer la demande. On entre dans des politiques de *« stop and go »*. Elles allient le maximum d'inflation au minimum de croissance. Elles provoquent une instabilité croissante dans les anticipations des entrepreneurs. Des erreurs de plus en plus graves affectent leurs investissements, la substitution du capital au travail et, en un mot, l'allocation des ressources.

Tandis que le fonctionnement *naturel* du marché aurait favorisé la circulation de l'information la plus adéquate à une bonne allocation des ressources, les interventions publiques n'ont fait que multiplier les bruits, les fausses nouvelles et les indications contradictoires. La situation devient de plus en plus critique et fragile.

Il vient un moment où un choc peut brutalement entraîner une récession. L'augmentation du prix du pétrole, qui est aussi la conséquence de la violation – pendant des décennies – des lois du marché, a été ce choc. L'augmentation du chômage est accélérée. Les salaires réels ne fléchissent pas. Leur rigidité et la défense de l'emploi amènent des faillites de plus en plus nombreuses. Il vient un moment où certains salariés accepteraient un revenu moindre ; ils ne trouvent pas d'emploi. Un véritable chômage involontaire apparaît.

Il faut alors un certain temps avant qu'un nouvel équilibre puisse apparaître. Encore faudrait-il que les gouvernements s'abstiennent de tenter d'abaisser à nouveau le chômage au-dessous de son taux naturel.

3. LES PRESCRIPTIONS DES DESCENDANTS D'ADAM SMITH POUR SORTIR DE LA CRISE

On peut résumer en une phrase les prescriptions des descendants d'Adam Smith : laisser fonctionner le marché et éviter que les décisions du gouvernement ne troublent les calculs rationnels des entreprises et des salariés. C'est la position fondamentale de tout partisan du libéralisme économique.

À cette fin :

a) il faut abandonner l'idée que le plein-emploi est un objectif politique. Le marché du travail est un marché comme un autre ; il ne faut pas en perturber le fonctionnement. Si on laisse librement se confronter l'offre et la demande de travail, tous ceux qui désirent un emploi au prix d'équilibre du marché en trouveront un. Bien entendu, cela suppose qu'on ne cherche pas à obtenir une baisse artificielle du taux naturel de chômage, du nombre des chômeurs volontaires. Cette baisse ne serait que le résultat d'une illusion monétaire qui, tôt ou tard, se dissiperait. En effet, le taux de chômage naturel est, à moyen terme, indépendant de l'activité économique ; il peut même varier en sens inverse de l'activité, puisqu'il est lié à l'amélioration générale du niveau de vie. Les smithiens purs et durs sont très hostiles à toutes les mesures qui faussent selon eux l'équilibre entre l'offre et la demande sur le marché du travail. Ils demandent non seulement la suppression des allocations chômage mais aussi de toutes les mesures et des comportements qui empêchent la flexibilité du travail.

b) Il est nécessaire d'empêcher la monnaie de jouer un rôle actif dans les anticipations. Contrairement à ce que pensaient les premiers successeurs d'Adam Smith, la monnaie n'est pas spontanément un simple voile, sans influence sur l'activité économique. À court terme, les mécanismes de l'illusion monétaire le prouvent ; elle peut influencer les comportements et l'activité économiques. Mais, à moyen et

LA COURBE DE PHILLIPS

En 1958, l'économiste d'origine néo-zélandaise A. W. Phillips mettait en relation l'évolution du chômage et la variation des salaires. Des études sur une longue période (1861-1957) lui permettaient d'affirmer qu'en Grande-Bretagne, le taux de chômage variait en sens inverse de la variation des salaires. En 1962, A. W. Phillips, poursuivant ce travail, démontre une liaison étroite entre l'évolution des prix et le taux de chômage. Plus le chômage était élevé, plus l'inflation se ralentissait.

Ces études étaient purement empiriques. Elles furent parfois prises comme instrument d'une politique de régulation relativement simpliste. Si on voulait éviter que le taux de croissance des salaires ne débouche sur l'inflation, il suffisait de le maintenir en deçà de la croissance de la productivité. À cette fin, une *demande effective* n'assurant pas le plein-emploi pouvait faciliter l'ajustement de chômage, de la croissance des salaires et de celle de la productivité. On notera au passage que cette interprétation, qui établissait une liaison directe entre le salaire et l'équilibre de l'offre et de la demande de travail, s'éloigne sensiblement de Keynes. On pouvait aussi, de manière encore plus simpliste, en déduire qu'un peu d'inflation facilite la résorption du chômage, et qu'un peu de chômage freine l'inflation.

Malheureusement, à peine découvertes, les courbes de Phillips perdirent leur belle allure d'antan. Peu à peu, dans tous les pays industrialisés, hausses de salaires et chômage ne varieront plus forcément en sens inverse. Cette évolution peut être interprétée de deux manières.

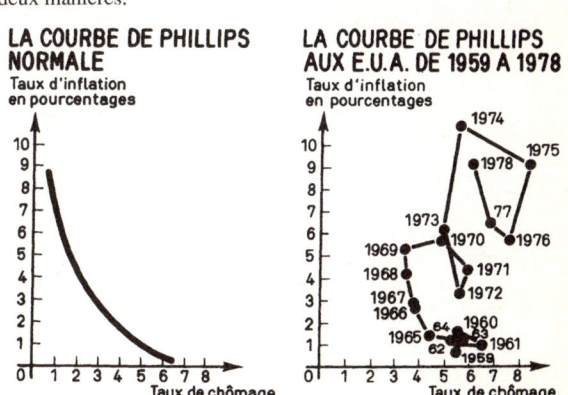

Les keynésiens y voient la preuve que la fixation des salaires est de plus en plus le résultat d'un rapport de forces sur lequel la situation du marché du travail a de moins en moins d'influence. Les descendants d'Adam Smith y voient la preuve de l'inefficacité croissante des politiques keynésiennes.

La courbe théorique publiée en 1958 est un peu plus complexe que le modèle théorique présenté ci-dessous et qui n'envisage pas les baisses de salaires (semblable à ce qui s'est passé lors de la grande dépression). De plus, elle ne montre pas les relations entre augmentation des salaires et augmentation de la production.

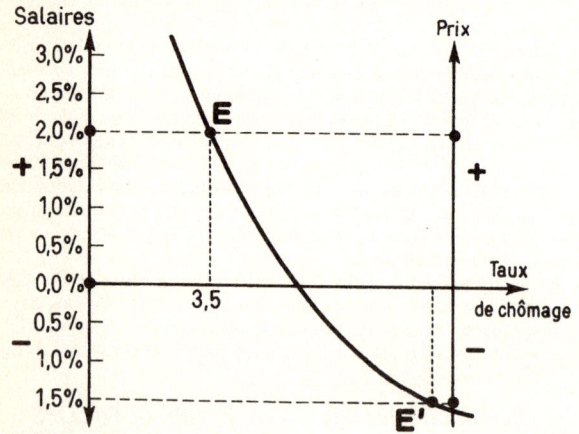

Ici, le graphique se lit de la manière suivante : plus le taux de chômage est élevé plus l'augmentation des salaires est faible. Si l'accroissement du salaire, qui correspond à un taux de chômage de 3,5 %, soit 2,6 %, est égal à celui de la productivité, l'augmentation des prix est nulle. Un taux de chômage suffisamment élevé peut entraîner une baisse des salaires et peut favoriser une baisse des prix si la productivité ne chute pas.

long terme, ce sont les forces réelles (progrès techniques, variation des utilités relatives du travail et des biens, facteurs de production disponibles) qui influencent l'orientation de l'économie. S'il y a contradiction entre, d'une part, l'évolution à court terme, influencée par le maniement de la monnaie et, d'autre part, l'orientation à moyen et long terme, de dangereuses distorsions peuvent apparaître. Les gouvernements doivent donc promouvoir une politique monétaire qui maintiendra, à court terme, la neutralité de la monnaie.

Cette politique aura pour but essentiel d'éviter toute variation intempestive de la masse monétaire, des taux de change et, plus généralement, de tous les prix nominaux (exprimés en monnaie, sans référence au pouvoir d'achat réel). Les manipulations monétaires perturbent les anticipations et déstabilisent l'économie.

Dans cette optique, il faut assurer une croissance régulière (et, si possible, modérée) de la masse monétaire, sans se préoccuper du taux d'inflation. En règle générale, la croissance de la masse monétaire doit être égale à la somme de la croissance de la production et de celle des prix.

Lorsque l'inflation est déclenchée, dans une certaine mesure, il vaut mieux ne pas freiner brutalement les hausses des prix nominaux. Milton Friedman est même partisan de taux de change flottants et d'une indexation généralisée des prix. De telles mesures évitent que des variations purement monétaires n'influencent les variations réelles. À partir du moment où les conséquences de l'inflation sont neutralisées, les prévisions se font à nouveau en termes réels, et l'illusion monétaire est éliminée. L'instauration des changes flottants, préconisée par Milton Friedman, a été réalisée dès le début des années 1970. Elle devait en théorie donner plus de liberté d'action aux politiques nationales. Elle n'a fait qu'accroître les contraintes extérieures. Au lieu d'osciller autour d'un point d'équilibre, les taux de change ont eu des variations d'une ampleur jusque-là inconnue. Les partisans des taux de change flottants n'avaient pas prévu les conséquences de la mondialisation. Le système bancaire mondial s'est révélé capable de créer des dollars hors des États-Unis et a brisé l'espoir d'oscillations autour d'un point d'équilibre.

En ce qui concerne l'indexation généralisée des prix et des revenus, seul le Brésil est parfois allé très loin dans cette voie sans pouvoir maîtriser son hyperinflation. Pour lutter contre l'inflation, bien des gouvernements ont préféré supprimer la plupart des indexations. Par contre, ils ont retenu de Milton Friedman que l'augmentation de la masse monétaire devait être strictement limitée. Ils sont même tentés de situer cette augmentation en dessous de celle de la production. Avant que cette maîtrise de la masse monétaire ait un effet sur l'inflation, ils ont aggravé le chômage et accentué la « stagflation » dont nous avons parlé dans l'analyse de l'inflation par les fils de Keynes.

c) Il faut réduire le poids des dépenses publiques et leur assurer une plus grande neutralité. L'objectif est toujours le même : ne pas perturber les choix rationnels des individus. Les descendants d'Adam Smith se prononcent donc pour un strict équilibre des dépenses publiques et leur réduction progressive avec, parallèlement, une diminution de la progressivité de l'impôt. Moins les dépenses seront importantes, moins elles pèseront sur le comportement des individus et plus il sera facile d'équilibrer les budgets publics. Au-delà des économies budgétaires, la privatisation des services publics est la voie royale pour agrandir la sphère du marché et de la rationalité.

Bien entendu, les descendants d'Adam Smith s'opposent vigoureusement à toutes les réglementations. Ils prônent un réel retour à la concurrence et à la liberté des prix et des salaires. La liberté des salaires faciliterait, selon eux, l'abaissement du chômage. En effet, une baisse des salaires permettra d'éviter des faillites ou d'améliorer la rentabilité. Une autre variante de cette recommandation ne prend pas en compte le salaire mais le coût salarial. Les charges sociales et fiscales qui pèsent sur les salaires décourageraient l'emploi. On parle à ce propos de *coin social et fiscal*. L'exigence de la baisse des prélèvements obligatoires s'étend alors de l'impôt aux cotisations sociales et met en cause les systèmes de sécurité sociale. En ce domaine, Milton Friedman est partisan de la mise en place *d'un revenu minimum et d'un impôt négatif*. Chacun a droit à un revenu, si son travail ne permet pas de l'atteindre, ce revenu lui est assuré par l'État sous forme de reversement d'une partie de l'impôt (d'où l'expression d'impôt négatif). Avec ce revenu minimum, chaque individu doit assurer lui-même sa protection contre les risques de la vie par l'épargne et la souscription de contrats d'assurances. S'il a un emploi et que son salaire (ou son profit) est inférieur au revenu minimum, il continue à percevoir une partie du revenu minimum jusqu'au moment où son salaire (ou son profit) atteint le niveau du revenu minimum. Au-delà de ce seuil, l'impôt redevient positif. On retrouve aujourd'hui une partie des propositions de Milton dans les débats sur les minimums sociaux et la réforme de l'indemnisation du chômage. Jusqu'à quel point les minimums sociaux ne découragent-ils pas les personnes sans emploi à en rechercher un ? Ne faudrait-il pas compléter le salaire proposé à une personne sans emploi en maintenant une partie des anciennes prestations ou du RSA (Revenu de Solidarité Active) ? Ne faut-il pas sanctionner ceux qui refusent un emploi par une baisse sensible de leurs allocations ? Ces questions sont de vraies questions et l'idée d'un impôt négatif fait son chemin dans bien des sphères de l'opinion. Bien entendu, la substitution intégrale d'un impôt négatif aux prestations sociales et le recours à des contrats d'assurances ou à l'épargne pour couvrir les risques de la vie ne font guère d'adeptes. Ils supposent que les individus soient parfaitement rationnels. Les compagnies d'assurances le croient. Devant toutes les incitations et les dérives qui incitent à l'imprévoyance, les responsables des services sociaux sont beaucoup plus dubitatifs. Ils préfèrent un système de sécurité sociale qui assure collectivement la couverture des risques et allouent les prestations en fonction des dépenses pour y faire face. Il n'en reste pas moins vrai que « *le coin social et fiscal* » existe. Il bloque surtout l'emploi des chômeurs dans les secteurs exigeant une main-d'œuvre peu qualifiée. Dans les autres, ce n'est pas le niveau des coûts salariaux mais l'évolution technologique et celle des qualifications qui en découle qui y diminuent l'employabilité des moins qualifiés. Le chômage ne fait qu'aggraver cette situation. N'ayant que l'embarras du choix d'embauche, elles choisissent de préférence les plus qualifiés pour des postes qui auraient convenu aux autres (cf. aussi p. 503 *sq.*).

d) Il faut stimuler la recherche de leur intérêt personnel par tous les acteurs de la vie économique. Tout ce qui empêche un individu de profiter de ses gains freine son initiative. Il serait donc bon de diminuer sensiblement la progressivité de l'impôt. Elle empêche les plus dynamiques de développer pleinement leur activité. Nul n'a pu démontrer un lien de causalité entre l'importance de la progressivité des impôts ou plus généralement entre celle de la pression fiscale (le rapport entre les recettes fiscales et le PNB) et la faiblesse de la croissance. Par contre, au-delà d'un certain seuil de prélèvements, on est en présence d'une véritable révolte des contribuables. Elle contraint les gouvernements à diminuer les impôts et à maîtriser les dépenses publiques, notamment en privatisant des services publics. Leurs préoccupations politiques, voire électorales, les y obligent. Fondamentalement, ce n'est pas une moindre pression fiscale qui favorise la croissance mais une plus forte croissance qui autorise la diminution de la pression fiscale. Toutefois, une telle affirmation s'inscrit dans une approche macroéconomique bien étrangère aux raisonnements microéconomiques des descendants d'Adam Smith. Toujours en se plaçant au niveau des individus à la recherche de leur intérêt personnel, les smithiens pensent qu'il faut moins s'occuper de la demande que de l'offre. Pour lutter contre le chômage, il faut diminuer les coûts qui dépendent des décisions publiques et accroître ainsi tant leurs perspectives de profits que leur compétitivité. Nous en reparlerons à propos de la politique de l'offre proposée par l'économiste américain Arthur Laffer[5].

En définitive, pour les smithiens, le chômage et les crises économiques ne résultent pas du fonctionnement optimal de l'économie de marché. Ce sont les violations des lois du marché en concurrence pure et parfaite qui en sont la cause principale. Ils condamnent tout autant la concurrence imparfaite que les mesures qui tentent de modifier la répartition des revenus ainsi que toute intervention publique s'opposant au libre fonctionnement du marché du travail.

---

5. Cf. p. 274 *sq*. Notons ici qu'il existe une variante de cette politique de l'offre qui a bien peu de choses à voir avec la neutralité des politiques publiques préconisées par Milton Friedman : la « désinflation compétitive ». Grâce à elle, des gouvernements, notamment européens, ont tenté de lier la maîtrise de la masse monétaire à un renforcement de la compétitivité des entreprises En faisant croître la masse monétaire nettement moins vite que la production, on ralentit la croissance de la demande interne. On incite ainsi les entreprises à aller chercher de nouveaux débouchés à l'extérieur. Les taux d'intérêt élevés qui permettent de freiner l'augmentation de la masse monétaire leur font préférer les investissements de productivité aux investissements de capacité (p. 50). Si elle réussit, la politique de désinflation compétitive permet de faire coup double. Elle freine l'inflation et facilite la résorption du déficit extérieur. Une fois le déséquilibre extérieur supprimé et l'inflation arrêtée, on peut relancer l'économie suivant les bons principes keynésiens Ces désinflations compétitives ont accompagné la préparation à l'euro. Elles ont permis aux économies qui allaient entrer dans la zone euro de converger et elles ont diminué les risques de spéculation contre les monnaies. Le seul perdant de ce type de politique est l'emploi. Il est d'autant plus perdant que les investissements de productivité et la réorganisation des entreprises qu'ils accompagnent rendent inadaptée la qualification d'une partie des chômeurs.

5. Les clés de la lecture smithienne de l'économie

Lorsque Adam Smith écrit *La Richesse des nations,* la révolution industrielle vient d'éclater. Elle a été précédée par une révolution agricole, née en Angleterre, et qui est allée de pair avec le phénomène des *enclosures*[1]. Pour pouvoir faire face à la croissance démographique, qui a débuté au XVIe siècle, on doit introduire de nouvelles techniques agricoles (assolement biennal, prairie artificielle). L'ancien système, qui consistait à laisser périodiquement en jachère les champs sur lesquels vaquaient librement les troupeaux, doit être supprimé. Les champs doivent être clos, et les communaux, biens de tous, constitués de prairies naturelles et de bois, doivent être partagés pour être mis en culture. Les paysans sans terre qui vivaient en faisant paître leurs quelques bêtes sur les champs en jachère et les communaux sont chassés et émigrent vers les villes. Or, au moment où les *enclosures* se multiplient rapidement, s'amorce la dispute des toiles peintes. La Compagnie des Indes importait en Grande-Bretagne des cotonnades imprimées qui concurrençaient les tissus de lin et de laine. Les tisserands de lin et de laine obtinrent l'interdiction des importations de tissus imprimés en provenance des Indes. Pour tourner l'interdiction, les importateurs cherchent alors à tisser le coton sur place. Malheureusement, ils se heurtent aux réglementations qui empêchent d'utiliser une

---

1. Clôture des champs qui permet l'assolement biennal et un meilleur rendement.

main-d'œuvre qui n'a pas suivi un long apprentissage. Bien plus, les chômeurs sans ressources sont renvoyés dans leur village d'origine où, selon la « loi des pauvres », ils doivent être pris en charge par les paroisses. Les tisseurs de coton vont essayer de se passer de main-d'œuvre en mécanisant le travail. Mais partout, les innovations techniques se heurtent aux interdictions et aux normes qui cherchaient à organiser et à garantir la qualité de la production artisanale d'antan. La lutte pour la liberté d'entreprendre va aller de pair avec la propagation du progrès technique. La leçon des faits semble claire : il faut laisser les entrepreneurs faire ce qu'ils veulent pour accroître leur profit. En cherchant à s'enrichir, ils lutteront contre la pénurie et feront la prospérité de tous.

Derrière l'analyse du fonctionnement de l'économie que font aujourd'hui les descendants d'Adam Smith, nous retrouverons en fait les trois grands principes qui fondent le libéralisme économique :

1. Les individus ont des comportements rationnels ;
2. Le marché est l'élément moteur de toute régulation économique ;
3. Les valeurs s'échangent contre des valeurs.

1. LES INDIVIDUS ONT DES COMPORTEMENTS RATIONNELS

Le libéralisme économique est étroitement lié aux philosophies du XVIIIe siècle, qui proclament le triomphe de la *raison*. L'homme est un être rationnel. C'est le postulat de départ sans lequel la pensée libérale perdrait tout fondement. Encore faut-il savoir à partir de quel critère et de quelle place les individus raisonnent.

1. Les hypothèses de base.

Le postulat du comportement rationnel est complété par un autre : chaque homme cherche ce qui est utile à son plaisir, à maximiser ou à optimiser son plaisir[2]. Tout individu va donc se livrer à une série de calculs sur l'utilité ou la désutilité de tel bien ou de tel acte par rapport au plaisir qu'il lui procure ou dont il se privera. Nous avons vu que l'examen du chômage par les « nouveaux économistes » est réalisé à partir de ce type de comportement.

Ces deux premiers postulats débouchent sur un troisième : les choix sont avant tout des choix individuels. On ne voit d'ailleurs pas comment l'hédonisme rationaliste pourrait aller de pair avec autre chose que l'individualisme. Toutefois, dans la première moitié du XXe siècle, les néomarginalistes ont admis l'influence de la société sur la conception de l'utilité.

L'essentiel de la science économique smithienne, ou si l'on préfère, néoclassique, se concentre donc sur les allocations de ressources effectuées par des individus rationnels. Cela peut choquer, lorsqu'on connaît les comportements réels des individus. Ils sont bien souvent éloignés de ceux de l'*Homo œconomicus*. Mais il ne s'agit pas, pour les néoclassiques, et même pour la plupart des néomarginalistes, d'observer des comportements concrets, qui marient à la fois des motivations économiques, sociales, morales, idéologiques et qui mêlent intimement raison et pulsions. Le but est tout autre ; il faut justifier l'élaboration des instruments conceptuels et d'analyse d'une science au champ parfaitement autonomisé

---

2. Nous verrons plus loin, notamment dans le chapitre de conclusion, qu'il s'est produit, vers 1870, une rupture dans le courant smithien. Smith voyait dans la poursuite par chacun de son intérêt particulier le moteur de l'économie. Mais il n'avait qu'une vue très élémentaire du calcul en termes d'utilité ou de désutilité. Bien plus, pour Smith, comme chez les classiques, les choix rationnels se faisaient entre des valeurs exprimées en valeur-travail. Ce n'est qu'aux environs de 1870 que le courant smithien abandonna la valeur-travail et unifia réellement le calcul en termes d'utilité. À partir de cette date la valeur d'échange est, pour les smithiens, fondée, comme la valeur d'usage, sur l'utilité. Cette rupture n'empêche pas les classiques et néoclassiques de croire à l'unicité de la rationalité économique et à l'efficacité d'une économie gouvernée par les choix de sujets rationnels en situation de concurrence. Cf. p. 669 *sq*.

L'APPROCHE MICROÉCONOMIQUE

Par opposition à la macroéconomie, qui part des données globales, des agrégats nationaux et des relations qui les unissent, la microéconomie part de décisions individuelles.

Cette distinction paraît simple. Il est cependant parfois difficile de tracer la ligne de partage. Les analyses microéconomiques cherchent à prendre en compte l'influence des variations de données globales sur les comportements individuels. D'autres, intégrant un certain nombre de leçons de Keynes, recherchent les fondements microéconomiques des relations et comportements macroéconomiques. Enfin, toute une série de recherches se situent à un niveau intermédiaire, celui des secteurs, branches, régions. On parle à leur propos de *méso-économie*.

Toutefois, il est possible d'employer un critère relativement sûr pour déterminer la frontière entre la micro et la macroéconomie. La microanalyse part d'une rationalité qui se réfère à la maximisation de l'utilité et à la maximisation des profits. La macroéconomie n'a pas besoin d'une telle rationalité. Elle part de relations comptables et de comportements qui peuvent être des habitudes ou des phénomènes grégaires. Ainsi, la propension marginale à consommer de Keynes n'est pas le résultat d'un calcul rationnel, mais un *comportement psycho-sociologique* observable.

Notons que l'accent mis par la microanalyse sur les comportements individuels (ceux des chefs d'entreprise, des commerçants, des épargnants, des banques…) fait de cette méthode un instrument privilégié de la gestion des firmes et des décisions d'investissement. Quant à son utilité pour la politique économique, tout dépend de l'objectif que l'on se donne ; mais n'anticipons pas.

---

du reste de la réalité. Le réalisme observable des hypothèses n'est pas nécessaire, si ces hypothèses permettent de juger la réalité de manière cohérente, et surtout de fonder des prescriptions politiques efficaces. Cette position n'est pas propre au courant smithien. Nous touchons là un problème de critique de la science (d'épistémologie) sur lequel nous reviendrons.

Disons pour l'instant qu'il s'agit de déterminer un corps d'hypothèses cohérent et simple, à partir duquel on peut déduire des conséquences et, finalement, des lois économiques. Par la suite, on peut corriger ces lois, affiner les hypothèses, montrer pour quelles raisons concrètes leur application n'est pas complète. En raisonnant au départ à partir de l'*Homo œconomicus,* l'économiste se rapprochera de la situation du savant dans son laboratoire.

Si nous admettons, pour l'instant, le bien-fondé d'hypothèses comportementales *abstraites,* deux difficultés demeurent.

a) A-t-on le droit de passer du comportement des individus au fonctionnement global de l'économie par généralisation ou totalisation de ces comportements ? La réponse des smithiens, anciens ou nouveaux, est, bien sûr, affirmative. Pour eux, il n'existe qu'un seul type de rationalité économique ; on peut donc généraliser son application de l'individu à l'ensemble.

Certains « nouveaux économistes » trouvent dans cette affirmation la base d'une soumission sans limites de toute activité humaine à la science économique. Rien ne peut y échapper, de la politique au sexe, en passant par la drogue et la religion, La théorie économique devient la science des choix rationnels.

b) Si la raison, le plaisir et l'individu sont les trois piliers de l'idéologie libérale, ne risque-t-on pas de déboucher dans l'anarchie et la désintégration sociale ? Ici, Adam Smith, très explicitement, et ses successeurs actuels, plus implicitement, se réfèrent à l'ordre naturel qui assure, selon eux, l'harmonie entre les intérêts particuliers et l'intérêt général. Nous retrouverons ici la philosophie du XVIIIe siècle, en lutte contre l'absolutisme. Pour fonder la liberté et combattre les despotes, il faut prouver que la société n'a pas besoin du pouvoir absolu pour faire régner l'ordre. Il existe *une main invisible* qui guide les passions individuelles vers le bien de tous. « Nous n'attendons pas notre dîner, disait Adam Smith, de la bienveillance de notre boucher ou de celle du marchand de vin et du boulanger, mais bien de la considération qu'ils ont de leur propre intérêt. Nous nous adressons non pas à leur humanité, mais à leur égoïsme, nous ne leur parlons pas de nos besoins, mais de leurs intérêts. »

Encore faut-il appuyer cette constatation, en apparence de bon sens, sur une démonstration économique. L'ordre naturel et la main invisible se concrétisent dans les lois du marché.

2. Les principaux outils d'analyse des choix en microéconomie.

Comment raisonnent le consommateur et le producteur ? Le consommateur part de *l'utilité* des biens qu'il peut acheter pour maximiser le plaisir qu'il peut attendre de sa dépense. Le producteur cherche aussi à maximiser sa satisfaction, mais, pour lui, cette maximisation se confond avec celle du profit. Il va donc essayer, en partant des conditions de production et de la demande, d'obtenir le profit le plus satisfaisant possible.

Au départ, l'analyse des comportements rationnels a été relativement fruste. Ce n'est qu'aux alentours de 1870 que l'on a vu se réaliser des analyses plus fines. L'École marginaliste, que nous présenterons dans le chapitre 6, est à l'origine de ces progrès.

Nous voudrions ici simplement décrire ses principaux instruments :

1. Le calcul à la marge ;
2. La prise en compte des utilités marginales par la consommation ;
3. L'analyse des coûts de production.

A) Le calcul à la marge.

Pour un individu rationnel, qu'il soit consommateur ou producteur, ce qui compte, ce n'est pas seulement la satisfaction totale (ou le profit total), mais celle que lui apportera la dernière unité consommée ou produite par rapport à ce qu'elle lui coûtera (aux divers sens de ce terme).

Prenons, par exemple, une entreprise ; au fur et à mesure qu'elle augmente le nombre de ses représentants, elle peut espérer vendre plus, selon les proportions suivantes :

Les clés de la lecture des smithiens

Nombre de repré- sentants	C.A. total	Coût total des repré- sentants	Profit total	C.A. marginal	Coût marginal	Profit
1	120	100	20	120	100	+20
2	360	200	160	240	100	+140
3	510	300	210	150	100	+50
4	560	400	160	50	100	−50

L'entreprise qui ne regarderait que son chiffre d'affaires et le bénéfice global embaucherait quatre représentants. Ce serait une grossière erreur de gestion, en effet, le quatrième représentant permet bien d'accroître le chiffre d'affaires, mais seulement de 50. Au total, l'embauche se traduit par une perte de 50.

En fait, le calcul à la marge se fonde sur la loi des rendements décroissants[3]. Certes, au départ, deux représentants, en s'entendant mutuellement, peuvent conquérir facilement des marchés nouveaux. Mais, après l'embauche du troisième, il ne reste plus que des marchés sans intérêt ou déjà très fortement tenus par des concurrents.

Ce type de raisonnement à la marge est utilisé dans un très grand nombre d'activités humaines (fiscalité, sécurité routière, campagnes électorales), du moins, dans toutes les activités où la loi des rendements décroissants peut être appliquée.

B) La prise en compte des utilités marginales par le consommateur.

Un calcul à la marge peut être fait par le consommateur. Il ne raisonne plus en termes de coût ou de profit marginal, mais en termes d'utilité.

On part d'une constatation : au fur et à mesure que la consommation d'un bien augmente, la satisfaction qu'apporte

---

3. Ou plus exactement non proportionnels.

chaque unité supplémentaire consommée décroît[4]. À la limite, après la satiété vient le dégoût, et l'utilité marginale est alors négative.

En présence de plusieurs biens, dont on peut consommer des quantités diverses, le calcul à la marge peut faciliter une maximation de l'utilité. Avec un revenu limité, la bonne stratégie consistera à égaliser les utilités marginales (celles des dernières unités consommées). S'il n'en allait pas de la sorte, on regretterait toujours d'avoir gaspillé ses possibilités d'achat à acquérir des biens moins utiles que ceux négligés.

Tout cela paraît de bon sens et bien simple. À partir de cette base, les marginalistes ont multiplié les cas de figure et affiné le calcul du consommateur. Le simplisme de l'*Homo œconomicus* a fait place à l'extrême subtilité de l'*Homo marginalus*. Malheureusement, contrairement aux espérances des premiers marginalistes, l'utilité n'a pu être quantifiée. L'analyse théorique n'a pas débouché sur des applications concrètes (ce qui n'est pas le cas pour les études de coûts).

Au début du XXe siècle, Vilfredo Pareto a essayé de tourner la difficulté en passant de l'utilité marginale cardinale à l'utilité ordinale qui n'exige qu'un classement entre des utilités. Les néomarginalistes ont supplanté les marginalistes.

On ne raisonne plus sur l'utilité d'un bien, mais sur l'utilité relative de deux biens et, dans certains cas, ce deuxième est tout simplement la monnaie.

Partons d'un exemple : vous désirez à la fois du lait et du café. À un certain niveau de satisfaction possible, vous pouvez combiner de manières diverses les quantités de lait et de café. Si vous reportez sur un graphique toutes les combinaisons vous donnant un même degré de satisfaction, vous obtiendrez une courbe dite courbe d'indifférence.

---

[4]. On peut s'amuser à trouver de multiples exceptions à cette loi. Après tout, la dernière utilité d'un verre de porto au moment où l'ivresse vous gagne vous semblera nettement plus grande que l'utilité de votre premier verre. Cela amène à distinguer l'utilité marginale qualitative de l'utilité marginale quantitative, ce qui ne manque pas de sel pour un concept qui ne se prête guère à la mesure.

Les clés de la lecture des smithiens 175

Si une satisfaction supérieure totale est possible, vous pouvez obtenir, pour ce niveau supérieur de satisfaction, une courbe d'indifférence. Elle exprime comme précédemment les combinaisons possibles pour un degré de satisfaction supérieure. On peut ainsi tracer toute une série de courbes d'indifférence. À vrai dire, si des satisfactions très supérieures sont possibles, il faudra probablement en plus combiner lait et café, mais aussi *toasts* et foie gras. Ce sont des problèmes de substitution qui ont d'ailleurs été étudiés. Mais revenons à nos démocratiques lait et café.

Quelle combinaison choisir? On part du budget disponible. Si on le consacrait tout entier au lait, on pourrait en acheter Px, si on le consacrait entièrement à des achats de café, on obtiendrait Sy de café. En joignant Px et Sy, on s'aperçoit que le point de satisfaction maximum est celui où la droite du budget est tangente à une courbe d'indifférence. Tout autre point possible (correspondant à un budget d'achat) donne une satisfaction inférieure.

Là encore, les calculs à partir des *utilités ordinales* ont donné lieu à des perfectionnements de plus en plus subtils. J. R. Hicks, en outre, a mis au point des méthodes permettant de calculer comment et pourquoi un produit peut se substituer à un autre.

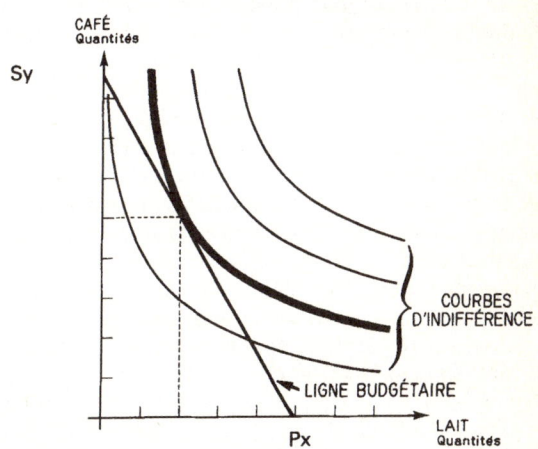

C) L'analyse des coûts de production et les calculs du producteur.

En présentant le calcul à la marge, nous avons déjà évoqué les coûts de production et la notion de marge qui désigne une variation faible. C'est l'économiste français Antoine Augustin Cournot (1801-1877), dans ses *Recherches sur les principes mathématiques de la théorie des richesses* (1838), qui est à l'origine de ce type d'analyse que généralisera la révolution marginaliste à partir de 1870.

1. Prenons les divers coûts d'une entreprise, nous trouvons successivement les coûts fixes et variables, dont la somme est le coût complet ou synthétique. Ces différents coûts peuvent être établis pour la totalité de la production – il s'agit alors de coût total –, ou pour une unité de produit – alors le coût unitaire ou coût moyen –, ou enfin pour la dernière unité produite : le coût marginal.

– Le coût fixe est indépendant de la quantité produite. Ce coût fixe peut aussi bien être le salaire du gardien de l'entreprise, que l'amortissement des bâtiments tant que ceux-ci ne font pas l'objet d'un agrandissement. L'ensemble des coûts indépendants de la production totale constitue le coût fixe total (CFT). Le coût fixe par unité produite, ou coût fixe moyen (CFM) diminue d'abord fortement lorsque la quantité produite augmente, puis de plus en plus faiblement.

– Le coût variable. Il varie en fonction de la quantité produite, mais sa variation n'est pas toujours uniforme. Par exemple, à un certain niveau de production, si des heures supplémentaires sont nécessaires, le coût du travail augmentera brutalement. Aussi convient-il de faire observer que le coût variable pour la totalité de la production (CVT) augmente d'abord faiblement avec la quantité produite, puis plus fortement. La première phase est celle des rendements croissants, la deuxième phase celle des rendements décroissants. Il peut arriver que ce rapport soit constant. On appelle coût marginal (Cm) le rapport entre la variation du coût variable total et la variation de la quantité produite. On dit encore que le coût marginal est le coût de la dernière unité produite ou de l'unité supplémentaire de produit.

– Le coût synthétique ou coût complet obtenu par l'addition du coût fixe et du coût variable peut être établi à son tour pour :
• la totalité de la production :
- coût synthétique total (CST) = coût fixe total (CFT) + coût variable total (CVT)
• l'unité de produit :
- coût synthétique moyen (CSM) = coût fixe moyen + coût variable moyen. On peut encore dire que le CSM est le rapport entre le coût synthétique total (CST) et la quantité produite (Q) : CST/Q
• la dernière unité produite :
- coût marginal (Cm) = variation du coût synthétique total (Δ CST)/ variation de la quantité produite (Δ Q)
- il convient de noter que le coût marginal est le même pour le CST et pour le CVT.

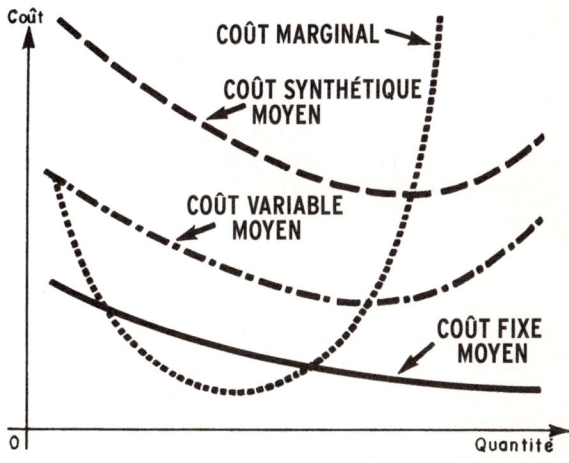

Prenons un exemple chiffré pour illustrer : Si le CST est de 30 000 euros pour une production de 2 000 livres de 280 pages et que ce coût s'élève à 30 010 euros pour la production de 2 001 livres, alors :

le coût marginal est :
Cm = (30 010 − 30 000)/ (2 001 − 2 000) = 10 euros
le coût synthétique moyen passe de (30 000/2 000 =) 15 euros à (30 010/2 001 =) 14,99 euros. Le nombre de livres est encore dans la phase des rendements croissants, ce qui signifie qu'une augmentation de la quantité de livres imprimés et reliés ne traduit pas une diminution du coût marginal et du coût synthétique moyen.

2. Si on reporte sur un graphique ces divers coûts, on s'aperçoit que, sauf le coût fixe qui est monotonement décroissant tant que les nouvelles installations ne sont pas nécessaires, c'est-à-dire tant que l'échelle de production ne change pas, tous les autres coûts, après avoir diminué, passent par un minimum, pour ensuite se relever. La courbe de coût synthétique moyen est plus élevée et plus ouverte que celle du coût variable moyen en raison de la combinaison du coût fixe moyen qui diminue constamment et du coût variable moyen qui, après la phase de baisse, se relève rapidement. La courbe du coût marginal sur laquelle on lit la nature des rendements est la même pour le coût variable et pour le coût synthétique. L'expression de la loi des rendements décroissants ne correspond qu'à la partie croissante de la courbe du coût marginal.

Bien entendu, pour la première unité produite, le coût marginal et le coût variable moyen sont confondus. Au départ, lorsque la production augmente, le coût marginal diminue ; on peut augmenter la production sans beaucoup de moyens supplémentaires. Cette phase de rendements croissants peut s'expliquer par plusieurs facteurs : les travailleurs font de moins en moins d'erreurs, le coût d'achat des matières premières peut diminuer par unité lorsque les quantités achetées augmentent (phénomène de rabais, de ristournes et de remises), les déchets peuvent être récupérés pour faire d'autres produits, etc. Après un minimum, qui correspond à un point d'inflexion sur la courbe de coût synthétique total, la courbe de coût marginal augmente. Cette phase de rendements décroissants peut s'expliquer par les pannes des équipements trop sollicités, le coût plus élevé des heures supplémentaires, le développement de nouveaux coûts (coût de stockage, coût de contrôle, divers coûts administratifs). La courbe de coût marginal coupe d'abord la courbe de coût variable moyen, puis celle du coût synthétique moyen à leur minimum. Cela signifie que tant que le coût marginal est inférieur au coût moyen, celui-ci décline. À partir du moment où le coût marginal est supérieur au coût moyen, ce dernier remonte.

3. À partir de ces courbes, on peut déterminer quelle stratégie la firme peut avoir. Par exemple, plaçons-nous dans le cas de la concurrence pure et parfaite. La production de l'entreprise n'a pas d'influence sur le prix du marché, l'entreprise est trop petite pour qu'il en soit autrement. Il lui reste à déterminer quel est le niveau de production le plus avantageux pour elle. Elle va pousser sa production jusqu'au moment où le coût marginal est égal au prix du marché. Au-delà de ce point, toute unité supplémentaire de production entraînerait des pertes. En tout cas, l'entreprise ne doit pas produire d'unités supplémentaires dont le coût moyen serait supérieur au prix du marché. À ce niveau tout bénéfice disparaît. À partir de ce modèle simple, on peut là encore examiner tous les cas de figure et étudier les comportements rationnels des producteurs.

Peu à peu, l'approche des descendants d'Adam Smith a permis d'analyser comment consommateur et producteur réagissaient à des variations de prix et de quantités.

Les réactions de l'offre et de la demande ont été mieux cernées, les réactions du marché, mieux comprises.

2. LE MARCHÉ EST L'ÉLÉMENT MOTEUR DE TOUTE RÉGULATION ÉCONOMIQUE

Les descendants d'Adam Smith sont partisans de l'économie de marché et de la libre concurrence. Nous avons vu son fonctionnement dans le chapitre précédent. Situons-nous maintenant dans une telle économie, tout en tenant compte des postulats du comportement rationnel précédemment décrit.

Chaque individu va faire des choix et optimiser les utilités et les désutilités de ses ventes ou de ses achats. Les chefs d'entreprise le feront en essayant de maximiser les profits.

Un individu vend lorsque l'utilité du bien qu'il possède pour maximiser sa satisfaction personnelle est inférieure à celle d'un bien qu'il pourra acheter avec le produit de sa vente.

1. *Le marché est l'instrument idéal pour la circulation des informations sur les choix de chacun.*

Il joue, selon l'expression de Léon Walras, le rôle d'un « commissaire-priseur » qui annonce les prix des offres et des demandes.

L'échange a lieu au moment où chaque partenaire a optimisé le plaisir qu'il peut retirer de la transaction. Quand nous avons décrit les courbes d'offre et de demande, nous avons vu que le prix du marché est le seul prix réalisable[5]. Nous voyons ici que cet ajustement correspond à des modifications dans les projets de chacun à propos de l'utilité que lui procurera l'échange. Dans la section précédente, nous avons vu le type de calcul à partir duquel consommateur et producteur parviennent à une décision.

Tant que l'ajustement entre les comportements n'est pas réalisé, l'échange effectif ne peut avoir lieu. Il subsisterait, soit une offre, soit une demande excédentaires, qui rendraient possibles les modifications de prix.

2. *Lorsqu'on laisse fonctionner librement le marché,*
on parvient à la fois à la meilleure satisfaction possible de tous et à la meilleure allocation possible des ressources, c'est-à-dire à leur plein-emploi.

Nous voyons mieux, maintenant, comment, dans la vision des « smithiens », ce fonctionnement optimal est lié aux postulats concernant la rationalité économique des individus.

---

5. Cf. p. 139 *sq.*

Les clés de la lecture des smithiens

3. *Le marché permet d'éliminer les incapables et les rentes de situation ;* à la limite, au moment de l'équilibre général, le profit a disparu.

Toutes les entreprises qui ont des coûts moyens supérieurs à ceux du marché seront éliminées au profit des autres.

Lorsqu'il existe des rentes de situation, les entreprises sont incitées à produire les biens qui permettent des profits aisés ; la production augmente ; les prix baissent ; les rentes disparaissent.

À travers les ajustements entre l'offre et la demande, l'élimination des incapables et des rentes, la concurrence, le profit va être réduit au point de disparaître. Si un profit subsistait, il inciterait les entreprises à produire plus, et les prix baisseraient. (Bien entendu, nous parlons du profit net après amortissement et rémunération de la fonction d'entreprise que l'on peut inclure dans les coûts.)

4. *Au centre de cet ensemble d'ajustement, nous trouvons les entrepreneurs.* En effet, l'entrepreneur est l'agent économique qui, par sa fonction, intervient sur le plus grand nombre de marchés. Il est partie prenante du marché des biens, tantôt en tant qu'acheteur (pour l'équipement et les matières premières), tantôt en tant que vendeur.

Il est présent sur le marché du travail et sur le marché des capitaux. Par ses achats et ses ventes à l'étranger, il fait le lien entre le marché national et le marché international.

Il faut bien avouer que l'entrepreneur n'est guère récompensé de ce rôle central, puisque la concurrence réduit le profit au minimum.

Le fonctionnement de l'économie est conçu comme celui d'un ensemble de marchés sur lesquels se forment simultanément des équilibres interdépendants.

Bien entendu, il faut distinguer entre ce fonctionnement idéal (il n'est qu'un outil d'analyse que certains prennent un peu trop facilement pour ce qui devrait exister) et la réalité. Le fonctionnement idéal permet de mieux comprendre ce qui existe et ce qui devrait être fait pour éviter la mauvaise allocation des ressources.

3. LES VALEURS S'ÉCHANGENT CONTRE DES VALEURS

Dans l'échange tel qu'il est décrit par les descendants d'Adam Smith, ce ne sont pas des demandes exprimées par une certaine quantité de monnaie et une offre de biens évaluée aux prix courants qui sont en rapport. La confrontation se fait en *valeur réelle,* c'est-à-dire en valeur mesurée en termes d'utilité attribuée par chaque partenaire aux biens échangeables, y compris, bien entendu, l'utilité relative attribuée à la monnaie[6].

Cela a plusieurs conséquences :
1. L'échange fonctionne sur le modèle du troc ;
2. La monnaie est une marchandise comme une autre ;
3. La monnaie n'est qu'un voile.

1. L'échange fonctionne sur le modèle du troc[7].

Si les prix expriment des rapports entre des utilités, nous sommes ramenés au troc. Dans ce type d'échange, comme nous l'avons déjà dit, celui qui possède ce que vous désirez doit désirer ce que vous possédez, et les quantités qui permettent d'égaliser la satisfaction de chacun. C'est exactement ce qui se passe lorsqu'on raisonne en terme d'*utilité*. Le troc n'est pas, pour les descendants d'Adam Smith, l'échange primitif. Il constitue le modèle de références de tout échange. Une telle position a l'avantage de mettre entre parenthèses le droit régalien de battre monnaie ; c'est donc là, comme nous le verrons, une position théorique qui a d'importantes conséquences dans le domaine de la politique

---

6. Jusqu'aux néoclassiques, on calculait à partir de la valeur-travail. Cf. p. 649 *sq.*
7. Comme nous l'avons déjà dit, nous verrons plus loin, que l'hypothèse du troc préexistant à l'échange monétaire est fortement mise en question, notamment par Aglietta et Orléan.

économique. Notons aussi que, dans la mesure où l'échange monétaire fonctionne sur le modèle du troc, cela explique pourquoi il ne peut avoir lieu avant que soit établi l'équilibre général walrassien. L'échange ne peut avoir lieu qu'à partir du moment où tous les partenaires sont satisfaits par le prix.

J.-B. Say (1767-1832), qui diffusa, voire vulgarisa, en France, les idées d'Adam Smith, l'avait fort bien compris. Pour lui, comme l'a dit Keynes, « les produits s'échangent contre des produits ». J. M. Keynes ne s'est pas trompé sur l'importance de cet axiome; il a écrit un grand nombre de pages pour le pourfendre, Il est vrai que J.-B. Say ne s'est pas contenté d'affirmer que tout échange fonctionne sur le modèle du troc; il a voulu y voir la démonstration de l'impossibilité théorique des crises de surproduction[8].

2. *La monnaie est une marchandise comme une autre.*

Si les produits s'échangent contre des produits, que devient l'échange, quand on réintroduit la monnaie ? La réponse à cette question est simple : *il demeure un troc,* car la monnaie est une marchandise comme les autres. Bien entendu, une telle affirmation a de quoi révolter tout keynésien qui se respecte.

Au fond, les descendants d'Adam Smith banalisent la monnaie. Elle n'est pour eux ni un droit ni un pouvoir lié à la puissance publique. C'est tout simplement un bien qui a, comme tout autre, ses courbes d'offre et de demande, son utilité et sa désutilité. Ils admettent cependant une particularité : la monnaie a des fonctions d'échange avec tous les autres biens. Sa valeur dépend donc de la combinaison optimale de son utilité avec celle de tous les autres biens.

Si elle est, par rapport à eux, en trop grand nombre, il faudra plus de monnaie pour acquérir la même quantité de biens, sa valeur réelle baissera. Si elle est rare, son utilité

---

8. Voir annexe 1, p. 191 *sq.*

relative sera plus grande ; avec moins de monnaie, on pourra acquérir plus de biens. Sa valeur réelle montera, les prix exprimés en monnaie baisseront. La fixation de la valeur de la monnaie s'inscrit donc dans le cadre de l'équilibre général walrassien.

Dans cette conception de la monnaie, seule la fonction d'unité de compte, d'étalon des valeurs, est prise en compte. La fonction d'échange est à peine entrevue. La monnaie n'est pas, ici, un véritable pouvoir permettant à ceux qui le possèdent de participer à l'échange. La fonction de réserve de valeurs est oubliée. Les anticipations se font en valeur réelle, et non en monnaie. La monnaie n'est pas, comme chez les keynésiens, ce qui permet de faire le pont entre le présent et l'avenir.

Comme nous l'avons dit, cela amène une réduction sensible du rôle de l'État et, à la limite, du droit régalien de battre monnaie. De là aussi, la préférence de certains descendants d'Adam Smith, tel l'économiste français Jacques Rueff (1896-1978) pour l'étalon-or. Il rapproche la monnaie de la marchandise et interdit à l'État des manipulations monétaires « contre nature ».

Lorsque M. Friedman propose une indexation générale des prix et des changes flottants, il poursuit le même objectif et se fonde sur les mêmes prémisses que les partisans de l'étalon-or.

Naturellement, on ne nie pas que la monnaie puisse conserver des valeurs mais, pour les descendants d'Adam Smith, cela est vrai de tous les biens. Ainsi, un producteur a toujours le choix de vendre ou de stocker un bien quelconque. De la même manière, il peut « vendre » sa monnaie, l'échanger contre un bien ou la conserver.

Reste à poser une question indiscrète : pourquoi la monnaie a-t-elle la faculté de s'échanger contre tous les biens ? On peut y répondre par une tautologie : parce qu'elle facilite l'échange... notamment parce qu'elle s'échange contre tous les biens. J.-B. Say disait : « Elle est "la voiture de la valeur". » Nous n'en sommes pas moins ramenés au problème précédent. Après la révolution keynésienne, les descendants d'Adam Smith ne pouvaient plus se contenter de répondre par une évidence. Les monétaristes ont été ainsi entraînés à prendre en compte certains éléments de l'analyse keynésienne. Pour eux, la fonction de réserve de valeurs communes à tous les biens a, dans le cas de la monnaie, une conséquence particulière : elle incite à conserver la monnaie dans les encaisses mises en réserve. Il y a ainsi une offre et une demande de monnaie indépendantes des échanges monnaie-produits. En effet, les agents économiques voient dans la monnaie mise en réserve le moyen de se couvrir contre certains risques et de réaliser à tout instant un échange. La réserve de monnaie est assimilable à un véritable capital (notez qu'ici, ce n'est pas la monnaie en tant que telle, mais ses réserves, qui donnent un pouvoir). Ce capital monétaire, s'il fonde une demande autonome de monnaie, est indépendant de la monnaie engagée dans les transactions. Il justifie pourtant le rôle de la monnaie dans tous les échanges.

3. *La monnaie n'est qu'un voile.*

Finalement, dans la conception des descendants d'Adam Smith analysée ici, la monnaie facilite l'échange, mais ne lui ajoute rien. *Elle est neutre.* « L'échange terminé, il se trouve qu'on a payé les produits avec les produits. » Enlevez la monnaie, vous retrouverez l'économie réelle.

Si on double la masse monétaire, les prix doubleront, mais l'équilibre en valeur réelle sera toujours le même. Cette constatation découle parfaitement de la loi de J.-B. Say qui, une fois de plus, a simplifié et systématisé la pensée d'Adam Smith.

Nous avons vu que la révolution keynésienne s'est directement attaquée à la neutralité de la monnaie, elle a, du même coup, ébranlé tout l'édifice smithien.

L'École de Chicago, et notamment son plus illustre membre, Milton Friedman, a cherché une parade. On peut résumer ainsi les positions monétaristes :

a) La monnaie a un rôle effectif, voire décisif, sur le volume de la production, mais seulement à court terme.

b) À moyen et long terme, elle n'a pas d'influence sur l'équilibre général ; seule, la confrontation des valeurs réelles compte.

c) On peut donc bien, à court terme, modifier l'équilibre général en manipulant la monnaie. Les forces réelles dissipent assez vite les illusions monétaires, et c'est l'équilibre en valeur réelle qui réapparaît.

d) En fin de compte, les politiques keynésiennes ne laissent derrière elles qu'un niveau général des prix plus élevé. L'inflation, conformément à la théorie quantitative de la monnaie, est bien un phénomène monétaire. On doit lutter contre elle par des moyens monétaires.

e) Même si la monnaie peut avoir un rôle actif sur le déroulement de la conjoncture, il faut éviter de s'en servir. On n'arrive qu'à perturber l'évolution économique à court terme. La situation devient de plus en plus instable, et le retour à l'équilibre général réel, plus douloureux.

f) Aussi faut-il assurer par tous les moyens possibles la neutralité de la monnaie dans l'évolution à court terme. La neutralité de la monnaie vérifiée à long et moyen terme doit devenir l'objectif essentiel de toute politique monétaire à court terme (l'indexation des prix, les taux de change flottants, *l'augmentation régulière de la masse monétaire* en fonction de la croissance économique sont les instruments de cette neutralité).

Paradoxalement, les monétaristes, en cherchant à rétablir la neutralité de la monnaie, proposent une politique monétaire opposée à la politique budgétaire des keynésiens.

*

Qu'est-ce à dire ? En fait, les descendants d'Adam Smith, comme Smith lui-même, se méfient de l'intervention de l'État. Pour eux, le système capitaliste est stable. Spontanément, il peut parvenir à un équilibre général satisfaisant. L'instabilité est créée par les interventions de l'État.

« Pourquoi des lois, quand tout va bien sans lois ? », disaient déjà les libéraux du XVIIIe siècle. Par-derrière les formalisations parfois bien abstraites, nous trouvons la justification de la liberté d'entreprendre. Il faut laisser faire les individus rationnels. C'est l'économie observée à partir de la position et des objectifs des chefs d'entreprise.

L'ÉBRANLEMENT DES TROIS PILIERS DE L'ANALYSE SMITHIENNE

La crise des années 1930 et celle qui s'est développée depuis 2008 ont jeté un doute profond sur la validité des thèses smithiennes.

Nous venons de le voir, l'analyse smithienne repose sur trois piliers :
– les individus informés, indépendants, ont des comportements rationnels ;
– le marché est l'élément central de toute régulation économique ;
– les marchandises s'échangent contre des marchandises en vertu de la neutralité de la monnaie.

Ils sont aujourd'hui profondément ébranlés.

Pour les smithiens, la monnaie facilite les échanges mais n'y ajoute rien. Comme l'indique Keynes pour résumer la loi de Say, « les produits s'échangent contre des produits », et la loi de Walras précise que l'un de ces biens remplit la fonction d'étalon (ou unité de compte) de la monnaie pour simplifier les évaluations des prix[1]. Keynes a fait comprendre que la monnaie était un pouvoir, que les raisonnements économiques se faisaient directement en monnaie et qu'ainsi les variations de masse monétaire avaient une action dans la régulation économique. L'ébranlement de ce pilier de l'analyse smithienne a été si rude que certains monétaristes admettent que les variations de la masse monétaire peuvent avoir un effet sur le fonctionnement économique et qu'en tout cas la monnaie n'est pas

---

1. La Loi de Walras s'énonce ainsi : *Sur l'ensemble des (n) marchés, la somme des demandes nettes pondérées par les prix est égale à zéro*. Cela signifie que la valeur totale des offres est identique à la valeur totale des demandes. Son corollaire permet d'écrire que *si un bien sert d'étalon avec une valeur égale à 1* (puisque c'est le rapport quantité du bien X/quantité du bien X), *on n'a plus que (n-1) prix qui expriment autant d'équilibres sur les (n-1) marchés*. Le corollaire est plus souvent énoncé ainsi : *si l'équilibre entre offres et demandes est réalisé sur n-1 marchés alors il est réalisé sur le n-nième marché*.

neutre à court terme, ainsi que l'indique l'Israélien Don Patinkin (1922-1995)[2]. Il faut cependant faire remarquer que Patinkin, par sa contestation de la position de Milton Friedman, s'est en fait engagé dans le néokeynésianisme. Il reste tout de même que, pour les monétaristes des anticipations adaptatives à la Friedman, l'effet réel de la monnaie n'est pas durable et qu'il faut tout faire pour l'éviter de manière à restaurer la neutralité de la monnaie Le principe de l'indépendance de la banque centrale en est la garantie. C'est ce principe qui a été adopté pour la Banque centrale européenne. La neutralité de la monnaie n'est pas naturelle mais positive.

Aujourd'hui ce sont les deux autres piliers qui sont ébranlés.

Personne ne nie que l'échange existe, mais il apparaît de plus en plus que le marché mis au centre du fonctionnement de l'économie n'est qu'une vue de l'esprit. Il est certes parfaitement justifié d'en faire, comme Walras, un instrument d'analyse[3]. En revanche, quand on raisonne comme si le marché smithien existait ou devrait exister, on aboutit à des conclusions erronées. Dans la production de biens et de services, on ne peut nulle part observer le marché tel qu'il existe dans les approches qui le mettent au centre du fonctionnement effectif de l'économie. La réalité des prix ne résulte pas essentiellement d'un équilibre entre des quantités en fonction des préférences des vendeurs et des acheteurs atomistiques et informés. C'est essentiellement les rapports de force en information imparfaite et asymétrique des agents qui la déterminent. On ne peut pas dissocier les échanges des pouvoirs qui les organisent et les structurent. Pour comprendre le fonctionnement de l'économie, la théorie des pouvoirs compensateurs de J.K. Galbraith[4] est plus éclairante que la théorie de la concurrence pure et parfaite. Le seul secteur où la confrontation des quantités offertes et demandées s'effectue suivant les principes de cette concurrence pure et parfaite est celui des Bourses des valeurs mobilières ; or c'est justement celui qui est le plus instable et qui donne lieu à des emballements ou des effondrements difficilement maîtrisables.

Penser l'économie en termes de rapport de pouvoirs et la monnaie comme un pouvoir à part entière exige l'intervention d'un arbitre. Le marché, c'est le « non-État », la grande illusion qui fait croire que l'on peut ajuster les préférences des uns et des autres

---

2. Don Patinkin, *Money Interest and Prices : An Integration of Monetary and Value Theory*, Evanston, Ill., Row, Peterson, 1956, trad. *Monnaie, intérêt et prix*, PUF, 1972.
3. Cf. p. 142-145.
4. Cf. p. 208.

en dehors de choix idéologiques ou politiques. Cela ne disqualifie pas, nous l'avons dit, la possibilité de faire de la description d'une économie de marché en situation de concurrence pure et parfaite un instrument d'analyse. Cela ne disqualifie pas non plus l'apport pour les entreprises des recherches sur le calcul en termes de coûts et d'avantages, celles sur les choix des consommateurs, les calculs à la marge, etc. L'économie vue par les smithiens est observée du bureau d'un chef d'entreprise.

Dans l'évolution actuelle de la théorie économique, la mise en cause du fonctionnement du marché est d'autant plus forte que le comportement rationnel des individus établi par les smithiens est de plus en plus contesté. Le prix Nobel George Akerlof et Robert Shiller[5], l'auteur de « l'irrationnelle exubérance », font de l'homme un être irrationnel et imprévisible. Ils établissent en quelque sorte l'avis de décès de l'*Homo œconomicus*. Keynes avait ouvert la voie en mettant l'accent sur les comportements moutonniers des acteurs économiques et en leur attribuant des « esprits animaux ». G. A. Akerlof et R. J. Shiller voient dans ces « esprits animaux » un facteur d'agitation et de contradiction par suite tant de comportements inciviques que d'aspiration à l'équité et à la justice, ou encore de tentations allant de l'attrait irrépressible à l'achat de biens symboliques jusqu'à la corruption et la haine de l'autre. La prise en compte de l'homme irrationnel, erratique et imprévisible exige l'intervention du pouvoir politique. À partir du moment où l'on a affaire à des individus véritablement insérés dans des relations sociales réelles et inégalitaires, la rationalité des smithiens n'est plus de mise[6].

---

5. George A. Akerlof et Robert J. Shiller, *Animal Spirits : How Human Psychology Drives the Economy, and Why It Matters for Global Capitalism*, Princeton, Princeton University Press, 2009.
6. Cf. p. 168.

Annexes

On trouvera dans ces annexes un complément aux clés de lecture tant des keynésiens que des smithiens. Elles permettent de mieux comprendre les oppositions fondamentales des deux approches et leurs évolutions dans trois domaines où ces deux familles d'économistes se sont particulièrement affrontées : la loi des débouchés, la monnaie et la répartition.

ANNEXE 1

Jean-Baptiste Say et l'impossibilité théorique des crises générales de surproduction

À l'époque où J.-B. Say écrit la première édition de son *Traité d'économie politique ou simple exposition de la manière dont se forment, se distribuent et se consomment les richesses,* l'optimisme industriel est de règle. La révolution industrielle, en Angleterre, est déjà triomphante, grâce, en particulier, à la liberté économique. La France, toujours aux prises avec l'étatisme, n'a pas connu un pareil épanouissement économique. Elle était pourtant, en 1750, techniquement et économiquement plus avancée que la Grande-Bretagne. Quoi qu'il en soit, la pénurie a reculé et on n'a pas encore reconnu l'existence de graves crises générales de surproduction. Les premières crises ont lieu en 1810 et entre 1815 et 1818 ; elles peuvent être attribuées à des causes accidentelles.

Pour J.-B. Say, la richesse, c'est la production, et la surproduction n'est pas possible. En créant des biens, on crée de la valeur et, par là même, la possibilité de participer à l'échange. *Les produits se servent mutuellement de débouchés.* « Certains produits surabondent, parce que d'autres sont venus à manquer. » Certes, il peut se faire que l'on produise trop de marchandises par rapport aux besoins : « Des engorgements partiels sont possibles. » Le tout est de produire ce qui convient. Si on produit des biens qui ne correspondent à rien, ils sont inutiles et n'ont pas de valeur ; ils ne permettent pas de participer à l'échange. Le libre fonctionnement du marché et la concurrence permet d'éviter de tels événements. Il y a quelques sophismes dans « la loi de J.-B. Say » et les retours réguliers de crises de surproduction lui ont apporté un démenti formel. Sa loi hante, cependant, toute la théorie économique et provoque toujours des polémiques.

Th. R. Malthus, Britannique contemporain de J.-B. Say, a tout de suite compris que l'épargne était le grain de sable qui pouvait bloquer l'application de la loi de J.-B. Say. Mais, ce dernier était si brillant, et Malthus, si obscur...

Après bien d'autres, J. M. Keynes s'attaque à cette loi en démontrant sa fausseté dans son optique macroéconomique. En fait, J.-B. Say suppose que toute épargne est investie car, pour lui, la variation du taux d'intérêt assure l'égalité de l'épargne et de l'investissement. Si l'épargne est importante, le taux d'intérêt baissera et l'investissement augmentera.

À partir du moment où le taux d'intérêt devient le prix de la monnaie et, le niveau global de l'épargne, le résultat d'un comportement sociologique (la propension marginale à consommer), indépendant du calcul économique, le raisonnement de J.-B. Say s'effondre. Rien ne garantit que les produits s'échangent contre des produits. Il est vrai que, dans la démonstration keynésienne, l'échange ne se fait pas sur le modèle du troc.

Il n'en demeure pas moins que, si les conclusions de J.-B. Say peuvent être contestées, *l'assimilation de tout échange à un troc* est fondamentale pour comprendre la pensée des descendants d'A. Smith. Elle est encore, aujourd'hui, l'objet de débats, y compris à l'intérieur du courant smithien.

En fait, la discussion de la loi de J.-B. Say est complexe.

Tout d'abord, la préoccupation de J.-B. Say est la défense de l'expansionnisme industriel. Il redoute le recours aux limitations de la production du corporatisme d'antan. Il veut montrer que la stagnation n'est pas pour demain. Appliquer sa « loi » à courte échéance, c'est un peu trahir sa pensée ou, du moins, ses intentions.

Ensuite, il y a plusieurs possibilités d'interpréter cette loi, et les classiques les ont souvent confondues.

Dans un premier sens, il y a identité ; l'offre est identique à la demande, car la monnaie n'est qu'un voile, un numéraire, pure unité de compte. Chacun la recherche pour la dépenser. Il y a donc séparation complète entre les prix réels et les prix exprimés en monnaie. Dans leur volonté de lutte contre les pratiques mercantilistes, les classiques et les néoclassiques ont souvent appuyé leur raisonnement sur cette première conception de la loi de J.-B. Say. C'est celle que J. M. Keynes attaque de manière cinglante, après l'avoir rigidifiée jusqu'à la caricature. Elle débouche sur la théorie quantitative de la monnaie de stricte observance.

Il existe une autre interprétation, plus souple, de la loi de J.-B. Say. Ce serait une égalité qui ne s'établirait qu'à une condition : l'équilibre entre l'offre et la demande de monnaie. Si la demande est excédentaire, autrement dit, si la monnaie est demandée pour être mise en réserve, il peut y avoir mévente. Mill le dit très explicitement. Dans ce cas, « personne ne peut nier la possibilité d'une surproduction générale ». On peut aussi imaginer que la monnaie arrive en plus forte quantité. Dans tous les cas, nous sommes en présence d'éléments qui permettent d'affirmer que, dès les classiques, des liaisons entre les variations des prix monétaires et les variations de la production étaient envisagées. Notons aussi que l'hypothèse de l'égalité à réaliser et, non de l'identité, est plus conforme aux hypothèses monétaristes contemporaines.

Reste à savoir comment la variation de la monnaie en circulation affectera la production et la variation des prix.

Si la variation de la monnaie en circulation est uniforme, les prix monétaires varieront uniformément. C'est l'ajustement direct, qui aboutit à une identité, à condition qu'il n'y ait pas d'agent favorisé ou défavorisé[1]. Cela limite forcément la portée de la loi de J.-B. Say. C'est, semble-t-il, l'optique la plus proche de Ricardo et de

---

1. Hypothèse émise par Cantillon, un mercantiliste qui, peu à peu, perdait ses certitudes.

Mill. Dans le cas d'inégalité de la répartition dans la diminution de la circulation, nous sommes renvoyés à des ajustements entre marchés qui ne seront véritablement analysés que par la théorie actuelle des déséquilibres.

À côté de l'ajustement direct, il existe une autre voie possible : celle de *l'ajustement indirect*. Il fut décrit pour la première fois en 1802[2]. Une modification dans les encaisses va faire varier le taux d'intérêt des banques. Si ce taux d'intérêt baisse à la suite d'une plus grande abondance de monnaie, et si ce taux d'intérêt bancaire (monétaire) est inférieur au taux d'intérêt *naturel*, on verra se développer la demande de capitaux. Ainsi, commence une élaboration théorique qui devait mener, un siècle plus tard, à l'École suédoise de Wicksell et, finalement, à Keynes. Notons, cependant, que contrairement à l'École suédoise, Keynes applique la différence entre le taux d'intérêt et l'efficacité marginale du capital à une économie décrite comme un circuit, et non comme une imbrication de marchés. Ricardo et Mill pensaient que ce type d'ajustement ne jouait qu'un rôle restreint. Ricardo redoutait les pratiques inflationnistes et l'intervention publique qui, pour lui, allaient de pair.

ANNEXE 2

Allons un peu plus loin dans l'étude de la théorie quantitative de la monnaie*

Depuis longtemps, les économistes ont constaté une relation entre les prix et la monnaie en circulation. C'est Irving Fisher qui, en 1907, a cependant le premier formalisé cette relation dans une célèbre formule :

$MV + M'V' = PT$

M est la masse de la monnaie manuelle (billets et pièces) ;

V sa vitesse de circulation ;

M' la masse de la monnaie scripturale (la monnaie représentée par des comptes à vue dans les banques) ;

---

[2]. Par Thorton, économiste qui ne marque pas l'histoire de la pensée économique.

V'sa vitesse de circulation ;
P le niveau général des prix ;
T le volume des transactions.

Pour lui, M'dépendait de M, puisque c'est l'abondance de la monnaie fiduciaire qui permet aux banques de se procurer la trésorerie en monnaie fiduciaire qui leur évite de courir de trop grands risques dans la création de monnaie scripturale.

Dans ces conditions, le niveau général des prix exprimé en monnaie est fonction de M[3].

Cette formule s'intègre dans l'équilibre walrassien et, d'une manière générale, dans la conception de la monnaie des néoclassiques anciens ou modernes. Elle permet une dichotomie entre les prix réels (les rapports entre les valeurs réelles) et le niveau général des prix.

Pour un même niveau d'équilibre général, déterminé par la confrontation des *valeurs réelles* et indépendamment de la monnaie en circulation, il peut exister plusieurs niveaux généraux des prix exprimés en monnaie. Tout dépend de la quantité de monnaie en circulation.

1. La critique keynésienne.

Les keynésiens n'admettent pas la théorie quantitative de la monnaie. Ils l'ont attaquée à sa base, en contestant la stabilité de la vitesse de circulation de la monnaie. Le seul élément stable du système keynésien est la propension marginale à consommer. En revanche, *la préférence à la liquidité* varie très fortement selon le taux d'intérêt. Le temps moyen durant lequel la monnaie est conservée entre deux transactions (qui permet une approximation de la vitesse de circulation de la monnaie) n'est donc pas une constante.

---

3. Par la suite, afin de faciliter l'utilisation de la formule de Fisher, on la transforme en : $MV = pY$;

M, étant la masse monétaire totale ;

V, l'inverse de la vitesse de circulation de la monnaie (le temps moyen durant lequel une monnaie est conservée entre deux transactions) ;

p, le niveau général des prix ;

Y, le revenu national en volume (car la valeur des transactions est fonction du revenu national).

Pour préciser la position keynésienne, on peut opposer à la formule « quantitativiste » simplifiée : $MV = pY$ la formule keynésienne qui obéirait à une même logique : $M/p = K'(i)(Y) + L(i)$, M/p est la masse monétaire exprimée en monnaie constante, p est le niveau des prix ; il est fixé indépendamment de M par les rapports de forces et les anticipations des entrepreneurs (rappelons qu'il n'y a pas, dans le système keynésien, dichotomie entre les prix réels et les prix monétaires, ce sont les prix déterminés par le fonctionnement économique général qui donnent le niveau général des prix). $K'(y)$ est la demande de monnaie en fonction des transactions ; elle est fonction du volume du revenu national (y) et du rapport habituel que les agents économiques établissent entre le volume des transactions et leur besoin d'encaisses de transactions. Ce rapport relativement constant est K' ; $L(i)$ symbolise la demande de monnaie pour les encaisses de spéculation, L est la préférence de la liquidité, elle varie en fonction du taux d'intérêt (i). Mais (i) n'est pas indépendant de M, il est le prix de la monnaie. Toutefois, si (i) tombe trop bas, L va bondir et ouvrir la trappe à monnaie dont nous avons parlé pages 61 et 72.

Y et p se fixent indépendamment : p, selon les rapports de forces et les anticipations ; Y, en fonction de la demande effective et de mécanismes du multiplicateur. Le rôle de la masse monétaire est donc très restreint. Elle n'agit sur Y qu'en faisant varier (i), mais cette action peut être annulée par l'élévation de (L). Si elle agit, elle ne le fait que très indirectement, à travers la comparaison de i et de l'efficacité marginale du capital.

On peut aussi admettre une action de M sur p. Elle est encore plus indirecte et imprécise. Une variation rapide de la masse monétaire, en créant des liquidités, peut influencer les rapports de forces qui déterminent les prix. Plus une entreprise peut se procurer aisément des crédits, moins elle résistera aux revendications de ses salariés et de ses fournisseurs car il lui manquera les liquidités pour y faire face jusqu'au moment où l'augmentation de ses prix lui permettra de les reconstituer.

Au total, s'il n'y a pas de variation autonome de la masse monétaire, la masse monétaire sera induite par le système. Ce sont les prix, le volume et la valeur des transactions et la liquidité qui fixeront son niveau. Quant aux variations volontaires, elles n'ont qu'un effet limité et réduit, tant sur le revenu que sur le niveau des prix. En aucune manière, on ne peut déterminer avec précision l'effet sur les prix d'une variation de la masse monétaire. Tout au plus peut-on dire qu'en période de plein-emploi, toute chose étant égale par ailleurs, elle sera plus importante qu'en sous-emploi, mais la quantification de la différence n'est pas possible *a priori*.

Dans le système keynésien, l'action de la monnaie dans l'économie n'est pas liée à sa masse, mais à sa nature. Si la monnaie n'est pas neutre elle le doit aux anticipations réalisées en monnaie. La monnaie doit être créée par l'État, afin que l'on ait la possibilité d'agir au moment adéquat et de faire le pont entre le présent et l'avenir.

2. Le rétablissement de la théorie quantitative de la monnaie par les monétaristes.

Les monétaristes admettent au départ deux éléments qui, en apparence, reprennent certaines idées keynésiennes.

A) Une brutale augmentation de la masse monétaire peut avoir une influence sur la demande à court terme. En effet, comme nous l'avons vu, les monétaristes pensent que lorsqu'on augmente la masse monétaire, les agents économiques ont des encaisses supérieures à celles désirées, le surplus d'encaisse est immédiatement dépensé.

B) La demande de monnaie dépend d'un grand nombre d'éléments. Disons, en simplifiant, du revenu, du niveau des prix effectifs et anticipés, de la structure des encaisses et des rendements de ces diverses encaisses… le taux d'intérêt et la composition des encaisses sont donc bien un élément de la demande de monnaie.

Toutefois, le rapprochement n'est finalement qu'apparent. Derrière les formules, au départ fort complexes, on retrouve la théorie quantitative de la monnaie. En effet :

a) Il n'existe pas chez les monétaristes de trappe à monnaie ; de ce fait, en entraînant une baisse du taux d'intérêt, une augmentation brutale de la masse monétaire ne s'engouffre pas dans les encaisses de spéculation. *L'encaisse monétaire fait partie des actifs,* elle est un élément du capital des agents économiques. Or, à court terme, l'encaisse monétaire évaluée en monnaie constante[4] est très stable[5]. Elle n'évolue, à moyen et court terme, que sous l'influence de l'évolution du revenu et des comportements, cette évolution n'ayant pas d'action à court terme. Les taux d'intérêt ne peuvent donc amener, à court terme, une variation de l'encaisse en monnaie réelle. Dans ces conditions, une augmentation brutale de la masse monétaire se traduit par un excès de demande sur le marché des biens et des services. D'où la primauté de la politique monétaire sur la politique budgétaire... et le risque d'inflation.

b) Les variations de la demande de monnaie sont d'autant plus lentes que les individus tendent à uniformiser leurs dépenses dans le temps. Ce n'est pas le revenu de la période qui fixe le niveau de la dépense, mais le revenu personnel qui progresse entre le revenu actuel et le revenu attendu. Si un individu pense qu'il gagnera plus dans l'avenir, il va élever sa dépense en fonction du revenu espéré. Au contraire, il va la diminuer s'il craint une diminution de revenu. C'est la reprise de la théorie du revenu permanent.

Il y a bien, ici comme chez les keynésiens, une variation de *vitesse de circulation de la monnaie*, mais variation n'est pas instabilité : à long terme, elle varie en fonction de la croissance du revenu réel. À moyen terme, la vitesse de circulation s'élève en fonction de l'expansion, car pour anticiper sur les augmentations de revenu, on pioche dans ses encaisses ou dans de l'argent qui « dormait » dans le circuit. La vitesse de circulation s'abaisse en période de récession, quand on restreint ses dépenses en anticipant sur une baisse du revenu réel. Toutefois, ces variations sont lentes, il n'y a pas d'instabilité de la vitesse de circulation de la monnaie et les encaisses réelles ne varient, à court terme, que très faiblement.

Nous sommes très loin des brutales variations de la vitesse de circulation qu'entraîne, chez Keynes, la préférence à la liquidité. En revanche, à court terme, la stabilité des encaisses liquides donne une relation très instable entre la consommation et le revenu.

---

4. Encaisse réelle.
5. Sous réserve de l'effet du revenu permanent dont nous parlons en *b*.

Annexes

Autrement dit, à court terme, la demande de monnaie et la vitesse de circulation de la monnaie sont les éléments les plus stables, la propension à consommer l'élément le plus instable. C'est le renversement complet de l'optique keynésienne, et le retour à la théorie quantitative de la monnaie. Avec cependant une différence : à court terme, et seulement à court terme, il y a bien une relation entre la masse monétaire et la production, mais elle passe par les excès ou les insuffisances d'encaisses par rapport à l'offre de monnaie, et non par le multiplicateur, qui a sombré dans l'instabilité de la propension à consommer.

Dans la formule : $MV = pY$, si V est relativement constant, et si M a une action de volume sur Y, à partir du moment où les transactions en valeur réelle ne peuvent plus s'accroître, l'utilité de la monnaie décroît, celle des biens augmente, le niveau général des prix change. Les keynésiens, en apparence, disent la même chose. Mais, V étant instable et p (prix) dépendant des rapports de forces, ils affirment qu'il ne peut y avoir de prévisions exactes des effets d'une variation de la masse monétaire sur p. Par ailleurs, la nouvelle théorie quantitative de la monnaie a une faille importante. Quand on fait varier M (la masse monétaire), on ne peut pas, à court terme, savoir exactement comment se répartira son effet entre le niveau général des prix et la production. M. Friedman a reconnu cette incertitude et a admis que le problème n'était pas résolu.

La formule quantitative de la monnaie n'est donc utilisable – sous réserve d'une stabilité de la vitesse de circulation de la monnaie – qu'en période de pénurie extrême. Malheureusement, dans ce cas, l'application de la formule quantitative n'est guère aisée, car il est probable que l'on va assister à une fuite devant la monnaie. On veut se débarrasser au plus vite de la monnaie que l'on possède, la vitesse de circulation va s'accroître… l'incertitude demeure. Même si la vitesse de circulation était constante, l'application de la formule quantitative de la monnaie serait douteuse. Quand tout augmente, quel est donc l'élément déterminant ? Sont-ce les prix (et/ou la production) qui tirent la masse monétaire ? Nous sommes renvoyés au vieux problème de la première poule et du premier œuf. Keynésiens et monétaristes ne sont pas près de s'entendre ; les enjeux théoriques et… politiques sont trop importants.

ANNEXE 3

Les théories de la répartition*

Nous reviendrons plus longuement dans la troisième partie sur la théorie marxiste de la répartition. Disons simplement que Marx fait du profit un revenu lié à l'exploitation du travail. Le profit n'est rien d'autre que le résultat de la confiscation de la plus-value. Les intérêts des banques, les rentes des propriétaires fonciers, les bénéfices commerciaux sont des rétrocessions des capitalistes industriels, en raison des services que leur rendent les banquiers, les propriétaires fonciers et les commerçants. Les salaires sont les revenus de ceux qui sont à l'origine de toute valeur. Le montant du profit tend à se confondre avec la plus-value. Le profit est réduit à ce montant, car les rapports de production permettent l'accaparement de la plus-value par les capitalistes et entretiennent une armée de réserve de chômeurs. La loi de la valeur gouverne ainsi tant la théorie de la production que la théorie de la répartition marxiste.

1. Les classiques.

Smith, l'optimiste, et Ricardo, le pessimiste, fondateurs avec Malthus de l'École classique anglaise, n'étaient pas si loin de cette vision. Marx, nous l'avons vu, est parti de la valeur-travail de Ricardo en lui donnant une autre signification. En fait, il n'y a pas de véritable unité dans la formation des revenus décrite par les classiques.

– Le salaire est prix du travail. Il est réglé par l'offre et la demande de travail. Malheureusement sitôt qu'il s'élève au-dessus du niveau de la simple subsistance, les travailleurs ont plus d'enfants, et leurs enfants meurent moins. Rapidement, le nombre des travailleurs qui arrivent sur le marché augmente (les enfants d'ouvriers commençaient souvent à travailler à 6 ans et beaucoup mouraient avant 12 ans). Le salaire est ramené au niveau de la subsistance (ce niveau pouvant cependant varier). Le social-démocrate Lassalle parlera, à ce propos, de la *« loi d'airain »* des salaires. Ce mécanisme ne dépend pas, comme chez Marx, de rapports de production, mais du sexe et de la mort ; données que le bourgeois victorien Marx n'aime guère intégrer dans son système, alors qu'elles ne gênent nullement les hommes du XVIIIe siècle que sont Smith et Ricardo.

– Le profit provient de la confiscation d'une grande partie de la valeur ajoutée. Le maintien des salaires au niveau de la subsistance facilite cette confiscation. Toutefois, Smith pense qu'après tout l'existence du profit stimule les entrepreneurs capitalistes. Elle les incite à créer des richesses supplémentaires, et ces richesses facilitent l'amélioration du sort de tous et l'élévation progressive du minimum des salaires.

Ricardo fait bien, lui aussi, du profit un revenu de la confiscation de la valeur ajoutée disponible qui permet de stimuler le progrès technique. Il introduit cependant un autre larron : le propriétaire foncier. Au fur et à mesure que les progrès économiques permettent d'améliorer le bien-être, la population s'accroît de plus en plus rapidement. Il faut mettre en valeur des terres de moins en moins productives. Le coût de production des denrées produites sur les terres les plus pauvres provoque une augmentation générale des prix des denrées. Cette hausse permet aux propriétaires des terres plus riches de bénéficier d'une rente de situation croissante. Cette rente est la différence entre le coût de production effectif et le coût de production marginal des denrées[6]. Pour qu'ils puissent survivre, il faut payer aux travailleurs des salaires plus élevés (sans d'ailleurs qu'ils bénéficient d'une élévation de leur niveau de vie). Pour Ricardo, le profit devient ainsi un résidu : c'est ce qui reste après la déduction des salaires et de la rente.

– L'intérêt est, quant à lui, situé comme le prix de l'épargne. Il est lié à l'égalisation de l'épargne et de l'investissement. À ce propos, la différence entre l'intérêt et le profit est présentée par Smith comme le payement des primes de risque au capitaliste qui investit.

En fait, tant chez Smith que chez Ricardo, il n'y a pas lieu de rechercher les lois de détermination du profit. Le profit a une fonction : stimuler les chefs d'entreprise, mais il n'est que le résultat d'un rapport de forces.

---

6. Pour un exposé plus complet sur la rente foncière, voir p. 654.

En intégrant ces rapports de forces dans une perspective qui commande à la fois à la production et à la répartition, Marx devait donner une tout autre signification aux éléments qui se trouvent en germe dans l'approche des classiques.

2. Les réactions smithiennes aux théories classiques de la répartition.

Face à ces deux conceptions, celle des classiques et celle de Marx, le développement de la pensée « smithienne » devait donner deux réactions.

A) John Stuart Mill et le « mais » réformiste.

La première développe l'idée qu'aucune véritable loi ne commande la détermination des profits ; c'est l'apport de John Stuart Mill (1806-1873). Cet économiste et philosophe anglais a certainement donné la plus parfaite synthèse de la pensée des grands classiques. Pendant cinquante ans, de 1850 à 1900, son manuel a servi d'ouvrage de base dans les universités britanniques. Pourtant, John Stuart Mill a sapé à la base l'approche des descendants d'Adam Smith. Cet humaniste, vulgarisateur de génie, était défenseur des droits de l'homme et adepte du féminisme naissant (à Avignon, où il s'était retiré[7], il donnait, avec son ami l'entomologiste français Fabre, des cours du soir pour l'alphabétisation des femmes du peuple… et cela sous le Second Empire). Il prononça, comme l'a dit R. L. Heilbroner, le plus grand « mais » de la pensée économique.

Il y a, écrit-il en 1848, au moment où paraît le *Manifeste communiste*, des « lois naturelles », *mais* elles n'ont rien à voir avec la répartition des revenus. Certes, la rareté, dont les limites reculent, gouverne la production ; certes, les intérêts et l'individualisme commandent à l'activité humaine (encore qu'il soit possible de les dépasser par la coopération et le mutualisme) ; certes, les lois

---

7. La femme qu'il aima passionnément et qu'il attendit longtemps était mariée à un certain Taylor. Il put l'épouser après la mort de ce dernier. Lorsqu'elle mourut, à Avignon, Stuart Mill se retira dans cette ville.

de la population existent (encore que la limitation des naissances soit possible, et Stuart Mill fut un des premiers promoteurs de ce que nous nommons aujourd'hui le planning familial)... *mais*, une fois la richesse produite, « l'humanité prise individuellement ou collectivement peut en faire ce qu'il lui plaît... La distribution des richesses dépend des lois et des coutumes ». Ce que nous croyons être des « lois naturelles » ne sont que « les symptômes désagréables d'une des phases du progrès industriel ».

Le « *mais* » de Stuart Mill fonde le réformisme, la redistribution des revenus par l'impôt, le *trade-unionisme* et la sécurité sociale. Il a, finalement, eu autant de poids, dans l'histoire économique et sociale récente, que le « non » de Karl Marx, dont il entrevoit, très tôt, le contenu totalitaire. Il ne faut pas, disait-il à propos du marxisme, « estimer les revendications du communisme en regard de l'état de la société actuelle, qui est mauvais... Le problème est de savoir si on laisserait quelque asile à la personnalité individuelle ; si l'opinion publique ne serait pas sous un joug tyrannique ; la dépendance absolue de tous envers tous, la surveillance de tous par tous, ne finirait pas par tout écraser et produire une uniformité docile de penser... une société où l'excentricité appelle le reproche ne peut être complète ».

B) *la recherche d'une intégration smithienne de la théorie de la production et de la théorie de la répartition.*

La seconde réaction développe aussi la pensée smithienne, mais tente, au contraire, d'unifier dans un même corps de *lois économiques* la production et la répartition. On peut voir son origine dans l'économiste français Jean-Baptiste Say.

a) Jean-Baptiste Say (1767-1832).

Pour lui, la production ne se réalise pas simplement grâce au travail, mais par l'union de trois facteurs : la nature, le travail et le capital. Chacun de ces éléments apporte « le concours de ses services productifs » aux chefs d'entreprise et reçoit le prix de ses services. Salaires, rentes foncières, intérêts, profits, ne sont plus les résultats du partage de la valeur ajoutée, mais la rémunération de *services productifs*. Jean-Baptiste Say fut le premier auteur à prendre au sérieux les services et à les considérer comme productifs. Au passage, il fait apparaître « les entrepreneurs », dont le profit est la rémunération de leur fonction dans la combinaison des facteurs de production. Le niveau du montant de chaque revenu est déterminé par la rareté relative de chaque facteur. Malheureusement, J.-B. Say ignore le problème des interdépendances entre les marchés ; le prix de chaque facteur est établi séparément des autres ; la formation de ces prix participe à une seule chose : le partage de la valeur ajoutée.

b) Les néoclassiques.

C'est la révolution marginaliste, puis néomarginaliste, dont nous avons déjà parlé qui, dans le dernier quart du XIXe siècle, va ouvrir la voie à une unification plus cohérente des lois de la production et de la répartition, dans une perspective smithienne. Il était temps car, à l'époque, la loi de la valeur de Karl Marx menaçait de plus en plus l'édifice des « smithiens ».

Comme Marx, la nouvelle science smithienne, celle qu'on appellera plus tard le néoclassicisme, va considérer la théorie de la répartition comme un simple aspect de la théorie générale de la valeur. Comme chez J.-B. Say, il s'agit de savoir comment rémunérer *les services des facteurs de production*.

Pour eux, c'est *l'utilité* qui fonde la valeur d'échange, car c'est à partir de l'utilité que les individus font des choix d'optimisation économique et réagissent aux prix, expression de rapports entre des utilités[8].

Nous avons déjà vu cette perspective dans les clés de l'approche smithienne et nous aurons l'occasion de la revoir dans le chapitre de conclusion. En tout cas, le raisonnement en termes d'utilité et d'utilité marginale[9] (c'est-à-dire de l'utilité de la dernière unité utilisée) va permettre d'expliquer la rémunération des facteurs de production sans faire intervenir une quelconque exploitation du travail.

---

8. Cf. p. 670 *sq.*
9. La base de tous les raisonnements en termes d'utilité marginale est parfaitement exprimée par la loi dite de Gossen : « L'intensité d'un plaisir qui se prolonge décroît et finit par s'éteindre au point de satiété » ; « La valeur d'un bien dépend de la dernière unité consommée ».

À cette fin, les néoclassiques partent de la *loi des rendements décroissants*. Ils montrent que chaque facteur est rémunéré en fonction de sa productivité marginale, c'est-à-dire de la productivité de la dernière unité intégrée à la production[10] (la quantité utilisée de tous les autres facteurs de production étant constante). En d'autres termes, si on ne change nullement la quantité de capital utilisé et que l'intégration d'un travailleur supplémentaire aboutit encore à accroître la production de manière satisfaisante, le salaire du dernier travailleur embauché devrait correspondre à cette augmentation de la productivité.

Au point d'équilibre (c'est-à-dire au moment où il y a plein-emploi de tous les facteurs de production et utilisation optimale des ressources[11]), le taux des salaires ne peut être ni inférieur ni supérieur à la productivité marginale du travail. En effet, n'importe quelle unité de travail peut être prise pour unité marginale (globalement, on ne peut distinguer le dernier travailleur embauché des autres), et cette valeur est le maximum que l'entrepreneur peut offrir pour inciter un travailleur supplémentaire à venir s'embaucher. Au-delà, le salaire lui coûterait plus cher que ce qu'il rapporterait et il attirerait trop de personnes sur le marché du travail, ce qui provoquerait une baisse de salaires. Nous retrouvons là les raisonnements en termes d'utilité et de désutilité. Il n'y a pas exploitation, puisque personne n'est « forcé » de travailler. S'il y a exploitation, autrement dit, si quelqu'un est payé en dessous de la productivité marginale de travail, c'est qu'il y a imperfection du marché (l'information a mal circulé, ou bien la mobilité du travail est insuffisante), c'est-à-dire que la réalité ne se rapproche pas assez du fonctionnement théorique de la concurrence pure et parfaite. Nous sommes très loin de l'exploitation marxiste.

Bien entendu, le même raisonnement peut être appliqué au *capital* pour la détermination du taux d'intérêt. Le capitaliste n'est qu'un consommateur qui vit du revenu de son épargne.

Quant *au profit de l'entrepreneur*, c'est un *résidu* qui rémunère la fonction d'entreprendre et incite les entrepreneurs à produire plus. Tant qu'il y aura des profits possibles, de nouvelles entreprises

---

10. Cf. l'exemple de la productivité du travail, p. 173 et 177.
11. Cf. p. 145.

apparaîtront et embaucheront. Au point d'équilibre général, lorsque plus aucun travailleur ne veut travailler, ni le moindre capital se placer, lorsque le prix de tous les facteurs de production est égal à leur productivité marginale, le profit disparaît.

Une telle explication n'est pas fausse pour l'analyse marxiste ; elle n'est que située au niveau de l'apparence des choses. Certes, on peut expliquer les fluctuations de l'offre et de la demande à partir des raisonnements marginalistes et néomarginalistes. Marx ne nie pas l'existence de la concurrence. Nous verrons que l'on peut, à partir d'elle et de la valeur-travail, aboutir à un équilibre de type walrassien. Toutefois, pour les marxistes, le type de raisonnement à partir des apparences ne permet pas de comprendre ce qui est important. L'important, pour eux, n'est pas l'équilibre, mais la découverte des lois du développement capitaliste et, grâce à cette découverte, l'élaboration d'une théorie susceptible de fonder scientifiquement la lutte du prolétariat. Au-delà des apparences créées par le *fétichisme* des marchandises, il faut prendre en compte la *réalité invisible* des rapports de production[12].

Bien entendu, les néoclassiques répondent qu'être obligés d'ajouter des hypothèses supplémentaires pour pouvoir démontrer une loi scientifique amène généralement les scientifiques à s'interroger sur la véracité de la loi. Quand on place la terre au centre de l'univers, on est obligé de passer par de multiples détours et d'ajouter les hypothèses les unes aux autres.

Toutefois, quand on voit comment la théorie néoclassique fait intervenir des éléments disparates pour expliquer les évolutions à long terme, on est perplexe devant la simplicité de la démonstration néoclassique. À moins qu'on ne s'en tienne à des hypothèses très restrictives par rapport à la réalité (l'offre de travail est donnée, les évolutions technologiques sont écartées, la concurrence est pure et parfaite, les salaires sont flexibles…), la synthèse entre la théorie de la production et la théorie de la répartition des descendants d'Adam Smith peut sembler contestable, si on la sépare de leurs points d'observation.

---

12. Cf. p. 347 *sq.*

3. Et, de tout cela, que pensent les keynésiens ?

En fait, les keynésiens raisonnent en termes de circuit, à partir de la demande. Ils intègrent directement la production et la répartition. C'est le même processus qui, en se déroulant, aboutit à la production, de la production aux revenus, des revenus à la demande, et de la demande à la répartition.

Ce n'est pas pour rien que la théorie keynésienne est à l'origine des *politiques* sociale, fiscale et budgétaire mises en œuvre après la Seconde Guerre mondiale. Stuart Mill avait *fondé* la liberté des lois qui régissent la répartition ; les keynésiens vont montrer qu'en jouant sur la répartition, on peut faciliter le développement de la production. À travers le jeu des variables qui commandent à la fixation de la demande effective (celle, répétons-le, que les entrepreneurs ont décidé de satisfaire), il montre comment se réalise cette synthèse et, du même coup, fixe les prix.

Mais quel est donc la régulation d'un tel système ? En fait, la théorie keynésienne de la répartition renvoie à un équilibre entre des rapports de forces. Cet équilibre n'est plus dominé par les entrepreneurs et les capitalistes. Dans l'économie keynésienne, les syndicats existent, les organisations professionnelles et les monopoles aussi. C'est la puissance syndicale qui détermine, grâce à des conventions collectives, le niveau des salaires nominaux. C'est la capacité plus ou moins grande des entreprises à fixer librement les prix qui, à partir des salaires nominaux considérés comme une donnée, fixera le profit… et du même coup les salaires réels. Ce profit n'est plus le profit maximum de K. Marx, c'est celui qu'il est possible de réaliser sans compromettre l'équilibre des flux de demande et d'offre, tout en assurant la survie et le développement de l'entreprise.

Cette vision du fonctionnement de l'économie aboutit chez J. K. Galbraith à une filière inversée de celle des smithiens. Ce n'est plus à partir du consommateur que le marché transmet au reste de l'économie ses ordres de produire, c'est l'entreprise qui est au centre du fonctionnement des marchés. Les consommateurs ne contrôlent plus les producteurs mais le contraire. L'entreprise va à la fois manipuler les consommateurs afin de produire ce qui lui sera le plus profitable et transmettre ses ordres à l'ensemble des marchés et notamment au marché du travail. La productivité du travail qui permet de déterminer le salaire n'est plus celle de l'utilité marginale du travailleur pour l'entrepreneur. « Celui-ci, en définissant sa production définit, du même coup, les utilités pour lui des travailleurs[13]. » Le marché du travail en est bouleversé car une partie des travailleurs est rejetée hors du marché, ils n'ont plus d'utilité. Quel que soit le salaire qu'ils seraient prêts à accepter, ils ne trouveront pas d'emplois. Nous en reparlerons à propos de l'approche du marché du travail chez les hérétiques à la Schumpeter[14].

Peut-on dans ces conditions parvenir à l'intérêt général et à la meilleure répartition possible des revenus qui, selon les smithiens, étaient garantis par le marché et la concurrence ? Ici, les fils de Keynes et J. K. Galbraith, héritier de la tradition institutionnaliste américaine, vont faire intervenir *le phénomène des pouvoirs compensateurs*. La société à partir de laquelle ils raisonnent est structurée en groupes. L'entreprise appartient à des groupes et à des organisations de plus en plus puissantes, les travailleurs aussi. Toutefois, ce ne sont pas simplement les producteurs qui s'organisent, ce sont aussi les consommateurs, les parents d'élèves, les écologistes… Chacun de ces groupes joue un rôle dans l'économie capitaliste actuelle. Le pouvoir des patrons du XIXe siècle a suscité le syndicalisme, le pouvoir des grandes firmes appelle les groupements de producteurs, puis ceux des consommateurs. « Le pouvoir économique privé est tenu en échec par *le pouvoir compensateur* de ceux qui y sont assujettis. Le premier engendre le second… Les deux pouvoirs se développent de concert…, sinon du même pas, mais de telle manière qu'il ne peut y avoir doute que l'un correspond à l'autre. »

Va-t-on arriver ainsi à une situation d'équilibre entre des pouvoirs assurant la meilleure allocation possible des ressources ? Certainement pas. La confrontation des pouvoirs peut aboutir à la collusion contre les plus faibles ou au dérapage inflationniste. Le régulateur ultime du système keynésien est l'État, à l'ère des pouvoirs compensateurs, la répartition doit passer par une politique des revenus.

---

13. Cf. p. 571.
14. Cf. p. 484.

Et l'intérêt ? Il n'est plus qu'un instrument de la politique publique ; il ne fixe pas le prix de l'épargne ou de la rémunération des capitalistes, mais le prix de la monnaie prêtée par les banques.

Et la valeur ? « Bof » : pour les keynésiens, elle ne sert pas à grand-chose ; les prix sont directement déterminés en monnaie et sont aussi le résultat de l'affrontement entre des groupes. La valeur n'est qu'une hypothèse supplémentaire dont ils n'ont guère besoin. Nous verrons plus loin pourquoi[15].

Comment expliquer alors le développement capitaliste ? diront les marxistes, qui réaffirment que nous demeurons, avec les keynésiens, au niveau des apparences. Qu'avons-nous à faire des lois du développement historique ? disent les keynésiens. Elles ne sont utiles que pour expliquer l'évolution à long terme, et à long terme... nous serons tous morts... si nous ne nous occupons pas du court terme.

Des hérétiques à la Schumpeter, les institutionnalistes essentiellement, comme, par exemple, James K. Galbraith – le fils de John. K. Galbraith[16] –, resituent les problèmes actuels de la répartition dans une perspective dépassant le court terme. Ils partent du constat que la répartition des revenus, qui était plus juste grâce aux politiques inspirées par l'approche keynésienne, est devenue depuis les années 1980 plus inégalitaire. En 1929, aux États-Unis, les 10 % des plus riches monopolisaient 50 % des revenus ; en 1970, ils n'en possédaient plus que 30 %, ce pourcentage remontait à 41 % en 1990 et atteignait à nouveau 50 % en 2006. En France, le système de sécurité sociale a évité jusqu'ici un retour à la distribution des revenus de 1929. Ces écarts sont très largement dus aux transformations du capitalisme.

Dans les grandes entreprises, y compris les transnationales, les investisseurs financiers ont pris le pouvoir. Ils ont demandé des rendements sans rapport avec les profits industriels possibles et ont exigés que ces rendements leurs soient restitués par un accroissement des dividendes. Les directions des entreprises industrielles ont été amenées à rechercher des taux de profits qui les incitaient

---

15. Cf. chapitre de conclusion, p. 645.
16. James K. Galbraith, « The Distribution of Income », *UTIP, Working paper 2*, Lyndon B. Johnson School of Public Affair, The University of Texas at Austin, novembre 1998.

à être moins attentives aux stratégies industrielles qu'aux stratégies financières. Alléchées par les participations aux bénéfices et les stock-options accordées par les investisseurs financiers, les directions des entreprises ont accentué la pression sur les salariés. Ces derniers ont accepté de voir leur salaire stagner car la mondialisation leur procurait à bon prix des produits industriels en provenance des pays à bas salaires. Parallèlement, notamment aux États-Unis, l'endettement des ménages facilité par la financiarisation leur permettait d'acheter plus et de mieux se loger. Cette évolution semblait rendre moins nécessaire le recours aux syndicats pour améliorer leur niveau de vie.

Les modifications dans l'équilibre des pouvoirs ont transformé la répartition des revenus.

ANNEXE 4

Des théories traditionnelles du commerce international aux nouvelles théories des échanges internationaux*

Nous retrouverons l'analyse des théories du commerce international lors de l'étude des effets de domination et des échanges inégaux[17]. Ici, nous analyserons essentiellement les théories qui se rattachent à l'approche classique ou néoclassique. La théorie traditionnelle du commerce international est souvent présentée comme une théorie pure (notée ci-après TPCI), en ce sens qu'elle est de nature à la fois hypothético-déductive et normative. Le point de départ est un modèle simple de l'économie mondiale dit « modèle 2x2x2 » (2 pays, 2 facteurs de production, 2 produits). Sur cette base, après une rapide évocation de la notion d'avantage absolu élaborée par Adam Smith pour indiquer la spécialisation que doit adopter un pays, la théorie se déploie avec David Ricardo selon l'argumentaire de l'avantage comparé ou comparatif (ou théorie des coûts comparatifs, déjà en germe chez Robert Torrens).

---

17. Cf. p. 408.

Ensuite J. S. Mill démontre que le gagnant principal de l'échange est celui dont les besoins en produits d'un autre pays sont les moins intenses, en vertu de la loi de l'offre et de la demande, le prix étant compris dans « les limites formées par le rapport entre le coût de production dans un pays et le coût de production dans l'autre »[18]. La prise en compte de la demande et de l'offre le conduit à avancer ce que René Sandretto désigne par l'expression de « paradoxe » de J. S. Mill : « Les pays riches sont relativement désavantagés dans leurs relations avec les pays pauvres, en raison de l'importance et de l'intensité de leur demande qui modifient à leurs dépens les termes de l'échange. Ils sont, pour ainsi dire, punis de leur prodigalité au bénéfice des pays démunis. De surcroît, la faible capacité de production des pays pauvres, jointe à l'exiguïté de leur marché intérieur, constituerait un atout dans le commerce international[19]. » Par conséquent, on peut dire « heureux les pauvres, ils deviendront plus riches ».

Reste à savoir pourquoi les pays ont des coûts relatifs ou des avantages comparatifs différents. L'explication de cet avantage revient à l'économie néoclassique qui avance la théorie de la dotation en facteurs. Elle a été présentée initialement par Elie Heckscher, complétée par Bertil Ohlin puis par Paul A. Samuelson (on parle du « modèle HOS », ou « théorème HOS », sachant que l'acronyme HOS est fait avec la première lettre des noms des trois auteurs), Wassily Leontief[20], Jaroslav Vanek[21], James R. Melvin[22], etc.

Le théorème HOS indique que le pays qui dispose d'une relative abondance dans un facteur possède un avantage comparatif

---

18. John Stuart Mill, *Principes d'économie politique*, Guillaumin, 1873.
19. René Sandretto, *Le Commerce international*, Armand Colin, Cursus, 1989.
20. La présence de Leontief ne se justifie ici que par la validation paradoxale du théorème HOS dans l'analyse du commerce extérieur américain : les États-Unis, supposés être intensifs en capital, exportent principalement des biens intensifs en travail. Ce résultat, connu sous l'expression de « paradoxe de Leontief », trouve son explication dans le fait que les États-Unis sont richement dotés en travail qualifié, qui est fortement productif.
21. Jaroslav Vanek propose une généralisation du théorème HOS pour plus 2 produits et plus de 2 facteurs : du théorème HOS on passe alors au théorème HOV. Cf. Jaroslav Vanek, « The Factor Proportions Theory : The n-Factor Case », *Kyklos* 1968.
22. James R. Melvin réalise la même année (1968) un travail identique à celui de Vanek : « Production and Trade with Two Factors and Three Goods », *American Economic Review*, LVIII, décembre 1968.

à produire le bien qui utilise le plus intensivement ce facteur. Les exportations de ce produit permettront de payer les importations du produit délaissé. Les hypothèses instrumentales communes aux théories classiques et néoclassiques sont : des rendements constants dans les deux secteurs ; l'immobilité internationale des facteurs et la parfaite mobilité intersectorielle des facteurs dans chacun des deux pays ; l'échange de produits entre deux espaces est un substitut à l'échange impossible de facteurs, les deux pays produisant les deux biens avant échange ; la technologie (le savoir-faire) dans les deux pays est identique. Voici les conclusions normatives qui en résultent :

– le libre-échange conduit à la spécialisation dans l'activité qui a la productivité relativement la plus élevée ;

– l'amélioration du bien-être mondial par une production plus élevée et/ou une diminution de la durée du travail sans perte de pouvoir d'achat ;

– la convergence des prix des facteurs par augmentation du prix du facteur initialement abondant, mais qui devient relativement plus rare du fait de son exploitation intensive en vue de l'exportation ; la diminution du prix du facteur initialement rare dans le pays importateur du produit incorporant ce facteur. Ces deux phénomènes symétriques ne sont cependant pas sans effet sur le bien-être dans chaque pays comme l'indique le théorème de Stolper-Samuelson : si l'économie reste diversifiée et que le prix d'un produit augmente, alors le prix du facteur qui est utilisé intensivement dans la fabrication de ce produit varie plus que proportionnellement et dans le même sens. Cela a donc des conséquences sur la répartition du revenu dans chaque pays, puisqu'une augmentation du prix des produits à forte intensité de main-d'œuvre entraîne une hausse du revenu réel du travail et une baisse du revenu réel du capital ;

– si le prix relatif des produits demeure constant, si l'économie reste diversifiée, alors l'augmentation de la dotation d'un pays dans un facteur de production donné (par exemple du capital) accroît la production du bien utilisant intensément ce facteur plus que proportionnellement à l'augmentation de la dotation et réduit la production de l'autre bien. Tel est l'énoncé du théorème de Rybczynski.

Les hypothèses de cette théorie traditionnelle sont évidemment contestables en raison de leur irréalisme.

La première critique porte sur la nature des rendements. Les coûts de production ne sont pas constants. Ils peuvent être croissants dans un secteur et décroissants dans un autre, et de ce fait les gains risquent d'être asymétriques avec un bien-être mondial après échange inférieur à celui obtenu en autarcie. C'est ce qui constitue le paradoxe de Graham (1923). René Sandretto préfère l'expression d'« effet Graham », car le phénomène est avéré : les pays pauvres spécialisés dans la production de biens salariaux (les céréales) où les rendements sont décroissants s'appauvrissent et les pays riches spécialisés dans les produits manufacturés à rendements croissants s'enrichissent du fait des importations de biens salariaux moins onéreux.

La deuxième critique fait observer que tous les pays ne produisent pas tous les mêmes biens. Par conséquent, la TPCI suppose des pays similaires dans leur mode de consommation et de production.

La troisième critique porte sur la technologie identique. Or il suffit de comparer les systèmes productifs des pays industriels avec ceux des pays en développement pour constater de grandes différences. On transporte encore des produits à dos d'âne en Afrique, alors qu'en Europe du Nord ce mode de transport a disparu, le cheval de trait n'ayant plus qu'une fonction touristique.

La quatrième critique a pour objet les hypothèses relatives aux différentes mobilités. La mobilité intersectorielle interne n'est pas valide à court terme, comme le montre le chômage structurel. L'immobilité internationale des facteurs est quant à elle une hypothèse qui ignore les mouvements migratoires internationaux et la mobilité des capitaux.

La cinquième critique souligne la non-prise en compte du temps. La TPCI est une théorie statique. Depuis les années 1950, à la suite de la dégradation des termes de l'échange des pays producteurs de matières premières, il se produit un phénomène dit de « croissance appauvrissante » selon l'expression du pourtant libéral Jagdish Bhagwati. Les exportations de plus en plus importantes de produits primaires donnent des recettes de plus en plus faibles. C'est le piège de la spécialisation en produits primaires.

Intégrer le temps, c'est alors la possibilité de sortir de la spécialisation fondée sur des facteurs donnés une fois pour toute et c'est donc l'opportunité d'acquérir des avantages comparatifs sur des produits nouveaux avec des technologies nouvelles. Par l'analogie dite du « vol d'oies sauvages », le Japonais Akamatsu décrit en 1935 la stratégie de substitution progressive de la production nationale aux importations pour un pays en développement. Elle consiste à favoriser le développement des industries de biens de consommation à faible technologie pour commencer, par une combinaison de soutien à l'exportation et de protection du marché national ; puis de remonter progressivement vers la maîtrise des biens d'équipement de plus en plus technologiques.

L'introduction du temps est au cœur de la théorie de l'écart technologique proposée par Michael Vivian Posner[23] en 1961 et de la théorie du cycle de vie international du produit élaborée par Raymond Vernon[24], en 1966, dans le cadre de l'analyse du commerce interbranche pour expliquer, via la Recherche et Développement (R&D), l'origine de l'avantage comparatif.

L'écart technologique permet à un pays de disposer d'une avance, c'est-à-dire d'un avantage comparatif et d'un pouvoir de marché pour les biens nouveaux. Cet avantage est cependant provisoire, car les pays de même niveau de développement ne tarderont pas à rentrer sur ce marché.

Dans le cycle de vie de Vernon, l'évolution du produit et de son marché est mise en rapport avec celle du commerce extérieur de la firme selon quatre phases : la naissance ou le lancement correspond à la vente du nouveau produit dans le pays d'origine à un prix élevé ; la croissance est la phase pour laquelle, d'une part, le prix de vente du produit baisse du fait des ventes croissantes et, d'autre part, le produit est vendu à l'étranger à des clients aux revenus élevés ; la maturité représente la phase d'entrée de concurrents étrangers, obligeant la firme à développer des filiales de production à l'étranger ; la dernière phase est celle du déclin de la demande qui conduit à l'arrêt de la production du bien sur

---

23. « International Trade and Technical Change », *Oxford Economic Papers*, 1961.
24. « International Investment in International Trade in the Product Cycle », *The Quarterly Journal of Economics*, 1966.

le territoire national, la demande résiduelle étant satisfaite par des importations en provenance des filiales à l'étranger.

La sixième critique souligne que la TPCI n'explique pas les échanges de produits similaires (échanges intra-branches comme par exemple, la France qui achète des automobiles en Allemagne tout en exportant d'autres voitures aux Allemands), ni les échanges intra-firmes qui sont courants pour les entreprises multinationales. Privilégier les échanges interbranches (par exemple, du blé contre des draps), c'est oublier le rôle fondamental de la demande. Or selon Staffar Burenstam Linder, à l'origine de la théorie de la demande représentative, le marché extérieur est un prolongement du marché intérieur, on n'y vend que des produits déjà vendus sur le marché intérieur. Cela suppose donc le même niveau et le même mode de vie. Plus un produit a une demande interne forte (demande représentative), plus il sera exportable vers des pays similaires. Les faits montrent d'ailleurs que l'intensité des échanges est plus forte au sein des pays développés qu'entre ceux-ci et les pays en développement. Mais l'industrialisation pour l'exportation des pays asiatiques ne permet pas de généraliser ce point de vue selon lequel on n'exporte que ce qui a fait ses preuves en interne. Néanmoins l'idée de prendre en compte les goûts du consommateur fera son chemin en passant par la demande de différence de Bernard Lassudrie Duchène, la demande de variétés (ou de diversités) de Paul R. Krugman (voir encadré page suivante). Ce dernier associe le goût pour les variétés étrangères à la structure de la concurrence monopolistique[25], sous l'hypothèse de rendements internes d'échelle croissants. Krugman propose donc d'abandonner l'hypothèse ricardienne des rendements constants. Il démontre alors qu'il est possible d'accéder à la compétitivité du fait des rendements croissants[26]. En produisant à la fois pour le marché domestique et pour l'exportation, l'entreprise réalise des économies d'échelle.

---

25. Krugman se sert de la fonction d'utilité proposée par Avinash Dixit et Joseph Stiglitz dans leur célèbre article « Monopolistic Competition and Optimum Product Diversity », *American Economic Review*, 1977. Depuis on parle de « modèle commercial en concurrence monopolistique de Dixit-Stiglitz-Krugman ».

26. Ainsi, P. Krugman écrit en 1987 : « Les rendements croissants pouvaient être une autre cause de spécialisation et d'échanges [...] », dans *La mondialisation n'est pas coupable*, La Découverte, 1998.

Les consommateurs des différents pays ont davantage de choix à un prix plus avantageux, du fait de la concurrence entre les entreprises. Par conséquent, le libre-échange est avantageux pour des pays aux économies peu différentes qui échangent des produits similaires (importations et exportations de voitures pour un même pays) mais différenciés, là où la théorie classique envisageait des échanges de produits différents (par exemple, échange de blé contre du drap).

PAUL ROBIN KRUGMAN (NÉ EN 1943) : UN KEYNÉSIEN LIBÉRAL

Paul R. Krugman est l'un des rares économistes qui permettent à la pensée keynésienne de s'affranchir de l'idéologie interventionniste dans laquelle elle est trop souvent enfermée. Il se définit en effet comme un keynésien libéral au sens économique[1], c'est-à-dire que le marché a ses préférences mais à condition toutefois que l'État intervienne pour le réglementer et corriger ses faiblesses. Son libéralisme économique lui a permis d'assurer une brève responsabilité de l'économie internationale dans l'administration Reagan en 1983. Il est par ailleurs libéral au sens politique comme l'attestent ses critiques, sinon ses attaques, contre la politique du président G. W. Bush dans la première décennie 2000.

Cette théorie s'inscrit somme toute dans la tradition libérale, même si elle permet d'expliquer le commerce international intra-branche. Par ailleurs les contributions les plus novatrices de P. Krugman sont :
– l'article coécrit avec James Brander, qui présente les échanges internationaux comme la conséquence des comportements stratégiques des firmes oligopolistiques[2]
– le fait d'avoir relancé l'économie géographique qui devient la nouvelle économie géographique.

---

1. Il déclare : « I have always been a free-market Keynesian : I like free markets, but I want some government supervision to correct market failures and ensure stability », cf. dans ses archives personnelles l'article « My Connection With Enron, One More Time », http ://www.pkarchive.org/personal/EnronFAQ.html

2. « A Reciprocal Dumping Model of International of Trade », *Journal of International Economics*, 1983.

Dans ces deux orientations on retrouve ce qui est l'innovation théorique majeure de Krugman, à savoir la prise en compte des économies d'échelle. Les économies internes d'échelle sont des incitations à grandir et, consécutivement, le nombre de firmes dans chaque espace ne peut que diminuer. Les économies internes entraînent une baisse des prix des produits, ce qui se traduit dans l'industrie par des économies externes. L'espace qui propose la production la plus efficiente attirera les facteurs de production qui, à leur tour, renforceront ce pôle d'excellence[3]. C'est un peu l'effet Matthieu, dit aussi des « avantages cumulatifs », dans lequel les plus forts se renforcent. La politique économique peut contribuer au développement de champions nationaux, ceux qui produisent à grande échelle et réalisent des rendements croissants, par des subventions diverses directes et indirectes. Krugman signale que ces politiques stratégiques rencontrent cependant des limites, car les autres firmes et les autres pays prendront des mesures de rétorsion.

---

3. En France, la politique de développement des pôles de compétitivité relève de cette logique.

6. Le déploiement des smithiens

La descendance d'Adam Smith est nombreuse et variée. Ses fils et lui constituent les classiques[1], dont le dernier fut J. Stuart Mill. Ses petits-fils sont les néoclassiques.

Bien des courants existent à l'intérieur de ce dernier groupe. Nous y trouvons une origine commune : le passage de la valeur-travail à la valeur-utilité, qui accompagne, à partir de 1870, le développement de l'analyse à la marge.

Aujourd'hui, nous voilà à l'ère des « nouveaux économistes classiques » (NEC) ; on peut même parler d'une renaissance néoclassique.

Mais Keynes va provoquer une césure dans ce déploiement. Pendant plusieurs décennies, les smithiens vont perdre leur prédominance, puis leur courant se reconstituera et redeviendra dominant au point de constituer la théorie standard enseignée dans la plupart des universités américaines ; ce n'est cependant que par rapport à Keynes qu'ils y parviendront, soit en tentant d'assimiler ses apports, soit en tentant de s'en passer.

---

1. L'expression fut utilisée pour la première fois par Karl Marx pour désigner le courant anglais allant de Petty à Ricardo et le courant français allant de De Boisguilbert à Sismondi, c'est-à-dire l'ensemble des économistes qui ont étudié « les relations réelles de production dans la société bourgeoise ».

1. Le déploiement des smithiens avant Keynes

Ce déploiement s'est réalisé selon deux grandes vagues : celle des classiques et celle de néoclassiques. Les classiques faisaient du travail le fondement de la valeur. Les néoclassiques ont substitué la valeur utilité à celle du travail. Il était temps : au sein de la description économique en termes de marché, la valeur travail aboutissait à des impasses et mettait en danger toute approche libérale au moment où Marx en faisait la pierre angulaire de sa critique du capitalisme.

1. Les classiques et leurs précurseurs.

Depuis Keynes, l'habitude est prise d'appeler classiques les économistes qui ont, soit vulgarisé, soit approfondi la pensée d'Adam Smith. Mais pour être classique, la référence à l'auteur de *La Richesse des nations* ne suffit pas. Il faut préciser, en effet, que les fils d'Adam Smith restent attachés à la philosophie libérale et à l'ordre naturel, tout en acceptant la théorie de la valeur-travail[2]. À ce titre, Sismondi, qui se déclare disciple d'A. Smith, mais prône l'intervention de l'État, ne peut être classé dans cette école.

Ils eurent des précurseurs.

1. Les précurseurs des smithiens.

Adam Smith, sans être nécessairement le père de l'économie politique, a fourni le premier traité général de la discipline, intégrant ou critiquant les conceptions fragmentaires, partielles, parfois confuses des auteurs qui l'ont précédé.

---

2. En fait, J.-B. Say et R. Malthus, généralement admis au nombre des classiques, confondent prix et valeur et annoncent la théorie de la valeur-utilité, d'où le qualificatif de pré-néoclassiques qu'on leur attribue quelquefois.

En ce sens, tous les auteurs présmithiens mériteraient de figurer dans le titre des précurseurs, soit de la méthode, soit des théories et de la problématique smithienne. Les idées classiques sur la valeur-travail, la division technique du travail, le libre-échangisme, l'harmonie des intérêts, l'ordre naturel, l'état stationnaire, la relation entre la monnaie et les prix, etc., ne sont pas nouvelles.

Sans qu'il y ait un auteur qui les ait toutes exprimées, elles furent développées, bien avant la synthèse d'Adam Smith, par de nombreux philosophes appartenant à différentes époques et à des courants différents. Nous nous limiterons, ici, à la présentation de certains liens entre les théories et doctrines anciennes et celles d'Adam Smith.

1. La distinction entre valeur d'usage et valeur d'échange remonte au Grec Xénophon qui déjà assimilait la valeur d'échange au coût de production. Mais on reconnaît que l'auteur le plus déterminant et le plus proche de la conception smithienne de la valeur est le mercantiliste anglais William Petty, bien que Ibn Khaldoun ait soutenu, trois siècles plus tôt, que le travail est la source de la valeur.

2. Xénophon avait également abordé la division technique du travail comme un moyen d'augmenter le « revenu de l'Attique ». On trouve une version plus moderne de cette théorie chez Vauban au XVIIe siècle. Il existe un grand nombre de fables et dictons populaires qui disaient la même chose, à la même époque : « patience et longueur de temps font plus que force ni que rage » (La Fontaine) ; « qui trop embrasse mal étreint », etc.

3. La philosophie de l'ordre naturel, fondement de l'harmonie des intérêts et du libre-échange, est présente dans les *Essais d'arithmétique économique* (1680) de William Petty et, surtout dans les différents *Discours sur le commerce extérieur, la monnaie, l'intérêt* (1752) de David Hume (1711-1776), prédécesseur et ami d'Adam Smith à l'Université de Glasgow. Déjà Aristote (384-322 av. J.-C.) avait exprimé l'idée d'un ordre naturel en parlant des lois naturelles.

L'ordre naturel est source, soit d'un optimisme pur comme chez les physiocrates, soit d'un optimisme cynique – Bernard de Mandeville –, soit d'un certain optimisme comme chez

Thomas Hobbes (1588-1679). Ce dernier propose dans le *Leviathan* l'instauration de la liberté du commerce avec la constitution d'un État-gendarme (monarchie absolue) destinée à veiller à ce que personne ne soit oisif et à ce que la loi de la nature soit respectée. Le *Leviathan* a donc des fonctions très limitées, sa puissance apparente doit suffire à dissuader les actions contraires à l'ordre naturel.

John Locke (1632-1704), à la même époque, développe des idées semblables, mais au lieu du *Leviathan* de Hobbes, il propose une monarchie parlementaire destinée à faire respecter la propriété privée, sans se préoccuper de la répartition des revenus.

En fait derrière l'idée d'ordre naturel pointe tout le libéralisme. Le Monarque ne peut déroger à l'ordre de la nature, inutile de légiférer quand tout va bien sans loi. Pour inventer la liberté, le siècle des Lumières a besoin de minimiser l'absolutisme.

4. La théorie de l'état stationnaire est exprimée dans La *République* de Platon, dans le *Traité des opinions des citoyens de l'État idéal* du Turc de langue arabe Abu Nasr Al-Farabi (vers 872-950).

Le circuit du *Tableau économique* de Quesnay est aussi une représentation de l'état stationnaire. L'apport des smithiens – Ricardo et Malthus – plus que d'Adam Smith, par rapport à leurs précurseurs est d'indiquer les mécanismes de l'apparition de l'état stationnaire.

5. La relation entre monnaie et prix, autrement dit, la théorie quantitative de la monnaie est, nous l'avons dit, l'une des plus anciennes théories économiques. Les smithiens sont, dans ce domaine, débiteurs à l'égard d'un grand nombre d'auteurs dont Richard Cantillon, Jean Bodin, John Locke.

2. L'École classique anglaise, ou les professeurs de « la science lugubre »[3].

Adam Smith qui avait confiance dans l'ordre naturel des choses a eu comme principaux disciples, en Angleterre,

---

3. Expression de l'historien anglais Thomas Carlyle (1795-1881) pour désigner Malthus, Ricardo et Mill.

Le déploiement des smithiens 223

R. Malthus, D. Ricardo et J. S. Mill. Ceux-ci ont eu le temps d'observer que la révolution industrielle s'accompagne de chômage, de misère des salariés. Tout n'est donc pas pour le mieux dans le meilleur des mondes. Tous, à la suite de Smith, annoncent l'apparition d'un état stationnaire où le profit ne permettrait que de renouveler le capital, où la croissance s'arrêterait[4].

A) Thomas Robert Malthus (1766-1834).

On peut résumer en une phrase l'œuvre du pasteur Malthus : « Plus la population est nombreuse, moins il y a de consommateurs ; aux problèmes de l'explosion démographique, s'ajoutent ceux des crises économiques. » En effet, dans son *Essai sur le principe de la population* (publié en 1798), le pasteur Malthus montre que la population suit une progression géométrique (multiplication). Elle double tous les vingt-cinq ans. De son côté, la production agricole suit une progression arithmétique (addition). Ce dernier phénomène revient à faire l'hypothèse implicite des rendements décroissants[5]. La misère n'est pas le fruit des nouvelles institutions libérales, mais de l'intempérance des pauvres et de l'avarice de la terre.

---

4. L'École anglaise comprend également :

a) Edward West, qui expose la théorie de la rente foncière, en 1815, dans *L'Application du capital à la terre* ;

b) John Ramsay McCulloch, qui, dans son *Essai sur les salaires*, fonde la doctrine du fonds des salaires et, dans d'autres ouvrages, se montre un disciple de Ricardo ;

c) Nassau senior, connu pour avoir critiqué la loi de Malthus en reprenant l'idée d'Adam Smith selon laquelle l'individu, par souci d'améliorer sa condition, évite d'avoir trop d'enfants. Dans cette critique, il formule la première classification des biens de consommation en « nécessaires », « de convenance », « de luxe ». Il présente également, avant J. S. Mill, une théorie de l'intérêt fondée sur l'abstinence. Il approfondit la théorie des prix internationaux, suggérée par Ricardo. Avec *Méthode de la science de l'économie politique* (1836), il fait œuvre d'épistémologue ;

d) S. M. Longfield fait une présentation de la théorie classique dans *Lecture sur l'économie politique* (1834).

5. Cf. p. 654.

Dans les *Principes d'économie politique* (publié en 1820), il conteste la loi des débouchés de J.-B. Say, en montrant que la cause des crises de surproduction provient de l'excès d'épargne des riches. Il ne faut pas assister les pauvres en aidant leur consommation, car ils en profiteraient pour avoir plus d'enfants. Seuls, les riches, en épargnant moins, peuvent éviter les crises.

B) David Ricardo (1772-1823).

Ricardo a allié la réussite sociale, le pessimisme économique et l'abstraction théorique.

Nous aurons l'occasion de présenter sa vie et ses principaux apports[6]. Le « système » ricardien constitue un approfondissement et un élargissement des travaux des physiocrates et de Smith. Ricardo est dominé par l'idée que la croissance ne peut être éternelle.

Les principaux éléments de son œuvre sont :
– la théorie de la rente différentielle[7] ;
– la valeur-travail[8] ;
– la baisse du taux de profit et l'état stationnaire[9] ;
– la théorie des coûts comparatifs[10].

Il est certain que Ricardo a ouvert la voie à l'économie abstraite et à l'analyse moderne. Sa valeur-travail a été au centre d'un grand nombre de débats (marxisme/néoclassicisme). Aujourd'hui, avec les néoricardiens, son influence retrouve une certaine vigueur[11].

C) John Stuart Mill (1806-1873).

Ce dernier des grands classiques fut un homme attachant[12]. Nous avons déjà eu l'occasion de présenter l'originalité de ce libéral-socialiste. Sa théorie fonde, en quelque sorte, le réfor-

---

6. Cf. p. 653 *sq.*
7. Cf. p. 654.
8. Cf. p. 656.
9. Cf. p. 655.
10. Cf. p. 522-523.
11. Cf. p. 661.
12. Cf. p. 202.

misme et donne la synthèse la plus accomplie de la pensée classique, tout en sapant une partie de ses fondements[13].

Le principal ouvrage de Mill, *Principes d'économie politique* (publié en 1848), fut, comme nous l'avons déjà dit, pendant cinquante ans le manuel de base des universités anglaises et américaines. Il ne sera remplacé qu'à la fin du XIXe siècle par le manuel d'Alfred Marshall, qui eut, comme lui, le sens de la nuance.

Avec toute l'École anglaise, J. S. Mill croit à l'état stationnaire. Toutefois, chez lui, cet état perd son caractère infernal. Son avènement n'est pas une catastrophe, mais un stade de développement qu'il faut préparer par l'éducation des hommes, afin qu'ils réduisent leur appétit de biens matériels et qu'ils assurent une stabilité de la population.

La durée du travail pourrait alors être réduite au profit des activités artistiques et religieuses. On retrouve chez Mill l'esprit du fameux slogan français de Mai 1968 : « Ne dépensez pas votre vie à la gagner », lorsqu'il écrit que, dans l'état stationnaire, les « hommes n'emploieront pas leur vie à courir après les dollars ».

3. L'École française et l'optimisme classique.

Sur le continent, les idées de A. Smith ont été acclimatées (certains, comme Marx, diront déformées), en se colorant d'optimisme.

Ce sont les libéraux français qui constituent l'essentiel de cette école. Toutefois, par certains de ses aspects, l'Américain Carey peut leur être rattaché.

A) Jean-Baptiste Say (1767-1832).

En travaillant en Angleterre, ce protestant né à Lyon découvre en même temps l'œuvre d'Adam Smith et la révolution industrielle anglaise. De retour en France, il participe à la Révolution. Il publie, en 1803, le *Traité d'économie politique,* qui passe pour une vulgarisation claire de l'œuvre

---

13. Cf. notamment sa théorie de la répartition et sa conception des lois naturelles, p. 202 *sq* ; et sa théorie de la valeur, p. 651.

de Smith. Nommé membre du Tribunat[14], il crée une entreprise de filature de coton dans le Pas-de-Calais, en s'inspirant des principes qu'il a vu appliquer en Angleterre. Il se brouille avec le régime impérial, et il retrouve les honneurs sous la Restauration.

Après avoir publié, en 1821, le *Catéchisme d'économie politique* et, en 1828, le *Cours complet d'économie politique*, il bénéficie d'une chaire d'économie au Collège de France en 1830. Il entretient une abondante correspondance avec Malthus, Ricardo et Sismondi.

Sa loi des débouchés, fondamentale pour comprendre toute une partie de l'analyse en termes d'équilibre, l'a rendu célèbre[15]. Toutefois, il faut aussi noter que J.-B. Say, productiviste libéral, est un des premiers économistes de la production[16], qu'il élargit aux services. Il est également le premier à faire du profit le revenu d'un service rendu à la production par l'entrepreneur, et distingue ce dernier des capitalistes[17]. Enfin, il annonce les néoclassiques en se ralliant à la valeur-utilité[18].

B) Les disciples de J.-B. Say : du libéralisme au conservatisme.

Après J.-B. Say, l'École française classique s'éloignera de plus en plus de la théorie économique et fera essentiellement l'apologie du libéralisme, ou participera à sa mise en œuvre tel Michel Chevalier qui conclura le traité de libre-échange avec l'Angleterre en 1860.

a) Le plus représentatif de cette tendance est Frédéric Bastiat (1801-1850). Polémiste virulent, il mit son talent au service du libéralisme dans les *Sophismes économiques,* les *Petits Pamphlets* et les *Harmonies économiques*. On

---

14. Assemblée parlementaire du Consulat.
15. Cf. p. 191 *sq*. La loi des débouchés a été reprise par les tenants de l'économie de l'offre (cf. p. 269).
16. Cf. p. 203.
17. Cf. p. 204.
18. Cf. p. 674.

retiendra surtout de lui son acharnement contre le protectionnisme et une conception très particulière de la valeur, qui tente de faire la synthèse entre la valeur-utilité et la valeur-travail[19].

b) Avec Charles Dunoyer (1786-1862), l'apologie du libéralisme prend une forme négative. Le « laisser-faire, laissez-passer » n'a pas pour fonction d'améliorer le bien-être et de rendre ainsi la lutte des classes inutile. Il permet d'inciter les travailleurs, enclins à la paresse, à l'alcoolisme et à bien d'autres vices, à demeurer dans le bon chemin. L'État ne doit pas intervenir contre la misère : « Il est bon qu'il y ait, dans la société, des lieux inférieurs où soient exposées à tomber les familles qui se conduiraient mal et d'où elles ne pourraient se relever qu'à force de se bien conduire », écrit-il dans la *Liberté du travail* (1845, p. 409). Le libéralisme vire au conservatisme louis-philippard.

Ce sera une grande constante du courant smithien français. À la fin du XIXe siècle, son plus beau fleuron sera le professeur Paul Leroy-Beaulieu. Il poussera le conservatisme social jusqu'au domaine théorique. Régnant en maître sur l'enseignement universitaire français, il pourfendit les marginalistes et Walras.

c) Même si Jacques Rueff (1896-1978) peut être considéré comme un néoclassique, il s'insère dans une conception qui le rapproche du courant classique du conservatisme libéral, par la place qu'il donne à l'ordre naturel et aux mécanismes automatiques.

Rueff énonce la doctrine de l'ordre social, en opposant deux types de civilisations « les civilisations à vrais droits, où les prix sont libres, et les civilisations à faux droits, ou à prix contrôlés » (1946).

C'est certainement dans l'œuvre de J. Rueff que l'on trouve l'essentiel d'une théorie contemporaine de l'ordre naturel. Certes, les crises existent. L'État doit intervenir,

---

19. Cf. p. 675.

mais seulement pour garantir la concurrence et le libre fonctionnement des automatismes qui règlent naturellement l'économie. C'est là l'essentiel de l'École néolibérale qu'il fonde, en 1938, avec Walter Lippmann et Louis Baudin (1887-1962), et à laquelle on peut rattacher F. von Hayek, Gustav Cassel, Emil-Maria Claasen, Walter Ropke. La « Société du Mont Pèlerin » regroupe la plupart des économistes qui maintiennent cette tendance libérale.

Ce néolibéralisme est toujours, implicitement ou explicitement, présent dans toutes les analyses de J. Rueff. Dans sa *théorie de la parité des pouvoirs d'achat* (reprise au Suédois Cassel), il montre que tout niveau de charges salariales supérieur à la productivité marginale suscite un déséquilibre de la balance commerciale qui ne peut être corrigé que par une dévaluation monétaire.

Dans sa théorie du chômage volontaire, il fait de l'assurance-chômage la cause de l'aggravation du chômage. Cette théorie est aujourd'hui reprise et développée par les nouveaux économistes[20]. Dans l'analyse du système monétaire international, Rueff devient l'ardent défenseur de l'étalon-or, seul capable de garantir les automatismes de l'ordre naturel contre les interventions intempestives de l'État.

Aujourd'hui, le néolibéralisme français est représenté par certains nouveaux économistes français[21]. Cependant, ces derniers sont également nettement influencés par les monétaristes américains et la Nouvelle économie classique (NEC) américaine avec en prime l'utilisation de la démarche néoclassique à l'ensemble des phénomènes sociaux (théorie du capital humain, l'économie du crime, théorie du marché politique, etc.).

C) Henri Charles Carey (1793-1879) et l'optimisme américain.

Aux États-Unis, Henri Charles Carey présente le paradoxe de militer pour le libéralisme à l'intérieur, dans les mêmes

---

20. Cf. p. 151.
21. Cf. p. 138.

termes que Bastiat (accusé de plagiat), et pour un protectionnisme plus radical que celui de F. List. L'analyse économique retient surtout de lui sa réfutation de la théorie ricardienne de la rente, non pas, comme Bastiat, en disant que la terre est gratuite, mais en signalant qu'aux États-Unis l'homme a d'abord cultivé les terres les plus accessibles, plutôt que les meilleures. Les rendements sont donc croissants. Toutefois, Carey laisse inébranlable la théorie selon laquelle le prix est déterminé en fonction de l'exploitation la moins fertile.

Dans les rapports entre les nations, il dénonce le libre-échange. C'est, pour lui, le moyen le plus sûr d'« établir pour le monde entier un atelier unique, la Grande-Bretagne, à qui doivent être expédiés les produits bruts du globe en subissant les frais de transport plus coûteux » (*Principes de la science sociale,* 1861).

Le nationalisme américain de Carey le pousse à généraliser la protection tarifaire à tous les produits, afin de maintenir des salaires élevés aux États-Unis et d'assurer un développement équilibré de la Nation en utilisant toutes les compétences et en faisant participer toutes les régions.

Ce courant doctrinal (libéralisme interne, protectionnisme externe), auquel Simon Nelson Patten (1852-1922), donnera sa formulation la plus achevée dans ses *Fondements économiques de la protection,* n'est pas sans liens avec la politique d'immigration sélective et les politiques commerciales ultra-protectionnistes adoptées par les États-Unis.

2. LES NÉOCLASSIQUES ET L'INVENTION DU MARGINALISME

Autour de 1870, apparaît un courant qui désire reprendre le « programme de recherche scientifique » d'A. Smith, en le dégageant de sa gangue idéologique. On veut faire de l'économie une *science positive,* et non normative, séparée des contingences historiques. Pour les tenants de cette école, il faut revenir au modèle de base smithien – *l'Homo œconomicus* – tel que Stuart Mill l'a décrit, et faire de l'économie une science de la rationalité économique[22]. Cependant, par référence à ce modèle, l'économie pure est qualifiée de normative. Elle n'est plus une science des faits constatables.

En premier lieu, ce courant réagit contre la valeur-travail classique et opte pour la *valeur-utilité*[23]. La *valeur-travail* est incohérente par rapport aux hypothèses de base de l'harmonie des intérêts, puisqu'elle est fondée sur la théorie des antagonismes et de la lutte des classes ; ce n'est pas le travail qui détermine la valeur, mais l'utilité marginale (d'où le nom de marginalisme) de la dernière unité du bien disponible, c'est-à-dire la satisfaction ou le plaisir[24].

En deuxième lieu, le néoclassicisme va ouvrir la voie aux recherches sur le calcul de la marge. Il faut, à ce propos, bien distinguer néoclassicisme et marginalisme. Le marginalisme relève, en effet, d'une technique d'analyse qui s'est développée dans des contextes totalement différents, y compris en Union soviétique[25]. Le néoclassicisme est un courant théorique qui, dans une perspective microéconomique, accorde un rôle central au calcul en termes d'utilité dans la réalisation de l'équilibre économique.

En troisième lieu, le néoclassicisme va pousser très loin l'analyse en termes d'équilibre[26]. Il abandonne les recherches sur la croissance et la dynamique des structures que l'on trouve chez les classiques. Par sa démarche, il veut donner un nouveau fondement théorique au libéralisme.

Il faut cependant préciser que l'expression d'« économiste libéral » n'est synonyme ni d'économiste marginaliste ni d'économiste néoclassique, même si l'approche microéconomique, le recours à la notion d'équilibre réalisé par de

---

22. Cf. p. 494. Une science du choix des moyens à usages alternatifs (d'après L. Robbins). En fait le caractère normatif est explicite chez Jevons qui écrit : « maximiser le plaisir est le problème économique » (*Théorie de l'économie politique*).
23. Cf. 669 *sq*.
24. Cf. 673. Nous y verrons comment l'utilité vient aux économistes et les précurseurs de la valeur-utilité.
25. Cf. p. 435.
26. Cf. p. 512.

Le déploiement des smithiens 231

petites variations correspondent implicitement à une idéologie libérale. Celle-ci a pu être explicitement récusée par des néoclassiques comme Walras ou Arrow.

Nous l'avons indiqué, Walras se déclare socialiste et sa théorie de l'équilibre général et des interdépendances a influencé la pensée économique bien au-delà du courant néoclassique libéral.

La figure suivante illustre les rapports qui s'établissent entre les trois notions d'idéologie libérale, de théorie néoclassique et des méthodes d'analyse à la marge :

Trois livres, publiés sans concertation par trois auteurs (Jevons, Menger, Walras), en trois lieux différents (Manchester, Vienne et Lausanne), entre 1871 et 1874, donnent naissance au double mouvement marginaliste et néoclassique. Ce sont : *Théorie de l'économie politique*, de William Stanley Jevons (1871), *Les Fondements, de l'économie politique*, de Carl Menger (1871) et les *Éléments d'économie politique pure*, de Léon Walras (1874). Il y eut cependant des précurseurs.

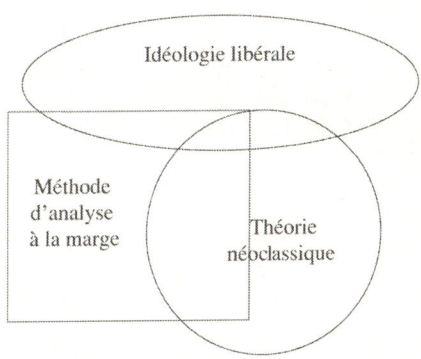

1. Les précurseurs de l'analyse à la marge.

On peut retrouver des précurseurs de l'analyse à la marge dès le moment où des raisonnements en termes de variations relatives ont été introduits. Turgot, ce physiocrate qui se

232   L'économie selon les descendants de Smith

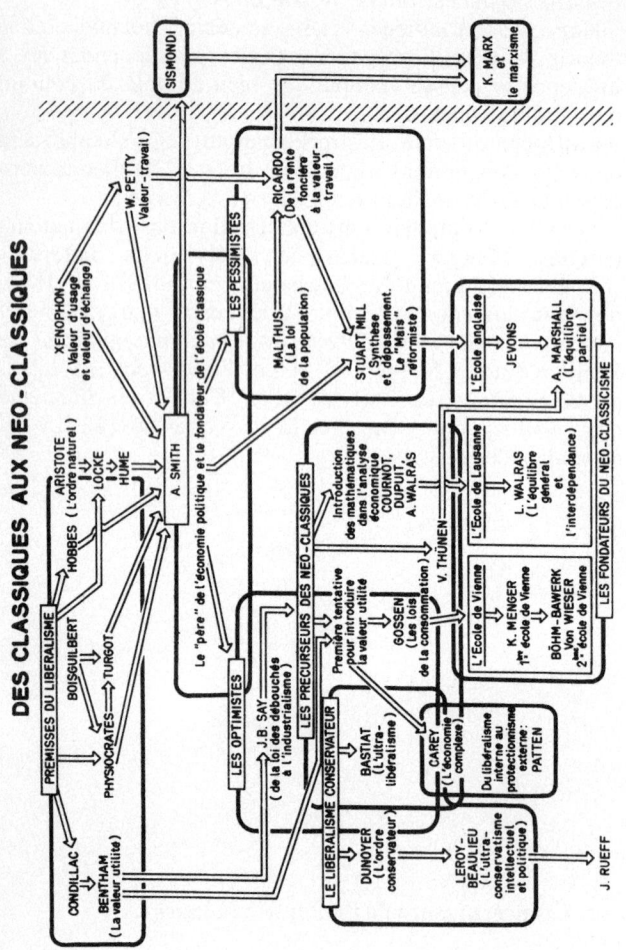

défendait de l'être, est un marginaliste sans le savoir, lorsqu'il énonce la loi des rendements décroissants de l'agriculture. A. Smith l'opposera à la loi des rendements croissants de l'industrie. La théorie de la rente foncière de Malthus et Ricardo constitue une analyse à la marge avant la lettre. Il en va de même des schémas de reproduction de Karl Marx.

Toutefois, au sens strict de la méthode marginaliste, le club des précurseurs (tardivement reconnus) se limite aux Allemands, Johann Heinrich von Thünen (*L'État isolé*, 1824), et Heinrich Gossen (*Évolution des lois de la consommation humaine*, 1854)[27] et aux Français Antoine Augustin Cournot (*Recherches sur les principes mathématiques de la théorie des richesses*, 1838) et Jules Arsène E. Dupuit (*Mémoire sur la mesure de l'utilité des travaux publics*, 1844).

Hermann Heinrich Gossen (1811-1858) énonce les lois de la consommation qui portent son nom[28]. Ces lois furent aussi mises au jour par l'Anglais Richard Jennings, en 1855 (cf. *Natural Elements of Political Economy*). Il faudra cependant attendre 1871 et Carl Menger (École marginaliste de Vienne), et surtout Alfred Marshall (École de Cambridge) pour les voir acceptées.

Antoine Augustin Cournot (1801-1877) substitue explicitement des relations d'interdépendance, des fonctions de type mathématique, aux relations de causalité classiques. On doit rapprocher son influence de celle du père de Walras, Auguste Walras et de celle de Jules Dupuit. Il est aussi le premier théoricien de l'oligopole, dit encore duopole de Cournot.

Jules Dupuit (1804-1866), ingénieur des Ponts et Chaussées, s'est intéressé à *L'Utilité des travaux publics et des voies de communications* (1844). Sa principale découverte sera le *surplus du consommateur* (Dupuit parle d'*utilité relative*). Ce concept sera redécouvert plus tard par

---

27. Cf. p. 669 *sq*.
28. Cf. p. 204. Rappelons que les deux lois de Gossen sont la loi de l'utilité marginale décroissante, la loi d'égalisation des utilités marginales.

Alfred Marshall, et John Richard Hicks lui attribuera le rôle d'indicateur du bien-être des individus et de la société[29].

Johann Henrich von Thünen (1783-1850), ce propriétaire exploitant agricole, dont l'influence fut grande, dit A. Marshall, est connu pour être un des premiers théoriciens de l'économie spatiale. Il fit, en localisant les terres sur un espace, une démonstration plus rigoureuse de la rente foncière que celle de Ricardo. Toutefois, son apport essentiel fut la détermination d'un salaire « naturel » à partir d'une formule qui préfigure les théories de la productivité marginale des facteurs de production[30]. En France l'économie spatiale a été développée par C. Ponsard. Ce domaine de recherche est particulièrement marqué par le développement d'outils mathématiques complexes (topologie, prétopologie, ensembles flous…).

2. Les premières Écoles néoclassiques.

Les premiers néomarginalistes et néoclassiques s'organisent autour de trois écoles, qui ont chacune leur spécificité et leurs fondateurs.

A) L'école marginaliste de Vienne.

Elle est constituée de trois générations successives d'économistes :

a) La première génération est celle du fondateur, Carl Menger (1840-1921). Il ne pense pas que les mathématiques puissent faire avancer les sciences sociales et se tourne

---

29. Le problème de l'addition des satisfactions individuelles et subjectives n'a cependant jamais pu être résolu. Il est connu sous le nom du problème de *no-bridge*. Les théoriciens de l'économie du bien-être (Pareto, Pigou), de la nouvelle économie du bien-être (J. R. Hicks) et de la fonction sociale du bien-être (Bergson) ont vu leurs travaux rester au stade des pures abstractions, en raison de l'incapacité pratique à résoudre ce problème du *no-bridge*. La démonstration décisive de l'impasse de l'économie du bien-être sera donnée en 1951, par K. J. Arrow, dans son ouvrage célèbre : *Choix social et valeur individuelle*.

30. Cf. p. 204 *sq*.

vers la psychologie pour expliquer l'économie, et, en particulier, la valeur-utilité. C'est lui qui montrera que la valeur des biens indirects (biens intermédiaires ou d'équipement) dépend des biens directs (biens de consommation)[31].

b) La deuxième génération est celle de Eugen von Böhm-Bawerk (1851-1914) et de Friedrich von Wieser (1851-1926). Avec eux, l'École de Vienne atteint sa maturité.

E. von Böhm-Bawerk s'intéresse principalement au capital et à l'intérêt du capital. Il fait du capital du travail détourné (accumulé) et rejette donc la théorie néoclassique des trois facteurs de production (la terre, le travail, le capital)[32].

L'allongement du processus de production demeure l'élément majeur de la productivité. En termes actuels, les techniques les plus capitalistiques sont les plus efficaces. L'intérêt est le prix du temps et de la dépréciation du futur.

Friedrich von Wieser, par certains aspects, approfondit l'apport de C. Menger; par d'autres, il conteste le maître et se rapproche du courant radical moderne. Il introduit la notion de *valeur naturelle*. Il lie valeur et distribution des revenus.

Pour von Wieser, la valeur d'usage n'est pas le seul élément qui contribue à la formation de la valeur d'échange. Il faut aussi tenir compte des revenus et de leur distribution. Les objets à faible valeur d'usage social, car recherchés par les riches, ont une valeur d'échange élevée. Inversement, les biens de première nécessité, consommés par tous, ont une faible valeur d'échange. Cela assure une rente élevée aux consommateurs les plus riches. Si on supprimait l'inégalité des revenus, on retrouverait la *valeur naturelle des biens*. Les biens à forte utilité sociale auraient une valeur d'échange plus élevée; les objets à faible valeur d'usage social conserveraient une valeur d'échange plus faible. Par conséquent, la production devrait s'orienter vers les biens les plus nécessaires. On retrouve des éléments de cette analyse chez les contemporains : J. Baudrillard, J. K. Galbraith et Marc Guillaume.

---

31. Cf. p. 672.
32. Cf. p. 204.

c) *La troisième génération*, appelée deuxième École de Vienne, va véritablement diffuser à travers le monde ce que l'on nommera le néomarginalisme. Nous en reparlerons.

B) L'École marginaliste anglaise et la fondation de l'École de Cambridge.

a) Nous verrons comment William Stanley Jevons (1835-1882), qui enseigna à l'université de Manschester (Owens College), et l'original F. Y. Edgeworth (1845-1926), qui fut, lui, professeur à Oxford, ont tous deux cherché à introduire la valeur-utilité et le calcul en termes de plaisir et de déplaisir au centre de l'analyse économique[33]. Ils vont aussi, contrairement à C. Menger, faire des mathématiques abstraites la base de l'économie. « La théorie économique, écrira Jevons, est de caractère purement mathématique », si elle se veut scientifique. Une mort prématurée empêcha Jevons de mener à bien ce programme. Il a laissé une œuvre très variée, mais inachevée. Il reste que la principale faiblesse de Jevons est d'avoir cru qu'on parviendrait un jour à mesurer l'utilité, et ignoré que le volume de la demande agit sur le volume de l'offre.

b) Si Jevons a le mérite d'avoir été le pionnier du marginalisme, et si Francis Ysidro Edgeworth en a été l'illustrateur le plus abstrait, Alfred Marshall (1842-1924), professeur à l'université de Cambridge, apparaît comme le diffuseur du néoclassicisme en Angleterre[34]. Ses *Principes d'économie politique*, publiés en 1890, remplacent ceux de John Stuart Mill comme manuel universitaire. Au-delà de ce manuel (dont l'influence est telle que Schumpeter parle de l'« âge marshallien »), le fondateur de l'École de Cambridge est connu pour être aussi celui de l'économie industrielle. Dans l'ouvrage *Industrie et commerce* (1919), il se montre le pré-

---

33. Cf. p. 673.
34. Avec Philip H. Wicksteed (1844-1927).

curseur de la théorie de la concurrence monopolistique, à laquelle sont attachés les noms de l'Américain Edward H. Chamberlin et de l'Anglaise Joan Violet Robinson.

Avec *Monnaie, crédit et commerce* (1923), il annonce la révolution keynésienne, en présentant le phénomène de vitesse de transformation du revenu monétaire en dépense. Marshall fut d'ailleurs le professeur de J. M. Keynes et l'incita à revenir à l'enseignement de l'économie.

La quantité, la qualité et la diversité des apports d'A. Marshall à l'analyse économique sont impressionnantes. Il redécouvre, après Jules Dupuit, et en généralisant son usage, le surplus du consommateur. Il distingue longue et courte période[35]. Il établit que les coûts de production se modifient avec le temps et avec l'accroissement de la dimension d'une entreprise (les économies d'échelle[36]). Il met en lumière les effets externes, qui permettent à une entreprise d'abaisser ses coûts sans trop délier sa bourse (par exemple par la construction d'une route avec l'argent des contribuables).

Les effets externes traduisent en fait les interdépendances des agents économiques que le marché ne prend pas toujours en compte. La reconnaissance de ce phénomène est importante pour l'analyse économique, car il ouvre la voie à la justification de l'intervention de l'État. Avec A. Marshall, le libéralisme n'est plus ce qu'il était, Keynes est proche.

Les pionniers du marginalisme ont affiché des théories extrêmes pour se distinguer nettement des théoriciens de la valeur-travail et pour imposer une vision libérale face au socialisme. La maturité d'un mouvement qui se caractérise par des positions médianes est sensible dans les travaux d'Alfred Marshall, comme si l'équilibre partiel (son thème de recherche principal) constituait aussi sa philosophie personnelle. Le « système marshallien » est plutôt une pratique du « mi-chemin » qu'un système cohérent. Il définit un objet normatif à l'économique (terme introduit par Jevons pour éviter le pléonasme de « science économique »).

---

35. Cf. p. 512.
36. Cf. 173 *sq*.

L'économique, selon Jevons, doit en effet améliorer le bien-être de l'humanité. Il écrit également que : « Le but dominant de l'économie, pour la présente génération, est de contribuer à une solution des problèmes sociaux » (*Principes*, p. 42).

« La situation normale » de la libre concurrence n'est plus un idéal à atteindre, mais un instrument d'analyse. Elle fait partie du jeu d'hypothèses, ce qui permet à Marshall de partir d'une situation statique et simplifiée. Sa méthode de travail ne l'empêchera pas d'être tenté par le socialisme.

Alfred Marshall léguera à l'*École de Cambridge* (et moins à un disciple ou un élève particulier), cette tendance à se situer dans l'équivoque. L'École de Cambridge, après Marshall, sera illustrée aussi bien par A. C. Pigou (proche des idées de Say, mais distinguant l'utilité sociale et l'utilité individuelle ; il sera un des initiateurs de l'économie du bien-être) que par Keynes, qui le critique, mais aussi par Joan Robinson, qui s'intéresse à la concurrence imparfaite néoclassique, à l'accumulation du capital marxiste, par Piero Sraffa, qui préconise un retour à Ricardo, par N. Kaldor, qui appliquera pour la croissance économique les théories de Keynes, tout en gardant un fond marxiste[37].

Le socialisme, en germe chez A. Marshall, s'épanouira dans le mouvement fabianiste, avec notamment John Hobson (le « disciple révolté » de Marshall), qui sera le premier théoricien de l'impérialisme[38].

C) L'École de Lausanne.

Selon Schumpeter, Léon Walras (1834-1910), fondateur de l'École de Lausanne, est le plus grand économiste, pour avoir trouvé une solution complète et précise à l'équilibre général.

---

37. L'ambiguïté de l'École de Cambridge est telle qu'on ne sait plus très bien, aujourd'hui, si ceux que l'on nomme les néocambridgiens, sont des néokeynésiens, des néomarxistes ou des néoricardiens. En tout cas, il faut bien distinguer ces néocambridgiens, également appelés parfois « old cambridgiens » des « new cambridgiens », qui sont, eux, les « nouveaux néoclassiques » : très liés aux économistes américains actuels, ils participent à la renaissance du libéralisme. Et il y a une École de Cambridge aux USA.

38. Cf. p. 94-95.

Nous avons déjà parlé de sa vie[39] et de l'importance de son œuvre[40], qui dépasse de beaucoup le courant smithien.

Son apport cherche à démontrer :
– l'interdépendance de tous les prix et de tous les revenus[41] ;
– les conditions et les mécanismes de l'équilibre général[42] ;
– le rôle de l'utilité dans la formation des prix et de la valeur d'échange[43] ;
– la fixation du prix de la monnaie[44].

a) Le successeur direct : Vilfredo Pareto (1848-1923).

Italien, né à Paris, de parents exilés politiques, V. Pareto, avant de prendre la succession de Léon Walras à Lausanne, en 1893, a d'abord exercé la profession d'ingénieur des chemins de fer, puis des forges. Dès 1870, établi à Florence, il participe aux campagnes libre-échangistes de Cavour, et défend un libéralisme extrême. C'est le libéral (puis fasciste) Maffeo Pantaleoni (1857-1924) qui lui fera découvrir Walras et le convertira à l'économisme pur.

Comme celle de L. Walras, son œuvre est double. Il poursuit des recherches sur l'économie pure et mène parallèlement des recherches sociologiques et de sciences politiques. Dans ces deux domaines, il développe une théorie de l'élite et une critique virulente du socialisme et de la démocratie. Alors qu'il prend, dans son œuvre économique, position pour la neutralité scientifique. Sa sociologie, avec sa théorie de l'élite et ses recherches en sciences politiques en font un des inspirateurs du fascisme. Mussolini voudra le nommer sénateur en 1922, mais il refusera, pour acquérir la citoyenneté du fugitif État libre de Fiume. Au soir de sa vie,

---

39. Cf. p. 143.
40. Cf. p. 145 *sq.*
41. Cf. p. 145.
42. Cf. p. 142.
43. Cf. p. 670.
44. Cf. p. 676.

il y a quelque tension tragique dans cet homme qui chercha toujours à déterminer scientifiquement, sans y parvenir, l'optimum économique et, en même temps, reconnut l'utilité des doctrines qu'il qualifiait lui-même d'absurdes[45].

Dans sa première œuvre d'économie pure, son *Cours d'économie politique* de 1896, il apparaît comme le pur disciple de Walras. Toutefois, il préfère parler des « ophelimités » (aptitude d'un bien à satisfaire un besoin) et pense qu'un phénomène économique n'est pas statique, mais dynamique.

La rupture avec Walras et l'ensemble des théoriciens néoclassiques d'alors se manifeste dans son *Manuel d'économie politique* de 1906. Il va rejeter la théorie de l'utilité cardinale et lui substituer l'utilité ordinale des *courbes d'indifférence*. Il ouvre la voie au néomarginalisme. Nous en connaissons déjà le principe : le consommateur ne « mesure » plus l'utilité d'un bien ; il sait seulement qu'il préfère une quantité de « A », pour un prix donné, à une quantité de « B » à un prix donné. Il classe des préférences. Pareto pense ainsi pouvoir éviter l'irréalisme d'une comparaison entre les utilités (même si, comme nous l'avons vu, la comparaison entre les utilités aboutit à un prix, seul élément visible et tangible[46]). Ce qui est plus important, c'est l'utilisation de ce raisonnement dans les rapports entre l'individu et la collectivité. C'est l'invention de l'*optimum* : cette notion désigne une situation telle que l'amélioration du bien-être d'un individu ne peut être obtenue que par la détérioration du bien-être d'au moins un autre. Partant des courbes d'indifférence de deux contractants, Pareto parviendra ainsi à démontrer comment le point de tangence des courbes d'indifférence de ces deux contractants est le point qui assure le maximum de satisfaction possible. Il ouvrait la voie aux recherches sur l'*économie de bien-être*.

b) De l'optimum à l'économie de bien-être.

En fait, l'économie de bien-être a deux origines : Pigou et Pareto.

---

45. Cf. p. 506.
46. Cf. p. 676.

Arthur Cecil Pigou (1877-1959), successeur de Marshall à la tête de l'École de Cambridge, est le dernier des néoclassiques de la première génération.

Il a été une des cibles favorites de Keynes. Comme Marshall, il veut faire contribuer l'économie à la solution du problème social mais cherche à sortir du simplisme de son maître, que l'on pourrait résumer par l'adage bien connu : « Plus le gâteau est gros, plus la part de chacun sera grande. » Aujourd'hui encore, lorsqu'on fait du PNB par tête un indicateur de bien-être, on se réfère à une idée d'A. Marshall, dans ce qu'il nommait le dividende national.

Pigou définira le bien-être par le maximum d'utilité et subordonne sa réalisation à une répartition plus juste des revenus et de la production. Il faut favoriser les entreprises à rendement croissant et permettre la satisfaction des besoins à grande intensité.

En fait, Pigou faisait du bien-être la somme algébrique de satisfactions impossibles à mesurer.

Dans la lignée de Pareto, en 1934, Hicks va ouvrir une nouvelle voie à l'économie de bien-être. Il va déplacer l'*optimum* parétien (qui cherchait à déterminer principalement la meilleure combinaison possible des choix de la production et de la consommation) vers la *distribution*. Malheureusement, le passage d'un individu à deux, puis à l'ensemble de la collectivité, ne se fait pas aisément. Dans le choix collectif, l'optimum de Pareto est indéterminé : il faut qu'on se donne des *normes* de choix et que l'on suppose la société unanime. Il existe, en effet, autant de situations optimales, au sens de Pareto, que de combinaisons possibles dans la répartition des richesses. Si l'unanimité n'est pas faite, Enrico Barone, John R. Hicks et Nicholas Kaldor ont imaginé la formule des versements compensatoires. C'est l'idée que l'on retrouve dans : « Les pollueurs seront les payeurs. » La compensation maintient-elle l'optimum et mesure-t-elle le coût social ? Rien n'est moins sûr, et, en tout cas, on risque d'aboutir à des effets pervers (« Je paie, donc je pollue »).

Rappelons que l'addition des satisfactions individuelles n'a jamais pu être réalisée. On parle, à ce propos, de *no-bridge* entre l'individuel et le collectif. Ce point a été illustré par Kenneth Arrow sous la forme du théorème de l'impossibilité. Autrement dit, l'agrégation des préférences individuelles transitives (si A > B et B > C alors A > C) ne donne pas des préférences collectives transitives. Le choix entre trois programmes peut donner A > B > C > A. Signalons que ce paradoxe de Arrow est connu aussi sous le nom de paradoxe de Condorcet qui le révéla le premier au XVIIIe siècle.

En fait, on se heurte à l'impossibilité de la définition du bien-être collectif, indépendamment de l'imposition des choix politiques et des rapports entre les groupes sociaux. Comme souvent, le néoclassicisme se heurte à son incapacité à prendre réellement en compte les rapports de forces. C'est en tentant de lever cette insuffisance que certains économistes actuels essayent de donner un second souffle à l'économie du bien-être.

Il reste que les recherches sur l'économie de bien-être ont permis d'affiner les analyses en termes de choix et d'accélérer l'évolution néoclassique vers une science des choix dans l'allocation des ressources rares.

c) La renaissance walrassienne vers une École néo-walrassienne.

Aux États-Unis, Edward Hastings Chamberlin (1899-1967) avait remis en cause, dans les années 1930, le modèle de concurrence pure et parfaite, et opté pour le modèle de concurrence imparfaite (*A Theory of Monopolistic Competition*, Cambridge, Mass., 1933). Il avait sapé ainsi les fondements de l'analyse walrassienne dans un cadre néoclassique.

Ce n'est que dans les années 1940-1950, que le néoclassicisme redécouvre Walras[47]. Son équilibre général était le seul système capable de résister au système keynésien. Nous savons que l'interdépendance générale qui le fonde dépasse le cadre de l'analyse néoclassique.

---

47. Cf. p. 250 *sq*.

Le déploiement des smithiens

À côté des recherches, dans une perspective néoclassique de plus ou moins stricte observance, menées par Kenneth Arrow (prix Nobel), Maurice Allais (prix Nobel), Gérard Debreu (prix Nobel), John Richard Hicks (prix Nobel), Paul A. Samuelson (prix Nobel), l'influence de Walras est beaucoup plus générale. Elle se manifeste dans l'établissement des tableaux de relations inter-industrielles de Wassily Leontief (prix Nobel), dans la contre-révolution keynésienne des théories du déséquilibre, ou encore, chez les économistes français Edmond Malinvaud, Jean-Paul Fitoussi et Patrick Artus. La partie la plus solide et la plus intéressante du nouveau néoclassicisme pourrait être nommée néo-walrassienne.

3. L'invasion marginaliste et le néomarginalisme

À partir du début du XXe siècle, des foyers de néoclassicisme se développent aux États-Unis, en Suède, en Italie, en Allemagne et, plus restrictivement, en France.

Notons que, dès le début du siècle, et surtout dans l'entre-deux-guerres, le néoclassicisme va de plus en plus nettement passer au *néomarginalisme*. L'hédonisme simpliste des fondateurs va être abandonné, au profit du *calcul économique*. Nous avons déjà signalé cette mutation à propos de la deuxième École de Vienne et de Pareto.

1. Le néomarginalisme se refuse à une option libérale *a priori*. Le calcul économique peut aussi bien régir une économie capitaliste qu'une économie centralisée.

2. À la suite d'Irving Fisher et de certains marginalistes américains, on admet que l'appréciation de l'utilité peut dépendre du milieu social et de la pression sociale.

3. Enfin, ils substituent (sauf von Neumann) à l'utilité cardinale l'*utilité ordinale*. Cette solution, qui évite la « mesure » d'un élément subjectif, répond aussi au fait que l'utilité d'un bien ne peut être jugée en soi, mais par rapport à d'autres biens. Cette hypothèse est plus conforme aux règles de l'équilibre général et de ses interdépendances.

244 L'économie selon les descendants de Smith

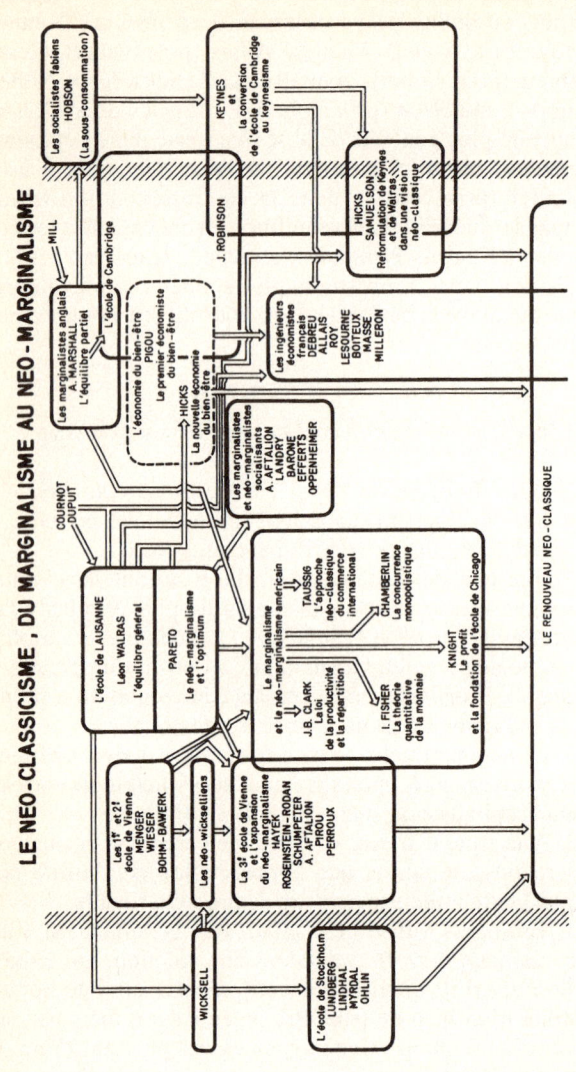

Ce programme de recherches semble bien, *a priori*, définir ce que devrait être une science économique « positive » et « générale ». C'était déjà le projet des premiers néoclassiques, mais nous savons que ce n'est pas si simple. Il faudrait également admettre que la science économique est d'abord la science des choix, ce qui n'est pas l'objectif de tous les économistes.

1. La deuxième École de Vienne et la diffusion du néomarginalisme.

Contrairement à ce que son nom pourrait laisser croire, le centre de cette école ne se situe plus à Vienne, mais dans diverses universités réparties dans le monde (la montée du nazisme en Europe explique en partie cette dispersion).

L'approche n'est plus psychologique et littéraire, *mais fortement mathématique*. La psychologie sommaire de la première École de Vienne (les deux premières générations) est abandonnée, afin de construire une théorie fondamentale du calcul économique (l'utilité ordinale remplace l'utilité cardinale). Cette troisième génération fonde véritablement le néomarginalisme et se charge de sa diffusion.

Les principaux représentants de ce courant sont Hans Mayer, Richard von Strigl, Paul Narcyz Rosenstein-Rodan, Friedrich von Hayek, Ludwig Erhard, Oskar Morgenstern, Wilhem Röpke, Fritz Machlup, Israël Kirzner et l'inclassable Joseph Schumpeter, mais aussi Albert Aftalion, Gaétan Pirou, François Perroux, Henri Bousquet, René Courtin, Luigi Einaudi (1874-1961, ancien président de la République italienne et membre de la société du Mont Pèlerin), Katsuichi Yamamoto. Certains Italiens tentent de s'intéresser à la fois à l'École autrichienne et à l'École de Lausanne. C'est notamment le cas de Maffeo Pantaleoni (1857-1924), Giovanni B. Antonelli, (1858-1944), Umberto Ricci, (1879-1946). C'est aussi le cas pour François Perroux.

Nous verrons que plusieurs économistes de cette École néomarginaliste sont, comme Schumpeter, devenus des hérétiques impénitents, notamment F. Perroux. Il est vrai que la deuxième génération de la première École de Vienne, qui forma Schumpeter, cultivait déjà des idées hétérodoxes. Bien entendu, le néomarginalisme dépasse le cadre de la deuxième École de Vienne.

2. Le marginalisme américain.

La vigueur du courant néoclassique américain, consacrée par de nombreux prix Nobel, a commencé avec les travaux de J. B. Clark, F. W. Taussig, I. Fisher, F. Knight et E. H. Chamberlin, pour ne citer que les pionniers les plus importants.

C'est essentiellement à partir des élaborations du marginalisme américain et d'un retour à Walras que se développe la contre-offensive néoclassique actuelle.

A) J. Bates Clark (1847-1938) peut être considéré comme un des fondateurs du marginalisme. C'est lui qui va préciser la *loi naturelle de la répartition* en fonction de la productivité marginale des facteurs[48]. Toutefois, il faut noter que sa préoccupation première fut de dénoncer les trusts et les monopoles qui empêchent le fonctionnement du marché.

B) Franck William Taussig (1859-1940), professeur à Harvard, est surtout connu pour sa contribution à la théorie néoclassique du commerce international[49]. On lui doit notamment l'approfondissement de la notion de terme de l'échange avancée par John Stuart Mill. F. W. Taussig a un grand nombre de disciples (Jacob Viner, John H. Williams, Harry Dexter White, représentant des USA aux négociations de Bretton Woods de 1942 à 1944). Dans les années 1930, il fait figure de keynésien en préconisant le déficit budgétaire pour assurer la reprise et la diminution du chômage.

C) Irving Fisher (1867-1947). Il fut un des plus grands économistes américains. Professeur à l'université de Yale, il a abordé un très grand nombre de sujets. Il est parti-

---

48. Cf. p. 204 *sq*.
49. Cf. p. 522-523.

culièrement connu pour avoir formalisé la théorie quantitative de la monnaie[50] avec le plus de justesse possible. Il fut aussi un des premiers économistes à critiquer l'hédonisme et la comptabilité des utilités dans la théorie du choix du consommateur, en cela, Irving Fisher est néomarginaliste. Il fit montre de préoccupations macroéconomiques (sa théorie monétaire le démontre) et s'intéressa à l'analyse sectorielle. On lui doit d'importantes contributions en statistique. Il cherche à évaluer le capital à partir de la valeur actuelle des biens et services qu'il peut produire. Il analyse la nature de l'intérêt et en fait une résultante du degré d'impatience à consommer et de l'opportunité d'investir. Au total, Fisher ouvre la voie à l'*École monétariste* actuelle et, d'une certaine manière, à Keynes. Ce dernier considérait d'ailleurs que I. Fisher était son « grand-père » spirituel.

D) Frank Knight (1885-1973). Il est le fondateur de l'École dite « de Chicago », dominée aujourd'hui par Milton Friedman. Cette école, célèbre pour ses théories ultra-libérales, a eu, en effet, pour fondateur le théoricien moderne du profit. Dans son ouvrage, *Risque, incertitude et profit*, Knight présente le profit comme la contrepartie du risque assumé par l'entrepreneur, ou, du moins, de l'*incertitude* dans laquelle il demeure. On peut s'assurer contre un risque, non contre une incertitude. Rien ne permet de dire que les ventes anticipées seront réalisées. Le profit exigé est d'autant plus élevé que l'incertitude de l'avenir est grande[51]. En revanche, les entrepreneurs sont prêts à accepter des pertes s'ils sont certains de l'avenir. Cette vision explique leur comportement. Elle explique moins le profit qu'elle ne le justifie. Elle est de nature apologétique, et bien dans la ligne de l'ultra-libéralisme de l'École de Chicago.

Knight rejoint aussi le courant de R. Cantillon et J.-B. Say, auxquels succéderont les conservateurs et néolibéraux français et s'associera F. Perroux dans sa jeunesse. Toutefois,

---

50. Cf. p. 274.
51. Cf. p. 51.

comme Taussig, son idéologie libérale n'empêchera pas Knight de signer, dans les années 1930, un appel en faveur du déficit budgétaire.

E) Edward H. Chamberlin (1899-1967). Comme nous l'avons vu, partant de la concurrence imparfaite, il s'écarte de l'analyse walrassienne. Il va plus loin, d'ailleurs, que l'analyse de la concurrence imparfaite formulée par les institutionnalistes américains. Il propose une théorie nouvelle, qui combine à la fois la concurrence et le monopole, la *Théorie de la concurrence monopolistique*, publié en 1933. Son idée de base est simple : les producteurs sont toujours concurrents, mais les produits mis sur le marché ne sont jamais identiques (homogènes). Chaque firme cherche ainsi à différencier ses produits et à faire croire qu'elle en a le monopole. Elle peut donc élever ses prix sans perdre sa clientèle. Il faut cependant rappeler que le thème de la concurrence imparfaite a été ouvert à Cambridge (Angleterre) dès 1926 par Piero Sraffa qui a été l'inspirateur de Joan Violet Robinson.

3. L'École de Stockholm.

Nous avons déjà présenté les principales caractéristiques de cette école dans la partie traitant des prékeynésiens. Nous devons cependant la citer également dans ce chapitre, car la plupart de ses membres appliquent le raisonnement « à la marge » et raisonnent bien en termes de marchés, et non de flux. En fait, comme nous l'avons vu précédemment, nous sommes en présence d'une élaboration théorique complexe. Certains des membres de l'École de Stockholm peuvent être classés dans plusieurs courants[52].

4. Les autres Écoles marginalistes européennes.

Sur le reste du continent européen, le néomarginalisme n'a pas donné lieu à la formation d'écoles aussi nettement constituées.

---

52. Cf. p. 96 *sq*.

A) En Grande-Bretagne.

On assiste à une domination keynésienne, qui n'a pas permis la formation d'une véritable École britannique néomarginaliste. L'École de Cambridge est passée, avec armes et bagages, du côté de Keynes, puis au néokeynésisme.

Seul, John Richard Hicks (prix Nobel), professeur à Manchester, puis à Oxford, a développé une certaine perspective néoclassique. En 1939, son ouvrage *Valeur et capital* reformule, d'une manière peu orthodoxe, l'équilibre général de Walras. Par la suite, avec Hansen, il expose l'articulation entre les politiques budgétaires et les politiques monétaires[53] et recherche une synthèse entre les conceptions néoclassiques et keynésiennes. On ne peut pas être britannique et nier l'apport de Keynes. Hicks annonce lui aussi les théories du déséquilibre.

B) Sur le continent.

En dehors de la *deuxième École de Vienne* et des *néowicksselliens* allemands, qui se confondent le plus souvent avec elle et constituent un vigoureux courant néomarginaliste, il faut signaler d'autres tendances.

a) Certains économistes néoclassiques recherchent une voie socialiste ou socialisante; ils ne constituent pas une école, mais une simple conjonction de préoccupations.

En Italie, Enrico Barone (1859-1924) aura comme principal mérite d'étudier le fonctionnement d'une économie socialiste centralisée, en 1908. Il montre la possibilité théorique d'appliquer l'équilibre walrassien et les principes de la fixation de l'optimum à une telle économie. Avant la NEP et les réformes économiques soviétiques, il affirme que l'on doit prendre en compte les contraintes d'un équilibre général et il annonce ce qu'Oskar Lange désignera sous l'expression de « socialisme de marché »[54].

---

53. Cf. p. 77 ; et aussi son rôle dans l'économie de bien-être, p. 240 *sq.*
54. Cf. p. 423.

En Allemagne, pour Otto Efferts (1870-1923), la recherche du profit maximum peut s'opposer à la réalisation de la production maximum. Il faut donc un contrôle social qui interdise le malthusianisme économique, préjudiciable aux moins riches. Franz Oppenheimer (1864-1943) reprend, de son côté dans son livre *L'Économie pure et l'Économie politique* (traduit de l'allemand, avec une préface de Charles Gide, Giard & Brière, 1914), la vieille idée de H. H. Gossen, Henry George et de L. Walras, de nationalisation du sol, mais préconise la liberté du marché. Il enseignera ce socialisme libéral au futur chancelier Ludwig Erhard, père du « miracle économique allemand ».

En France, Albert Aftalion veut concilier la justice (le socialisme) et l'efficacité marginaliste, grâce à une économie contrôlée par l'État. Keynes n'est pas loin. En fait, on peut très bien classer Aftalion parmi les prékeynésiens de la macroéconomie et de la théorie du cycle. Dès 1907, il a en effet mis en évidence l'*accélération*, qui est aujourd'hui un des éléments de base des modèles macroéconomiques. Redécouvert beaucoup plus tard par John Maurice Clark, l'accélérateur sera combiné avec le multiplicateur par Samuelson, dans le cadre de ses analyses dynamiques.

De son côté, Adolphe Landry (1874-1956) tente de mettre l'économie au service d'un socialisme compatible avec l'individualisme français ; Il veut « nettoyer » le marginalisme de son idéologie libérale. Comme Otto Efferts, il dénonce les effets des monopoles. Après la Première Guerre mondiale, il se consacre davantage à la démographie. Avec son ouvrage *La Révolution démographique* (1934), il va amener le renouveau des recherches démographiques. Il bascule alors vers les hérétiques « à la Schumpeter » et la dynamique des forces et des structures.

b) Un courant, héritier de la tradition des ingénieurs économistes français à la Dupuit, a participé au progrès de l'économétrie contemporaine et à une approche soit formalisée (mathématique, mais sans mesure), soit seulement quantitative de l'économie. Ce groupe comprend, en effet, un grand nombre d'ingénieurs économistes : Clément Colson (1853-1939), François Divisia (1889-1964), Maurice Allais (1911-2010), Jacques Lesourne, Edmond Malinvaud.

Certains membres de ce groupe vont parvenir à une reformulation de l'équilibre général walrassien. Maurice Allais, en 1943, puis en 1953, publie un *traité d'économie pure* qui est la formulation la plus achevée, en français, de la théorie walrasso-parétienne. Toutefois, son approche, utilisant des analyses mathématiques sophistiquées, apparaît à certains comme une apologie du capitalisme libéral, alors qu'il préconise dès la fin des années 1940 le planisme concurrentiel, une troisième voie entre le planisme autoritaire et le laisser-fairisme. Plus tard, après avoir reçu le prix Nobel, mais en s'éloignant de l'analyse scientifique rigoureuse, en s'engageant sur le terrain purement idéologique, il ne cessera de pourfendre la mondialisation libérale et son avatar précurseur qu'est la construction européenne libre-échangiste[55].

Dans l'optique walrasso-parétienne, Maurice Allais dans le *Traité d'économie pure* de 1943, qu'il publie à compte d'auteur, et son explicitation en 1945 par la brochure *Économie pure et rendement social. Contribution de la science économique moderne à la construction d'une économie de bien-être* présente pour la première fois la démonstration du théorème fondamental du rendement social qui lui vaudra le prix Nobel d'économie en 1988. D'après ce théorème, plus connu sous la reformulation samuelsonnienne de « théorie de l'allocation optimale des ressources », « toute économie, quelle qu'elle soit, collectiviste ou de propriété privée, doit s'organiser sur une base décentralisée et concurrentielle ». Le théorème du rendement social indique en effet qu'un équilibre sur tous les marchés concurrentiels est un optimum de Pareto (il s'agit du premier théorème du bien-être) et tout optimum de Pareto est un équilibre concurrentiel (il s'agit du second théorème du bien-être).

---

55. Henri Sterdyniak, « Maurice Allais, un itinéraire d'un économiste français », document de travail, OFCE, septembre 2009, présenté au congrès de l'AFSE de septembre 2009.

Les contributions de Maurice Allais vont bien au-delà de l'équilibre général. On lui doit notamment le modèle à génération imbriquée (MGI)[56] que développera Paul A. Samuelson en 1958. Dans le MGI, la distribution temporelle des individus va de l'hypothèse la plus simple (un consommateur représentatif qui naît au cours d'une période vit dans cette période et dans la période suivante) à une hypothèse plus complexe du type non-uniformité des durées de vie de différents individus. Au sein de la problématique des choix et de la décision, sa contribution la plus remarquée est la critique de l'axiome d'indépendance dans la théorie de l'utilité espérée[57] développée par J. von Neumann et O. Morgenstern en 1944. Pour Maurice Allais, l'individu au voisinage de la certitude préfère choisir la sécurité plutôt que l'optique d'un gain nettement plus important mais comportant le risque de ne rien gagner. Et lorsque l'individu est loin de la certitude, c'est alors la différence des probabilités de chaque événement qui doit être prise en compte : l'individu préférera spontanément la combinaison qui lui donne 10 % de chances de gagner 500 millions d'euros à celle qui lui assure 11 % de gagner 100 millions d'euros, car la différence de probabilité est non significative. Cette critique, présentée à la conférence de l'American Economic Society en 1953, constitue le paradoxe d'Allais.

Enfin, il n'hésite pas à s'engager dans les débats sur les problèmes sociaux en prenant appui sur les fondements de la théorie économique. Co-fondateur de la société du Mont-Pèlerin avec Hayek et Friedman, il intervient dans la cité en utilisant les médias de masse pour exprimer un point de vue raisonné sur les problèmes importants et des prescriptions tout aussi fondées. Par exemple, son explication des risques de crise générale par le crédit sans limite, développée dans

---

56. M. Allais, *Économie et intérêt*, Imprimerie nationale, 1947.
57. L'individu rationnel choisit la solution qui maximise le produit entre la probabilité attachée à l'événement et le gain associé à l'événement.

son livre prophétique *La Crise mondiale d'aujourd'hui*[58], a d'abord été publiée dans le journal *Le Figaro* en octobre 1998. Il écrivait notamment : « L'économie mondiale tout entière repose aujourd'hui sur de gigantesques pyramides de dettes, prenant appui les unes sur les autres dans un équilibre fragile. Jamais dans le passé une pareille accumulation de promesses de payer ne s'était constatée. Jamais sans doute il n'est devenu plus difficile d'y faire face. Jamais sans doute une telle instabilité potentielle n'était apparue avec une telle menace d'un effondrement général. » Il fait aussi observer que « ce qui est pour le moins affligeant, c'est que les grandes institutions internationales sont bien plus préoccupées par les pertes des spéculateurs (indûment qualifiés d'investisseurs) que par le chômage et la misère suscités par cette spéculation ».

M. Allais ne se limite pas au diagnostic, il propose des mesures pour prévenir cette crise générale annoncée : la réforme du crédit (il reprend sa vieille idée de confier à l'État seul le pouvoir de créer de la monnaie[59]) avec la dissociation des types de banques (de dépôt, de prêts, d'affaires), la réforme des marchés boursiers. Il faut apprécier ces analyses à la lumière des explications de la crise de 2007-2010 et des propositions discutées au G20 pour sortir de la crise et éviter d'en connaître de nouvelles.

G. Debreu, à partir de la théorie des ensembles, publie aux États-Unis, en 1958, *Théorie de la valeur, une analyse axiomatique de l'équilibre économique*. En moins de cent pages, il expose toutes les hypothèses de la théorie de l'équilibre et les relations entre équilibre et optimum dans une économie de marché. Ce travail lui valut le prix Nobel (1983).

---

58. Éditions Clément Juglar, 1999.
59. Idée développée vingt ans plus tôt dans *L'Impôt sur le capital et la Réforme monétaire*, préface de Raymond Aron, éd. Hermann, 1977. Déjà dans ce livre, il justifie avec force arguments la nécessité de séparer les banques sur la base de leur métier afin d'éviter que de mauvaises affaires dans un métier se propagent dans un autre compartiment.

254   *L'économie selon les descendants de Smith*

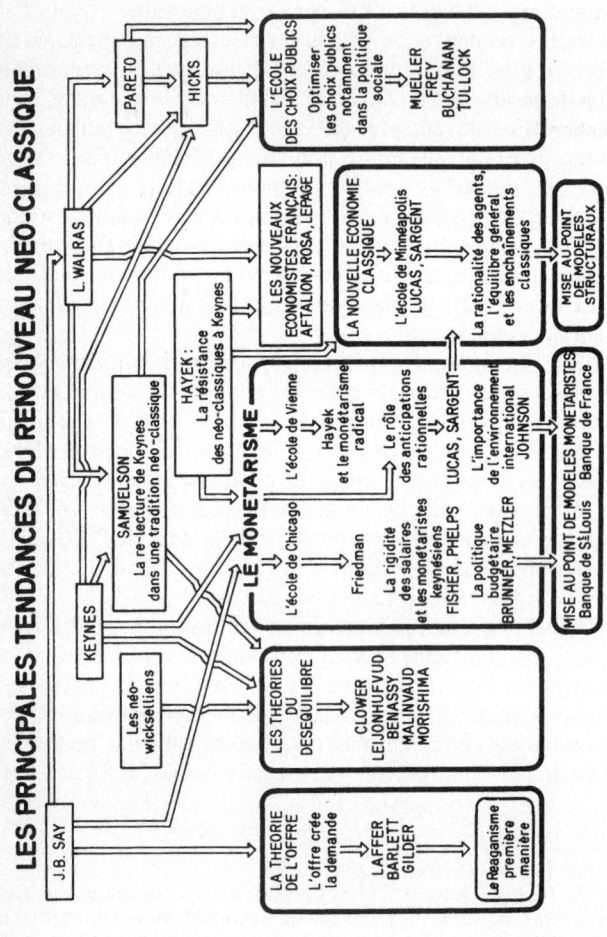

Le déploiement des smithiens

D'autres ont préféré approfondir les problèmes de choix dans les tarifications et les investissements[60]. Parmi eux nous citerons : Marcel Boiteux, Pierre Massé, Jacques Lesourne, René Roy (1894-1977), Serge Christophe Kolm…

Enfin, une partie des membres de ce courant, avec d'autres économistes mathématiciens, participent à la création de la Comptabilité nationale française. Ici, ce courant rejoint les recherches keynésiennes macroéconomiques et la démarche de Leontief.

Aujourd'hui, Edmond Malinvaud développe, de son côté, une analyse très proche de celle énoncée par les théoriciens du déséquilibre[61]. Économiste et spécialiste de la croissance, Edmond Malinvaud a une démarche originale. Il est keynésien quand le problème qu'il examine est keynésien, néoclassique quand le problème est néoclassique : « Dans une situation de chômage keynésien, il est naturel de faire appel à la médecine keynésienne… il faudra interrompre cette action dès que se manifesteront les effets favorables sur l'investissement et que l'offre de biens et de services sera moins excédentaire » (in *Nouveau Développement de la théorie macroéconomique du chômage*, 1978). Ses deux ouvrages, *Leçons de théorie microéconomique* (1969) et *Leçons de théorie macroéconomique* (1982), constituent une manifestation de cette ambivalence.

Cet ensemble d'économistes est d'autant plus important que certains d'entre eux ont joint à une élaboration théorique de très haut niveau des responsabilités administratives de premier plan (direction de l'INSEE, direction de l'EDF, direction de la Prévision, commissaire au Plan…). Ces responsabilités expliquent aussi qu'ils aient combiné, plus que d'autres, l'analyse microéconomique des choix et l'analyse macroéconomique des équilibres globaux.

---

60. Cf. M. Bungener, M.-E. Joël, « L'essor de l'économétrie au CNRS », *Cahiers pour l'histoire du CNRS*, 1989 – 4.
61. Cf. p 259 *sq.*

INDIVIDUALISME MÉTHODOLOGIQUE*

On peut dire à la suite du sociologue R. Boudon que les économistes qui optent pour l'individualisme méthodologique (C. Menger, F. A von Hayek, J. M. Buchanan, G. Becker, etc.) considèrent que, pour rendre compte d'un phénomène social, il est indispensable de reconstruire les motivations des individus concernés par le phénomène en question. Il faut appréhender celui-ci comme l'agrégation des comportements individuels dictés par ces motivations, en ignorant tout effet pervers des interactions individuelles. Cela revient à dire que l'on ne peut accéder à la dimension globale que par le recueil des données au niveau des individus qui constituent cette société : telle est, par exemple, la méthode des enquêtes d'opinion. En bref, pour l'individualisme méthodologique, le tout est la somme de ses parties. Du point de vue de la théorie du bien-être, il s'agit de la généralisation de la main invisible qui signifie que « tout est pour le mieux dans le meilleur des mondes possibles », l'ordre se réalisant spontanément dans la société dans la liberté des individus nullement influencés par les autres, ne subissant aucun effet externe. Comme l'écrit K. Arrow : « le point de départ du paradigme individualiste est le simple fait que toutes les interactions sociales peuvent se résumer à des interactions entre individus » et « un marché est l'illustration parfaite d'une situation résultant d'interactions entre individus » (« Individualisme méthodologique et connaissance sociale », *AER*, 1994). Ces interactions entre individus libres aboutissent à l'optimum pour la société, ignorant ainsi les effets pervers des interactions, comme, par exemple, le paradoxe de l'épargne présenté par Keynes : si chaque individu fait de l'épargne, l'individualisme méthodologique indique que l'épargne globale augmente, et non pas que le revenu national baisse par manque de débouchés engendrant une baisse globale de l'épargne.

La plupart des économistes qui ont opté pour l'individualisme méthodologique admettent cependant que les interactions individuelles peuvent avoir des effets pervers, des conséquences inattendues, et surtout ils admettent que la société existe et détermine en partie le comportement des individus. Comme l'indique Kenneth Arrow en conclusion : « les variables sociales irréductibles – celles qui ne sont pas attachées à un individu en particulier – sont essentielles pour l'étude de l'économie ou de tout autre système social ».

Cette orientation ne signifie pas pour autant adhésion au holisme (du grec *holos* : entier) méthodologique. Celui-ci est une démarche globalisante selon laquelle « la cause déterminante d'un fait social doit être recherchée parmi les faits sociaux antécédents et non

> parmi les états de la conscience individuelle » (cf. Émile Durkheim, *Les Règles de la méthode sociologique*, 1895). L'individu n'est plus un acteur, il est remplacé par des entités collectives : la race, la classe sociale, la nation, etc. Le holisme méthodologique devient un holisme ontologique à partir du moment où l'on ne reconnaît plus aucune autonomie de l'individu par rapport à la société. C'est alors un déterminisme social et historique comme dans le marxisme.
>
> En économie politique, la démarche holistique correspond à la macroéconomie, tandis que l'individualisme méthodologique correspond à la microéconomie. Ces aspects du passage du micro au macro correspondent en science économique au phénomène dit du sophisme de composition, dit encore problème du *no-bridge*.

2. Le déploiement des smithiens après Keynes

Les écoles et les auteurs que nous venons de citer enracinent leurs programmes de recherches dans des préoccupations qui n'ont pas comme premier objectif de répliquer à la révolution keynésienne. En effet, ils ont, soit écrit avant Keynes, soit n'ont pas cherché à répliquer à Keynes. Certains (par exemple Hicks) n'ont pas souhaité s'opposer à Keynes, mais trouver une présentation de Keynes plus conforme aux habitudes néoclassiques.

Aujourd'hui, les uns tentent de réintroduire Keynes dans l'analyse néoclassique, les autres veulent au contraire combattre Keynes.

1. Réintroduire Keynes dans l'analyse néoclassique.

Pendant plusieurs décennies, le courant keynésien a dominé la pratique économique, mais l'élaboration théorique est demeurée en partie néoclassique, notamment aux États-Unis. Il est vrai que l'utilisation intempestive de formalisations mathématiques abstraites est sans pareille pour l'accumulation théorique.

1. Paul Anthony Samuelson (1915-2009) ou la recherche d'une synthèse.

Un des hommes clés de la contre-offensive néoclassique est Paul Anthony Samuelson (prix Nobel), professeur depuis 1940 au Massachusetts Institute of Technology (MIT). Économiste aux larges vues, il a adopté des idées de Keynes ou les a reformulées dans une optique néoclassique. Mais surtout, son célèbre ouvrage, l'*Économique,* a joué aux États-Unis, pendant des générations, le rôle de manuel national d'économie. Or, ce manuel, qui ne renie ni Keynes ni Walras, est fondamentalement néoclassique dans sa démarche. Plus que d'autres, Samuelson a vulgarisé l'équilibre walrassien et l'a remis au centre de l'analyse néoclassique. Or, nous l'avons dit, Walras est le seul néoclassique qui pouvait, sans trop de dégâts, supporter le choc de la révolution keynésienne. Nous sommes très loin, chez Samuelson, d'une position anti-keynésienne, on peut même, à plus d'un titre, en faire un keynésien. Notons d'ailleurs qu'il fut conseiller du président Kennedy, qu'il s'oppose souvent à Friedman et que, s'il a également beaucoup combattu les néocambridgiens, il est aussi, depuis quelques années, un des auteurs américains qui reconnaissent l'importance du marxisme[62]. Finalement, c'est parfois moins par ses positions personnelles que par le rôle qu'il va indirectement jouer dans la formation de la nouvelle génération des économistes américains que Samuelson est un des personnages clés de la contre-offensive néoclassique. Les contributions sont nombreuses dans plusieurs domaines de la science économique, mais son œuvre majeure demeure *Fondements de l'analyse économique.*

Pour Hayek, l'intervention publique est « la route de la servitude », la liberté économique, le rempart de la liberté

---

62. Nous ne classons pas dans les néoclassiques les néo-ricardiens, car ils nous semblent beaucoup plus proches des néo-keynésiens et font le plus souvent partie des néo-cambridgiens qui, avec Joan Robinson, évoluent vers un keynésianisme plus radical.

politique. Hayek est en outre un anti-keynésien farouche, et peut être classé parmi les monétaristes (dont beaucoup sont plus proches de Keynes), mais de nature microéconomique, par opposition au monétarisme global de Milton Friedman.

Il a pourtant joué un rôle important dans l'élaboration du système keynésien : ses observations à propos du *Traité de la monnaie* (1930) de Keynes ont été prises en compte dans la *Théorie générale*. Après la publication de ce dernier livre, Hayek a essayé de démontrer qu'une consommation croissante entraîne, à partir d'un certain niveau, une réduction du volume des investissements et du revenu national, et non leur accroissement, comme le soutenait Keynes. Il développe ici une idée de son maître Böhm-Bawerk et la lie à l'approche wicksellienne : ce n'est pas l'épargne qui finance l'investissement, mais la création de monnaie ; la demande de biens de consommation augmente trop vite par rapport à la demande de biens d'équipement. Non seulement la structure devient moins capitalistique, mais la production des biens d'équipement, qui n'est pas étroitement liée à la consommation, risque d'être affectée par une chute des ventes.

Autrement dit, l'expansion du crédit et de la masse monétaire conduit à une affectation erronée des facteurs de production. Nous ne sommes pas loin de Friedman. Par ailleurs, ce raisonnement microéconomique appliqué à la macroéconomie a été longtemps oublié. Il est aujourd'hui repris, mais dans une autre perspective, par les théories du déséquilibre.

Nous ne ferons pas ici un inventaire détaillé des diverses tendances qui animent cette contre-offensive : nous les avons déjà exposées dans le reste de l'ouvrage. Nous voudrions simplement caractériser chacune d'entre elles.

2. *La théorie des déséquilibres, appelée aussi la contre-révolution keynésienne.*

Elle cherche ouvertement à intégrer Keynes dans une perspective néoclassique. Certains parlent des fondements microéconomiques de la macroéconomie.

La théorie des déséquilibres a été préparée par des hommes comme Wicksell ou Samuelson. Les néowicksielliens sont, à leur manière, des théoriciens du déséquilibre sans le savoir. Les principaux tenants de cette théorie sont Robert Wayne Clower[63], Axel Leijonhufvud[64], Robert Barro associé à H. I. Grossman[65], Jean-Pascal Benassy[66], auxquels on peut adjoindre Edmond Malinvaud[67], le Japonais Michio Morishima[68] (1923-2004) et le Hongrois Janos Kornai[69] et plus tardivement Jean-Michel Grandmont[70].

C'est en quelque sorte Walras, moins J.-B. Say, plus Keynes. Comme le fait remarquer Herschel I. Grossman[71], l'un des théoriciens de ce courant, une grande partie des économistes de la nouvelle génération n'a jamais connu Keynes que par les vulgarisations néoclassiques de Hicks et de Samuelson. En fait, la théorie du déséquilibre est souvent un pur produit de l'enseignement universitaire. Ils représentent sans doute un des courants théoriques les plus importants du néoclassi-

---

63. « The Keynesian Revolution. A Theorical Appraisial », 1963, dans Frank Horace Hahn et F. P. R. Brechling (dir.), *The Theory of Interest Rates*, Londres, Macmillan, 1965. Il s'agit de la traduction en anglais de l'article publié en allemand en 1963 : « Die Keynesianische Gegenrevolution. Eine theoretische Kritik », *Schweizerische Zeitschrift*, 8-3.
64. On *Keynesian Economics and The Economics of Keynes. A Study on Monetary Theory*, Oxford, Oxford University Press, 1968.
65. « A General Equilibrium Model of Income and Employment », *AER*, 1971.
66. « Theorie néokeynésienne du déséquilibre dans une économie monétaire », *Cahiers du séminaire d'économétrie*, CNRS, 1974.
67. *Theory of Unemployment Reconsidered*, Oxford, Basil Blackwell, 1977.
68. *The Economic Theory of Modern Society*, Cambridge, Cambridge University Press, 1977.
69. *Anti-Equilibrium. On Economic Systems Theory and the Tasks of research*, Amsterdam et Londres, North-Holland Publishing, 1971.
70. *Money and Value. A Reconsideration of Classical and Neoclassical Monetary Theories*, Cambridge, Cambridge University Press, 1983 ; trad. fr., Economica, 1986.
71. Cf. Herschel Grossman, « Was Keynes a "Keynesian"? A Review Article », *Journal of Economic Literature*, 10 mars 1972, p. 26-30.

cisme contemporain. Pourra-t-on déboucher sur une pratique économique moins keynésienne et plus efficace ? Le doute est permis. C'est sans doute une révolution théorique, qui déprécie, peut-être définitivement, le néoclassicisme traditionnel. En politique économique, on peut se demander si les gouvernements ne l'avaient pas mise en œuvre dans le trop célèbre *stop and go* (coups d'accordéon).

Quels que soient leurs objectifs, les tenants de *la théorie des déséquilibres* ont, pour parvenir à leurs fins, abandonné, plus ou moins explicitement, la loi de J.-B. Say.

A) Les produits ne s'échangent pas contre des produits, mais contre de la monnaie. L'échange devient un échange monétaire et non un échange exprimé en valeur réelle. Les prix sont *monétaires*, car la valeur de la monnaie n'exprime pas son utilité réelle (au même titre qu'un quelconque bien). La monnaie servant à l'ensemble des transactions, les partenaires de l'échange peuvent s'entendre sur des prix exprimés en monnaie, sans pour autant qu'il y ait équivalence entre les valeurs réelles échangées. En voulant se procurer de la monnaie, résoudre au mieux leurs problèmes de solvabilité dans le cadre des rapports de forces existants, ils sont amenés à fixer des prix monétaires. Par rapport aux prix en valeur réelle, ce sont de faux prix.

B) Le commissaire-priseur de Walras ne contrôle plus l'information pour la faire circuler. L'espace monétaire des théoriciens du déséquilibre est un espace fractionné en de multiples marchés. L'accord possible sur les prix monétaires d'un marché particulier, entre partenaires capables de les imposer afin d'obtenir de la *monnaie*, rend inutile le commissaire-priseur nécessaire à l'équilibre général.

C) Dans ce cadre, des prix rigides peuvent, théoriquement, exister. Ils ne sont plus simplement des réalités triviales dont il faut critiquer les conséquences sur l'allocation des ressources à partir du modèle walrasien. Dans ces conditions, l'existence de prix rigides permet de substituer, comme dans le système keynésien, les ajustements de quantités aux ajustements de prix.

D) Des déséquilibres stables peuvent apparaître. Prenons l'exemple du marché du travail. Si le salaire nominal est fixé en dehors du point d'équilibre du marché, l'offre de travail est supérieure à la demande, À ce prix fixé, les travailleurs aimeraient travailler, mais ne parviennent pas à trouver un emploi. L'ajustement par les quantités va être à l'origine d'un *équilibre* de sous-emploi, avec existence d'un *chômage involontaire*. On s'écarte ainsi de la position orthodoxe, qui nie la possibilité théorique d'un équilibre stable de sous-emploi.

E) Le déséquilibre d'un marché se transmet à l'ensemble des autres marchés. Le rationnement du travail, qui a accru le chômage involontaire, atteint la solvabilité des chômeurs. Une sous-consommation apparaît d'autant plus rapidement, sur le marché des biens de consommation, que là aussi, les prix sont des faux prix rigides (entendons par là des prix qui ne se déterminent pas en valeur réelle). Conformément à l'ajustement par les quantités, des biens sont invendus. Le déséquilibre est alors transmis du marché des biens de consommation au marché des biens de production, puis au marché du capital. En diminuant, l'investissement fait apparaître un excès d'épargne (on arrive ici au déséquilibre entre épargne et investissement, dont on serait parti dans une explication keynésienne d'un processus de récession).

On ne peut nier que la théorie des déséquilibres fait entrer une bouffée de réalisme (certains diraient, au contraire, des miasmes) dans la théorie pure de l'équilibre walrassien.

Keynes et Walras sont-ils enfin réconciliés sur le dos de J.-B. Say ? La réponse n'est pas évidente.

a) Les calculs des agents économiques ne sont pas véritablement monétarisés. Les tenants de la théorie du déséquilibre font ainsi apparaître des *demandes notionnelles*, des *offres notionnelles*, des *prix notionnels* qui sont tirés de l'équilibre walrassien et sont calculés en valeur réelle. Il faut les distinguer des demandes, offres et prix *effectifs* (au sens d'effectivement réalisés, et non au sens keynésien de la demande effective, qui est une prévision). Ils étudient les conséquences des distorsions entre les éléments *notionnels* et les éléments *effectifs*. C'est là une monétarisation bien incomplète du calcul économique. Elle est fatale, car les partisans de la théorie du déséquilibre ne vont pas jusqu'au bout de leur découverte du rôle autonome de la monnaie. Ils ne font pas de la monnaie un pouvoir lié à la souveraineté étatique : pouvoir d'agir qui, du même coup, permet la liaison entre le présent et le futur, et la monétarisation de tous les calculs économiques.

b) Les déséquilibres qui apparaissent sont des déséquilibres de marché, et non des déséquilibres entre des flux de circuits. Nous sommes loin de la conception keynésienne d'un circuit gouverné par des rapports de forces. Nous demeurons dans une interdépendance de marché. Notons, à ce propos, qu'il existe dans la théorie des déséquilibres un véritable marché du travail, ce qui n'est guère compatible avec l'analyse keynésienne.

c) Les comportements décrits sont ceux d'individus recherchant les meilleures allocations possibles de leurs ressources. Nous demeurons dans l'analyse microéconomique. On a d'ailleurs dit, à propos de la théorie des déséquilibres, qu'elle recherchait le fondement microéconomique de la macroéconomie. Les comportements pris en compte ont peu d'éléments communs avec ceux qu'intègre un modèle véritablement keynésien. La bonne rationalité hédoniste fonde la théorie du déséquilibre.

Nous sommes donc loin d'une réconciliation entre Keynes et Walras. Le Japonais Michio Morishima a tenté d'échapper aux objections que nous venons de faire. Il veut, non pas introduire des éléments de Keynes dans Walras, mais élargir le modèle walrassien pour le rendre compatible avec l'approche keynésienne. En fait, si la tentative est audacieuse, elle se heurte à la même objection. Dans un cas, on raisonne à partir du marché et, par là même, d'un individu qui désire faire des choix rationnels. Dans l'autre cas, nous sommes en présence d'un circuit économique commandé par des rapports de pouvoir. Or, si ces deux approches ne sont guère compatibles, ce n'est peut-être pas pour rien. Keynes observe l'économie à partir de ce qu'en voit le responsable d'une politique économique gouvernementale ; Walras, comme tous les smithiens, a le point d'observation d'un chef d'entreprise. N'oublions pas que Smith voulait avant toute chose montrer qu'en laissant chacun libre de poursuivre son intérêt particulier, on devait aboutir à l'équilibre général. Cela permettait de fonder la liberté d'entreprendre, qu'il jugeait indispensable à l'accroissement de la richesse des nations.

2. COMBATTRE KEYNES

Parmi les opposants au keynésianisme, certains admettent une partie des analyses de Keynes, d'autres nient toute valeur à l'approche keynésienne, d'autres enfin l'ignorent et développent des analyses autour des mécanismes des choix rationnels.

1. Combattre Keynes tout en admettant certaines de ses approches.

Certains monétaristes admettent que les variations de la masse monétaire peuvent avoir un effet sur l'évolution de la production.

Leur tête de file est Milton Friedman (1912-2006), et son principal bastion se situe dans l'École de Chicago.

Les monétaristes admettent l'action à court terme de la monnaie sur l'économie réelle, mais lui refusent un rôle à moyen et long terme. C'est J.-B. Say, plus Keynes. À la suite de M. Friedman, qui a souvent défendu des thèses extrémistes dans la tradition de l'École de Chicago, leur influence sur la politique économique a été considérable, depuis le milieu des années 1960. Les résultats de l'application de leurs thèses n'ont pas été aussi positifs qu'on l'espérait. Les monétaristes se défendent en disant que l'on a trop mélangé leurs prescriptions à des éléments hétérogènes au monétarisme. En tout cas, ils ont contribué à la renaissance du libéralisme des années 1970.

Il faudrait cependant éviter de confondre le monétarisme et l'École de Chicago de Friedman. Il existe bien des variétés de monétarismes. À côté de celui des friedmaniens, il y a d'abord celui de Hayek et de son École autrichienne[72]. Pour Hayek, Friedman est beaucoup trop macroéconomiste. Afin de comprendre ce qui se passe réellement, il faut, au contraire, voir comment chaque secteur réagit. Liant son monétarisme à sa théorie de la déformation des structures productives, Hayek aboutit à un refus beaucoup plus strict de l'expansion monétaire. Il se prononce contre les taux de change flexibles et pour une diminution brutale de la masse monétaire dans le cadre de la lutte contre l'inflation.

D'autres auteurs donnent une part plus grande aux anticipations rationnelles (Thomas J. Sargent, Neil Wallace, Robert E. Lucas, notamment[73]). D'autres sont plus proches des postkeynésiens ou se confondent avec eux (notamment le Canadien Harry G. Johnson, 1923-1977, qui montre l'importance de l'internationalisation des problèmes monétaires) et se prononcent pour un taux de change flottant (K. Brunner et L. A. Metzler, qui mettent l'accent sur le rôle des dépenses budgétaires, Stanley Fischer et Edmund Phelps, prix Nobel, qui, comme les keynésiens, admettent une très forte rigidité des salaires). En tout cas, aux États-Unis, se développe un monétarisme qui cherche à affiner les instruments et les indicateurs d'une politique économique. Les recherches actuelles portent sur l'hypothèse du taux de chômage naturel[74], la crédibilité des politiques de stabilisation, les instruments du contrôle monétaire et la mise au point de modèles de plus en plus sophistiqués. C'est sans nul doute le monétarisme qui, dans le renouveau néoclassique, pousse le plus loin la liaison entre la théorie et la pratique.

---

72. Notons que Hayek quitta l'Autriche pour enseigner en Angleterre. Ce n'est que tardivement qu'il revint sur le continent pour s'installer à Fribourg.

73. Mais aujourd'hui, ces deux derniers se détachent du monétarisme, cf. p. 278.

74. Chômage naturel (celui qui n'accélère pas l'inflation) : cette hypothèse s'applique à l'actualisation de la courbe de Phillips.

LES ILLUSIONS DE L'ÉQUILIBRE BUDGÉTAIRE DANS LA LUTTE CONTRE LES CRISES

Aux États-Unis, au moment où débute la crise de 1929, l'administration Hoover n'y voit que l'éclatement d'une bulle spéculative. La crise boursière se transformant en effondrement économique, elle est forcée d'intervenir. En 1929 les politiques sont directement inspirées par les théories libérales. Elles tentent de diminuer les coûts de production des entreprises afin de rétablir leur profit et encouragent l'épargne pour faire baisser les taux d'intérêt.

Elles se concentrent sur la baisse des salaires. Ainsi l'entreprise peut, à la fois, faire plus de profits, baisser ses prix, vendre davantage et proposer plus d'emplois. Toutefois, pour être acceptable et efficace, la baisse des salaires doit être accompagnée d'une lutte contre les atteintes à la concurrence qui empêchent la baisse des prix et contre les coûts de production ennemis du profit et de prix plus bas. Pour faire baisser les taux d'intérêt, afin de permettre aux entreprises d'emprunter à meilleur compte, elles encouragent l'épargne. À cette fin, pour redonner confiance aux épargnants et leur permettre d'épargner davantage grâce à des baisses d'impôt, elles diminuent les dépenses publiques et prônent l'équilibre budgétaire. En se plaçant au niveau microéconomique sans envisager les effets au niveau macroéconomique, ces politiques aboutissent à un épouvantable échec.

En France, alors que ces politiques sont abandonnées dans la plupart des grandes puissances industrielles, les gouvernements, pour donner confiance aux détenteurs de capitaux, s'accrochent au « bloc or »[1] et à la défense du « franc Poincaré »[2]. Pire, en 1934, le gouvernement Laval ampute les dépenses publiques et diminue tant les salaires des fonctionnaires que les pensions de guerre. Les fonctionnaires devaient donner l'exemple et favoriser ainsi l'acceptation d'une baisse de leur revenu par l'ensemble des salariés. En 1935, le budget de l'État est l'un des rares en Europe à être en équilibre, mais cette politique déflationniste aura l'effet inverse de celui escompté. La France qui, par suite de sa faible ouverture sur l'extérieur, de l'importance de son agriculture et de son empire colonial, avait été

---

1. Le bloc or est constitué des pays qui voulaient maintenir une parité de leur monnaie nationale avec l'or : la France (à l'origine du bloc en 1932), l'Italie, la Pologne, la Belgique, la Hollande et la Suisse.

2. Le franc Poincaré est la nouvelle valeur du franc décidée le 25 juin 1928 par le ministre des Finances et ancien président du Conseil Raymond Poincaré à la suite de la dévaluation de 80 % du franc germinal. On s'en moquait en l'appelant « le franc à quatre sous », alors qu'en principe 1 franc est égal à 20 sous.

moins atteinte que d'autres pays par la crise, connaît une brutale montée du chômage. L'économiste Jacques Rueff, auteur en 1931 de « L'assurance-chômage : cause du chômage permanent »[3], était l'un des inspirateurs de cette politique. La réaction syndicale est d'autant plus forte que les forces de gauche réagissent aussi à une tentative, en février 1934, de renversement du gouvernement par les Ligues de droite. Le gouvernement Laval et Jacques Rueff ont été en quelque sorte les pères adultérins du Front populaire.

Nous avons vu que les enseignements de Keynes[4] avaient montré pourquoi ces politiques étaient vouées à l'échec. Toutefois, dans les années 1970 et la première moitié des années 1980, on assiste dans la plupart des pays industrialisés à une vague inflationniste importante, aggravée par la crise pétrolière de 1974. Elle va justifier l'encouragement de l'épargne et les politiques restreignant les déficits budgétaires avec un retour à leur financement par l'emprunt et non par des avances des Instituts d'émission, assimilées à un usage immodéré de la planche à billets. Dans le contexte de stagflation (stagnation + inflation) de cette période, les idées de Milton Friedman[5] favoriseront le retour à l'orthodoxie budgétaire. À partir de la présidence Reagan, en se mêlant aux mesures proposées par l'économie de l'offre et au réarmement[6], elles provoquèrent un gigantesque déficit. Ce n'est que sous la présidence Clinton que l'on reviendra à l'équilibre budgétaire. Notons cependant que les démocrates étaient devenus bien avant favorables à un retour à l'équilibre budgétaire. Pour prouver leur honorabilité financière, ils participèrent à l'imposition de la règle du « *pay-go* » (contraction de « *pay as you go* ») qui voulait que toute nouvelle dépense budgétaire soit neutre parce qu'autofinancée ou compensée par des économies budgétaires. La première partie de la présidence Clinton fut d'ailleurs marquée par une politique de retour à l'équilibre qui devait permettre la baisse des taux d'intérêt, même si en définitive c'est le contraire qui s'est produit. Si le déficit budgétaire diminua, ce fut par suite d'une croissance dopée par l'essor des technologies nouvelles et par le big-bang financier[7]. L'espoir de voir s'éteindre le développement de la dette publique a pris fin avec la seconde

---

3. *Revue d'économie politique*, 45, mars-avril 1931, article anonyme à cause d'une obligation de réserve de Jacques Rueff alors attaché financier à l'ambassade de France à Londres.
4. Cf. p. 69.
5. Cf. p. 161.
6. Cf. note 80, p. 277.
7. Cf. p. 57.

guerre d'Irak en 2003, mais la lutte pour l'équilibre budgétaire n'était pas terminée.

Elle a repris principalement force en Europe. La nécessité de la convergence des économies des pays candidats à l'euro a imposé des limites au déficit budgétaire (un déficit limité à 3 % du PIB). Avec la crise et le brutal envol des déficits publics pour lutter contre le risque d'effondrement financier et bancaire, on en revient à la rigueur budgétaire. On désire rétablir les contraintes budgétaires imposées par le traité de Maastricht. Certains envisagent de faire de l'équilibre budgétaire une règle constitutionnelle et de procéder à un examen préalable du budget des États par l'Union européenne. Pour les gouvernements de l'Union européenne, la rigueur budgétaire a le mérite de donner des gages à la spéculation, de la calmer et d'éviter la remise en cause trop profonde du fonctionnement des marchés financiers[8]. À court terme, cette politique peut avoir quelques effets positifs. La confiance des investisseurs internationaux revient, au moins temporairement. Les taux à long terme tombent, la charge de la dette s'amoindrit. Toutefois, très vite, une telle politique risque d'avoir un effet boomerang. En diminuant les dépenses publiques, on affaiblit la demande, la croissance fléchit et les recettes publiques chutent. C'est la reprise du scénario du début des années 1930.

Pourquoi ne pas voir le danger ? Les raisons sont essentiellement idéologiques. L'effondrement des marchés financiers n'a pas fait abandonner la croyance dans la vulgate libérale et la régulation par le marché. Diminuer les déficits par un accroissement des prélèvements fiscaux découragerait, selon elle, l'esprit d'entreprise. Pour la vulgate libérale, il faut à tout prix réduire le poids des dépenses publiques car leur importance perturbe les choix des entreprises et des ménages : il provoque des erreurs de dépenses et d'investissements qui tôt ou tard se payent. Certains admettent bien que la création monétaire puisse avoir un effet, mais ils n'en condamnent pas moins les prescriptions keynésiennes ; leurs effets ne peuvent être que passagers et trompeurs[9]. À ce propos, les « théoriciens des anticipations rationnelles » affirmaient même que les effets des politiques de relance seraient d'autant plus éphémères que les acteurs économiques anticipent leur échec et le précipitent[10]. Dans ces conditions, pour les tenants du libéralisme, les dépenses publiques doivent tendre à la seule prise en charge des fonctions régaliennes, et une grande partie des autres fonctions doit être pri-

---

8. Cf. p. 288.
9. Cf. p. 83 *sq*.
10. Cf. p. 305.

> vatisée. Même si le déficit est financé par un emprunt et non par la planche à billets, par l'effet d'éviction, il sera au mieux sans effet en termes de relance car, selon la formule de l'axiome de David Ricardo repris par Robert Barro, « l'emprunt d'aujourd'hui sera un impôt de demain », conduisant les particuliers à épargner lorsque l'État dépense. Par conséquent, il faut aller vers un État modeste. La crise de l'endettement public est une belle occasion pour faire des pas importants dans ce sens. Certes, dans un premier temps, des entreprises mal placées feront faillite et le chômage augmentera, mais, selon la vulgate libérale, ce mauvais moment passé, la croissance repartira plus forte et mieux fondée. De toute manière la plupart des gouvernements européens préfèrent faire « ami-ami » avec les banques plutôt que d'entrer en conflit avec elles et la partie de leur électorat qui croit encore au libéralisme et craint la hausse des impôts.
>
> Notons cependant que les politiques de restrictions budgétaires n'ont pas dans tous les pays les mêmes conséquences. Ainsi, en Allemagne, la capacité des entreprises à conquérir des marchés étrangers est telle que l'exportation peut compenser en partie le fléchissement de la demande intérieure. Cette compensation se fait au détriment d'autres pays de la zone euro, comme la France, qui n'ont pas les mêmes possibilités.

2. Combattre Keynes en niant toute valeur à l'approche keynésienne.

A) L'économie de l'offre appelée aussi « politique de l'offre ».

a) Ces économistes rejettent ou ignorent Keynes. On connaît le récent succès d'audience des théories de l'offre *(supply).* Le « reaganisme » en avait fait un de ses chevaux de bataille électorale. Le succès politique n'a pas été à la mesure des espérances, et M. Reagan a dû faire brutalement machine arrière durant l'été 1982. Il est vrai que les extrémistes de l'économie de l'offre ont eu tôt fait de dire que l'échec venait de la timidité des premières mesures prises. Quoi qu'il en soit, ce courant, qui n'a peut-être pas fini de faire parler de lui, est principalement représenté par Arthur B. Laffer, Bruce Bartlett et George Gilder (dont l'ouvrage *Richesse et pauvreté* a été publié en français en 1981).

En forçant un peu, on pourrait dire que la formule des théoriciens de l'offre est : « J.-B. Say, rien que J.-B. Say ! » L'orientation est ici nettement conservatrice et rejoint certains aspects du courant, beaucoup plus complexe et légèrement plus ancien, des *nouveaux économistes français*. Certains des théoriciens de ce courant veulent faire ouvertement une apologie du capitalisme (Lepage dans *Demain le capitalisme*), tandis que d'autres veulent essentiellement réhabiliter la microéconomie et orienter la science économique vers une science positive des choix dans l'allocation des ressources rares (c'est la tendance affirmée par l'ouvrage *L'Économie retrouvée*, publiée en 1977, sous la direction de Jean-Jacques Rosa et Florin Aftalion).

Ces principales tendances ne résument que très imparfaitement la floraison de recherches. Celle des nouveaux néoclassiques est d'autant plus envahissante qu'en faisant de la science économique la science des choix dans l'allocation des ressources rares, on en fait une science sans limites. À terme, cela risque d'en faire, paradoxalement, une science sans objet. Cette conception de l'économie comme méthode de choix rationnel de l'individu (individualisme méthodologique) s'est particulièrement épanouie avec la théorie du capital humain de Gary S. Becker qui reprend la vieille idée d'Adam Smith selon laquelle l'éducation et la formation sont des investissements en capital humain. Georges Joseph Stigler (1911-1991, prix Nobel 1982), Th. W. Schultz (1902-1998, prix Nobel 1979), Milton Friedman et de nombreux autres économistes ont lancé pour certains, approfondi pour d'autres, ou simplement appliqué cette théorie dans des travaux de conseils aux gouvernements.

b) Les insuffisances de l'économie de l'offre vont cependant bien au-delà des limites de la loi de Jean-Baptiste Say.

Selon l'économie de l'offre, en redistribuant au groupe le plus aisé de la population une partie de ce qu'on lui prélève par l'impôt, on facilite l'épargne et l'investissement. La relation directe entre épargne et investissement est reprise de l'approche classique mais entre en contradiction avec

Le déploiement des smithiens

l'approche keynésienne qui montre que leur fixation est indépendante l'une de l'autre. Ainsi le taux d'intérêt, tout comme l'abaissement du prélèvement fiscal, a surtout un effet portant sur la manière dont l'épargne est placée. Si le rendement de l'épargne est favorisé, l'épargne n'augmentera pas forcément mais le groupe le plus aisé de la population l'orientera vers des placements financiers plus rémunérateurs que l'investissement productif. Ce n'est pas seulement la nature des placements qui est affectée mais aussi celle de l'investissement. Les sommes mises à la disposition de ressources pour des opérations de spéculation augmentent. La formation de bulles spéculatives est accélérée tandis que les investissements nécessaires à la croissance sont handicapés. Le financement des dépenses publiques est rendu plus difficile par de moindres entrées fiscales ; les administrations ne peuvent plus autant faciliter le développement des externalités nécessaires à la croissance des entreprises (la santé et l'éducation, les infrastructures, la recherche scientifique…). Or il n'est pas sûr que le secteur privé puisse parfaitement relayer le secteur public quand la tentation des placements spéculatifs est plus importante que l'attrait de placements dans les activités engendrant des externalités positives.

Par ailleurs, compte tenu de la concurrence à laquelle se livrent les entreprises pour attirer les capitaux, notamment ceux des investisseurs financiers, les directions des entreprises sont forcées de distribuer une part plus importante de leurs bénéfices. Toutefois, les investisseurs financiers exigent des rendements qui ne peuvent pas être atteints par les seuls investissements productifs. Pour les satisfaire, les entreprises tentent de compléter leurs résultats d'activité par des résultats financiers. Elles se détournent de leur fonction de production de biens et de services non financiers au profit d'activités financières qui polluent leur stratégie. En outre, pour mieux faire accepter leurs exigences et pousser les directions des grandes sociétés à rechercher des profits financiers pour y répondre, les fonds d'investissements et autres apporteurs de capitaux financiers leur offrent des stock-options, des parachutes et des retraites dorés bénéficiant d'une fiscalité allégée.

Taux d'autofinancement (EB/FBCF en %) et taux d'investissement en % de la VAB

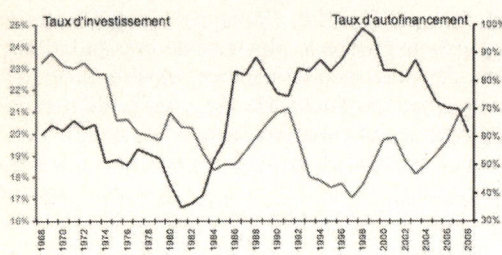

Source : Comptes de la nation pour 2008 (juin 2009), INSEE.

Taux d'épargne, d'investissement et d'autofinancement des sociétés non financières

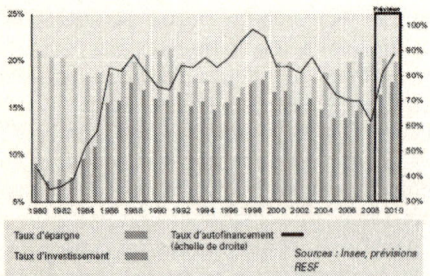

Source : *Rapport économique, social et financier*, tome I, *Perspectives économiques 2009-2010 et évolution des finances publiques*.

c) Pourquoi les théoriciens de l'économie de l'offre n'ont-ils pas pris en considération le risque de telles évolutions ? Les raisons sont, pour une grande part, idéologiques.

À l'image de tous les smithiens considérant le fonctionnement du marché comme une réalité objective et non comme un instrument méthodologique, ils n'admettent pas que le marché puisse se tromper. Les faveurs accordées à l'épargne la font augmenter, toute faveur accordée aux titulaires de hauts revenus les incite à gagner plus. Nous retrouvons la rationalité individuelle chère à la microéconomie. Ce dernier point est aussi connecté à une autre raison idéologique : ce sont les plus aisés qui sont les moteurs de l'économie, c'est leur épargne qui permet la croissance tandis que la recherche du profit fonde le dynamisme des entreprises. L'épargne des plus pauvres est quasi nulle, la consommation des pauvres ne sert qu'à eux et leur travail est facile à remplacer. Redistribuer les revenus et confisquer les gains en capital par l'impôt, c'est atteindre ceux qui rendent plus dynamique l'économie. Sabrer dans les dépenses sociales pour favoriser les plus aisés, c'est favoriser la croissance économique.

En réalité, comme l'écrit James K. Galbraith dans *L'État prédateur* en reprenant certaines idées de son père, « si la politique proposée par les théoriciens de l'offre a la moindre justification de principe, elle ne peut pas reposer sur l'idée que les bénéfices publics reposent sur l'épargne privée. Elle est nécessairement fondée sur une autre thèse : la propriété est un droit naturel à ne pas être taxé. Mais, puisque les recettes fiscales doivent venir de quelque part, cela implique une thèse correspondante sur le travail : le travail n'a aucun droit naturel de ce genre. Pourquoi les droits de propriété doivent l'emporter sur les droits du travail, cela reste une énigme inexpliquée ; si on l'exprimait, ce ne serait plus une énigme et on comprendrait que les droits de propriété sont simplement le résultat d'un rapport de forces »[75].

Du point de vue empirique cependant, rien ne permet de soutenir la thèse des économistes de l'offre ou sa contestation. Jean Gadrey, qui n'est pas un économiste du côté de l'offre, a présenté les résultats d'une analyse des données pour dix-huit pays développés sur la période 1990-2001. Il montre qu'il n'existe aucune corrélation entre le poids des recettes publiques et la croissance économique lors de son audition devant la section des questions économiques

---

75. *The Predator State. How Conservatives Abandoned the Free Market and Why Liberals Should Too*, New York, Free Press, 2008.

générales et de la conjoncture du Conseil économique et social, le 3 février 2005[76].

Afin d'éviter que le rapport de forces s'inverse, les politiques de l'offre font bénéficier tout le monde de réductions d'impôt, mais, étant donné la répartition des revenus, on est en présence d'un pâté d'alouette : ce sont les 1 % des contribuables les plus aisés qui bénéficient le plus souvent de plus de la moitié des faveurs fiscales. Parallèlement, on tente de mettre en place des incitations au travail. Le slogan de la campagne électorale de Nicolas Sarkozy pour la présidentielle de 2007 – « Travailler plus pour gagner plus[77] », avec en prime une exonération sur les heures supplémentaires – s'inscrit dans cette perspective. Nous verrons (nous avons vu) que ces effets pervers deviennent importants quand le chômage augmente.

d) Des économistes contemporains qui réaffirment la loi de J.-B. Say dans toute son ampleur.

Nous avons vu que la loi de J.-B. Say avait deux significations :

1er sens : L'échange est toujours un troc. En définitive, les produits s'échangent contre des produits, car la monnaie n'est qu'un voile.

2e sens : Les produits se servent mutuellement de débouchés. Plus on crée de biens, plus on crée de la valeur, plus on participe à l'échange, plus on réduit le chômage.

Depuis 1929, peu d'économistes défendent le second sens de la loi de J.-B. Say : la théorie de l'offre. Cependant, d'éminents économistes, comme les Américains Laffer et Bartlett, osent le faire.

---

76. Voir le graphique de Jean Gadrey (p. 85) dans Philippe Le Clézio, *Prélèvements obligatoires. Compréhension, efficacité économique et justice sociale*, rapport présenté au CES, La Documentation française, 1985.
77. Énoncé en premier par Jean-François Copé, alors ministre du Budget, le 30 janvier 2005 à l'antenne de la radio Europe 1.

Le déploiement des smithiens

Le point de départ des théoriciens de l'économie de l'offre est *la courbe de Laffer*. Elle montre qu'au fur et à mesure que la pression fiscale s'accentue, le rendement de l'impôt diminue. Pire, il vient un moment où la pression fiscale est telle, qu'elle décourage l'initiative et l'effort productif. Au-delà d'un certain seuil, on assiste à une chute des recettes fiscales. C'est l'application de la loi des rendements décroissants aux recettes publiques.

Dès lors, pour relancer l'économie et… les recettes fiscales, il faut commencer par baisser la pression fiscale (c'est-à-dire le pourcentage du prélèvement fiscal). Bien entendu, il faut commencer par abaisser les prélèvements les plus élevés, car ce sont eux qui sont les plus dissuasifs de l'effort productif. Leur nocivité est d'autant plus forte que ces prélèvements atteignent les agents économiques les plus entreprenants. En d'autres termes, Laffer propose un abaissement sensible de la progressivité de l'impôt. On comprend que les groupes les plus privilégiés de l'électorat américain aient fait de Laffer leur économiste préféré.

L'attaque de la progressivité de l'impôt est sans pitié. Lorsque le taux d'imposition dépasse un certain seuil, les contribuables passent autant de temps à éviter l'impôt qu'à gagner plus d'argent par une activité productive. On incite les agents économiques à créer une économie « souterraine », qui prive l'État de recettes. On décourage l'investissement productif par des placements improductifs plus facilement camouflables.

Malheureusement, aujourd'hui, l'État dépense beaucoup. Sa politique sociale exige des moyens financiers considérables. Comment, dans ces conditions, diminuer les recettes sans entraîner un déficit et, par là même, aggraver l'inflation ? La réponse est simple : il faut trancher dans les transferts sociaux, les aides aux chômeurs et autres soutiens « qui permettent de vivre aussi bien, sinon mieux, que si l'on travaillait ». Pour les théoriciens de l'offre, le *Welfare State* n'a même pas l'excuse de soutenir la demande et d'éviter la montée du chômage. Soit on le finance avec des impôts et on ralentit la croissance de la production par l'élévation de la pression fiscale. Soit on le finance par la création de monnaie et on aggrave l'inflation. L'inflation accentue alors la pression fiscale (non-révision automatique de la progressivité de l'impôt et de l'amortissement autorisé). On décourage un peu plus l'effort productif. Parallèlement, le coût relatif du « non-travail » diminue ; les chômeurs sont un peu plus incités à demeurer sans travail.

Une réduction de la progressivité de l'impôt liée à la diminution des transferts sociaux modifiera les *prix relatifs* (l'utilité et la désutilité) de l'épargne, de la consommation, du travail, du loisir.

Les revenus de l'épargne et du travail augmenteront ; l'investissement et la productivité en seront stimulés.

Dans un premier temps, les théoriciens de l'offre proposent donc un abaissement simultané de la progressivité de l'impôt et des économies budgétaires portant essentiellement sur les transferts sociaux. Dans un second temps, la reprise de l'activité productive amènera un surcroît de recettes fiscales, et le déficit disparaîtra.

Toute une partie du programme électoral de Reagan se fondait sur la théorie de l'offre. En France, au cours de la campagne électorale de 1981, J. Chirac a proposé une politique plus modérée, mais d'inspiration identique.

En fait, quand on cherche la justification théorique de la *théorie de l'offre*, on doit remonter à J.-B. Say. Ce n'est plus en stimulant la demande qu'on pourra sortir de la crise. Il faut d'abord s'occuper de l'offre ; c'est elle qui est la seule source réelle de la demande. C'est l'offre qui fait la demande, et non le contraire.

L'establishment des économistes américains – y compris les monétaristes orthodoxes – a accueilli avec quelque scepticisme le rétablissement de cet aspect, quelque peu oublié, de la loi de J.-B. Say. Les modèles prévisionnels américains avaient, d'ailleurs, quelque mal à simuler les mirifiques effets attendus d'une politique de l'offre. Qu'à cela ne tienne, les théoriciens de l'offre attaquèrent violemment les modèles économétriques. Ils se fondaient trop, selon eux, sur l'expérience passée, alors que leur politique était une rupture dans les habitudes. La place qu'ils donnaient à la demande était trop importante. Finalement, ces modèles ne pouvaient, disaient-ils, prendre en compte l'effet politique de l'application de la théorie de l'offre, *l'effet* de choc bienfaisant qu'il allait produire dans l'économie.

Il faut bien avouer que le résultat fut assez piteux. Les mesures prises par l'administration Reagan (dépenses sociales amputées, progressivité de l'impôt allégée) n'ont pas été suivies d'effets spectaculaires. La baisse des dépenses a eu un effet plus dépressif et rapide que les effets expansionnistes de la baisse de la progressivité de l'impôt. Le déficit budgétaire s'est brutalement aggravé. Le besoin de financement des administrations[78], l'appel à l'épargne pour financer le Trésor public ont maintenu les taux d'intérêt et ont atteint des niveaux bien supérieurs à ce qu'aurait supposé une simple politique monétariste. L'investissement, notamment dans le bâtiment, s'est effondré ; la production industrielle a chuté ; le déficit de la balance commerciale s'est aggravé, car le haut niveau du dollar handicape les exportations américaines. Des institutions financières devant se refinancer ont fait faillite.

---

78. Le déficit initialement prévu de 50 milliards de dollars pour l'exercice 1981-1982, et qui devait disparaître en 5 ans, s'est élevé, en fait, à près de 150 milliards de dollars en 1982. Les experts prévoyaient, en juillet 1983, un déficit de 215 milliards pour l'exercice suivant. En 1983, une reprise s'amorce. Elle est due à la reconstitution des stocks et aux dépenses militaires, mais l'investissement ne repart pas suffisamment. Tant que la politique monétaire n'a pas été assouplie, nul ne sut comment réduire ce déficit. Le seul mérite de ce dernier a été de provoquer en 1984 une reprise parfaitement keynésienne. Malheureusement, l'importance des taux d'intérêt due au déficit budgétaire, au Système monétaire international et à la rigueur de la politique monétaire, l'a rendue instable et fragile. Ce n'est qu'après l'arrivée du président Clinton en 1993 que le déficit a progressivement disparu. Sans revenir sur les allégements d'impôt, l'administration Clinton a opté pour une politique monétaire moins restrictive et un accompagnement actif de la reprise. Une fois de plus, on doit constater que ce n'est pas l'équilibre budgétaire qui fait la croissance mais la croissance qui permet la réalisation de l'équilibre budgétaire.

Certes, les partisans de la théorie de l'offre ont beau jeu de prétendre que les mesures prises au départ par l'administration Reagan ont été trop timorées. Les dégrèvements ont été trop tardifs et insuffisants ; les réductions des dépenses sociales freinées par une opposition démocrate non satisfaite. En outre, certains mettent en cause la politique monétariste de limitation de la masse monétaire par des taux d'intérêt élevés. On ne peut à la fois vouloir libérer les initiatives par la baisse des impôts et en même temps avoir une politique qui favorise les placements financiers à court terme qui, par leurs objectifs macroéconomiques, seraient en contradiction avec une véritable politique de l'offre. Quoi qu'il en soit, ce n'est pas encore cette fois qu'on vérifiera la loi de J.-B. Say.

Le plus surprenant fut l'attitude des experts français du gouvernement de Pierre Mauroy. En 1981, le succès de la politique française de relance par la demande était, dans leurs calculs, conditionné par une vigoureuse reprise aux États-Unis, en d'autres termes, par le succès de la *reaganomics*. Cela ne manque pas de piquant...

B) La Nouvelle économie classique (NEC).

Tout en reprenant certains éléments des théories du déséquilibre, la nouvelle École classique, qui s'est développée à partir de la fin des années 1970, ne cherche plus à intégrer Keynes. On parle aussi d'*École de Minneapolis*.

Ses leaders, R. E. Lucas, T. J. Sargent et N. Wallace, veulent trouver les fondements microéconomiques de la macroéconomie, mais la nouvelle économie à laquelle ils aspirent n'a plus beaucoup de rapports avec celle de Keynes.

Leurs postulats de base sont, d'une part la capacité des agents économiques à optimiser et à anticiper rationnellement, d'autre part l'équilibre des marchés (certains auteurs sont, à ce propos, plus circonspects, mais si l'on veut établir un modèle, il faut bien un système clos d'interactions).

Ce n'est pourtant pas un retour pur et simple au néoclassicisme. En effet, la nouvelle École classique veut construire des modèles macroéconomiques d'aide à la décision. Elle a donc besoin d'invariants et d'enchaînements, qui la rapprochent plus des classiques que des néoclassiques. C'est Walras et Pareto, auxquels s'ajoutent les enchaînements classiques qui lui permettent de fonder une dynamique.

L'intérêt de ce nouveau courant est qu'il joint à la volonté de rigueur théorique la recherche d'une nouvelle économétrie. Celle-ci se fonderait essentiellement sur les comportements rationnels des agents et leurs conséquences sur un certain nombre d'indices et de données. On parle, à ce propos, de modèle structurel (recherché aussi par certains hérétiques « à la Schumpeter »).

Il convient toutefois de préciser que la *nouvelle macroéconomie classique* comporte deux axes de recherche pour expliquer les *fluctuations* de l'activité économique. Et chaque orientation suscite des évaluations spécifiques de la part des spécialistes.

Le premier axe historiquement, ouvert par John Muth en 1961 (« anticipations rationnelles et théorie des mouvements des prix », *Econometrica*), développé ensuite par R. E. Lucas (« anticipations et neutralité de la monnaie », *Journal of Economic Theory,* 1972), poursuivi par un grand nombre de chercheurs (Robert Barro, Neil Wallace, Thomas J. Sargent, Robert Grossman, Finn E. Kydland, Edward C. Prescott, etc.) attribue les fluctuations de l'activité économique globale aux anticipations rationnelles des chocs monétaires. Le prix Nobel attribué à Robert E. Lucas en 1995 est suffisamment explicite des potentialités immanentes de son programme de recherche, même si la mise au point annoncée d'un modèle d'équilibre macroéconomique conduisant à de bons résultats empiriques tarde à se manifester, ce qui n'a pas empêché le jury du prix Nobel de distinguer en 2004 Kydland et Prescott, mais il est vrai pour les travaux portant sur les cycles réels.

Le second axe de recherche de la Nouvelle économie classique (NEC) a pour objet la théorie des cycles réels des affaires (ou *Real Business Cycles : RBC*), c'est-à-dire une théorie de cycle économique provoqué par des facteurs indépendants de la variation de l'offre de monnaie. Elle a été développée dans les années 1980 par, notamment, Finn Kydland, John Long, Edward Prescott, Charles Plosser et Sergio Rebello. Dans les modèles de cycles réels conçus par ces différents chercheurs, les fluctuations économiques, qui ne sont pas nécessairement périodiques, correspondent aux effets de chocs réels sur la productivité globale des facteurs de production. La monnaie ne joue aucun rôle, soit elle est ignorée, soit elle devient une pure variable déterminée dans le modèle (variable endogène), mais jamais déterminante. Ces chocs réels peuvent être, le plus souvent, technologiques (changement de la productivité globale des facteurs de production) et aussi des changements de goûts du consommateur ou encore la modification de la dotation en ressources du pays. Les effets de ces chocs, sous la forme de fluctuations, sont durables, contrairement aux chocs monétaires de la théorie des anticipations rationnelles. L'évaluation comparée sur les États-Unis et la France, entreprise par J. O. Hairault, révèle que les modèles RBC, dont la vocation n'est même pas la prévision, sont incapables de reproduire et d'expliquer les caractéristiques importantes des fluctuations économiques, surtout françaises. Toutefois, une étude de Ch. Plosser, spécifique aux États-Unis, montre que la théorie des RBC peut expliquer 70 % des fluctuations de l'activité économique globale d'après-guerre. P. A. Muet va jusqu'à qualifier la théorie des RBC « d'escroquerie intellectuelle ». Pour B. Guerrien (*Dictionnaire d'analyse économique*, La Découverte, 1996), il s'agit d'une robinsonnade élaborée mais stérile ; tandis que P. Y. Hénin, avec moins de sévérité, soutient la RBC pour ses seuls aspects méthodologiques. Mais Satyajit Chatterjee n'hésite pas à écrire que cette théorie a résisté avec succès aux nombreuses objections élevées contre elle (« Les cycles réels des affaires : un héritage des politiques contracycliques ? », *Business Review*, 1999). En effet elle ne nie pas le rôle de la monnaie et, par conséquent, elle ne rend pas caduques les politiques de stabilisation. L'analyse de Lucas réconcilie les deux types d'explication, selon Chatterjee, en indiquant que les perturbations monétaires et financières interviennent dans l'explication du cycle lorsque la politique monétaire n'est pas bien conduite. La théorie des cycles réels est suffisante pour expliquer les variations de l'activité économique globale, dans les périodes connaissant une politique monétaire orthodoxe.

La Nouvelle économie classique (NEC) a dominé la science économique durant près de trois décennies. Elle enregistra trois lauréats du prix en l'honneur de Nobel décerné par la Banque de Suède en économie (Robert Lucas en 1995, Finn E. Kydland, Edward C. Prescott en 2004). L'élégance des démonstrations, le renouveau de la réflexion ont certes joué un rôle dans cette reconnaissance académique, mais il est difficile de ne pas voir aussi la dimension idéologique des travaux récompensés dans une période marquée par l'arrivée au pouvoir, avec plusieurs gouvernements libéraux, de ce que l'on a appelée la « pensée unique »[79].

---

79. Si la droite dénonce la pensée unique social-démocrate, dans les années 1990-2000, c'est la pensée unique venue de droite (la pensée unique libérale) qui est ensuite prise pour cible. Les caractéristiques de celle-ci, en suivant la synthèse que propose Ignacio Ramonet dans son éditorial du *Monde diplomatique* de janvier 1995, sont les suivantes :
1) un principe de base qui affirme que « l'économique l'emporte sur le politique » ; 2) le mode de régulation est le marché ; 3) la structure du marché est la concurrence ; 4) le stimulant est la recherche de la compétitivité ; 5) le marché jouant son rôle, la compétitivité étant recherchée, la déréglementation est alors une conséquence normale ; 6) en vertu des principes précédents, le commerce extérieur doit être celui du libre-échange dans le cadre de la mondialisation commerciale et financière ; 7) cela produira naturellement la division internationale du travail ; 8) il en découle une monnaie forte ; 9) l'État doit se limiter aux fonctions régaliennes minimales, ce qui conduit aux privatisations des activités qui n'engendrent pas des externalités impossibles à monétiser. Cette liste est en fait peu ou prou ce qui constitue le célèbre consensus de Washington (cf. John Williamson, *What Should the World Bank Think about the Washington Consensus ?*, papier préparé en juillet 1999 en vue du rapport 2000 de la Banque mondiale, *Peterson Institute for International Economics*).

La NEC tente en effet d'apporter, grâce à un ensemble d'équations d'une grande complexité, la démonstration « scientifique » que le marché ne peut échouer. Si la réalité n'est pas conforme à la théorie, c'est simplement que des interventions de l'État se sont opposées à l'autorégulation économique par le marché. Laissez les marchés fonctionner librement et il n'y aura plus ni chômage, ni inflation, ni crise économique. Il est donc inutile de rechercher, comme le font Keynes et les monétaristes à la Friedman ou encore les tenants de l'économie de l'offre, une politique économique. Le marché, libre de toute intervention, régulera au mieux le fonctionnement de l'économie. La rationalité des agents économiques est si grande qu'ils comprennent que l'intervention de l'État ne peut qu'échouer et leurs anticipations rationnelles condamnent par avance son action. Des fluctuations cycliques existent mais le marché n'y est pour rien, ce sont les irrégularités dans l'évolution technologique qui en sont la cause. Elles sont fatales et personne ne peut les empêcher.

Dans le domaine financier, la croyance à l'efficience des marchés fonde aussi la dérégulation des institutions financières. Les marchés financiers sont efficients car les intervenants sur ces marchés mobilisent toute l'information disponible pour estimer les revenus futurs que peuvent leur apporter leurs placements. Les variations du cours des actions proviennent de l'évolution des informations qui parviennent aux investisseurs. Cette évolution de l'information modifie le risque perçu et provoque des variations de cours différentes. Quant aux marchés dérivés, ils ne sont qu'un système d'assurance contre les risques qui permettent de les transférer à des institutions plus aptes à les assumer. Inutile donc d'intervenir sur les marchés financiers en tentant de mieux les organiser ou de les contrôler.

La crise de 2008, qui est allée d'une crise financière à une crise économique, a brisé cet optimisme. La scientificité de la NEC est ébranlée. Keynes redevient d'actualité et, comme la statue du commandeur dans le *Dom Juan* de Molière, semble entraîner la Nouvelle économie classique (NEC) dans l'enfer des théories erronées.

Le déploiement des smithiens

En réalité, les théoriciens de la NEC ont été portés, comme nous l'avons dit, par la vague libérale. Les gouvernements libéraux et les responsables des institutions bancaires ont été heureux de disposer de démonstrations mathématiques du bien-fondé de leur action. Tandis que l'affrontement des régimes économiques n'incitait plus les capitalismes à la composition, ils virent chez les théoriciens de la Nouvelle économie classique (NEC) le fondement scientifique de l'inutilité de l'intervention publique. La gloire, les chaires et les crédits leur étaient largement réservés. La nouvelle économie classique devint en quelle sorte « le standard » de la recherche économique. Ce n'étaient pas les démonstrations mathématiques des chercheurs de la NEC qui orientaient leurs recherches mais leurs présupposés de certaines politiques.

Ces présupposés ont empêché la plupart des économistes et des politiques de voir venir la crise ; pourtant d'autres économistes qui avaient du mal à se faire entendre dénonçaient les faiblesses évidentes de la NEC. Alors que ce courant mettait l'efficience de l'information au centre de sa théorie, il négligeait de prendre en compte l'inégalité dans l'information. Comme l'écrivent en 1987 Bruce Greenwald et Joseph Stiglitz[80], les anticipations rationnelles ne peuvent pas être pertinentes, car les individus se basent sur leurs connaissances passées, mais l'avenir est imprévisible et chaque événement nouveau qui apparaît est le plus souvent unique. « On ne peut plus penser que le futur sera comme le présent », indiquent-ils dans les remarques conclusives de leur article. Ils précisent que l'impossibilité de prévoir n'est nullement le résultat de la myopie des individus, mais celui de l'imperfection de l'information et de l'incomplétude des marchés. Par conséquent le libre fonctionnement des marchés ne conduit pas à un optimum économique dès lors que les agents économiques ne possèdent pas une information

---

80. Bruce C. Greenwald et Joseph E. Stiglitz, « Keynesian, New Keynesian and New Classical Economics », *Oxford Economics Papers*, 39, mars 1987, p. 119-133.

parfaite et, dans ce cas de l'imperfection et d'incomplétude qui est le plus courant, la main visible de l'État est plus certaine que la main invisible pour préserver l'économie des pires situations. Plus généralement, la Nouvelle économie classique (NEC) évitait de s'intéresser aux asymétries et notamment aux inégalités de pouvoir.

Elle justifiait des choix idéologiques ou du moins les choix des politiques cherchant à réduire l'intervention publique. Certes toute théorie n'est qu'un filtre qui cache certains aspects de ce que nous nommons la vie économique et qui permet de voir ce que d'autres filtres ne mettent pas en évidence. Le choix du filtre dépend de ce que l'on recherche, c'est un choix social forcément idéologique, nous y reviendrons dans l'épilogue de ce livre. L'idéologie et la science économique, comme toute science, entretiennent donc des rapports complexes. Il y a danger quand on refuse d'admettre qu'il est possible de voir autrement, avec d'autres filtres. C'est, par exemple, le cas des marxistes à la recherche du socialisme « scientifique »[81], c'est aussi celui des théoriciens de la Nouvelle économie classique (NEC) à la recherche du fondement mathématique de l'inutilité l'État. En fait la théorie des anticipations rationnelles pousse à l'extrême ce qui se trouvait déjà chez Ricardo et Malthus : des « lois naturelles » contre lesquelles personne ne pouvait rien. Les seuls choix sociaux possibles seraient le respect de l'inutilité des choix sociaux. Curieux libéraux qui font de l'impuissance sociale le fondement de la liberté.

Aujourd'hui certains d'entre eux n'en démordent pas. Pour se défendre devant une réalité qui contredit leurs conclusions, ils réaffirment leur bien-fondé et accusent les gouvernements qui en voulant les contrarier ont abouti aux désastres actuels. Toutefois ils se refusent à abandonner les présupposés de l'idéologie libérale qui est à la base du fonctionnement de leurs modèles. C'est elle qui assure leur cohérence.

---

81. Cf. p. 385.

DES LIBÉRAUX DE TOUTES LES COULEURS

Smith et ses héritiers sont traditionnellement rattachés au courant du libéralisme économique. Le cœur du libéralisme se trouve pourtant dans la sentence du physiocrate Vincent de Gournay (1712-1759) : « Laissez faire les hommes, laissez passer les marchandises. » Ce conseil, que l'on peut compléter par l'interrogation du XIXe siècle « Pourquoi des lois quand les choses sont bien sans loi », aboutit à affirmer que le besoin d'un despote, serait-il éclairé, est inutile. On peut parvenir sans lui à un fonctionnement harmonieux de l'économie, à réaliser la meilleure allocation possible des ressources. Nous avons vu que le fondement de cette hypothèse, certains diront de cette croyance, reposait sur plusieurs piliers : la raison, les individus, la recherche du plaisir (de l'intérêt particulier) qui la guide, une main invisible, celle du marché permettant l'harmonisation des intérêts individuels.

Sur cette base idéologique, mais aussi théorique et méthodologique, de nombreuses espèces de libéralismes se sont développées. Il existe des libéralismes de toutes les couleurs : des socialistes (rappelons que Walras était socialiste agrarien), des anarchistes, des défenseurs de la libre entreprise et ceux, tel Keynes, qui justifient l'intervention publique sans pour autant nier la liberté d'entreprendre, voire, au sein des régimes communistes, les promoteurs d'un socialisme de marché. Tous peuvent être rattachés d'une manière ou d'une autre au courant libéral.

Pour établir la carte du Tendre des différents libéralismes économiques qui ont accompagné le développement des théories économiques, on peut partir de la typologie que Serge Christophe Kolm a établie dans son ouvrage consacré à la *philosophie de l'économie* paru en 1986.

Tous les libéralismes prônent une combinaison d'éléments qui donnent la possibilité aux individus d'exercer librement leur rationalité, et au fonctionnement du marché d'aboutir à la meilleure utilisation des ressources et, par conséquent, à un plus grand bien-être pour tous. Ils diffèrent sur la dose d'interventions publiques compatibles avec la combinaison qu'ils proposent.

Le courant le plus développé ne donne à la liberté (au moins d'État) qu'un sens instrumental. Pour tous les auteurs rattachés à ce courant, le moins d'État est plus efficace pour parvenir à l'harmonie des préférences individuelles que toute autre situation. Il constitue le courant utilitariste de la liberté.

A. Smith, D. Ricardo, J.-B. Say, L. von Mises, V. Pareto, M. Allais mais aussi les auteurs des théories plus récentes de l'économie de l'offre ou des anticipations rationnelles se rattachent à ce courant. Au passage, le critère d'efficacité peut fournir la base théorique d'une modération de la concurrence et d'une intervention de l'État. Comme l'a montré Schumpeter, des monopoles peuvent dans certaines circonstances aboutir à une meilleure allocation des ressources qu'une situation de pure concurrence. L'étude des échecs du marché ouvre la voie aux préférences collectives et à l'intervention keynésienne. Mieux, le dernier des grands classiques, John Stuart Mill, a fondé théoriquement la redistribution des revenus. Pour lui, la production doit obéir à des lois (naturelles) rigoureuses, *mais* la distribution des revenus est libre, ainsi pourra-t-on corriger la situation sociale instaurée par le capitalisme et qu'il jugeait mauvaise. Comme nous l'avons dit (p. 186), le *Mais* de John Stuart Mill a eu finalement plus d'importance dans l'évolution des économies occidentales que la critique marxiste du capitalisme. L'utilitarisme n'est pas étranger à l'idée de l'État réformateur, voire socialisant.

À côté de tous les auteurs qui font de la liberté une utilité, il en existe d'autres pour lesquels rien ne vaut la liberté. Pour les libertaristes, ou libertariens, la liberté est l'élément essentiel et non réductible du libéralisme. Ils prônent l'État minimum, voire l'État zéro. Milton Friedman et, dans une certaine mesure, Friedrich August von Hayek s'y rattachent. Ils admettent que le fonctionnement du marché peut avoir des imperfections mais l'intervention de l'État ne peut pas les corriger. La préférence collective qui naît du marché, du hasard de la combinaison des préférences individuelles, est peut-être pour certains une contrainte injuste ; malheureusement, la préférence publique de l'État est, selon Hayek, une contrainte imposée par des bureaucrates qui est encore plus injuste. Tout au plus on peut accepter, selon Milton Friedman, des interventions publiques « douces » qui interfèrent le moins possible dans les choix individuels. À défaut de l'État zéro, Milton Friedman demande un État minimum. Par contre son fils David Friedman et Murray Rothbard (1926-1995) rejoignent l'utopie de l'anarcho-capitalisme, ou anarchisme de droite, que l'on désigne encore par le terme de libertarianisme.

En fait l'État zéro – ou l'État minimum – est d'un flou théorique qui permet toutes les interprétations. Serge Christophe Kolm, tout en se situant dans le courant libertariste, propose dans son ouvrage sur « *le contrat social libéral* » paru en 1985 une solution pour sortir de l'impasse. L'idée de contrat social a été développée par John Locke (1632-1704), le fondateur du parlementarisme. A. Smith voulait libérer l'initiative privée des corporations et des réglementations publiques. Un siècle plus tôt, J. Locke voulait éviter à l'Angleterre le fléau de l'absolutisme français par la propriété privée et le contrat social. En fait, le libéralisme que Kolm appelle moderne change subrepticement de base philosophique. La priorité donnée aux choix individuels n'est plus leur rationalité mais la reconnaissance que toute personne ayant droit à elle-même est du même coup légitimement propriétaire de son travail, de ses fruits, sauf si elle les cède volontairement. Le droit à soi-même et le libre transfert de droits légitimes de chaque personne pourraient fonder l'existence d'un État libéral (ou d'une structure associative et fédérale telle que la souhaitait Proudhon – voir p. 346 – ce socialiste antimarxiste à l'origine d'un courant français anarchiste). L'État libéral n'a plus, dans ce cadre, qu'à défendre la liberté et la promouvoir.

Reste à déterminer par quel calcul économique les individus vont admettre cet État. Peut-on, dans le cadre de ce contrat social, concilier l'État, la liberté, la justice sociale et l'efficacité ?

Tous les utilitaristes ont eu chacun leur recette. Avec sa théorie de la justice sociale parue en 1971, John Rawls, un juriste et philosophe américain, apporte à cette question une réponse pour le moins élégante. Elle réconcilie justice sociale et rationalité individuelle.

Il abandonne sans remords les voies empruntées jusque-là pour les réconcilier. Il rejette la référence à des valeurs et des normes supérieures, que l'on trouve dans la doctrine sociale de l'Église et dont Platon fut l'initiateur. Son rejet de valeurs morales supérieures est bien différent de celui de Marx pour qui ces valeurs n'étaient que des productions sociales, sous-produit des rapports de production. La relativisation marxiste des valeurs n'a abouti qu'au pouvoir sans limites de la dictature du prolétariat et aux goulags.

Pour Rawls, dans nos sociétés démocratiques et pluralistes, on ne peut se référer à des normes qui impliquent une conception unique du bien et du mal. Une théorie de la justice y est forcément agnostique, sans référence à des croyances ou à une métaphysique particulière. Chacun a le droit de justifier ses actions comme il l'entend mais personne n'a le droit d'imposer ses conceptions aux autres. L'utilitarisme des réformistes ne trouve à ces yeux guère plus de grâce. Au nom de l'utilitarisme, on peut justifier qu'un sacrifice soit imposé à quelques-uns au nom du bien-être du plus grand nombre. Au nom de l'utilitarisme, on peut aussi bien fonder la lutte contre les inégalités que la nécessité de leur accroissement pour favoriser la production de richesses. Finalement l'utilitarisme débouche sur l'empirisme.

John Rawls (1921-2002) tente de réconcilier l'individu et la justice sociale, la liberté et l'État, en empruntant la voie du contrat social mais en transformant passablement ses hypothèses. Rawls propose un contrat social d'une tout autre nature que celui de Locke qui, repris par J.-J. Rousseau, justifie la dictature de la majorité sur la minorité. Pour fonder son contrat social, Rawls se demande ce qui se passerait si les individus libres et doués de raison (et non de passion) se sachant différents (autrement dit inégaux) devaient établir les règles de leur vie commune sans savoir ce que l'avenir réserve à chacun. Rawls applique ainsi à la justice sociale la théorie des jeux. Il part d'individus rationnels amenés à faire des choix et à passer un contrat social, dans une situation d'incertitude. Dans une telle situation, ces individus ignorent les résultats de la loterie génétique et sociale, ils appliquent le principe biblique « ne fais pas à autrui ce que tu ne veux pas qu'on te fasse ». Proudhon en jetant les bases d'une science économique de la coopération n'a rien dit d'autre. Rawls pense d'ailleurs comme lui que la société démocratique doit être un système équitable de coopération entre des personnes libres. À cette fin, elle doit respecter deux grands principes. Le premier est celui de la liberté, chacun a le droit à la plus grande liberté à condition de ne pas empêcher celle d'autrui. Le second est celui de la différence, les inégalités sociales et économiques doivent être aménagées de telle sorte qu'elles profitent aux défavorisés et que l'égalité des chances soit garantie. Placez-vous dans une situation d'incertitude, ne sachant pas ce que l'avenir vous réserve, vous ne pouvez que vous rallier à ces principes.

Il y a encore pas mal de distance à parcourir pour traduire l'approche de Rawls en théorie économique, en lois et règlements. En fait, Rawls ne fait pas que fournir une base doctrinale plus sûre à la social-démocratie occidentale qui devient peu à peu un social-libéralisme. Il incite les libéraux à explorer de nouvelles voies, notamment celle de François Perroux (p. 537) qui tenta de réviser l'équilibre walrassien en prenant en compte un homme qui ne serait plus une simple « love machine » mettant son plaisir en équation, un homme qui serait un sujet ayant un projet.

On ne peut terminer cet encadré sur les libéraux de toutes les couleurs sans rappeler qu'Adam Smith n'est pas le laudateur naïf du marché. Comme le signale Amartya Sen (*Éthique et économie*, PUF, 1993, rééd., 2009), *La Richesse des nations* ne doit pas faire oublier ou négliger *La Théorie des sentiments moraux,* ouvrage dans lequel Adam Smith indique que « l'homme devrait se considérer non pas comme séparé et détaché de tout, mais comme un citoyen du monde, un membre de la vaste communauté, il devrait à tout instant être prêt à sacrifier son propre petit intérêt ».

3. Combattre Keynes tout en recherchant les mécanismes de la rationalité.

A) Les théoriciens de l'économie publique.

On distingue, d'une part, ceux qui s'attaquent principalement au délicat problème posé par le *Welfare State* (politique sociale) et, d'autre part, ceux qui s'intéressent au problème de l'offre et de la demande de biens collectifs (école des choix publics ou analyse de la bureaucratie).

Aujourd'hui, les transferts sociaux, et plus généralement la redistribution, semblent atteindre une limite à ne pas dépasser. Les économistes des choix publics ne cherchent pas à supprimer les transferts (comme le proposent certains monétaristes extrémistes ou certains théoriciens de l'offre) ; ils veulent établir une méthode de choix qui optimiserait l'efficacité de ces transferts. C'est Pareto, plus Keynes ! Malheureusement, on connaît les déficiences de l'économie de bien-être. Aussi, les théoriciens de l'économie publique s'orientent-ils plus ouvertement vers une optique normative et ont-ils évolué vers une recherche sur la manière dont se font les choix publics.

Le Britannique Dennis C. Mueller *(Public Choice)* et le Suisse Bruno S. Frey (*Modern Political Economy*, N. Y. John Wiley) ont certainement présenté, ces dernières années, les synthèses les plus significatives de cette recherche qui a suscité de nombreux travaux dont ceux du Français Guy Gilbert, de l'Allemand Werner W. Pommerehne (1943-1994, par ailleurs spécialiste de l'économie de la culture).

Aux États-Unis (École de Virginie), ce courant a parfois un relent plus néoconservateur et se rapproche de ceux qui étudient le rôle des groupes de pression et le caractère cyclique des votes électoraux (nous rejoignons ici la tradition des institutionnalistes américains).

James M. Buchanan, lauréat du prix Nobel 1986 (plusieurs contributions dont *Théorie fiscale et économie politique*, 1960, *Finances publiques et processus démocratique*, 1967, plusieurs ouvrages en collaboration avec Gordon Tullock, avec Richard Wagner, avec Geoffrey H. Brennan), William Niskanen (*Bureaucratie et gouvernement représentatif*, 1971, considéré quelquefois comme l'ouvrage fondateur de la théorie économique de la bureaucratie) et Gordon Tullock (*Le Marché politique*, 1978) sont les plus représentatifs de ce mouvement aux États-Unis. En France, les choix publics ont intéressé un grand nombre d'économistes qui se sont penchés sur les problèmes de rationalisation des choix budgétaires (RCB). Citons tout de même Jean Bénard qui a publié une synthèse pédagogique des travaux de théorie microéconomique consacrés aux choix publics et au marché politique (*Économie publique*, 1985). L'analyse des incitations et la théorie de l'information avec Jean-Jacques Laffont (1947-2004) constituent les nouvelles voies de recherche de ce courant d'économie publique.

Bien entendu la *théorie de l'information et des incitations*, constitutive de la *nouvelle microéconomie*, s'applique à des terrains plus vastes que celui plus limité de la bureaucratie. L'hypothèse fondamentale de cette nouvelle microéconomie est l'incomplétude informationnelle se caractérisant par l'*asymétrie d'information* des agents en interaction stratégique : certains en savent plus que d'autres et peuvent cacher ce qu'ils savent ou bien ils ne dévoilent pas toutes leurs options stratégiques, c'est-à-dire les différentes actions possibles face aux actions ou propositions des autres.

Ces phénomènes d'asymétrie d'information sont au cœur de la *théorie économique des contrats* qui analyse les relations bilatérales mais qui, finalement et assez fréquemment, pour une bonne exécution du contrat, exigent la présence directe ou indirecte d'un troisième acteur sous la forme minimale de l'État gendarme. La théorie des incitations analyse également d'autres solutions, dans la stricte relation bilatérale, sans l'intervention d'un tiers, qui permettent soit aux agents de révéler leur information, soit de sauvegarder les intérêts de l'agent moins informé. En effet, dans une relation d'agence[82] dite encore de mandat, c'est-à-dire

---

82. Les exemples de relation d'agence avec risque d'asymétrie informationnelle sont nombreux : assureur-assuré, actionnaire-directeur salarié de l'entreprise, employeur-salarié, médecin-patient, prê-

une relation dans laquelle un individu (appelé principal, ou mandant, ou donneur d'ordre) confie ses intérêts (ou un travail, une fonction, une tâche) à un autre (appelé agent, mandataire, ou preneur d'ordre), on peut envisager différents moyens incitatifs pour obtenir un comportement loyal de l'agent vis-à-vis du principal : une forte rémunération, des primes de productivité et des garanties pour les comportements loyaux, et le licenciement ou la non-réélection lorsque l'intérêt du principal (les propriétaires des entreprises, les citoyens-électeurs) est négligé.

Si l'on envisage des incitations pour obtenir toute l'information, c'est parce que l'asymétrie informationnelle éloigne de l'optimum optimorum. Une telle situation peut engendrer, en effet, deux types de comportements qui pénalisent celui qui détient le moins d'information. Il s'agit du *hasard moral* (dit encore *risque moral*, *aléa moral* ou de moralité) et de la *sélection adverse* (ou *antisélection*). Par exemple, on dira que l'administration fiscale prend un risque moral lorsqu'elle ne vérifie pas la déclaration des citoyens qui ont la faculté de tricher, en cachant leurs revenus, tout en cherchant à bénéficier des biens publics gratuits. Ce phénomène de l'individu qui cache ses préférences et ses moyens pour tirer avantage des biens publics collectifs correspond au comportement soit du *passager clandestin* (resquilleur, tricheur), soit de l'*auto-stoppeur* (qui n'est pas tenu de déclarer qu'il a les moyens pour s'offrir les biens).

Les travaux respectifs du Canadien William S. Vickrey (1914-1996) et de l'Anglais James Alexander Mirrlees, dans ce domaine des incitations en asymétrie d'information, ont été récompensés par un prix Nobel commun en 1996. W. Vickrey s'est d'abord consacré au problème de la tarification des services publics (« La structure des tarifs du métro à New York » – 1955 –, « théorie de la congestion et investissement de transport », *American Economic*

---

teur-emprunteurs, fournisseur-distributeur, député-électeur, etc.). Nous les retrouverons dans le chapitre consacré au déploiement des hérétiques à la Schumpeter p. 577 et 594.

Review – 1969 –), afin que chaque consommateur paie un prix correspondant au coût supplémentaire (coût de production et effets externes) que subit la société globale à la suite de cette consommation. Il s'agit ici de problèmes assez classiques auxquels se sont déjà intéressés notamment J. A. Dupuit, F. Ramsey, M. Boîteux. Il s'est ensuite intéressé au mécanisme des enchères. Ici l'asymétrie d'information est flagrante : le vendeur ne sait pas jusqu'à quel montant l'acheteur peut aller, tandis que l'acheteur connaît le prix au-delà duquel il ne peut pas acheter. Afin d'éviter une sous-estimation du prix, les enchères à la Vickrey, dites enchères au deuxième prix, consistent à faire des propositions scellées, l'enchérisseur au prix le plus élevé l'emporte, mais il ne paiera que le second prix, c'est-à-dire le prix de la deuxième enchère la plus élevée. Ainsi cette méthode permet de révéler les préférences et les moyens des acheteurs dans l'intérêt des deux parties : pour le vendeur, le prix est plus élevé que par toute autre solution, pour l'acheteur le prix est plus bas que celui qu'il était en mesure de payer. W. Vickrey a abordé le problème de la tarification des impôts qui puisse assurer d'importantes recettes sans porter atteinte à l'appareil productif tout en maximisant le bien-être collectif, mais c'est J. Mirrlees qui fait la contribution la plus décisive dans ce domaine (« Une exploration dans la théorie de la taxation optimale du revenu », *Review of Economic Studies*, 1971) : l'impôt optimal est approximativement linéaire. Le plus important dans le travail de Mirrlees réside dans la démarche qui constitue une solution générale à la plupart des problèmes d'asymétrie informationnelle, comme celui dans lequel se trouve l'État face à un individu qui ne déclare pas spontanément sa faculté contributive.

B) La théorie des jeux et la recherche de nouveaux raisonnements rationnels.

La théorie des jeux est une branche des mathématiques appliquées qui a pour objet la formalisation de situations de conflit et l'analyse des phénomènes de collusion, dans différentes circonstances et pour différents enjeux. Une situation de jeu est une situation d'interdépendance stratégique entre des acteurs ou joueurs rationnels (individu autonome, organisation, c'est-à-dire groupement d'individus) en faible nombre. L'action rationnelle d'un joueur est celle qui permet d'obtenir le résultat le plus favorable pour lui. Pour cela, le joueur rationnel anticipe les réactions des autres joueurs, sachant que ceux-ci anticipent également le comportement du premier, qui sait que les autres vont définir leur choix en fonction du sien[83]. Tel est le sens de la notion d'anticipation stratégique.

Si les premières recherches dans ce domaine remontent à Blaise Pascal, Pierre de Fermat, la famille Bernoulli (Jacques, Daniel, Nicholas), on admet généralement que les travaux les plus décisifs sont ceux d'Émile Borel en 1923 et surtout du Hongrois naturalisé américain John von Neumann. Après avoir démontré le théorème du minimax en 1928, il s'associe à Oskar Morgenstern afin d'appliquer la théorie des jeux dans le domaine des comportements économiques. Il en résulte le livre fondateur de la discipline, *Théorie des jeux et comportement économique*, publié en 1944. Depuis, la théorie de jeux a suscité un grand nombre de contributions aussi bien en sciences économiques, qu'en sociologie et sciences politiques, et elle dispose de plusieurs revues scientifiques spécifiques. En 1994, cinquante ans plus tard, le prix Nobel est décerné aux Américains John Forbes Nash (né en 1928), John Charles Harsanyi (hongrois d'origine, 1920-2000) et à l'Allemand Reinhard Selten pour leur « analyse fondamentale de l'équilibre dans la théorie des jeux non coopératifs ». Il s'agit aussi d'une reconnaissance de cette discipline, qui n'est pas une théorie économique, mais une méthode qui permet de rendre compte des comportements économiques, des négociations et de toute interaction sociale. En effet, la théorie des jeux, malgré la futilité attachée à la notion de jeu, renouvelle fondamentalement la théorie microéconomique néoclassique en envisageant surtout la prise en compte de l'inégalité des acteurs dans la vie sociale : tout le monde ne dispose pas des mêmes moyens.

---

83. Notons que le phénomène de connaissance commune (*common knowledge*) permet de mettre fin à ce jeu de miroirs.

On verra plus loin, avec l'exemple du dilemme du prisonnier, que le principe de la main invisible n'est plus vérifié : la liberté et la rationalité de l'individu dans ses choix peuvent ne pas déboucher sur un optimum optimorum (optimum de Pareto), autrement dit la rationalité individuelle peut avoir pour conséquence l'irrationalité collective.

a) Les différentes règles des jeux stratégiques.

Un jeu stratégique comporte au moins deux joueurs qui ont des intérêts antagoniques, un ensemble de stratégies pour chacun, avec les gains ou les pertes associés aux choix. Différents jeux, ensuite, peuvent être distingués en fonction de différents critères :

– l'antagonisme des joueurs est total ou partiel. De ce point de vue, on distingue la pure coopération (synonyme de jeu à un seul joueur), le pur conflit qui correspond à un jeu à somme nulle (les gains de l'un sont égaux aux pertes de l'autre) et la situation mixte de lutte-concours ou de conflit-coopération ;

– le choix d'une action est unique ou répétitif. Le jeu à plusieurs coups est un jeu séquentiel ;

– les joueurs jouent simultanément ou successivement ;

– l'information est complète ou incomplète. Elle est complète, lorsque chaque joueur peut se mettre à la place de l'autre (ou des autres) joueur(s). Cela signifie qu'il a une connaissance exhaustive des règles du jeu, il connaît le nombre et l'identité des joueurs, toutes les stratégies possibles avec la matrice des gains ou des conséquences associées à ces stratégies. L'information est incomplète lorsqu'un élément de cet ensemble est ignoré par l'un des joueurs ou par tous les joueurs ;

– l'information est parfaite ou imparfaite. Elle est parfaite, lorsque l'action ne relève pas du hasard, tous les coups joués dans le passé sont connus et mémorisés. Mais dans les jeux à un coup par joueur et à décision simultanée, le hasard intervient, comme dans le problème du gardien de but et du tireur de la pénalité dans la surface de réparation : l'alternative pour l'un est : faut-il plonger à droite ou à gauche ?, pour l'autre : convient-il de tirer à gauche ou à droite ? L'information est ici incomplète, même si le gardien de but sait que la probabilité pour le tireur de chercher le coin haut à gauche de la cage est de 0,75, puisque depuis qu'il tire ses pénalités, il n'y a qu'un tir sur quatre en moyenne qui se fait sur le côté droit ;

– l'information est identique pour tous, ou asymétrique (certains savent plus que d'autres) ;

– la communication entre les joueurs avant le jeu est possible ou ne l'est pas ;

– le dédommagement entre les joueurs est possible ou ne l'est pas.

Dans tous les cas, chaque joueur dispose d'un ensemble de stratégies et connaît l'ensemble des résultats (avec une probabilité qui peut varier de 0 – impossibilité – à 1 – certitude –, sachant que 0,5 est l'incertitude) associés à ces stratégies, résultats évalués sous des formes diverses : chiffre d'affaires, part d'audience, part de marché, nombre de jours de prison, utilité... Notons que l'absence de choix et l'identification du joueur à une seule stratégie constituent un jeu évolutionniste, une forme particulière de jeu.

*b) Illustrations : jeu à somme nulle
et dilemme du prisonnier.*

Les jeux à somme nulle, forme particulière de jeux non coopératifs, et les jeux à somme non nulle (qui peuvent être des jeux coopératifs) sont les deux grandes catégories de jeux.

b1) Les jeux à somme nulle.

La version la plus simple est celle d'un jeu simultané à deux joueurs rationnels et prudents, avec information parfaite et complète. Supposons que ces deux joueurs soient deux firmes A et B de diffusion de programmes de télévision hertzienne financées par la publicité dont le volume, pour une chaîne, dépend de l'audience réalisée. Il est évident que si les téléspectateurs regardent la chaîne A, ils ne peuvent pas regarder en même temps la chaîne B. Lorsqu'une chaîne A gagne 2 millions de téléspectateurs, parce qu'elle a choisi de programmer du sport lorsque B choisit de programmer un téléfilm, cela signifie que la chaîne B perd autant de téléspectateurs : ce que perd l'une est égal à ce que gagne l'autre, donc la somme des deux est nulle.

Supposons que A soit la firme qui gagne et B celle qui perd. La matrice des gains associés aux différentes stratégies pour conquérir le public présente donc les différents gains de A (présenté conventionnellement en ligne) qui sont les différentes pertes de B (présenté conventionnellement en colonne). Dans ces conditions un signe négatif éventuel signifierait une perte pour A et un gain pour B. Le problème est pour A de conquérir le plus vaste public possible le lundi à 20 h 45 et pour B d'en perdre le moins possible au profit de A.

Le responsable de la firme A a un comportement prudent, c'est-à-dire qu'il considère le responsable de B comme rationnel, cherchant à perdre le moins possible (minimisation des pertes). Il doit définir sa stratégie en fonction des réactions rationnelles qu'il anticipe de la part de l'autre joueur. Par conséquent, il sait que s'il programme du sport, il peut gagner moins 20 unités, ce qui ici signifie perdre cette somme (une unité = un million d'euros de recettes de publicité). Avec une émission de jeu, le moins qu'il puisse gagner est 25 ; avec les variétés, c'est 5, et enfin – 10 avec le film. Ces différents minima sont indiqués par un astérisque (*). Le joueur A, prudent et rationnel, cherchera à maximiser ses gains minima, et il choisira le plus grand des minima. Un tel comportement correspond à la stratégie du MAXIMIN (maximisation des minima). Ici, la stratégie maximin correspond à la programmation d'une émission de jeu (a_2) et sa valeur est de 25.

stratégies de A ↓ \ stratégies de B →	b_1 : Variétés	b_2 : Téléfilm	b_3 : Reportage
a_1 : sport	30⁺	22	– 20*
a_2 : jeu	28	25⁺*	31
a_3 : variétés	5*	20	23
a_4 : film	– 10*	24	50⁺

Le responsable de la firme B, qui est prudent et qui considère que le responsable de A est rationnel (comportement de maximisation des gains), cherchera toujours la pire des conséquences pour ses actions. Il sait qu'en programmant des variétés il peut perdre un maximum de 30, avec le téléfilm les pertes maximales sont de 25 et, avec le reportage, elles sont de 50. Ces différents maxima sont indiqués par le symbole (+) porté en haut de la valeur. Le responsable de la programmation de B, prudent et rationnel, choisira la stratégie qui minimise la perte maximale. On parle de stratégie du MINIMAX (minimiser le maximum) qui correspond ici à la stratégie téléfilm (b_2) et dont la valeur est de 25.

Ce jeu a une solution en ce sens qu'un équilibre anticipé existe, sachant que l'équilibre désigne une situation stable : aucun des joueurs n'a intérêt à adopter une autre stratégie. Et il y a équilibre lorsque le minimax est égal au maximin. Cette égalité constitue un point selle. Ici la solution du jeu est le couple (a_2, b_2). Plus généralement un jeu à somme nulle a une solution lorsque le maximum en ligne est en même temps le minimum en colonne, dans la configuration conventionnelle présentée dans cet exemple. Il n'en sera pas de même si le joueur gagnant a ses stratégies en colonnes, le joueur perdant a les siennes en lignes.

b2) Les jeux à somme non nulle.
Les jeux à somme non nulle sont ceux dans lesquels les joueurs sont tous gagnants, ou tous perdants ou encore les gains (ou les pertes) des uns sont supérieurs aux pertes (ou gains) des autres.

Ainsi la publicité faite par une entreprise pour son produit nouveau peut bénéficier à une entreprise concurrente dans la mesure où la publicité comporte une dimension générique. Les consommateurs peuvent en effet plus mémoriser la nature du produit nouveau plutôt que la marque de celui-ci. Les firmes peuvent ainsi se syndiquer pour faire de la publicité collective, lorsqu'il existe de manière évidente des économies externes – bienfaits, bénéfices, moindre dépense dus à l'action de tiers – qui suscitent le comportement de passager clandestin (profiter sans payer). Mais cette attitude de syndication, de concertation, coordination, ou encore de coopération implique l'absence de comportements individualistes de nature opportuniste. Le cas du dilemme du prisonnier illustre ce type de problème dans lequel la concertation préalable est plus avantageuse à la condition que chacun respecte la convention.

Le dilemme du prisonnier, conçu par A. W. Tucker, consiste en un jeu dans lequel deux suspects sont arrêtés séparément, après l'attaque d'une banque, et sont mis dans des cellules différentes, afin d'éviter toute communication et concertation. Les éléments du jeu sont :
– si les deux avouent le délit tout en dénonçant l'autre comme auteur principal, ils auront 5 ans de prison chacun ;
– si l'un avoue et dénonce son complice qui refuse de parler, celui qui avoue sera libéré au bout d'un an pour collaboration avec la police et la justice, et l'autre aura 20 ans de prison ;
– si aucun des deux ne parle, ils seront libérés le lendemain.

stratégies de A \ stratégies de B	B1 : Avoue et dénonce l'autre	B2 : N'avoue pas et ne dénonce pas
A1 : Avoue et dénonce l'autre	(-5 ; -5)	(-20 ; 0)
A2 : N'avoue pas et ne dénonce pas	(0 ; -20)	(0 ; 0)

Le principe de prudence dans ce jeu non coopératif conduit chacun à douter de son complice, et chacun dénoncera l'autre en espérant éviter les 20 ans de prison qui sanctionneraient celui qui n'a pas parlé. Par conséquent l'optimum correspondant au couple (A2 ; B2) n'est pas la solution du jeu, l'équilibre ici est le couple (A1 ; B1), conformément à l'application de la stratégie minimax par chacun des deux joueurs : chacun avoue de peur de faire 20 ans de prison.

Ce phénomène de *réverbération du doute* a donné lieu à de nombreuses illustrations dans différents domaines. Mais les travaux récents en *théorie des conventions* semblent indiquer que, dans la réalité, les situations susceptibles d'être interprétées selon le paradigme du dilemme du prisonnier seraient bien peu nombreuses. Même dans le cas de suspects de l'attaque d'une banque, il existerait la convention de type « omerta » (dans la mafia, tout le monde sait qu'il ne faut pas parler) : sa violation est plus coûteuse que les années de prison auxquelles on cherche à échapper. Toutefois, on sait qu'il y a eu des repentis dans la mafia qui n'ont pas respecté la convention du silence, autrement dit, « dans la vie en société, il n'existe pas d'engagement irrévocable » (I. Ekeland : « L'art de la stratégie », *Pour la science*, hors série, juillet 1999). Par conséquent, dès qu'il y a divergence entre intérêt individuel et intérêt général, le problème de la confiance dans les engagements conventionnels se posera toujours, même lorsqu'il existe des représailles, une exclusion du jeu ou encore une instance qui punit le non-respect de l'accord ou de la convention. Et dans ce cas, la possibilité pour les prisonniers de communiquer n'aboutira pas à une solution collectivement plus satisfaisante.

b3) *La notion d'équilibre de Nash.*

Dans un article de deux pages[84], qui est, semble-t-il, l'article scientifique le plus cité dans le domaine des publications scientifiques, John F. Nash, en 1950 à 22 ans, donne la démonstration de l'intérêt d'abandonner l'hypothèse du pur conflit. L'équilibre de Nash est un équilibre qui maximise les gains du joueur pour des stratégies données des autres joueurs. Cela signifie que si un joueur considère que la stratégie qu'il a choisie est la meilleure, il ne regrettera

---

84. J. F. Nash, « Équilibre dans des jeux à n-personnes », *Proceedings of the National Academy of Sciences of the USA*, n° 36, p. 48 et 49. La même année, il publie « le problème du marchandage » (*bargaining problem*) dans *Econometrica*. En 1951, « Les jeux non coopératifs » dans *Annals of Mathematics*, et enfin, en 1953, « Les jeux non coopératifs à deux personnes » dans le n° 21 de *Econometrica*. Des troubles psychiatriques apparus en 1958 mettront fin à la production scientifique de Nash.

pas son choix dans un jeu à un coup, ou bien il n'en changera pas si les autres joueurs décident de changer leur stratégie. L'équilibre du duopole de Cournot est, de ce point de vue, la parfaite illustration de l'équilibre de Nash.

Dans la figure ci-dessous, sont portés les gains de A et de B pour chacune des deux stratégies de niveau de production. Il est évident que si A choisit la stratégie A1, la firme B a intérêt à choisir B1 qui lui assure un revenu de 600, car avec B2, les gains ne sont que de 400. Si la firme B choisit la stratégie B1, la firme A a intérêt à opter pour A1 qui lui garantit un revenu de 600, contre 400 pour la stratégie A2. Le couple stratégique A1 – B1 stable est un équilibre de Nash, et ici c'est un équilibre de Cournot-Nash.

Firme A \ Firme B	Niveau de production B1	Niveau de production B2
Niveau de production A1	600, 600	1 000, 400
Niveau de production A2	400, 900	700, 700

Dans cet exemple, on voit bien que l'équilibre de Nash ne se confond pas avec l'optimum de Pareto (A2, B2), puisqu'il aboutit à une production globale des deux firmes de 1 200 au lieu de 1 400.

Mais, dans un jeu, il peut exister plusieurs équilibres de Nash. Quelle stratégie adopter dans ce cas ? La solution oblige à recourir aux croyances, aux conventions sociales dont la fonction est de réduire l'incertitude sur les choix que feront les autres joueurs. On peut aussi envisager, avec R. Selten, de simplifier le problème, en introduisant des sous-jeux pour lesquels il est plus facile de concevoir des équilibres parfaits. R. Selten[85] propose de compléter cette notion d'équilibre

---

85. R. Selten « Réexamen du concept de perfection pour les points d'équilibre dans des jeux extensifs », *The International Journal of Games Theory*, n° 4, 1975, p. 25-45.

parfait en sous-jeu par celle de la « théorie de la main tremblante » ou « théorie des équilibres séquentiellement rationnels », selon laquelle les joueurs commettent des erreurs au moment du choix de leur stratégie, mais ils ont une faible probabilité de choisir la stratégie la moins favorable.

Lorsque l'information est incomplète, J. C. Harsanyi[86] propose de la transformer en information imparfaite, comme si les décisions étaient prises simultanément. Le joueur appliquera aux stratégies des autres des probabilités établies sur la base des croyances de joueurs sur les comportements des autres. Mathématiquement, on parle de probabilités et de processus bayésiens. Le théorème de Bayes[87] s'applique aux estimations de la probabilité qu'un fait donné se produise (probabilité *a priori*) et susceptible d'être modifiée lors de la prise en considération de nouvelles données (probabilité *a posteriori*). Les croyances déterminent les probabilités a priori. Et lorsque ces croyances sont confirmées (probabilités *a priori* = probabilités *a posteriori*), il y a équilibre bayésien. Par exemple, on peut penser qu'un long blocage de la circulation par les responsables d'entreprises privées de transport, blocage préjudiciable aux autres entreprises privées de tous les secteurs, présente une faible probabilité *a priori*. Mais si cet événement se produit, la croyance que la grève n'est le fait que de salariés est à modifier. Dans ce cas les probabilités a posteriori sont différentes des probabilités *a priori*. Dans cet exemple qui correspond à un événement qui s'est produit en France en septembre 2000, les croyances des représentants du gouvernement lors des négociations ont conduit à des décisions qu'il a fallu réviser. Les automobilistes n'ont pas tous anticipé un long conflit.

La voie ouverte par J. C. Harsanyi est poursuivie par un grand nombre d'autres chercheurs, parmi lesquels on

---

86. J. C. Harsanyi, « Games with incomplete Information played by "Bayesian" Players », *Management Science*, vol. 14 : « Part I. The Basic Model », n° 3, 1967, p. 159-182 ; « Part III. The Basic Probability Distribution of the Game », n° 5, 1968, p. 320-324 ; « Part II. Bayesian Equilibrium Point », n° 7, 1968, p. 486-502.

87. Thomas Bayes (1702-1761), pasteur anglican et mathématicien.

retiendra David Marc Kreps (né en 1950) auteur, notamment, du volumineux manuel fortement formalisé « *Un cours en théorie microéconomique* » (éd. par Harvester Wheatsheaf, 1990, 850 p.). Kreps, d'abord associé à Robert Wilson en 1982 (« Réputation et information imparfaite », *Journal of Economic Theory*, 27, p. 253-279), puis dans plusieurs autres contributions personnelles (en particulier l'article « culture organisationnelle et théorie économique » en 1990), a formulé dans le langage de la théorie des jeux le phénomène de la réputation et de la confiance. Lorsque les individus ne partagent rien, ne se font pas confiance, les relations sont dans l'impasse. C'est ce qu'André Orléan appelle « l'incomplétude de la logique marchande pure » (dans *Analyse économique des conventions*, PUF, 1994). Pour sortir de l'impasse, la première solution est de passer un contrat et avec l'introduction d'un tiers (un juge et la police) qui sanctionnera son non-respect, à la condition que, d'une part, le coût d'intervention soit inférieur aux bénéfices de celui qui porte plainte et que, d'autre part, la tricherie soit démontrable avec des preuves irréfutables (condition d'observabilité et vérifiabilité de Kreps). Dans un jeu répété pour une durée indéterminée, la tricherie, donnant une mauvaise réputation, aboutit, par des mesures de rétorsion qui suivent le premier coup, à un résultat final plus faible que celui permis par un comportement loyal. Dans ces conditions, l'hypothèse d'un comportement maximisateur permet de se passer du contrat coûteux et difficile à faire appliquer : il est de l'intérêt de chacun de ne pas tricher. Mais pour envisager la coopération avec l'autre, chacun se fonde sur sa réputation qui est un « déjà là », chacun connaissant les actions passées de l'autre. Comme le souligne André Orléan, après Oliver Williamson, « la confiance n'est pas compréhensible dans un cadre de transactions strictement bilatérales. La production de la confiance implique nécessairement des médiations sociales » (« Sur le rôle respectif de la confiance et de l'intérêt dans la constitution de l'ordre marchand », dans le numéro spécial de *La Revue du Mauss*, 2e semestre 1994 ayant pour titre *À qui se fier ? Confiance, interaction et théorie des jeux*).

Si la théorie des jeux est une façon de représenter les comportements économiques de manière paradigmatique, c'est-à-dire de manière stylisée et modélisée, ce qui est un avantage des plus appréciables, elle se prête aussi dans certains cas à l'expérimentation pour tester la validité des hypothèses retenues. C'est ainsi, par exemple, que les expériences du psychologue Amos Tversky relatives au dilemme du prisonnier ont pu montrer que le pire n'est pas le choix le plus exprimé : 40 % des individus coopèrent dans un jeu à un coup, lorsqu'ils sont dans l'ignorance du choix de l'autre, alors qu'ils ne sont que 16 % à coopérer lorsqu'ils savent que l'autre a coopéré. Ainsi, la rationalité égoïste l'emporte en cas d'information parfaite sur la stratégie de l'autre, et la rationalité collective s'impose en cas d'incertitude[88].

Pour les chercheurs en *économie expérimentale*, comme le signale Stéphane Aymard (« Pour ou contre la méthode expérimentale en économie : bilan historique d'une controverse », *XIe congrès AFSE*, sept. 1994, partiellement reproduit dans *Problèmes économiques*, n° 2444-2445, 1er-8 nov., 1995), seule l'expérience permet de choisir le modèle plus performant parmi plusieurs concurrents. Bien entendu, l'expérience n'est pas toujours possible, et il faut prendre un grand nombre de précautions. Les unes sont relatives à la qualité des hypothèses (*i. e.* éviter le caractère artificiel ou irréaliste, trop simpliste) et au choix des variables explicatives. Dans ce dernier cas, les variables explicatives doivent pouvoir être modifiées, sans interférence avec d'autres variables de l'environnement ; l'expérience doit être reproduite avec les mêmes résultats par n'importe qui et en n'importe quel lieu et n'importe quel moment. Les autres concernent les biais de l'expérimentation, comme, par exemple, un comportement des participants, dans le jeu expérimental

---

88. J. P. Dupuy, « Rationalité et irrationalité des choix individuels », *Pour la science*, Hors-série « Les mathématiques sociales », juillet 1999. Dans ce même dossier, les psychologues Daniel Kahneman et Amos Tversky présentent d'autres expériences qui portent sur « la peur et le goût du risque ».

différent de celui qu'ils auraient dans la réalité. Nous en reparlerons dans l'épilogue de cet ouvrage.

C) De la théorie financière de l'efficience informationnelle des marchés à l'exubérance des marchés.

a) La théorie microéconomique est d'abord une théorie du choix et de la décision.

Elle n'est nulle part aussi explicitée que dans le domaine de la finance de marché. Celle-ci, qui se rapporte aux placements sur les marchés financiers (bourse des valeurs mobilières, marché des options), est l'objet de la *théorie du choix de portefeuille*.

Le problème du choix et de la gestion d'un portefeuille d'actifs financiers (actions et obligations principalement) revient à rechercher les actifs les plus rentables en minimisant les risques de pertes. Tel est le problème que présente Harry Markowitz (né en 1927) en 1952, à l'âge de 25 ans seulement, dans son article fondamental « Sélection de portefeuille » qui lui vaut d'être co-lauréat du prix Nobel en 1990. Il le partage avec William Sharpe et Merton Miller, pour leurs travaux qui, en allant au-delà du choix de portefeuille individuel de Markowitz, analysent le problème de l'équilibre des marchés financiers. Même si sa mise en œuvre implique une programmation mathématique, la solution au problème de Markowitz consiste simplement à diversifier son portefeuille, ce qui revient au bon vieux dicton : « il ne faut pas mettre tous ses œufs dans le même panier ». On peut gagner beaucoup en étant seul ou peu nombreux à investir dans une valeur, mais on court aussi un risque élevé de tout perdre, puisqu'il n'est pas possible d'être certain de la rentabilité. L'espérance des gains est corrélée avec le risque qui est mesuré par la variance des cours (le carré des écarts du cours par rapport à la moyenne des cours). Plus on investit dans des valeurs différentes, appartenant à des secteurs indépendants les uns des autres, plus on réduit le risque pour un niveau de rentabilité donné. Une telle préconisation repose sur l'hypothèse de l'efficience des marchés, c'est-à-dire que les cours boursiers reflètent l'intégralité des informations pertinentes (événements passés et événements anticipés) à l'évaluation des actifs financiers. L'efficience informationnelle[89] signifie que le cours actuel est à tout instant égal au juste prix, c'est-à-dire à la valeur intrinsèque ou fondamentale de l'actif. Il en résulte l'impossibilité de prévoir les variations des cours. Seuls des événements imprévisibles, donc non anticipés, peuvent faire varier les cours et cela de manière instantanée. De ce fait les gains anormaux sont soit accidentels, soit le fruit d'informations privilégiées.

LES FORMES DE L'EFFICIENCE INFORMATIONNELLE

Harry V. Roberts distingue trois niveaux d'efficience des marchés :
– la forme faible de l'efficience : les cours reflètent toute l'information contenue dans l'évolution des cours passés. Cela signifie qu'un gestionnaire ne peut pas réaliser des rendements supérieurs en se servant uniquement des données historiques d'évolution des cours des actions ;
– la forme semi-forte de l'efficience : les cours intègrent instantanément toute l'information historique (les cours passés) et toute autre information publiée (publication des bénéfices, déclaration des dividendes, prévisions des bénéfices des sociétés, modification des méthodes comptables, prise de participation, etc.). La forme semi-forte de l'efficience signifie qu'un gestionnaire ne peut pas réaliser des rendements élevés par la simple lecture des journaux et/ou l'analyse des rapports annuels des sociétés ;
– la forme forte de l'efficience : les cours reflètent l'information passée, l'information actuellement disponible au public et toute « l'information qu'une analyse fondamentale méticuleuse de la société et de l'économie permet d'obtenir » (*Principes de gestion financière des sociétés*).

Sur la base du modèle moyenne-variance de Markowitz, son étudiant William Sharpe propose un *modèle d'équilibre des actifs financiers* (*MEDAF* ou modèle d'établissement des prix des actifs financiers, dans la traduction littérale de l'expression anglaise APT). Il démontre que le rendement

---

89. Cf. encadré : Les formes de l'efficience informationnelle.

de certains actifs évolue avec le marché, plus fortement pour d'autres et moins fortement pour une troisième catégorie. Cette sensibilité du rendement d'un actif aux fluctuations du marché est mesurée par le coefficient bêta, qui détermine par conséquent la prime de risque : plus le bêta est supérieur à 1, plus le rendement doit être élevé, conformément à l'hypothèse de l'aversion à l'égard du risque[90]. Un portefeuille efficient est un portefeuille qui assure le rendement le plus élevé pour un niveau de risque donné. La diversification réduit le risque spécifique des actifs, mais ne met pas à l'abri du risque systématique ou risque de marché qui touche toutes les valeurs, ce qui peut correspondre aux fluctuations conjoncturelles économiques globales.

Les contributions distinguées de Merton Miller se situent sur un autre terrain de la finance. Elles portent sur la valeur de l'entreprise et le coût du capital et correspondent aux travaux faits avec Franco Modigliani. On les résume par les deux théorèmes dits de Modigliani-Miller, présentés pour la première fois lors d'une conférence de la réunion annuelle de la société d'économétrie en décembre 1956. Le premier théorème M & M énonce : « la valeur de toute entreprise est indépendante de la structure de son capital, et elle est donnée en capitalisant son revenu espéré au taux approprié pour sa classe »[91]. Le deuxième indique que la valeur de

---

90. La peur du risque est ce qui permet de comprendre le Paradoxe de Saint-Pétersbourg présenté par Daniel Bernoulli en 1738 : un individu préférera payer jusqu'à 500 euros un billet de loterie qui permet de gagner 1 000 euros une fois sur deux (le prix ne peut pas être supérieur à l'espérance des gains, soit le produit de la probabilité [0,5] par le montant du gain [1 000] = 500), que de jouer la même somme pour gagner 10 000 euros avec une probabilité de 0,05. Mais pour deux individus de revenus différents, le risque de perte de 500 euros n'a pas la même désutilité, ce qui peut amener l'individu au revenu élevé à acheter le billet à faible probabilité de gain, si on fait l'hypothèse que l'utilité marginale de l'argent décroît lorsque le revenu s'élève.

91. Franco Modigliani et Merton H. Miller : « Coût du capital, gestion financière et théorie de l'investissement », *AER*, vol. XLVIII, juin 1958, trad. dans F. Girault et R. Zisswiller, *Finances modernes, théorie et pratique*, t. 2, Dunod, 1973, p. 49.

l'entreprise est également indépendante du montant des dividendes distribués

Bien entendu, la théorie financière ne se limite pas à ces seuls travaux. En effet, parmi les autres contributions essentielles, reconnues d'ailleurs par le jury Nobel, il convient de citer celles de James Tobin, et dans le domaine, plus spécifique et plus technique que théorique, de la valorisation des options sur actions, les contributions de Robert C. Merton, Myron C. Scholes. C'est associé à Fisher Black (décédé en 1995) que Scholes, prix Nobel avec Merton en 1997, a conçu en 1973 la célèbre *formule Black & Scholes* de calcul de la valeur d'une option d'achat. Son champ d'application s'est largement étendu depuis, même si elle ne garantit pas le succès en gestion de portefeuille, comme semble l'avoir indiqué la banqueroute du fonds d'investissement LTCM ayant pour co-fondateurs Merton et Scholes. Le calcul rationnel n'est pas toujours de bon conseil.

b) La théorie de l'exubérance irrationnelle.

À l'opposé des économistes qui recherchent la meilleure manière de placer l'argent, on trouve Robert J. Shiller. Dans l'un de ses premiers ouvrages (*Macro Market and the New Financial Order*), il recherchait comment créer de nouveaux marchés permettant d'échapper aux risques les plus importants, notamment ceux pesant sur les revenus ou le prix du logement. Cette approche était cependant bien différente de celle des auteurs que nous avons précédemment cités. Ces derniers ne voulaient pas transformer le fonctionnement des marchés financiers mais en tirer le meilleur parti possible. Pour la plupart, ils croyaient à l'efficience informationnelle des marchés et se rattachaient à la Nouvelle économie classique (NEC). Robert J. Shiller, en proposant des innovations financières, avait dès le départ une position critique. Elle va s'accentuer lorsqu'il mettra en accusation le comportement irrationnel des marchés financiers dans son ouvrage sur l'*Exubérance irrationnelle* paru en 2000[92]. Il n'était pas

---

92. Hendaye, Valor.

le premier à employer cette expression. Alan Greenspan, président de la Réserve fédérale, l'avait utilisée en 1996 en s'inquiétant d'envolées sans raison des cours des actions. En fait, cette déclaration était issue d'une rencontre avec R. J. Shiller qui avait insisté sur le caractère irrationnel des marchés financiers. Elle provoqua un trou d'air à la Bourse de Tokyo et eut un retentissement sur l'ensemble des marchés financiers. R. J. Shiller reprendra l'expression en 2003 dans un article écrit avec Karl Case. En 2005, la deuxième édition de son ouvrage précisera les conséquences de cette exubérance puis, dans *The Subprimes Solution*, il analysera les facteurs qui permettent la formation des bulles spéculatives et le développement des innovations financières. Son approche fortement marquée par la psychologie s'appuie sur des études empiriques de nature économétrique. Elles compilent des données relatives aux variations du prix des actifs sur une centaine d'années et tranchent avec les démarches purement théoriques de la Nouvelle économie classique (NEC). Associé à Akerlof, il retrouve même les bases de l'économie comportementale, selon laquelle l'*Homo œconomicus* néoclassique, si tant est qu'il ait existé, est certainement mort. L'économie comportementale apparaît en creux en accordant, comme chez John Maynard Keynes, une place essentielle aux esprits animaux dans les décisions financières. La démarche de Shiller n'est cependant pas purement contemplative. Il a fondé avec Case et Weiss l'entreprise qui porte leur nom et qui produit des indices d'évolution du prix de l'immobilier aux États-Unis (l'indice Case-Shiller est diffusé par l'agence Standard & Poor's).

Sans encore véritablement déboucher sur une véritable prévision des marchés boursiers, le mathématicien Benoît Mandelbrot[93] sera, en 1961, l'auteur d'un modèle d'évolution des cours de la Bourse basé sur la géométrie fractale. Ce mathématicien s'est intéressé aux phénomènes qui ont un aspect et un développement irréguliers (par exemple les racines d'un arbre, les alvéoles pulmonaires, les nuages ou encore les

---

93. Voir encadré, p. 310.

flocons de neige). En 1961, il va appliquer son approche aux cours boursiers où périodes de hausses et de baisses, variations régulières ou irrégulières se succèdent de manière en apparence aléatoire et où les variations d'un jour semblent parfois ne pas avoir de liaison avec celles du lendemain. L'approche « standard » de ces irrégularités consiste à utiliser les lois de probabilité. Selon ces lois, si on lance une pièce de monnaie en l'air, on a peu de chance de la voir 100 fois de suite tomber du côté face. Pour les variations d'un cours, les études initiées par Louis Bachelier en 1900 montrent que les variations en apparence browniennes[94] s'organisent comme une courbe de Gauss. Le plus grand nombre d'entre elles se situent autour de la moyenne et, au fur et à mesure que l'on s'éloigne de cette moyenne, il y a de moins en moins de cas tant à droite qu'à gauche. Mandelbrot constate que la courbe de Gauss (en forme de cloche) n'est vérifiée ni sur les marchés financiers (la Bourse des valeurs mobilières), ni sur le marché du coton. Mandelbrot montre alors que contrairement à cette approche standard les aléas peuvent se cumuler, ce qu'il expose discrètement en 1973 dans un article intitulé « Formes nouvelles du hasard dans les sciences » dans la revue de François Perroux *Économie appliquée*.

D'abord admise, on considéra par la suite cette approche comme trop complexe. Elle redevint d'actualité à la fin des années 1990 quand les turbulences des marchés s'amplifièrent. En 2005, Mandelbrot publia, avec Richard Hudson, *Une approche fractale des marchés : risquer, perdre, gagner*[95], dans lequel il dénonce les outils mathématiques de la finance parce qu'il les juge inadaptés. Contrairement aux démarches standards, il montre que si le pire n'est jamais sûr quand il survient, il est pire que ce qu'on avait imaginé. Cette même année, il demanda, sans succès, que les banques et les grandes institutions financières consacrent une petite partie de leur budget à la recherche fondamentale.

---

94. Voir encadré, p. 310.
95. Odile Jacob.

BENOÎT MANDELBROT (1924-2010)

Polonais d'origine, émigré en France pour fuir le nazisme, étudiant à Tulle puis au lycée du Parc à Lyon, à l'École polytechnique et, après un va-et-vient entre la France et les États-Unis, où il finit par s'installer, Benoît Mandelbrot a apporté des contributions majeures aux théories de l'information (généralisation de la loi de Zipf), dont les retombées en économie sont non négligeables pour comprendre les crises financières. C'est dans la revue de François Perroux, *Économie appliquée* qu'il publie « Formes nouvelles du hasard dans les sciences ». Dans cet article, il expose par des cas variés que la loi des grands nombres, est le plus souvent inutile, que la courbe gausso-brownienne est tout bonnement fausse. Le normal pose moins de problème que le pathologique qui se trouve en masse aux extrêmes. Dans ce cas, il faut alors accepter d'utiliser les lois fractales qui, en simplifiant, signifient que les événements extrêmes ont une probabilité plus forte que la normale, et que les événements successifs modifient de manière permanente la moyenne des phénomènes observés.

LE MOUVEMENT BROWNIEN

L'expression « mouvement brownien » vient du nom du botaniste britannique Robert Brown. En 1820, il a observé que des particules de pollen en suspension dans l'eau semblaient se déplacer dans tous les sens. En fait, les grains de pollen ne font que bouger autour de leur position de départ, et l'ensemble des déplacements fluctue autour d'une sorte de moyenne. C'est l'hypothèse retenue par Bachelier et qui constitue la base du modèle de Black & Scholes dont les auteurs, rejoints, par Merton ont été couronnés par un prix Nobel en économie, alors que la société LTCM qu'ils ont créée en 1994 pour gérer des fonds d'investissement spéculatifs connaissait une faillite retentissante quelques années plus tard (en 2000).

c) La finance comportementale ou les limites de la rationalité financière

La théorie des perspectives est à l'origine de la finance comportementale, due à Kahneman et Tversky[96]. Elle part de l'aversion des acteurs pour la perte et de l'irrationalité de leurs comportements. L'*Homo œconomicus* qui n'a jamais existé est alors le plus mauvais modèle pour comprendre la réalité. Ainsi, après avoir observé une hausse des actifs la peur de voir advenir un retournement du prix conduit le détenteur d'un actif financier à vendre celui-ci, alors que la hausse de son prix a des causes objectives. Et, en cas de pertes importantes, le détenteur de l'actif préfère garder le titre dévalorisé au cas où, un jour ou l'autre, le prix se remettrait à monter, alors même que des raisons objectives déterminent la baisse de cet actif. Kahneman et Tversky parlent dans ces cas de biais cognitifs. Ils mettent aussi en évidence l'existence d'un bais émotionnel : on ne se sépare pas facilement d'un bien auquel on est habitué. Ces deux biais peuvent expliquer les phénomènes de sous-réaction des prix sur les marchés, malgré des données objectives qui devraient engendrer une forte baisse des prix.

---

96. Daniel Kahneman et Amos Tversky, « Prospect Theory : An Analysis of Decision under Risk », *Econometrica*, XLVII, p. 263-291. Kahneman a reçu le prix Nobel en 2002.

MATHÉMATIQUES ET SCIENCE ÉCONOMIQUE[1]

En économie, il y a bien des manières de se servir des mathématiques. L'établissement de statistiques est la plus connue et la plus ancienne, elle existait déjà du temps des pharaons et de l'Empire romain ; on la retrouve également en Chine et dans le royaume Inca. Aujourd'hui, grâce à l'informatique, les méthodes statistiques se sont considérablement enrichies. Toutefois, il est important de se rappeler que les statistiques, comme toute utilisation des mathématiques dans l'économie, sont d'abord un construit qui dépend à la fois de ce que l'on recherche et de l'endroit d'où l'économie est observée.

L'utilisation des mathématiques pour comprendre comment fonctionne l'économie est beaucoup plus récente. Son principal précurseur est William Petty (1627-1687). Ce mercantiliste est considéré comme le père de l'économétrie. Au sens large, celle-ci correspond à toute application des mathématiques au traitement des statistiques et à l'étude de la vie économique. William Petty, sous l'influence de Francis Bacon qui préconise la rigueur mathématique pour toute science, prône l'usage du calcul pour rationaliser l'action publique. Il veut élaborer une « arithmétique politique » afin d'utiliser les statistiques dans la gestion publique. Sous l'influence de Thomas Hobbes, le théoricien de l'État gendarme dans le *Léviathan* (1651)[2], il optera pour le libéralisme philosophique, l'ordre naturel, car il pense que les lois naturelles sont supérieures aux lois positives, tout en étant pourtant, dans son opuscule *Traité des taxes et contributions* (1662), un ardent défenseur de la croissance des dépenses sociales de l'État en faveur des pauvres. Dans *Verbum Sapienti* (1691, un addendum à l'*Anatomie politique de l'Irlande*), il calcule le revenu par habitant en Angleterre. Il établit un premier circuit de l'économie considéré comme une tentative de comptabilité nationale avant la lettre, que développera Quesnay en 1758 dans une toute autre optique. Il expose, dans l'*Arithmétique politique*, le phénomène d'économie d'échelle et, sous forme d'une suite, le multiplicateur des dépenses.

---

1. Nous avons déjà évoqué les modèles économiques à propos du déploiement des keynésiens. Nous reviendrons sur ce sujet dans la troisième partie à propos de l'approche systémique de l'économie. Dans cet encadré, il nous a semblé bon pour éclairer les débats suscités par la Nouvelle économie classique (NEC) de faire un propos d'étape sur l'utilisation des mathématiques dans la science économique.

2. Le titre complet est *Léviathan, ou Traité de la matière, de la forme et du pouvoir d'une république ecclésiastique et civile*.

Ainsi s'ouvrit la voie de la construction de modèles économiques à partir de représentations simplifiées du fonctionnement de l'économie, grâce à l'utilisation des mathématiques.

– Certains modèles sont prévisionnels. Ils cherchent à imiter le fonctionnement réel de l'économie afin d'améliorer la prévision économique et de comprendre les conséquences concrètes de certains choix politiques ou aléas. Ces modèles s'appuient sur des séries statistiques et l'établissement de relations plus ou moins empiriques entre elles. Elles proviennent en effet de relations statistiques constatées ou dérivent d'élaborations théoriques. De toute façon, pour être prise en compte, une relation doit être économiquement justifiée par une théorie, une approche purement empirique risquerait d'aboutir à des conclusions abusives. La théorie oriente la recherche et la prise en compte des relations. De tels modèles font mieux comprendre ce qui risque de se passer si tel ou tel événement se produit.

Le premier modèle structurel économétrique de ce type a été construit par Jan Tinbergen (1939) pour analyser les fluctuations de l'activité économique[3]. Il sera imité par un grand nombre d'autres dont celui de Lawrence Robert Klein associé à Arthur Stanley Goldberger (1930-2009). Conçu à l'université du Michigan, il portait sur l'économie américaine pour la période 1929-1952[4]. Le modèle de Klein-Goldberger a suscité une abondante littérature et il a servi de prototype au keynésien et prix Nobel Lawrence Klein pour construire des modèles pour d'autres pays (Royaume-Uni, Japon). Grâce aux progrès de l'informatique, les modèles ont été complexifiés par la prise en compte d'un plus grand nombre de variables que dans les premiers modèles. Pour vérifier la solidité de ces modèles, on les applique à la situation passée et on en modifie la structure jusqu'au moment où le modèle aboutit à restituer le plus exactement possible les évolutions passées. On peut, bien entendu, appliquer cette démarche à tous les secteurs de la vie économique. Le choix des événements dont on désire comprendre les conséquences est déterminant. Au début des années 1970, à la demande du gouvernement, on examina, grâce au modèle Fi-Fi (pour « physico-financier ») de l'économie française, les conséquences de plusieurs centaines d'événements possibles. Le

---

3. Jan Tinbergen, *Business Cycles in the United States, 1919-1932*, Genève, Société des nations, 1939, réimprimé en 1968.
4. Lawrence G. Klein, Arthur Stanley Goldberger, *An Econometric Model of the United States,* 1929-1952, Amsterdam, North Holland Publishing Company., 1955. Le modèle de Klein-Goldberger comportait 15 équations fondamentales, toutes linéaires, 20 variables endogènes (expliquées) et 18 variables exogènes.

seul qui ne fut pas pris en compte était la hausse du prix du pétrole. Ce type de modèle économique est de plus en plus perfectionné. Ainsi le modèle DMS[5] (Dynamique multi-sectoriel) qui succéda au modèle Fi-Fi avec 1900 équations et une possibilité d'entrer 400 variables exogènes permet de suivre le cheminement à court et moyen termes dans les grands secteurs de l'économie. Toutefois il faut toujours se rappeler qu'une prévision n'est pas une prédiction, et il n'y aura jamais de politique presse-bouton. Un modèle prévisionnel permet d'éclairer les choix du politique mais ne peut pas le remplacer. Il en va de même pour les modèles dans le domaine de la gestion des entreprises.

– Les modèles justificatifs de théories économiques ont un tout autre objectif que les modèles prévisionnels. Ils veulent mathématiquement vérifier le bien-fondé de l'élaboration théorique en lui donnant grâce aux mathématiques et notamment à l'algèbre un fondement scientifique plus solide que la démonstration littéraire des grands classiques. Dès l'époque de l'économie classique, des économistes ont introduit l'usage des mathématiques pour étayer leur raisonnement. Ainsi, en 1838, Augustin Cournot dans son livre *Recherche sur les principes mathématiques de la théorie des richesses* établit les équations et les courbes de l'offre et de la demande en fonctions des prix, formalise des situations d'équilibre pour différentes structures de marché (monopole, duopole, concurrence). La plupart des économistes de cette époque, notamment en France, se refusent cependant à l'application des mathématiques à l'économie ; selon eux, il n'existerait pas de lois économiques semblables à celles qui existent en physique. Mais les schémas de reproduction dans *Le Capital* de Karl Marx sont déjà un système d'équations interdépendantes, relativement sophistiquées, qui permettent d'expliquer le processus d'accumulation capitaliste. De son côté le modèle deux pays, deux produits, deux facteurs de David Ricardo permet de justifier le libre-échange par la théorie des avantages comparatifs.

C'est avec l'apparition du marginalisme walrassien et anglais que les modèles justificatifs plus complexes vont s'imposer. William Stanley Jevons[6] en rompant avec les classiques affirme même que la science économique est de caractère purement mathématique. La plupart des néoclassiques ne prétendent pas décrire la réalité économique ni élaborer un modèle prévisionnel de l'évolution économique. Leur construction théorique leur permet de juger la réalité observée. Comme nous l'avons vu, Lucas et les théoriciens de la nouvelle

---

5. Cf. p. 539.
6. Cf. p. 673.

économie classique abandonnent la microéconomie néoclassique et recherchent la preuve mathématique de la politique économique qu'ils proposent et notamment la justification de la non-intervention de l'État. Ils mettent les démonstrations mathématiques au service de leurs choix idéologiques. Leurs élégantes démonstrations de l'efficience des marchés n'ont pas résisté à la crise, mais elles ont ouvert la voie à l'utilisation pernicieuse des mathématiques.

Derrière les modèles économiques prévisionnels ou justificatifs, on trouve bien entendu des mathématiciens. Ils ont aussi permis la généralisation du calcul économique. En France, comme nous l'avons vu, les ingénieurs économistes[7] issus des grandes écoles l'ont promu dès le début du XIX^esiècle. En fait, ils héritaient des méthodes issues des travaux de l'école des Ponts et Chaussées en 1746. Jules Dupuit (1804-1866), polytechnicien qui intégra le corps des Ponts et Chaussées fut le premier à systématiser le calcul économique. En 1844, il établit une courbe d'utilité marginale décroissante des péages. Il fit des recherches sur les taux d'imposition optimaux, il sera en partie à l'origine de la démarche avantage/coût et de la RCB (Rationalisation des choix budgétaires). Aujourd'hui, le calcul économique a pris dans tous les domaines une importance primordiale, mais c'est sans doute dans le calcul boursier qu'il s'est le plus épanoui. On retrouve des mathématiciens et notamment des ingénieurs économistes français issus des grandes écoles françaises dans la mise au point de programmes permettant de réagir automatiquement à l'évolution des valeurs et en particulier des produits dérivés. La rapidité de réaction est si grande qu'ils peuvent provoquer des achats et des ventes intempestives. En s'auto-entretenant, ils risquent d'aboutir à des catastrophes ; pour les éviter, une solution : arrêter leur fonctionnement et rendre le pouvoir aux hommes.

On retrouve aussi des mathématiciens et des ingénieurs économistes dans la mise au point de la titrisation des *subprimes* ou encore de formules complexes telles les CDO (*Collateralized Debt Obligations*, « Obligations adossées à des actifs ») qui ont facilité l'endettement public explosif de la Grèce.

Les mathématiques sont des outils puissants, encore faut-il les utiliser à bon escient.

---

7. Cf. p. 250.

TROISIÈME PARTIE

L'économie selon les disciples orthodoxes de Karl Marx

Qui était Karl Marx ? (1818-1883)

Karl Marx se situe au confluent de plusieurs traditions. Il est né à Trèves, dans un pays catholique. Sa famille, israélite, s'est convertie, pour des raisons socio-économiques, à la religion luthérienne. Il vit d'abord en Rhénanie, où se fait fortement sentir l'influence de la Révolution française. Il fait ses études à Berlin où domine la pensée des philosophes allemands. Il s'exile en Grande-Bretagne, où s'achève la révolution industrielle et où monte le prolétariat.

C'est un économiste, mais il est d'abord philosophe et ne cesse d'être un agitateur politique, un révolutionnaire professionnel souvent poursuivi par la police, souvent en conflit avec les autres membres de son mouvement.

À Bonn, il commence des études de droit et s'inscrit aussi à des cours d'esthétique et de littérature. À partir de 1837, il poursuit ses études juridiques à Berlin, où il a pour maîtres des disciples de Hegel. Tout naturellement, il passe alors du droit à la philosophie, et prépare une thèse sur Démocrite et… Épicure. À l'époque, il se lie à « la gauche hégélienne » et est influencé par la pensée de L. Feuerbach. De Hegel, il retiendra la dialectique, de Feuerbach, le matérialisme et sa conception de l'aliénation. Dès cette époque, il milite contre le pouvoir en place (l'État prussien) et prône le libéralisme politique. La police le repère, et il doit abandonner ses ambitions professionnelles.

Le voilà de retour à Bonn, en juillet 1841. Il se lance dans le journalisme. Après une tentative avortée de fonder, avec B. Bauer et L. Feuerbach, les Archives de l'athéisme, il entre, en février 1842, à la Gazette rhénane, *fondée à Cologne le premier janvier de la même année. Ce journal est en fait l'organe de la bourgeoisie financière, commerçante et industrielle opposée aux propriétaires fonciers et à l'État prussien. Marx en devient le rédacteur en chef et développe rapidement son audience grâce à des positions libérales, mais opposées au radicalisme des jeunes hégéliens. Marx sera accusé par ces derniers d'opportunisme.*

La souplesse de Marx n'empêchera pas l'interdiction de la Gazette rhénane, *sous la pression du tsar, qui n'aurait pas aimé les critiques à l'égard de sa politique et de son absolutisme. Cependant, le gouvernement prussien, qui avait apprécié le talent du jeune rédacteur en chef, fait à Marx des propositions. Marx refuse, et préfère, en octobre 1843, s'exiler en France. Il part avec sa jeune épouse, Jenny von Westphalen, fille d'aristocrates, qui est presque son antithèse.*

À Paris, il prend contact avec un tout autre milieu que celui de la Rhénanie. Le prolétariat y est important, les idées socialistes et communistes s'y diffusent, l'agitation politique y est permanente. Marx y fait paraître l'unique numéro des Annales franco-allemandes *avec deux articles :* « À propos de la question juive » *et* « Contribution à la critique de la philosophie du droit ». *Il poursuit l'approfondissement de sa pensée philosophique. Il écrit les* Manuscrits économiques et philosophiques de 1844, *qui ne seront publiés qu'en... 1932. Il parle d'aliénation, mais pas encore d'exploitation ; il passe de la philosophie à l'économie. (Nous reviendrons, dans le chapitre huit, sur la rupture de 1844, mise en lumière par le philosophe français Althusser.)*

En fait, à partir de cette époque, Marx se rapproche du communisme et adhère à la cause du prolétariat. Il vit dans la même maison qu'un des dirigeants allemands de la Ligue des justes[1], *fréquente le poète H. Heine, auteur du* « Chant des pauvres tisserands », *rencontre des membres de*

---

1. Société secrète communiste.

sociétés secrètes françaises. À nouveau, le voici en butte à la police. En janvier 1845, sous la pression de la Prusse, le gouvernement de Guizot l'expulse. Il part pour Bruxelles. Il y retrouve F. Engels ; c'est le début d'une amitié qui jamais ne faillira.

F. Engels est le fils d'un industriel allemand et s'occupe plus spécialement de la filiale britannique de la société familiale. Placé directement dans l'industrie, il fera bien comprendre à Marx la situation réelle du prolétariat. En avril, Engels et Marx partent faire un voyage d'études en Angleterre ; ils y demeurent jusqu'en août. À Londres, Engels fait rencontrer Marx et W. Wething de la Ligue des justes, fondateur d'un communisme populaire, révolutionnaire et maçonnique. En fait, c'est moins le théoricien que le militant que vont voir Marx et Engels.

Avec son retour à Bruxelles en septembre 1845, et jusqu'en 1848, commence pour Marx une longue période d'accumulation d'études théoriques économiques. Il écrit de nombreux manuscrits, élaborant peu à peu ce qui deviendra le « marxisme ». En 1847, paraît Misère de la philosophie, *pamphlet ironique réfutant les thèses de Proudhon publiées dans* Philosophie de la misère. *C'est un des ouvrages les plus clairs de Marx. Il contient l'essentiel de sa vision économique. Le socialisme de Marx s'affirme « scientifique ».*

Marx acquiert à cette époque un grand prestige. La Ligue des justes, qui se transforme en Ligue des communistes, l'invite à participer à sa réorganisation. Marx, faute d'argent, ne peut aller à Londres à son premier congrès. Seul, Engels y participe. Il est chargé avec Marx de préparer ce qui allait devenir le Manifeste du Parti communiste *de 1848.*

Le texte est publié en février. En mars, le gouvernement provisoire de la République française l'invite à revenir en France. « La tyrannie vous avait banni, la libre France vous ouvre ses portes. » Mais le mouvement révolutionnaire s'éteint. Marx repart en Allemagne et, pour quelques mois, s'installe à Cologne, le temps d'entrer en conflit avec la ligue communiste locale, d'adhérer à une société secrète et de se faire poursuivre par la police. Sans moyens d'existence, il se retrouve à Paris en juin 1849 et, en août 1849, part pour la Grande-Bretagne.

Il va y vivre chichement grâce à sa collaboration à divers journaux, notamment au New York Tribune *(inspiré par le socialisme utopique du Français Fourier). Il a un petit emploi de bureau au British Museum. Il emprunte de l'argent à Engels, postule un emploi dans une société de chemins de fer, y est refusé pour mauvaise… écriture. Sa situation ne s'améliorera qu'en 1864, avec l'héritage de sa mère, et surtout après 1869, lorsque Engels, après avoir vendu sa part dans l'entreprise familiale, vivra de ses rentes et servira à Marx une petite pension.*

La précarité de sa situation ne l'empêche, cependant, ni d'écrire, ni surtout de militer.

Peu à peu, il élabore ce qui devait devenir son œuvre maîtresse : Le Capital. *En 1857, il conçoit une première introduction générale, qu'il laisse inédite[2] ; en 1859, c'est* Critique de l'économie politique, *de toute évidence éditée à Berlin. Il annonce son œuvre maîtresse. En fait, ce livre a peu d'écho, même chez ses amis. Il faudra attendre 1867 pour qu'éclate, avec la publication du livre I du* Capital, *le génie marxiste. Seul, le livre I sera publié de son vivant. Engels publiera le livre II en 1885, et le livre III en 1894. C'est Kautsky qui publiera, entre 1905 et 1910, les éléments du livre IV.*

Une grande partie des écrits de Marx reste enfouie dans deux énormes fonds, l'un à l'Institut d'histoire internationale d'Armsterdam, l'autre à l'Institut marxiste-léniniste de Moscou. Ce sont ses disciples, et surtout F. Engels, qui ont choisi ce qui était publiable, en systématisant au passage sa pensée.

Ses activités révolutionnaires, parfois la misère, puis la maladie n'ont pas permis à Karl Marx de donner à son œuvre une forme définitive. Jenny devra un jour emprunter

---

2. Publiée par K. Kautsky, en 1903. Elle est suivie d'un autre travail de préparation, *Critique de l'économie politique*, connu sous le nom de *Grundrisse* (fondements) et publié en 1939.

pour acheter le cercueil d'un de ses enfants. Une furonculose chronique fait horriblement souffrir Marx : « J'espère que la bourgeoisie aura quelque raison de se rappeler mes furoncles. »

Cependant, il milite et polémique. En 1864, il participe à la fondation de la Première Internationale ouvrière. Il s'y oppose violemment à Bakounine, puis participe à sa dissolution progressive, en 1872. Au fur et à mesure qu'il vieillit, Marx devient de plus en plus intolérant. Il ne cesse d'attaquer les autres socialistes, s'en prend à ses propres partisans, condamne les premiers sociaux-démocrates. Le « Je ne suis pas marxiste » des dernières années de sa vie n'a pas fini d'interpeller l'histoire.

En fait, dès 1873, Marx s'est retiré de la vie publique. C'est Engels qui propage les idées de Marx. Jenny meurt en 1881. Trop malade, Marx ne peut aller à son enterrement. Il décède à son tour, en 1883, d'un abcès au poumon. Le marxisme commence ; il s'unira, au début du XXe siècle, au léninisme.

7. Le fonctionnement de l'économie et l'explication du chômage par les disciples orthodoxes de Karl Marx

Exposer le point de vue marxiste est quelque peu embarrassant. Il n'y a pas un marxisme mais des marxismes. Certains marxistes s'accusent mutuellement de « révisionnisme » et de « déviationnisme ». Bien plus, une grande partie des économistes contemporains sont influencés par le marxisme. Il y a des néokeynésiens néomarxistes et des néoricardiens qui réhabilitent la valeur-travail. À côté du marxisme savant, tant des économistes que des sociologues ou des philosophes, il existe un marxisme simplifié et populaire, certains diraient vulgaire. Il envahit la grande presse, les discours politiques et les... sermons du dimanche. On a bien le droit de s'y perdre un peu. R. Fossaert qui a élaboré une théorie de la société en reprenant la conceptualisation marxiste, a dénombré, sur le seul concept de « mode de production », quatre interprétations divergentes chez les seuls marxistes français contemporains.

Afin de simplifier notre propos, nous nous référons dans ce chapitre aux économistes français proches du Parti communiste. Leurs deux chefs de file furent Paul Boccara et Philippe Herzog qui a depuis rompu avec le Parti communiste. On retrouve chez eux une approche assez voisine de celle de G. Kozlov, économiste soviétique, auteur d'un ouvrage sur le capitalisme paru aux éditions du Progrès, de Moscou. Autour d'eux s'est constitué un ensemble d'auteurs que l'on pourrait appeler l'École française du *capitalisme monopoliste d'État*. Sans se confondre avec cette école, mais parfois assez proche d'elle, nous trouvons aussi certains *radicaux américains,* ou encore certains économistes français qui ont étudié la suraccumulation. Parmi eux, citons Michel Aglietta et Gérard Dumesnil[1]. Toutefois, l'analyse développée par Aglietta pour comprendre le mode de régulation de l'économie américaine, sans ignorer Marx, est devenue celle d'un hérétique « à la Schumpeter ».

1. Le capitalisme de crise en crise

Les keynésiens décrivent le fonctionnement de l'économie en termes de circuit ; les smithiens, au travers des mécanismes du marché ; les marxistes, à partir du jeu des contradictions qui, de crise en crise, mèneront le capitalisme à sa perte.

Pour les marxistes, la crise n'est pas, en effet, un accident du capitalisme : c'est l'élément essentiel de sa régulation. Grâce à la crise, le capitalisme résout, provisoirement, ses contradictions.

Toutefois, la crise n'apporte au capitalisme qu'un répit. Tôt ou tard, à l'occasion d'une crise, sous la pression du prolétariat, on assistera à l'effondrement général du capitalisme, car :

1. Le développement capitaliste est miné par une contradiction fondamentale ;

2. Les capitalistes sont en mesure de s'emparer de la plus-value ;

3. Mais, en recherchant par tous les moyens le profit, ils perdent de vue son origine, et s'engagent dans des impasses ;

4. La crise devient alors une nécessité : c'est elle qui permet le rétablissement du taux de profit.

---

1. Cf. *Le Concept de loi économique dans* Le Capital, F. Maspero, 1977 ; *La Finance capitaliste*, codirection avec Dominique Lévy, PUF, « Actuel Marx, Confrontation », 2006.

1. La contradiction fondamentale du développement capitaliste.

Lorsqu'un producteur fabrique une marchandise destinée à la vente, et non à son propre usage, il peut y avoir rupture entre *la valeur d'usage* (utilité reconnue) de cette marchandise et *sa valeur d'échange* (mesurée par le travail socialement nécessaire à sa production[2]). Ce risque n'existait pas quand chacun fabriquait les biens qui lui étaient nécessaires. Dans une économie d'échange, si le producteur ne vend pas la marchandise produite, le *travail concret* qui a permis de la fabriquer ne se transforme pas en *travail abstrait*[3], mesure de la valeur des choses.

Par sa seule existence, l'échange monétaire rend donc la crise possible.

Avec le capitalisme, cette possibilité grandit. La propriété privée des biens de production décime les producteurs et confère à toute la production un caractère privé. Chaque producteur agit en fonction de son intérêt, sans reconnaissance préalable des besoins de la société. *Le caractère social* du travail, c'est-à-dire l'interdépendance croissante des activités, par suite de la division des tâches et de l'allongement du processus de production, est oublié jusqu'au moment de la vente des marchandises. Il y a contradiction croissante entre la socialisation de la production et l'appropriation privée des biens de production.

---

2. Le *travail socialement nécessaire* est le travail dépensé en moyenne dans une société pour obtenir un bien donné, et non le travail dépensé pont obtenir ce bien dans une entreprise particulière.

3. Le *travail abstrait* est une notion qui vient de la transformation du travail concret, de qualité variable, en travail ordinaire non qualifié, afin de mesurer sa valeur. Le travail complexe concret n'est alors qu'un multiple de travail simple. En clair, cela signifie que dix heures de travail qualifié peuvent être données comme l'équivalent de vingt heures de travail simple. S'il faut à la fois dix heures de travail qualifié et dix heures de travail non qualifié, le travail nécessaire sera égal à trente heures de travail abstrait.

Au fur et à mesure que le progrès technique accentue la socialisation de la production, le développement antagoniste de la production se renforce, et le risque de crise augmente.

Nous analyserons plus longuement dans un autre chapitre la signification méthodologique de cette contradiction fondamentale.

2. La confiscation de la plus-value.

L'essence même du capitalisme est l'exploitation de la force de travail par le capital, dont la propriété appartient aux capitalistes.

1. La force de travail nécessaire à la production d'un bien a une particularité fondamentale : elle peut apporter à la production plus que sa propre valeur, c'est-à-dire son coût de production et de reproduction ; ainsi apparaît une plus-value.

2. Avec la naissance du mode capitaliste de production, trois évolutions ont lieu :

— Ne possédant pas les moyens de production, *les ouvriers doivent vendre leur force de travail, qui est leur seule richesse, à ceux qui possèdent ces moyens.*

— L'économie monétaire se généralise, la division extrême du travail et la coupure travail-capital ne limitent plus les échanges monétaires à la vente des surplus. C'est l'ensemble de la production qui est monétarisé.

— *Les ouvriers subissent une contrainte au surtravail.* Ils doivent travailler au-delà de ce qui leur serait nécessaire pour vivre. Le capitalisme promeut une production massive, de nouveaux besoins et de nouveaux biens. Chacun veut travailler plus pour profiter des nouveaux biens.

Au total, les relations « du maître des conditions de travail » avec les travailleurs vont devenir de pures relations de vente. *Le mode de production capitaliste transforme le travail en marchandise.*

3. Or la valeur d'échange d'une marchandise tend toujours à être ramenée à son coût de reproduction (dans notre cas,

au temps de travail socialement nécessaire pour permettre à un ouvrier de vivre et de se reproduire). La concurrence et les mécanismes de l'économie de marché expliquent cette tendance.

DE QUELQUES DÉFINITIONS NÉCESSAIRES POUR LA SUITE

Commençons par quelques définitions de base d'une approche marxiste :

Le taux de plus-value (PLV/V) est le rapport entre la plus-value et le montant des sommes engagées pour acheter la force de travail nécessaire, en d'autres termes, le capital variable V. Ce capital est dit variable, car la force de travail apporte à la production plus que la valeur à laquelle elle est achetée (valeur d'échange).

Le taux de profit est le rapport entre la plus-value et les sommes engagées dans la production. En d'autres termes, c'est le rapport entre la plus-value et le capital engagé, somme à la fois du capital variable (V) et du capital constant (C).

Le capital constant (C) représente les sommes nécessaires, d'une part à l'achat de fournitures diverses, de matières premières, d'énergie, etc., et, d'autre part, à l'amortissement du capital fixe.

La composition organique du capital est le rapport C/V entre le capital constant et le capital variable.

1. Il ne faut pas confondre *capital variable* et *capital constant* avec les notions de *capital circulant* et de *capital fixe*. Ces deux dernières notions désignent les catégories de biens nécessaires à la production.

– Le *capital circulant* regroupe toutes les matières premières, fournitures diverses et sources d'énergie qui vont disparaître (circuler) dans le processus de production et être en quelque sorte intégrées aux produits fabriqués.

– Le *capital fixe* regroupe les machines, installations diverses et équipements de transport qui servent à plusieurs cycles de production et ne « s'usent » que lentement.

– Le *capital constant* des marxistes représente les sommes nécessaires à l'achat du capital circulant et à l'amortissement du capital fixe.

– Le *capital variable* représente les sommes consacrées au paiement du travail (les marxistes parlent de la *force de travail*).

4. Dans ces conditions, les capitalistes vont pouvoir s'emparer de la plus-value[4]. C'est la plus-value qui permet le profit.

3. Les capitalistes aveuglés par la recherche du profit.

Malheureusement pour eux, les capitalistes ne peuvent pas se rendre compte de la liaison entre profit et plus-value. La concurrence amène, en effet, une égalisation des taux de profit.

Prenons un exemple. Supposons que, dans une branche, la composition organique du capital permette de substantiels profits. Les capitalistes, à l'affût de gains toujours plus élevés, vont affluer. Ils vont produire au-delà de ce qui est demandé. La mévente éclatera. Une partie du travail *privé* ne se réalisera pas en travail *social*. Les prix baisseront, et les capitalistes ne pourront pas récupérer la totalité de la plus-value. Le taux de profit réel faiblira. En revanche, si, au départ, la composition organique du capital ne permet qu'un taux de profit plus faible que dans les autres branches, les capitalistes chercheront à investir ailleurs, des pénuries apparaîtront, les prix s'élèveront, la plus-value réellement réalisée augmentera, le taux de profit s'élèvera.

Cette égalisation des taux de profit incite les capitalistes à une erreur très grave : ne percevant pas le rôle de la composition organique du capital, ils vont tenter d'accroître le profit en engageant plus de capital pour accroître la productivité du travail et maximiser la plus-value relative.

Pour extorquer la plus-value, les capitalistes peuvent agir de différentes manières. Lorsqu'ils prolongent la journée de travail, ils augmentent *la plus-value absolue*. Lorsqu'ils tentent de faire produire plus avec une durée identique de temps (ce qui revient à augmenter la productivité du travail),

---

4. Nous gardons ce terme popularisé par la première traduction du *Capital* (revue par Marx), de préférence à la « survaleur » que lui préfèrent certains auteurs actuels.

ils élèvent *la plus-value relative*. Or l'égalisation des taux de profit les incite à agir de la sorte. Ce faisant, ils modifient la composition organique du capital.

Cette modification de la composition organique du capital va progressivement entraîner une baisse générale des taux de profit.

En effet, la part de *capital constant* sera de plus en plus grande, et celle de *capital variable,* seule source de plus-value, sera moindre. Tôt ou tard, l'accroissement de la plus-value relative ne permettra plus le maintien du taux de profit. Le capitalisme est victime de la suraccumulation qu'il provoque en voulant accroître la plus-value relative (la productivité).

4. La crise, élément essentiel de la régulation du capitalisme.

Les faillites ont un grand mérite : elles entraînent un déclassement d'une partie du capital constant ; des usines sont abandonnées, d'autres sont cédées pour un franc ou un dollar symbolique, la valeur des stocks est dépréciée. La composition organique du capital se modifie, mais cette fois-ci en faveur du capital variable. Le rapport entre la plus-value et le capital engagé augmente. *Le taux de profit se rétablit*. Cette reprise peut être d'autant plus rapide qu'au moment où la rentabilité réapparaît, le crédit (Marx parle de capital de prêt) peut être abordable et bon marché. La crise a, en effet, entraîné une chute de la demande de capitaux financiers. La crise est la condition de la reprise ; elle liquide les erreurs passées et évite le blocage du système.

Nous sommes là en présence d'une conception de la crise que l'on retrouve chez la plupart des « smithiens ». Toutefois, pour les marxistes, cette opinion n'a rien de très optimiste. La crise ne sert pas de leçon aux capitalistes ; sitôt leur profit rétabli, ils s'engouffrent à nouveau dans la surcapitalisation. La baisse du taux de profit réapparaît et amène, tôt ou tard, une nouvelle chute de l'activité économique.

L'ARMÉE DE RÉSERVE DES CHÔMEURS ET LA SURPOPULATION RELATIVE

Au point où nous sommes de notre analyse, nous pouvons aller un peu plus loin sur le chômage et son rôle dans l'explication marxiste de la crise.

Marx suppose qu'en permanence, il existe une armée de réserve des chômeurs, qu'il nomme *armée de réserve industrielle*.

D'où provient-elle ?

1. Des augmentations de la productivité réalisées pour accroître la plus-value relative ;

2. De l'élimination des petits propriétaires et des petits commerçants et artisans par les grandes firmes capitalistes. Incapables de faire face à la concurrence capitaliste, ils sont éliminés, vendent leurs biens de production et rejoignent le prolétariat ;

3. Des crises générales de surproduction, dont nous avons vu la nécessité. Elles gonflent brutalement l'armée de réserve des chômeurs.

Par la suite, la reprise sera suivie d'une diminution du chômage. Toutefois, les deux autres causes existent toujours, l'armée de réserve subsistera, voire se remettra à croître.

Cette armée de réserve ne signifie nullement, pour Marx, que les travailleurs sont trop nombreux, qu'il y a trop de bras et de bouches à nourrir. *Cette population n'est excédentaire que par rapport aux besoins du capital.* Elle est liée à l'accumulation du capital dans un régime capitaliste. Quand le socialisme organisera scientifiquement la production, elle pourra être résorbée.

Cette explication permet à Marx de ne pas nier l'importance des luttes ouvrières pour l'amélioration des salaires et des conditions du travail tout en niant la possibilité d'un changement véritable. Le réformisme ne peut réussir, car l'armée de réserve des chômeurs ne permet aux luttes ouvrières que des succès limités et fragiles. Par ailleurs, la tendance des salaires à se fixer au coût de la reproduction de la force de travail n'équilibre en aucune manière le marché de l'emploi. C'est même le chômage qui limite le succès des luttes ouvrières et empêche le salaire de se fixer durablement à un autre niveau.

Marx rejette ici l'explication par la croissance démographique du maintien des salaires à son niveau de subsistance. Cette « loi d'airain[1] », décrite par Smith, Ricardo et Malthus, fait dépendre le niveau des salaires d'un phénomène extérieur au *rapport de production*.

---

1. Le terme est du socialiste non marxiste F. Lassalle, qui fonda la social-démocratie allemande.

De crise en crise, on assiste ainsi à une baisse tendancielle du taux de profit. La crise arrête momentanément cette baisse. La suraccumulation qui lui succède l'accentue. Un jour, une crise encore plus grave entraînera l'effondrement général et définitif du capitalisme.

Si la crise est une nécessité et si sa cause fondamentale est le développement antagoniste de la production capitaliste, à quel moment apparaîtra-t-elle ?

On trouve, dans Marx, la combinaison de deux explications :

a) La défaillance du taux de profit : il arrive un moment où le taux de profit est inférieur à celui qui exige une reproduction du capital. Le profit ne permet plus la croissance.

b) L'anarchie du système capitaliste : les capitalistes ne peuvent pas produire suivant les besoins sociaux et en respectant exactement les proportions nécessaires. Dans certaines branches, il y a trop de biens, dans d'autres, pas assez. L'appropriation privée des biens de production ne peut faire face à la socialisation de la production. La brutale augmentation de certains coûts allant de pair avec la mévente, des effondrements partiels vont se produire. Ils auront tôt fait de généraliser mévente et chômage. C'est là la conséquence directe du *développement antagoniste du capitalisme.*

La sous-consommation ouvrière est un des principaux éléments de cette anarchie, mais elle n'est pas le seul facteur de la défaillance des marchés. Dès le moment où les capitalistes tentent d'accroître la plus-value relative, le chômage s'élève. Quand les premières défaillances ont lieu, il bondit. La consommation du plus grand nombre chute et généralise la crise. « La raison ultime de toutes les crises réelles, c'est toujours la pauvreté et la sous-consommation des masses. » Toutefois, on ne peut expliquer un phénomène nouveau, la crise générale de surproduction, par un phénomène ancien bien antérieur au capitalisme : la sous-consommation des masses.

*

DE LA PAUPÉRISATION ABSOLUE
À LA PAUPÉRISATION RELATIVE

« Le capitalisme monopoliste d'État », a dit un jour Lénine, « est la préparation la plus complète du socialisme, il en constitue l'antichambre, l'étape du capitalisme qu'aucune autre étape ne sépare du socialisme[1]. » Toutefois, cette forme de capitalisme n'avait jamais donné lieu, avant le milieu des années 1960, à de véritables études théoriques.

Or, lorsqu'elles furent entreprises, il fallait prendre en compte un fait troublant : *l'amélioration des conditions de vie des travailleurs*. Jusque-là, la thèse orthodoxe était celle de la *paupérisation absolue* de la classe ouvrière. Un extrait de Lénine était cité à titre de référence : « L'ouvrier, y lisait-on, devient moins riche qu'avant. Il est obligé de vivre moins bien, d'avoir une nourriture plus chiche, de manger moins souvent à sa faim, dans des caves et des greniers[2]. » Des statistiques portant sur le travail ouvrier dans la région parisienne depuis le Front populaire, sur la crise du logement et sur l'augmentation de la durée du travail qu'exigeait une population stagnante au moment où reprenait la croissance, semblaient, dans les années 1950, donner raison à cette analyse. De violentes polémiques eurent lieu ; pour l'avoir critiquée, des économistes français furent exclus ou démissionnèrent du PCF. De Staline à Khrouchtchev en passant par Maurice Thorez, l'orthodoxie exigeait qu'il y ait paupérisation absolue de la classe ouvrière, ce qui allait plus loin que Marx[3].

Ce n'était pas la première fois qu'une telle dispute divisait les marxistes. Au début du siècle, le marxiste allemand K. Kautsky

---

1. Il s'agit en fait d'une citation de circonstance extraite du *Manifeste* de 1919, diffusé lors de la Troisième Internationale socialiste.

2. « La paupérisation dans les sociétés capitalistes », *Œuvres complètes*, t. 18, p. 451. Cependant, cet extrait, souvent cité à l'appui de la paupérisation absolue, ne tient pas compte de développements totalement opposés. Lénine justifiait en effet la révolution dans les pays non industriels par l'embourgeoisement de la classe ouvrière dans les pays industriels. Pour lui, cet embourgeoisement était le résultat de l'impérialisme, car l'exploitation des colonies permet au capitalisme d'accepter certaines revendications des travailleurs (cf. notamment : *L'Impérialisme, stade suprême du capitalisme*).

3. Karl Marx ne parle jamais de paupérisation absolue, en revanche, il écrit dans la section 4 du chapitre 24 du livre I : « Les salaires réels n'augmentant jamais proportionnellement à la productivité du travail », ce qui correspond à la paupérisation relative, la paupérisation absolue étant un produit croisé de l'orthodoxie stalinienne et du marxisme naïf dont les économistes marxistes ont eu du mal à se défaire.

> avait avancé la thèse de la paupérisation relative. « La quantité des produits qui revient à chaque ouvrier augmente, la part qui lui revient dans les produits qu'il fabrique diminue. » De son côté, Rosa Luxemburg distingue l'économie pure du capitalisme et son application à la réalité. La paupérisation absolue n'existe que du point de vue théorique. Ce n'est, en quelque sorte, qu'un instrument d'analyse. D'autres marxistes parlent de paupérisation subjective et psychologique. Au fur et à mesure que la classe ouvrière prend conscience de son sort, la paupérisation devient plus intolérable.
>
> C'est finalement en 1956 qu'une formulation de la paupérisation relative fut acceptée. L'économiste soviétique A. Arzoumanian distingue, dans la valeur de la force de travail, *un minimum vital* incompressible et un élément dépendant de l'environnement économique, historique et social qui, lui, ne fait que croître.
>
> Jamais le capitalisme ne permet la couverture de ce *minimum* historico-social. Bien au contraire, la croissance des salaires n'est pas aussi rapide que celle du minimum. *La paupérisation est donc bien à la fois absolue et relative.* En d'autres termes, il y a un écart croissant entre le salaire réel de la période et le salaire économiquement possible.

Résumons maintenant l'ensemble de l'analyse[5] :

La production capitaliste ①, par l'appropriation privée des biens de production ②, l'élargissement de l'échange monétaire ③ et la contrainte au surtravail ④, transforme le travail en marchandise ⑤.

L'ouvrier est obligé de vendre sa force de travail au prix de sa production ⑥, c'est-à-dire à ce qui lui est nécessaire pour survivre et élever ses enfants. Or, contrairement aux autres éléments de la production, la force de travail apporte à la production plus que *sa valeur d'échange*. Elle ajoute à la production *une plus-value* ⑦. Cette valeur est appropriée par le capitaliste auquel l'ouvrier a vendu sa force de travail.

Parallèlement, l'appropriation privée des moyens de production ⑧ va de pair avec une socialisation croissante de la production ⑨, ce qui est parfaitement contradictoire. Cette contradiction *donne un caractère antagoniste au développement*

---

5. Suivre l'explication sur le schéma de la p. 337.

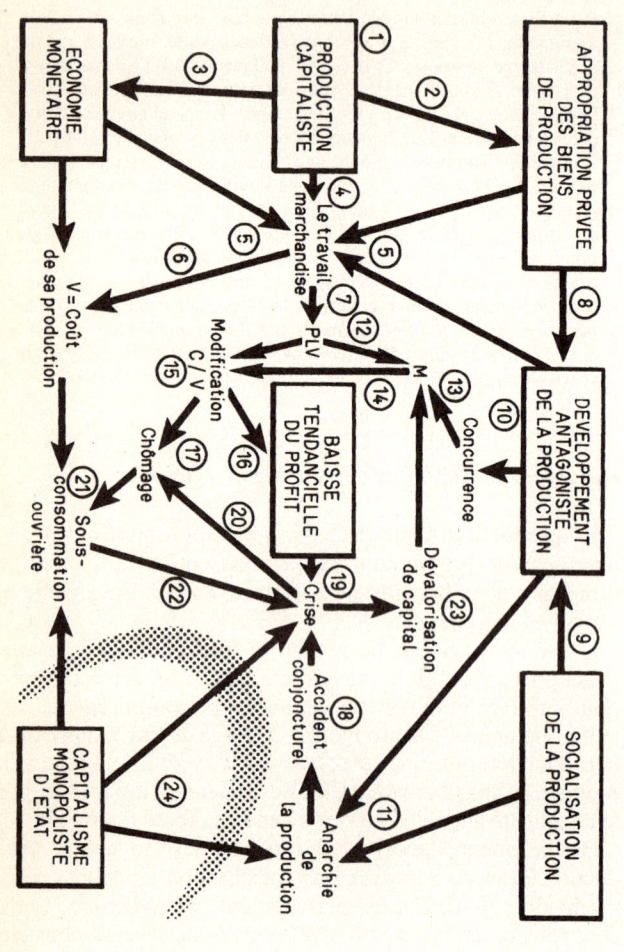

capitaliste ❿. La possibilité de ne pouvoir transformer en travail social (socialement reconnu) le travail privé de chaque unité devient plus problématique. La rupture que réalise tout système dans lequel celui qui travaille ne travaille pas pour satisfaire directement ses propres besoins s'élargit.

Le développement antagoniste de la production débouche sur l'anarchie de la production ⑪ et, indirectement, sur la baisse tendancielle du taux de profit.

En effet, si le profit trouve son fondement dans la plus-value ⑫, la concurrence entraîne une égalisation des taux de profit ⑬. Aveuglés par la recherche du profit, les capitalistes *tentent d'accroître la plus-value* relative ⑭. Ils élèvent systématiquement la productivité ou accentuent l'accumulation du capital. Ils modifient ainsi *la composition organique du capital C/V* ⑮, aux dépens du capital variable. Puisque seul le capital variable est capable d'apporter à la production une plus-value, il y a baisse du taux de profit ⑯.

L'accroissement de la plus-value relative élève le nombre des chômeurs ⑰. La défaillance du taux de profit liée à la mauvaise orientation de la production ⑱ et la baisse tendancielle du taux de profit ⑲ élèvent encore le nombre des chômeurs ⑳. La sous-consommation ouvrière ㉑ s'accentue et généralise la crise ㉒.

La crise est une nécessité pour déprécier le capital constant et remodifier aussi la composition organique du capital ㉓.

Les disciples orthodoxes de Marx vont, à ce point de l'analyse, introduire les conséquences de l'évolution du capitalisme.

Nous ne sommes plus au temps du capitalisme libéral. Les grandes firmes et l'État qu'elles soumettent organisent l'économie. Elles tentent de lui éviter les conséquences de ses contradictions et du développement des luttes ouvrières. L'exploitation du Tiers-Monde diminue la pression sur les classes ouvrières des pays industrialisés et favorise leur « intégration » provisoire dans les sociétés capitalistes.

Toutefois, le capitalisme monopoliste d'État n'a pas rendu caduque l'analyse marxiste. La crise actuelle est liée à la suraccumulation décrite par Marx et accompagne la baisse tendancielle du taux de profit. Le capitalisme monopoliste d'État a pu, pendant quelque temps, la camoufler; depuis 1973, il ne le peut plus.

2. Le capitalisme monopoliste d'État n'a pu que camoufler momentanément les contradictions du capitalisme

Comme l'avait prédit Karl Marx, nous assistons à une concentration rapide du capital. Elle dépasse aujourd'hui les frontières. Désormais, de puissantes firmes internationalisent le capital et la production. Bien plus, les grandes firmes sont capables de produire là où le travail est le moins cher. Parallèlement, leur stratégie évolue; les firmes monopolistes ont de plus en plus une forme financière, les préoccupations industrielles passent au second plan.

À cette concentration accentuée répond la montée des interventions publiques. Par de nombreux canaux, l'État finance les firmes capitalistes et leur garantit des bénéfices. C'est là une évolution qu'avait envisagée Lénine dans *L'État et la Révolution.*

L'avènement de ce capitalisme monopoliste d'État a été favorisé par les grands conflits mondiaux. Ils ont multiplié les occasions d'intervention publique et favorisé la concentration. La grande crise de 1929 et la dépression qui l'a suivie allaient dans le même sens. Les crises accélèrent les concentrations et, de crise en crise, acheminent le capitalisme vers son stade ultime. Parallèlement, l'intervention publique est devenue nécessaire pour conforter les profits et permettre aux capitalistes d'affronter des luttes ouvrières de plus en plus efficaces.

Bien plus, les grandes firmes monopolistes ont renforcé l'impérialisme des États capitalistes et l'exploitation du Tiers-Monde. Déjà, Lénine avait vu combien le colonialisme permettait aux capitalistes d'accepter certaines revendications ouvrières et d'éviter les risques sociaux grâce à l'exploitation des colonies. Aujourd'hui, après l'effondrement des empires coloniaux, les grandes firmes transnationales maintiennent et intensifient les exploitations des pays en voie de développement. Les prélèvements réalisés aux dépens des pays de la « périphérie[6] » garantissent, eux aussi, le maintien du taux de profit suffisant.

1. Le capitalisme, monopoliste d'État a camouflé pendant plusieurs décennies la suraccumulation capitaliste et la baisse tendancielle des profits qui l'accompagnent.

a) L'intégration de l'État au fonctionnement du capitalisme a plusieurs « avantages ».

Elle fait supporter par l'État les déficits ou les capitaux à faible rentabilité. Les nationalisations ont été détournées de leurs objectifs initiaux. Par des ventes à perte, des tarifs préférentiels, elles ont facilité le maintien des profits dans les secteurs contrôlés par les oligopoles et les monopoles privés. Ces derniers ont pu ainsi perpétuer leur accumulation, sans subir de baisse sensible du taux de leurs profits. Bien plus, par des prêts et des financements privés, l'État a assuré lui-même une partie de l'accumulation. Le prélèvement de la plus-value s'est fait sous forme d'impôts, ce qui amenuisait la résistance ouvrière.

b) La capacité des firmes à dominer le marché leur a permis des pratiques accélérant l'obsolescence technique du capital.

Le capitalisme monopoliste d'État a pu ainsi, sans crise, déclasser du matériel, arrêter des usines, même si ce matériel n'était pas techniquement, voire économiquement, amorti. Grâce à des augmentations de prix, les firmes ont réalisé des

---

6. Que l'on peut assimiler en première analyse au Tiers-Monde. Cf. p. 427-433.

réserves pour faire face à une obsolescence accélérée. Elles ont anticipé des dépréciations par l'accroissement de leur marge. L'amortissement fiscal a largement légalisé cette situation. Ainsi s'explique la coexistence de l'inflation et du chômage. L'inflation a maintenu la rentabilité des firmes et a prélevé la plus-value de manière moins visible, par la dépréciation du pouvoir d'achat salarial.

c) Le capitalisme a, par ailleurs, tiré les conséquences de la sous-consommation ouvrière des années 1930 ; *à la production de masse a correspondu, grâce à « l'État providence »* et aux « hauts » salaires, une consommation de masse. Le fordisme a succédé au taylorisme et a accepté certaines revendications ouvrières. Là encore, l'inflation permise par la maîtrise du marché a, pendant un certain temps, rendu acceptable cette évolution « contre nature » du capitalisme. La hausse des prix a d'ailleurs permis de régler l'élévation réelle des salaires sur l'élévation moyenne de la productivité, voire sur celle des firmes les plus faibles. La paupérisation à la fois absolue et relative ne s'est ainsi jamais arrêtée. Elle a été, pendant un certain temps, moins ressentie.

2. Il vient cependant un moment où tous ces subterfuges du capitalisme perdent leur efficacité.

a) L'État prend en charge à la fois une partie du capital constant (par des subventions, des prêts, des financements publics…) et des capitaux variables (la sécurité sociale et les dépenses du personnel de l'État). Tôt ou tard, l'arbitrage que faisaient autrefois les firmes entre capital constant et capital variable doit être fait par l'État. Les difficultés de prélèvements obligatoires toujours croissants rendent cet arbitrage nécessaire. Soit l'État diminue son aide à la suraccumulation du capital constant, et la baisse du profit devient patente, soit il comprime les dépenses qui correspondent à la prise en charge d'une partie du capital variable, et la sous-consommation ouvrière ne peut plus être cachée.

b) Peu à peu l'inflation rend insupportable le renouvellement du capital.

L'inflation incite à une substitution croissante du capital au travail, à une plus-value relative toujours accrue, mais le coût de remplacement du capital bondit. À partir du moment où l'État hésite à financer la suraccumulation, celle-ci peut difficilement se poursuivre, d'autant que l'inflation accroît la résistance ouvrière. On tente de la briser en robotisant l'industrie, et on ne fait que modifier un peu plus la composition organique du capital. On cherche aussi à internationaliser encore plus rapidement le capital et la production.

c) L'internationalisation du capital qui avait jusqu'ici participé à l'adoucissement des crises dans les pays industrialisés, grâce à l'exploitation des pays de la « périphérie », va provoquer son aggravation.

1. La désindustrialisation des pays européens, où la résistance ouvrière grandit, commence. Après avoir tenté de faire appel à des mains-d'œuvre plus dociles (femmes, travailleurs étrangers), les grandes firmes monopolistes délocalisent la production vers les pays à main-d'œuvre bon marché et plus malléable. Le chômage, qui avait été jusque-là contenu, bondit.

2. Par ailleurs, l'internationalisation du capital et de la production rend de plus en plus dangereuse la poursuite de l'inflation. Il y a de plus en plus de contradictions entre l'inflation et la croissance, l'inflation et le profit. Les mesures prises dans la logique du capitalisme (notamment la pression sur le pouvoir d'achat des masses) déclenchent une crise.

La crise actuelle fait réapparaître la nécessité, pour la reprise, d'une dévalorisation du capital nécessaire à une nouvelle reprise. Son arrivée tardive dans le processus de suraccumulation la rend obligatoirement longue et profonde.

3. Les prescriptions des disciples orthodoxes de Karl Marx pour sortir de la crise

Rien ne dit qu'une crise aboutisse à la fin du capitalisme. *Les crises sont d'abord un mode de régulation du capitalisme.* Certes, les capitalistes ne la recherchent pas ; elles sont involontaires, mais elles font partie du fonctionnement du capitalisme. Elles y complètent la régulation par la concurrence et le marché, qui ne peuvent rien contre les conséquences des contradictions fondamentales, notamment la suraccumulation. Malheureusement pour le capitalisme, ce mode de régulation ne fait qu'accroître ses contradictions. La production se concentre, les conditions d'une accentuation de la plus-value relative sont rétablies.

Toutefois, durant la crise, le capitalisme est fragile. Les inconvénients de son fonctionnement et de son anarchie éclatent au grand jour. Des groupes sociaux nouveaux sont prolétarisés. La pression sur les travailleurs est accentuée. La crise est donc un moment où ceux qui luttent contre le capitalisme peuvent le plus aisément agir. Pour empêcher le capitalisme de faire table rase des conquêtes ouvrières réalisées au moment de l'expansion, pour éviter aux travailleurs de supporter le coût de la crise, puis de la reprise, mais surtout pour limiter le pouvoir des capitalistes, il faut agir.

Dans cette perspective, les disciples orthodoxes de Karl Marx proposent :

a) De profiter de la crise pour transférer à la collectivité de vastes secteurs de l'économie.

La crise est l'occasion d'étendre au maximum les nationalisations. Ainsi pourra-t-on assurer la survie de certains secteurs, éviter la désindustrialisation, supprimer les obsolescences abusives, causes de hausses inflationnistes, arrêter, au moindre coût, les substitutions irrationnelles du capital au travail. Toutefois, il ne s'agit pas d'être dupe, et de renforcer le capitalisme monopoliste d'État ; il faut que les nationalisations soient aussi l'occasion d'accroître le pouvoir des travailleurs au sein des entreprises.

b) De profiter de la crise pour renforcer le contrôle du pouvoir politique :
– par une véritable planification qui atténuera les conséquences de l'anarchie capitaliste ;
– par un arrêt du pillage et du gaspillage des dépenses publiques au profit des firmes monopolistes.

Ces mesures ont le double avantage de faciliter l'amélioration du bien-être par la promotion des biens collectifs (en dégageant des ressources budgétaires) et d'orienter les investissements en fonction des besoins sociaux.

c) De profiter de la crise pour arrêter la désindustrialisation.

Les marxistes orthodoxes sont très tentés par le protectionnisme. Toutefois, ils n'y voient pas la seule manière de stopper la délocalisation des économies. Il faut aussi renforcer politiquement les luttes des pays du Tiers-Monde contre l'impérialisme capitaliste (ce qui est, pour eux, un pléonasme). Il ne faut pas que les firmes monopolistes trouvent refuge dans les pays de la « périphérie ». Parallèlement, dans les pays développés, le contrôle des firmes multinationales (certains marxistes ou néomarxistes préfèrent souvent le terme de transnationales[7]) doit être institué. Les nationalisations, au sein desquelles le pouvoir des travailleurs sera effectif, doivent faciliter ce contrôle.

d) D'améliorer le pouvoir d'achat des travailleurs en s'attaquant au surprofit capitaliste.

En faisant payer les riches, on peut atténuer la sous-consommation ouvrière. Cette redistribution des revenus doit être l'occasion d'amoindrir la puissance capitaliste en

---

7. On peut être quelque peu perplexe sur le sens de cette expression. Elle semble indiquer que les firmes multinationales n'ont pas de nationalité. En réalité, elles ont pris un pays d'origine, une *patrie*, et leur stratégie est bien souvent liée à l'impérialisme d'un État, notamment aux États-Unis.

renforçant l'adhésion des travailleurs en lutte contre le capitalisme.

Les disciples orthodoxes de K. Marx ne sont donc pas des partisans du pire. Ils n'attendent pas que le capitalisme, de crise en crise, tombe comme un fruit mûr. Ils ne veulent cependant pas « gérer la crise » au profit du capitalisme. Pour eux, faciliter la reprise doit être aussi le moyen d'introduire des éléments de plus en plus étrangers au fonctionnement du capitalisme : « Le capitalisme monopoliste d'État est l'antichambre du socialisme. »

8. Les clés de la lecture marxiste de l'économie

Lorsque K. Marx commence à s'intéresser à l'économie, aux environs de 1840, le capitalisme est aux prises avec de violentes crises économiques, sociales et politiques. Les crises périodiques de surproduction deviennent de plus en plus dures. Les premières révoltes ouvrières éclatent. La révolution de 1848, à la fois politique et sociale, s'accompagne de troubles dans toute l'Europe. En 1871, la Commune de Paris, atrocement réprimée par la bourgeoisie, passe, en partie à tort, pour la première révolution prolétarienne. Peu à peu, dans le dernier quart du XIXe siècle, ces soubresauts s'atténuent. Toutefois, le mouvement ouvrier va continuer partout à s'organiser. Après l'ère des sociétés secrètes et des mutuelles, on entre dans celle des syndicats et des premiers grands partis ouvriers.

Durant toute la période où Marx élabore son œuvre économique, le capitalisme semble difficilement être en mesure de résoudre le problème du chômage. En fait, jusqu'au dernier quart du XIXe siècle, l'évolution technique a pris de vitesse les évolutions économique et sociale. Les anciennes structures artisanales et agricoles s'effondrent. Les progrès de la médecine sont plus rapides que ceux de la contraception ; la démographie européenne devient, sauf en France, explosive. Des millions d'hommes sont forcés d'émigrer vers le Nouveau Monde. La demande intérieure pâtit de la faiblesse des salaires ouvriers. La demande extérieure se heurte à l'inadaptation des structures commerciales et d'une partie des transports. L'organisation bancaire, encore bien fragile, connaît des *krachs* retentissants.

Curieusement, c'est en Grande-Bretagne, lieu où Marx écrit *Le Capital,* que l'évolution est le mieux maîtrisée. Très rapidement la classe ouvrière, qui regroupe, dès cette époque, la majorité de la population active devient une puissance et s'organise. La polarisation en deux classes de la société britannique facilite l'amélioration – toute relative – du bien-être ouvrier, tandis que l'émigration aux États-Unis réduit le chômage plus qu'ailleurs. Marx et Engels semblent avoir été plus marqués par l'agitation révolutionnaire et la situation ouvrière en Allemagne et en France que par la réalité britannique. Ce n'est peut-être pas pour rien que le marxisme progressa moins en Grande-Bretagne. Il reste que l'opposition bourgeoisie-prolétariat est à l'époque une réalité essentiellement britannique, alors que l'écrasement de la classe ouvrière est nettement plus réel lorsque existent de puissantes classes moyennes.

Pour comprendre Karl Marx et ses disciples orthodoxes, il nous faut prendre du champ. En effet,

1. le marxisme ne cherche pas à expliquer le fonctionnement du capitalisme mais les lois de son développement économique et, au-delà, les lois de l'évolution historique. *Le marxisme est une révolution théorique*[1] ;

2. la mise au jour des lois du développement historique a, pour le marxisme, un but révolutionnaire : celui de faciliter le renversement du capitalisme. *Le marxisme est une pratique révolutionnaire*[2].

---

1. Cette expression est de J. Guichard, cf. *Le Marxisme. Théorie et pratique de la révolution*, Chroniques sociales, 1970.
2. Idem.

1. Le marxisme cherche à expliquer les lois du développement capitaliste. Le marxisme est une révolution théorique.

Karl Marx a tenté, en effet,
– une explication matérialiste de l'histoire sans recours à des normes supérieures ;
– une critique scientifique du capitalisme qui ne renvoie pas à autre chose qu'à l'analyse scientifique.

1. Une explication matérialiste de l'histoire.

Karl Marx, à la suite de bien d'autres (Aristote, Albert le Grand, Thomas d'Aquin…), affirme que le monde existe en dehors de la conscience de l'homme. Pour lui, il y a un rapport étroit entre la conscience de la réalité et la réalité elle-même. Cela ne va pas de soi pour certains scientifiques contemporains et pour toute une partie des philosophes, tels que Descartes et Kant.

Le marxisme affirme, en outre, à la suite de L. Feuerbach, que tout ce qui n'est pas fondé, d'une manière ou d'une autre, sur l'existence sensible, est faux. Ici, le marxisme s'oppose à la philosophie judéo-chrétienne et à Hegel. Il nie à la fois l'idée de création[3], le rôle moteur et l'antériorité de « l'esprit »… en attendant de récuser l'autonomie des phénomènes mentaux, sinon le libre arbitre (au sens des philosophes chrétiens).

À ce propos, Marx pense que l'idée de création a reçu un coup mortel avec la découverte de l'évolution des espèces. En fait, il faut bien convenir que l'existence d'une évolution ne prouve pas qu'il y ait eu autocréation. L'évolution des

---

3. En fait, c'est le jeune Marx et Engels qui s'intéressent à l'origine du monde. Le Marx de la maturité ne parle que du développement des sociétés.

> ## LE MATÉRIALISME MARXISTE REFUSE UNE
> ## THÉORIE EMPIRIQUE DE LA CONNAISSANCE *
>
> Marx se rallie à l'affirmation de L. Feuerbach : « Tout ce qui n'est pas fondé sur l'existence sensible est faux. » Toutefois, il récuse toute une partie des conclusions de Feuerbach. L. Feuerbach refuse la valeur d'un simple raisonnement, fût-il dialectique. Il veut découvrir le suprasensible à partir du sensible, penser avec le cœur tout autant qu'avec la tête. Il débouche donc sur une théorie empirique de la connaissance, qui suppose que l'objet pensé est le reflet *exact,* pratiquement le décalque, de l'objet réel.
>
> Marx rejette fortement cette conception de la connaissance empirique et de la science. Pour lui, on ne peut aller directement du concret à l'abstrait. Certes, la pensée n'est pas antérieure au monde ; certes, la science doit tenir compte des éléments d'information que lui donne la réalité ; certes, on ne peut faire une élaboration scientifique par un raisonnement coupé du réel, mais le rôle de la science est, non de « sentir » le réel et de le réfléchir, mais de produire des *objets pensés.*
>
> À cette fin, la connaissance scientifique doit être conçue comme une construction théorique permettant de comprendre le réel. Au départ, la connaissance scientifique doit écarter les filtres idéologiques qui empêchent de voir ; elle doit critiquer les représentations idéologiques du réel ; puis réaliser, à partir des informations qu'elle possède, ses propres découpages et reconstructions. Le produit de cette démarche, objet produit au même titre qu'un produit matériel, est le *concept opératoire*. Dans la réalité, cet objet pensé n'existe jamais. Il sert à voir et à construire une théorie qui permet l'action.
>
> C'est l'efficacité pour l'action du concept et de la théorie qui les valide scientifiquement. Nous sommes en présence d'une conception instrumentale de la connaissance.

espèces contredit, tout au plus, le fixisme et le mythe antique de l'éternel retour.

Nous voilà bien loin de l'analyse économique. Toutefois, si on ne prend pas en considération ce point de départ, on ne peut comprendre le cheminement de l'analyse et certaines de ses conclusions.

A) Le marxisme veut être une philosophie tout entière fondée sur les sciences positives.

Il récuse la métaphysique et l'appel à des normes supérieures. Il doit rechercher une explication de l'évolution historique et économique parfaitement autonomisée par rapport à des « valeurs », « croyances » ou « opinions » morales, religieuses ou philosophiques.

B) Le marxisme, en rejetant des normes supérieures et antérieures à l'analyse, ne fait plus de l'homme un absolu hors du temps.

Le matérialisme marxiste n'est ni mécaniste ni déterministe. Pour Marx, la réalité évolue à travers des contradictions qui, depuis l'apparition de l'homme, résultent de l'affrontement de l'homme et de la nature. C'est de cet affrontement primordial que surgit l'histoire[4].

En affrontant la nature, l'homme l'humanise. Il lui donne une forme utile et se réalise du même coup, en tant qu'être social.

L'homme n'est pas pour autant extérieur à la nature. Il n'y a ni homme, ni conscience, ni pensée indépendants du monde matériel. Les hommes, leur conscience, leur pensée appartiennent au monde de la nature. La capacité de penser des hommes, leur savoir ne se créent pas en dehors des relations que les hommes entretiennent et qui, finalement, les produisent. La connaissance n'est pas spéculation, mais *praxis*. Le savoir n'est pas contemplatif, mais révolutionnaire.

L'homme n'est ni une réalité abstraite ni un absolu. Il n'y a pas d'homme en soi. L'homme naît de l'affrontement à la nature par le travail. Il se réalise ainsi en tant qu'être social, car l'homme-individu n'a pas d'existence réelle. L'homme ne peut pas être pensé en dehors de la société. Aussi, les hommes qui affrontent la nature ne sont jamais les mêmes.

---

4. À dire vrai, le Marx de la maturité ne s'occupera plus guère de la naissance de l'histoire, son analyse tout entière se situera à l'intérieur de l'histoire.

LA DIALECTIQUE HÉGÉLIENNE
ET LA DIALECTIQUE MARXISTE *

On réduit souvent, à tort, la dialectique hégélienne à la trilogie « thèse, antithèse, synthèse ». En réalité, la dialectique hégélienne part de la « conscience malheureuse de l'homme » qui pense l'infini et a conscience de sa finitude. Il manque en effet à l'homme ce qui permet de réconcilier le fini et l'infini, l'un et son contraire. Renvoyé de l'un à l'autre, il ne peut se stabiliser. La dialectique est, pour Hegel[1], ce mouvement incessant entre des contraires qui règlent la pensée humaine, l'action, l'histoire, tant que les contraires ne se réconcilient pas. Tant que l'absolu se pense seulement et sans limites, il est vide absolu. La liberté absolue débouche sur l'impuissance infinie. Ce n'est que lorsque Dieu rencontre notre humanité que la négation est niée, dépassée. Cependant, le Verbe incarné est aussi une négation de Dieu, son aliénation dans notre histoire n'est surmontée que par sa mort et sa résurrection.

Pour parvenir à la réconciliation des contraires, il faut, dit Hegel, introduire dans l'histoire un élément médiateur : l'Homme-Dieu. Hegel veut ainsi fonder, par un raisonnement « dialectique », le christianisme. Si la conscience humaine rejette la réconciliation chrétienne, si les Églises la trahissent, l'histoire humaine ne peut être qu'instabilité et violence.

Nous sommes très loin du matérialisme historique. Mais la dialectique hégélienne est aussi une manière de raisonner. La pensée progresse en niant l'affirmation, et l'affirmation est elle-même une négation niée. La contradiction ne peut alors être dépassée que par un nouveau terme, qui naîtra de l'opposition des contraires et qui introduira, à son tour, une nouvelle contradiction. Toutefois, notons que, pour Hegel, tout ne relève pas de la dialectique. Ce qui existe en dehors de la conscience, par exemple les vérités mathématiques, y échappe. La dialectique hégélienne est avant tout une dialectique de l'esprit et de la conscience.

Au nom du matérialisme, L. Feuerbach a fortement critiqué Hegel. Il refusa la dialectique de la pensée au nom du primat du sensible et du concret, et son renversement de la dialectique déboucha, comme nous l'avons dit, sur une théorie empirique de la connaissance. Elle le privait, de fait, des ressources du raisonnement dialectique.

---

1. Georg Wilhelm Friedrich Hegel (1770-1831), philosophe allemand, né à Stuttgart. Il devint professeur à l'université de Berlin en 1817, puis son recteur. Son enseignement toucha à la philosophie, au droit et à l'esthétique. Il mourut d'une épidémie en 1831. Lorsque Marx arriva à Berlin, en 1832, l'enseignement à l'université était dominé par la pensée de Hegel et de ses disciples.

> Marx, formé par des disciples de Hegel, refusa de se priver de la dialectique. Il fut ainsi amené à construire une théorie instrumentale de la connaissance qui l'autorisait à utiliser la dialectique à partir de contradictions entre concepts opératoires.
>
> Cependant, il fit subir à la dialectique de Hegel une transformation autrement plus importante que le simple renversement réalisé par Feuerbach.
>
> *Le concept marxiste est différent du concept hégélien.* Il ne trouve pas son origine dans l'idée et, finalement, l'absolu originel. Il naît de l'affrontement au réel et à l'évolution sociale. Du même coup les contradictions marxistes sont différentes des contradictions hégéliennes. Chez Hegel, la contradiction est intérieure à chacun des éléments ; nous sommes dans une dialectique de la pensée. Chez Marx, la contradiction se définit d'une manière externe, par rapport au réel. Une contradiction peut ainsi se combiner avec d'autres et produire des ensembles complexes. Nous sommes loin de l'opposition de « l'un et de son contraire », beaucoup plus proches de l'analyse structurale ou systémique.
>
> La combinaison entre la contradiction interne du capitalisme (la lutte des classes qui oppose la bourgeoisie et son contraire, le prolétariat) et la contradiction externe (le caractère antagoniste du mode de production capitaliste au fur et à mesure que se développent les forces productives) est l'une des explications les plus exemplaires de la dialectique marxiste. Nous avons vu sa place centrale dans l'explication marxiste de la crise.
>
> Les concepts de classes, de lutte des classes, de bourgeoisie, de prolétariat, de mode de production, sont, pour Marx, des *objets pensés,* à partir desquels on peut raisonner et apprendre à voir, même si la réalité historique est plus complexe que celle à partir de laquelle la théorie fonctionne.

En créant des objets, ils créent et transforment la société, ils se créent et se transforment eux-mêmes, car, en dehors des rapports sociaux et de la nature, l'homme n'existe pas. Notons ici qu'à travers l'affrontement de l'homme et de la nature, nous voyons se dessiner la méthode dialectique du matérialisme historique.

2. Une critique scientifique du capitalisme qui ne renvoie pas à des éléments étrangers à l'analyse scientifique.

La science marxiste n'a pas pour objet de connaître l'absolu des choses. Elle veut étudier les lois qui commandent l'évolution d'une société, afin d'y agir plus efficacement. Ces lois ne sont pas naturelles. Elles sont les produits de l'évolution historique elle-même et ne s'enracinent pas dans la « nature humaine ».

A) Conformément à sa vision de l'évolution historique où l'homme se constitue progressivement, à partir de son affrontement utilitaire à la nature, Marx introduit quatre concepts de base :
– la production, ou – si l'on préfère – l'économique ;
– les forces productives ;
– les rapports de production ;
– les modes de production.

À tout moment, c'est la production, l'économique qui gouverne l'organisation sociale. L'économique n'est pas le seul élément qui agisse dans l'histoire, mais, en dernière instance, il mène le monde. L'homme et la société se constituent à travers leur affrontement matériel à la nature. Toutefois, pour Marx, l'économique n'est ni un niveau ni une institution précise ; *c'est une fonction* qui renvoie à des rapports de production. Or, la fonction des rapports de production peut très bien être assumée dans des sociétés différentes de la nôtre par des structures politiques ou des structures de parenté (cas des sociétés primitives), et non par des strutures économiques.

Les forces productives constituent les moyens naturels exploitables[5], l'état de la science et des techniques, les procédés de production qu'une société met en œuvre pour vivre, en transformant la nature. Elles représentent, en quelque sorte, l'état d'humanisation de la nature.

Les rapports de production règlent l'organisation des relations entre les hommes dans la mise en œuvre des forces

---

5. Y compris la force de travail.

productives. Ils commandent l'organisation du travail et le partage de ses fruits, tant au niveau individuel que collectif. Pour Marx, ce sont ces rapports de production qui représentent la spécificité d'une structure économique et sociale, l'infrastructure par rapport aux superstructures. Toutefois, ces rapports de production qui jouent, en dernière instance, un rôle déterminant, ne sont pas séparés de l'état des forces productives.

La combinaison des forces productives et des rapports de production constitue les *modes de production* d'une société donnée[6].

B) Ce sont les contradictions internes des rapports de production et les contradictions entre ces rapports de production et l'évolution des forces productives qui expliquent l'évolution historique.

Dans *Le Capital*, Marx applique cette découverte au capitalisme.

Les rapports de production caractérisés par l'appropriation des biens de production aboutissent à l'opposition capitalistes-classe ouvrière. Ce rapport caractérise le capitalisme dès son apparition et le différencie de l'esclavage et de la féodalité. Grâce à l'appropriation privée des biens de production, la bourgeoisie (les capitalistes) exploite le prolétariat (la classe ouvrière). La lutte des classes, qu'exprime toujours un rapport de production, prend ainsi la forme spécifique du capitalisme.

Toutefois cette contradiction, caractéristique du capitalisme, n'est pas sa contradiction fondamentale. C'est le caractère antagoniste du mode de production capitaliste qui est la contradiction fondamentale. C'est lui qui voue le capitalisme à l'irrationalité et à l'échec. Ce mode de production est antagoniste, car – nous l'avons vu – l'évolution des forces productives vers une socialisation toujours plus grande de la production (de l'économie) est incompatible avec l'appropriation privée des biens de production.

---

6. Il faut bien avouer que les marxistes ne s'entendent pas toujours entre eux pour définir ces concepts de base.

Cette contradiction n'est pas interne à la structure (les rapports de production), elle est contradiction entre deux structures (les rapports de production et les forces productives). Elle n'existe pas dès l'origine du capitalisme ; elle se développe au fur et à mesure que les capitalistes, pour accroître leur profit, socialisent la production, c'est-à-dire accentuent la division du travail, allongent les processus de production, accroissent les échanges internationaux.

Nous débouchons sur une dynamique des structures qui, conformément au matérialisme historique, n'a pas besoin de normes extérieures à l'analyse scientifique pour condamner le capitalisme. Comme l'écrit M. Godelier, « la nécessité de l'apparition d'un nouveau mode de production ne renvoie pas à une finalité enfouie dans les mystères de l'essence humaine ».

C'est en ce sens que la critique marxiste du capitalisme peut être appelée scientifique.

2. LE MARXISME CHERCHE À FONDER UNE ACTION RÉVOLUTIONNAIRE. LE MARXISME EST UNE PRATIQUE RÉVOLUTIONNAIRE.

Si l'analyse marxiste s'arrêtait à la dynamique des contradictions internes et externes du capitalisme, elle ne serait qu'une variété d'analyse systémique. Le marxisme a, toutefois, un autre objet que la découverte des lois du développement historique. *Il veut, scientifiquement, fonder le renouveau socialiste*. Ce décalage des points d'observation par rapport à ceux des autres économistes amène le marxisme dans une tout autre voie que la dynamique des structures. Il va d'abord s'attacher à ce qui peut fonder la lutte du prolétariat et la conquête du pouvoir. Le découpage de la réalité, la formation et le choix des concepts, leur articulation entre eux vont dépendre de la pratique révolutionnaire ou, plus exactement, de ce qui peut donner une plus grande efficacité à cette pratique.

L'ALIÉNATION DANS L'ANALYSE MARXISTE *

Pour une grande partie des analystes de K. Marx, l'aliénation est au centre de la pensée marxiste. Elle est présentée par eux comme le résultat de la séparation douloureuse de l'homme et de ses produits. Elle apparaît dès le moment où l'homme affronte la nature. En effet, dès ce moment, il peut non seulement créer des produits réels, mais aussi des produits imaginaires inutiles pour le développement des forces productives (par exemple, les idéologies, la magie ou la religion). Il peut aussi déifier ce qu'il crée ou ce dont il a besoin (l'argent). Bien entendu, les aliénations les plus fondamentales sont les aliénations sociales qui assurent la supériorité mythique d'une classe (par exemple, la féodalité) et surtout l'aliénation économique qui prive le travailleur des résultats de son travail, de ce par quoi il devient homme. Par rapport à l'aliénation économique, les autres aliénations ne sont que des aliénations reflets et secondaires.

Dans cette perspective, le prolétariat, en s'attaquant directement à l'aliénation économique, a une mission historique. Il va permettre à l'homme de se retrouver lui-même, de mettre d'accord son existence avec ce qui est son essence : un être qui se réalise par le travail, par la création.

Ce type d'interprétation du marxisme est surtout réalisé par des auteurs d'origine chrétienne. Certains veulent montrer le profond accord avec des valeurs chrétiennes (le travail, la création) ou encore l'inspiration chrétienne du marxisme. D'autres, au contraire, veulent voir dans le marxisme un messianisme, voire une religion nouvelle en concurrence avec les autres religions.

On peut en effet trouver dans les œuvres de jeunesse de Marx cette analyse de l'aliénation et de son rôle. En fait, le jeune Marx transposait au domaine économique l'analyse de l'aliénation religieuse faite par Feuerbach. Toutefois, comme l'ont montré L. Althusser, P. Cornu et J. Guichard, il n'y a pas continuité, mais rupture entre le jeune Marx (celui, notamment, des *Manuscrits de 1844*) et le Marx de la maturité (celui du *Capital*, extrait du *Manifeste de 1848*). Dès 1845, Marx rejette l'aliénation au sens de Feuerbach. Dans le *Manifeste de 1848*, il qualifie « l'aliénation du genre humain » « d'insanité philosophique ». On ne voit pas comment l'homme-être qui se réalise à travers l'histoire pourrait aliéner son « essence » même, puis la retrouver. Pour le Marx de la maturité, l'aliénation n'exprime plus l'écrasement du genre humain, mais la séparation entre les travailleurs et les moyens de production. C'est cette séparation qui transforme les produits en marchandises et permet la confiscation de la plus-value. L'aliénation est un élément interne au rapport de production.

1. Le marxisme tente de fonder scientifiquement la lutte du prolétariat.

À cette fin, K. Marx donne à la lutte du prolétariat, dans le développement historique, et à la valeur-travail dans le fonctionnement économique, une place centrale.

A) La lutte du prolétariat dans le développement historique.

Faisant jouer aux *rapports de production* un rôle central, il fait de « l'histoire de toute société, l'histoire de la lutte des classes ». « Oppresseurs et opprimés, dit le *Manifeste de 1848,* se sont trouvés en constante opposition ; ils ont mené une lutte sans répit [...] qui, chaque fois finissait, soit par une transformation révolutionnaire, soit par la ruine des diverses classes en présence. » Ainsi la bourgeoisie a-t-elle eu un caractère révolutionnaire en s'opposant à la féodalité. À la lutte entre la féodalité et la bourgeoisie, succède la lutte entre cette dernière et le prolétariat. Avec l'appropriation privée des biens de production elle a créé le prolétariat et introduit une contradiction nouvelle. Plus le capitalisme se développe, plus cette contradiction va le rendre instable. Mais « la bourgeoisie n'a pas seulement forgé les armes qui lui donnent la mort, elle a, en outre, produit les hommes qui manieront les armes : les travailleurs modernes, le prolétariat ». De crise en crise, l'importance et la colère du prolétariat s'affirment. Au sommet de son développement industriel, la bourgeoisie sera abattue par les prolétaires, devenus l'immense majorité de la population.

Rappelons ici que, pour Marx, les prolétaires, produits de l'histoire, n'ont pas pour mission d'accomplir l'histoire. Leur situation de dominés ne le leur permet pas. C'est seulement parce qu'ils sont guidés par la « théorie » et l'élite du prolétariat qui a adhéré à cette théorie (les communistes), que les prolétaires pourront, en supprimant les éléments qui fondent leur écrasement, créer les conditions d'un monde plus rationnel. Ce n'est pas un prophète qui parle, c'est un militant politique, voire un révolutionnaire professionnel. Le prolétariat n'est pas, chez Marx, l'humanité souffrante, porteuse de l'espérance du monde. C'est une force révolutionnaire. Dans la théorie du développement des sociétés (au même titre que la lutte des classes, les rapports de production, les modes de production), le prolétariat est un concept qui apprend à voir et facilite l'action. La théorie ainsi construite permet de mobiliser et d'orienter les forces révolutionnaires.

B) La loi de la valeur et la lutte du prolétariat.

Bien que l'influence de l'offre et de la demande entraîne une continuelle fluctuation des prix, Marx affirme que « dans le rapport d'échange (des produits), le temps de travail nécessaire à leur production l'emporte de haute lutte, comme la loi naturelle régulatrice[7], de même que la loi de la pesanteur se fait sentir à n'importe qui, lorsque sa maison s'écroule sur sa tête ».

Après avoir distingué, à la suite d'Adam Smith, valeur d'usage et valeur d'échange, Marx fait de la valeur-travail le fondement de la valeur d'échange. Peu à peu, chez Marx, cette loi, dont il a eu beaucoup de mal à mettre au clair les tenants et les aboutissants, va prendre une signification particulière. L'analyse marxiste va de plus en plus s'écarter de l'analyse des contradictions structurelles pour devenir une justification scientifique de la lutte du prolétariat.

1) Marx et l'énigme de la valeur.

Les biens sur les marchés ont des prix exprimés en monnaie. Mais ce qu'il y a de plus mystérieux, c'est, qu'au moins à court terme, les rapports entre ces prix ne varient que faiblement. À plus long terme, les changements sociaux, économiques et techniques amènent, au contraire, d'amples changements dans les rapports de prix. Pourquoi cette

---

7. Marx utilise ici l'expression « loi naturelle » pour bien montrer qu'elle a une influence sur laquelle on ne peut rien. Ne perdons, cependant, pas de vue qu'elle est le produit d'une évolution historique et, à ce titre, peut *théoriquement* évoluer.

stabilité, à court terme, des rapports de prix ? Si une douzaine d'œufs vaut 9 francs et un litre de lait, 3 francs, c'est-à-dire trois fois moins, qu'est-ce qui explique ce rapport ? Est-ce la rareté relative ? La moindre utilité ? Les coûts de production ? La dépense en travail ? Des rapports de forces ? Les économistes ont proposé de multiples explications[8]. Nous verrons plus loin l'explication qu'on peut donner à leurs divergences de vue. Restons-en, pour l'instant, à Marx.

Au départ, il semble reprendre, après l'avoir condamnée dans sa jeunesse, la théorie de Ricardo. La valeur d'une marchandise s'explique par la quantité de travail nécessaire à sa production (y compris le travail cristallisé dans les biens de production incorporés dans le processus de production). Nous verrons plus loin les raisons et les conséquences de la théorie de Ricardo.

Pour Marx, ce ne peut être, en effet, que le travail qui fonde la valeur d'échange d'un produit. La valeur d'usage liée à l'utilité d'un bien varie d'une personne à une autre ; elle est subjective et ne se prête à aucune comparaison quantitative. Marx reprend ici l'argumentation des classiques. Nous avons déjà vu que les néoclassiques ont passé outre à cette critique. Pour comparer la valeur des produits il faut, pour Marx, prendre un élément stable, commun à tous les biens : le travail. Les prix sont la manifestation, exprimée en monnaie, de la valeur d'échange exprimée en valeur-travail.

Toutefois, la conception marxiste ne réduit pas cette valeur-travail à un simple équivalent de la durée du travail.

a) Marx raisonne avec des prix exprimés en monnaie. Marx rejette l'hypothèse classique à laquelle Ricardo se conforme, et selon laquelle les prix sont d'abord des prix en valeur réelle (rapport entre des utilités pour les uns, expression du travail intégré aux produits pour les autres). L'ensemble des calculs et des éléments pris en compte sont, chez Marx, exprimés en monnaie, ou rapportés à la monnaie. Pour lui, la monnaie n'est pas un simple intermédiaire

---

8. Cf. p. 645 *sq.*

qui met les marchandises en rapport entre elles ; elle est ce qui les fait apparaître comme valeurs d'échange.

b) Le travail, que Marx prend en compte dans la valeur, est lui-même une marchandise dont le prix est exprimé en monnaie. Il n'a rien à voir avec le travail concret d'un individu précis. Le travail concret exprime le rapport de l'homme et de la nature. Le travail de la « valeur-travail » est, au contraire, un travail abstrait. Il résulte des rapports de production, il a un prix monétaire et se prête à des comparaisons en termes de valeur d'échange.

Comme tous les autres biens, la *valeur* de ce travail abstrait est, rappelons-le, définie, par le temps de travail nécessaire pour produire (pour gagner, puisque la monnaie est directement intégrée) ce qui est nécessaire à sa reproduction et à sa reconstitution.

Toutefois, la « valeur-travail » prise en compte dans la valeur des marchandises (et du travail, qui est aussi une marchandise) ne représente pas le travail réellement effectué. Elle est mesurée par « le temps socialement nécessaire à la production des marchandises, avec un degré moyen d'habileté et d'intensité, et dans des conditions normales ». Bien plus, tout le travail est ramené à une sorte d'unité de compte. Le travail d'un ingénieur ou d'un ouvrier qualifié est exprimé en multiple du travail simple : celui d'un ouvrier non qualifié.

Cette progressive abstraction du travail est réalisée à travers le fonctionnement du marché. Elle résulte de la division du travail, qui implique l'échange monétaire, et des rapports de production, qui réduisent le travail en marchandises.

c) La valeur d'échange n'existe que si une marchandise a une valeur d'usage, une utilité pour celui qui désire l'acheter. Si on produit un bien inutile, il n'aura pas de valeur d'échange. Le travail dépensé l'aura été en pure perte. Une fois de plus, nous sommes bien loin d'une idéalisation du travail. Ce n'est pas parce qu'il y a travail qu'il y a création de valeur. La valeur-travail n'apparaît que dans le rapport social d'échange.

d) Le prix n'est donc pas le simple décalque de la valeur-travail; il la manifeste, mais avec une plus ou moins grande fidélité. Les rapports entre valeur d'usage et valeur d'échange permettent à Marx de réintroduire dans son analyse les phénomènes de rareté, de concurrence et les rapports entre l'offre et la demande. Si la demande est plus importante que l'offre ou si un monopole la raréfie, les prix monteront. Si, pour satisfaire la demande, il est nécessaire de faire appel à des entreprises ne produisant pas dans de bonnes conditions, les prix assureront la rentabilité des premières et des *surprofits* aux autres. Autrement dit, dans ce cas, le profit dépasse la plus-value, le prix, la valeur d'échange. Les prix n'expriment la valeur qu'en cas d'égalité entre l'offre et la demande, et en situation de concurrence importante (pure et parfaite diraient les smithiens). Ainsi, lorsque les prix expriment exactement la valeur d'échange, nous sommes en présence d'une situation d'équilibre semblable à celle décrite par Walras. Toutefois, chez Walras, cet équilibre correspondait à un équilibre parfait entre toutes les utilités et désutilités. Il entraîne une disparition du profit et une affectation optimale des ressources. Il en va tout autrement chez Marx. Pour lui, cet équilibre est dû au hasard des rapports de forces et des fluctuations de l'offre et de la demande. Il assure un profit par l'extorsion de la plus-value. Il ne reflète pas un équilibre stable entre les utilités et désutilités, mais simplement une situation du marché qui correspond aux conditions normales de la production. Pour Marx, le prix n'exprime pas la formation de la valeur, mais sa réalisation plus ou moins parfaite[9].

---

9. Au passage, il devient impossible de faire une vérification expérimentale et statistique de la loi de la valeur, mais cette impossibilité n'est pas, pour Marx, une infirmation de la loi de la valeur. Cette loi est une force invisible; les concepts marxistes sont des objets pensés, dont la seule vérification est instrumentale.

2) La loi de la valeur de Marx est inséparable des rapports sociaux de l'échange et de la production.

La valeur d'échange d'un produit n'a pas d'existence en soi. Une marchandise a une apparence bien concrète et une valeur. On ne perçoit que la première. En revanche, on ne sait pas par quel bout prendre la seconde. Elle est, dit Marx, insaisissable. Ce n'est pas une qualité permanente de la marchandise, elle n'existe qu'au moment et en fonction de l'échange.

Dans les communautés primitives, le travail était, selon Marx, organisé en fonction des besoins du groupe. C'était une réalité directement sociale. Peu à peu, les individus se sont séparés les uns des autres. Réduits à eux-mêmes, les hommes ne peuvent, séparément les uns des autres, satisfaire tous leurs besoins. La division du travail implique l'échange. Alors, apparaissent la marchandise et le problème de la valeur.

– *La marchandise n'est pas, d'abord, un bien concret*; c'est d'abord un produit du travail destiné à l'échange. Elle est produite pour être vendue et unit des contraires.

– *Elle est valeur d'usage pour celui qui la désire et ne la possède pas,* mais elle n'a pas de valeur d'usage pour celui qui la produit pour la vendre. Pour trouver une valeur acceptée par les uns et les autres, elle doit être échangée. Cela suppose que son utilité soit préalablement démontrée. Un bien inutile, ne pouvant trouver d'acquéreur, n'aura jamais de valeur d'échange.

– *La marchandise unit à la fois le travail concret qui a permis sa production et le travail abstrait qui détermine sa valeur*. Là encore, c'est l'échange qui va résoudre la contradiction. Si la marchandise ne se vend pas, le travail concret ne sera pas reconnu par la société et ne donnera plus lieu à une évaluation en termes de travail abstrait.

– *La valeur d'échange nous renvoie donc aux contradictions introduites par la division du travail puis par l'appropriation privée des biens de production.* Dans un tel système, le travail, sa rémunération, les quantités produites, sont affaire privée. Avec sa division, le travail n'est plus destiné à la consommation personnelle du producteur. Il doit répondre aux besoins de la société. On conçoit donc bien ici, à nouveau, pourquoi le mode capitaliste de production (combinaison des rapports de production et des forces productives) devient de plus en plus antagoniste – donc instable – au fur et à mesure que se développent les forces productives. On ne peut qu'évoluer vers des contradictions potentielles plus fortes entre travail social et travail individuel, valeur d'échange et valeur d'usage.

3) L'introduction fatale de la monnaie et la réalisation de la valeur à travers des prix (exprimés en monnaie) empêchent de percevoir directement le rôle des rapports de production.

Celui qui possède de la monnaie possède un pouvoir sur les autres hommes ; il va pouvoir devenir propriétaire de biens de production, mais :

– Dans la société primitive, le troc a un caractère social évident, puisqu'il met en rapport deux personnes. L'introduction de la monnaie va masquer les rapports entre les personnes. La monnaie va donner à l'échange l'apparence de rapports entre marchandises. La valeur va apparaître alors comme une qualité intrinsèque des marchandises, et non comme l'expression de rapports sociaux. La marchandise semble ainsi avoir le pouvoir mystérieux, magique, de *produire* de la valeur. Les rapports de production, le rapport capital-travail-salaire sont escamotés par une forme apparente et trompeuse. Nous succombons au mirage du fétichisme de la marchandise ; nous attribuons à la marchandise (objet naturel) des propriétés surnaturelles.

– Le travailleur va ainsi être payé au prix de sa force de travail : le salaire. Comme nous l'avons vu[10], le salaire est calculé suivant la loi de la valeur, c'est-à-dire en fonction de ce qui est nécessaire à la reconstitution et à la reproduc-

---

10. Cf. p. 328.

tion de la force de travail. En revanche, celui qui loue sa force de travail en dispose bien au-delà de la valeur de ce minimum vital. Le travailleur va ajouter de la *valeur* au produit. Cette valeur supplémentaire va être accaparée par le capitaliste (s'il arrive à vendre la production). Le payement de la force de travail par un salaire exprimé en monnaie rend invisible, pour le travailleur, les conséquences du rapport de production capitaliste. Le salaire apparaît comme le prix du travail. La plus-value « réalisée » (c'est-à-dire récupérée) par le capitaliste, grâce à la vente du produit sur le marché, semble provenir du capital. Or ce n'est que la conséquence du rapport de production. Le salaire semble être le revenu du travail, et le profit, le revenu du capital. Nous sommes dans le monde des apparences mesurables.

– Les biens de production, dont la propriété appartient aux capitalistes, ne peuvent ajouter à la production que la valeur du travail qui a permis de les produire.

En effet, machines, matières premières, énergie, ne peuvent produire à elles seules de la valeur supplémentaire. Le travail, cristallisé en ces biens de production, ne peut être restitué, réactivé, que s'il est combiné à du travail vivant, celui du travailleur participant au processus de production. On peut, à ce propos, partir d'une constatation banale. Avec du travail, on peut toujours produire quelque chose ; une machine sans travailleur ne produit rien ; même l'usine la plus automatisée qui soit a besoin d'un travail minimal.

Les capitalistes le savent bien. À la recherche du profit maximum (de la confiscation maximale de la plus-value), ils tentent, systématiquement, d'allonger la durée du travail, d'accroître la productivité du travail sans élever le salaire (augmentation de la plus-value relative).

Malheureusement pour eux, les capitalistes sont aussi prisonniers des apparences. La réalité leur est dissimulée par les prix, tels que les fixe la confrontation de l'offre et de la demande[11]. Il y a ainsi égalisation des taux de profit. Pour réaliser plus de profit, les capitalistes agissent en élevant

---

11. Cf. p. 357-358.

> **QU'EST-CE QUE LA MONNAIE POUR MARX ?** *
>
> Nous avons vu qu'une marchandise est, d'emblée, un bien utile (ou elle n'est rien qu'une chose insignifiante) et aussi le support d'une valeur d'échange. On peut, en effet, la désirer pour elle-même ou bien parce qu'elle va permettre d'obtenir d'autres biens. Malheureusement, elle ne peut être simultanément objet utile et support de valeur d'échange. Si elle est valeur d'usage, elle ne peut être échangée (car les comparaisons sont impossibles) ; si elle est destinée à se procurer les moyens qui permettent d'acquérir une autre marchandise, elle n'a pas directement d'utilité, elle n'a qu'une valeur d'échange potentielle.
>
> Si nous disons qu'une marchandise X a une valeur parce qu'elle vous permettra de vous procurer une marchandise Y qui vous est utile, nous exprimons sa valeur en termes relatifs, en termes d'équivalents, sans que cette marchandise ait une valeur d'usage.
>
> Lorsque la division du travail exige l'introduction de la monnaie, elle transforme totalement le troc. En effet, la monnaie devient l'équivalent général de toutes les valeurs d'usage ; *elle est la forme générale de la valeur et l'expression sociale des marchandises.*
>
> On ne peut donc réduire l'échange monétaire au troc. La monnaie n'est pas un voile et les marchandises ne s'échangent pas, pour Marx, contre des marchandises. « Les marchandises sont exprimées en argent, avant même que celui-ci les fasse circuler. » Il y a incompatibilité entre la vision des smithiens et des marxistes. Marx rejette d'ailleurs catégoriquement la théorie quantitative de la monnaie. Pour lui, la quantité de monnaie ne détermine pas les prix, mais les prix, la quantité de monnaie.
>
> *La monnaie est pouvoir*, car celui qui la possède va s'approprier les biens de production ; il a dans sa poche son pouvoir sur les autres hommes. En ce sens, la monnaie n'est pas un simple intermédiaire ; elle est une forme particulière du capital. Nous y reviendrons.

la plus-value relative, en substituant du capital (au sens de biens de production) au travail. La composition organique du capital se modifie... Nous débouchons sur la baisse tendancielle des profits, que nous avons analysée dans le chapitre précédent[12].

Là encore, c'est la réalité invisible des rapports de production qui apprend à voir.

---

12. Cf. p. 331.

QU'EST-CE QUE LE CAPITAL POUR MARX ?

Pour Marx, le capital constant représente les sommes nécessaires à l'achat des biens de production (machines, installations diverses, moyens de transport, matières premières, énergie… plus brièvement, les biens produits qui servent à la production). Quant au capital variable, il est constitué par des sommes consacrées au payement de la force de travail.

Derrière ces sommes, il y a des éléments très concrets qui représentent, soit du travail passé, cristallisé dans les biens de production, soit du travail vivant.

En fait, Marx n'emploie généralement pas le terme « capital » pour désigner des choses concrètes. Pour lui, *le capital est avant tout un rapport de production* : « Au lieu d'être une chose, le capital est un rapport social entre des personnes, lequel s'établit par l'intermédiaire de choses… » ; « Le capital n'est pas un objet, il est représenté par un objet auquel il confie un rôle social spécifique ».

Dans cette perspective, la monnaie n'est pas un simple intermédiaire équivalent général qui permet d'acheter toute marchandise (y compris le travail). C'est, comme nous l'avons dit, une forme particulière du capital : celle qui donne au capitaliste le pouvoir d'accaparer la propriété des biens de production et, par là, de louer la force de travail. Elle est aussi l'expression de rapports sociaux.

Si on ne prend pas en compte que le capital est un rapport social, on l'assimile à un facteur de production ou à un agent et on lui confère, comme au travail, la possibilité d'être productif.

4) La loi de la valeur marxiste aboutit à faire du profit un revenu lié à l'exploitation du travail et débouche sur la bipolarisation de la société.

Dans la théorie marxiste, le profit n'est lié ni à la productivité du capital, qui est niée, ni à la fonction d'entrepreneur, qui n'est pas reconnue. Les entrepreneurs ne cherchent pas directement une adaptation de la production à la demande. Dans leur volonté d'accumuler le capital, instrument de leur pouvoir, les capitalistes cherchent d'abord à porter l'exploitation des travailleurs à son niveau le plus élevé. Si, à un moment donné, il y a équilibre entre l'offre et la demande, cela est dû au hasard. Le fonctionnement du capitalisme n'est pas d'aller vers un équilibre stable, mais vers des déséquilibres de plus en plus graves. Ce sont les crises, et non les retours à l'équilibre, qui permettent au capitalisme de se perpétuer. Elles modifient, en effet, provisoirement, la composition organique du capital (en atténuant les conséquences de la surcapitalisation sur le taux de profit).

Cependant, à la recherche d'un taux de profit maximum pour accroître sans cesse le pouvoir par l'accumulation du capital, les capitalistes vont faire évoluer la société de manière décisive.

La loi de la valeur incite les capitalistes à améliorer les techniques. L'évolution des forces productives est accélérée, le caractère antagoniste du mode de production capitaliste accru.

La loi de la valeur tend en outre à éliminer tous ceux qui ne parviennent pas à produire dans des conditions normales. Elle entraîne la disparition des petits capitalistes et la prolétarisation croissante de la société.

5) *Quelle est la signification de la loi marxiste de la valeur ?*

On peut contester la non-productivité du capital et l'inutilité de la fonction d'entrepreneur. Selon ce qu'on recherche, ces hypothèses sont utiles ou non. Marx arrive à une explication tout aussi cohérente et adéquate à la réalité que les néoclassiques et les classiques. Toute une théorie des prix peut être construite à partir de la loi de la valeur. Toutefois, cette théorie des prix n'aura pas, pour l'entreprise capitaliste, le même degré opératoire que celui auquel parviennent les marginalistes et les néomarginalistes. Remarquons au passage que l'équilibre walrassien et les courbes d'indifférence seront d'une utilité tout aussi médiocre pour le ministre de l'Économie qui doit lutter à la fois contre le chômage et l'inflation. Ici, les analyses keynésiennes semblent plus intéressantes.

À travers l'étude de la valeur travail et le détour dans les théories de la répartition[13], nous percevons mieux ce vers

---

13. Cf. p. 200 *sq.*

LA LOI DE LA VALEUR EST-ELLE APPLICABLE À UNE ÉCONOMIE SOCIALISTE ? *

En suivant l'analyse marxiste, on peut conclure que le socialisme doit permettre une plus grande liberté vis-à-vis des « lois » économiques. La propriété privée n'entre plus en contradiction avec le développement des forces productives. Le pouvoir politique peut enfin optimiser l'utilisation des ressources sans tenir compte des nécessités qui s'enracinent dans les rapports de production capitaliste, notamment… la loi de la valeur.

Les rapports marchands ayant perdu leur priorité, on ne voit pas pourquoi la loi de la valeur garderait son caractère fondamental. Ce fut ce point de vue qui prévalut en Union soviétique, durant la majeure partie de l'ère stalinienne.

Certes, après la période du communisme de guerre (1917-1921), l'économie est rapidement revenue à l'usage de la monnaie. Cela facilitait à la fois l'échange et les comptes. Toutefois, le système des prix qui s'établit, surtout au moment de l'élaboration des premiers plans quinquennaux, n'avait que peu de signification par rapport à la valeur des biens et des services exprimés en « valeur-travail ». Il répondait à la volonté d'encourager ou de décourager telle ou telle consommation ou telle ou telle utilisation des biens de production, sans référence aux coûts de production. Ainsi, les prix des machines et des produits agricoles étaient d'abord des prix administrés, établis en fonction de critères politiques.

C'est un directeur du *Gosplan,* Voznessenski, qui, le premier, mit en cause, en 1948, ce volontarisme politique. Pour lui, il était nécessaire de tenir compte de l'équilibre entre branches, entre la consommation et l'investissement, ce qui, du même coup, supposait un système de prix cohérent.

Les théories de Voznessenski furent condamnées par Staline, et son auteur « liquidé ». Malheureusement, les nécessités demeuraient. Staline, quelques mois avant sa mort, amorça un virage. Dans un petit ouvrage sur *Les Problèmes actuels du socialisme en URSS,* il admit que, si la loi de la valeur ne s'appliquait pas à l'économie soviétique tout entière, elle pouvait garder son utilité pour l'agriculture. Les kolkhoziens disposaient d'une grande partie de leur production comme biens propres. Il fallait donc établir pour eux un système de prix rémunérateur. De toute façon, dans la seconde phase du socialisme, l'économie soviétique s'affranchirait totalement des contraintes de la valeur et de l'échange. Pour Staline, la loi fondamentale du socialisme n'est pas la loi de la valeur, mais « *la satisfaction maximale des besoins, grâce au perfectionnement de la production, sur la base d'une technique supérieure* ». La révolution prolétarienne étant faite, il faut réaliser la révolution scientifique et technique. Ce thème sera largement développé durant « l'ère Brejnev ». Il reste que Staline fait, dans cet ouvrage, un pas de plus dans le débat. Il note que *la loi fondamentale du capitalisme n'est pas la loi de la valeur, mais celle de la plus-value* (ce qui n'est guère orthodoxe).

Après la mort de Staline, les partisans de la loi de la valeur allaient gagner du terrain, sinon la partie... L'accord se fit rapidement sur la nécessité de fixer un système de prix en fonction des coûts de production (idée plus ricardienne que marxiste). Dans cette direction, les apports décisifs furent ceux de L. Kantorovitch et V. Novogilov, dont les travaux avaient commencé avant-guerre. Ces néomarginalistes soviétiques ont développé ainsi des calculs d'optimisation des ressources, en prenant en compte les productivités marginales des alternatives possibles du travail disponible. On parvint ainsi à l'idée que le système des prix devrait être établi de telle sorte que les calculs de minimisation des entreprises aboutissent au coût minimum pour l'ensemble de l'économie.

Jusqu'où aller dans le calcul économique et la prise en compte des *coûts* de production ? Doit-on introduire l'amortissement, et de quelle façon ? L'économie stalinienne avait admis l'idée d'un « délai de récupération de l'investissement », grâce aux économies permises par l'investissement. La liaison entre les prix et ce délai de récupération était, cependant, bien mince. Les débats sur la réforme de la planification soviétique et, surtout, celle de pays comme la Hongrie, iront beaucoup plus loin. Il s'agit de faire payer le capital aux entreprises (jusqu'ici, les entre prises recevaient, comme les administrations occidentales, des dotations en capital). Bien plus, les entreprises doivent acquitter un intérêt qui les incite à mieux calculer leurs besoins en investissements. D'autres propositions seront encore plus radicales. Elles proposent de laisser les entreprises financer elles-mêmes leurs investissements, grâce aux fonds qu'elles peuvent dégager à partir de leurs ventes.

Ici se posa une question de fond pour un pays socialiste ; d'où viennent les profits non planifiés ? N'est-ce pas admettre que le prélèvement d'une plus-value est, pour l'entreprise, un mode efficace, de développement ? À partir du moment où l'on réintroduit le taux d'intérêt et le profit non planifié, n'admet-on pas que le capital est productif ? On comprend que l'académicien Stroumiline, gardien de l'orthodoxie, se soit opposé, jusqu'à sa mort en 1980, aux réformistes « à la Libermann ».

quoi nous acheminent nos réflexions sur les divers types d'approches économiques. Chacune d'entre elles a une rationalité liée à ses objectifs.

Karl Marx ne cherche pas à gérer une firme, ni à gérer le capitalisme. Il veut substituer à « l'économie politique bourgeoise » « l'économie politique de la classe ouvrière », ce qui revient à dire, une science économique efficace pour critiquer, puis abattre le capitalisme.

De ce point de vue, comme l'énonce un ouvrage d'initiation économique, publié en 1975, par les Éditions du Peuple à Shanghai, « la théorie marxiste de la valeur du travail a fait ses preuves dans la lutte contre la panoplie des théories bourgeoises antiscientifiques, elle seule est juste ».

Reste à savoir comment on peut s'en servir, non pour attaquer mais pour gérer une économie. Marx s'est bien gardé d'entrer dans cette voie.

2. Fonder scientifiquement la prise du pouvoir.

Le marxisme, à la recherche des lois du développement capitaliste, ne vise pas seulement à renforcer la lutte du prolétariat, il s'efforce principalement d'abattre le capitalisme. Au-delà du penseur, de l'intellectuel au service de la classe ouvrière, nous découvrons les préoccupations du militant révolutionnaire.

A) Sans le Parti communiste, la classe ouvrière ne peut parvenir à renverser le capitalisme.

Pour Marx et pour tous ses disciples orthodoxes, l'organisation des travailleurs ne peut mener à la révolution. Il faut encore qu'elle s'appuie sur une connaissance scientifique, théorique, qui apprend à voir et à agir. Le marxisme ne crée pas le mouvement ouvrier, et le mouvement ouvrier n'engendre pas le marxisme. La révolution suppose la jonction de la lutte des classes et d'une connaissance théorique. Alors apparaît la nécessité d'une organisation politique capable de diriger scientifiquement la pratique révolutionnaire. « Les

DU JEUNE MARX AU MARX DE LA MATURITÉ

L'objectif révolutionnaire de Marx ne doit pas faire oublier que Marx est aussi un économiste qui veut réaliser une analyse scientifique de l'économie.

L'évolution de la pensée de Marx, des *Manuscrits de 1844* au *Capital,* est, de ce point de vue très significative. Nous passons d'une pensée qui pouvait déboucher sur une sorte de religion nouvelle à une analyse de type scientifique, à partir de concepts bien précis et d'une rationalité qui ne se fonde pas sur des « finalités » extérieures.

Le tableau comparatif établi à ce propos, par M. Godelier, est très significatif de cette évolution.

Les Manuscrits	*Le Capital*
1. Place centrale à la théorie du travail aliéné.	1. Place centrale de la loi de correspondance des rapports de production et des forces productives. (Caractère antagoniste du mode de production capitaliste[1].)
2. Rejet de la théorie de Ricardo et place importante de la concurrence.	2. Place centrale de la théorie de la valeur (fondée sur les rapports sociaux d'échange et de production). La concurrence explique le prix, non la valeur.
3. Réduction de la lutte des classes à l'aliénation.	3. La lutte des classes dépend du développement des forces productives et des rapports de production.
4. Le communisme, outil politique de l'humanisme triomphant (l'homme réconcilié avec lui-même).	4. Le communisme, mode de production.

1. Les phrases entre parenthèse sont de nous.

communistes, dit le *Manifeste de 1848,* ont sur le reste de la masse prolétarienne l'avantage de comprendre les conditions, la marche et les résultats généraux de la classe ouvrière. » C'est l'avant-garde du prolétariat.

Il reste que les rapports de Marx avec la Ligue communiste, puis avec l'Internationale, ne furent pas simples. Il aspirait à un *parti,* au grand sens historique du terme. Il eut des démêlés sans fin avec l'organisation en place. Perpétuellement, il condamne à la fois l'opportunisme et le sectarisme, et finit par déclarer, comme nous l'avons déjà dit : « Je ne suis pas marxiste. »

C'est Lénine qui, confronté à de toutes autres circonstances historiques, donne le primat à l'organisation. Il renforce le rôle des révolutionnaires professionnels, jette les bases du centralisme démocratique, rejette la possibilité d'organisation fractionnelle. Il transforme les marxistes orthodoxes en disciples de Marx. Toutefois, Lénine n'a fait que développer ce qui était sous-entendu. Marx a toujours condamné l'ouvriérisme. Pour lui, l'ouvrier n'aspire qu'à être un bourgeois. Le socialisme n'est pas la généralisation, mais la suppression du prolétariat. Pour y parvenir il faut « organiser le prolétariat en classe, en parti politique distinct ».

B) L'objectif direct de la révolution est l'abolition de la propriété privée des biens de production.

Le *Manifeste de 1848* l'affirme avec force : « La propriété bourgeoise moderne, la propriété privée, est l'expression ultime, l'expression la plus parfaite du mode de production et d'appropriation fondé sur les antagonismes de classes, sur l'exploitation des uns par les autres. En ce sens, les communistes peuvent résumer leur théorie par cette seule formule : *abolition de la propriété privée.* »

Lorsqu'on voit le rôle attribué par Marx aux rapports de production capitalistes et à la propriété privée des biens de production dans la contradiction fondamentale du mode de production capitaliste, on comprend cette focalisation de l'action révolutionnaire.

Il reste que cet objectif a un autre avantage. Il est simple et précis et peut être réalisé par la prise du pouvoir. Il suffit

LES PHASES DU SOCIALISME ET DU COMMUNISME

LA PHASE DU SOCIALISME   LA PHASE DU COMMUNISME

Satisfaction des besoins

La pénurie subsiste.
Pour la vaincre, il faut :
donner la priorité aux industries de base et organiser la répartition suivant le principe :
« à chacun selon son travail ».

La pénurie est vaincue.
On peut passer de :
« à chacun selon ses capacités »
à « à chacun selon ses besoins ».

Rôle de l'État

On doit s'emparer de l'État, pour établir la dictature du prolétariat.
Le Parti communiste est l'instrument qui permet au prolétariat d'organiser sa dictature.

L'État dépérit.
Ses fonctions deviennent des fonctions techniques, d'administration des choses.

Classes sociales

L'appropriation des biens de production est supprimée, mais les mentalités de classes subsistent. En outre, la division du travail entraîne des contradictions entre groupes, branches, régions, etc.
Les hiérarchies de fonctions continuent à exister. Toutefois, apparaît une morale du travail fondée sur l'émulation socialiste.

Il n'y a plus ni classes ni mentalités de classe.
L'égalité est établie, à la fois grâce à l'alternance des activités et de la libre satisfaction des besoins (grâce à l'abondance).

Propriété

L'appropriation privée des biens de production est largement combattue, mais il peut en subsister quelques éléments.
La propriété privée des biens de consommation est maintenue.

L'abondance des biens, en supprimant la rareté, élimine le caractère oppresseur de toute possession.

Division du travail	
Elle reste, mais elle n'est plus organisée par une société de classes.	Elle est supprimée par l'alternance des activités.
Elle est rationalisée par une planification d'ensemble.	On pourra à son gré changer d'activité.
L'homme	
Les contradictions sociales durent encore, d'autant plus que toutes les séquelles du capitalisme n'ont pas disparu.	Le travail n'est plus une obligation pour vivre, mais un besoin.
Le travail demeure une nécessité.	La liberté peut s'épanouir grâce au développement sans fin des forces productives et à la suppression de toute exploitation de l'homme par l'homme.

de changer une institution. Tout serait plus complexe pour la révolution si on avait mis en cause les évolutions techniques qui semblent imposer des hiérarchies de pouvoir, ou encore si on recherchait prioritairement la diffusion réelle et quotidienne du pouvoir. De ce point de vue, l'autogestion est un objectif révolutionnaire autrement difficile à mettre en œuvre et à faire comprendre aux « masses ».

C) L'avènement du socialisme, puis du communisme, passe par une période de dictature du prolétariat.

Les rapports de production capitalistes ont permis l'instauration d'un État qui renforce le pouvoir de la classe dominante. Cette dictature bourgeoise doit être brisée avec ses propres armes. La révolution passe par la prise en main de la structure étatique bourgeoise et son utilisation pour établir la dictature du prolétariat.

À terme, Marx annonce le dépérissement de l'État. C'est là une concession au courant anarchiste, alors très puissant. Marx, qui fut hégélien[14], ne peut admettre les idées

---

14. Hegel donne à l'État un rôle prépondérant dans la transformation de la société. Il y a une véritable mystique hégélienne de l'État.

anarchistes ; il renvoie donc le vieux rêve à une époque tout aussi lointaine qu'idyllique.

Là encore, c'est Lénine qui formule une théorie cohérente du rôle de la dictature du prolétariat et du dépérissement de l'État. Le concept de « dictature du prolétariat » se trouve cependant bien dans Marx. Aujourd'hui, il a mauvaise presse ; il est peu à peu abandonné par la plupart des partis communistes mais, parallèlement, les économistes soviétiques ont admis que le dépérissement de l'État sera beaucoup plus lent que prévu. L'État devra subsister bien au-delà du socialisme. Une société dynamique dont les forces productives évoluent rapidement devra toujours faire des choix et établir des priorités d'ordre politique. Seul l'État, expression organisée du pouvoir politique, est capable de les imposer.

En revanche, Marx n'est guère loquace sur ce que seront vraiment les phases du socialisme (dont la devise est « à chacun selon son travail ») et du communisme (dont la devise est « à chacun selon ses besoins »). Il est encore moins loquace sur la manière dont il faudra gérer le socialisme. Certes, on trouve dans Marx un certain nombre d'indications générales, et d'orientations d'ensemble.

Elles sont loin d'une explication réelle du fonctionnement et du développement des systèmes qui succéderont au capitalisme. Le Marx du *Capital* s'intéresse d'abord au capitalisme pour hâter sa disparition. Pour le reste, il dira avec force : « *Je ne m'intéresse pas aux cuisines des gargotes de l'Histoire.* »

Tout au plus, on peut trouver dans Marx la nécessité de planifier afin d'éviter au mode de production socialiste les impasses du mode de production capitaliste. Il faut volontairement harmoniser, de manière centralisée, le développement des divers secteurs de l'économie, afin d'éviter un gaspillage de ressources. Toute son analyse du caractère antagoniste du mode de production capitaliste l'amenait à cette conclusion.

Mais la clé de la lecture marxiste est, d'abord et avant tout, la prise du pouvoir. La grille d'analyse de Marx est celle d'une classe ou, plus précisément, celle du groupe

Les clés de la lecture marxiste de l'économie 375

DE LA LUTTE DES CLASSES
À LA DYNAMIQUE DES CONFLITS SOCIAUX

Marx a fait de la lutte des classes un élément essentiel de sa dynamique économique et de l'affrontement de la bourgeoisie et du prolétariat l'élément qui, à terme, devrait mener le capitalisme à sa perte et permettre l'avènement du socialisme

Il a certes toujours existé des groupes sociaux et leur organisation a été parfois sanctionnée par la tradition, le droit ou la religion. La société que l'Ancien Régime avait héritée de la féodalité était ainsi composée de trois ordres : la Noblesse, le Clergé et le Tiers État. Chacun de ces ordres avait une fonction, et des privilèges étaient accordés aux deux premiers afin qu'ils puissent les remplir. Au Tiers État revenait la fonction productive qui lui fournissait, par elle-même, les moyens de l'assurer. Cela n'empêchait pas à l'intérieur du Tiers État des inégalités de situation entre notamment les bourgeois et les laboureurs descendants des serfs du Moyen Âge, les bourgeois et leurs domestiques ou encore entre les artisans et leurs compagnons. Après 1789, seule la bourgeoisie profita pleinement de l'abolition des trois ordres de l'Ancien Régime. C'est moins la fonction que la religion qui fonde le système des castes dont l'Inde ne finit pas de sortir. Il enferme chaque personne dans un groupe qui ne doit pas entretenir de rapport avec des membres d'une autre caste lorsque leurs activités sont considérées comme impures pour ces derniers. Au plus bas de l'organisation sociale se trouve ainsi la caste des *intouchables* qui ne peuvent toucher à aucun objet utilisé par un membre d'une autre caste sans le souiller. La caste des *brahmanes* est par contre la caste la plus pure.

Aujourd'hui l'analyse sociale se centre sur les catégories socio-professionnelles (CSP) que l'on devrait appeler en France PCS (Professions et Catégories sociales) depuis que l'INSEE a décidé de changer sa nomenclature. Cette classification essaie de regrouper les individus en fonction de leur activité et de leur rôle dans cette activité. Elle a un but descriptif mais n'explique ni la formation ni le rôle de ces catégories dans le développement de la société et de l'économie.

Il en va tout autrement dans la conception marxiste de la classe sociale. Pour Marx, une classe a trois caractéristiques majeures : des intérêts communs, une conscience de classe, une reproduction et un conflit avec une autre classe. La lutte des classes est la caractéristique essentielle, c'est dans la lutte que le travailleur prend conscience de son exploitation et peut être mobilisé par les militants révolutionnaires, c'est par la lutte des classes que le régime capitaliste, comme tout autre régime en dehors du socialisme qui

> l'abolira, s'achemine vers sa perte. Des dissidents marxistes ont cependant montré que le régime soviétique avait permis la reconstitution d'une véritable classe sociale, la *nomenklatura*, qui à partir de son emprise sur l'organisation politique s'assurait la maîtrise des biens de production. Après la chute du communisme, les nomenklaturistes ont pu profiter de leur position sociale dominante pour passer d'une appropriation collective des biens de production à une appropriation privée (p. 382 *sq.*).
>
> Aujourd'hui des auteurs américains tout en abandonnant la valeur travail, fondement de la plus-value, et en se plaçant dans le cadre de l'approche néoclassique de la rationalité des individus et de l'équilibre walrassien, reprennent les concepts de classes et de lutte des classes marxistes. Pour eux, et notamment pour John Roemer, la distribution inégale des moyens dont dispose chaque individu grâce à l'appropriation des biens de production permet à un profit net de subsister au moment où est atteint l'équilibre général. Rappelons que, pour Walras, à l'équilibre ne subsiste que le profit assurant l'amortissement et la rémunération de la fonction d'entrepreneur. De l'appropriation inégale des biens de production et de l'existence d'un profit net, Roemer passe à l'exploitation de ceux qui ne possèdent pas les biens de production et à l'existence de deux classes sociales. Toutefois au passage en se plaçant dans le cadre de l'équilibre walrassien, Roemer abandonne le rôle de la lutte des classes dans la dynamique des structures.

d'hommes qui tentent d'orienter la lutte de cette classe vers la prise du pouvoir.

Aujourd'hui la vision marxiste aussi grandiose que simpliste ne résiste guère à la diversification de la classe ouvrière, voire à son éclatement. Par contre, l'introduction du conflit et du rôle des groupes sociaux dans le développement économique et social dont Marx a été un précurseur est une des caractéristiques de certains courants hérétiques contemporains[15].

---

15. Cf. p. 456, 605 *sq*.

Annexe

Peut-on appliquer au régime soviétique l'analyse marxiste ? *

Aujourd'hui, les régimes communistes d'Europe se sont écroulés, il est cependant intéressant de reprendre l'analyse de certains dissidents. Ces dissidents ont, en effet, appliqué au régime communiste l'analyse marxiste elle-même. Le Yougoslave Milovan Djilas fut un précurseur. M. Voslensky, aujourd'hui à l'Ouest, mais qui travailla à Moscou en liaison étroite avec le Comité central du Parti et fut membre de l'Académie des sciences sociales, s'est livré, dans un ouvrage célèbre, *La Nomenklatura,* à ce type d'analyse. En URSS, des publications clandestines ont circulé. Elles avaient pour thème central la reconstitution d'une classe dominante qui exploite les travailleurs et entraîne le régime vers un mode de production tout aussi, sinon plus, antagoniste que le mode de production capitaliste. Ce sont, notamment, *Le Programme du mouvement démocratique de l'Union soviétique, Le Mémorandum sur l'illégalité de la prise du pouvoir du Parti communiste et sur ses menées anticommunistes,* adressés au Soviet suprême, ou encore *Le Programme de Leningrad.* Tous parlent d'exploitation d'une classe par une autre.

1. Pour comprendre la portée de cette analyse, Il faut éviter de confondre l'exploitation d'une classe par une autre avec ce que l'on pourrait appeler « l'exploitation socialiste » nécessaire à l'édification du socialisme.

a) L'exploitation socialiste, au sens de surtravail non rémunéré, ne peut qu'exister. Marx, dans sa *Critique du programme de Gotha* a été formel sur ce point. Il faut investir, mettre en place les équipements collectifs nécessaires, défendre la patrie socialiste…

b) Comme toute exploitation, l'exploitation socialiste a besoin, pour être effective, que quelqu'un tienne le rôle d'exploiteur. L'abolition de la propriété privée n'a jamais signifié que, dans la période du socialisme, les hiérarchies ne seront pas maintenues, que certains ne commanderont pas à d'autres. Il y a ainsi, en URSS, officiellement trois classes : les kolkhoziens, les ouvriers et les employés. Cette dernière classe comprend, à côté de ce que nous nommons « employés », toute l'*intelligentsia*, autrement dit tous les cadres. Il est normal qu'il existe entre ces groupes des tensions et conflits. C'est d'ailleurs l'existence de tels conflits qui suppose le maintien de l'État.

c) Toute fonction de direction et d'encadrement suppose une rémunération proportionnelle à la compétence et à la responsabilité. Le socialisme n'est pas l'ère de l'égalité ; sa devise est « à chacun selon son travail ». En d'autres termes, l'existence d'une exploitation socialiste organisée par une minorité de responsables mieux payés que le reste de la population ne signifie nullement, du point de vue de la théorie marxiste, l'exploitation d'une classe par une autre et que le mode de production soit devenu antagoniste.

Pour Marx, une classe sociale n'est pas une simple catégorie socio-professionnelle définie par la division du travail, ce que sont les classes officielles de l'URSS. Il y a classes sociales lorsque ces classes sont définies par rapport à leur place dans une lutte des classes. Il y a classe sociale dominante lorsqu'une classe, grâce à son emprise sur le reste de la société, et surtout, sur les biens de production, peut exploiter les autres classes sociales à son profit

Annexe 379

et, consciemment organiser cette exploitation. La conscience de classe fait partie de la définition marxiste de la classe sociale, et rappelons que la bipolarisation « bourgeoisie – prolétariat » n'est rien d'autre qu'un concept théorique qui apprend à voir. Dans la réalité, il peut y avoir plusieurs classes sociales en présence.

2. Les analyses des dissidents tendaient à montrer que l'on pouvait, dorénavant, parler, en URSS et dans les démocraties populaires, de « classe sociale dominante » et de « lutte de classes ».

Pour eux il ne s'agit pas simplement d'un résidu de l'ancien régime capitaliste, ou d'un avatar du phénomène bureaucratique (déjà dénoncé par Lénine). C'est le régime socialiste qui, par sa logique propre, a produit une classe dominante, a mis la lutte des classes au cœur de son fonctionnement et, du même coup, fait du mode de production socialiste un mode de production antagoniste irrationnel.

a) Il existait, en URSS, une classe dirigeante qui tendait à se fermer sur elle-même : la nomenklatura.

Très rapidement, il est apparu qu'il était nécessaire de disposer de cadres sûrs. Ainsi est née, dès les années 1920, sous l'impulsion de Lénine, la *nomenklatura*. C'est à la fois une liste de postes dont le Parti doit contrôler la manière dont ils sont pourvus et une liste de personnes occupant ces postes ou susceptibles de les occuper. Les critères du choix ne sont pas la simple compétence, mais aussi la fiabilité politique et la rectitude idéologique. Il existe diverses *nomenklatura* dépendant d'échelons plus ou moins élevés du Parti. Au total, elles représentaient sous Brejnev quelque 750 000 personnes. Peu à peu ce groupe va, à partir des règles imposées par Lénine, se fermer sur lui-même et devenir une classe dominante. Lénine a opté pour des révolutionnaires professionnels et le centralisme démocratique. Ce système fait désigner les éléments dirigeants par des responsables locaux, mais ces derniers sont eux-mêmes désignés par les dirigeants, toute activité fractionnelle étant par ailleurs interdite. Une fois la décision prise, elle doit être exécutée sans discussion. Le rôle du Parti par rapport à la classe ouvrière et la dictature du prolétariat impliquent nécessairement une telle organisation. Cette procédure amène fatalement à la fermeture du groupe dirigeant sur lui-même ; « le pouvoir est en circuit fermé ». À partir du moment où le groupe dirigeant est assez nombreux pour pouvoir se recruter sans faire appel systématiquement à la mobilité sociale, le contrôle du Parti sur la *nomenklatura* et le système circulaire de la désignation des cadres dirigeants font de la *nomenklatura* un groupe social coupé du reste de la société. Pendant toute l'ère stalinienne, les *purges* qui touchaient surtout les responsables du Parti et les cadres administratifs, économiques et militaires ont retardé cette coupure. L'ère de Brejnev a, au contraire, accéléré le phénomène.

b) La nomenklatura, *puisque tel est le nom donné par les dissidents à cette classe sociale, est bien une classe,* car elle a une conscience de classe et défend de mieux en mieux ses membres et ses privilèges. Au moment où, après l'ère stalinienne, Khrouchtchev tenta une démocratisation de son recrutement par une réforme du système éducatif et une rotation des cadres, tout en cassant l'organisation monolithique du Parti (par la déconcentration et une organisation du Parti en fonction des grands secteurs de l'économie), ses réformes furent systématiquement sabotées par la *nomenklatura*.

C'est au nom de *la sécurité de l'emploi des cadres* que Brejnev prit le pouvoir. L'ère de Brejnev coïncide ainsi avec la consolidation d'une *nomenklatura* ayant acquis une conscience de classe. La stabilité de l'emploi était désormais garantie. Même des fautes professionnelles, voire politiques, graves n'entraînent plus l'exclusion de la *nomenklatura* ; on est affecté à un poste plus honorifique que réel. Les « nomenklaturistes » se protègent mutuellement. Là encore, l'organisation du Parti et son contrôle sur les nominations sont à la base de la *nomenklatura* à vie. « Chaque nomenklaturiste, écrit M. Voslensky, fait partie de la *nomenklatura,* d'un organe précis de direction du Parti. C'est cet organe et lui seul qui pourra le révoquer. Comme aucun membre du Parti n'a le droit d'être chômeur (tout membre de la *nomenklatura,* est membre du Parti), l'organe de direction est dans l'obligation non pas de le révoquer, mais de le muter à un autre poste. Ce nouveau poste ne pourra être qu'un poste de la *nomenklatura,* car l'organe de direction ne nomme qu'à ce type de poste. La chaîne "révocation, mutation, nouvelle nomination" garantit à tout "nomenklaturiste" une place à vie dans la classe dirigeante. » Au-delà, c'est le passage à la *nomenklatura* héréditaire ; le système éducatif le permet ; à partir du moment où les « nomenklaturistes » ont conscience d'être une classe, rien ne peut véritablement s'y opposer.

c) La nomenklatura *devient, de plus en plus, une classe de privilégiés bénéficiant de l'exploitation des autres classes.* Nous sommes bien au-delà des « inégalités » nécessaires au socialisme. Staline avait doublé cette inégalité par la pratique des « enveloppes ». Khrouchtchev a tenté de supprimer cette pratique. Sous Brejnev, elle est largement remplacée par celle des décorations, auxquelles sont attachés des avantages matériels plus ou moins occultes. L'exploitation socialiste est détournée de son rôle d'élément moteur du développement des forces productives.

d) Cette exploitation n'est pas un avatar de l'histoire. Grâce au monopole du pouvoir politique par le Parti, ou du moins par ses cadres dirigeants, le Parti a la haute main sur l'économie du pays. Tous les responsables de la planification de la propriété collective ou non (les kolkhozes) appartiennent aux divers échelons de la *nomenklatura.* Les réformes de l'entreprise liaient de plus en plus le revenu des responsables aux « résultats » financiers, en d'autres termes à l'exploitation directe des travailleurs de l'entreprise et à l'orientation de l'économie en fonction du revenu de la *nomenklatura.* À tous les niveaux, les rapports entre *nomenklatura,* choix économiques et exploitation se renforçaient. La loi fondamentale du socialisme était devenue la même que celle du capitalisme : la loi de la valeur, dans tous les sens où l'entendait Marx.

Toutefois, contrairement au capitalisme, les rapports de production ne s'enracinaient pas sur l'appropriation privée des biens de production, mais sur le monopole du pouvoir politique. En fait l'appropriation des biens de production à laquelle on parvient est tout aussi *privée* que dans le capitalisme. Elle prend seulement une forme d'appropriation privée détenue collectivement par une classe dominante (c'est à une situation semblable à laquelle on parvient dans le capitalisme monopoliste d'État), grâce au monopole politique et idéologique du Parti. On ne peut ainsi qu'aboutir à des contradictions de plus en plus graves entre les rapports de production socialistes et l'évolution des forces productives. Les crises des démocraties populaires et les difficultés économiques de l'URSS le démontrent clairement. Partout, il a existé une *tendance à la réduction du développement des forces productives* qui incite la *nomenklatura* à un développement impérialiste hors de ses frontières.

e) La lutte des classes s'est maintenue et s'est exacerbée. Il n'est pas inintéressant de constater qu'elle est passée par la lutte pour les droits de l'homme, la liberté religieuse ou encore la reconnaissance de revendications nationales. En contestant le monopole idéologique du Parti, ce combat pour les libertés s'attaquait directement au rapport socialiste de production. À partir du moment où le pluralisme a été reconnu, les bases mêmes du régime économique étaient ébranlées. Nous assistons aujourd'hui à une révolution anticommuniste. Toutefois, on ne peut la comparer ni à la révolution de 1789, ni à celle de 1917. Nous n'avions pas dans les pays socialistes l'équivalent d'une classe bourgeoise voulant prendre la place d'une classe dominante. Si un rapprochement avec une révolution peut être fait, il doit l'être avec celle de 1848. On retrouve dans les révolutions anticommunistes d'aujourd'hui, tout à la fois, la prédominance des intellectuels, un renouveau religieux populaire, l'exacerbation des nationalismes et l'absence de classes dominantes de remplacement.

3. Pourquoi une grande partie des nomenklaturistes se sont-ils maintenus après l'effondrement du Parti communiste et pourquoi ont-ils pu se reconvertir en entrepreneurs capitalistes ?

Depuis l'effondrement du communisme dans les pays de l'ancienne URSS et dans ceux de l'Europe de l'Est, une grande partie des membres de la *nomenklatura* est parvenue à se maintenir dans la classe dirigeante. Elle a même souvent transformé sa mainmise politique sur les biens de production en appropriation privée.

Annexe

Au point de départ, l'appartenance à la *nomenklatura* a facilité le passage. En Pologne, dès 1988, les organes politiques du Parti ont privatisé les entreprises et des activités leur appartenant, les membres de la *nomenklatura* qui étaient aux commandes de ces biens privatisés y sont demeurés. On a un peu partout assisté à une auto-appropriation. Les lois de privatisation ou les autorisations de créations d'entreprises privées ont donné lieu à un très grand nombre de « délits d'initiés ». Des directeurs sont devenus les directeurs, voire les propriétaires, des firmes privées créées par les entreprises d'État qu'ils dirigeaient. Ces délits d'initiés et les cumuls d'activités privées et publiques ont été par la suite pourchassés mais, « faute de preuves », peu de nomenklaturistes furent condamnés. Il faut cependant noter que la plus grande partie des nomenklaturistes est restée en place, tout simplement parce que depuis une dizaine d'années, peu à peu et notamment en Russie, les critères de compétences devenaient prépondérants. L'adhésion et la fidélité au Parti n'étaient plus le critère dominant « du personnel des postes de responsabilité » chargés d'établir les *nomenklaturas*. En introduisant une méritocratie par la compétence, ils ont essayé *in extremis* de vaincre leur fermeture de la *nomenklatura*, son caractère héréditaire et d'assurer une mobilité sociale. C'est au sein de la *nomenklatura* que peut aujourd'hui encore se recruter une grande partie des entrepreneurs capitalistes et des dirigeants des entreprises qui sont encore publiques. Dès les années 1980, les vieux « bureaucrates » recrutés suivant les critères de la fidélité des années 1960 avaient perdu leur poste de direction.

Les membres de la *nomenklatura* qui appartenaient uniquement aux organismes politiques ont eu moins de chance. S'ils sont revenus au pouvoir ou sont encore membres d'assemblées politiques, c'est à la faveur de votes marqués par la déception des électeurs. Dans bien des pays de l'ancienne URSS, les dirigeants « non communistes » ne sont souvent que d'anciens membres du Parti qui l'ont quitté juste avant ou tout de suite après l'effondrement du communisme. Les présidents Eltsine et Poutine sont tous deux issus de ces démocrates opportunistes. Dans peu de pays, les opposants au régime communiste étaient prêts à prendre le pouvoir. Le cas de la Pologne, celui de la République tchèque ou encore ceux des pays baltes étaient des exceptions. Souvent, notamment dans les pays qui constituaient l'Union soviétique, les leaders communistes ont simplement troqué le marxisme pour un nationalisme pur et dur.

Au fur et à mesure que le temps passe, l'appartenance à l'ancienne *nomenklatura* perd bien entendu de son importance. Le rôle de l'appropriation politique dans l'appropriation privée des biens de production devient moindre. Toutefois, les anciennes élites communistes ont un avantage sur les nouvelles. Elles possèdent un considérable capital culturel et social. Elles ont acquis, plus facilement que les autres, diplômes et expérience et elles bénéficiaient d'un bon réseau social. Elles ont pu ainsi reconvertir un réseau lié aux influences politiques en un réseau de relations plus directement socio-économique. Ce n'est plus le marxisme qui peut désormais expliquer le maintien du pouvoir des anciens nomenklaturistes mais la théorie de la reproduction des élites du sociologue français Pierre Bourdieu. Pour ce dernier, l'héritage qui permet à une classe dirigeante de se maintenir n'est pas qu'économique. À la détention d'un capital matériel, il faut joindre celle du capital culturel qui favorise la reproduction des rapports sociaux et son capital de relations sociales. Il est notamment composé de connaissances, de manières d'être, de comportements, d'un *habitus social* qui facilite le maintien dans la classe dirigeante.

Toutefois, l'imbrication des relations politico-économiques propres au pouvoir de l'ancienne *nomenklatura* joue encore, d'une part, dans l'importance du pouvoir des mafias dans une grande partie des anciens pays communistes européens et, d'autre part, dans le passage graduel à une économie capitaliste de marché mise en œuvre en Chine. Dans ce dernier pays, ce sont souvent les enfants, voire les petits-enfants, des nomenklaturistes des organismes politiques qui ont le plus de chance de faire main basse sur le secteur privé en voie de rapide constitution. Quant aux relations politico-économiques qui facilitent le développement des mafias, elles sont compliquées par les liens avec la diaspora chinoise.

Au total, la mutation de la *nomenklatura* en classe dirigeante capitaliste est multiforme et loin d'être terminée.

N.B. Nous prions le lecteur de vouloir bien nous excuser pour cette longue incursion dans les régimes socialistes et dans l'analyse marxiste qu'en font certains dissidents. Elle avait pour objectif de montrer que le *marxisme* est bien un formidable instrument théorique de critique des systèmes économiques et de leur développement. C'est à partir de cette qualité qu'on doit lire et comprendre le marxisme.

9. Le déploiement des socialistes marxistes et marxiens

L'œuvre de Karl Marx constitue *la base* – selon ses propres termes – d'un *socialisme scientifique,* par opposition aux différents *socialismes idéalistes* qui ont précédé sa critique de l'économie politique.

Les critiques que Marx formule à l'égard des auteurs et des systèmes socialistes idéalistes ou romantiques, ou encore réformistes, ne l'empêchent pas de subir leur influence. Il faut également noter que les projets de société socialiste ne s'arrêtent pas à Marx ; qui, d'ailleurs, est peu loquace dans ce domaine.

Le courant socialiste s'enracine très loin dans l'histoire. Il lie l'analyse économique et l'analyse politique à la volonté d'une transformation de la société qui rendrait les hommes plus solidaires. Ce projet donna lieu à bien des utopies et des expériences. Marx l'accompagne d'une tentative d'explication de l'histoire et du développement des sociétés. Le socialisme scientifique devient la théorie qui fonde l'action révolutionnaire et en garantit l'efficacité. On retrouve cependant chez Marx la grande constante de la pensée socialiste, qui unit explicitement philosophie et science, économique et politique, analyse économique et projet politique.

Lorsqu'on expose le déploiement des élaborations économiques qui se rapprochent du courant socialiste, il n'est donc pas aisé de faire le départ entre philosophies, doctrines politiques et théories économiques. Le marxisme, en se voulant science totale, n'a fait que renforcer la difficulté.

386 L'économie selon les disciples orthodoxes de Karl Marx

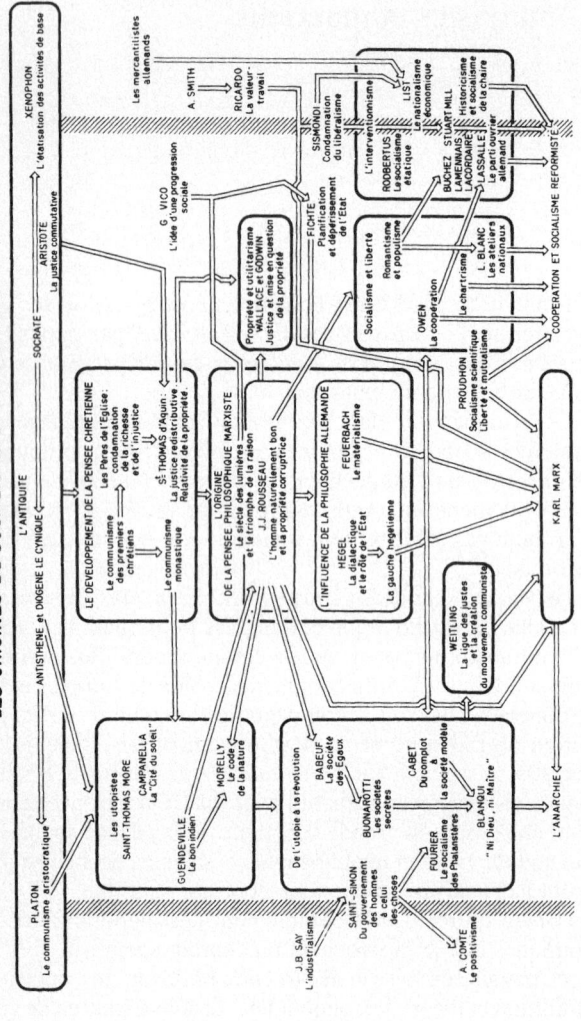

Depuis 1917, le socialisme est, en outre, devenu une forme concrète d'organisation des sociétés et de leur économie. De la théorie, on est passé à la mise en pratique. La théorie révolutionnaire a dû prendre en compte les contraintes économiques. L'espérance des uns s'est souvent mêlée à la désespérance des autres.

Les pays dits « du socialisme réel » doivent autant, sinon plus, à Lénine, qui donne au marxisme une dimension stratégique, qu'à Marx lui-même.

Les remises en cause du marxisme-léninisme dans les pays de l'Europe de l'Est en 1989 portent atteinte indéniablement au projet politique par l'abandon du rôle dirigeant du Parti communiste, la reconnaissance de la propriété privée des biens de production, le recours aux mécanismes du marché dans le processus de régulation de l'économie. Mais, comme on l'a déjà signalé dans les chapitres précédents, l'analyse marxiste peut être pour certains un outil susceptible de révéler encore les contradictions des systèmes économiques, même si son projet politique n'est plus crédible.

1. LES SOCIALISMES AVANT MARX

Les auteurs qui ont pu – directement ou indirectement – influencer Karl Marx sont nombreux. Il suffit, pour s'en rendre compte, de feuilleter l'index des auteurs cités à la fin de ses *Œuvres économiques* (Bibliothèque de la Pléiade). Il ne sera pas question, ici, de rappeler l'importance de Smith, Ricardo ou Malthus, qui sont étudiés par ailleurs. Nous nous limiterons, dans cette section, aux seuls auteurs socialistes qui ont tenté, soit de décrire la cité idéale, soit de proposer des mesures destinées à réduire la misère de manière volontaire.

Pour ce faire, nous suivrons le plan correspondant au découpage traditionnel des différents socialismes et communismes, assez proche d'un plan historique :

- le communisme et le socialisme dans l'Antiquité ;
- le socialisme et les religions monothéistes ;
- le socialisme idéaliste profane ;
- le socialisme associationniste ;
- le socialisme d'État, ou socialisme réformiste.

Nous noterons que le mot « socialisme » ne date que du XIXe siècle. La treizième édition du volumineux *Dictionnaire national universel de la langue française,* en 1873, ne le connaissait pas encore, alors qu'il définit « socialiser : action de mettre en commun ».

1. Le communisme, le socialisme d'État et le réformisme sous l'Antiquité grecque et romaine.

Le premier auteur qu'il convient à nouveau de citer est Xénophon (430-355 av. J.-C.), père du socialisme d'État. Dans *Les Revenus de l'Attique,* écrit pour résoudre la crise financière que traverse Athènes, il propose l'étatisation d'un certain nombre d'activités : mines, commerce, flotte.

Le père du communisme est, historiquement, Antisthène (444-365 av. J.-C.), philosophe grec, disciple, comme Xénophon, de Socrate, chef de l'École cynique ; son élève le plus célèbre est Diogène, « le Cynique » (413-327 av. J.-C.) (à ne pas confondre avec Diogène Laërce dit « le Stoïcien »).

Antisthène et Diogène méprisent la richesse et les conventions sociales. Ils placent au plus haut niveau la vertu. Leur système communiste se rapproche de celui que Platon (428-348 av. J.-C.) préconise dans *La République :* mise en commun de tous les biens, y compris les femmes et les enfants, sans remettre en cause... l'esclavage. C'est ce qu'on appelle le *communisme aristocratique*. Toutefois, dans *Les Lois,* Platon propose un système plus accessible, ayant pour base l'égalitarisme, la famille monogamique dans une société stationnaire. La Cité ne doit avoir ni plus ni moins de 5 040 citoyens, qui seront tous agriculteurs, les autres métiers étant confiés à des étrangers. L'esclavage est maintenu. La détention d'or et d'argent est condamnée. Platon multiplie les détails organisationnels et administratifs. Dans tous ces détails, se profilent le moralisme et l'admiration pour Sparte, qui a su mieux préserver les vertus cardinales que ne l'a fait Athènes.

On retrouvera, chez les marxistes, l'idée fondamentale que ce ne sont pas les lois naturelles qui dictent les comportements politiques : *l'homme peut construire de lui-même et consciemment la Cité pour retrouver l'âge d'or perdu.*

Aristote (384-322 av. J.-C.) s'oppose à Platon sur bien des points, mais le plus important est celui de la notion d'égalité. Aristote est pour la *justice distributive*. L'égalité n'est pas réalisée quand on donne à tous la même quantité, alors que les individus ont des mérites inégaux. Il faut, dit-il, donner plus à celui qui a le plus grand mérite ; mais, malheureusement, il n'y a pas de critère absolu du mérite. Il appartient à chaque société d'en définir un.

L'égalité au sens de Platon doit, en revanche, être maintenue dans les échanges ou contrats : c'est la *justice commutative*. Le critère est soit la quantité de travail, soit l'utilité ou « le besoin que nous avons les uns des autres » *(Politique)*.

Toutefois, Aristote *nie la possibilité d'échapper aux lois naturelles,* même s'il admet que certains maux de la société peuvent être guéris.

Même si elle n'est pas aussi révolutionnaire que celle de Platon, *La République* de Zénon (336-264 av. J.-C.), fondateur du stoïcisme, envisage un monde sans États distincts. Son disciple, Iambulos, parle d'« une île sans propriété privée et sans classes sociales ».

Rome a organisé le monde, mais lui a peu donné de philosophes, et surtout de philosophes « socialisants ». L'utopie n'a jamais fait bon ménage avec le réalisme romain.

2. *Socialisme et religions monothéistes.*

Si nous abandonnons les auteurs profanes pour nous intéresser aux livres sacrés, un travail exégétique pour dégager les tendances socialisantes risque d'être scientifiquement fragile, car, derrière la loi générale, il y a toujours place pour des affirmations et leur contraire, lorsque le dogme n'est pas en cause. Cependant, divers auteurs ont vu du socialisme dans le Pentateuque (ou Torah), dans les Évangiles et dans le Coran.

Il n'en reste pas moins que *la philosophie générale des religions monothéistes, c'est l'égalité des hommes devant Dieu.*

A) Les Pères de l'Église.

Les Pères de l'Église des IIe et IVe siècles prennent surtout parti contre l'injustice sociale, à l'image de saint Cyprien (210-258), évêque de Carthage, de saint Basile (329-379), l'un des fondateurs du monachisme – qui est finalement une forme de communisme aux dimensions restreintes –, de saint Jean Chrysostome (344-407), qui, en plus de l'aspect moral, donne au communisme une justification économique : « La division est une cause d'appauvrissement, la concorde et l'union des volontés, une cause de richesse. »

B) Saint Thomas d'Aquin : le bien commun et la doctrine sociale de l'Église.

Saint Thomas d'Aquin est le véritable fondateur de la doctrine sociale de l'Église centrée sur le bien commun. Il part de la sociologie aristotélicienne, selon laquelle « la société est supérieure à l'individu, comme le tout est supérieur aux parties ».

Dans la *Somme théologique,* il s'en tient encore à Aristote : le chef doit assurer la justice distributive, tandis que la justice commutative doit être respectée dans les contrats ou échanges. La justice distributive n'a toujours pas de critère absolu. *Saint Thomas opte pour la propriété privée, car ce qui appartient à tous n'appartient à personne.* Toutefois, l'homme ne doit pas posséder ses biens comme s'ils lui étaient propres, mais comme étant à tous. En ce sens, il doit être tout disposé à en faire part aux « nécessiteux », et « se servir d'un bien d'autrui que l'on a dérobé dans un cas d'extrême nécessité n'est pas un vol à proprement parler » *(Somme théologique).*

De tels propos, et beaucoup d'autres, ont conduit à l'interdiction momentanée de l'ouvrage. Les conceptions thomistes triompheront cependant. Plusieurs siècles plus tard, les encycliques *Rerum Novarum* (Léon XIII, 1891), *Quadragesimo Anno* (Pie XI, 1931) et *Mater et Magistra* (Jean XXIII, 1961) les reprendront[1].

C) Le communisme de L'Utopie et de La Cité du soleil.

Deux siècles après saint Thomas d'Aquin, dans le mercantilisme naissant, le communisme et la religion sont de nouveau réunis avec les œuvres de Thomas More et de Campanella, qui se sont inspirés de *La République* de Platon. Fénelon (1651-1715), dans *L'Île de Solente* et l'abbé Meslier (1664-1729) ont, eux aussi, décrit des sociétés idéales.

a) Saint Thomas More, ou Morus (1478-1535), grand chancelier d'Angleterre sous Henri VIII, est l'auteur de *L'Utopie*[2]. L'importance de ce livre est telle, que ce nom propre est devenu un mot commun désignant aussi bien une conception imaginaire d'un gouvernement idéal qu'un système ou projet qui paraît irréalisable (selon le *dictionnaire* Larousse). Socialisme idéaliste et socialisme utopique sont souvent synonymes et s'opposent au socialisme scientifique.

Le succès du mot « utopie » tient aux thèses de l'ouvrage. La première partie est à la fois un traité de criminologie (le brigandage s'explique par les structures économiques et sociales), un traité du comportement des oligopoles et des monopoles (raréfaction volontaire des produits pour en faire monter les prix) et un traité des sciences politiques (dénonciation de l'absolutisme, des conquêtes, des guerres, etc.). Elle se termine par la condamnation de l'argent, qui est le

---

1. Cf. p. 401.
2. En fait, c'est le titre raccourci de *Libellus vere aureus nec minus salutaris quam festivus de optimo reipublicae statu deque nova insula Utopia* (Utopia vient de *u* : sans : et *topia* : lieu).

responsable général : « Là où l'on mesure toutes choses d'après l'argent, il est à peu près impossible que la justice et la prospérité règnent dans la chose publique... le seul et unique chemin vers le salut public, à savoir l'égalité, est la disparition totale de la propriété. »

Dans la seconde partie, saint Thomas More indique comment s'organiserait une société sans propriété, avec maintien de la famille : travail manuel pour tous, abolition des classes sociales. Il termine par la présentation des avantages de son système, en retournant l'argument de saint Thomas d'Aquin en faveur de la propriété privée : « Partout ailleurs, ceux qui parlent d'intérêt général ne songent qu'à leur intérêt personnel ; tandis que là où l'on ne possède rien en propre, tout le monde s'occupe sérieusement de la chose publique, puisque le bien particulier se confond réellement avec le bien général. »

b) Tommaso Giovanni Campanella (1568-1639) est un moine dominicain calabrais, qui passa plus de vingt-sept ans de sa vie en prison pour ses écrits hérétiques ou pour son activisme politique. C'est en prison qu'il écrit *La Cité du soleil*, dans laquelle il imagine, d'une manière moins précise que Thomas More, une société communiste sans famille, sans monnaie et sans propriété privée. Le fondement de ce communisme est l'amour (de Dieu et de soi), qui existe dans la nature. Il faut faire confiance à la nature et à sa composante : l'amour.

3. Les socialismes idéalistes laïques.

Parallèlement aux clercs, des auteurs laïques ont, soit imaginé des cités idéales, soit envisagé la nécessité de réformer les structures économiques, politiques et sociales, pour mettre fin à la misère.

En Angleterre on peut citer Chamberlin (*L'Avocat des pauvres*, 1649), G. Winstaley (*La Loi de la liberté sous forme de programme*, 1652), Harrington (*Oceana*, 1656),

John Bellers, qui propose de construire des collèges industriels pour former les travailleurs et supprimer la misère, et surtout William Godwin, qui sera la cible de Malthus (*Essai sur la justice politique et son influence sur la moralité et le bonheur*, 1793).

En France, Rabelais exprime quelques tendances anarchistes avec le passage de l'abbaye de Thélème et sa devise : « Fais ce que voudras. » Cyrano de Bergerac va plus loin dans l'utopie avec son *Voyage dans la lune*. D'autres auteurs préconisent l'intervention de l'État (cf. les précurseurs de Keynes). Mais c'est aux XVIIIe et XIXe siècles que les socialistes ou communistes laïques sont les plus nombreux : Nicolas Gendevillo croit à la supériorité de l'Indien sauvage sur l'Européen parce que l'Indien ne connaît pas la propriété privée (*Dialogue ou entretiens entre un sauvage et le baron de La Houtan,* 1705[3]). Morelly, avec son *Code de la nature* (1755), systématise l'idée précédente. Cependant, contrairement à Rousseau, il pense que ce retour est impossible. François Noël, dit Gracchus Babeuf (1760-1797), qui a subi l'influence de Morelly, n'admet pas ce pessimisme. Fondateur de la « Société des Égaux », du communisme matérialiste et de la théorie de la lutte des classes, Gracchus Babeuf croit à la possibilité de changer l'ordre des choses. Il faut simplement conquérir le pouvoir. Sa stratégie dans ce domaine en fait un précurseur de Lénine. Parti du conservatisme, il devint un révolutionnaire extrémiste. Sous le Directoire, sa « conjuration des Égaux » échoua ; il fut condamné à mort et préféra se poignarder. Le babouvisme eut de nombreux adeptes, parmi lesquels on citera Buonarotti, inspirateur du carbonarisme, visant à la réunification de l'Italie. Le futur Louis Napoléon Bonaparte fut, un moment, très lié à ce mouvement babouviste, et on retrouve chez l'Empereur certaines idées sociales du conjuré. C'est Napoléon III qui légalisa la grève et finança, sur ses fonds

---

3. C'est une réécriture de l'ouvrage de La Houtan publié en 1703 sous le titre : *Dialogue curieux entre l'auteur et un sauvage de bon sens qui a voyagé.*

secrets, l'envoi d'une délégation française à la réunion de la Première Internationale à Londres.

L'influence de Babeuf sur les sociétés secrètes du XIXe siècle sera considérable. On la ressent notamment, *via* Buonarotti, chez Auguste Blanqui (1805-1881)[4], éternel comploteur, qui passa une grande partie de sa vie en prison. Alors qu'il avait déjà été arrêté, ses partisans jouèrent un grand rôle dans la Commune. Libéré en 1880, à cause de son grand âge, il fonde un journal : *Ni Dieu ni maître*. Sa principale œuvre, *La Critique sociale* (1885), est posthume. On y retrouve l'influence d'un autre utopiste, comploteur et banni, E. Cabet (1788-1856). Beaucoup plus utopiste que révolutionnaire, ayant subi lors d'un exil en Angleterre l'influence d'Owen, Cabet tenta, sans succès, de réaliser son projet de cité idéale dans le Texas, puis dans l'Illinois.

Une place à part doit être réservée à deux hommes : Jean-Jacques Rousseau et Saint-Simon, dont les idées sont à la fois originales, et surtout plus fondamentales.

a) Jean-Jacques Rousseau (1712-1778), philosophe et écrivain, est aussi l'auteur de l'article « Économie politique » de l'*Encyclopédie* de Diderot et d'Alembert. Il est sans doute le premier à poser clairement le *principe de l'autonomie de la science économique*, qui régit la société civile, par rapport à la science politique, ou science de l'État. Cette séparation est fondamentale dans la logique de l'élaboration du socialisme rousseauiste.

Après avoir distingué, avant Hegel, la société civile et l'État, ou encore le bourgeois – c'est-à-dire l'homme privé subvenant à ses besoins – et le citoyen, Rousseau analyse les rapports entre ces deux pôles. Il conclut que l'homme est naturellement bon, mais que la société l'a corrompu (*Discours sur les sciences et les arts, Discours sur l'origine et le fondement de l'inégalité parmi les hommes*). La recherche de la richesse aboutit à la misère du plus grand

---

4. À ne pas confondre avec son frère Adolphe, économiste libéral de la tendance de J.-B. Say.

nombre et à l'aliénation des riches eux-mêmes. Ce comportement ne peut pas être attribué à la prétendue loi naturelle de la société des physiocrates et de Diderot.

En changeant les institutions, qui n'ont rien de naturel, on changera l'homme. Rousseau propose alors un retour à la nature, il préconise la reconstitution des petites communautés anciennes d'où la bourgeoisie et la division sociale du travail sont absentes. Par un *Contrat social* (titre de l'ouvrage fondamental de Rousseau en science politique), l'individu consent à la dissolution de l'homme privé dans le citoyen, ou encore à son « aliénation, avec tous ses droits, à toute la communauté ». Exprimant la même distinction que Rousseau entre société civile et État, Hegel débouche sur une doctrine différente. Pour lui, l'opposition entre le bourgeois et le citoyen ne pourra pas disparaître, mais seulement être atténuée par l'intervention de l'État. Cette intervention est nécessaire pour éviter les tensions.

Karl Marx, qui a beaucoup lu Rousseau, même s'il le cite très peu, reprend lui aussi la thèse du conflit, qu'il situe entre les classes sociales, mais on sait que, chez lui, l'État n'est que le représentant de la classe dominante ; ses conclusions sont plus révolutionnaires que celles de Hegel et plus progressistes que celles de Rousseau. Il croit à la réconciliation de l'homme privé et du citoyen. Elle se réalisera par la disparition de la propriété privée et le dépérissement de l'État, après un processus de développement des forces productives, et non par un retour en arrière, comme dans la doctrine de Rousseau. Marx a hérité de l'industrialisme.

b) Claude Henri de Rouvroy, comte de Saint-Simon (1760-1825). Il aimait à dire qu'il était « le dernier des gentilshommes et le premier des socialistes ». Il descendait effectivement, de la famille du duc de Saint-Simon, le mémorialiste célèbre. Son système socialiste s'inscrit dans la tradition des utopistes. En cela, il n'est pas le premier des socialistes, mais seulement le premier des saint-simoniens, remarque qui ne vise pas à réduire l'importance de sa doctrine, qu'il exprime principalement dans le *Catéchisme des industriels* (1823) et *Le Nouveau Christianisme* (1824). Il rédige plusieurs articles avec Augustin Thierry et le jeune Auguste Comte, qu'il prend comme secrétaire.

Sa doctrine a plusieurs bases : l'industrialisme, que Saint-Simon découvre en lisant J.-B. Say, le progressisme de Condorcet, le conservatisme du vicomte de Bonald.

L'industrialisme – mot que Saint-Simon invente pour désigner son système – et le progressisme se manifestent par l'importance qu'il accorde au travail et à son organisation. Le travail est obligatoire et doit être organisé en vue d'améliorer « l'existence morale et physique de la classe la plus faible ». L'administration des choses doit remplacer l'administration des personnes, formule que reprendra Engels. L'État doit laisser l'industrie s'organiser par elle-même. Cela implique le transfert des pouvoirs politiques entre les mains des producteurs (industriels, ingénieurs, agriculteurs, banquiers), car il ne faut pas reproduire l'anarchie libérale et ses crises périodiques. Les producteurs doivent être des organisateurs. Par cet aspect, Saint-Simon peut être considéré, avec Fichte, comme l'un des précurseurs de la planification socialiste.

Du conservatisme, il garde le principe de la propriété privée, mais elle est attribuée selon les capacités. L'héritage est supprimé. Dans le domaine de la répartition des revenus, la combinaison du conservatisme et de l'industrialisme donne la formule : « De chacun selon ses capacités, à chacun selon ses œuvres. »

Le socialisme industrialiste ou technocratique de Saint-Simon, malgré son fond utopique, laissera des traces dans le monde par l'activité des saint-simoniens réalistes comme les banquiers Laffitte et les frères Pereire, l'ingénieur Ferdinand de Lesseps ou le ministre économiste Michel Chevalier. Mais il y aura aussi un groupe de disciples plus utopistes que Saint-Simon, tels que Bazard et Enfantin, qui feront du saint-simonisme une véritable secte religieuse, qui se dispersera ensuite, en 1833. Plus près de nous, on peut voir dans Saint-Simon un inspirateur de la technocratie et de certains anciens élèves de l'École nationale d'administration (les énarques).

4. Les socialismes associationnistes.

Le socialisme idéaliste s'arrête au saint-simonisme, le socialisme associationniste prend la relève, avec Charles Fourier, Pierre Joseph Proudhon, Robert Owen, Louis Blanc. Leur doctrine, qui donne lieu à des expériences, se propage dans le monde. Le mouvement coopératif que nous connaissons de nos jours en est le résultat.

A) Charles Fourier (1772-1837) condamne le système capitaliste et propose de substituer au capitalisme l'association libre, au sein d'une communauté – le phalanstère –, dont le principe est de ne pas entraver la nature humaine. Le socialisme naturaliste n'est pourtant pas un socialisme égalitariste. Pour avoir un revenu, il faut travailler ou avoir un capital. Une partie du revenu sert à rémunérer le talent, en plus du travail et du capital.

Les disciples de Fourier tentent, après la mort du maître, de propager ses idées et de créer des phalanstères. Les plus importants sont Victor Considérant (1808-1893), l'infatigable vulgarisateur, et Godin, qui crée le « familistère de Guise », en 1859, sur le modèle des phalanstères. Le familistère se transformera, en 1880, en une simple coopérative de production. En 1968, les idées de Fourier connaîtront un regain de faveur sur les campus universitaires en révolte.

B) Robert Owen (1771-1858), comme Fourier, ne réclame pas la révolution pour instaurer son système, mais il ne partage pas son naturalisme et sa condamnation de la ville. Il est pour le progrès.

« Pour qu'une société prospère, dans l'intérêt et le bonheur de tous, l'union et la coopération mutuelles sont plus avantageuses que la recherche de l'intérêt individuel », écrit-il. Il tenta de le prouver et d'en convaincre Ricardo, en créant lui-même des coopératives, mais ses associés lui retirèrent leur confiance, et l'entreprise disparut.

Après une réflexion qui le conduit à envisager l'appropriation collective des moyens de production (*Une nouvelle mue de la société,* 1815) et, après son échec en Grande-Bretagne, il part aux États-Unis. Il y fonde la colonie « Nouvelle Harmonie » qui, rapidement, fait faillite. Il reprend son combat, mais en quittant les coopératives de production pour celles de consommation. Après un vif succès, le système s'effondre à son tour. À partir de ses échecs, Owen réfléchit sur le rôle de la monnaie et conclut qu'il faut la remplacer par des bons de travail. En 1844, la première expérience viable inspirée des idées d'Owen apparaît avec la coopérative de consommation des « Équitables Pionniers de Rochdale ».

À partir de cette date, le mouvement coopératif se développe dans le monde. Un renouveau théorique est lancé, en France, par Charles Gide (1847-1932), Bernard Lavergne (1890-1978), Georges Lasserre et Henri Desroche. La doctrine coopérative devient même une matière officielle dans l'enseignement secondaire agricole, en France, sous le titre d'« Action en commun des agriculteurs ». Ailleurs, la coopérative de production rencontre toujours des difficultés de fonctionnement, tandis que les coopératives de consommation et de services semblent pouvoir survivre, tant au sein du capitalisme que du socialisme réel, dans lequel elles sont condamnées à disparaître, comme institutions transitoires entre le capitalisme et le communisme.

Avant ce renouveau théorique, en France, Louis Blanc (1811-1882) et Philippe Buchez tentent de donner des fondements plus solides aux associations ouvrières de production. Les événements de 1848 donnent à Louis Blanc l'occasion de créer des « Ateliers nationaux » et de tester son modèle. Le contexte de crise politique et économique fausse l'expérience, qui échoue.

L'influence d'Owen ne se limite pas aux mouvements coopératifs. Il a aussi promu le « philanthropisme patronal », et surtout l'interventionnisme public. Il chercha vainement à faire interdire le travail des enfants. Si, personnellement, il méprise l'action politique, certains de ses disciples sont à l'origine du *chartisme* (1838) qui, au contraire, n'a que des revendications politiques. C'est le premier mouvement ouvrier mû par une idéologie de classe.

C) Pierre Joseph Proudhon (1809-1865). Fils d'un tonnelier et d'une cuisinière, Proudhon est l'homme aux multiples visages. Berger, typographe, boursier, il parvint à faire des études. Il est contre le capitalisme, la propriété privée et son droit d'aubaine : « La propriété, c'est le vol », écrit-il dans *Qu'est-ce que la propriété ?*, tant apprécié de Karl Marx. Or, on associe généralement capitalisme à liberté. Pour sortir de la contradiction, il propose de remplacer la propriété par la possession personnelle familiale et héréditaire. Il rejette l'intérêt et propose le crédit gratuit[5]. Condamnant le capitalisme, il est aussi sans pitié pour le socialisme, dont les doctrinaires sont des charlatans, et pour le communisme, qui est « synonyme de nihilisme, d'indivision, d'immobilité, de nuit, de silence ». Comme John Stuart Mill, il entrevoit les risques de totalitarisme de la pensée marxiste.

Il propose, en remplacement du capitalisme, du socialisme et du communisme, *l'égalité dans l'échange, c'est-à-dire, la justice commutative d'Aristote*. Pour réaliser cette égalité de l'échange, notamment le juste salaire, il n'y a rien de mieux que la libre concurrence (*De la capacité des classes ouvrières*, ouvrage posthume). Marx, qui le qualifie de « petit bourgeois », lui doit pourtant beaucoup de ses idées. Pour reprendre les mots de Maximilien Rubel : « Comme Hegel, il (Proudhon) a exercé sur Marx une influence constante, faite d'attractions et de répulsions. »

À la fin de sa vie, l'anarchisme de Proudhon se modère par l'acceptation de l'État et des associations. Il devient l'un des premiers théoriciens du mutualisme et du fédéralisme. Il est le créateur de l'expression « démocratie industrielle ». Celle-ci désigne, dans l'esprit de Proudhon, son système des organisations libres comportant les principes de la porte ouverte à l'entrée et à la sortie. Dans le sens moderne, la démocratie industrielle, synonyme de démocratie économique, fait l'objet d'un grand nombre d'acceptions, qui ont pour fonds commun l'idée de participation des travailleurs, soit à la gestion, soit à la décision.

---

5. Cf. p. 93.

5. *Le socialisme d'État, ou socialisme réformiste.*

La plupart des auteurs qui appartiennent à ce courant sont présentés ailleurs. Il s'agit du Genevois Jean Charles Léonard Sismondi, du Français Charles Brook Dupont-White (1807-1878), des Allemands Johann Karl Rodbertus (1805-1875), et surtout de Ferdinand Lassalle (1825-1864).

A) Ferdinand Lassalle est connu pour avoir énoncé la loi d'airain des salaires et pour avoir été à la base de la constitution du nouveau parti ouvrier allemand.

Dans son ouvrage *Le Système des droits acquis,* il adopte la méthode dialectique appliquée à l'histoire. Il observe, comme les historicistes, que les systèmes changent, mais il précise qu'ils changent en relation avec l'esprit du peuple. Selon Lassalle, à son époque, l'esprit du peuple dicte l'institution d'un système démocratique et socialiste. Lassalle opte pour la conception hégélienne de l'État-arbitre, qui tempère les tensions. Le suffrage universel permettra à la classe ouvrière d'obtenir de l'État qu'il prenne en considération ses revendications. Lassalle donne ainsi les fondements de la social-démocratie, qui s'implantera dans les pays scandinaves dans les années 1930, puis, plus tard, dans d'autres pays, en s'appuyant, pour la gestion de l'économie, sur l'École de Stockholm, puis sur l'économie de Keynes.

B) On rattache au courant du socialisme réformiste des socialistes anglais, dont nous avons déjà parlé : Sidney et Beatrice Webb, George Bernard Shaw, John Hobson, etc. « Les socialistes de la chaire » (cette expression désigne les professeurs d'Université[6] qui ont participé en grand nombre au congrès d'Eisenach, en 1872) peuvent être classés dans le courant du socialisme d'État. Gustav Schmoller (1838-1917) et Adolphe Wagner, que nous étudions plus en détail dans le cadre de l'historicisme, en sont les principaux représentants.

---

6. Cf. p. 549.

C) Le socialisme chrétien a été promu par certains auteurs associationnistes comme Philippe Buchez (1796-1865), tandis que d'autres – tel Félicité Robert de Lamennais (1782-1854) – ont quelques tendances révolutionnaires.

Pour le père Lacordaire (1802-1861), le socialisme d'État ne fait aucun doute, lorsqu'il déclare, dans l'une de ses conférences à Notre-Dame de Paris : « Entre le riche et le pauvre, entre le fort et le faible, c'est la liberté qui opprime, et la loi qui affranchit. »

Frédéric Ozanam (1813-1853), plus tempéré, exprime une philosophie assez proche de celle du père Lacordaire, avec lequel il collabore.

Les encycliques sociales, *Rerum Novarum* (1891), *Quadragesimo Anno* (1931) et *Mater et Magistra* (1961), expriment à leur tour une doctrine plus sociale que socialiste et une critique réformiste du capitalisme plus qu'un socialisme réformiste. Elles sont contre le socialisme, mais pour la socialisation (Jean XXIII). La démocratie chrétienne, qui en est l'expression politique dans plusieurs pays européens, admet le principe de l'interventionnisme étatique pour atténuer les souffrances et les misères des ouvriers. Un grand nombre d'auteurs ont développé cette doctrine. Les principaux sont Léon Harmel, l'abbé Lemire, auquel revient l'initiative des jardins ouvriers, Marc Sangnier, fondateur du journal *Le Sillon*, Albert de Mun.

Pourtant, si le christianisme social accepte la propriété privée, une lecture attentive des écrits de celui qui deviendra Léon XIII indique que l'analyse est faite parfois dans les mêmes termes que ceux qu'emploieront plus tard Ferdinand Lassalle et Karl Marx. Dès 1846, le futur Léon XIII dénonce la loi d'airain des salaires, selon laquelle « le loueur de force physique ignore le travailleur-machine, l'homme, et, dans la marchandise-travail, la sueur de l'homme, grâce à quoi celui-ci doit pouvoir gagner son pain et celui des siens ». Mais dans cette condamnation, il y avait peut-être plus d'anti-industrialisme que de socialisme.

Dans le protestantisme, le mot socialisme n'est pas tabou. L'Anglais F. D. Maurice déclare qu'il faut « socialiser le christianisme, ou christianiser le socialisme ». Thomas Carlyle (1795-1881), John Ruskin (1819-1900), André Philip (1902-1970, auteur notamment de *La Démocratie industrielle*, *Le Socialisme trahi*, etc. Il a été député socialiste de 1936 à 1940. Il refusa les pleins pouvoirs au maréchal Pétain, résistant de la première heure, il rejoignit de Gaulle à Londres et fut ministre dans plusieurs gouvernements de la IVe République en France) et Georges Lasserre[7] sont les principaux représentants de ce courant.

2. Après Marx, marxistes et marxiens

Karl Marx, dont nous avons donné à la fois un résumé de la vie et les clés d'une interprétation de l'œuvre, a marqué profondément l'ensemble du courant socialiste. Après lui, le socialisme ne peut être analysé que par référence à sa pensée.

L'œuvre de Marx a été aussi l'objet, à la fois de vulgarisations, d'approfondissements, et, finalement, de réinterprétations souvent divergentes.

Nous n'analyserons pas les vulgarisateurs. Nous nous bornerons, à leur propos, à deux remarques :

– La première concerne F. Engels (1820-1895). L'ami, le fidèle, le mécène et le collaborateur direct de Marx, il a été le premier de ses vulgarisateurs. Ce fils de famille allemand, industriel à ses heures, vivant de ses rentes, a non seulement permis à Marx d'élaborer sa théorie et participé à cette élaboration ; il l'a également fait connaître. On lui doit la publication des Livres II et III du *Capital* dans la forme que nous leur connaissons. Or, Engels a su ordonner, simplifier, éclaircir, il a su aussi éviter ce qui lui paraissait trop balancé. C'est lui qui, pendant la dernière période de la vie

---

7. *L'Entreprise socialiste en Yougoslavie*, Minuit, 1964 ; *Les Entreprises coopératives*, PUF, « Que sais-je ? » 1959.

d'un Marx presque cloîtré, est son porte-parole. Au total, il s'est livré à une reformulation qui a permis au marxisme de se répandre. Depuis, les vulgarisateurs ont poursuivi cette systématisation et cette simplification de la pensée de K. Marx. Certains, liés aux partis communistes et aux pays de l'Est, n'ont guère redouté l'apologie pure et simple.

– L'influence sociale des vulgarisateurs – c'est notre seconde remarque – est considérable. Elle a permis une diffusion d'un marxisme populaire qui est un phénomène social d'une ampleur sans précédent. Des masses énormes d'hommes ont plus ou moins adopté des grilles d'analyse de la réalité qui dérivent du marxisme. On ne peut comprendre le monde contemporain si on néglige cette situation.

Au-delà des vulgarisateurs, nous trouvons ceux qui ont transmis l'élaboration doctrinale et théorique. Il n'est pas aisé de les classer. On peut, cependant, tenter de les regrouper sous quatre grandes rubriques :

1. les doctrinaires de la révolution ;
2. les reformulations méthodologiques et théoriques ;
3. les analyses marxistes des problèmes économiques du capitalisme et de l'impérialisme ;
4. les théories et analyses économiques dans les pays de l'Est.

Certes, on peut critiquer cette classification (d'autres sont possibles). Elle n'a pour but que de permettre de voir clair dans un courant où il n'est pas facile d'isoler la pensée économique de la pensée philosophique et politique.

Dans chaque cas, nous trouvons des marxistes et des marxiens. Nous reconnaissons un auteur marxiste à plusieurs traits :

1. à son analyse, qui est à la fois philosophique, sociale, politique et économique. On parle d'analyse globale ;
2. à son hypothèse de base, selon laquelle l'histoire de l'humanité est celle de la lutte des classes ;
3. et, accessoirement, à son vocabulaire. Ce critère peut être totalement négligé, en raison de la décontextualisation du vocabulaire marxiste : plus-value, accumulation, force de travail, procès de travail, taux de profit, et beaucoup

d'autres, qui appartiennent au vocabulaire général de la science économique.

Le terme « marxien », souvent utilisé dans le sens de marxiste par traduction de l'anglais *marxian,* désignera pour nous les auteurs qui étudient Marx sans adopter nécessairement le deuxième critère ou interprètent les problèmes selon la méthode de Marx, mais sans adhérer nécessairement au marxisme, c'est-à-dire à la doctrine[8]. Morishima est un exemple d'auteur marxien, mais ce Japonais n'en est pas à un syncrétisme près; il fait aussi un rapprochement entre Walras et Keynes.

1. Les doctrinaires de la révolution.

La révolution est au centre de l'œuvre de Marx. On ne peut comprendre sa théorie économique si on ne s'y réfère pas. Après sa mort, on a vu apparaître trois interprétations de la théorie des révolutions de Karl Marx :

1. *L'École de la nécessité,* qui regroupe les auteurs dits révisionnistes. La révolution est conçue comme un fruit, il faut lui donner le temps de mûrir. En d'autres termes, l'évolution historique décrite par Marx est porteuse d'un changement social. Il suffit de laisser faire le temps et d'accompagner simplement les transformations.

2. *L'École volontariste marxiste.* Elle regroupe des auteurs marxistes-léninistes aux multiples visages : staliniens, trotskystes, maoïstes, luxemburgistes. La grande figure reste Lénine, qui fait de la prise du pouvoir l'« accoucheuse de l'Histoire ».

3. *L'École volontariste anarchiste.* La tradition anarchiste est bien antérieure à Marx, mais, après Marx, elle n'a pu ignorer son apport. En simplifiant, disons qu'elle rompt avec l'École volontariste marxiste à propos de la place donnée au Parti, et surtout qu'elle refuse la contrainte étatique.

---

8. Dans le même esprit, on parle, en France, par exemple, d'une vision gaullienne ou d'un ton gaullien et d'un projet ou d'un parti gaulliste, la référence commune étant de Gaulle.

Dans tous les cas, la doctrine de la révolution de Karl Marx est sérieusement retouchée.

A) L'École de la nécessité et la social-démocratie.

Elle se développe principalement en Europe occidentale.

– C'est *en Allemagne* qu'apparaîtra un véritable révisionnisme marxiste, avec Karl Kautsky et Eduard Bernstein.

Après la mort d'Engels, en 1895, le gardien très momentané de l'orthodoxie marxiste est l'Allemand Karl Kautsky[9] (1854-1938). Ce rôle, qu'il a acquis en publiant *Les Doctrines économiques* de Karl Marx, est vite perdu par son refus de recourir à la violence pour conquérir le pouvoir. Du marxisme orthodoxe, il glisse vers le révisionnisme de la social-démocratie.

Mais c'est Eduard Bernstein (1850-1932) qui formule la doctrine révisionniste la plus radicale du marxisme, dans *Le Socialisme théorique et la Pratique de la social-démocratie*. Il rejette le matérialisme de Marx, prône un retour à Kant. Il admet l'honorabilité de l'impérialisme, qui est un moyen de civiliser le monde et qui ne gêne nullement l'instauration du socialisme dans les pays industrialisés. Pour apprécier l'importance de la révision, rappelons que Bernstein était désigné par Engels comme son héritier.

Dès avant 1914, la social-démocratie allemande allait devenir une des principales composantes politiques allemandes (35 % des voix à la veille de la guerre de 1914). Le parti social-démocrate, fondé en 1875 au congrès de Yalhe, était, au départ, dominé par les partisans de F. Lassalle, favorables à un socialisme étatique. Le marxisme n'y pénètre qu'après 1890, avec, en 1895, la victoire de Kautsky au congrès d'Erfurt.

Le révisionnisme beaucoup plus profond de Bernstein fut condamné par Kautsky, mais Bernstein ne fut pas exclu du Parti. Après 1919, le glissement à l'opportunisme et au réformisme s'accentue. La division entre communistes et socialistes facilite la montée du nazisme.

---

9. Il publiera le livre IV du *Capital*, cf. p. 322.

406   L'économie selon les disciples orthodoxes de Karl Marx

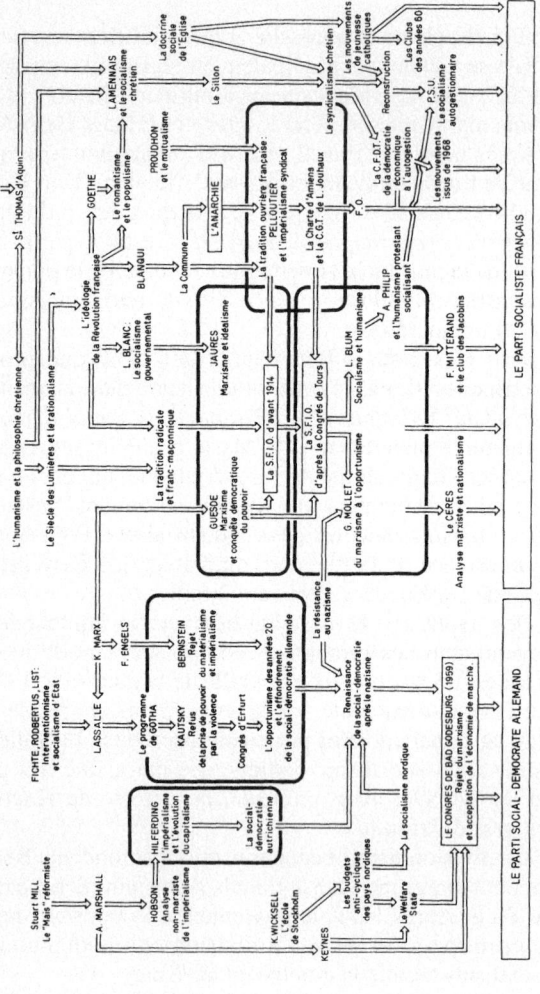

Après la guerre, l'évolution réformiste aboutira, en 1959, au congrès de Bad Godesberg, à une rupture avec le marxisme.

Il sera affirmé que *la concurrence libre et la libre initiative* sont « des éléments importants de la politique économique social-démocrate ». On passe d'un révisionnisme marxiste au réformisme empirique et humaniste. Le SPD allemand se réfère explicitement « au socialisme démocratique, qui est, en Europe, enraciné dans l'éthique chrétienne, dans l'humanisme et dans la philosophie classique ».

– *En Angleterre,* les bases du travaillisme se trouvent dans le socialisme fabien, et non dans le marxisme. Le socialisme fabien et la social-démocratie de Bernstein ont, dans le domaine politique et philosophique, beaucoup de points communs. Ils se distinguent à propos de l'impérialisme. Pour John Hobson, les colonies coûtent ; occupons-nous de notre pays avant de penser aux autres.

– La social-démocratie *autrichienne* doit beaucoup à Rudolf Hilferding (1877-1941), qui donne une dimension plus scientifique aux idées de son parti avec *Le Capital financier* (1910). C'est un ouvrage majeur, constamment réédité. Kautsky, Boukharine et beaucoup d'autres subissent son influence. De nos jours, il garde une actualité certaine, par sa description du rôle des banques dans la diminution de la concurrence, dans l'appareil et le développement de l'impérialisme, dans l'apparition de crises économiques périodiques.

Hilferding peut être considéré comme le précurseur de la théorie de la *transnationalisation du capital,* qu'exprimeront les Lyonnais Pierre Dockès (*L'Internationale du capital,* PUF, 1974) et René Sandretto (*Les Inégalités dans les relations économiques mondiales,* CNRS, 1976). Le capital financier permet l'expansion des entreprises géantes et des ententes par-dessus les frontières nationales. Elles auront pour effet de stabiliser la conjoncture dans les pays industrialisés, tout en augmentant le niveau de vie de leurs travailleurs, grâce à l'exploitation des pays pauvres. Les surprofits réalisés dans les colonies permettent d'augmenter les salaires dans les pays riches. C'est une théorie partagée par un grand nombre de marxistes. Elle est à la base de la théorie de *L'Échange inégal* de Arghiri Emmanuel (1972) et de Samir Amin.

Il s'agit d'une simple explicitation de la thèse selon laquelle l'impérialisme est la réponse de l'économie capitaliste à la loi de la baisse tendancielle du taux de profit. De ce point de vue, la théorie de Hilferding est identique à celles de Rosa Luxemburg (*L'Accumulation du capital,* 1913), de Nicolas Boukharine *(L'Économie mondiale et l'Impérialisme)* et de Lénine : « L'impérialisme est le capitalisme arrivé à un stade de développement où s'est affirmée la domination des *monopoles et du capital financier,* où l'exportation des capitaux a acquis une importance de premier plan, où le partage du monde a commencé entre les *trusts internationaux...* » (souligné par nous). Lénine en fera la base d'un de ses livres majeurs : *L'Impérialisme, stade suprême du capitalisme*. Mais, il existe cependant une différence majeure entre Hilferding et Lénine : l'un accepte l'évolution lente du capitalisme vers sa phase ultime et définitive, tandis que l'autre voit dans ce comportement la marque d'un défaitisme.

– En Belgique, le courant révisionniste est très riche en auteurs qui ont fait école. Le plus célèbre demeure Henri de Man, théoricien du planisme et du socialisme limité, contestataire vigoureux de la morale marxiste (*Au-delà du marxisme,* 1927) et du machinisme qui tue (*La Joie au travail*). Mais son engagement en faveur du nazisme déconsidère son message.

– En France, la situation de la social-démocratie est beaucoup plus complexe.

Il n'est pas question, ici, de faire un historique de la social-démocratie française. Après la Commune, fortement influencée par les blanquistes, la tradition proudhonienne et les anarchistes, la renaissance socialiste passe par la renaissance syndicale. La tendance anarchiste, très voisine de l'impérialisme syndical[10], y est importante.

Toutefois, dès 1879, Jules Guesde (1845-1922) créa le Parti ouvrier français. Sa pensée, fort proche du marxisme, accentuait l'aspect déterministe du marxisme ; il affirma très vigoureusement le primat du politique. C'est à Jules Guesde que l'on doit l'apparition, en France, d'un véritable parti très structuré. Pour lui, la conquête (démocratique) de l'appareil politique est la première étape de la conquête du pouvoir. La révolution viendra compléter la conquête légale du pouvoir (nous sommes ici proches du révisionnisme).

À côté du parti de Guesde existe toute une série d'autres tendances, soit plus anarchistes, soit plus nettement révisionnistes, soit simplement réformistes. Elles s'uniront, pour la plupart, avec le parti de Jules Guesde, en 1905, dans la SFIO (Section française de l'Internationale ouvrière).

Jean Jaurès (1859-1914) va donner, au sein de la SFIO, ses lettres de noblesse au révisionnisme, en unissant idéalisme et matérialisme. Il ne rejette pas le matérialisme historique, mais il se refuse à voir seulement dans l'évolution de l'humanité le simple « réfléchissement de l'évolution économique sur le cerveau ». Il proclame la valeur de l'idéalisme, luttera pour les droits de l'homme (il prendra position pour Dreyfus, alors que bien des socialistes sont pour le moins réservés) et mènera des campagnes pacifistes (ce qui lui vaudra d'être assassiné, au moment où se déclenche le premier conflit mondial). En 1908, Jaurès fonde le révisionnisme français en soutenant la thèse de « la valeur révolutionnaire de la réforme, étape nécessaire sur la route du socialisme ». Après la Première Guerre mondiale et la révolution d'Octobre, en 1920, au congrès de Tours, la tendance marxiste « orthodoxe » de la SFIO emporte la majorité et va par la suite fonder le PCF ; la minorité, menée par Léon Blum, décide de continuer la SFIO. Léon Blum sera l'héritier direct de Jaurès. Il voulait fonder un socialisme à l'échelle humaine et, après la victoire du Front populaire, en 1936, il devient

---

10. Cf. p. 421.

410 L'économie selon les disciples orthodoxes de Karl Marx

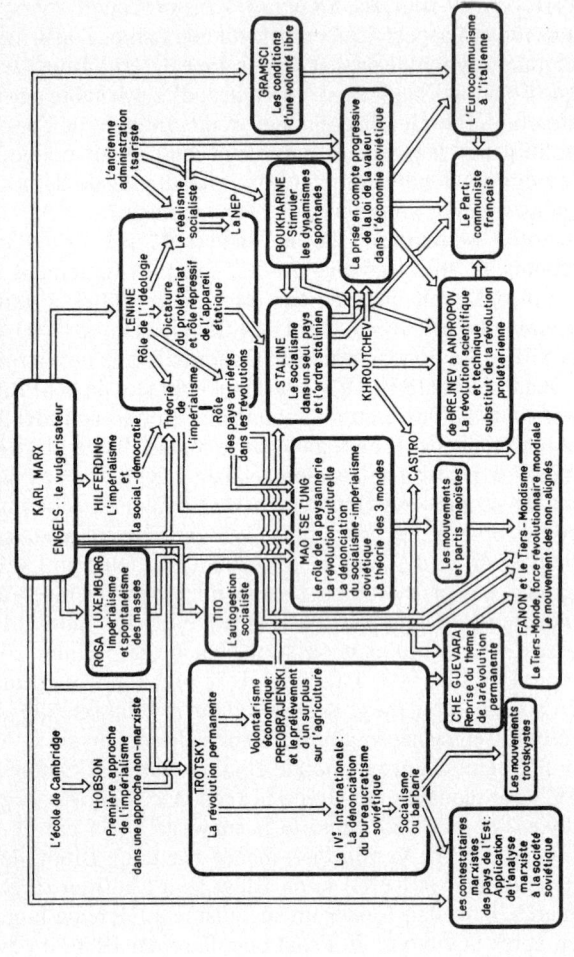

le premier président du Conseil socialiste. La scission de la SFIO n'a jamais empêché l'existence, au sein du parti qui incarnait la social-démocratie, de multiples courants. Après 1945, la SFIO, de plus en plus réformiste et opportuniste, devient finalement un parti gouvernemental. Après le retour au pouvoir du général de Gaulle, le courant social-démocrate a pris des formes multiples (club divers, SFIO, PSU…). En 1972, le Parti socialiste, élargi sous l'égide de François Mitterrand qui, comme Jaurès, vient d'une tradition plus radicale et humaniste que marxiste, a réuni une grande partie de ces courants. Comme après la naissance de la SFIO, les luttes de tendances à l'intérieur du PS sont nombreuses. Toutes les tendances admettent cependant que, par des réformes réalisées démocratiquement, on peut changer le capitalisme.

B) L'École volontariste marxiste.

Pour tous les volontaristes marxistes, la révolution est nécessaire. On ne changera pas le capitalisme sans une révolution. Elle doit être préparée et organisée par un parti solidement structuré.

a) Vladimir Ilitch Oulianov, dit Lénine (1870-1924).

Après Marx, tout le courant du volontarisme marxiste trouve son origine dans la pensée et l'action de Lénine. Nous avons déjà vu son rôle essentiel dans le gauchissement révolutionnaire du marxisme[11]. Le rôle du Parti et la nécessité de révolutionnaires professionnels, la dictature du prolétariat et le centralisme démocratique ont donné au marxisme les instruments de son volontarisme révolutionnaire. Lénine est né en 1870, à Simbirsk (aujourd'hui Oulianovsk). Issu d'une famille de fonctionnaires, il adhère rapidement aux idées révolutionnaires, à la suite de l'exécution de son frère aîné. En 1896, il sera condamné à la déportation en Sibérie pour trois ans. Ensuite, il s'exilera et, après un bref retour en 1905-1906, ne rentrera en Russie qu'en 1917. Il connaît le

---

11. Cf. p. 369 *sq.*

marxisme en 1893, à travers un curieux courant qui voyait dans le marxisme la justification de la bourgeoisie. Lénine va alors appliquer méthodiquement les idées de Marx à l'économie russe d'alors et entrer en conflit avec les *populistes*. Ces derniers trouvaient dans la pauvreté des Russes la cause essentielle des problèmes de la Russie et faisaient de la consommation le but de la production. Lénine fera de l'accumulation du capital et de ses contradictions fondamentales l'élément clé de son analyse. Sa thèse s'épanouira pleinement dans *L'Impérialisme, stade suprême du capitalisme* (1916). Il y développe les thèses de R. Hilferding, de J. Hobson et de Rosa Luxemburg.

Devant un capitalisme qui, à travers l'impérialisme, tend à assurer son emprise mondiale et se conforte socialement dans les pays les plus avancés en y améliorant le niveau de vie, Lénine a mis progressivement en place une stratégie révolutionnaire.

1. Il renforce la cohésion des révolutionnaires en éliminant « délibérément tout ce qui n'est pas avec nous ». Il va aussi s'engager dans une série de luttes contre tous les déviationnistes. Cela l'amènera à un renforcement considérable de la discipline et à la mise en place de révolutionnaires professionnels. Il rejoint les thèses de Babeuf.

2. Il renforce la cohérence idéologique. Contrairement à Marx, cette notion de cohérence idéologique n'aura plus, chez Lénine, une connotation presque négative. Les intellectuels révolutionnaires doivent éviter le glissement de la classe ouvrière vers l'idéologie bourgeoise. Les syndicats doivent être soumis au Parti.

3. Il élargit la base révolutionnaire. Depuis l'échec de la Révolution de 1905, il conçoit le rôle des forces paysannes. Depuis 1920, il affirme que le prolétariat est la seule classe révolutionnaire mais, ajoute-t-il, « avec les esclaves des colonies ». « La route pour aller en Europe passe par Shanghai et Calcutta. »

4. Il donne un rôle répressif à l'État. « En période de transition du capitalisme au communisme, la répression est encore nécessaire, mais c'est la répression d'une minorité

d'exploiteurs par une majorité d'exploités. » « L'appareil spécial de répression, la machine spéciale de répression de l'État est encore nécessaire. »

Au total, l'ensemble de la stratégie léniniste renforce l'efficacité révolutionnaire aux dépens du rôle du prolétariat ouvrier. C'est sur cette base léniniste que va se développer tout le volontarisme marxiste.

Lénine n'a pas été seulement un révolutionnaire. Il fut aussi le fondateur d'un régime économique. Marx n'a pas construit de modèle d'économie socialiste, mais c'est en se réclamant de Marx que Lénine tente, en 1917, de mettre en place une économie socialiste en Russie. On est loin des petits essais de coopératives, de phalanstères, ou des rêveries utopistes. C'est du socialisme réel, à l'échelle d'une immense nation. Cela est un fait nouveau dans une situation économique et politique d'effondrement. Les capitalistes et les fonctionnaires sont remplacés par le peuple armé tout entier (*L'État et la Révolution*, 1918). Les entreprises sont nationalisées, la monnaie est supprimée, le troc la remplace.

Les résultats catastrophiques de cette phase, connue sous le nom de *communisme de guerre*, conduisent, en 1921, au repli stratégique de la Nouvelle Politique économique (NEP). Il ne suffit pas de collectiviser les moyens de production pour gérer ou organiser la société socialiste.

À travers le communisme de guerre, Lénine met en place une économie socialiste ultra-centralisée, qui demeure encore. Avec la NEP, il fonde le pragmatisme économique soviétique et ouvre la voie aux réformes. Une fois de plus, on trouve chez Lénine la justification de bien des voies possibles.

Diminué physiquement, dès décembre 1922, par une congestion cérébrale, Lénine ne pourra pas mener à bien son œuvre. Durant sa maladie, certains articles indiquent qu'il envisage un « changement radical ». Il veut déplacer l'essentiel des efforts de la lutte politique vers le travail pacifique des organisations culturelles. Son pessimisme vis-à-vis de l'Occident s'accroît; l'Orient lui semble, en revanche, devenir l'espoir du mouvement révolutionnaire.

Il pressent les dangers internes et demande l'ouverture du Comité central à « quelques dizaines d'ouvriers » qui assureront sa stabilité. Le 21 janvier 1924, il meurt d'une troisième congestion cérébrale, sans avoir pu réformer le léninisme.

*b) Joseph Vissarionovitch Djougatchvili,
dit Staline (1879-1953).*

Staline n'est pas un théoricien mais un praticien. Né en Géorgie, fils de cordonnier, il entre au séminaire en 1894, et en est exclu en 1899. À partir de 1901, il devient un agitateur professionnel, qui voit dans la révolution le moyen d'une ascension sociale. Arrêté plusieurs fois, exilé en Sibérie, revenu à Petrograd en mars 1917, il joue un rôle clé dans la révolution d'Octobre, tout en restant inconnu des masses. C'est avant tout un homme de l'appareil. Il va ainsi pouvoir éliminer ses adversaires et, après la mort de Lénine, s'emparer totalement du pouvoir. Son œuvre est surtout composée d'opuscules (dont certains se rapprochent de la méthode des catéchistes), de cours et d'allocutions.

Succédant à Lénine, Staline systématise la pensée de ce dernier dans *Les Fondements du léninisme* (1924) et *Les Questions du léninisme* (1926). Il se prononce pour *Le socialisme dans un seul pays*. Il connaît la fragilité de cette position et, pour la défendre, il renonce à la solution trotskyste de « la révolution permanente » pour lui préférer un développement de l'industrie militaire dans le cadre d'une planification étatique et centralisée. Celle-ci sera confiée à des volontaristes comme Stroumiline, qui fixent les objectifs sans tenir compte des structures. L'abandon de la NEP se traduit (selon les prescriptions du gauchiste Preobajensky, qui sera liquidé) par l'exploitation des paysans – soutien politique sur lequel comptait Lénine –, source de surplus économiques (selon le droitiste Boukharine, qui fut liquidé). L'opposition qui ne manque pas de naître devant cette politique est vite réduite au silence définitif. Staline instaure une dictature policière sans merci, multipliant les purges. En même temps, il dote l'Union soviétique d'une base économique et d'une armée qui lui permettront de résister à l'invasion hitlérienne. L'homme du socialisme dans un seul pays sera l'artisan de l'expansion impérialiste du socialisme.

*c) Lev Davidovitch Bronstein,
dit Léon Trotsky (1879-1940).*

On peut affirmer qu'il a été l'égal de Lénine. Juif dans le sud de la Russie, il fait ses études au moment où populistes et marxistes s'affrontent. Il participe à la création des mouvements ouvriers, est emprisonné et déporté. Il s'évade et, en 1902, fait partie de la minorité (les mencheviks) qui s'opposent aux thèses des bolcheviks, autrement dit, de Lénine. Toutefois, dès 1904, Trotsky s'écarte des mencheviks, participe activement à la Révolution de 1905, est de nouveau arrêté, et s'évade. Il va alors élaborer sa théorie de *la révolution permanente.*

Pour lui, il faut réaliser l'alliance du prolétariat et de la paysannerie et forcer les étapes. La base de la révolution russe sera agraire, ou il n'y aura pas de révolution. Le pouvoir conquis, le parti du prolétariat ne pourra pas se borner à des réformes agraires et démocratiques. Il sera amené à aller toujours plus loin dans le socialisme. Les rapports de forces seront tels, qu'il sera impossible de limiter la révolution socialiste à une seule nation. Il faudra l'étendre sans cesse au niveau international. Donc :

1. On ne peut limiter, dans un premier temps, la révolution à une révolution bourgeoise (thèse des mencheviks) ou démocratique (thèse des bolcheviks en 1917), il faut l'étendre sans cesse. La révolution sera totale et mondiale, ou ne sera pas.

2. La révolution socialiste peut avoir, dans certains pays « arriérés », une base paysanne. Dans certains cas, la dictature du prolétariat pourra s'instaurer plus vite dans ces pays que dans les pays avancés.

La Révolution de 1917 allait confirmer les thèses de Trotsky. En même temps, celui-ci jouera un rôle décisif dans la prise du pouvoir et la victoire de Lénine à l'intérieur de la Révolution. Commissaire aux Affaires étrangères, il sera l'artisan de la paix de Brest-Litovsk. Organisateur de l'Armée rouge, il donnera à la révolution d'Octobre la victoire sur plus de dix armées blanches aidées par l'étranger.

Malheureusement pour lui, pendant la maladie de Lénine, Trotsky sous-estime la puissance de Staline. À la mort de Lénine, il tente, en vain, avec l'opposition de gauche, de plaider à la fois pour la démocratisation, l'industrialisation et la lutte contre la bureaucratie. Staline triomphe et l'exile. Trotsky sera alors traqué par les agents soviétiques, qui le feront assassiner au Mexique, en 1940.

Durant son exil, Trotsky a dénoncé la bureaucratie croissante, le sous-développement économique qui accompagnent le stalinisme. Il a élaboré une stratégie de transition entre le capitalisme fourvoyé dans le fascisme, et la révolution, trahie par le stalinisme. Ce sera la base de la IVe Internationale (fondée en 1938), à laquelle se rallieront, notamment, le Français Paul Lambert et le Belge Ernest Mandel. Certains économistes radicaux américains découvriront Marx à travers les œuvres trotskystes. Le mouvement « Socialisme ou barbarie », correspondant à la revue du même nom, animée notamment par Cornelius Castoriadis, ancien directeur de l'OCDE, s'inscrit dans cette perspective trotskyste de critique du socialisme réel de l'Union soviétique.

Il faut bien constater que toutes les révolutions socialistes réussies se sont déroulées selon le schéma de Trotsky. Un moment Fidel Castro reprit le thème de la révolution permanente en Amérique latine. Il l'abandonnera sous la pression de Moscou. Tué en 1967 dans un maquis de Bolivie, Che Guevara adhéra, dans son message à la conférence tricontinentale, aux thèses trotskystes. Sous une autre forme, on retrouve certains thèmes trotskystes dans le maoïsme.

On peut rapprocher Trotsky de Rosa Luxemburg (1871-1919). Née polonaise, devenue allemande par un mariage blanc avec un médecin, elle a une place à part parmi les doctrinaires de la révolution. Avant 1914, au sein du SPD, elle s'oppose aux révisionnistes.

Elle participe aussi à l'élaboration d'une théorie marxiste de l'impérialisme[12]. L'aggravation des contradictions qui

---

12. Cf. p. 432-433.

résultent de l'internationalisation achevée de l'économie et du capital peut faire du prolétariat une force révolutionnaire. C'est la théorie de *la spontanéité des masses*, que systématiseront les disciples de Rosa Luxemburg. Elle s'oppose à la fois à la stratégie léniniste, en minimisant le rôle du Parti et des révolutionnaires professionnels, et également à Trotsky, qui ne négligeait pas le rôle du Parti.

Internationaliste, antimilitariste et antinationaliste (elle considère le fait national comme un simple fait culturel), elle fait partie de la minorité *spartakiste* du SPD qui refusa, en 1914, l'Union nationale. Elle fut emprisonnée et ne recouvra la liberté qu'en 1918. À Berlin, elle participe au soulèvement spartakiste de 1919, qui tente d'internationaliser la révolution. L'armée, avec l'alliance du social-démocrate Ebert, réprima le mouvement. Rosa Luxemburg mourut le crâne fracassé par des coups de crosse, et son corps fut jeté dans un canal.

L'extrême gauche des années 1960 retrouvera ses idées qui, par certains aspects, rejoignent le volontarisme anarchiste.

d) Mao Tsé-toung (1893-1976).

Pas plus que pour Lénine ou Staline, il n'est question ici de faire une biographie de Mao Tsé-toung. Fils d'un paysan pauvre ayant réussi à s'enrichir, il put faire des études et entrer à L'École normale. Il s'engage dès lors dans l'agitation estudiantine (profondément anti-impérialiste, compte tenu du contexte) et adhère ensuite au marxisme (1919), jusqu'à participer au Congrès constitutif du Parti communiste chinois (1921), dont il fut élu secrétaire. Dès lors, sa vie s'identifie, jusqu'à sa mort, avec la progressive ascension du communisme chinois.

Nous retrouverons plus loin ses analyses économiques. Ses principales œuvres doctrinales sont *De la pratique* (1937) et *De la contradiction* (1937) sur le plan méthodologique, et *La Démocratie nouvelle* (1940), sur le plan de l'action politique (tactique du front uni). Sa ligne politique générale le situe à égale distance de Lénine et de Trotsky.

Mao dénoncera violemment le révisionnisme soviétique d'après Staline. Cette dénonciation s'articulera sur une argumentation logique :

1. Il y a eu, en Union soviétique, une renaissance des forces bourgeoises anciennes et nouvelles s'appuyant sur un renforcement de l'appareil d'État.

2. De ce fait, les rapports de production socialistes se dégradent en rapports de production capitalistes.

3. L'Union soviétique prend un caractère impérialiste (« social-impérialiste ») en exploitant les pays sous son influence (Europe de l'Est, Tiers-Monde) et en ne soutenant qu'en paroles les luttes de libération nationale.

L'analyse de Mao a toujours eu un certain caractère empirique. Il partait des faits pour élaborer ses théories. Il en sera de même pour la Révolution culturelle : prenant acte des difficultés pour construire le socialisme en Chine, il observe que l'obstacle majeur n'est ni d'ordre politique ni d'ordre économique… (bien que ces facteurs aient leur importance), mais d'ordre idéologique. Les mentalités évoluent bien plus lentement que les institutions. Il faut donc périodiquement les « révolutionner ». En cela, cette conception de la révolution culturelle est fondamentalement distincte de la révolution permanente de Trotsky. Que la « Grande Révolution culturelle prolétarienne » ait finalement, elle aussi, abouti à une lutte de pouvoirs, n'est qu'un épiphénomène, sans doute non souhaité au départ par son initiateur.

Du point de vue politique, l'idée-force de Mao Tsé-toung sera de prendre appui sur la paysannerie, d'abord pour mener à bien la conquête du pouvoir, ensuite pour construire le socialisme. On retrouve là certains points communs avec les expériences titistes et castristes et les conceptions de Frantz Fanon (1925-1961). Une fois le pouvoir pris, la lutte de classes va continuer encore longtemps contre les anciens représentants de la bourgeoisie, et aussi contre les résurgences de tendance bourgeoise, notamment dans la bureaucratie. Cette lutte ne pourra être victorieuse que si elle s'appuie le plus largement possible sur « les masses » (front uni du prolétariat et de la petite paysannerie pauvre).

e) Antonio Gramsci (1891-1937).

Mis en prison pour « empêcher son cerveau de penser » au lendemain de l'interdiction du Parti communiste en Italie (1926), Gramsci rédige, dans la souffrance et la maladie, ses trente-deux *Cahiers de prison*. Ignorés de la police, ces *Cahiers* sont publiés en cinq volumes après la mort du martyr communiste italien. L'ensemble de son œuvre laisse l'impression d'un savoir encyclopédique. Dans le domaine philosophique, Gramsci souligne l'unité des éléments constitutifs du marxisme : l'économie, la philosophie, la politique. Dans les rapports entre le matérialisme historique et la science morale, il adopte comme principe que « la société ne se propose pas des tâches pour la solution desquelles n'existent pas déjà des conditions de réalisation ». « Si ces conditions existent, écrit-il, la solution des tâches devient *devoir,* la *volonté* devient libre. »

C) Le volontarisme anarchiste.

Les idées anarchistes sont plus anciennes que celles de Karl Marx. L'anti-étatisme et l'affirmation de l'individu comme fin en soi sont les deux éléments de l'anarchisme originel. L'anti-étatisme est présent tant chez Babeuf que chez Proudhon. L'affirmation nihiliste du moi s'enracine dans les développements de l'hégélianisme qui mène à Stirner (*L'Unique et sa propriété*, 1845).

Cette double origine fait de l'anarchisme une formidable protestation contre les tyrannies en tout genre et en même temps introduit la violence (voire le terrorisme) dans l'action politique.

Michel Bakounine (1814-1876), contemporain, lecteur et ami momentané de Karl Marx (il traduira le *Manifeste* en russe), va donner une grande impulsion au mouvement anarchiste.

Il s'oppose aux proudhoniens rejetant l'idée d'appropriation personnelle et l'association. Il opte pour la propriété collective. Il s'oppose à Marx en affirmant la nécessité de la violence, la répartition égalitaire des richesses, le rôle de la paysannerie

420   *L'économie selon les disciples orthodoxes de Karl Marx*

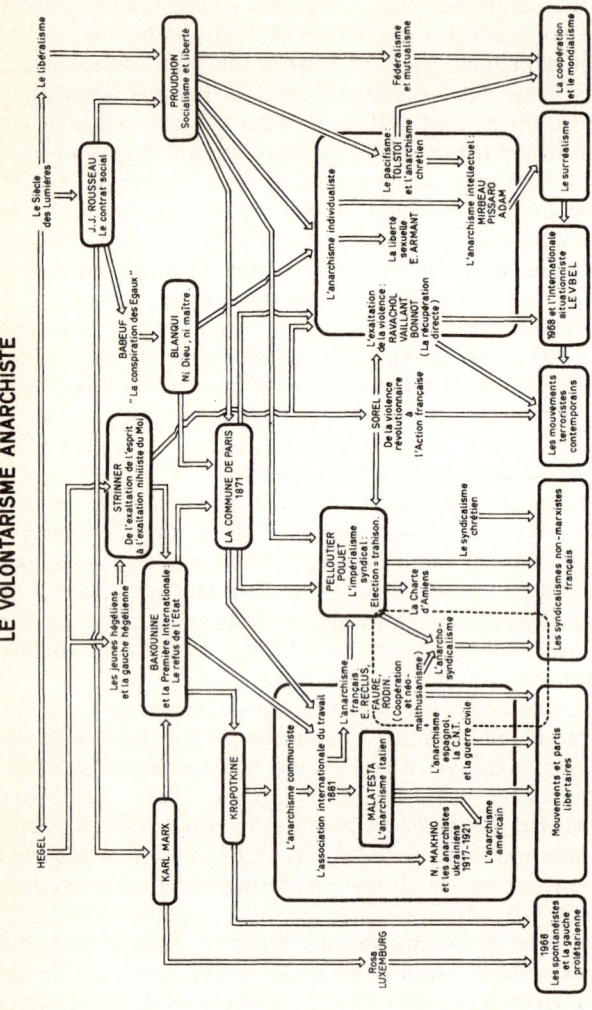

et, surtout, en refusant la dictature du prolétariat. Bakounine demande la suppression de tous les États nationaux et de leurs structures politiques et juridiques. La rupture sera totale à propos de la Commune de Paris en 1871, et des mouvements similaires en province. Les blanquistes et les proudhoniens y jouent un rôle majeur. Marx attribue leur échec à l'absence de parti ouvrier, Bakounine à l'autoritarisme.

Piotr Alekseïevitch Kropotkine (1842-1921) reprend les thèses de Bakounine, mais il utilise l'expression d'*anarchisme-communiste* pour montrer qu'il n'est pas l'ennemi de toute organisation sociale.

L'anarchisme communiste diffusé en France par É. Reclus, S. Faure, Rodin, y recoupe l'anarcho-syndicalisme et l'impérialisme syndical de F. Pelloutier (1867-1901) et de É. Pouget (1860-1931).

La doctrine de l'impérialisme syndical (« Tout par le syndicat, rien que par le syndicat ») comporte le refus des réformes et de l'action politiques, la grève générale, la limitation des naissances et l'antimilitarisme. La charte d'Amiens, en 1906, fait, dans cet esprit, de la première CGT (Confédération générale du travail) un syndicat révolutionnaire.

Le discours de Pelloutier évoque parfois certaines positions de la CFDT actuelle ou de grands slogans de 1968, tels : « Élection = trahison ».

Ce courant rencontra un moment Georges Sorel (1847-1922), théoricien de la violence, qui se distingue pourtant des autres tendances anarchistes, liées peu ou prou au nihilisme de Max Stirner (1806-1856). Dans ses *Réflexions sur la violence* (1908), son inspiration est le pragmatisme bergsonien. La *grève générale* n'est pas le moyen concret et garanti pour réaliser l'avènement d'une société nouvelle ; c'est seulement un mythe, mais un mythe nécessaire pour l'homme révolutionnaire. Il n'est nullement certain qu'après l'effondrement du capitalisme, la société anarchiste voie le jour aussitôt, car le développement social échappe aux lois de la connaissance. En cela, Sorel s'oppose à Karl Marx et à son interprétation de l'histoire. Par la suite, il devient même l'inspirateur de l'Action française, mouvement d'extrême droite animé par Charles Maurras et Léon Daudet, mais il se rapproche du léninisme, à la fin de la vie.

En dehors de la France, l'anarchisme se diffuse en Russie, avec à la fois une tendance terroriste (Bakounine et Kropotkine) et celle pacifiste du grand Tolstoï (1828-1910). En Italie, il existe toujours un courant anarchiste puissant inspiré par Enrico Malatesta (1853-1932). Un mouvement anarchiste animé par N. Makhno prendra même le pouvoir en Ukraine de 1917 à 1921. En Espagne, un très fort courant d'anarcho-syndicalisme, incarné par la grande confédération CNT (Confédération nationale du travail), se développera. Elle jouera un rôle politique important durant la guerre civile de 1936-1939. L'ultra-gauche et les théoriciens de la violence susceptibles de déstabiliser la société capitaliste peuvent être, en partie, rattachés à des courants anarchistes.

2. Reformulations et approfondissements méthodologiques et théoriques.

L'œuvre de Karl Marx a été l'objet d'un très grand nombre d'exposés modernes et variés dans leur interprétation, tant du point de vue philosophique que scientifique.

S'agissant de la philosophie, la première moitié du XXe siècle est dominée par la personnalité du Hongrois György Lukács. Les philosophes français dominent dans la seconde moitié du XXe siècle. Louis Althusser, Étienne Balibar, Roger Garaudy, Henri Lefebvre, Lucien Sève, Maurice Godelier, Suzanne de Brunhoff, et les auteurs des articles publiés dans les revues *La Pensée* (France) et *Contradictions* (Belgique) pourraient être classés parmi ceux qui ont renouvelé ou approfondi la philosophie marxiste, tout en militant pour la dénonciation des découpages arbitraires. L'École philosophique marxiste française, avec notamment Louis Althusser, a mis en lumière la rupture épistémologique dont nous avons déjà parlé[13]. Cela a permis une nouvelle lecture de Marx.

---

13. Cf. p. 370.

Dans le domaine scientifique, la pensée marxiste a investi aussi bien la biologie que l'anthropologie ou l'économie. Cette diffusion du marxisme dans les sciences était, sous Staline, la conséquence d'une tendance à voir de l'idéologie dans toute production « scientifique » des non-marxistes. Le débat entre l'inné et l'acquis était ainsi un débat entre l'idéologie bourgeoise de l'inné et la science prolétarienne, ou marxiste, de l'acquis (Lyssenko).

De nos jours, plus personne, pour les sciences de la nature, ne pense qu'il existe une science bourgeoise, d'une part, et une science prolétarienne, d'autre part.

En économie politique, il en est tout autrement. Bien que le Polonais Oskar Lange ait reconnu que le marxisme ne fournit pas une solution ou une explication à tous les problèmes économiques, bien que Suzanne de Brunhoff ait également montré l'intérêt plutôt philosophique que scientifique de *La Monnaie chez Marx* (1967), la plupart des économistes marxistes disqualifient souvent toute approche qui n'est pas dialectique. Les reformulations de nature mathématique des grands thèmes du *Capital* échappent à ces critiques. Le rapprochement que fait le Japonais Morishima entre Marx et Walras ne semble choquer personne, pas plus que son rapprochement entre Marx et von Neumann (*L'Économie de Marx, une théorie duale de la valeur et de la croissance*, 1973).

A) **La méthodologie marxiste.**

Le Hongrois György Lukács (1885-1971) doit surtout sa célébrité à *Histoire et conscience de classe* (1919-1922). Suscitant de violentes critiques de la part des marxistes orthodoxes aussi bien que de la part des sociaux-démocrates, cet ouvrage donne la dimension de l'originalité de la pensée de G. Lukács, bien que, plus tard, son auteur ait été conduit à le désavouer. Il y approfondit et élargit, dans le domaine de la méthodologie, le point de vue de K. Marx, selon lequel : « Les rapports de production de toute société forment un tout. » L'isolement d'éléments est peut-être une nécessité pour la connaissance. Il ne doit pas être un but en soi. « Pour le marxiste, il n'y a donc pas, en dernière analyse, de science juridique, d'économie politique, d'histoire, etc., autonomes. Il y a seulement une science, historique et dialectique, unique et unitaire, du développement de la société comme totalité.

Le point de vue de la totalité ne détermine cependant pas seulement l'objet ; il détermine aussi le sujet de la connaissance. La science bourgeoise – de façon consciente ou inconsciente, naïve ou sublimée – considère toujours les phénomènes sociaux du point de vue de l'individu [...] tout au plus peut-elle mener [...] à quelque chose de seulement fragmentaire, à des faits sans lien entre eux ou à des lois partielles abstraites. »

Ces quelques lignes d'un livre écrit en 1922[14] se retrouvent pratiquement telles quelles cinquante ans plus tard, dans de nombreux écrits (voir *L'Anti-économie* de J. Attali et M. Guillaume, les manifestes de Suzanne de Brunhoff, de Michel Beaud, Claude Servolin dans le cadre de l'Association pour la critique des sciences économiques et sociales : ACSES).

En plus de ce problème de méthodologie d'une grande résonance, Lukács a étudié les questions de la conscience de classe, la théorie de l'État, en critiquant les conceptions des pseudo-marxistes, qui voient dans l'État une institution au-dessus des classes, alors que, pour les marxistes révolutionnaires, il est facteur de puissance que le prolétariat se doit de conquérir.

En France, il faut citer deux auteurs qui, avec des méthodes différentes, ont permis un éclaircissement méthodologique.

L'anthropologie économique et une démarche relativement structuraliste ont permis à M. Godelier de mieux cerner la nature de la dialectique marxiste, de la rationalité économique, le rôle de certains « objets pensés » de Marx, notamment des modes et rapports de production, de la valeur-travail... Nous nous en sommes plusieurs fois inspirés en présentant les clés de l'interprétation marxiste[15].

---

14. György (ou Georg) Lukács, *Histoire et conscience de classe. Essai de dialectique marxiste (1919-1922)*, Les éditions de Minuit, 1960, 384 pages, collection « Arguments ».

15. Cf. p. 349-351.

De son côté, Robert Fossaert s'est efforcé d'éliminer les « concepts flottants » du marxisme. Pour lui, si on veut faire du marxisme une science de la société, il faut sortir de l'imprécision actuelle et éviter qu'un même concept n'entretienne des rapports différents avec les autres et la réalité. Trop souvent, la vérité du concept a été la preuve par Marx ou par Lénine. Elle fait de la vérité marxiste une vérité révélée renforcée par la preuve par l'appareil (la ligne juste) et la preuve par la pratique. Il y a une crise de la preuve dans la pensée marxiste.

Dans cette perspective, R. Fossaert élabore une théorie générale du développement des sociétés, essayant de clarifier et de formaliser les concepts marxistes et de les appliquer aux divers aspects du développement. Pour Fossaert : « Marx a encore quelque chose à nous apprendre, surtout si l'on sait, comme lui, refuser de devenir marxiste, c'est-à-dire prisonnier d'une orthodoxie. »

B) Les reformulations théoriques des thèmes marxistes.

De nombreux travaux, tels ceux d'Oskar Lange, Michio Morishima, Andras Brödy, B. Cameron, L. Johansen, F. Seton et de Gérard Maarek démontrent que l'analyse de Marx se prête parfaitement à la formalisation logique et mathématique. Le socialiste polonais Oskar Lange (1904-1965) indique, dès 1935, que « l'économie politique marxiste et l'économie politique moderne » de Walras et Pareto sont compatibles, moyennant une certaine rénovation du marxisme.

Il abandonne la valeur-travail et, par conséquent, le problème de la transformation des valeurs en prix disparaît[16]. Il conclut que la détermination des prix d'équilibre dans une économie socialiste obéit à un processus analogue à celui que l'on trouve sur un marché concurrentiel (*Théorie économique du socialisme*).

---

16. Cf. p. 664-666.

426   *L'économie selon les disciples orthodoxes de Karl Marx*

LE DEVELOPPEMENT DE L'ANALYSE MARXISTE DU CAPITALISME

- École de Cambridge
- SISMONDI et les théories de la sous-consommation
- KARL MARX
- KONDRATIEFF — Les cycles de révolution industrielle
- J.A. HOBSON, R. HILFERDING — La première analyse de l'impérialisme
- Rosa LUXEMBURG
- LÉNINE — L'impérialisme stade suprême du capitalisme
- STALINE — Problèmes actuels du socialisme
- Le capitalisme monopoliste d'État
- C. BETTELHEIM — De l'analyse orthodoxe à l'analyse maoïste
- L'analyse officielle du P.C. soviétique et du P.C. français : KOZLOV, BOCCARA, HERZOG
- La sur-capitalisation
- Les rapports entre sous-consommation et sur-capitalisation : TUGAN-BARANOVSKI, JACOT
- E. VARGA — Accumulation réelle et accumulation monétaire
- des contradictions structurelles : LORENZI, M. AGLIETTA
- Les analyses empiriques de l'INSEE
- Rôle des pays arriérés dans la révolution
- CHE GUEVARA
- TROTSKY
- MAO-TSE-TOUNG et la théorie des trois mondes
- Développement inégal et échange inégal : A. EMMANUEL
- Le pillage du Tiers-Monde : P. JALÉE
- L'éco-développement : I. SACHS
- Les analyses Tiers-Mondistes
- De l'analyse structurale à l'analyse marxiste du sous-développement : C. PALLOIX, G. DE BERNIS, C. FURTADO
- MENDEL — Analyse trotskyste de la crise
- L'analyse du développement et de la domination : L.J. LEBRET, F. PERROUX
- École de Cambridge
- KEYNES
- Le rôle de la sous-consommation dans la crise
- DOBB — L'acceptation de la loi de Keynes
- Le marxisme américain : BARAN et P. SWEEZY
- DUMÉNIL
- « les radicaux américains »

Le problème de la transformation est soulevé par le statisticien allemand L. von Bortkiewicz, en 1907 (*Valeur et prix dans le système marxiste*). L'Américain P. M. Sweezy le reprend, en 1942, dans sa *Théorie du développement capitaliste*. À partir de cette date, rares sont les économistes soucieux de logique qui, en découvrant Marx, n'ont pas tenté de déchiffrer l'énigme du passage des valeurs aux prix. Certains envisagent un retour à Ricardo, d'autres proposent des solutions, soit limitées à un nombre précis de secteurs, soit générales. La bibliographie abondante en langue anglaise sur ce thème sans fin occupe plusieurs pages dans le manuel de Blaug. Pour les Français, nous retiendrons principalement les noms de G. Abraham-Frois, J. Cartelier, Carlo Benetti, Dominique Lacaze. Nous signalerons aussi que Morishima et Catephores se sont attaqués à ce problème et ont donné des solutions particulières.

3. Analyses marxistes des problèmes économiques du capitalisme et de l'impérialisme.

L'analyse marxiste s'est largement déployée pour atteindre un grand nombre de terrains. Son extension est telle, qu'elle concurrence l'approche néoclassique dans son ambition à vouloir traiter de tous les problèmes. Il y a ainsi, par exemple, une économie rurale marxiste (Gervais, Servolin, Weil, coauteurs de *La France sans paysans*), une économie des transports marxiste (Netter), une économie du savoir ou de l'éducation appréhendée en termes marxistes (J.-L. Maunoury), etc. Mais les analyses les plus importantes portent sur l'évolution du capitalisme et sur l'exploitation du Tiers-Monde.

A) L'évolution du capitalisme.

Dans ces élaborations, les économistes marxistes ne refusent pas toujours de recourir à certains concepts non marxistes.

a) L'appel à Keynes et le retour à la sous-consommation.
– L'Anglais Maurice Dobb, par exemple, retient la loi marxiste de la baisse tendancielle du taux de profit comme loi d'évolution du capitalisme (*Économie politique et capitalisme*, 1937 ; *Études sur le développement du capitalisme*, 1945). Il admet aussi la loi de Keynes : la propension à consommer est stable ce qui n'empêche pas que la consommation tende à s'accroître moins vite que le revenu[17]. Il faut donc chercher l'explication de la baisse tendancielle du taux de profit dans les mobiles de l'investissement et l'évolution du taux d'intérêt. G. Dumesnil s'est orienté, lui aussi, vers un rapprochement de Keynes et de Marx. N'oublions pas non plus l'évolution des néocambridgiens – mais avec eux, nous basculons du côté des postkeynésiens.

– Avec Paul Baran et Paul Sweezy, on assiste à un changement de terminologie. Ces économistes américains parlent ainsi de surplus, plutôt que de plus-value, afin de tenir davantage compte de l'intérêt, de la rente et des revenus des improductifs, que de l'élément profit au sens strict. Pour Baran et Sweezy, avec l'abandon de la concurrence par les prix, la loi marxiste de baisse tendancielle du taux de profit n'est plus vérifiée ; c'est, au contraire, la tendance à la hausse des surplus qui se manifeste. Dès lors, le problème du capitalisme devient l'absorption des surplus. La part de la consommation des capitalistes tend à diminuer. L'investissement endogène ne peut s'accroître plus vite que les débouchés ; l'investissement exogène, lié à l'accroissement de la population, au progrès technique et à la demande étrangère en capitaux est, lui aussi, très faible. L'effort pour vendre (marketing), les gaspillages, les dépenses des pouvoirs publics, notamment dans le domaine militaire, deviennent, dans ces conditions, des antidotes permanents « à la tendance du capitalisme à sombrer dans un état de dépression chronique ».

---

17. Cf. p. 37.

Les faiblesses de l'analyse de Baran et Sweezy, mises en évidence par Gilbert Abraham-Frois dans les *Éléments de dynamique économique* (1972), tiennent à l'absence de rigueur des démonstrations et à la confusion entre l'analyse en termes de valeur et l'analyse en termes de prix. Mais au-delà de ces critiques, le noyau dur de la théorie de Baran et Sweezy demeure la vieille théorie de la sous-consommation comme condition préalable des crises ; c'est une thèse très répandue parmi les économistes marxistes de Rosa Luxemburg à Arghiri Emmanuel, en passant par Otto Bauer, Henri Denis et Serge Latouche. Il est vrai que, d'un point de vue terminologique, on ne parle pas de sous-consommation, comme le font Malthus, Sismondi et Keynes, mais d'insuffisance de débouchés.

b) Le rôle de la surcapitalisation.
– D'autres marxistes ne s'en tiennent pas à la sous-consommation conçue comme une cause absolue, mais au rapport sous-consommation/suraccumulation. C'est notamment le cas du Russe Tugan-Baranovsky et du Japonais S. Tsuru. Nous résumerons la théorie de ce courant en reprenant les mots de J. H. Jacot : « La sous-consommation des masses ne conduit, en système capitaliste, à des crises de surproduction, que parce qu'elle s'exprime alors simultanément dans la suraccumulation du capital. » (*Fluctuation et croissance économique,* PUL, 1975).

– Eugène Varga (1874-1964), économiste soviétique d'origine hongroise, admet partiellement cette théorie, en distinguant l'accumulation réelle et l'accumulation monétaire du capital. La première peut se poursuivre, mais l'absence de débouchés ruine les capitalistes et entraîne la chute des valeurs du capital monétaire existant. L'excès d'investissement n'est pas un phénomène permanent, mais un phénomène cyclique, de sorte que, dans une première phase, l'investissement entraîne un accroissement du revenu global et de l'emploi. C'est dans une deuxième phase que l'investissement, en devenant excédentaire, finit par donner naissance à la crise (*La Crise économique, sociale, politique*, 1935).

Après la Seconde Guerre mondiale, Varga annonce une forte reprise économique dans les pays capitalistes mais, dit-il, après une phase de croissance économique accompagnée du développement de l'emploi, suivra une seconde phase, caractérisée par un phénomène de substitution du capital au travail. La part du salaire dans le revenu national diminuera, le chômage augmentera (*Les Changements de l'économie capitaliste*, 1946, et *Essai sur l'économie politique du capitalisme*, 1963). Avec la crise durable de 1973, les écrits de Varga, qui n'ont pas toujours été orthodoxes, prennent une résonance prophétique particulière.

– En France, en plus de l'école de Charles Bettelheim, et de certains travaux plus spécifiques, où l'on trouve des éléments allant dans le sens de la loi de la baisse tendancielle du taux de profit et de la substitution du capital au travail (cf. *Fresque historique du système productif français*, INSEE, 1975), l'analyse de l'évolution du mode de production capitaliste est surtout entreprise au Centre d'études et de recherches marxistes (CERM). Celui-ci dépend du Parti communiste français. Ses activités s'étendent aux recherches philosophiques, à l'approfondissement des analyses sur les modes de production féodaux, les modes de production asiatiques, à des travaux d'anthropologie « structuralo-marxiste » comparables à ceux de M. Godelier. Parmi les économistes les plus importants qui participent aux recherches du CERM, signalons : Philippe Herzog, qui, dans la première phase de son itinéraire intellectuel fut un modélisateur keynésien, et Paul Boccara. Du point de vue qui nous intéresse ici, ces deux économistes ont participé à la rédaction de l'imposant ouvrage collectif intitulé *Le Capitalisme monopoliste d'État*[18]. Nous ne reviendrons pas sur les thèses de cet ouvrage, déjà vues ailleurs et vulgarisées par la revue *Économie et politique*. Nous nous bornerons à signaler le caractère didactique de cet ouvrage.

---

18. Cf. p. 338 *sq*.

B) Le développement des théories de l'impérialisme.

a) Rudolf Hilferding avait montré que l'impérialisme, sous forme de conquêtes coloniales, est la conséquence du développement des monopoles. *Via* la domination des banquiers, l'exploitation des régions colonisées permet de maintenir des salaires élevés sans faire baisser le taux de profit[19].

b) Rosa Luxemburg montre que l'augmentation de la demande est une nécessité préalable à tout accroissement des investissements (ce que K. Marx n'avait pas vu !). Il n'y aurait aucune raison d'accroître le capital, s'il n'y avait pas de débouchés supplémentaires. Si l'accumulation continue, c'est signe qu'il existe des zones non capitalistes : « Le capitalisme a besoin de couches sociales non capitalistes en tant que marché pour sa plus-value, en tant que source d'approvisionnement pour ses moyens de production et en tant que réservoir de travail pour son système salarial. » Ainsi, l'impérialisme n'est nullement lié à l'apparition des monopoles, comme le pense Hilferding. C'est une pratique nécessaire au développement du capitalisme. Le capitalisme disparaîtra au moment où, généralisé à toute la planète, il ne pourra plus s'étendre.

La thèse de Rosa Luxemburg fit l'objet de nombreuses critiques. Plusieurs auteurs en ont signalé les faiblesses théoriques. Rosa Luxemburg voit la demande exogène, oubliant la demande induite par le processus d'accumulation du capital lui-même. Comment comprendre que des pays pauvres, sans revenus, puissent constituer un débouché, si l'on n'envisage pas le crédit que leur accordent les pays impérialistes ? Il semble également difficile d'admettre que toute la plus-value n'est réalisable qu'à l'extérieur. L'observation empirique et les analyses de Nicolas Boukharine et de F. Sternberg montrent qu'une partie de la plus-value est réalisée à l'intérieur des pays capitalistes.

---

19. Cf. p. 407.

c) Lénine, pour sa part, rejoint plutôt la thèse de Hilferding. Le commerce extérieur est un résultat, une nécessité historique induite par le procès de l'accumulation capitaliste. Les pays colonisés ne sont pas les stimulateurs de l'investissement nouveau, mais des zones susceptibles de consommer les produits démodés ou de mauvaise qualité qui ne sont plus demandés dans les pays capitalistes. Il n'est donc plus question de débouchés préalables, mais de débouchés extérieurs nécessaires à l'autovalorisation dans le cadre de l'accumulation. Christian Palloix a donné un exposé de ces différentes thèses dans *L'Économie mondiale capitaliste et les Firmes multinationales* (1975).

C) L'échange inégal et le tiers-mondisme.

C'est également la théorie de Hilferding, qui est à la base des théories de *l'échange inégal* (A. Emmanuel) et du *développement inégal* (S. Amin).

a) Arghiri Emmanuel (1911-2001) pose, au départ, que les salaires déterminent les prix, et qu'ils sont plus élevés dans les pays développés que dans les pays sous-développés. Ces derniers, en échangeant leurs produits avec ceux des pays développés sur la base d'un équilibre des prix, subissent, sur la base du travail, un échange inégal. La théorie d'Emmanuel a été fortement critiquée par ceux qui refusent de voir utiliser sous forme de modèle la théorie de Marx. Une critique assez unanime chez les marxistes, vise la nature du salaire dans la théorie d'Emmanuel. Pour les marxistes, le « salaire n'est pas une variable indépendante mais la valeur de la force de travail » (Ch. Bettelheim, S. Amin).

b) Pour *Samir Amin,* « il y a échange inégal dans le système capitaliste mondial lorsque l'écart entre les rémunérations du travail est supérieur à celui qui caractérise les productivités » (*L'Échange inégal et la Loi de la valeur, la fin d'un débat,* 1973). Les salaires, dans les pays de la périphérie, sont faibles, au regard de la productivité, car les marchandises consommées par les travailleurs sont des « marchandises internationales, dont le prix est réduit », en raison du progrès technique, dans les pays du centre. Les pays périphériques ont une économie extravertie. L'accumulation au centre a besoin de l'exploitation de la périphérie. Cette « accumulation à l'échelle mondiale » se fait par « le développement inégal ». Elle est obtenue par l'adhésion des « élites nationales » du Tiers-Monde au modèle de consommation du centre. L'extension de ce modèle (effet de démonstration) détruit les structures protectrices traditionnelles. L'artisanat, l'agriculture, l'habitat rural disparaissent, pour libérer une main-d'œuvre qui se mettra au service de l'accumulation mondiale. Pour S. Amin, la solution au problème de l'échange inégal ne passe donc pas par l'augmentation des salaires *mais par un développement autocentré à la chinoise.* Il faut, en d'autres termes, se couper du circuit mondial, tout en sachant que l'autarcie complète est impossible.

c) André Gunder Frank (1929-2005) expose, à propos de l'Amérique latine, des idées relativement proches de celles de S. Amin, même si elles paraissent moins méthodiques.

Avec nettement moins de manichéisme, le Brésilien Celso Furtado rejoint A. Gunder Frank, en mettant en cause les pays développés dans l'apparition du sous-développement notamment dans son analyse du rôle de la bourgeoisie et de ses modèles de consommation (*Les États-Unis et le Sous-Développement de l'Amérique latine,* 1970).

Ces veines du « marxisme tiers-mondiste » et de la théorie de l'impérialisme sont très fournies en études géographiques et en monographies. Nous ne signalerons ici que trois auteurs, significatifs des approches plus générales : le Polonais Ignacy Sachs, élève de Kalecki, Pierre Jalée et H. Magdoff.

D) Le maoïsme.

On ne peut évoquer les analyses de l'impérialisme et les conceptions marxistes tiers-mondistes sans exposer les positions chinoises.

L'analyse maoïste de l'impérialisme a trouvé son aboutissement avec la théorie dite « des trois mondes ». L'URSS, ayant achevé sa transformation social-impérialiste, est arrivée à contester l'hégémonie américaine, jusque-là toute-puissante. Ces deux pays, érigés en super-puissances, constituent le premier monde, principal fauteur de guerres, de troubles, de crises économiques et d'exploitation. Face à eux, l'immense masse du Tiers-Monde, dominé, surexploité, constitue le troisième monde, moteur actuel de toute évolution fondamentale de la société. Entre ces deux mondes, un certain nombre de pays industrialisés présentent la double caractéristique contradictoire d'être à la fois des pays exploiteurs du Tiers-Monde et des pays dominés par les deux supergrands (*La Théorie des trois mondes,* Pékin).

Dans cette situation, la stratégie des pays du Tiers-Monde sera avant tout de « compter sur leurs propres forces », tant sur le plan interne que dans leurs relations extérieures. Au-delà de ce choix fondamental, le troisième monde cherchera à rallier, en tout ou partie, le deuxième monde, dans le cadre d'un nouveau « front uni » (*La Démocratie nouvelle*). Ces conceptions ont été la ligne générale de la Chine, de 1961 à 1976.

Sur le plan du développement économique interne[20], la politique chinoise, définie dès 1956 par « les dix grands rapports », choisit de ne pas s'appuyer sur le dégagement d'un surplus agricole pour financer le développement. En cela, la politique chinoise prend le contre-pied de la stratégie léniniste et, encore plus, stalinienne. La réforme agraire a d'abord permis de briser les freins structurels au développement économique, hérités de l'ancien régime. L'organisation des communes populaires, quelques années plus tard, permet l'extension des zones cultivées, le développement de la productivité agricole et l'absorption par l'agriculture d'une grande partie de la population active.

---

20. Nous devrions, normalement, joindre ce paragraphe et les suivants aux théories et analyses économiques dans les pays socialistes. Toutefois, nous préférons éviter de trop morceler le maoïsme.

Dès lors, une bonne partie de l'accumulation peut se faire sur place, au niveau des communes.

Sur le plan industriel aussi, le modèle chinois tranche avec le modèle stalinien, en cherchant constamment l'équilibre entre industrie légère et industrie lourde. La première nécessite de plus faibles investissements, permet une accumulation rapide et est un débouché pour les secondes…

Les idées de Mao, et surtout les premières réalisations de la Chine socialiste ont eu un grand retentissement dans le monde, particulièrement dans les jeunes nations. Certaines s'en inspirèrent, par exemple la Tanzanie de Julius Nyerere. L'économiste égyptien Samir Amin emprunta de nombreux outils au maoïsme dans son analyse de l'échange inégal et des relations centre/périphérie. En France, Charles Bettelheim est une des figures marquantes de l'adhésion économique au maoïsme, avec Hélène Marchisio, Jean Charrière et M. Gutelman. René Dumont, après s'être enflammé pour l'expérience socialiste chinoise, deviendra beaucoup plus critique, au vu de la réalité des campagnes chinoises.

4. Théories et analyses économiques dans les pays socialistes.

La recherche théorique a été, en Union soviétique, largement paralysée par le dogmatisme et la reproduction simple des théories de Karl Marx et de Lénine. Le rôle de la *loi de la valeur* a cependant permis un approfondissement théorique, que nous avons déjà vu[21].

A) L'influence marginaliste.

Nous avons évoqué plusieurs fois cette influence, illustrée par les travaux économétriques et « de cybernétique économique » d'Oskar Lange. Nous signalerons toutefois les thèmes des Soviétiques Kantorovitch et Novojilov et leur contestation pour les problèmes du mode de calcul économique de la

---

21. Cf. p. 367-368.

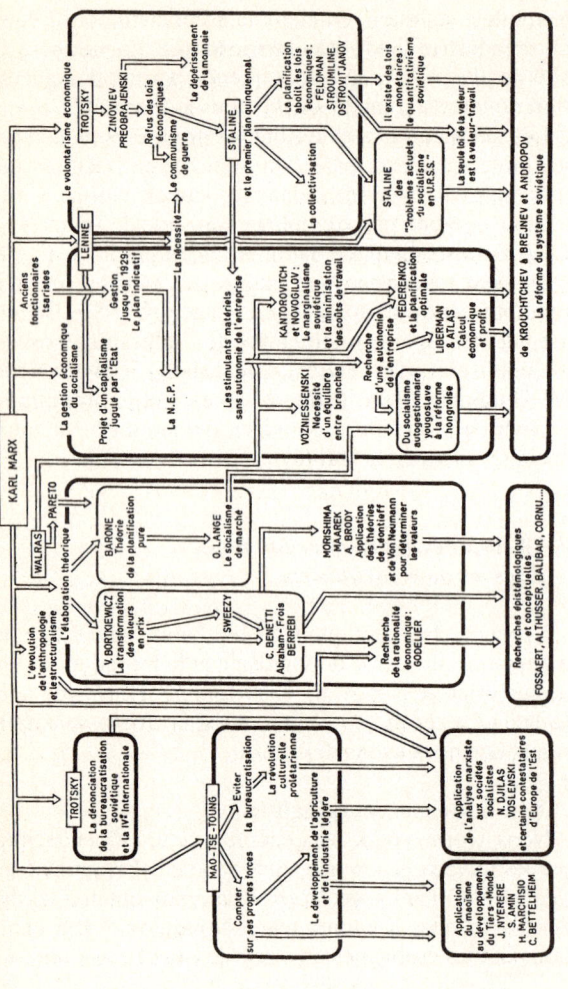

répartition du surproduit et les théories des Hongrois Andras Brödy (croissance optimale) et Janos Kornai.

Ce dernier après avoir publié *Anti-équilibrium* en 1971 qui pourrait en faire un économiste du déséquilibre à la « Clower-Barro-Grossman » remet les choses en place en 1980 avec l'important *Économie de la pénurie* par la critique de cette école. Celle-ci ne propose qu'une théorie non walrassienne de l'équilibre. Une véritable théorie du déséquilibre doit abandonner tous les postulats néoclassiques de l'équilibre général, écrit-il.

Le prix Nobel Leonid V. Kantorovitch et V. V. Novojilov sont les principaux représentants du courant marginaliste, que certains qualifient de révisionniste. Ils introduisent dans le calcul économique appliqué à une société socialiste les notions de productivité marginale, d'optimum parétien, d'égalisation des productivités marginales, même si d'autres appellations sont utilisées pour éviter les expressions d'origine bourgeoise.

Kantorovitch et Novojilov préconisent, dans leurs écrits respectifs, la solution des prix de production dont le calcul doit permettre des choix en fonction de l'égalisation des productivités marginales.

Comme nous l'avons vu, Stroumiline, représentant de la tendance dogmatique, rejette cette solution comme non marxiste. Il soutient, avec beaucoup d'autres, que la seule norme possible est la valeur des produits, c'est-à-dire leur coût en travail, et non les prix de production. Le capital ne pouvant être créateur de valeur, la marge de profit doit être alors proportionnelle aux salaires payés pour la production de chaque bien.

Henri Denis montre que les tenants de la thèse du travail « seule source de valeur » ont en fait mal lu Marx, en confondant la question de *l'origine* de la plus-value et la question de sa *répartition*. La plus-value, qui devient le surproduit dans le socialisme, est créée par le travail. Dans les économies capitalistes, elle est distribuée entre les capitalistes, en proportion du montant de leurs investissements. De même, en régime socialiste, le surproduit devra être distribué entre les entreprises, proportionnellement à leurs investissements, selon le système des prix de production présenté par K. Marx. De toute manière le coût en quantité de travail est une approche ricardienne et non marxiste[22].

B) Le courant gestionnaire.

On peut rattacher à un courant théorique des marginalistes le courant des gestionnaires, qui préconisent l'introduction du profit comme critère de gestion d'entreprises autonomes. Les noms dominants sont ceux de Z. V. Atlas, L. Libermann pour les Soviétiques, J. Kornai pour la Hongrie et Ota Sik (*La Troisième Voie*) pour la Tchécoslovaquie.

a) Les recherches théoriques d'une croissance optimale.

En 1970, Andras Brödy ouvre une nouvelle voie à la recherche à l'intérieur des pays socialistes en publiant *Proportions : prix et planification* comparable aux travaux que publieront trois années plus tard M. Moríshima et G. Maarek. Il s'agit d'une application des modèles de Leontief et von Neumann pour la définition d'une croissance optimale en régime socialiste. Le modèle de Leontief est utilisé pour donner les valeurs. Pour cela, le travail est posé comme facteur primaire, la consommation de capital fixe étant une consommation intermédiaire. Il permet de connaître le travail direct et indirect contenu dans une unité de chaque produit. On obtient ainsi les valeurs d'échange des différents biens. On retrouve aisément les bases des théories de la valeur de K. Marx... ou de D. Ricardo.

Soucieux de planification et de croissance économique, Andras Brödy a alors recours au modèle de von Neumann. Il adopte la « règle d'or »[23], c'est-à-dire l'identité du taux de croissance du revenu national et du taux de profit, afin d'obtenir une croissance optimale. Tout écart par rapport à la règle d'or se paie. Si le taux effectif est supérieur au taux optimum, il arrivera un moment où le taux de croissance baissera pour donner sur une longue période un taux moyen inférieur au taux correspondant au respect de la règle d'or.

---

22. Cf. p. 664-665.
23. Cf. p. 292.

DE L'ÉCONOMIE SOCIALISTE À L'ÉCONOMIE DE MARCHÉ

L'Union Soviétique n'est jamais parvenue instaurer une économie de marché. L'introduction de cette dernière n'a été possible qu'après l'effondrement du communisme. Par contre, en Chine, cette introduction a été réalisée sous l'égide du Parti communiste chinois.

L'introuvable économie de marché au temps de l'URSS.
Toutes les réformes des régimes socialistes se sont heurtées au système des prix instauré par la planification stalinienne et qu'aucune réforme n'est parvenue véritablement à fondamentalement transformer.

Dans une économie de marché, un système de prix reflète essentiellement la rareté. Certes, des perversions sont possibles. Par toutes sortes de stratagèmes (monopole, publicité, ententes), les entreprises tentent de créer des rentes de situation. De leur côté, les pouvoirs publics agissent sur les prix de diverses manières (subventions, taxation, protectionnisme en tout genre…). En réalité toutes ces pratiques ne font que modifier les conditions de la rareté. À qualité égale, le prix même quand il est manipulé demeure le critère de choix des entreprises et des consommateurs.

Rien de tel n'existait dans les régimes socialistes à la mode soviétique. *Pour les biens de production, les prix n'avaient qu'un rôle comptable et n'étaient jamais un indicateur de pénurie.* Symboliquement certains étaient même fixés arbitrairement de manière très basse (notamment pour les biens de production). Tous ne servaient qu'à accompagner les ordres de production donnés aux entreprises.

Pour les biens de consommation, ils étaient bien un instrument de rationnement mais avec de nombreuses exceptions et leur fixation n'avait rien à avoir avec les prix des biens de production. Le prix des biens les plus socialement utiles était fixé bas, les planificateurs préférant rationner par les quantités que par les prix.

La coupure entre les prix à la production et les prix à la consommation était presque totale et rendue possible par l'existence de deux monnaies. L'une en totalité scripturale ne circulait qu'entre les entreprises. L'autre était réservée au paiement des salaires (chaque entreprise ou administration recevait un fonds de salaires) et aux consommateurs. En aucune manière cette seconde monnaie ne pouvait permettre d'acheter des biens de production. La première de ces monnaies tournait en rond dans le secteur des entreprises et des administrations. La seconde en faisait autant à partir du fonds des salaires et de la consommation avec une accumulation résiduelle de plus en plus importante d'épargne.

En 1988, à la veille de l'effondrement du régime soviétique, on estimait que les dépôts dans les caisses d'épargne atteignaient 300 milliards de roubles, auxquels s'ajoutaient de 100 à 200 milliards de roubles thésaurisés. Or à l'époque les ventes annuelles du commerce de détail n'étaient que de 300 milliards. Le marché noir et les marchés kolkhoziens n'étaient pas, dans ces conditions, capables d'assurer le passage entre les deux circuits monétaires et la remontée des choix des consommateurs vers les entreprises. De toute façon, il était interdit aux entreprises de les prendre en compte, elles devaient obéir aux ordres du Plan et dépasser ses objectifs. Il s'était ainsi développé en URSS et dans tous les pays socialistes un art consommé de dépasser le Plan sans le réaliser. Si, par exemple, les ordres du Plan étaient de produire un certain tonnage de clous, les entreprises produisaient essentiellement des clous de charpentier dont une grande partie était inutile…

L'introduction d'une véritable économie de marché[1].

Dans les pays d'Europe centrale et orientale (PECO), l'introduction d'une véritable économie de marché a été finalement concomitante avec l'effondrement des régimes communistes. En 1985, le président Mikhaïl Gorbatchev prenant conscience de l'impasse dans laquelle était l'URSS tenta cependant d'y parvenir d'abord par une profonde réforme de l'agriculture, puis de l'ensemble de l'économie. La résistance du Parti communiste à ces réformes fut d'autant plus forte que parallèlement il tentait d'arrêter la guerre froide et qu'il laissait tomber la RDA. Pour la briser, il voulut simultanément mener une transformation politique et une transformation économique. La *glasnost* (transparence) devait lui permettre de faire accepter la *perestroïka* (restructuration). Après son renversement en 1991 par un coup d'État conservateur qui échoue, Gorbatchev démissionne et Boris Eltsine prend le pouvoir, tandis que les activités du parti communiste de Russie sont suspendues par décret. L'effondrement du régime communiste ouvre alors la voie à l'économie de marché. Elle se fera d'abord dans la plus grande anarchie ultra-libérale. Eltsine et son Premier ministre Egor Gaïdar écoutent à l'époque les experts américains, notamment Jeffrey Sachs

---

1. Voir aussi p. 558.

et Anders Aslund qui préconisent la « thérapie de choc » consistant à agir rapidement, à passer à l'économie de marché brutalement. Elle permet aux nomenklaturistes de s'emparer du pouvoir économique. C'est la phase dite de la privatisation « de masse ». Peu à peu la nécessité d'édicter de nouvelles règles est mieux comprise et, à partir de la crise de 1998, l'économie de marché va s'instaurer mais sous la conduite de l'État qui a retrouvé une capacité d'action. Jusque-là l'État n'était pas absent mais sa capacité d'agir était considérablement limitée par des recettes insuffisantes, les pouvoirs régionaux et des entreprises publiques qui échappaient à son autorité sans oublier la constitution de puissantes mafias. De véritables empires financiers et industriels se constituaient. Ils étaient dirigés par des « oligarques » issus pour la plupart de l'ancienne nomenklatura. En remettant de l'ordre, Poutine va imposer l'État comme l'acteur principal de l'économie de marché. Il va écarter les oligarques les plus puissants et créer des consortiums et des holdings publics dans les principales branches industrielles. On assiste à une véritable « renationalisation » de l'économie dans le cadre d'une économie de marché. En réalité, cette mutation a pu être entreprise grâce aux recettes issues des hydrocarbures. Elles ont permis des recettes budgétaires importantes et surtout la constitution d'un fonds destiné à aider les entreprises industrielles à résister à la concurrence internationale et par la suite à intervenir sur les marchés internationaux.

L'instauration de l'économie de marché en Chine a été bien différente, elle a été réalisée sous l'égide du Parti communiste chinois.

À partir de 1979, la Chine fait de la modernisation économique une priorité qui l'amène à abandonner les principes de planification autarcique de la période maoïste. Sous l'impulsion de Deng Xiaoping, celle-ci se réalise sous l'égide du Parti communiste.

Dès le mois de décembre 1978, les autorités chinoises entreprennent la décollectivisation de l'agriculture ; en 1982, 95 % de la population agricole se retrouve dans des exploitations familiales. Les terres sont louées aux familles. L'État relève fortement les prix des grands produits agricoles et autorise les marchés libres. Parallèlement il encourage l'essor des activités non agricoles (industries et services) à la campagne. L'ensemble des productions augmente considérablement et les revenus des paysans s'élèvent.

Le succès de la décollectivisation agricole incite l'État à alléger le plan et à déléguer une partie de son pouvoir et des ressources financières aux autorités provinciales; il permet aux entreprises d'État de faire du profit et restaure les primes au rendement pour les salariés. Pour faciliter les initiatives privées, les prix et le commerce sont progressivement libérés. Cette libéralisation provoque une forte inflation et favorise des trafics en tout genre alors que le parti tente d'empêcher tout développement d'une opposition. Cette situation va devenir de plus en plus critiquée par la jeunesse et sera à l'origine en juin 1989 des événements de Tian'an men. Cette crise politique arrête un temps les réformes mais, en 1991, l'effondrement du régime soviétique convainc Deng Xiaoping que la solution consiste dans le développent économique grâce à une « économie socialiste de marché ». Il se rallie aux thèses de la nouvelle droite menée notamment par Zhang Weiying, diplômé d'Oxford et homme d'affaires qui pense qu'il faut avant tout renforcer la libéralisation de l'économie. Les grandes entreprises publiques sont transformées en sociétés, les petites sont vendues à leur personnel ou aux cadres. La privatisation est très rapide, notamment dans le secteur des nouvelles activités avec un extraordinaire développement de petites entreprises industrielles et commerciales. Inexistant en 1978, le secteur privé assure 63 % du PIB en 2004 et plus de la moitié de la production industrielle. Toutefois les grandes entreprises privées sont encore rares et les grandes entreprises nationales sont contrôlées par le Parti même quand elles sont liées à des investisseurs étrangers grâce à des sociétés à capitaux mixtes.

La nouvelle gauche, avec notamment le journaliste et historien des idées Wang Hui, prenant conscience de l'importance des manifestations et de la montée des inégalités, s'opposait à cette thèse de la libéralisation économique à tout prix. Ses partisans acceptent l'économie de marché mais, en même temps, veulent un pouvoir fort, capable de prendre des mesures assurant le progrès social et luttant contre les inégalités. Après la crise mondiale de 2008 qui oblige la Chine communiste à accorder plus d'importance au marché intérieur, et après les premières grèves ouvrières suscitées par l'augmentation du chômage au moment de la crise, les thèses de la nouvelle gauche semblent avoir eu la faveur du pouvoir. Le développement de la protection sociale et l'augmentation des salaires ne sont plus négligés mais il demeure exclu de laisser s'exprimer politiquement la population. À Hong Kong, où normalement il existe une consultation de la population, tout est fait afin que l'on ne connaisse pas une dérive véritablement démocratique qui mette en cause le pouvoir tutélaire des autorités de Pékin.

> En tout cas, tant en Russie qu'en Chine, ou au Viêtnam, on assiste à une économie de marché fortement contrôlée par la puissance publique, avec en Chine et au Viêtnam des Partis communistes maintenant leur domination idéologique et politique.
> *Les réformes n'ont fait qu'empirer les choses.* On n'était pas en présence dans les pays socialistes d'un système dégradé de prix d'économie de marché mais d'un système totalement différent. Les comportements qu'il provoquait n'avaient rien à voir avec ceux d'une économie de marché. Rien ne garantissait lorsqu'un prix montait que les entreprises augmenteraient leur production ou que les consommateurs dépenseraient moins (leurs réserves monétaires étaient énormes). Toutes les réformes de la planification soviétiques n'ayant pas réintroduit les mécanismes de base de l'économie de marché, elles ne pouvaient qu'aboutir à des situations de plus en plus chaotiques.
> Pour parvenir à rétablir une cohérence dans les systèmes des prix, il aurait fallu réaliser des millions d'ajustements et même le président Gorbatchev avait remis cette tâche à plus tard. Un système de prix doit être cohérent. Pour y parvenir les réformateurs ont tenté de rapprocher les prix à la production et les coûts de production. Il s'agissait de parvenir à la vérité des prix. Leonid Kantorovich désirait, lui, revenir à des prix établis sur la base des productivités marginales.

b) Les recherches d'une économie socialiste de marché. De manière moins théorique, sur la base de nombreuses observations et d'analyses du mécanisme économique en Hongrie, plusieurs économistes se font connaître pour leurs propositions de réforme en vue d'instaurer une économie socialiste de marché. (Cf. Janos Kornai et Xavier Richet, *La Voie hongroise*, Calmann-Lévy, 1986, et X. Richet, *Le Modèle hongrois*, PUL, 1985).

Dès 1956, J. Kornai avance l'idée que pour éviter les pénuries de certains produits et le gaspillage pour d'autres, l'introduction du profit comme indicateur de gestion n'est pas suffisant. Elle doit s'accompagner d'un système de prix de marché, de la concurrence entre les entreprises, de la stimulation matérielle des directeurs d'entreprise et de l'utilisation de moyens indirects pour assurer la cohérence entre les stratégies des entreprises et les objectifs macroéconomiques du plan national. En Union soviétique, c'est Levseï Grigorievitch Libermann (1897-1983) qui, en 1963, avec l'autorisation du Kremlin propose une réforme qui ouvre la voie à une économie socialiste de marché. À la place des critères administratifs qui encadraient les décisions de l'entreprise, Libermann propose des critères économiques. Cette substitution devrait selon lui inciter les entreprises à atteindre les objectifs planifiés et à adopter des méthodes de production plus efficaces. Les objectifs et les prix demeurent fixés par les planificateurs mais l'entreprise doit, en fonction d'eux, construire son propre plan et notamment déterminer ses investissements et les méthodes de production à mettre en œuvre. Pour guider ses choix, au-delà du profit planifié fixé par le planificateur en fonction des normes de « rentabilité de chaque branche », elle doit tenter de maximiser le dépassement de ce profit planifié. En réalité, le profit planifié réintroduit en quelque sorte le taux d'intérêt et les entreprises doivent s'organiser pour obtenir une rentabilité supérieure à ce taux. Pour Libermann, ce profit n'a rien à voir avec le profit capitaliste puisque les prix fixés par le planificateur ne permettent aucun gain spéculatif et qu'il n'a pas d'effet sur la répartition des ressources disponibles par le Plan.

Par la suite de réforme en réforme, les planificateurs soviétiques ont tenté d'introduire des doses toujours plus importantes de mécanisme de marché, sans parvenir à un résultat satisfaisant. Il n'a pas été possible de passer en douceur de la planification autoritaire à une économie de marché demeurant socialiste. Les solutions de rupture et de passage brutal au système capitaliste ont même été préférées à un passage graduel au capitalisme. Nous en reparlerons dans la quatrième partie[24].

Notons aussi, pour finir, qu'il existe, dans les pays de l'Est, une influence keynésienne que nous avons déjà évoquée à propos des modèles de croissance keynésiens[25], notamment ceux de Michal Kalecki.

---

24. Cf. p. 558.
25. Cf. p. 106.

En réalité, les réformateurs des prix en URSS et dans les autres pays socialistes cherchaient à résoudre la quadrature du cercle. On désirait des prix qui rééquilibrent l'offre et la demande, qui stimulent ou découragent, couvrent les coûts de production (y compris ceux de la modernisation) et qui, en dépit de tout, ne mettent pas en danger les priorités du planificateur. On est alors arrivé à un système de prix composites où coexistaient des prix imposés par le planificateur, des prix contractuellement déterminés par les entreprises et des prix libres qui ne parvenaient pas à rétablir l'équilibre entre l'offre et la demande. L'introduction *in extremis* des prix du marché international pour une partie des activités n'a rien arrangé car ces prix n'étaient pas cohérents avec les autres prix. Pire, lorsque Gorbatchev a donné plus d'autonomie aux entreprises pour s'entendre entre elles, elles ont souvent préféré à des prix contractuels en hausse obtenir un « profit » en discutant les normes imposées par les commandes d'État. La perversion des comportements des entreprises était d'autant plus grande qu'il n'existait pas en URSS de contrainte de la propriété. Il n'y avait pas de liaisons entre la valeur d'une entreprise et ses résultats. Une entreprise peut ainsi se permettre d'accroître ses profits immédiats en compromettant ses possibilités de croissance à long terme, sans qu'il y ait une sanction sur sa valeur. Cette situation a été l'origine de bien des difficultés et d'abus au moment de la privatisation des entreprises quand il est apparu que l'économie de marché socialiste étant impossible il ne restait plus qu'à passer à celle des économies capitalistes.

C) La contestation marxiste à l'intérieur des pays communistes.

Nous ne pouvons terminer le panorama sans parler d'un courant contestataire qui, partant du marxisme, dénonce l'existence d'une société de classes en Union soviétique. Nous en avons déjà longuement parlé[26]. Ce courant montre

---

26. Cf. p. 377 *sq*.

en tout cas que le marxisme n'a pas perdu de sa vigueur quand on le ramène à son objectif.

5. *Le marxisme bouge encore.*

Beaucoup pensaient que l'effondrement des pays du « socialisme réel », des PECO, ajouté au ralliement de la Russie et de la Chine à l'économie de marché, porterait un coup fatal au marxisme. La glaciation de la théorie marxiste par l'imposition d'une pensée orthodoxe, notamment en URSS ou encore en France avec les thèses du « capitalisme monopoliste d'État », ne semblait guère préparer le marxisme à affronter cette situation. Or contrairement à cette vue pessimiste le marxisme bouge encore notamment grâce :
– aux nouveaux radicaux se revendiquant marxistes ;
– au marxisme analytique ;
– à l'analyse marxiste des relations professionnelles.

A) Les nouveaux radicaux se revendiquant du marxisme.

Habituellement on englobe dans les penseurs radicaux tous ceux qui prennent leur distance vis-à-vis des analyses plus conventionnelles et orthodoxes de la réalité. De ce point de vue le marxisme, par rapport à l'analyse classique et néoclassique, relève de la pensée radicale. Mais il est devenu à sa manière une orthodoxie.

Au départ, autour du terme « radicalisme », on regroupait aux États-Unis les mouvements protestataires. Le premier est celui du radicalisme moral. Il remonte aux contestations politico-religieuses apparues au XVIIe siècle. Fondé sur l'autonomie et l'inviolabilité de la conscience individuelle, il nourrit encore un courant pacifiste, adversaire de toute organisation centralisée. Un autre radicalisme est celui des mouvements luttant pour l'émancipation des minorités noires et indiennes. Une autre forme de radicalisme, parfois populiste mais en tout cas modérée, défendait initialement les petits paysans et les ouvriers au travers de partis et de syndicats. Enfin plus classique est le radicalisme des diverses tendances de la gauche socialiste.

Aujourd'hui, on parle le plus souvent de « pensée radicale » à propos de pensées critiques portant sur des luttes de toutes sortes (syndicales, des minorités, contre l'impérialisme, etc.) et dont les principaux représentants sont les philosophes Michel Foucault, Gilles Deleuze, Alain Badiou, Judith Butler, Jacques Rancière, Antonio Negri (qui est aussi homme politique) ou le linguiste Noam Chomsky[27]. Nous ne traiterons ici que des penseurs radicaux contemporains qui développent une analyse centrée sur la dimension économique et se référant plus directement au marxisme.

a) Les penseurs radicaux marxisants de l'évolution du capitalisme.

En France, on peut rattacher à ce courant les membres du Séminaire d'études marxistes. Le plus souvent proches du marxisme orthodoxe, ils se consacrent à l'étude du capitalisme d'aujourd'hui. Suzanne de Brunhoff, François Chesnais, Gérard Dumesnil, Michel Husson et Dominique Lévy ont ainsi publié aux PUF en 2005 *Les Finances capitalistes*. Toutes les contributions à cet ouvrage appliquent au capitalisme contemporain les outils théoriques fournis par Karl Marx pour comprendre comment l'argent va à l'argent et tentent de moderniser leurs applications.

Toujours en France, d'autres penseurs radicaux qui étudient l'évolution du capitalisme viennent au contraire de l'extrême gauche et s'intéressent plus particulièrement aux conditions de travail et aux inégalités. Parmi eux Michel Husson, déjà cité, administrateur de l'INSEE, a commencé en 1982 sa carrière au Centre d'études des revenus et des coûts (CERC) et se consacre tout spécialement à l'organisation du travail et à la gestion des ressources humaines. Ancien militant de divers partis d'extrême gauche (PSU, puis LCR), il rejoint le mouvement Attac. Il est l'auteur de *Un pur capitalisme*,

---

27. Razmig Keucheyan, *Une cartographie des nouvelles pensées critiques*, Zones, 2010.

> ## « LA HAUSSE TENDANCIELLE
> ## DU TAUX D'EXPLOITATION »
>
> Dans cet article qui s'appuie sur un grand nombre de données statistiques, Michel Husson démontre que la hausse tendancielle de la part du profit *(The Global Upwardtrend in the Profit Share)* dans la valeur ajoutée est un phénomène d'ordre structurel qui ne peut être réduit à des fluctuations conjoncturelles.
>
> « Dans tous les cas, la chronologie est semblable : la part salariale est à peu près stable jusqu'à la crise du milieu des années 1970 qui la fait brusquement augmenter. Le retournement de tendance intervient dans la première moitié des années 1980 : la part salariale se met à baisser, puis tend à se stabiliser à un niveau historiquement très bas. [...] À partir du moment où le taux de profit augmente grâce au recul salarial sans reproduire des occasions d'accumulation rentable, la finance se met à jouer un rôle fonctionnel dans la reproduction en procurant des débouchés alternatifs à la demande salariale.
>
> La fonction principale de la finance est d'abolir, autant que faire se peut, les délimitations des espaces de valorisation : elle contribue en ce sens à la constitution d'un marché mondial. La grande force du capital financier est en effet d'ignorer les frontières géographiques ou sectorielles, parce qu'il s'est donné les moyens de passer très rapidement d'une zone économique à l'autre, d'un secteur à l'autre : les mouvements de capitaux peuvent désormais se déployer à une échelle considérablement élargie. La fonction de la finance est ici de durcir les lois de la concurrence en fluidifiant les déplacements du capital. En paraphrasant ce que Marx dit du travail, on pourrait avancer que la finance mondialisée est le processus d'abstraction concrète qui soumet chaque capital individuel à une loi de la valeur dont le champ d'application s'élargit sans cesse. La caractéristique principale du capitalisme contemporain ne réside donc pas dans l'opposition entre un capital financier et un capital industriel, mais dans l'hyperconcurrence entre capitaux à laquelle conduit la financiarisation. »
>
> Extraits de l'article de Michel Husson, « La hausse tendancielle du taux d'exploitation », *Inprecor* n° 534-535, janvier-février 2008.

2008 ; *Travail flexible, salariés jetables*, 2006 ; *Les Casseurs de l'État social*, 2003 ; *Le Grand Bluff capitaliste*, 2001 ; *Les Destins du Tiers-Monde. Quarante ans de développement en perspective* (avec Thomas Coutrot), 1993[28].

---

28. Respectivement publiés par Page Deux, La Découverte, La Dispute, Nathan.

De son côté, Thomas Coutrot est entré également dans la fonction publique comme administrateur de l'INSEE en intégrant le CERC. Après un passage à l'Institut national de statistique mexicain et au ministère de l'Industrie, il travaille depuis 1990 à l'Institut de recherches économiques et sociales (IRES) lié aux syndicats. Membre depuis 1996 du Réseau d'alerte sur les inégalités (RAI), il a contribué à la création d'un baromètre de la pauvreté et des inégalités en France. Après avoir été membre de la LCR, qu'il quitte rapidement en 1988 pour ne plus s'engager dans un quelconque parti politique, il est membre depuis 1998 du conseil scientifique du mouvement Attac. À ce titre, il a joué un rôle essentiel dans la rédaction de plusieurs livres, parmi lesquels : *Avenue du plein-emploi* (en collaboration avec Michel Husson, 2003), *Travailleurs précaires, unissez-vous* (en collaboration avec Patrice Cuperty, 2004), et plus récemment *Jalons vers un monde possible : redonner des racines à la démocratie* (2010)[29].

En dehors de la France, le thème des inégalités est repris par de nombreux auteurs sensibles à la pensée de Karl Marx. À l'université de Californie à Berkeley, Samuel Bowles et d'autres chercheurs, notamment Herbert Gintis, aussi à l'aise en théorie des jeux[30], en économie expérimentale[31] que dans l'analyse des inégalités sociales, ont remis en question deux points défendus par la plupart des économistes : 1. « l'inégalité va main dans la main avec la réussite économique d'une nation » ; 2. « la réduction des inégalités économiques compromet inévitablement l'efficacité ».

Le groupe de Berkeley a ainsi étudié à propos des collectivités locales quatre questions :

---

29. Les deux premiers titres sont publiés par Attac aux éditions Mille et une nuits ; le troisième aux éditions Le Bord de l'eau.

30. Cf., par exemple, *Game Theory Evolving*, 2ᵉ édition, Princeton, Princeton University Press, 2009.

31. « Experimental Economics Will Foster a Renaissance of Economic Theory », *Journal of Economic Behavior and Organization*, 2010.

1. Comment les inégalités affectent-elles la coopération dans les communautés locales, et quel est l'impact sur elle de l'environnement local et d'autres biens publics, comme l'eau d'irrigation, de la sécurité des quartiers résidentiels et d'autres équipements, de la pêche, de la foresterie et des pâturages ?

2. Comment les inégalités affectent-elles l'efficacité et la productivité des exploitations agricoles, des entreprises et d'autres entités ?

3. Comment les disparités économiques entre les citoyens ont-elles une incidence sur la négociation, l'élaboration des politiques et les performances économiques au niveau national ?

4. Quels principes peuvent guider la conception de l'efficacité et de la viabilité des politiques visant à réduire la pauvreté et à améliorer les débouchés économiques pour les moins bien nantis ?

Bowles et Gintis ont été, avec d'autres, cofondateurs en 1968 de l'Union pour l'économie politique radicale.

En Belgique, Philippe Van Parijs, philosophe et économiste, est le promoteur de l'allocation universelle. Il a fondé en 1986 le *Basic Income European Network*, rebaptisé en 2004 *Basic Income Earth Network* (BIEN). L'allocation universelle[32], appelée quelquefois « revenu social garanti », « revenu d'existence » ou encore « revenu citoyen », est un revenu unique versé à tous les citoyens d'un pays quelles que soient leurs ressources et leur profession. Elle diffère donc de l'impôt négatif qui diminue au fur et à mesure que le revenu augmente et disparaît à partir d'un certain seuil, tel qu'il a été proposé par Milton Friedman[33]. Cette mesure a été

---

32. Philippe Van Parijs, *Qu'est-ce qu'une société juste ? Introduction à la pratique de la philosophie politique*, Le Seuil, 1991. Pour une présentation accessible, voir « L'allocation universelle » par Yannick Vanderborght et Philippe Van Parijs, *Alternatives économiques*, mai 2005.

33. Milton Friedman, *Capitalisme et liberté* (1962), trad. française, Robert Laffont, 1971, voir le chapitre 12 « La réduction de la pauvreté ».

théorisée en France par Lionel Stoléru[34]. Dans le système de l'allocation universelle, les plus riches verront leurs impôts augmenter afin de financer ce revenu social minimum. Ce revenu est calculé de telle sorte qu'il soit en mesure de satisfaire les besoins primaires, de permettre à tous de participer à la vie sociale et à la politique de la cité, mais son utilisation est laissée au libre choix de chacun. Ainsi, l'allocation universelle est une façon de concrétiser les principes rawlsiens développés dans *Théorie de la justice* (1971), ce qui n'est pas à proprement parler une réponse marxiste.

b) Le renouvellement de l'analyse de l'impérialisme.

Le philosophe et homme politique Toni Negri en est le théoricien le plus en vue. Soupçonné de complicité avec les Brigades rouges, il se réfugie en France. Rentré en Italie pour purger sa peine, il bénéficie très vite d'une semi-liberté puis est définitivement libre en 2003. Se rapprochant des mouvements altermondialistes en 2000, il publie avec Michael Hardt, un politologue américain, *L'Empire. Le stade suprême de l'impérialisme*[35]. En 2004, ils publient aux États-Unis une suite à cet ouvrage sous le titre *Multitude : War and Democracy in the Age of Empire*[36].

Leurs thèses diffèrent de celles de Samir Amin, plus proche du marxisme orthodoxe. L'échange inégal[37] de Samir Amin oppose les pays du centre où la classe ouvrière est aujourd'hui intégrée dans la classe moyenne à ceux de la périphérie qui fournissent les matières premières et où la classe ouvrière ne peut accéder à l'autonomie matérielle.

Pour Negri et Hardt, « le marché mondial s'unifie politiquement autour de ce qui, depuis toujours, passe pour des signes de souveraineté : les pouvoirs militaires, monétaires,

---

34. Lionel Stoléru, *Vaincre la pauvreté dans les pays riches*, Flammarion, 1974.
35. Aux éditions Exils.
36. Antonio Negri, Michael Hardt, *Multitude. Guerre et démocratie à l'âge de l'empire*, La Découverte, 2004.
37. *L'Échange inégal et la Loi de la valeur*, Anthropos, 1973.

communicationnels, culturels et linguistiques[38] ». Dans la présentation qu'il fait de leur livre[39], Toni Negri indique que « ce dispositif est supranational, mondial, total ». Le terme d'« empire » leur paraît plus adapté, la forme impériale étant le stade suprême de l'impérialisme, ce qui permet de rappeler que les auteurs sont dans la continuité de la pensée du Lénine qui avait écrit *L'Impérialisme, stade suprême du capitalisme* (1916). Negri précise que cette forme « impériale » de gouvernement est bien différente de l'impérialisme. Celui-ci au XIXe siècle et au début du XXe correspond à l'expansion de l'État-Nation au travers des rapports coloniaux et des pays de la périphérie, tandis que dans la forme impériale, l'idée de nation ne joue plus. Harvard ou Wall Street sont ouverts à tous ceux qui ont les moyens d'y envoyer leurs enfants ou d'y placer leur argent.

Le fait national s'estompe de manière irréversible au profit de l'empire auquel répond un mouvement de lutte des exploités, conscients que le bien commun est plus important que le bien privé. Dans une logique dialectique, que ne renierait pas K. Marx, ce bien commun dans la mondialisation participe d'ailleurs à l'émergence de ce même empire qui suscite les luttes des pauvres de toutes contrées. Negri et Hardt préfèrent substituer le terme de « multitude » à celui de classe ouvrière pour bien marquer l'hétérogénéité de ceux qui luttent contre l'empire.

Même si parfois les thèses de Negri et de Hardt ressemblent à un nouveau prophétisme de lutte des masses contre le pouvoir, ces auteurs sont parfois plus réformistes que partisans de la révolution permanente. Ceux qui luttent doivent avoir une certaine sécurité de leur revenu, aussi sont-ils partisans du salaire minimum mondial, base matérielle d'une citoyenneté mondiale.

Negri et Hardt ne sont pas les seuls à vouloir modifier la théorie de l'impérialisme, mais ils sont ceux dont la pensée a

---

38. Toni Negri, « Vers l'agonie des États-Nations ? L'empire, stade suprême de l'impérialisme », *Le Monde diplomatique*, janvier 2001.
39. Dans *Le Monde diplomatique*, janvier 2001.

eu le plus fort retentissement, comme le montre le numéro 33 de la revue *Actuel Marx* ayant pour titre « Le nouvel ordre impérial ». Parmi les nombreux contributeurs[40], citons notamment le politologue canadien Léo Panitch[41] qui prend ses distances avec Marx, en mettant en avant la primauté du politique sur l'économique dans ses différents articles, et qui conteste avec Sam Gindin, dans ce numéro d'*Actuel Marx*, la possibilité d'une action révolutionnaire issue d'en bas et relevant le défi de la complexité sociale en mouvement.

Dans le renouveau des analyses marxistes, il faut citer David Harvey qui a construit un matérialisme géographique et historique mettant en relief la dimension spatiale du capitalisme, étendant son action (marché, trafic, transport, déréglementation, délocalisation, privatisation, etc.) à l'ensemble des communautés, des espaces sociaux (écoles, hôpitaux, villes, campagnes, espaces « vierges », etc.) et des continents (frontières, environnements, etc.).

Tous ces travaux, qui relèvent le plus souvent des sciences politiques et de la sociologie, laissent pressentir que l'analyse du capitalisme fera apparaître de nouvelles pensées critiques et que de nouvelles tendances révolutionnaires sont susceptibles de se développer, notamment dans les pays émergents.

B) Le marxisme analytique à la recherche d'un nouveau marxisme.

Le marxisme analytique[42] est apparu dans les années 1980 aux États-Unis. Il continue à se développer surtout dans les pays anglo-saxons. Son objectif est de réinterpréter le

---

40. Dont le linguiste Noam Chomsky, John Bellamy Foster, Harry Magdoff et Robert W. McChesney (les co-éditeurs de la *Monthly Review*, la revue du courant radical américain), Gérard Dumesnil et Dominique Lévy, Samir Amin, Gilbert Achcar.

41. Leo Panitch, *The Canadian State, Political Economy and Political Power*, Toronto, University of Toronto Press, 1977.

42. Le marxisme analytique est une interprétation des écrits de Marx à l'aide des principes de la philosophie analytique. Celle-ci se caractérise par le souci de la clarté et la rigueur des raisonnements.

marxisme avec les méthodes de la philosophie analytique et des sciences sociales. C'est l'ouvrage de Gerald Allan Cohen (1941-2009), *Karl Marx's Theory of History : A Defence*, publié en 1978, qui en est à l'origine. Par la suite il est devenu un véritable courant théorique grâce aux réunions bisannuelles du « groupe de Septembre », mois de leur tenue, nommé parfois *Non-Bullshit Marxism Group* en référence à leur rejet unanime de la dialectique et, pour certains d'entre eux seulement, de l'holisme méthodologique. Cela ne signifie pas pour autant acceptation de toutes les conclusions d'une modélisation néoclassique à partir des hypothèses du comportement de l'*Homo œconomicus*. Celui-ci est un simple outil dans le marxisme analytique également appelé quelquefois « marxisme du choix rationnel » (surtout illustré par les travaux de John Elster). En fait, ce courant réunit des théoriciens dont les origines géographiques et disciplinaires sont très diverses. Philosophes, économistes, historiens, politologues, biologistes s'y côtoient. Ses principaux membres sont G. A. Cohen (philosophe), John Roemer (économiste), John Elster (philosophe), Philippe Van Parijs (philosophe et économiste belge). Ils ne sont pas unanimes dans leurs recherches, mais, outre leur rejet de la dialectique tant marxiste qu'hégélienne, ils refusent de voir dans le marxisme une théorie générale. Nous limiterons l'exposé aux travaux les plus discutés : ceux de G. A. Cohen d'une part, et de J. Roemer de l'autre.

a) G. A. Cohen défend le matérialisme historique. Son approche relève de l'analyse logique et linguistique. La principale originalité de G. A. Cohen réside dans l'explication du déterminisme technologique. Ce qui rend son analyse d'une grande actualité est le fait d'accorder la primauté à la connaissance et à la science dans le développement des forces productives. Par un raisonnement d'une cohérence interne rigoureuse, G. A. Cohen arrive à la conclusion marxiste orthodoxe bien connue selon laquelle : « le niveau de développement des forces productives explique la nature des rapports de production ». En définitive, l'apport essentiel de G. A. Cohen est de faire de l'évolution des connaissances et des techniques le déterminant ultime de l'histoire humaine.

b) Roemer, à la différence de G. A. Cohen, ne se veut pas un défenseur du marxisme. Il désire le réviser et cherche à l'adapter aux outils de la théorie économique néoclassique, en particulier au principe de l'équilibre. Dans ce domaine, il reprend la tradition inaugurée par Gérard Maarek[43] et par Michio Morishima[44], le seul à avoir été cité par Roemer. Contrairement à Cohen qui envisage la lutte des classes comme l'expression de l'interaction entre forces productives et rapports de production, il ne donne de primauté explicative qu'aux actions des agents individuels recherchant à optimiser leur position. Il fait donc usage des outils méthodologiques et de la microéconomie pour reconstruire la théorie économique marxiste afin de lui donner une expression mathématique. Il reprend le théorème marxien énoncé par Morishima selon lequel l'existence du profit ou de la plus-value, ou de toute autre expression de l'exploitation, est la condition nécessaire et suffisante pour garantir la croissance, ce qui n'est pas différent du schéma de reproduction élargie dans *Le Capital* de Marx, mais il généralise l'exploitation à toutes les marchandises et pas simplement au travail. L'exploitation, dont la cause fondamentale est l'inégalité initiale dans les rapports sociaux et non dans les rapports de production, est donc rationnelle. Elle est efficace puisqu'elle permet la croissance. Ce qui est socialement problématique, ce n'est pas la croissance mais l'inégalité initiale et la perception que se fait la population des inégalités. John Roemer écrit plus précisément : « Si l'exploitation du travailleur est un concept important, il l'est pour des raisons normatives – c'est un indicateur d'injustice – et non parce que l'exploitation de la force de travail est la seule source

---

43. Cf. p. 425-438.
44. Cf. p. 422, 425, 438.

de profit[45]. » Il choisit alors de se concentrer sur « l'équité, au détriment d'une analyse de l'efficacité, parce ce que ce sont les perceptions et les idées sur la justice qui sont au cœur du soutien ou de l'opposition de la population envers un système économique[46] ».

En fait, le marxisme analytique renonce à certains aspects de la théorie marxiste et se concentre sur la recherche de la justice sociale. Comme Vilfredo Pareto, et bien d'autres, « faute de pouvoir déterminer l'optimum "objectif", le "marxisme analytique" est acculé au grand saut vers l'impératif éthique »[47].

C) Pérennité du marxisme dans l'analyse des relations professionnelles.

Toutes les théories des relations professionnelles (appelées aussi industrielles) ne sont pas d'origine marxiste, loin s'en faut. La plupart s'enracinent dans l'institutionnalisme et dérivent d'approches sociologiques bien éloignées de celles de Karl Marx. Nous les retrouverons dans le chapitre consacré au déploiement des hérétiques[48]. Toutefois la lutte des classes, élément central de l'analyse marxiste, ne pouvait qu'avoir une traduction dans l'étude des relations professionnelles. Curieusement, ce passage de la vision grandiose du développement des forces productives et de ses contradictions au sein du capitalisme à l'analyse de situation concrète a été tardive.

La première application de l'analyse marxiste à ce champ plus restreint ne date que de 1975. Son auteur, R. Hyman, refuse l'approche systémique de Dunlop[49] qui s'intéresse

---

45. John Roemer, *Free to Lose. An Introduction to Marxist Economic Philosophy*, Cambridge, Harvard University Press, 1988, p. 54.
46. *Ibid.*, p. 3.
47. Daniel Bensaïd : *Marx, l'intempestif*, Fayard, Paris, 1995, p. 416.
48. Cf. p. 607 *sq.*
49. Cf. p. 607.

surtout à la manière dont naissent les règles qui stabilisent les relations professionnelles et permettent de limiter les conflits. Il veut au contraire centrer sa théorie sur les causes et les conséquences des conflits. Or pour lui ces conflits ne sont compréhensibles que replacés dans le cadre de la lutte des classes, des dynamiques de l'accumulation, des crises et des rapports idéologiques qui gouvernent toute société. En 1994, il estimera ainsi que les relations professionnelles ne sont que des variables d'intervention qui sont déterminées par l'évolution de la société mais déterminantes dans la dynamique des relations professionnelles.

Dans les années 1970 et 1980, le débat sur le procès de travail a repris la question déjà abordée par Marx de la transformation de la force de travail achetée par le capitaliste en travail effectif réalisé par le salarié. Dans *Labor and Monopoly Capital* (travail et capital monopoliste) publié en 1974, H. Braverman affirme que la tâche du management consiste à organiser le procès de production en vue de lui faire produire une plus-value maximum. Il fait du taylorisme et de sa généralisation l'instrument principal de cette extraction et la cause de la dégradation tendancielle des conditions de travail. Cette thèse a soulevé bien des critiques, d'autant plus vives qu'elle est apparue au moment où le taylorisme était en passe d'être en partie abandonné et l'on ne peut réduire le management à l'application du taylorisme. En outre, il est bien évident que la déqualification et la dégradation tendancielle des conditions de travail ne correspondent que très partiellement aux conditions actuelles de l'organisation du travail.

Dans les années 1980 et 1990, l'École française de la théorie de la régulation, dont une partie des membres vient du marxisme, a tenté de sortir du simplisme de la dégradation tendancielle des conditions de travail. Elle a abandonné une reproduction sociale réduite à la régénération des rapports de classes par le biais des processus objectifs de production et d'accumulation du capital. Au processus de production, elle a substitué celui de régulation qui met l'accent sur les pratiques sociales et les institutions qui les organisent. Nous reverrons l'École de la régulation dans le chapitre consacré au déploiement des hérétiques, mais il est incontestable que cette école est redevable d'une partie de ses analyses à l'approche marxiste.

QUATRIÈME PARTIE

L'économie selon les hérétiques « à la Schumpeter »

Qui était Joseph Aloys Schumpeter ? (1883-1950)

J. A. Schumpeter est né en 1883 dans une province de l'Empire austro-hongrois : la Moravie. Il appartient à l'aristocratie de l'Empire. De 1901 à 1906, il fait des études de droit et d'économie à l'université de Vienne. Il y est formé par les maîtres de « l'École de Vienne » qui, à l'époque, rajeunissent et approfondissent la pensée smithienne. F. von Wieser et Böhm-Bawerk en sont les principaux représentants. Le premier ouvrage de J. A. Schumpeter, Nature et contenu de la théorie économique, paraît en 1908, il s'inspire de leur enseignement. Dès lors, J. A. Schumpeter entame une carrière de professeur, d'abord à l'université de Czernowitz, puis à celle de Graz.

C'est en 1912 que se manifeste son premier penchant pour l'hérésie. Alors que ses maîtres ne parlaient que d'équilibre général (ou presque), J. A. Schumpeter publie une Théorie de l'évolution économique. Il ne cherche plus à comprendre le retour à l'équilibre, mais les lois du changement. Déjà, il voit dans l'entrepreneur qui introduit des innovations la clé de la dynamique économique.

La Première Guerre mondiale, la guerre civile, l'éclatement de l'Autriche-Hongrie interrompent sa carrière universitaire. Pendant un an, il est ministre des Finances d'un gouvernement socialiste, puis dirige une banque. Ce fut pour J. A. Schumpeter un échec complet. Il ne parvint pas à devenir un homme politique, ou simplement un homme *d'action. En 1924, sa banque fit faillite et il retourna à l'enseignement, pour le plus grand bien de la science économique.*

En 1932, au moment de la montée de l'hitlérisme, il est professeur en Allemagne, à l'université de Bonn. Profitant d'une offre qui lui est faite, il part aux États-Unis où il devient professeur à Harvard. En 1939, il y publie Business Cycle. *Dans cet ouvrage, il explique comment les innovations apparaissent en « grappes », provoquent expansion et croissance, puis comment les effets de ces grappes d'innovations s'atténuent ; l'expansion rencontre des obstacles, notamment monétaires ; ils finissent par provoquer la crise. L'importance des innovations explique, selon Schumpeter, la durée des cycles dont elles sont à l'origine.*

Schumpeter intègre alors les analyses en termes de marché dans une approche structurelle où le progrès technique joue un rôle majeur.

Son hérésie suprême, J. A. Schumpeter ne la manifestera cependant qu'en 1942, dans Capitalisme, socialisme et démocratie. *Dans cet ouvrage, il développe une thèse paradoxale. Le capitalisme, dit-il, est le meilleur système qu'on puisse imaginer ; il n'a qu'un défaut : il ne peut pas survivre. Seul, en effet, le capitalisme peut propager efficacement le progrès technologique. Seul, il peut allouer les ressources suivant des choix rationnels. Bien plus, il est capable d'éliminer en permanence les éléments vieillis et de rajeunir ses structures économiques.* La destruction créatrice *qu'ordonnent les entrepreneurs explique ce dynamisme. Ici, il s'enfonce un peu plus loin dans l'hérésie ; contrairement à la plupart des descendants d'Adam Smith, il affirme que le capitalisme n'a pas besoin, bien au contraire, de la libre concurrence pour être dynamique et efficace. Pour lui, les pratiques monopolistiques et les grandes firmes peuvent mieux diffuser l'innovation, prendre les risques nécessaires et imposer des transformations.*

Ce n'est finalement pas pour des raisons économiques que le capitalisme est en danger. En fait, au fur et à mesure que la croissance se développe, l'hostilité sociale et politique vis-à-vis de la grande entreprise grandit. Au moment où la bourgeoisie se sclérose, le glacis qui protège le capitalisme disparaît. La vieille aristocratie, les militaires et le clergé perdent leur emprise sociale. La classe des intellectuels, au contraire, grandit et accroît son prestige. Or, cette classe n'est guère satisfaite d'un régime dont la règle est le succès économique. Pour elle, l'argent n'est pas tout. Quand meurent les idéaux romantiques et les mythologies de l'entrepreneur industriel, minés par la critique des intellectuels, le capitalisme ne peut survivre. « Le pain socialiste a des cancrelats, mais... il est socialiste. » Histoire, sociologie et politique bousculent l'analyse économique. L'économie n'est pas le facteur déterminant de l'Histoire, et c'est un économiste qui ose le dire. *Certes l'analyse et la prévision de Schumpeter se sont révélées erronées. Ce sont les régimes socialistes qui se sont effondrés et non le capitalisme. Si l'Histoire n'a pas donné raison à Schumpeter, il n'en a pas moins mis en œuvre une démarche innovante qui remet la science économique à sa place. Les raisons de l'effondrement des régimes socialistes ne sont d'ailleurs pas qu'économiques. La résistance à la dictature du prolétariat et la lutte pour les droits de l'homme y ont joué un rôle de premier plan. Si les intellectuels n'aiment guère le profit et le capitalisme, ils aiment encore moins la mise au pas. J. A. Schumpeter meurt en 1950. En 1954 paraîtra, inachevée, une monumentale* Histoire de l'analyse économique, *à laquelle il avait consacré les dernières années de sa vie. Elle montre que J. A. Schumpeter savait dépasser l'économie, parce qu'il en connaissait la totalité du champ. Ce fut un des derniers généralistes d'une science économique de plus en plus éclatée en de multiples spécialités.*

Il fut essentiellement un professeur qui ne parvint pas à être un homme d'action. Comme nous l'avons dit, en tant que ministre des Finances, il ne parvint pas à empêcher une inflation galopante et il conduisit à la faillite la banque dont il fut directeur. Ses tentatives hors de la science n'aboutirent qu'à de lamentables échecs. Ne pouvant transformer le monde, il voulut le comprendre. Cependant, cet aristocrate ne négligeait pas la vie. Il dit un jour que, jeune, il désirait trois choses : être un grand économiste, un grand cavalier et un grand amant, et que, sur ces trois vœux, il en avait réalisé deux, sans préciser lesquels, ce qui relativise ses échecs hors de la science économique.

10. Le fonctionnement de l'économie et l'explication du chômage par les hérétiques « à la Schumpeter »

Il n'y a pas, à proprement parler, d'écoles se réclamant de J. A. Schumpeter. En fait, J. A. Schumpeter a justifié tous ceux qui se refusaient à une coupure trop stricte entre l'économie et le social, entre le long et le court terme. Certes, Karl Marx avait déjà, à son époque, fait le saut. Toutefois, en homme du XIXe siècle, il a radicalisé son explication et lui a donné un aspect déterministe. *J. A. Schumpeter a une vision plus systémique, capable d'intégrer plusieurs niveaux de rationalité.*

En France, le professeur François Perroux, qui a fait connaître l'œuvre de Schumpeter, a prolongé cet élargissement de la science économique. Comme bien d'autres économistes français et étrangers, les auteurs de cet ouvrage ont été fortement influencés par sa pensée. Les préoccupations de François Perroux ont nourri et conforté tout un courant intéressé d'abord par *une dynamique des structures*. Des recherches entreprises sur ce thème par André Marchal ont été poursuivies par André Nicolaï, Jacques Houssiaux et Jacques Austruy. Des préoccupations identiques se retrouvent au centre de l'œuvre du démographe-économiste Alfred Sauvy, qui s'est toujours joué d'un orthodoxe découpage de la réalité. Bien entendu, l'acuité des problèmes du développement du Tiers-Monde durant les quatre dernières décennies a renforcé toutes les explorations, en termes de structure et d'articulation, entre l'économique et le social. La crise de la croissance qui a éclaté en 1973 et plus encore celle de 2008 incitent à nouveau les économistes à des propos hérétiques. Certains auteurs, tels M. Aglietta, A. Orléan et J. H. Lorenzi, ou encore et, surtout, J. K. Galbraith, qui fait la jonction entre les keynésiens et les hérétiques « à la Schumpeter », se rattachent par leurs analyses à l'hérésie schumpétérienne. Une partie des idées développées dans ce chapitre reprend certaines de leurs analyses. De leur côté d'autres économistes, tels J. Attali et H. Bartoli ou encore le récent prix Nobel Amartya Kunar Sen, à partir de perspectives et de fondements théoriques différents, participent à l'ouverture du champ économique par une critique épistémologique tout en refaisant de l'économie une science morale. Elle rejoint celle des *radicaux* américains.

STRUCTURE ET ANALYSE ÉCONOMIQUE

À l'origine, le mot « structure » appartient au vocabulaire de l'architecture. *Le Petit Robert* donne la définition : « la manière dont un bâtiment est construit ; l'agencement des parties du bâtiment ». Ces idées se retrouvent toujours, lorsqu'on évoque une structure. On parle ainsi de structures géographiques, économiques, productives, sociales, politiques, voire mentales.

En économie, ce sont surtout les auteurs allemands et français qui se sont intéressés à l'analyse des structures. Les auteurs anglo-saxons y ont été peu portés ; peut-être y a-t-il contradiction entre les « structures mentales » anglo-saxonnes et les besoins de synthèse globale très large, parfois hasardeuse, que suppose l'analyse des structures et surtout une dynamique des structures.

Plus prosaïquement, une structure économique est représentée par l'ensemble des coefficients, des relations et proportions, relativement stables, qui caractérisent un ensemble économique. On parlera ainsi des structures de l'économie financière, des structures du commerce international, des structures du système bancaire ou bien des structures capitalistes. Les idées de *relations* et de *relations stabilisées* sont donc centrales.

Aujourd'hui, une dynamique des structures, l'étude des lois de leur évolution, du passage d'un type à un autre d'organisation, tendent à lier l'évolution des structures économiques aux autres évolutions structurelles.

Il s'agit donc de prendre en compte l'ensemble des processus institutionnels qui permettent de rendre compatibles les comportements microéconomiques avec les contraintes de l'équilibre macroéconomique global.

1. Le fonctionnement de l'économie est inséparable d'une évolution d'ensemble

Les keynésiens et les smithiens ont, chacun à leur manière, une approche très autonomisée du fonctionnement de l'économie.

Les marxistes situent le fonctionnement de l'économie dans une perspective à long terme; ils se refusent à réaliser des coupures entre les phénomènes sociaux et les phénomènes économiques. Toutefois, ils font de *l'économique* l'élément qui, en dernier ressort, mène le monde. L'affrontement utilitaire de l'homme avec la nature est au centre du fonctionnement de la société.

Les hérétiques « à la Schumpeter » vont avoir une tout autre attitude. Certes, ils vont se livrer à l'analyse du fonctionnement de l'économie, mais ce fonctionnement est aussi, sinon plus, déterminé par les autres instances non économiques.

Si l'on essaie de décrire un fonctionnement de l'économique « schumpétérien » on doit :

1. *Partir du progrès technique* et des évolutions structurelles qu'il provoque. Le progrès technique caractérise d'autant mieux une approche « schumpétérienne » qu'il ne peut pas être séparé de l'évolution générale de la société. En outre, il est bien l'expression de cette violence humaine, dont nous verrons plus loin l'importance dans la vision hérétique « à la Schumpeter ».

2. *Lier l'évolution économique à l'évolution sociale, politique et culturelle.*

1. À un premier niveau d'analyse, le fonctionnement de l'économie peut être décrit à partir des gains de productivité permis par le progrès technique.

Peu à peu, les sociétés se sont organisées en fonction de la croissance. Peu à peu, l'aune du succès est devenue la performance économique. La croissance, grossièrement mesurée par l'augmentation de la production, a exigé de profondes transformations des comportements, des techniques et de l'organisation sociale. Les concepts d'évolution de *progrès technique* et de productivité sont des concepts fondamentaux.

A) L'apparition de gains de productivité peut garantir la croissance et l'emploi.

La croissance de la production peut être due, soit à l'augmentation de la quantité de facteurs de production (travail et capital) utilisés, soit à une meilleure organisation de la production, c'est-à-dire à l'élévation de la productivité du travail ou du capital, ou des deux à la fois. Dans le premier cas, les techniques (au sens large du terme) ne sont pas modifiées. Pour chaque unité supplémentaire de production, les facteurs de production nécessaires augmentent toujours de la même manière. Dans le second cas, la technique évolue ; on combine de manière différente le capital et le travail ; on introduit un progrès technique.

Souvent, les travailleurs redoutent le progrès technique. Une croissance « à progrès » technique stagnant leur paraît mieux garantir l'emploi qu'une autre. En fait, seule une croissance largement liée au *progrès technique* et faisant apparaître d'importants surplus de productivité peut garantir, non pas n'importe quel emploi, mais une création continue de nouveaux emplois.

> **DÉFINISSONS LA PRODUCTIVITÉ...**
>
> La productivité exprime la quantité d'unités de production que l'on peut obtenir avec une unité de facteurs de production, par exemple, un homme travaillant pendant une année ou une heure. Mais on peut, bien entendu, appliquer cette notion à tous les facteurs de production : le capital, les matières premières ou l'énergie.
>
> Dans tous les cas, on divise le volume de la production par le nombre d'unités de facteurs utilisées dans cette production. On notera que, dans cette opération relativement simple, on ne distingue pas nettement la part de l'augmentation de la productivité qui peut être attribuée à tel ou tel facteur, à telle ou telle action. Dans l'exemple de la productivité du travail, ce qui est mesuré ne résulte pas simplement du travail, mais de son organisation, de la gestion de l'entreprise, des moyens de production mis à la disposition des travailleurs. Aussi a-t-on mis au point des techniques de calcul relativement sophistiquées, qui permettent d'attribuer à chaque facteur de production les accroissements de productivité obtenus.
>
> Il y a plusieurs manières d'exprimer la productivité. On peut, et c'est souvent le cas dans l'entreprise, mesurer les quantités d'unités produites en heures, par poste de travail. Le danger est de confondre rendement et productivité. Accroître les cadences et le rendement peut, en fin de compte, entraîner malfaçons, gaspillage, fatigues nerveuses, maladies, absentéisme, qui se retournent contre de véritables gains de productivité.
>
> On peut aussi, et c'est de cette façon que l'on procède au niveau national, diviser la production (la valeur ajoutée), exprimée en monnaie constante, par le nombre de personnes employées ou par le nombre d'heures de travail qu'elles ont fournies au cours, par exemple, d'une année. On parle, à ce propos, de productivité *apparente* du travail. Des calculs analogues peuvent être faits à propos du capital ou de tout autre facteur.

Reprenons ces divers points :

a) Sans progrès technique, une croissance ne peut garantir une création continue de nouveaux emplois.

Une croissance sans progrès technique est rapidement bornée. Elle est d'abord limitée par la population active. Elle est aussi limitée par l'accumulation du capital. Toute augmentation de l'emploi suppose parallèlement un investissement supplémentaire, suivant une complémentarité déterminée par l'état des techniques. On ne peut employer

LES EFFETS DIRECTS ET INDIRECTS DE LA PRODUCTIVITE SUR L'EMPLOI

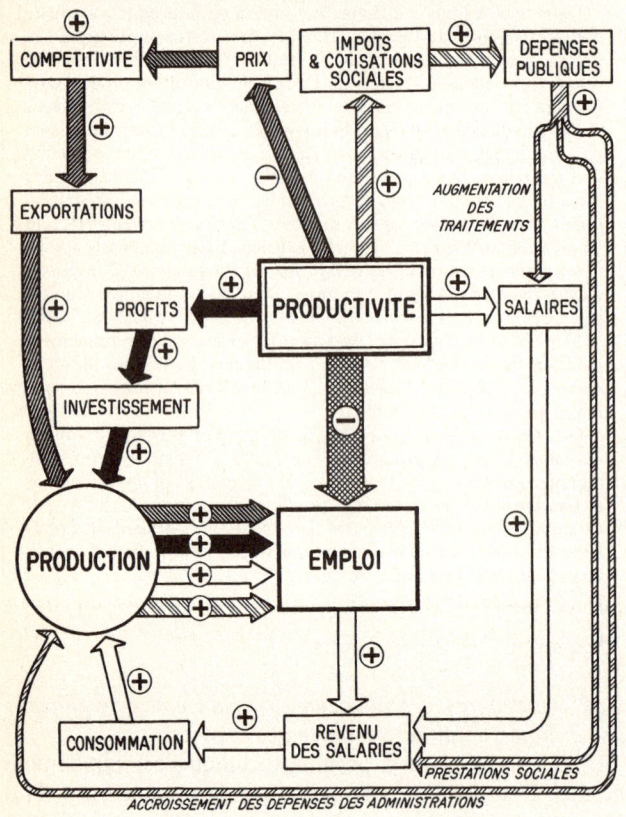

un travailleur de plus s'il n'y a pas les moyens de production nécessaires à son activité. Or, pour investir, il est nécessaire de faire apparaître un surplus ; on ne doit pas consommer tout ce qui est produit. Des changements entre la consommation et l'épargne (croissance de la propension marginale à épargner) ou dans le partage salaire-profit doivent intervenir.

Dans le cadre d'une croissance sans progrès technique, l'accumulation du capital se heurte donc, soit à un ralentissement de l'augmentation de la consommation, soit à des résistances de plus en plus grandes à l'élévation des profits.

b) L'introduction du progrès technique peut permettre (sous certaines conditions) une croissance avec création continue de nouveaux emplois.

L'introduction du progrès technique fait apparaître une croissance intensive ; l'accroissement de la production va de pair avec une évolution rapide de la productivité. Seule, une telle croissance a des chances de se perpétuer et de créer de nouveaux emplois.

– *Le progrès technique* permet d'échapper à la suraccumulation en facilitant une baisse du prix[1] du capital. Cette baisse de prix du capital est une forme de dévalorisation sans crise du capitalisme, qui facilite la rentabilité. Si nous nous plaçons dans une perspective marxiste, nous dirons que la baisse tendancielle du profit n'est plus une fatalité. Parallèlement, la production de biens de consommation avec une productivité croissante peut faciliter le partage salaire-profit.

– *Les gains de productivité* sont, soit directement, soit indirectement à l'origine de la création d'emplois. La simple lecture du schéma ci-contre permet de le montrer de manière suffisamment explicite.

Les faits sont d'ailleurs probants. Depuis le début de la révolution industrielle, nous avons connu une élévation constante de la productivité. Si productivité et emploi étaient antagonistes, il devrait y avoir, aujourd'hui, plus de chômeurs que de personnes actives. Bien plus, ce sont les périodes de forte croissance de la productivité, telles que les décennies 1950 et 1960, qui ont connu la plus forte création d'emplois.

---

1. Tout au moins des prix relatifs du capital.

ÉVOLUTION DES TECHNIQUES
ET ÉVOLUTION DE STRUCTURES *

L'évolution des techniques ou, si l'on préfère, *le « progrès technique »* – ce qui introduit un jugement de valeur sur cette évolution – est multiforme.

Pour reprendre les classifications de J. A. Schumpeter concernant l'innovation, l'évolution technique peut se manifester à propos de la fabrication d'un bien nouveau, de l'introduction d'une nouvelle méthode de production, de l'ouverture d'un nouveau marché (l'innovation commerciale), de la conquête d'une nouvelle source d'énergie ou de matières premières ou encore de la mise au point de nouvelles formes d'organisation de la production. Bien entendu, il n'y aura véritablement *progrès technique* que quand ces innovations aboutiront à transformer les conditions de la production et à faire apparaître des gains de productivité.

Un grand nombre d'économistes considère l'évolution des techniques comme un facteur autonome de l'évolution économique. Elle la détermine plus qu'elle n'est déterminée par elle. Le progrès technique est un peu le *deus ex machina* de l'économiste. *K. Marx n'a pas fondamentalement changé cette conception.* Les capitalistes hâtent le développement des techniques et ce dernier ne fait qu'accroître les contradictions du capitalisme.

L'économiste soviétique Kondratieff[1] amena, dans les années 1920, un complément à cette analyse. Pour lui, les cycles économiques longs qui font succéder des périodes de hausse et de baisse des prix d'une durée de 25 à 35 ans, correspondraient à « l'usure, au remplacement et à l'augmentation du fonds des biens capitaux de base, dont la production demande des investissements exceptionnels et un long processus ». Tel serait, par exemple, le cas des chemins de fer. Il y aurait ainsi de grandes vagues techniques, qui entraîneraient de grandes vagues économiques. Dans la phase de diffusion, l'accumulation s'amplifie, le taux de profit s'élève. Avec la généralisation de la nouvelle technique la concurrence abaisse les taux de profit et la suraccumulation devient de plus en plus intolérable.

Schumpeter part d'une analyse assez proche de celle de Kondratieff, mais il la généralise à tous les cycles économiques et n'en fait pas-principalement un cycle des prix. La longueur et l'intensité du cycle

---

1. Il est né en 1882, mais on ne connaît pas la date de sa mort. Il fut, en effet, déporté en 1928 en Sibérie, sur une décision de Staline, lorsqu'il publia son article sur les cycles longs. Aujourd'hui, son approche fait partie de l'analyse marxiste non orthodoxe, telle celle de Mandel et même des marxistes plus orthodoxes.

étant liées à l'importance de l'innovation technique, les grandes innovations techniques termineraient les cycles longs ; on aurait ainsi le cycle de la vapeur (1787-1848), le cycle du rail (1848-1897), puis celui de l'automobile, de l'électricité et de la chimie (1897-1942). Des auteurs contemporains font terminer ce cycle en 1942, avec un retournement en 1928-1929. Un quatrième cycle long aurait commencé en 1942 avec un sommet en 1970-1972 ; alors commencerait une baisse, qui se poursuivrait jusqu'en 2010.

D'autres auteurs voient dans les Trente Glorieuses un rebond du cycle de la seconde révolution industrielle et pensent que nous sommes dès aujourd'hui en présence d'un nouveau cycle. Il serait lié à la troisième révolution industrielle, celle des technologies de l'information.

Schumpeter va cependant aller plus loin dans les mécanismes de l'apparition et de la diffusion de l'innovation technique. Quelle que soit leur ampleur, il montre que ces innovations apparaissent en « grappes ». La réussite appelle la réussite, les entrepreneurs routiniers se précipitent dans les voies ouvertes par les entrepreneurs dynamiques. L'ébranlement acquis, l'innovation se généralise. La généralisation acquise, le *boom* d'investissement se termine, la demande de produits nouveaux s'accroît moins vite, de nouvelles entreprises n'apparaissent plus, les perspectives d'absence de profit découragent les entrepreneurs. On entre dans une période de dépression. Vient alors un moment où les conditions de la reprise (notamment l'abondance des capitaux financiers susceptibles de s'investir et la baisse des taux d'intérêt) sont à nouveau réunies. Les entrepreneurs dynamiques vont chercher à rétablir leur profit par de nouvelles innovations.

Le progrès technique n'est donc pas un flux continu. Il se diffuse de manière périodique, par vagues, à partir de certains secteurs et de certains lieux.

J. A. Schumpeter intègre mieux les conditions d'apparition et de diffusion du progrès technique ; toutefois, son orientation et sa nature sont déterminées de manière autonome.

Il reste que le caractère autonome du progrès technique peut être contesté. L'économiste suédois J. Åkerman a été un des premiers à le contester. Pour lui, le progrès technique est bien une des forces motrices de l'évolution économique et sociale, mais « les inventions ne jaillissent pas spontanément... Elles sont soumises à maintes conditions, dont les plus générales sont les mobiles humains, l'ordre institutionnel régnant et l'état d'avancement des sciences de la nature... ». C'est dans cette voie que s'orientent les hérétiques « à la Schumpeter » actuels.

Nous sommes ici bien au-delà de l'analyse néoclassique, qui essaie de montrer comment les variations du taux d'intérêt (le prix du capital) et les variations du prix du travail peuvent aboutir à des choix techniques différents pour un même état des techniques. Cela suppose, notons-le au passage, que les choix technologiques soient des choix rationnels purement économiques[2].

Des analyses plus récentes contestent cette position. Il n'y a pas de solutions techniques optimales. Le conflit social peut amener à une substitution massive du capital au travail, quels que soient, par ailleurs, le prix du travail et le prix du capital. L'évolution des techniques et des sciences n'est ainsi jamais parfaitement autonome ou parfaitement déterminée par des choix économiques *rationnels*. À chaque moment, les pistes que la science peut explorer, les solutions techniques potentielles sont multiples et variées. *Ce sont les rapports de forces, les emprises idéologiques, les conflits sociaux, les évolutions culturelles et idéologiques, qui amènent un tri dans tous les possibles.*

---

2. Åkerman refuse, de son côté, l'analyse *déductiviste* néoclassique qui caractérise aussi très largement l'ensemble des approches réalisées par les économistes. Il ne cesse d'affirmer que la meilleure manière de progresser en économie est l'approche empirique.

B) Si le progrès technique et l'élévation de la productivité sont des conditions nécessaires à l'augmentation de l'emploi, elles ne sont pas des conditions suffisantes.

1) L'apparition d'importants gains de productivité n'est pas un objectif mais la conséquence d'un ensemble d'évolutions techniques, économiques, sociales, politiques et culturelles. Les surplus de productivité dépendent de la cohérence entre des évolutions et les choix qui les gouvernent. Si la cohérence s'étiole, ils seront faibles.

2) Il ne suffit pas d'avoir des surplus pour créer beaucoup d'emplois. Il faut qu'il y ait transferts de secteurs où la création d'emplois est onéreuse à des secteurs où elle l'est beaucoup moins. Ainsi, lorsque l'élévation supprime ici un emploi, elle peut permettre d'en faire apparaître là plus d'un. Dans les dernières décennies, le développement du tertiaire (privé ou public) a ainsi permis une création massive d'emplois, alors que la productivité bondissait. Reste à savoir comment des emplois peu onéreux peuvent être créés. Nous en reparlerons.

2. L'importance des gains de productivité transférables dépend de la convergence et de la cohérence des évolutions économiques, sociales, politiques, culturelles et idéologiques.

Dans une évolution, toutes les structures ne changent pas de la même façon. Des distorsions se produisent. Ces distorsions (les marxistes parleraient de contradictions) entraînent de nouvelles évolutions, d'autres ruptures.

Lorsque les évolutions sont cohérentes entre elles, le progrès technique va pouvoir donner d'importants gains de productivité et une croissance rapide. Lorsque ces évolutions ne sont pas cohérentes entre elles (comme nous l'avons dit plus haut), la croissance se ralentit, des crises apparaissent. On peut aussi, à partir de ces hypothèses, réinterpréter les phases « d'aggravation » économique et celles « d'adoucissement » des crises capitalistes[2]. Nous nous contenterons de reprendre ici une description schématique de la « grande croissance » qui débuta en 1945 et s'acheva en 1973.

A) De 1945 au milieu des années 1960, les surplus de productivité ont été importants.

Au cours de cette période, il y a eu, en effet, une combinaison presque optimale entre l'évolution technologique, un certain consensus social et les choix économique et politique.

– Le progrès technique exploite très largement les lignées technologiques et les méthodes de travail qui se sont développées durant la dernière guerre. Toutes ces techniques, qui sont dans leur phase d'épanouissement et de généralisation,

---

2. Cf. J.-M. Albertini et A. Silem, *Comprendre l'économie mondiale*, Le Seuil, 1980.

visent principalement *la production de masse* et permettent des économies d'échelle[3].

– *Les choix économiques de l'entreprise* sont centrés sur l'augmentation du capital fixe. On tente de diminuer les coûts de production par des augmentations de productivité liées à des investissements de plus en plus importants.

– *La consommation individuelle*, satisfaite par la production de masse, est le fondement d'un consensus social implicite. La volonté de consommer devient le moteur du progrès social. Productivité, consommation de masse, motivation de *standing* s'épaulent mutuellement. Les aspects négatifs de la croissance sont minimisés. La propension marginale à épargner n'augmente pas, et le partage salaire-profit est aisé.

– *Les risques d'un important fléchissement de la consommation de masse* ou de son emballement sont minimisés par des politiques de régulation de la demande, d'inspiration keynésienne. Politique sociale et dépenses militaires confortent ces politiques. Les entreprises peuvent investir en prévoyant une croissance continue.

– Ces modifications internes vont de pair avec des évolutions internationales qui les consolident. La libération des échanges entre pays développés permet d'investir en fonction de marchés riches et plus larges que les marchés nationaux. Les empires coloniaux s'effondrent, mais les pays du Sud, producteurs de matières premières, continuent à subir des effets de domination. Ils sont d'autant plus forts que le commerce international est de plus en plus structuré par des firmes multinationales liées aux pays du Nord. L'échange inégal provoque une véritable spoliation du Tiers-Monde ; le prix relatif du pétrole et des matières premières se dégrade. Le Sud est obligé de « céder » au Nord une partie importante de ses propres surplus de productivité.

---

3. Les produits obtenus coûtent moins cher, car on peut les produire en plus grande quantité.

B) Durant cette période, les surplus de productivité débouchent aisément sur des créations d'emplois.

– La croissance facilite leur apparition et, à leur tour ils confortent la croissance, qui est par elle-même créatrice d'emplois.

– Il n'est pas nécessaire d'utiliser une partie de ces surplus à payer des importations d'énergie ou de matières premières, bien au contraire, le prix relatif de ces importations baisse.

– Une grande partie de ces surplus est utilisée pour développer des emplois tertiaires, dont la création est moins onéreuse que celle des emplois secondaires.

Les groupes les moins aisés ont avantage à axer leurs achats sur ce qui peut être produit en quantité croissante et à coût décroissant. Biens d'équipement ménager, automobiles sont pour eux les éléments essentiels du mieux-vivre. En revanche, les plus aisés (et leur importance croît), préfèrent souvent se tourner vers les services[4] (loisirs, soins de beauté ou de santé, restaurant, activités culturelles…). Jouant le rôle de leaders de la consommation, ils diffusent rapidement de nouvelles modalités du mieux-être, qui favorisent le développement de l'emploi tertiaire.

Parallèlement, la politique sociale et les exigences de la société industrielle multiplient la création d'emplois administratifs et les services aux familles (éducation, santé).

Le développement de l'emploi tertiaire se réalise par intégration rapide à l'économie monétaire d'activités qui, autrefois, se déroulaient en dehors d'elle. L'expansion de l'emploi dans la santé et l'éducation est caractéristique. Au départ, ces activités sont peu chères à créer. Ce n'est que récemment, à partir des années 1960, que l'on y a vu bondir, parfois de manière exponentielle, l'investissement. L'utilisation de bâtiments anciens, la faiblesse du matériel

---

4. Le prix du service est cher car il comprend beaucoup de travail, mais la création d'un emploi de service demeurait jusqu'ici moins onéreuse qu'une autre, car elle n'impliquait pas un investissement massif.

CROISSANCE ÉCONOMIQUE ET THÉORIE DE LA CROISSANCE ENDOGÈNE

Les hérétiques à la Schumperter n'ont pas été les seuls à s'intéresser au rôle de la productivité dans l'évolution économique, le développement des théories de la croissance endogène qui s'enracine dans la tradition smithienne en est la preuve.

1. Les facteurs exogènes de la croissance et la convergence vers le même niveau de revenu par habitant.

Pour ce courant de pensée, la croissance économique est l'augmentation sur une longue période du produit intérieur brut en termes réels, *i.e.* hors hausse des prix. Les économistes néoclassiques, en utilisant la fonction de production à deux facteurs substituables (travail et capital) conçue au sein de l'École de Chicago en 1928 par Ch. W. Cobb et P. H. Douglas, ont mis au point des modèles explicatifs et normatifs de la croissance.

Dans ces modèles néoclassiques, dits modèles Solow-Swan[1], l'hypothèse des rendements décroissants pour chacun des facteurs est adoptée, avec une hypothèse de rendements d'échelle constants pour la fonction de production. Cela signifie que toute augmentation du capital par l'investissement s'accompagne d'une augmentation de la production proportionnellement plus faible, ce qui se traduit par la baisse de la productivité marginale de ce facteur (rendement décroissant pour le facteur); mais si, par exemple, le volume du travail et celui du capital doublent, alors la production double (rendements d'échelle constants de la fonction de production). Cela permet d'envisager le phénomène de convergence absolue. Les pays les moins développés connaissent un taux de croissance plus élevé que les pays déjà développés et à terme tous les pays convergeront vers le même revenu par habitant. Cependant le taux de croissance peut être relevé par l'augmentation soit de la population active, soit du progrès technique, soit par les deux phénomènes à la fois.

Le progrès technique apparaît donc comme un tiers facteur, ou facteur résiduel, qui, dans les travaux empiriques de Denison et Poullier[2] et dans ceux de Carré-Dubois-Malinvaud[3], explique plus

---

1. Robert Merton Solow, « A Contribution to the Theory of Economic Growth », *Quarterly Journal of Economics*, vol. 70 (1), 1956, p. 65-94 ; Trevor W. Swan, « Economic Growth and Capital Accumulation », *Economic Record*, 1956, vol. 32 (2), p. 334-361.
2. Edward F. Denison et Jean-Pierre Poullier, *Why Growth Rates differ ?*, Washington, Brookings Institution, 1967.
3. Jean-Jacques Carré, Paul Dubois, Edmond Malinvaud, *Abrégé de la croissance française. Un essai d'analyse économique causale de l'après-guerre*, Le Seuil, 1973.

de 50 % du taux de croissance. Ce progrès technique est une manne, un facteur qui tombe du ciel. Il est, comme la population active, un facteur déterminant mais indépendant de la croissance. On dit encore qu'il s'agit d'un facteur exogène.

Compte tenu du poids du facteur résiduel qui revient à rejeter la pertinence de l'hypothèse de la productivité marginale du capital décroissante, le problème est donc d'expliquer le progrès technique. Tel est l'objet des modèles de croissance endogène.

2. Les théories de la croissance endogène.

Et c'est ainsi qu'on a complexifié la théorie de la croissance en tenant compte des idées anciennes comme celles d'Alfred Marshall qui faisait remarquer que l'augmentation de la taille des entreprises engendrait des économies internes d'échelle, que la densification du territoire en nombre d'entreprises était l'une des sources des économies externes d'échelle. Et bien avant Marshall, Vauban et bien d'autres auteurs comme Adam Smith ont signalé que la spécialisation des travailleurs et/ou des firmes et des pays assurait une production plus efficiente. Avec Kenneth Arrow c'est le phénomène d'apprentissage *(« learning by doing »)* qui permet d'expliquer les gains de productivité et donc le rejet de l'hypothèse de la baisse de la productivité marginale du capital. Par ailleurs la croissance économique favorise l'augmentation des recettes fiscales qui permettent de lancer de grands programmes d'investissements publics (infrastructures publiques de communication, éducation, santé, recherche scientifique) favorables aux entreprises. Par conséquent la croissance explique la croissance, tel est le sens de l'expression de la croissance endogène. Cet aspect est surtout mis en valeur par l'important travail empirique de Mankiw, Romer et Weil (1992). Le capital humain joue le même rôle dans la production que le capital physique. En termes simples, les auteurs montrent que plus le niveau de formation est élevé, plus la force de travail est efficace, à technologie constante ; ce qui permet, d'une part, de compenser les rendements décroissants du capital physique et, d'autre part, de soutenir la croissance sur le long terme.

Comme le faisait remarquer P. Romer, l'intervention de l'État est inévitable du fait notamment des externalités positives qui n'incitent pas les entreprises qui en sont à l'origine à développer les investissements de R&D de manière optimale pour la société, puisqu'il n'existe pas de procédure de marché autorisant l'entreprise à récupérer la totalité des bénéfices. L'entreprise qui innove ne peut pas cacher son innovation qui est alors imitable par tout concurrent sans bourse déliée. L'information scientifique et technique est en effet un bien collectif, un bien non rival avec une exclusion très limitée dans le temps. La nouveauté technologique dans une firme qui a investi de manière privée dans la R&D finit par être connue des autres firmes qui, en disposant de cette connaissance mais sans avoir investi dans la R&D, réalisent une économie externe les mettant en situation de faire de meilleurs résultats que celle qui a assumé tous les coûts de la R&D. On sait en effet que, par le jeu des externalités positives, le bénéfice social (ou bien-être collectif) est plus grand que le bénéfice privé de celui qui est à l'origine de l'effet. Par conséquent, une politique publique incitative (protection de la propriété industrielle – brevet –, subvention, fiscalité avantageuse, garanties des emprunts pour financer la R&D, etc.) à l'investissement dans la R&D ainsi que les investissements publics directs dans la R&D peuvent engendrer une augmentation du bien-être collectif.

Les travaux empiriques tendent à donner crédit à ces nouvelles théories de la croissance mais en les relativisant. Dans leur rapport au Conseil d'analyse économique de janvier 2004, Philippe Aghion et Elie Cohen avancent l'hypothèse que le rôle de l'éducation dépend du niveau de développement économique. Le rapport *Productivité et croissance* de Patrick Artus et Gilbert Cette (Conseil d'analyse économique, juin 2004, La Documentation française) démontre l'influence déterminante des investissements publics, des investissements privés tout particulièrement en produits TIC (technologies de l'information et de la communication), des structures favorisant la mobilisation de l'épargne et de la stabilité des prix. Mais, comme le signalent Acemoglu-Aghion-Zilibotti (2002), les institutions les plus favorables à la croissance varient selon le niveau du développement économique déjà atteint[4]. Lorsque le pays a un faible niveau de revenu par tête, les institutions ou politiques d'investissement sont efficaces, tandis que, pour des pays déjà développés, il faut faire place aux institutions ou politiques d'innovation. En termes de variable de l'éducation, cela signifie que le développement de l'enseignement supérieur et de la recherche devra s'imposer dans les pays développés qui sont sur la frontière technologique, alors que, pour les pays loin de la frontière technologique, leur stratégie devra être d'imiter les pays développés, ce qui passe par des investissements dans la formation élémentaire et secondaire. En d'autres termes dans les pays moins développés « l'investissement dans l'éducation supérieure n'est pas une priorité »[5].

---

4. Daron Acemoglu, Philippe Aghion et Fabrizio Zilibotti, « Distance to Frontier, Selection and Economic Growth », NBER Working Paper, n° 9191, 2002. L'essentiel de ce document est repris dans Philippe Aghion, Elie Cohen, *Éducation et croissance*, rapport au Conseil d'analyse économique, n° 46, La Documentation française, juin 2004.

5. Aghion, Cohen, *op. cit.*, p. 29.

pédagogique, une médecine qui n'était pas encore industrialisée par l'hospitalisation moderne expliquent cette situation. Bien plus, au moment où l'on passe de la sphère non monétaire à la sphère monétaire, les salaires exigés sont faibles, parfois à la limite du bénévolat. Au début des années 1950, les congrégations religieuses représentent encore une partie non négligeable du personnel de certains hôpitaux. Ce n'est qu'à partir des années 1960 que la professionnalisation et l'appel à de nouvelles techniques ont renforcé les conséquences de l'évolution technologique et ont exigé des dépenses de plus en plus importantes. Nous en reparlerons.

2. L'EXPLICATION PAR LES HÉRÉTIQUES « À LA SCHUMPETER » DU CHÔMAGE, DU RALENTISSEMENT DE LA CROISSANCE DANS LES ANCIENS PAYS INDUSTRIALISÉS ET DES CRISES

Dès le milieu des années 1960, la cohérence entre les évolutions structurales s'effrite. L'interaction entre les choix de l'appareil productif aggrave la situation de l'emploi. La croissance se ralentit ; le chômage augmente.

1. Dès le milieu des années 1960, la cohérence entre les évolutions structurales s'effrite.

A) On assiste d'abord à un tassement, puis à une chute de la productivité du capital.

Une partie des technologies utilisées parviennent à leur phase de maturité. Il faut de plus en plus de capital pour maintenir constant le taux de croissance de la productivité.

Le développement du tertiaire accentue alors cette évolution à partir de la première moitié des années 1960 ; le tertiaire devient à son tour exigeant en capital. Malheureusement, dans le tertiaire, l'investissement, même nécessaire, n'a souvent qu'un effet restreint sur la productivité du travail. Seules, les Postes et Télécommunications, les banques et certaines administrations commencent à véritablement accroître leur productivité par des équipements informatiques. Il faudra cependant attendre le milieu des années 1980 pour voir se généraliser à toute une partie du tertiaire les effets de la bureautique et de la télématique. On s'aperçoit de plus en plus que la productivité n'est pas, dans le tertiaire, la garantie de l'efficacité. La qualité du travail et celle de l'organisation y sont souvent plus déterminantes.

B) Parallèlement, au fur et à mesure que la croissance se poursuit, le consensus social s'affaiblit.
Les effets négatifs de la croissance sont mieux perçus. Le couple travail-consommation perd son emprise. Les inégalités, même moindres, deviennent plus intolérables... Le partage salaire-profit devient plus difficile, au moment où la croissance est de plus en plus gourmande en capital. De ce point de vue, la contestation écologiste, les révoltes étudiantes de 1968, la montée du gauchisme, sont des faits qui manifestent un affaiblissement de l'idéologie de la croissance.

C) Les politiques de régulation par la demande perdent leur efficacité. Les salariés s'organisent de mieux en mieux pour maintenir leur pouvoir d'achat, voire son accroissement. Même si la mévente apparaît, les entreprises savent augmenter leurs prix pour faire face aux exigences de l'investissement et aux difficultés du partage salaire-profit. Devant cette inflation, les politiques de régulation par la demande sont inefficaces. Par ailleurs, la politique sociale atteint sa limite, la résistance aux prélèvements obligatoires grandit, et chaque groupe social essaie de répercuter sur les autres ses charges. L'inflation s'accélère. Les politiques de régulation se transforment en politiques de *stop and go*, au risque de briser la demande.

D) La baisse de la productivité du capital dans les pays développés et l'expansion des firmes multinationales faci-

litent le développement dans le Tiers-Monde, d'industries extraverties.

Ces industries, le plus souvent implantées dans des « enclaves » ou dans quelques pays en voie de rapide industrialisation, concurrencent les secteurs traditionnels (textiles) ou emploient une main-d'œuvre nombreuse (optique, électronique de grande consommation).

E) L'inflation accélère la désorganisation d'un système monétaire international, lui-même cause d'inflation, et accentue les contradictions entre l'internationalisation de l'économie et la division du monde en espaces monétaires nationaux.

Le système monétaire international s'effondre, les dollars détenus hors des États-Unis se multiplient, la spéculation monétaire joue à plein et paralyse les politiques nationales de relance, ou de lutte contre l'inflation.

L'inflation dans les pays industrialisés et l'effondrement du système monétaire international renforcent la résistance des pays du Sud aux effets de la domination. Profitant d'un accident historique (la guerre du Kippour de 1973), les pays de l'OPEP (Organisation des pays exportateurs de pétrole) renversent les rapports de forces et augmentent leurs prix. La contrainte extérieure devient plus forte. Les pays industrialisés doivent rétrocéder une partie des surplus de productivité dont ils disposent pour payer leur facture pétrolière, cela au moment où l'affaiblissement de la croissance réduit ces surplus.

*

En résumant et en reconstituant le raisonnement d'un hérétique « à la Schumpeter », nous avons retrouvé au passage des éléments qui se trouvaient dans d'autres types d'analyses ; heureusement, puisque chaque analyse part de la même situation. La contrainte extérieure, l'affaiblissement de la productivité du capital, la surcapitalisation, le poids des dépenses publiques, le caractère moins attractif du travail sont bien là. Ils ne sont cependant pas situés dans la même perspective. Les hérétiques « à la Schumpeter » ne cherchent pas simplement à savoir comment rendre à nouveau efficaces les politiques de la demande, pourquoi le fonctionnement du marché est perturbé, ou encore comment le capitalisme tente de réagir à ses contradictions internes. Leur préoccupation est tout autre. Ils essaient de comprendre comment et pourquoi des modifications de structures (économiques, sociales autant que politiques, voire mentales…) permettent d'expliquer l'évolution de l'économie.

On touche alors à l'un des points essentiels de leur diagnostic.

L'évolution des structures actuelles (y compris celle des structures techniques) freine l'apparition des surplus de productivité et les rend moins disponibles pour la création de nouveaux emplois. Cela se produit au moment où l'évolution du tertiaire actuel exige de plus en plus de capital pour chaque création d'emploi.

Pour retrouver des emplois moins onéreux à créer, il faudrait créer ou laisser s'épanouir des besoins qui exigeraient l'entrée dans l'économie monétaire de nouvelles activités. Ces besoins existent, notamment dans le socioculturel. Malheureusement, leur satisfaction se heurte à des résistances idéologiques et politiques.

2. L'interaction entre les choix de la population et les choix de l'appareil productif aggrave la situation de l'emploi.

A) Prenons, par exemple, des réactions à la crise.

a) Dans les années 1970, la montée du chômage dans un pays comme la France, où son niveau était jusqu'alors relativement faible, provoque, de la part des travailleurs, des réactions de défense compréhensibles. Le chômage ou la nécessité de changer d'emploi sont durement ressentis par ceux qui s'étaient le mieux insérés dans l'entreprise, notamment les ouvriers qualifiés et les techniciens de l'encadrement. Cette partie de la main-d'œuvre est d'autant plus touchée que, jusque-là, les chefs d'entreprise avaient multiplié les mesures pour l'intégrer durablement. La revendication d'une plus grande sécurité de l'emploi est plus pressante. Les entreprises y cèdent d'autant mieux qu'il demeure parfois difficile de trouver certains types de qualifications. Quand l'activité se ralentit, au lieu de licencier, on diminue les horaires et, finalement, on freine plus profondément la croissance de la productivité. La diminution des gains de productivité empêche une partie des pertes d'emplois dans les secteurs touchés par la crise, mais bloque les mécanismes de transfert des surplus vers les secteurs où la création d'emplois est moins onéreuse.

b) Pour retrouver une flexibilité plus importante, les entreprises qui acceptent les revendications d'une plus grande sécurité d'emploi créent des emplois, mais de nature différente des anciens : contrats de travail à temps partiel et recours à des entreprises d'intérim. Ces emplois instables ont toujours existé. Leur croissance multiplie les passages par le chômage.

c) Pour accroître la productivité et éviter le coût de la sécurité d'emploi accordée au noyau dur de leur personnel, les entreprises accentuent la substitution du capital au travail. Elles réalisent ainsi des investissements de productivité qui, à croissance égale, diminuent leurs besoins en main-d'œuvre. Normalement, cette croissance de la productivité devrait faciliter la création d'emplois dans d'autres secteurs. En réalité, à la fin des cycles de la troisième révolution industrielle, on assiste à un accroissement du capital nécessaire pour obtenir une augmentation constante de la production et de la productivité du travail. La baisse de la productivité du capital est bien entendu accrue par le ralentissement de la croissance. Les gains de productivité servent surtout à assurer la compétitivité de l'entreprise. C'est l'étranger qui bénéficie des surplus, tout au plus peut-on espérer que cette compétitivité garantira l'emploi existant.

La productivité du capital ne peut réellement s'élever qu'au moment où de nouvelles innovations techniques le permettent et que la croissance reprend de la vigueur. Alors des gains de productivité sont à nouveau disponibles pour la création d'emplois.

B) On pourrait aussi décrire d'autres interactions.

Dans un pays tel que la France, le manque de main-d'œuvre au moment de la reprise de la croissance à partir de 1945, et de son accélération dans les années 1960, a profondément marqué les conditions de travail. Elle a incité les entreprises à faire appel à une main-d'œuvre peu qualifiée (travailleurs immigrés, jeunes ruraux ou femmes sans qualification). Les entreprises industrielles ont ainsi dû maintenir une organisation du travail sans grand rapport avec le niveau culturel des jeunes. Aujourd'hui, même en période de chômage, les jeunes fuient l'industrie, et il existe un *chômage d'incohérence* ; dans certains cas, les jeunes préfèrent n'être intégrés que provisoirement et marginalement dans l'entreprise. Ils préfèrent un emploi instable et multiplient leur passage par le chômage, ce qui fait l'affaire de certaines entreprises et alimente l'*intérim*. En revanche, il y a une véritable ruée vers les emplois tertiaires qui paraissent plus acceptables aux jeunes (propreté, caractère moins astreignant, facilité des relations…). Lorsqu'on crée un emploi tertiaire peu qualifié, on voit apparaître rapidement sur le marché du travail des personnes qui ne s'y étaient pas portées ou s'en étaient retirées (jeunes femmes ou étudiants).

D'une manière générale, il y a une relation entre la structure des emplois et la demande de travail. Dans la mesure où le manque de main-d'œuvre entraîne l'appel à du personnel peu qualifié, des conditions de salaire et de travail inacceptables par les jeunes sont maintenues. On a assisté, alors, à la fuite des jeunes vers l'enseignement général ; l'enseignement technique a été négligé, et la pénurie de main-d'œuvre qualifiée, maintenue. Aujourd'hui, les technologies nouvelles supposent une haute qualification, y compris dans les tâches d'exécution. Il y a à la fois manque de main-d'œuvre qualifiée et des centaines de milliers d'ouvriers et d'ouvrières sans qualification au chômage. Créer un poste d'ouvrier qualifié, c'est faire diminuer le chômage ; créer un poste d'ouvrier, et surtout d'ouvrière non qualifiés, c'est attirer sur le marché du travail presque autant de personnes qu'on en sort.

Ainsi, à la limite, soit à travers l'emploi tertiaire, soit à travers les emplois sans qualification, la création d'emplois perpétue le chômage.

Partant de ces interactions, les hérétiques « à la Schumpeter » poursuivent l'élaboration d'une analyse systémique déjà présente dans leur dynamique structurelle. On notera, au passage, que les analyses smithiennes du chômage sont reprises, mais dans une perspective de distorsion entre des évolutions structurelles, et non plus dans celle d'individus jugeant de l'utilité ou de la désutilité du travail.

3. Les prescriptions des hérétiques « à la Schumpeter » pour lutter contre le chômage et les crises

On peut résumer en une formule les prescriptions des hérétiques « à la Schumpeter » : pour sortir de la crise, il faut changer la croissance.

À cette fin :

a) Il faut donner la priorité à la recherche scientifique et technologique. Les hérétiques « à la Schumpeter » ne sont pas des scientistes ayant une confiance absolue dans le progrès technique. Ils pensent que, sans innovations techniques, c'est-à-dire sans développement, dans l'activité économique et sociale, des résultats des recherches scientifiques et technologiques, on ne pourra pas créer les surplus de productivité nécessaires à la croissance de la production et de l'emploi.

PRODUCTIF ET IMPRODUCTIF

Nous considérons souvent comme improductives certaines activités économiques. Fonctionnaires et saltimbanques sont ainsi relégués dans « les charges », voire « les inutiles ».

Malheureusement, les notions de productif ou d'improductif sont très relatives. Les physiocrates, les économistes qui précédèrent A. Smith ne croyaient productives que les activités directement liées à la terre, tout le reste, y compris l'industrie, n'étant que mousse. A. Smith veut justifier l'industrie et affirme que tout travail est productif. Poursuivant le même objectif, Ricardo fit du travail l'origine de toute valeur.

Marx allait introduire une nouvelle distinction, toujours étroitement défendue par ses disciples orthodoxes. D'un côté, il y a ceux dont la force de travail participe à la création de la plus-value, et, par là même, du capital. *Ils sont productifs*. Sous cette rubrique, se retrouvent les ouvriers, les artisans, les paysans, tous producteurs de biens matériels, mais aussi des travailleurs intellectuels, par exemple certains cadres et certains employés qui participent à la production directe de la plus-value. De l'autre côté, il y a ceux qui ne sont pas directement engagés dans la production matérielle, les employés de bureau et de commerce, les fonctionnaires. *Ce sont des improductifs*. Certes, ils favorisent indirectement la plus-value, mais ils ne la créent pas. Karl Marx ne fait pas dans cette distinction un jugement de valeur. Il analyse le travail en fonction de l'accumulation du capital. Pour lui, le travail improductif est financé par des transferts de la plus-value. Il diminue donc, au moins directement, la plus-value disponible et le taux de profit. Son financement joue donc un rôle important dans la crise.

Les Soviétiques, en suivant Marx, ont créé la notion de production matérielle, beaucoup plus restrictive que celle de produit national. Jusqu'à la dernière réforme de la comptabilité nationale, la France avait une conception assez particulière ; l'activité des administrations n'était pas prise en compte dans la notion de *Production intérieure brute*. Il n'en va plus de même aujourd'hui. On est passé de la Production intérieure brute à celle de *Produit intérieur brut*.

En fait, les notions de productif et d'improductif n'ont guère de sens économique. Il est difficile de savoir qui crée la richesse, notion purement idéologique et contingente, qui ne facilite guère l'analyse économique.

Il vaut mieux parler en termes de gains ou de surplus de productivité (donnant lieu à des mesures) et de transfert de ces gains ou surplus d'un secteur à un autre.

b) La recherche de nouvelles combinaisons du travail et du capital doit s'efforcer d'explorer des lignées nouvelles et ne pas se cantonner dans la technologie ancienne.

Il faut rechercher des lignées technologiques qui diminuent le coût relatif du capital, facilitent l'amélioration des conditions de travail, économisent l'énergie en développant une société de communication qui fera circuler l'information, plus que les hommes et les choses.

Il faut lier les innovations techniques à des innovations sociales, tant dans le domaine de l'organisation du travail que dans celui de la vie quotidienne. Les sciences sociales doivent, elles aussi, faciliter la sortie de la crise. Pour parvenir à cette fin, la recherche ne doit pas être l'apanage d'une communauté scientifique repliée sur elle-même, mais le résultat d'un dialogue avec l'ensemble des partenaires sociaux. Ce dialogue est particulièrement nécessaire dans le domaine de l'orientation et de la formation.

c) Il faut promouvoir de nouvelles activités et un nouveau mode de vie. Nous l'avons vu, c'est généralement dans les nouvelles activités que l'emploi est le moins onéreux à créer. La transformation du travail noir en travail « gris » puis « blanc » peut faciliter la promotion d'un nouvel artisanat de services. Le développement des activités d'animation socioculturelle peut faire apparaître un secteur répondant à des besoins sociaux, sans extension de la « bureaucratie ». Le développement de ces nouveaux secteurs de service est d'autant plus urgent que la bureautique facilite le dégagement de gains de productivité et, finalement, d'emplois, dans les anciens secteurs du tertiaire. Elle est d'autant plus importante qu'elle peut faciliter l'apparition d'un nouveau consensus, centré sur la qualité de l'environnement des personnes. Ce consensus entraînerait à son tour le développement d'activités créatrices d'emplois en intégrant dans l'économie « officielle » des activités rejetées, jusqu'ici, dans le bénévolat, le temps hors travail, voire le parasitisme. Parallèlement, il inciterait à prendre au sérieux les conditions de travail. (Le développement de l'économie sociale, la création des emplois d'intérêt collectif, une faveur plus grande à l'initiative locale, correspondent à cette quête d'une nouvelle forme d'emplois.)

d) Il faut réformer le système monétaire interne et ses rapports avec le système monétaire international. Il ne s'agit pas seulement, ici, de retrouver un espace keynésien ; il s'agit de pallier des contradictions fondamentales dans les évolutions structurelles actuelles. L'institution monétaire d'aujourd'hui n'est plus en mesure de gérer les problèmes posés par l'internationalisation de l'économie. Elle ne peut qu'aggraver les crises et les autres distorsions structurelles.

e) Il faut faciliter le développement autocentré des pays du Tiers-Monde. La solution réelle du conflit Nord-Sud n'est pas dans un simple « plan Marshall » pour le Tiers-Monde. Il ne ferait qu'imposer au Sud des technologies mal appropriées à ses problèmes. Il faut, au contraire, permettre au Tiers-Monde de trouver ses propres voies de développement. Cela passe par l'invention de nouvelles lignées technologiques. Cela passe aussi par une maîtrise des effets de domination. Cela passe enfin par un développement moins extraverti, et plus apte à répondre aux besoins des sociétés du Tiers-Monde.

Au total, les hérétiques « à la Schumpeter » veulent créer de nouveaux rapports entre la croissance technique, l'emploi et le bien-être de la société, entre la croissance interne et la croissance externe.

Leurs prescriptions s'inscrivent moins dans une politique à court terme que dans l'évolution générale de la société.

11. Les clés de la lecture de l'économie par les hérétiques « à la Schumpeter »

Le monde dans lequel écrit Schumpeter est un monde où s'affrontent deux types de régimes économiques : les régimes socialistes et les régimes capitalistes. Le socialisme n'est plus simplement une théorie ou une espérance, il est devenu une politique et souvent une désespérance. De son côté, la crise de 1929 a consacré l'effondrement des politiques d'inspiration libérale et la guerre accéléré la montée d'un nouveau type de capitalisme : le néocapitalisme. Schumpeter mourut en 1950, au moment où commençait, avec la décolonisation, l'affrontement Nord-Sud et où culminait la guerre froide Est-Ouest. Parallèlement, la guerre avait accéléré l'évolution technologique. L'avion pouvait devenir un moyen de communication à la fois rapide et banal. L'énergie atomique annonçait de nouvelles conquêtes et inspirait de réelles frayeurs. La télévision prenait son essor, et le règne de l'informatique commençait à poindre. Le temps des politiques technologiques et des grands programmes scientifiques commençait.

Actuellement, les transformations du monde s'accélèrent. Nous ne sommes plus à l'époque des certitudes et de la recherche des simples équilibres de prix ou de revenus. L'économie mondiale est dominée à la fois par de gigantesques affrontements de puissances et par d'impitoyables concurrences entre firmes transnationales aux dimensions des États, qui transforment le commerce international en commerce intrafirmes. La plupart des régimes socialistes se sont effondrés et ceux qui subsistent ne cherchent qu'à accélérer la transition vers une économie de marché de type capitaliste. Avec l'électronique, l'informatique et la conquête de l'espace, nous entrons de plain-pied dans une nouvelle révolution technique. De nouveaux pays industriels apparaissent. Dans ce monde de plus en plus complexe et interdépendant, il ne suffit plus de faire de bons choix économiques ou technologiques pour faire une bonne politique sociale.

Dans les pays en voie de développement, l'introduction « économiquement justifiée » de certaines technologies peut aboutir, dans certains cas, à des désastres sociaux et politiques qui bloquent, en fin de compte, le développement. Dans les pays développés, les problèmes de l'emploi et de l'inflation n'ont plus de solutions essentiellement économiques, et la croissance elle-même est contestée.

Ces transformations sont accompagnées d'une progression des autres sciences de l'homme, qui interpellent les économistes et contestent leur impérialisme. De nouvelles méthodologies scientifiques se développent, et l'utilisation des mathématiques est bouleversée par l'informatique. Toutefois, dans ce monde en mouvement où, pour la première fois, le suicide collectif de l'humanité est possible, voilà que naissent des interrogations sur la nature et les limites de la connaissance scientifique. Partout l'économiste est sommé d'élargir son angle de vue.

Dans le foisonnement actuel des hérétiques « à la Schumpeter », il est parfois difficile de discerner les clés de leur lecture de l'économie. Cette difficulté est d'autant plus grande que Schumpeter a fondé une attitude, et non une école. Bien plus, les hérétiques viennent de tous les horizons de la science économique. C'est moins l'adhésion à quelques principes fondamentaux qu'une démarche et des préoccupations communes (ou voisines), qui caractérisent l'état actuel de ce courant de la pensée économique. Nous verrons dans le chapitre suivant qu'il a existé au XIXe siècle et qu'il fut même parfois très puissant aux États-Unis, dans les années trente, sans pour autant faire véritablement école. Toutefois, c'est dans les circonstances techniques, économiques, sociales, culturelles et politiques d'aujourd'hui, que les hérétiques se multiplient au point de devenir en ce début du XXIe siècle le courant théorique dominant.

Pour en comprendre les caractéristiques nous verrons successivement celles qui semblent être au cœur de l'attitude des hérétiques « à la Schumpeter » :
– l'acceptation des limites de la rationalité économique ;
– l'étude préférentielle des enchaînements dynamiques.

1. L'ACCEPTATION DES LIMITES DE LA RATIONALITÉ ÉCONOMIQUE

Smithiens et marxistes essaient, chacun à leur manière, de fonder une *rationalité économique,* exclusive de toute autre. Entre eux, le débat tourne assez vite à l'invective. Chacun voit, dans la position de l'autre, le reflet d'une vision du monde qui repose sur des postulats plus proches de croyances que d'hypothèses scientifiques. Les smithiens sont accusés d'être au service d'une classe sociale dominante ; les marxistes, de vouloir simplement justifier des visées politiques.

Les hérétiques « à la Schumpeter » ne cherchent pas une rationalité économique aussi totalisante, unitaire et définitive. Pour eux :

1. Plusieurs types de « rationalités économiques » peuvent coexister dans la science économique. Autrement dit, le champ de la science économique n'est ni totalement unifié ni – peut-être – totalement unifiable.

2. Les lois économiques ne sont, dans cette perspective, que des lois *provisoires,* ou liées à une société donnée. Elles sont relatives.

3. Finalement, la science économique n'est qu'*une manière de voir* le réel, ou plus exactement, de découper ce que l'on croit en percevoir. Si la science économique veut éviter les simplismes et les erreurs d'optique, elle ne doit pas négliger l'apport des autres sciences sociales. Elle doit devenir l'une des composantes d'une approche interdisciplinaire.

DE QUELQUES VARIÉTÉS
DE RATIONALITÉS ÉCONOMIQUES*

« La rationalité[1] économique » n'est pas abordée de la même façon par l'ensemble des économistes.

Pour les uns, il s'agit de déterminer comment choisir la meilleure manière d'utiliser des ressources rares en fonction d'un objectif. Cela revient à dire comment minimiser les dépenses (les coûts, le déplaisir, la pénibilité, les utilisations des ressources rares) pour parvenir à une satisfaction maximale. La science économique devient alors l'élaboration de la théorie des choix rationnels (tels qu'ils viennent d'être définis).

Pour les autres, la rationalité économique est ce qui permet de comprendre ce qui fait la cohérence d'un ensemble de structures économiques et commande à son fonctionnement ou, surtout, à son évolution. Alors, la science économique n'a plus pour objet la théorie des choix rationnels, mais « l'étude, comme l'écrivent J. Attali et M. Guillaume, des mécanismes de production, d'échange et de consommation dans une structure sociale donnée et les interdépendances entre ces mécanismes et cette structure ».

La première approche se réfère à la rationalité optimale d'un agent économique (serait-il l'État) et tend vers une *théorie de l'économie pure* de type déductif, à partir des principes de la rationalité maximale.

La seconde approche se réfère à la rationalité du système et se refuse à définir le domaine de l'économie en dehors de la prise en compte de données précises (production, consommation, répartition, structure sociale).

La première approche est propre aux descendants d'A. Smith. Elle part du comportement théorique de l'*Homo œconomicus* (ou plus exactement, aujourd'hui, du *néomarginalus*[2]). Elle multiplie, à partir des principes, les déductions logiques en se servant de l'appareil mathématique, ou, plus exactement, d'une symbolique mathématique. Une partie du raisonnement prend en compte des éléments non quantifiables, mais exprimés par des symboles et des enchaînements mathématiques. La volonté de rigueur logique étant dominante, ce type d'approche n'ignore pas le réel, il le juge à partir d'un modèle idéal.

La seconde approche regroupe, d'une manière ou d'une autre, l'ensemble des autres courants de la pensée économique. Toutefois,

---

[1]. Le terme de rationalité évoque l'idée de *cohérence* avec soi-même, ou avec les principes à partir desquels une société est organisée, entre les fins poursuivies, ou encore l'adaptation entre les moyens et les fins.

[2]. Même si, par ailleurs, le calcul à la marge est une méthode utilisée dans des contextes divers, y compris en Union soviétique par quelques économistes.

il faut immédiatement remarquer que les classiques recherchaient aussi, d'une certaine manière, les lois du développement des sociétés. C'est même J.-B. Say qui, le premier, avança clairement que le propre de l'économie était de s'intéresser à la sphère de la production, de la répartition, de l'échange et de la consommation.

En fait, dans l'analyse de la *rationalité* de l'organisation économique (certains diront du système) nous trouvons des approches ayant des préoccupations fort différentes. Les keynésiens mettent l'accent sur le *fonctionnement* du système. Certes, ils prennent en compte les comportements des agents, mais ce sont des comportements qui relèvent de la sociologie, et non de l'introspection psychologique de l'*Homo marginalus*. Ils mettent en relation des données globales (consommation, production, investissement, exportations, importations…) avec des coefficients qui expriment des comportements statistiquement repérés dans les évolutions passées. (Notons, cependant, qu'une partie des descendants d'A. Smith, en particulier, les monétaristes, font aujourd'hui de même.) Lorsque Keynes parle de « loi psychologique de la consommation », il fait appel à un comportement grégaire qui est peu lié à un choix rationnel.

En revanche, les marxistes recherchent essentiellement *les lois du développement des sociétés,* en essayant d'éviter le recours à des postulats (la rationalité hédoniste) étrangers au développement historique. L'analyse en termes de contradiction leur permet, selon eux, d'y parvenir. Nous avons, dans le chapitre six, suffisamment vu la méthode marxiste pour qu'il ne soit pas nécessaire d'y revenir ici.

Les hérétiques « à la Schumpeter » donnent eux aussi la priorité à l'étude de la cohérence d'un ensemble de structures économiques. Toutefois, on voit apparaître chez eux une volonté de retrouver, au niveau de la société, des critères de choix collectif et d'analyse avantages/coût qui les rapprochent des préoccupations des descendants d'A. Smith. Ils passent de la « rationalité » définie abstraitement à la *rationalité sociale*. Ils incluent la prise en compte de *stratégies* qui se réfèrent à des options de type politique et social qui soumettent la rationalité économique à des fins supérieures.

Les calculs avantages/coûts des hérétiques « à la Schumpeter » se différencient par ailleurs très fortement de la rationalité marchande des smithiens. Cette rationalité est limitée et se réfère à des normes et des règles bien étrangères à la maximisation du plaisir (p. 148 *sq*.). Les hérétiques actuels prennent en compte, en effet, les problèmes d'évolution structurale (sociale, économique, politique et technologique) et se réfèrent, d'une manière ou d'une autre, à ce que François Perroux appelle les « coûts de l'homme ».

L'appel à des fins supérieures dans la rationalité économique des hérétiques « à la Schumpeter » les oppose à la fois aux smithiens et aux marxistes. Chacun de ces deux groupes veut juger la rationalité d'un système économique à partir de critères tirés uniquement de leur rationalité économique. Pour les smithiens, la rationalité économique – la théorie des choix rationnels – peut être mise au service de n'importe quelle fin ; c'est un instrument. Cependant, c'est à partir de la *rationalité économique* qu'ils pensent que le système capitaliste de la concurrence pure et parfaite est, théoriquement, le seul capable d'aboutir à la meilleure allocation possible des richesses. Pour les marxistes, le capitalisme est un progrès dans la rationalité économique, définie comme le développement maximum et sans crises des forces productives, mais les contradictions entraînent des incohérences et des gaspillages. Ils se refusent, pour juger le développement d'un système, à faire appel à des finalités supérieures.

Aujourd'hui, avec la crise, ce refus d'en appeler à des finalités supérieures et non économiques est de plus en plus critiqué. En s'enfermant dans la seule rationalité économique, que ce soit celle des individus ou celle du système, « on abandonne les fins incommensurables que se fixent les hommes ». C'est une véritable mutilation de la rationalité. Aussi voit-on se multiplier les mouvements et les recherches qui placent l'éthique au centre de leurs préoccupations[3].

---

3. Cf. p. 629.

4. L'acceptation de ces limites par la science économique doit l'amener à situer les problèmes de valeur et de finalité.

Bien entendu, ces quatre démarches sont violemment attaquées par la majorité des smithiens actuels et des marxistes orthodoxes. Elles mettent en cause la volonté des premiers de fonder une science universelle des choix dans l'utilisation des ressources rares. Elles nient le type d'explication unitaire du monde et de l'histoire que sous-tend le matérialisme marxiste. Toutefois, les marxistes moins orthodoxes sont beaucoup moins violents que certains smithiens, qui traitent les hérétiques « à la Schumpeter » d'« anti-économistes ». Après tout, Marx ne rejette pas la possibilité d'analyses économiques situées au niveau de ce qu'il pense être l'apparence des choses. Quant aux keynésiens, ils ne sont jamais sortis du cadre d'une rationalité limitée ; celle qui, à un moment historique précis, permet à un gouvernement de relancer l'économie. Ils se sentent un peu étrangers à cette querelle. Ils recherchent plus des recettes efficaces pour une politique économique, qu'une science économique universelle ou qu'une explication scientifique de l'évolution historique. Contrairement aux hérétiques « à la Schumpeter », ils se situent dans *le court terme* et *la politique gouvernementale*.

1. Il n'est ni possible ni – peut-être – souhaitable d'unifier la science économique.

Schumpeter avait donné l'exemple. Au cours de sa vie, suivant le domaine de ses préoccupations (l'équilibre, le cycle, le développement), il s'est référé à des modèles explicatifs différents.

Dans les chapitres précédents, nous avons vu que le même fait (le chômage) pouvait donner lieu à des analyses fort contrastées, sinon contradictoires. Le point d'observation, l'horizon, l'objectif expliquent très largement les différences. En fait, les économistes ne cherchent pas la même chose et, du même coup, ils ont peu de chances de trouver la même chose. Cela peut sembler une faiblesse de la science économique ; c'est en fait une richesse. La variété des points d'observation permet d'analyser divers aspects de la réalité (ou diverses manières de voir ce que nous croyons être la réalité). Chaque approche peut ainsi avoir sa place et un rôle, à condition qu'on précise bien ses tenants et ses aboutissants et qu'on ne s'en serve point pour chercher ce pourquoi elle n'est pas faite. Il est assez difficile de chasser un lièvre avec une canne à pêche !…

La théorie des choix dans l'utilisation des ressources rares peut être d'une grande efficacité pour l'entreprise, voire dans certaines politiques publiques. Elle n'a que des effets médiocres pour expliquer des évolutions structurales et pour comprendre le rôle de la lutte des classes dans le développement des sociétés, voire pour juger de la « rationalité » d'un régime économique. Certains « nouveaux économistes » l'ont fort bien compris. Ils lâchent du lest sur les « théories de l'optimum » général. Ils préfèrent mettre l'accent sur des analyses particulières, des équilibres partiels, mieux cernés et moins dépendants de l'équilibre général et de ses fondements théoriques.

Les hérétiques « à la Schumpeter » admettent des ruptures dans la science économique. La plus célèbre est celle de la micro et de la macroéconomie. Nous avons vu que certains auteurs[1] tentent bien, aujourd'hui, de voir comment les comportements pris en compte dans la macroéconomie (dominée par les keynésiens) peuvent avoir un soubassement microéconomique (c'est-à-dire relevant d'une analyse smithienne ou walrassienne). La tentative est intellectuellement et théoriquement excitante.

Mais est-ce bien du même comportement dont on a besoin dans le champ de la macroéconomie et dans celui de la microéconomie ? Pour élaborer une théorie des choix dans l'utilisation des ressources rares, on peut partir du modèle abstrait de l'individu *rationnel*. Pour établir comment se réalise l'équilibre macroéconomique entre la consommation, la production, l'investissement, l'épargne... il vaut peut-être mieux partir de coefficients qui expriment des comportements statistiquement constatés. Le développement des théories statistiques est ici plus utile que celui des théories microéconomiques. Toutefois, l'apport de ces dernières ne doit pas être totalement négligé ; il peut donner des indications précieuses sur ce qu'on doit tenter de rechercher et de mettre en relation par des méthodes statistiques. Nous avons vu aussi que l'analyse marxiste – nous devrions plutôt dire la méthode marxiste – est un instrument de gestion médiocre et difficilement maniable. Elle permet, en revanche, de mieux comprendre les phénomènes d'exploitation et les contradictions structurales. Une dynamique des structures à la fois élargie et relativisée peut tirer un large profit des investigations marxistes.

---

1. Cf. la théorie des déséquilibres, p. 259 *sq.*

Est-ce à dire que, selon le point de vue d'où on veut se placer (celui du gouvernement, du chef d'entreprise, des exploités, des exploiteurs...), on doit choisir entre telle ou telle approche ? Ce serait aller un peu vite en besogne. Les théories microéconomiques donnent lieu, aujourd'hui, à des développements qui n'ont rien de capitalistes. Certains radicaux américains redécouvrent, à travers elles, une forme nouvelle de contestation anarchiste. En fait, en partant de points d'observation différents, les économistes ont exploré des champs différents et créé des outils mieux adaptés à certains champs qu'à d'autres.

Bien entendu, *la légitime multiplicité des approches ne doit pas empêcher les économistes de se garder des facilités ou des risques du syncrétisme*. Il faut concevoir les rapports entre les approches économiques comme on doit concevoir ceux entre plusieurs sciences sociales. Coopération et complémentarité ne sont pas confusion.

Bien sûr, il a existé des tentatives de rapprochement. Lorsqu'elles sortent du champ de la collaboration opérationnelle (par exemple, pour mettre au point un modèle, établir une analyse prospective, un programme gouvernemental, etc.) et qu'elles tentent de parvenir à une synthèse théorique, elles n'aboutissent souvent qu'à des résultats décevants.

Ce n'est pas la première fois, dans l'histoire, qu'une science ne parvient pas à une totale unicité de son champ. Même si, aujourd'hui, la physique quantique semble donner un fondement à toute la physique, les lois de la physique classique (celles observables à l'échelle humaine) peuvent toujours être utilisées et, même, doivent être utilisées. Or, les lois de la physique classique ne sont pas vérifiées lorsqu'on tente de prendre en compte les problèmes de l'atome. Certaines observations qui semblent remettre en question les relations de causalité de la physique quantique n'empêchent pas cette dernière d'avoir un niveau d'efficacité explicative.

2. Les lois économiques sont des lois relatives.

Les hérétiques « à la Schumpeter » refusent de confondre la science économique avec celle *des choix dans l'utilisation des ressources rares*. Ils relativisent très fortement les *lois économiques*. Au siècle dernier, les économistes de l'École historique allemande qui furent, à leur époque et à leur manière, des hérétiques, avaient eux aussi, et parfois plus radicalement, une attitude critique vis-à-vis de ce que les classiques appelaient les *lois naturelles* de l'économie.

Aujourd'hui, les hérétiques « à la Schumpeter » font, à propos des lois économiques, dont ils ne nient pas, cependant, l'existence, plusieurs remarques :

A). Les lois économiques dépendent du niveau d'observation. Une loi valable à un niveau peut ne pas l'être à un autre. Cela est évident en ce qui concerne la micro et la macroéconomie. C'est ce que l'on désigne depuis Pareto par l'expression de « problème du *no-bridge* » ou bien, à la suite de P. A. Samuelson, de sophisme de composition. Ainsi comme le faisait déjà remarquer Keynes, s'il peut être rationnel pour un individu d'épargner, un tel comportement généralisé à toute la population entraînera la chute de la production par insuffisance de consommation et une telle baisse du revenu global suscitera à son tour une baisse de l'épargne, puisque son niveau dépend de celui du revenu.

B) Les lois économiques sont liées à un contexte historique. Seuls, la plupart des smithiens actuels refusent cette constatation. Leur volonté de bâtir « la science des choix dans l'utilisation des ressources rares » leur donne une conception particulière des lois économiques. Ce sont des lois qui découlent du raisonnement à partir de principes d'une rationalité économique qu'ils pensent universelle. Au siècle dernier, Marx avait déjà montré que la loi de la valeur, comme nous l'avons vu, n'existait pas de toute éternité. Smith lui-même pensait que la science économique ne pouvait pas être utile pour les sociétés primitives des « sauvages ». Il est vrai qu'à sa manière, il s'intéressait, comme Marx, au développement des sociétés, ce que ne firent plus les néoclassiques. De son côté, Keynes se situe dans un moment précis du capitalisme et Galbraith rejoint ici, très nettement, la position des hérétiques « à la Schumpeter » : « La matière, écrit-il, qu'étudient la physique, la chimie ou la géologie est une matière statique. Celle de la science économique est, au contraire, soumise à un changement continuel ; les entreprises, les syndicats, l'attitude des consommateurs, le rôle du gouvernement évoluent sans cesse. C'est pourquoi, si la science économique ne veut pas tomber en désuétude, elle doit s'adapter au changement de deux manières : elle doit aborder les nouvelles informations et réviser ses interprétations ; elle doit évoluer, dans la mesure où les institutions de base évoluent elles aussi. »

C) Les hérétiques « à la Schumpeter » – ou, du moins, certains d'entre eux – vont même loin. Les postulats de base des choix rationnels smithiens seraient, eux aussi, historiquement situés. Pour eux, la rationalité hédoniste et individuelle se réfère à un moment de la pensée philosophique et de l'évolution des sociétés occidentales. Certes, il n'est pas interdit de raisonner à partir d'eux ; on peut même interpréter, grâce aux raisonnements qu'ils suggèrent, ce qui se passe dans d'autres sociétés et dans d'autres époques historiques. Toutefois, il faut bien comprendre alors ce que l'on fait. On ne cherche plus à expliquer comment la production, la consommation et la répartition sont organisées ; on réinterprète cette organisation à partir d'une rationalité extérieure. La loi économique devient un moyen commode d'organiser un monde qui nous est étranger. En réalité, avec cette affirmation, certains hérétiques « à la Schumpeter » glissent non seulement vers une autre conception de la science économique, mais vers une autre conception de la connaissance scientifique. Les *relations économiques* (comme les relations scientifiques) n'existent pas dans la réalité. Ce sont seulement des *représentations mentales*

QU'EST CE QU'UNE « LOI ÉCONOMIQUE » ? *

Toute science désire mettre en évidence des lois, c'est-à-dire des rapports constants de causalité, ou des conditions d'apparition entre deux phénomènes. Les économistes ne font pas exception. Cependant, comme dans toutes les sciences de l'homme, la nature de ces lois a fait l'objet de grands débats.

Jusqu'au XVIIIe siècle, les « lois économiques » ne sont que des constatations que l'on doit prendre en compte dans la mise au point d'une politique économique. Elles n'ont ni un caractère *nécessaire* ni un caractère *naturel*. Les lois économiques sont ainsi très éloignées des lois de la physique. On voit mal comment le caractère *absolutiste* du pouvoir et ses fondements philosophiques auraient pu faire bon ménage avec des lois qui auraient réglé la marche de la société en dehors de la volonté du monarque.

La notion de *loi « naturelle »* entre dans la science économique au moment où le *libéralisme* affirme qu'*il existe un ordre naturel que le pouvoir doit respecter*. C'est dorénavant l'existence de lois naturelles, et non le pouvoir royal, qui règle l'harmonie sociale. « C'est l'existence de lois naturelles et constantes (dit J.-B. Say) sans lesquelles les sociétés humaines ne sauraient subsister, qui constitue cette nouvelle science que l'on a désignée sous le nom d'économie politique. » Les économistes recherchent alors tous les enchaînements économiques et leur donnent un caractère à la fois impératif et nécessaire, dans tous les sens de ces termes. On trouve encore dans certains développements de la science économique de bons restes de cette conception.

Toutefois, l'existence de lois naturelles a très vite fait l'objet de vives critiques. L'École historique allemande et Marx vont, chacun à leur manière, s'en détacher. Même les smithiens vont admettre que les lois « naturelles » n'ont pas le même caractère impératif que les lois de la physique ou de la chimie. Comme nous l'avons vu, Stuart Mill, le dernier des grands classiques, affirmera que même les lois qui gouvernent la production peuvent être invalidées par une transformation volontaire des comportements humains.

Les économistes se sont alors orientés vers la distinction entre deux types de lois.

D'une part, des lois qui dérivent d'un raisonnement abstrait et logique, à partir d'hypothèses (ou de postulats). Tous les développements de l'École marginaliste et du néomarginalisme et les recherches de la plus grande partie des descendants actuels de Smith se rattachent à ce type de lois. On veut mettre en évidence les implications nécessaires de ce que l'on nomme « la rationalité économique » (loi de l'offre et de la demande, loi d'égalisation des

> productivités marginales, loi commandant le retour à l'équilibre général…). On critique des règles de fonctionnement de l'économie concrète à partir d'un système abstrait. Il faudrait, cependant, se garder de croire que les autres courants de la pensée économique ne développent pas des lois *logiques*. Les raisonnements, à partir d'hypo thèses et de concepts de base, se retrouvent partout.
>
> D'autre part, des lois statistiques, ou encore de tendance, qui permettent de mettre en évidence des effets économiques (telle, par exemple, la loi de Wagner sur l'évolution de la part des dépenses publiques en fonction du niveau du PIB), ou des évolutions ayant tendance à se répéter (telle, la loi de Colin Clark sur l'évolution de la répartition de la population active dans les secteurs primaire, secondaire et tertiaire).
>
> Il est évidemment parfois difficile de distinguer ces deux grands types de lois. Il existe, chez les néoclassiques, des enchaînements qui prévoient des tendances à partir de l'application de principes. Toutes les « lois de tendance » ne résultent pas de simples constatations ou de fréquences statistiques. Quoi qu'il en soit, tous les économistes tentent de découvrir des lois, des automatismes, des effets, des phénomènes de régulation. Si une science veut sortir de la simple description et aller vers l'action et la prescription, une telle recherche est nécessaire. Savoir la nature de ces lois, leur universalité ou leur relativité historique est un autre problème.
>
> Tous les économistes sont aussi d'accord sur un point ; *ces lois sont conditionnelles*. Les lois logiques dépendent des postulats relatifs de la rationalité. Les automatismes, effets et mécanismes, ne sont vérifiés que si des phénomènes étrangers ne viennent pas perturber leur fonctionnement. Les économistes expriment le caractère conditionnel des lois économiques par la formule : « toute chose étant égale par ailleurs ».

qui nous permettent d'organiser ce que nous percevons. La structure n'est pas dans le monde, mais dans la connaissance que nous en avons. Il existe, sans doute, un lien entre la science et la réalité, mais nous ne savons pas lequel. Cela n'a guère d'importance si la manière dont nous structurons ce que nous voyons nous permet d'interpréter, de prévoir et d'agir. Nous ne sommes pas très loin des « objets pensés » de Marx et de sa « connaissance instrumentale ». Les hérétiques « à la Schumpeter » rejoignent ici les développements de l'anthropologie structuraliste.

D) Les hérétiques « à la Schumpeter » vont donner une signification nouvelle au « toute chose étant égale par ailleurs » utilisé par l'ensemble des économistes. Pour eux, la loi économique n'est pas simplement validée à la condition qu'aucun autre élément que ceux qu'elle prend n'influence le phénomène étudié. *Une loi économique et, finalement, l'économie résultent d'un découpage arbitraire, mais nécessaire, de ce que nous percevons.*

En relativisant les lois économiques, les hérétiques « à la Schumpeter » relativisent la science économique et débouchent sur une approche pluridisciplinaire.

3. L'économie ne doit pas négliger l'apport des autres sciences de l'homme.

Non seulement une science n'est ainsi qu'une représentation mentale de la réalité, mais elle est aussi une représentation organisée en fonction de ce que nous recherchons. La chimie nous amène à ne prendre en considération que ce qui intéresse la chimie[2], la physique, que ce qui intéresse la physique, et il en va de même pour chaque science sociale. Nous l'avons vu, toute science commence ainsi à déterminer son champ, ce qu'elle prendra en compte et ce qu'elle rejettera. C'est une manière de voir les choses sous un aspect particulier. La science est d'abord découpage et autonomisation réalisés par les scientifiques.

L'ensemble des découpages réalisés par les économistes est différent de ceux pratiqués par les historiens, les géographes, les sociologues, les psychologues, les démographes, les diététiciens...

Notre objectif n'est pas ici de fixer le champ et l'objet de chacune des sciences de l'homme. Nous nous contenterons de constater qu'elles étudient des phénomènes qui

---

2. On pourrait d'ailleurs dire, non la chimie, mais les chimistes...

ont forcément des rapports entre eux, puisqu'ils ne sont que des découpages (dus, parfois, aux avatars de l'histoire des sciences) du phénomène humain.

Il faut bien convenir que les césures n'ont jamais été totales. Chaque science, après avoir fortement autonomisé son champ, procède à des réarticulations, le plus souvent, mineures. Dans certains cas, nous assistons à des rapprochements beaucoup plus nets. En ce qui concerne l'économie, nous avons vu se développer l'histoire économique, la géographie économique, la socio-économie, la psychologie économique et encore l'anthropologie économique… Bien rares sont les approches économiques qui n'empruntent pas certains de leurs éléments, parfois les plus fondamentaux, à d'autres sciences. La loi de la population des classiques est directement liée à la démographie. L'hédonisme de l'*Homo œconomicus* et le marginalisme se réfèrent à la psychologie d'avant Freud. Marx a la volonté d'intégrer une approche historique et une approche sociologique. Les « comportements keynésiens » sont de type psycho-sociologique.

Les hérétiques « à la Schumpeter » vont aller plus loin. Ils autonomisent, mais ils prennent en compte, *dès le départ,* les limites de la science économique. Ils affirment qu'on doit situer globalement l'approche particulière d'un phénomène dans l'ensemble des relations qu'il entretient avec son environnement.

Pour eux, les mises en relation avec l'ensemble sont tout aussi importantes (sinon plus) que la réduction du phénomène étudié aux seuls éléments considérés comme économiques. Ils s'éloignent du réductionnisme cartésien et se rapprochent de la méthode systémique. Nous y reviendrons. Les hérétiques « à la Schumpeter » désirent intégrer l'économie dans des approches pluridisciplinaires. Comme l'a écrit H. Bartoli, « sans doute, le moment est-il venu où la science économique, sans renoncer le moins du monde à ses exigences de rigueur, se mette à l'écoute des diverses sciences de l'homme ».

Toutefois, affirmer l'importance des mises en relations et de la prise en compte de l'apport des autres sciences ne doit pas conduire à une croyance naïve en une science *totale*. La science demeure découpage et structuration fatalement partiels, puisque interaction entre des représentations mentales et ce que nous *percevons*. Bien plus, l'évolution de chacune des sciences de l'homme a été différente. Chaque science a ses propres modalités de fonctionnement et des méthodes souvent spécifiques. Elles ne peuvent être unifiées sans risques de graves confusions.

La science économique doit garder sa spécificité, mais comprendre ses limites et coopérer avec les autres sciences de l'homme dans des projets précis. La pluridisciplinarité ne peut être qu'opérationnelle.

4. La science économique ne peut ignorer les fins et les valeurs supérieures.

Smithiens et marxistes ont une préoccupation commune : ils désirent fonder une *science économique positive*, c'est-à-dire une science dont le développement ne dépendrait pas de fins et de valeurs supérieures.

Certains descendants actuels d'Adam Smith poussent très loin leur volonté de rendre la science économique *objective*, c'est-à-dire indépendante de tout jugement de valeur. La science de l'allocation des ressources rares se déploie indépendamment des fins poursuivies. Elle peut tout aussi bien s'appliquer au bien-être qu'au crime, à la drogue ou à l'amour… Le formalisme mathématique semble donner à la quête d'une science positive un instrument tout à fait adéquat. Il reste que les postulats de base demeurent attachés à une philosophie sociale individuelle et hédoniste et, dans bien des cas, on risque de passer de la démonstration scientifique à la justification politique. Quant à la philosophie sociale qui fonde les déductions logiques, elle est mal adaptée pour résoudre les problèmes collectifs.

Vilfredo Pareto, le théoricien des systèmes économiques finis et de l'optimum général, mathématiquement déterminé, en viendra, au soir de sa vie, à redonner une place à l'irrationnel. Comme nous l'avons dit, il reconnaîtra que des doctrines absurdes peuvent être utiles et se rapprochera du *volontarisme* fasciste. Une science des choix dans l'allocation des ressources rares peut devenir la réalisation d'un bien-être collectif choisi, par ailleurs, à partir de normes sociales et d'options politiques. Il est douteux que le choix d'un bien-être ou d'un avantage collectif n'ait pas d'influence sur la logique et les modalités du raisonnement économique. Il est encore plus douteux que n'importe quel type de bien-être soit compatible avec une philosophie sociale historiquement datée.

Marx a voulu briser l'appel à un postulat impliquant *a priori* une idée de l'homme. Il s'est refusé à soumettre l'économie à des valeurs transcendantes dont il percevait mal le rôle. Pour lui, les valeurs ne sont que l'émergence, dans les superstructures, des évolutions de l'infrastructure (les rapports de production). Il parvient effectivement, à travers la combinaison des contradictions externes et internes, à définir une rationalité économique qui n'a pas besoin de finalités et de valeurs supérieures. Pour lui, c'est la structure sociale qui détermine la norme, et les normes naissent de l'évolution historique. Le remplacement d'une structure par une autre, d'un ensemble de normes par un autre, n'est pas lié à des valeurs transcendantes[3]. Ici, les finalités et les valeurs sont bien intégrées dans les sciences économiques. Malheureusement, leur caractère de sous-produits historiques ouvre la voie aux règnes du stalinisme, des commissaires, du *goulag* et de la *nomenklatura*, de la violence irrationnelle...

Comment sortir du piège des *positivismes* scientifiques en tout genre ? Peut-on accepter des *non possumus*, des refus, au nom de valeurs et de finalités supérieures, sans pour autant dévaloriser la science ?

François Perroux, développant une idée clé de Schumpeter (la place et le rôle de l'innovation) a sans doute ouvert la voie

---

3. Nous verrons, à la fin de ce chapitre, comment l'anthropologie fondamentale de R. Girard permet de redonner un sens aux valeurs tout en leur gardant une historicité (p. 533 *sq.*).

VERS UN NOUVEAU DISCOURS DE LA MÉTHODE[1] *

Le discours de la méthode cartésienne

Le précepte d'évidence
N'admettre une chose que lorsqu'elle est évidente et ne peut plus être mise en doute.

Le précepte réductionniste
Diviser les difficultés en autant de parcelles qu'il le faut pour les résoudre.

Le précepte de causalité
Aller du simple au complexe, « en supposant même de l'ordre entre ceux qui ne se précèdent point naturellement les uns les autres ». Faire ainsi l'hypothèse que des lois existent et qu'il faut les identifier.

Le précepte d'exhaustivité
Dénombrer tout et ne rien omettre de ce qui est nécessaire pour expliquer.

Le discours de la méthode systémique

Le précepte de pertinence
Tout objet se définit par rapport aux intentions explicites ou implicites du modélisateur. Il faut savoir mettre en cause la définition si l'objectif se modifie.

Le précepte de globalisme
Considérer toujours l'objet à connaître par notre intelligence comme une partie immergée et active au sein du « grand tout ». Le percevoir d'abord dans une relation fonctionnelle avec l'environnement, sans vouloir parvenir à une image parfaitement fidèle de sa structure interne.

Le précepte téléologique
(rôle du projet organisateur)
Ne pas chercher, *a priori,* une loi explicative du comportement par quelque loi impliquée dans une éventuelle structure. Comprendre, en revanche, le *projet* que l'on peut *attribuer* à « l'objet » étudié.

Le précepte d'agrégativité
Convenir que toute représentation est simplificatrice, non par oubli, mais délibérément. Trouver, en conséquence, comment sélectionner les agrégats les plus pertinents, sans vouloir poursuivre une exhaustivité.

1. D'après J.-L. Le Moigne, in *La Théorie du système général.*

à une solution *scientifique* du problème. Tant que la science économique est enfermée dans l'*utile, l'accumulation du capital*, la production dans son aspect matériel, elle risque de n'aboutir, pour le problème qui nous intéresse, qu'à des impasses. À partir du moment où elle intègre l'innovation, la création de l'homme par l'homme et son projet individuel ou collectif, elle ne peut plus faire de la conscience le simple reflet des rapports matériels de production ou réduire le comportement à la recherche de l'utilité maximale. Les mécanismes de la création nous permettront de comprendre que « la conscience humaine[4] », écrit F. Perroux, « ne reflète pas la nature et les rapports matériels de production comme une eau reflète un paysage, en le déformant toujours de la même façon, dans des conditions physiques données. Elle les reflète en introduisant une nouveauté, et une nouveauté qu'on ne voit, jusqu'ici, astreinte à aucune loi de répétition. La conscience humaine est un reflet qui renvoie à la nature et à l'homme, un monde nouveau et imprévisible ». « Notre connaissance a une façon, qui lui appartient en propre, de refléter. Elle reflète en créant. » L'homme passe l'homme. Une approche scientifique ne peut soumettre ces lois aux projets humains, mais se soumettre à ces projets. La science économique doit être soutenue par un projet de l'homme.

Il ne s'agit pas, ici, d'une simple injonction humaniste et généreuse, d'un *non possumus* devant toutes les réductions positivistes du phénomène humain. L'intégration du *projet* humain dans la science économique peut être prise en compte par une méthode scientifique dérivée de l'analyse de systèmes. L'analyse de systèmes ne cherche plus à mettre en évidence, seulement, des *causalités,* des lois dont nous avons vu le caractère relatif. Elle cherche à intégrer les *buts,* les *fins,* à partir desquels sont organisés un *ensemble,* une *structure,* un *comportement.* « De l'explication inachevée, écrit J.-L. Le Moigne, et, peut-être, impossible, du "dis-moi quelles sont les lois qui gouvernent ton comportement ?" »,

---

4. Nous verrons plus loin que la civilisation et, finalement, l'homme naissent de l'économiquement inutile. Cf. p. 708.

nous pouvons passer à l'interprétation relative et contingente : « Dis-moi quels sont les projets extrinsèques auxquels tu réfères ton comportement. »

Nous retrouverons plus loin l'analyse systémique. Disons qu'à partir du moment où les fins, les valeurs et les projets qui concrétisent cette poursuite sont réintégrés dans le champ de l'analyse économique, cela appelle une redéfinition de la rationalité et une réinterprétation des structures et de leur évolution.

La science économique devient *la science qui « permet une économie de l'homme, de tous les hommes, de tout l'homme »*. Certes, on est en contradiction avec le désir de M. Friedman de fonder « une science positive indépendante de toute position éthique, comme de tout jugement normatif ». Mais est-ce bien réaliste de vouloir fonder une science de l'homme indépendamment d'un projet sur l'homme ? Toute l'histoire de la pensée économique nous démontre le contraire[5].

---

5. Note pour ceux qui veulent aller plus loin*.

Nous verrons que, d'une manière ou d'une autre, une grande partie du courant smithien a une approche systémique. L'équilibre général walrassien représente même une approche systémique très élaborée. Aujourd'hui encore, cette approche systémique a été très largement développée dans une perspective néoclassique, qui, cependant, est proche des hérétiques « à la Schumpeter » et par des auteurs tel que J. Lesourne quand il analyse les mille et un sentiers de la croissance. Elle permet de prendre en compte un plus grand nombre de variables que les anciennes méthodes déductives et de construire des modèles économétriques complexes. Par ailleurs, elle intègre mieux le problème des fins que l'analyse parétienne de l'optimum ; elle permet de fixer des stratégies alternatives, voire, si aucun moyen ne permet d'atteindre l'objectif, de modifier ce dernier. On retrouve ici l'idée de Pareto, d'optimum de premier rang, de deuxième rang ou de troisième rang. Si l'*optimum optimorum* n'est pas réalisé, on choisira un optimum (un objectif) plus conforme aux moyens dont on dispose. Avec l'analyse systémique, les calculs coûts-avantages, coûts-efficacité smithiens prennent un nouveau départ.

Les hérétiques « à la Schumpeter » se servent de l'approche systémique dans une tout autre perspective. Ils la lient à la dynamique des structures et, souvent, à une approche structuraliste de la connaissance (cf. la suite du chapitre).

2. L'ÉTUDE PRÉFÉRENTIELLE DES ÉVOLUTIONS STRUCTURALES

Keynésiens et smithiens mettent l'accent sur *le fonctionnement* de l'économie. Keynes se situe à l'intérieur d'une structure donnée – celle du capitalisme des années 1930 – et regarde comment fonctionne le circuit économique. Les keynésiens actuels examinent comment un certain nombre de structures doivent être modifiées pour permettre un fonctionnement compatible avec le retour au plein-emploi. Les smithiens établissent une science des choix rationnels indépendamment des structures. Quand ils s'occupent des structures, ils regardent ce qui empêche le fonctionnement d'une économie gouvernée par les choix rationnels d'unités économiques en situation de concurrence pure et parfaite. Pour eux, la concurrence pure et parfaite garantit l'équilibre général et, par là, la meilleure allocation possible des ressources. Cette démarche est patente lorsqu'ils critiquent la politique keynésienne. Elle sous-tend leur analyse des conséquences, des *imperfections du marché*. Nous la retrouvons dans leur approche du sous-développement lorsque l'économiste britannique Arthur Lewis a réalisé une analyse très fine de la situation des pays en voie de développement en la référant à « la rationalité économique optimale ». Il ne néglige pas *les problèmes d'évolution* mais il juge plus sûr d'étudier ceux de *la compatibilité* des structures avec la *rationalité économique* qui assurera la croissance économique maximale. « Il est, écrit-il, plus difficile de traiter de questions d'évolution sociale que de compatibilité, parce que, pour les résoudre, la méthode déductive est d'un bien moindre recours. »

Il existe aussi des économistes, tel que F. Perroux, qui développent à la fois une analyse systémique dans la tradition néoclassique et une analyse systémique plus structuraliste.

« STATIQUES » ET « DYNAMIQUES »*

Les smithiens recherchent avant tout les conditions d'un équilibre stable. Après un choc, les mécanismes économiques qu'ils prennent en compte ramènent l'économie à son point de départ, un peu comme un pendule revient à sa position verticale après des oscillations plus ou moins grandes suivant l'impulsion initiale. Les smithiens se situent dans une approche statique de l'économie.

Smith s'était bien intéressé à la croissance des richesses, et tous les classiques ont décrit une évolution à long terme. Il est intéressant de noter, à ce propos, que tous les enchaînements qu'ils ont alors décrits aboutissaient à un *état stationnaire,* où plus rien ne bougeait.

Cet intérêt pour la croissance a rapidement disparu des préoccupations des smithiens. L'optique ricardienne, centrée sur des mécanismes s'appliquant à toutes les économies et à toutes les époques, a largement dominé. L'intégration du temps concret et historique n'a jamais été que très partielle. Elle fut de plus en plus négligée avec l'épanouissement du marginalisme et de l'équilibre walrassien.

Ce n'est pas pour rien que les smithiens raisonnent à partir d'un échange non monétaire et n'introduisent la monnaie qu'une fois l'équilibre, en termes réels, établi. Des choix et des comportements à partir de prévisions exprimées en monnaie, instrument de liaison entre le présent et le futur, les auraient entraînés loin de la marche inexorable vers un équilibre stable. L'appel au pouvoir régulateur de l'État serait devenu indispensable. Certes, aujourd'hui, les monétaristes admettent les calculs monétaires et le rôle de la monnaie dans les phénomènes à court terme. La prégnance de l'optique statique n'en est pas moins grande. Pour les disciples de M. Friedman, les déséquilibres à court terme n'ont pas d'influence sur les équilibres naturels vers lesquels on évolue fatalement, du moins si l'économie n'est pas perturbée par des interventions publiques intempestives.

L'intégration du calcul monétaire avait pourtant permis à Keynes de sortir de l'équilibre stable smithien. Dans l'analyse du présent, les calculs monétaires keynésiens intègrent la monnaie. Ils sont avant tout prévision et se servent de la monnaie, instrument de conservation de la valeur, pour actualiser le futur.

Nous ne sommes plus, chez Keynes, en présence d'une oscillation autour d'un point d'équilibre, mais de l'apparition d'équilibres successifs et différents, dont la stabilité n'est pas garantie.

Keynes, lui-même, n'a cependant pas abouti à un véritable déroulement dans le temps des phénomènes économiques. Il y a seulement, chez Keynes, apparition d'équilibres successifs. Nous ne sommes pas en présence d'une véritable dynamique, *mais d'une statique comparative.*

> Ce sont ses successeurs qui se sont plus spécialement intéressés aux enchaînements d'une période à une autre, rejoints, aujourd'hui, par les monétaristes. Toutefois, la dynamique des keynésiens et des smithiens monétaristes est, pour l'essentiel, limitée à des flux de revenus, de dépenses et de monnaie. Elle est largement indépendante des transformations dans les structures économiques, sociales, démographiques, institutionnelles, culturelles…
>
> *Cette dynamique des flux* demeure fidèle à la distinction entre la courte et la longue période mise en honneur par A. Marshall en 1890 dans son livre *Principles of Economics*. On raisonne dans une situation structurelle donnée. L'hypothèse sous-jacente est que les modifications structurelles étant, à court terme, minimes, elles n'influencent pas le fonctionnement de l'économie. La notion d'équilibre est alors réintroduite ; le point d'équilibre – stable – est remplacé par l'équilibre quantitatif entre des flux.
>
> Les hérétiques « à la Schumpeter » contemporains désirent, au contraire, construire une dynamique des structures. Comme Marx, l'École historique allemande du XIXe siècle, ou encore les institutionnalistes américains des années trente, ils mettent l'accent sur les modifications structurelles. Contrairement à l'École historique et aux institutionnalistes américains, cet intérêt ne leur fait pas négliger l'étude des lois économiques. Avec les marxistes, ils veulent comprendre l'évolution économique et sociale. Ils se refusent, néanmoins, à réduire cette dynamique aux seules contradictions prises en compte par Marx. Ils désirent construire une *dynamique générale des structures*.

Les hérétiques « à la Schumpeter » mettent au contraire l'accent sur les évolutions structurelles. Les problèmes du sous-développement, de l'accélération du progrès technique, l'imbrication du social, de l'économique, du politique et du culturel, l'accélération des changements, tout les incite à donner la priorité aux évolutions structurelles.

À cette fin, ils tentent de préciser :

– une dynamique générale des structures ;
– le rôle du pouvoir, tant dans le fonctionnement de l'économie, que dans les évolutions structurelles ;
– une approche systémique de l'économie.

1. Vers une dynamique générale des structures.

Les hérétiques « à la Schumpeter » découpent bien un champ économique. Le fonctionnement et l'évolution structurelle de l'économie ne dépendent cependant pas, pour eux, des seules interactions entre variables, données ou structures économiques. Le champ de l'économie qu'ils définissent est plus ouvert qu'autonome.

A) Tous les hérétiques « à la Schumpeter » donnent ainsi une place importante aux structures d'encadrement (population, technique, institutions, culture…).

Ils ne se contentent d'ailleurs pas de donner à ces structures une influence ; ils essaient de voir comment elles dépendent des structures économiques proprement dites. Pour reprendre la distinction entre les facteurs exogènes (déterminés indépendamment du fonctionnement de l'économie) et les facteurs endogènes (déterminés par le fonctionnement de l'économie), ils tentent de rendre endogène l'évolution d'une partie des structures d'encadrement. Ainsi, la population active devient un élément en partie déterminé par la structure de la production[6]. Bien sûr, il est impossible de rendre endogènes toutes les structures d'encadrement. Une dynamique générale est possible ; une dynamique totale est illusoire. Elle se heurte d'ailleurs à la nature même de la science, qui est d'abord découpage de la réalité perçue. Tout au plus peut-on mettre en relation *la structure*, *l'événement* et *l'histoire*. L'économiste italien De Maria a ainsi introduit la notion de propagateur. Certains de ces propagateurs étant des événements historiques qui entraînent de brutales transformations. (Exemple : l'OPEP et la guerre du Kippour

---

[6]. L'emploi tertiaire non qualifié a, par exemple, un rôle d'appel sur le marché du travail et amène le gonflement de la population active.

transforment l'équilibre géopolitique mondial et, par là, l'évolution économique. Toutefois, l'OPEP et la guerre du Kippour sont aussi, en partie, les résultats d'une évolution d'ensemble. Ils sont des seuils de rupture et jouent le rôle de catalyseurs d'une situation où les distorsions structurelles deviennent de plus en plus graves.)

B) Tous les hérétiques « à la Schumpeter » donnent un rôle important aux contradictions et tensions structurelles.

Nous avons vu ainsi, dans le chapitre sept, comment les évolutions techniques, économiques, sociales, politiques et culturelles peuvent être des éléments explicatifs du chômage et de la crise.

C) Tous les hérétiques « à la Schumpeter » recherchent les effets de propagation.

Ils s'intéressent aux effets des transformations d'une structure sur une autre et sur son évolution. Ainsi, dans l'étude du sous-développement, on étudiera les conséquences de l'introduction de la monnaie sur les structures sociales et économiques des sociétés traditionnelles. On pèsera ensuite les conséquences de la *déstructuration* des sociétés traditionnelles sur la croissance de la production ou encore sur la croissance urbaine.

D) Tous les hérétiques « à la Schumpeter » mettent en évidence des seuils de ruptures.

Un ensemble de structures peut connaître des tensions, des contradictions entre des évolutions structurelles sans pour autant perdre sa cohérence. En revanche, il vient un moment où tensions et contradictions deviennent si intenses qu'il y a rupture, effondrement de l'ancienne cohérence et restructuration d'ensemble. On peut rapprocher cette notion de *seuil de rupture* de l'application à l'économie de la théorie des catastrophes. Là encore, on trouve chez Marx une application des seuils de rupture ; *les crises* sont des moments où les contradictions ne sont plus tolérables par le système; elles permettent leur résolution, mais, de crise en crise, on aboutira à une situation où il ne sera plus possible au système de retrouver sa cohérence. La grande différence entre marxistes et schumpétériens réside dans le nombre et la nature des contradictions prises en compte. Les schumpétériens se refusent à s'enfermer dans « l'économisme » marxiste.

Reste à trouver quel est l'élément déterminant de *la cohérence* d'un ensemble de structures. Pour les schumpétériens comme pour les marxistes, il ne peut s'agir d'un *équilibre* naturel ou aléatoire. La cohérence d'un ensemble structurel est liée à l'existence de rapports de forces et de domination au pouvoir, ce grand absent de la plupart des développements théoriques d'une science des choix rationnels.

2. La prise en compte du rôle du pouvoir.

À ses origines, la science économique est une science du pouvoir. Les économistes sont les conseillers du roi. D'Oresme à Colbert, en passant par le chancelier Gresham, ils cherchent à élaborer une politique économique. Juste avant les grands classiques britanniques, les physiocrates du XVIIIe siècle, tout en se référant à un droit et à un ordre naturels, se veulent les conseillers des « despotes éclairés ». Bien plus, l'économie qu'ils décrivent est celle des relations entre les classes sociales (dont une classe stérile), en lutte pour le partage du *produit net*.

Adam Smith consacre de nombreux développements à la politique publique. Ricardo s'intéresse à l'impôt et à la politique monétaire. La théorie de la rente, la loi d'airain des salaires, le caractère résiduel du profit, ont le pouvoir au cœur.

Marx héritera de la vision des grands classiques et la systématisera. Toute son analyse se fonde sur des rapports de pouvoirs. Parallèlement, le courant qui, tout au long du XIXe siècle et dans le début du XXe siècle, représente ce que nous nommons, aujourd'hui, les hérétiques « à la Schumpeter », s'intéresse aux phénomènes de pouvoir, d'influence, de subordination[7].

A) La reconquête du champ du pouvoir par les hérétiques « à la Schumpeter ».

À partir de la seconde moitié du XIXe siècle, les descendants d'Adam Smith ne se sont pas simplement désintéressés du pouvoir, ils ont, en fait, posé des principes méthodologiques qui l'ont exclu du champ de l'économique. En rejetant ces principes méthodologiques les hérétiques « à la Schumpeter » sont, du même coup, amenés à réinterpréter les phénomènes économiques en termes de rapports de pouvoirs.

– *Rejet de la distinction entre l'économique et le social.* Il découle de l'élargissement du champ économique réalisé par les hérétiques « à la Schumpeter » et de l'approche pluridisciplinaire dont ils affirment la nécessité. Or, cette distinction permet de faire le tri entre ce qui est objet de science – le domaine de la rentabilité prévue – et ce qui n'est que palliatif et correction risquant de gêner la rentabilité. L'ensemble des phénomènes de marginalisation, d'exploitation, d'affrontements sociaux était ainsi rejeté hors de la science et livré à l'art politique et à la prudence.

– *Rejet de la distinction entre les fins et les moyens.* Pour les hérétiques « à la Schumpeter », fidèles à l'approche systémique, les actions humaines sont, d'abord et avant tout, des actions finalisées. On ne peut comprendre les choix des moyens sans les référer aux fins poursuivies. Or, pour les descendants d'Adam Smith, cette distinction permet de faire sortir un peu plus le pouvoir du champ de l'économie. Seuls, les choix dans l'utilisation des moyens rares relèvent de la science économique. Les fins ressortent à la morale et à la politique.

---

7. On notera ici que l'économiste autrichien Böhm-Bawerk, qui fut un des maîtres de Schumpeter, publia, en 1914, un livre intitulé *Pouvoir ou lois économiques.* Il y conclut cependant que le pouvoir n'influence la vie économique que s'il se conforme aux *lois économiques* ; c'était revenir à la position des physiocrates.

LE SOUS-DÉVELOPPEMENT DANS L'OPTIQUE DES HÉRÉTIQUES « À LA SCHUMPETER »*

Nous avons vu que *l'approche smithienne* d'un Arthur Lewis consistait à étudier l'incompatibilité entre la situation d'un pays sous-développé et l'application de *la science des choix rationnels*, seule capable de permettre une allocation optimale des ressources.

Le marxistes élargissent les contradictions capitalistes à l'échelle mondiale. Ils font du sous-développement le résultat d'une exploitation des pays de la périphérie par les pays du centre en transposant, au niveau mondial, les concepts de prolétariat et de bourgeoisie – cela est plus net chez les marxistes tiers-mondistes ou maoïstes que chez les marxistes orthodoxes. Cela n'empêche nullement l'existence d'une lutte des classes à l'intérieur des pays développés et des pays en voie de développement. L'internationalisation de la production à laquelle aboutit la situation actuelle ne fait alors qu'accentuer le caractère antagoniste du mode de production capitaliste. Le sous-développement est le produit de l'impérialisme et de ses avatars colonialistes ou néocolonialistes.

Pour les hérétiques « à la Schumpeter », la situation de sous-développement est liée à un état de dépendance économique, sociale et culturelle. Il diminue leur dynamisme et peut mener le développement dans des impasses. Les dominations font le sous-développement.

Pourtant, une situation de dépendance n'est pas le propre d'une économie sous-développée. L'Europe et le Japon subissent encore, aujourd'hui, la domination nord-américaine, et ils en tirent parti. Les investissements nord-américains ont facilité la renaissance économique européenne des années 1950 et 1960. L'Europe et le Japon ont pu s'approprier les avancées technologiques des États-Unis. Les effets de domination se sont transformés en effets d'entraînement.

Pourquoi des conséquences si différentes ?

Les hérétiques « à la Schumpeter » l'expliquent à travers des rapports entre *structures inégales*.

L'économie d'un pays développé est un ensemble de structures relativement *soudées* entre elles. « Quand le bâtiment va, tout va », dit le proverbe populaire expliquant cette interdépendance.

Les interdépendances entre toutes les branches et toutes les régions sont importantes. Bien plus, peu à peu, l'ensemble de ces structures sociales, politiques, culturelles et, évidemment, économiques, a été *organisé, soumis* aux impératifs de la croissance économique. Certes, des crises et des disfonctionnements existent. L'interdépendance ne signifie pas la solidarité ; elle peut se fonder

> sur l'exploitation. La croissance n'en demeure pas moins l'élément autour duquel est organisé l'ensemble des structures économiques, sinon l'ensemble des structures. C'est le résultat d'une longue évolution idéologique, sociale, économique et politique.
>
> Or, contrairement aux économies des pays industrialisés, les économies des pays sous-développés ne forment pas un tout. On parle souvent, à leur propos, *d'économie dualiste,* ou encore *d'économie désarticulée.* Derrière ces mots se cachent des réalités qui frappent toute personne arrivant dans un pays en voie de développement. Le contraste est grand entre les centres-villes à l'européenne ou à l'américaine et les quartiers non urbanisés, souvent repliés sur eux-mêmes. Des campagnes sont encore enfermées dans des économies de subsistance qui ne connaissent que marginalement la monnaie. Des plantations, des exploitations minières ou pétrolières ultra-mécanisées coexistent avec une paysannerie aux techniques millénaires. L'industrie se développe, mais elle se tourne vers l'exportation et la demande des groupes urbains privilégiés. Certes, il s'agit là d'images, mais elles révèlent un ensemble de structures fort différent de celui qui caractérise les économies des pays développés.
>
> À partir de ce constat, les analyses des hérétiques « à la Schumpeter » vont s'orienter dans deux directions :
> – Comment la mise en contact de sociétés et d'économies aux cohérences différentes a historiquement entraîné la déstructuration des économies traditionnelles et a fait apparaître des économies désarticulées et incohérentes.
> – Comment la désarticulation accentue les phénomènes de domination qui paralysent la croissance.
>
> Dans cette perspective, une politique de développement est, d'abord, une politique de modifications structurelles permettant à l'économie et à la société de retrouver une cohérence interne.

– *Rejet d'une division radicale entre les données et les variables.* Les hérétiques « à la Schumpeter » tentent d'élucider les évolutions structurelles, voire « d'endogénéiser », au moins en partie, ce que l'on nomme les structures d'encadrement. Or, dans le fourre-tout des données, on retrouve tous les éléments de ce qui permet des phénomènes d'influence et de subordination (propriété privée, institutions, pouvoirs sociaux). En ne s'intéressant qu'au rôle des variables dans une situation dont les données ne changent pas, les descendants d'Adam Smith éliminent tout ce qui permet d'étudier le rôle du pouvoir. Notons au passage que la distinction entre la courte période et la longue période aboutit à un résultat identique. En effet, dans la courte période les modifications de structures sont censées n'avoir aucune influence.

– *Rejet des raisonnements en terme d'équilibre au profit d'une approche dynamique.* La dynamique implique l'existence de force et de pouvoir que la statique peut exclure. Lorsque le modèle de référence est le fonctionnement théorique du marché en situation de concurrence pure et parfaite, les seuls phénomènes de pouvoir qui sont pris en compte ne peuvent être introduits, comme l'écrit François Perroux, « que par la porte étroite de la concurrence monopolistique ». Dans un tel système, l'État n'est plus qu'une donnée d'encadrement, un « État gendarme » assurant la paix du marché. La science des choix rationnels ne fait pas bon ménage avec la raison du plus fort, dont les hérétiques « à la Schumpeter » veulent étudier les tenants et les aboutissants.

B) L'envahissement du champ de la science économique par les phénomènes du pouvoir.

Les verrouillages ayant sauté, l'ensemble du champ économique a pu être réinterprété. Nous sommes ici bien au-delà d'une analyse marxiste qui lit l'économie à travers un certain type de rapports de pouvoir, ceux qui s'expriment dans les rapports de production. Ce n'est pas simplement dans la fixation des prix ou dans la répartition des revenus que sont, dorénavant, étudiées les actions d'influence, d'imposition ou de subordination.

François Perroux[8], qui est, sans doute, l'économiste ayant poussé le plus loin l'intégration du rôle du pouvoir dans la théorie économique, a mis ainsi en lumière :

– les phénomènes de propagation, notamment, du progrès technique ;

– les phénomènes de structuration de l'espace, tant national qu'international, par des *pôles de développement* liés à des industries industrialisantes ;

---

8. C'est d'ailleurs à lui que nous empruntons l'analyse de la réintégration du pouvoir dans la science économique.

– les effets de domination exercés par une économie sur une autre, qui renouvellent l'analyse de l'impérialisme.

Aujourd'hui, la théorie de l'échange international et l'analyse du rôle de la firme multinationale permettent de nouveaux développements de ce que l'on peut appeler l'*échange inégal*.

Dans tous les domaines, aux équilibres smithiens se substitue peu à peu une relecture de l'économie où prédominent les affrontements, les déséquilibres de situations, les stratégies. Il n'y a plus de « mains invisibles », mais l'action de pouvoirs concrètement situés.

3. Une approche systémique de l'économie.

Les hérétiques « à la Schumpeter » s'intéressent particulièrement aux structures, c'est-à-dire aux relations entre des éléments. Mais, au-delà de ces relations, se pose la question de la cohérence des structures entre elles, de la cohérence de leur agencement d'ensemble et de son évolution.

Les *relations de pouvoir* sont, certainement, l'instrument de cette cohérence. Encore faut-il comprendre le sens de l'agencement d'ensemble, les *lois* qui gouvernent son organisation et son évolution. C'est l'objet de ce que l'on nomme une *approche systémique* ; découvrir le *principe organisateur* à partir duquel les relations peuvent être comprises (tandis que l'étude des relations ne permet pas de saisir pleinement le principe organisateur).

A) L'évolution de l'idée de système en économie.

À vrai dire, les économistes ont eu très tôt une approche systémique minimale. Lorsque, au XVIIe siècle, l'économiste français Pierre de Boisguilbert recherche les interdépendances entre les professions et compare le fonctionnement de l'économie aux mécanismes d'une horloge, il conçoit l'économie comme un système. Les physiocrates analysent, de leur côté, l'économie à partir des relations qu'entretiennent des classes et tracent les premiers tableaux économiques d'ensemble.

LE COMMERCE INTERNATIONAL : DE L'ÉCHANGE ÉQUILIBRÉ À L'ÉCHANGE INÉGAL*

Qu'il s'agisse de l'économie nationale ou de l'économie internationale, les smithiens ont une foi absolue dans les avantages de l'échange. Chaque unité économique (individu ou nation) à la recherche de son intérêt particulier participe à la satisfaction de l'intérêt général. Laissons le commerce international libre de toute entrave et chaque pays se spécialisera de telle manière que tous les partenaires de l'échange y gagneront et que la production mondiale sera plus importante. En fait, ils ne parviennent à ce résultat qu'en éliminant de leurs démonstrations les phénomènes de subordination et de dépendance.

Adam Smith a montré la voie d'un tel raisonnement. Pour lui, chaque pays a avantage à se spécialiser là où son coût de production, exprimé en heure-travail, est plus faible que dans les autres pays. Il peut ainsi produire en plus grand nombre les biens qu'il a le moins de peine à produire. Chacun produisant au moindre coût, pour une demande donnée, la demande sera par ailleurs plus importante et la production pourra s'élever.

Ricardo va plus loin. Il démontre que la division internationale du travail est même avantageuse quand un pays a des coûts absolus plus faibles pour toutes les productions, pourvu que les coûts relatifs soient différents. C'est la théorie des *coûts comparatifs,* ou encore des *avantages comparatifs.* Dans un exemple célèbre, où le Portugal produit, avec moins d'heures de travail que l'Angleterre, tant le vin que le drap (on remarquera la pertinence de l'exemple), Ricardo démontre que le Portugal a, malgré tout, avantage à se spécialiser dans la production de vin et l'Angleterre, dans celle de drap[1]. En fait, cette théorie ne dit pas comment se répartit le gain du commerce international. Il faudra attendre J.S. Mill pour voir ce problème abordé. Cependant, en l'absence d'une prise en compte des rapports inégaux, on conclut, en définitive, que ce sont en fait les pays pauvres et les petits pays qui profitent le plus du gain de l'échange.

La théorie ricardienne apparaît nettement plus inspirée par des considérations de circonstances (réduire la puissance des proprié-

---

1. André Piettre donne la démonstration suivante : Supposons que, pour un même nombre d'heures de travail, on obtienne :
– 5 mètres de drap et 100 litres de vin en Angleterre,
– 10 mètres de drap et 300 litres de vin au Portugal.

L'Angleterre a avantage à exporter son drap, et le Portugal, son vin. En effet, avec 5 m de drap, l'Angleterre obtiendra 150 l de vin, contre 100 l seulement chez elle, et avec 300 l de vin, le Portugal obtiendra 15 m de drap, contre 10 m seulement chez lui.

taires fonciers et asseoir la domination anglaise dans le monde), que scientifiques. L'économiste allemand Friedrich List l'attaqua violemment dès 1840. Elle n'en fut pas moins reprise par l'École néoclassique, qui lui donna une forme plus générale.

Dans sa reformulation néoclassique, la théorie de la division internationale du travail perd sa référence à la théorie de la valeur-travail. Tout dépend de la rareté relative du travail et du capital dans les pays participant à l'échange.

Dans ces conditions, comme l'écrit B. Ohlin, économiste contemporain, « l'échange international est un échange de facteurs abondants contre des facteurs rares : un pays exporte les produits dont la fabrication nécessite une grande quantité du facteur qu'il possède en abondance ». L'échange aboutit alors à uniformiser les prix des facteurs, puis l'exportation réduit la pléthore du facteur abondant et l'importation atténue la pénurie du facteur rare. Quels que soient les perfectionnements de l'élaboration théorique, on aboutit au même point : laissé à lui-même, l'échange institue une division internationale du travail profitable à tous.

Cet ensemble théorique ne résiste pas à l'introduction des *inégalités* structurales et aux rapports de pouvoir. Certes, on peut toujours s'abriter derrière la formule : « toute chose étant égale par ailleurs ». Il n'est pas inintéressant d'étudier, dans ces conditions, les facteurs économiques d'une spécialisation. Les limites de l'analyse lui enlèvent une grande partie de son intérêt. Sitôt que l'on introduit des situations d'inégalités, l'avantage de l'échange n'est pas évident.

Supposons que, *théoriquement,* il soit avantageux pour un pays en voie de développement de se spécialiser dans la production d'un produit primaire. En tirera-t-il véritablement avantage ?

L'échange met en relation des pays aux structures *inégales.*

Dans les pays industrialisés, grâce au progrès technique, la productivité a sans cesse augmenté. Une baisse des prix aurait dû s'ensuivre. En fait, les gains de productivité ont été récupérés, soit par les salariés, sous forme d'augmentation de salaires, soit par les entreprises pour financer des investissements supplémentaires, soit par les pouvoirs publics, afin de financer la croissance de leurs dépenses. Les prix demeurent constants, même quand la productivité augmente. En revanche, dans un pays en voie de développement, producteur de produits primaires, les augmentations de productivité ont tendance à se répercuter sur les prix. Les revendications de salaires y sont moindres, car l'organisation syndicale est à peine naissante. Dans le cas d'une production réalisée par des agriculteurs, les capacités de dépense des producteurs directs sont encore plus faibles. La production et, en tout cas, la commercialisation sont tenues par des firmes multinationales qui ont, souvent, tout

> avantage à transformer les augmentations de productivité en baisses des prix. Elles récupéreront les bénéfices dans les pays industrialisés, où elles possèdent des entreprises de transformation.
>
> D'un côté, les pays industrialisés peuvent, par leur structure, retenir leurs gains de productivité; les pays en voie de développement sont, au contraire, amenés à les rétrocéder. Les causes de la détérioration des termes de l'échange (du pouvoir d'achat des matières premières) s'enracinent dans les inégalités structurelles des économies et des sociétés. L'évolution différentielle des prix, dans le cadre d'une division internationale du travail, oblige les pays du Tiers-Monde à fournir des quantités croissantes de produits primaires pour obtenir les mêmes quantités de produits manufacturés. Dans ces conditions certains pensent que seuls, les renversements de rapports de forces et de l'équilibre géopolitique mondiaux peuvent changer cette situation.

Il faudra attendre Marx et surtout Keynes pour retrouver une approche systémique du même ordre. Le système keynésien permet ainsi la modélisation de l'économie en termes de flux et d'interdépendance globale et débouche sur les *systèmes* des comptabilités nationales.

Les classiques ont décrit, de leur côté, l'économie comme une machine parfaitement réglée, voire capable d'autorégulation, grâce à la main invisible des mécanismes du marché. En fait, même s'ils pensent l'économie en termes de système total, les classiques, et principalement Ricardo, ouvrent la voie à l'utilisation d'une *logique déductive,* qui s'éloigne des relations systémiques d'interdépendance finalisée.

L'équilibre général de Walras retrouvera, bien sûr, les interdépendances d'ensemble et l'idée de système, Malheureusement, le « système » walrassien est un système fermé. Il fonctionne essentiellement comme une oscillation autour d'un point d'équilibre. Il ne permet pas de comprendre les transformations entre les relations, les structures. La logique déductive peut s'y déployer à l'aise. Le système walrassien ne prend, en effet, en compte ni les relations du système avec l'environnement ni ses relations avec les finalités auxquelles il faut se référer pour comprendre le développement d'un organisme. Walras se situe dans le cadre d'une économie pure.

Au XIXe siècle, l'idée de système sera essentiellement développée par l'École historique allemande et Karl Marx. En voulant étudier les lois du développement économique d'une nation (l'École historique allemande) ou les lois du développement des sociétés (Karl Marx), ils mettent l'accent sur *l'organisation* et *la cohérence de l'organisation* des structures nationales ou du mode de production capitaliste. Ils préfigurent les approches systémiques des schumpétériens actuels. Cependant, il existe de profondes différences entre leur conception et celle des hérétiques « à la Schumpeter » actuels. L'École historique allemande (comme, plus tard, les institutionnalistes américains des années 1930) accentue l'aspect descriptif, au point de nier la possibilité d'une élaboration théorique. K. Marx demeure un homme du XIXe siècle, recherchant la *cause* explicative. Le raisonnement dialectique est plus en accord avec une approche systémique, mais la *déduction* prédomine.

B) L'approche systémique des hérétiques « à la Schumpeter » actuels.

L'approche systémique des hérétiques « à la Schumpeter » actuels se rattache, en fait, à la théorie des systèmes qui, aujourd'hui, envahit progressivement l'ensemble des sciences. Il s'agit, en réalité, d'une nouvelle théorie de la connaissance, dont nous avons déjà comparé la méthode à la méthode cartésienne[9].

1. L'intérêt de l'approche systémique actuelle est qu'elle permet une nouvelle formalisation mathématique. Cette dernière s'enracine sur ce que l'on a souvent pris l'habitude d'appeler les mathématiques modernes de la théorie des ensembles ou de l'algèbre booléenne.

Certes, toute formalisation mathématique comporte un risque. Lorsque les mathématiques permettent des

---

9. Cf. p. 509.

raisonnements logiques rigoureux, la déduction prime sur l'expérience et l'humble description des faits.

Ce risque est, cependant, modéré, car l'approche systémique actuelle va de pair, chez les hérétiques « à la Schumpeter », avec une conception structuraliste de la connaissance. Comme nous l'avons vu à propos de la rationalité économique, dans cette conception, la structure n'est pas dans la réalité, mais dans la manière dont nous organisons ce que nous en percevons. « Le monde n'est pas rationnel, mais rationalisable », écrit H. Bartoli. L'économiste est ainsi incité, comme tout scientifique, à l'humilité. Sa perception du monde n'a pas de valeur en soi. Elle n'est pas la vérité. Elle ne peut être validée que si elle permet une *praxis*. L'économiste est alors amené à s'interroger sur la nature de cette *praxis*, ses modalités, ses objectifs, ses bénéficiaires. Il ne peut demeurer enfermé dans les sphères de cristal des formalisations intempestives et des logiques déductives en tout genre.

2. Il reste qu'une grande interrogation surgit : d'où vient cette capacité à organiser la perception du réel ? D'où provient cette connaissance structurante qui interpose entre l'homme et la réalité des systèmes de signes, de représentations, qu'il confond avec la réalité et lui permet l'action ?

Sur ce point, le structuralisme tel qu'il est parvenu aux sciences de l'homme, à travers la linguistique[10], l'ethnologie, est incapable de répondre. Il ne s'intéresse pas à la genèse des systèmes de signification. Mettant le projecteur sur la relation, il exclut l'origine de l'impératif d'ordonnancement que possède l'esprit humain. Quand on lit certaines des descriptions ethnologiques qui ont précédé celles d'un Lévi-Strauss, on comprend la réserve et le silence de ce dernier. Certaines de ces approches relèvent d'un fonctionnalisme utilitaire tout aussi naïf que la croyance dans une « nature humaine » transcendant l'histoire et la société.

---

10. Le linguiste F. de Saussure reconnaît avoir emprunté son système à Walras.

3. L'appel à « l'anthropologie fondamentale » de R. Girard.
Depuis une dizaine d'années, l'ethnologue et philosophe R. Girard apporte à cette question une réponse nouvelle, fondée sur le rôle de la violence dans l'évolution des sociétés humaines. Elle s'appuie sur un certain nombre d'avancées de l'ethnologie et tente un dépassement du structuralisme statique. Deux économistes ; M. Aglietta et A. Orléan, ont transféré à l'économie les hypothèses de R. Girard. Nous examinerons plus loin, dans notre chapitre de conclusion, les conséquences que ces deux hérétiques « à la Schumpeter » en tirent dans leur livre *La Violence de la monnaie*. Nous voudrions noter ici ce qu'apporte, à notre avis, à la théorie structuraliste de la connaissance, « l'anthropologie fondamentale » de R. Girard.

Pour cet auteur, les sociétés humaines ont la violence au cœur. Cette violence est capable d'entraîner la liquidation des groupes humains. En effet, contrairement aux autres animaux vivant en groupe, l'homme risque de tourner prioritairement la violence vers les autres membres du groupe. Dans l'annexe suivante, nous verrons pourquoi cette violence est liée au comportement d'imitation qui anime toute l'espèce animale, et quelles ont été, selon R. Girard, les diverses voies explorées par l'homme pour la canaliser.

Disons pour l'instant, en résumant jusqu'au simplisme la pensée de R. Girard, que la société, ses interdits et ses rituels ont été la première voie explorée par les êtres en voie d'hominisation pour détourner et contrôler la violence. Lorsque la crise de violence se déclenche et risque de détruire le groupe, alors les énergies de tous, la violence de tous se retournent contre un seul : *la victime émissaire*. Le groupe retrouve son union et sa paix intérieure (les persécutions, la guerre extérieure, les lynchages sont encore, dans nos sociétés contemporaines, des exemples de « l'efficacité pacificatrice » du meurtre collectif). Ainsi, sont institués les rites et la reproduction mythique du meurtre fondateur. Grâce au sacrifice religieux, on reproduit, sans risque, la crise de violence et l'union de tous contre la victime nécessaire.

Peu à peu se développe alors une *pensée religieuse* – « les mythes, les rituels, les systèmes de parenté sont les premiers résultats de cette pensée ». D'elle va naître le langage pour nommer ce qui est bon, ce qui est mal, célébrer le rite, différencier la structure. « Longtemps, le langage reste imprégné du sacré, et ce n'est pas sans raison qu'il paraît très réservé au sacré et octroyé par lui. » De là va naître aussi l'art, qui participe du même mouvement, de la même sphère du sacré. Peu à peu, la pensée religieuse différencie ; il y a les femmes que l'on peut prendre et celles que l'on ne doit pas prendre ; il y a le parricide et l'inceste ; il y a ce qu'il faut faire et ne pas faire. Certaines des distinctions imposées par les rites et les coutumes nous paraissent, aujourd'hui, arbitraires et sans objet. Au sein d'une culture vivante, l'arbitraire est souvent difficile à comprendre. Il émerge douloureusement des connaissances plus empiriques des causes. Si un virus totalement inconnu et mortel apparaissait, la communauté scientifique serait amenée à faire prendre des précautions dont un grand nombre apparaîtrait sans objet lorsque le virus serait identifié. Il faut interpréter de la même manière les précautions des premiers hommes contre le virus de la violence.

« Les mécanismes de discrimination, d'exclusion et de conjonction qui s'enracinent dans le processus fondamental (de la victime émissaire) s'exercent d'abord sur lui, et ils produisent la pensée religieuse, mais ils ne sont pas réservés au religieux. Nous ne pouvons pas nous offrir le luxe de les rejeter, ou même de les mépriser, car nous n'en avons pas d'autres. »

La pensée « sauvage », la pensée religieuse, la pensée scientifique ont une même origine et obéissent à des mécanismes identiques.

L'angélisme scientifique relève, écrit encore R. Girard, « d'une répugnance profonde… à admettre que le vrai puisse coexister avec l'arbitraire, peut-être même s'enraciner dans cet arbitraire. Il faut avouer qu'il y a là pour nos habitudes de penser une difficulté réelle. L'idée que la pensée vraie et la pensée dite mythique ne diffèrent pas essentiellement l'une de l'autre, nous paraît scandaleuse ».

C'est là pourtant une idée dont on n'a pas encore épuisé la fécondité pour la recherche, la science, la communication et, finalement, la pédagogie. Elle inspire largement la conception de cet ouvrage.

*

Mais de quel point de vue les hérétiques « à la Schumpeter » examinent-ils l'économie ? Ce point de vue ne semble pas, *a priori,* refléter la stratégie d'un groupe social. Nous sommes souvent loin de préceptes d'action. On dirait souvent que leur approche a pour seule fonction de produire des connaissances et, surtout, de critiquer l'approche des autres. En fait, ils voient l'économie du point de vue des clercs, des intellectuels. Certains mettent même en question la possibilité de donner des conseils pertinents. Leur discours « se veut essentiellement réflexif et abandonne sans appel les agents économiques à la violence[11] ». C'est bien, au soir de sa vie, l'attitude de Schumpeter, ce professeur qui ne réussit jamais à être un homme d'action. Ce n'est que si leur approche est réappropriée par d'autres forces sociales qu'elle aura des effets réels (cela est vrai de toute recherche scientifique) à moins que, dans les sociétés à venir, les intellectuels ne se constituent en une force sociale autonome – *l'intelligentsia* ; mais peuvent-ils être autre chose qu'une force de contestation ?

4. Liberté de l'homme et loi du développement des sociétés.

En étudiant les structures, en recherchant les causes de leur évolution ou mieux les lois du développement des sociétés, les hérétiques butent sur un obstacle méthodologique de taille : *a-t-on le droit de raisonner à partir d'ensembles non réductibles à des comportements individuels, et peut-on*

---

11. M. Aglietta et A. Orléan.

rechercher des lois du développement des sociétés tout en affirmant la liberté des individus ?

Ce que l'on nomme l'individualisme méthodologique répond négativement à ces deux questions. La réponse de toute une partie des hérétiques actuels est plus complexe et nuancée.

Tout d'abord, on peut fort bien raisonner à partir de phénomènes globaux en les considérant comme le résultat de comportements individuels mais sans, pour autant, connaître les mécanismes de la transformation des comportements individuels en phénomènes globaux. Il serait catastrophique d'abandonner la macroéconomie sous prétexte qu'on ne connaît pas la manière dont s'établit la liaison entre les choix individuels et les relations macroéconomiques.

Ensuite, si l'équilibre walrassien et les analyses néoclassiques répondent en apparence aux exigences de l'individualisme méthodologique, sont-ils pour autant plus respectueux de la liberté des hommes et de leur capacité de choix ? Je pense, pour ma part, qu'il flotte dans bien de ces analyses un parfum de déterminisme qui rappelle les lois de la gravité de Newton, comme le matérialisme dialectique rappelle celle de la thermodynamique d'antan. En fait, la dynamique des structures et l'approche systémique de bien des hérétiques sont très loin de la recherche de lois déterministes.

Il s'agit plutôt de décrire de la manière la plus précise possible comment peut être perçue une situation, en sachant que l'on a peu de chance de tout pouvoir embrasser. De toute manière, s'il en avait la possibilité, l'économiste n'empêcherait pas l'impondérable de bousculer le cours des choses. Les physiciens nous enseignent aujourd'hui que le hasard ne traduit pas nos ignorances mais « est une propriété intrinsèque du réel ». Il existe des états où la prévision est possible. Il en existe d'autres où l'on ne peut pas prévoir l'avenir mais seulement comprendre comment il se construit. C'est dans cette voie que s'oriente la physique des déséquilibres. C'est dans cette voie que s'avancent les hérétiques qui, par exemple, travaillent dans la prospective. Ils prennent conscience que l'avenir ne se prévoit pas mais se construit, et veulent éclairer l'action. En fonction de ce qu'ils cherchent, ils organisent ce qu'ils voient, émettent des hypothèses, détectent les contradictions, puis établissent des scénarios. Ils éclairent l'action et facilitent les choix et permettent d'entrer dans un avenir possible un peu moins à reculons qu'autrefois.

Enfin, l'approche de bien des hérétiques est fort éloignée d'un déterminisme des structures plus ou moins dérivé du marxisme. Leur « structuralisme » est situé d'abord dans la manière dont l'homme organise ce qu'il perçoit et construit sa connaissance. Les lois du développement des sociétés, comme toute loi scientifique, ne sont pour eux que des représentations mentales qui permettent d'organiser le perçu en fonction de leurs objectifs. Certes, cette « structuration » dépend de l'influence de l'environnement sur la connaissance et de son évolution, mais elle dépend aussi de la nature de l'homme et de son fonctionnement. De toute manière, cette conception de la connaissance en relativisant les lois économiques est un puissant antidote contre le rêve déterministe et permet aux hérétiques qui l'adoptent de vivre dans leurs contradictions.

Certains lecteurs peuvent être étonnés de la place que nous donnons à l'anthropologie fondamentale. Certains y verront une complaisance vis-à-vis de la nouveauté, sinon de la mode. En fait, cette introduction de l'anthropologie fondamentale et des conséquences qu'en tirent M. Aglietta et A. Orléan a surtout un but pédagogique. À travers elle, nous voulons montrer comment de nouvelles hypothèses permettent de renouveler l'approche économique, de lancer de nouveaux programmes de recherches et de donner un sens à des phénomènes jusqu'ici relativement mal compris. La violence de la *mimésis* est en quelque sorte un « objet pensé » qui apprend à voir.

Annexes

ANNEXE 1

**Les éléments d'une anthropologie fondamentale de R. Girard.
La violence et la victime émissaire.**

On trouvera l'essentiel de la thèse de R. Girard dans deux de ses ouvrages : *La Violence et le Sacré* et *Des choses cachées depuis la fondation du monde*.

Au point de départ, nous trouvons les phénomènes d'imitation, dont on connaît le rôle dans tout le règne animal. Ils ont toujours été quelque peu méprisés par les philosophes et les scientifiques. Ils évoquent trop, pour eux, le conformisme et la répétition. Gabriel de Tarde qui au siècle dernier les mit en honneur ne fit guère école.

En fait, l'imitation n'est pas que conformisme et répétition, elle est aussi *tentative d'appropriation,* capture, afin d'être encore plus conforme à l'autre. L'imitation appropriative est au centre des hypothèses de R. Girard.

Dans les sociétés animales, les conséquences de la *mimésis* sont presque instinctivement contenues. L'imitation ne débouche que très momentanément, et exceptionnellement, sur la violence, car, dès leur jeune âge, les animaux vivant en groupe acceptent des rôles de dominant et de dominé. La force physique du dominant assure alors la stabilité du groupe. La violence ne peut provoquer la destruction de la société animale et se reporte, tout entière, à l'extérieur du groupe.

Avec les anthropoïdes – qui vont devenir les hommes –, la croissance du cerveau ne permet plus la stabilité. L'intelligence atteint un niveau suffisant pour contrebalancer la force physique. Le faible sait aussi s'armer de pierres autrement efficaces que les branchages utilisés par certains singes pour effaroucher l'adversaire. Bien plus, le grossissement du cerveau va sans doute de pair avec le développement d'un imaginaire qui explique que l'homme soit le seul animal dont la sexualité n'est plus périodique. Les risques de conflits à propos des femmes du groupe s'aggravent.

L'imitation appropriative peut alors entraîner des *folies meurtrières,* des crises mimétiques, où chacun veut *capturer* l'autre, se l'approprier pour mieux l'imiter.

Ou les premières sociétés humaines trouvaient les moyens de détourner et de canaliser la violence originelle, ou elles disparaissaient. Elles ne pouvaient plus être régulées par la simple reconnaissance de la force physique du dominant.

La recherche sur l'origine des religions montre que la victime émissaire a été la première manière de ressouder le groupe. Le sacré, ses rituels et ses interdits perpétuaient ensuite la fonction pacificatrice de la victime émissaire, imposant notamment les interdits qui éviteraient le retour de la violence. La condamnation de l'inceste est, de ce point de vue, fort éclairante. Il est en effet absurde d'imaginer que les premiers hommes connaissaient les structures de la parenté, et encore moins la biologie. Ils ne faisaient, sans doute, aucun rapport entre l'acte sexuel et la naissance. Les interdits de l'inceste ont d'abord pour objectif d'éviter la violence à propos d'une dispute sur les femmes du groupe.

La monarchie et, dans sa foulée, le pouvoir politique ont la même origine et la même fonction. Le monarque s'enracine dans le sacré et est une forme de victime émissaire à qui la transgression est possible[1]. Dans bien des sociétés primitives, il est celui qui est mis à part, celui pour lequel les interdits ne jouent pas, notamment l'inceste ; celui qui, finalement, est parfois mis à mort, et pas simplement de manière rituelle. Dans le divin, le sacrifice vient avant ; dans la royauté, il vient après. Divinité et royauté constituent deux

---

1. Y compris de pouvoir mettre à mort un membre du groupe qui a transgressé les règles.

solutions au même problème. Mais si le divin tend à conjurer la violence par le sacrifice et le rituel, la royauté a le pouvoir de la prévenir en punissant ceux qui violent la règle.

L'ordre marchand et la monnaie, qui lui est étroitement liée ont aussi la même origine. Le meurtre et la violence sont d'abord déportés vers les objets appartenant à l'autre. Le vol est déjà, par rapport au meurtre de sang, une maîtrise de la violence. Les échanges rituels, les guerres rituelles avec enlèvement de prisonniers en nombre souvent bien déterminé et qui seront, par la suite, sacrifiés, participent eux aussi au même endiguement de la violence. Mais la capture de ce que possède l'autre est difficilement contrôlable par le rite. Alors apparaît la monnaie. Elle joue dans l'ordre marchand le rôle de la victime émissaire. Elle va être cette chose mise à part que personne ne consomme (qui n'a pour personne une valeur d'usage) et que tout le monde va poursuivre, chercher à accumuler ; comme l'écrivent M. Aglietta et A. Orléan : « une société capable de détourner le désir sur l'accaparement des objets, de maintenir une distance entre la "valeur d'usage" que l'on convoite et la personne du rival qui la possède, peut supporter une violence beaucoup plus grande qu'une société dans laquelle les objets sont les symboles représentatifs des personnes vivantes ou mortes ».

Nous voilà loin de la fable du troc primitif et de l'invention rationnelle de la monnaie. Nous verrons, dans le chapitre de conclusion, les conséquences de cette « anthropologie fondamentale » pour les théories de la valeur et de la monnaie.

On comprend mieux les relations que semblent entretenir ces trois institutions que sont : *le sacré*, *le pouvoir politique* et *la monnaie*. Elles ont toutes trois même fonction, et des rapports ambigus avec la violence.

R. Girard tire bien d'autres conséquences de cette anthropologie fondamentale. Ainsi, la chasse et l'élevage, leur apparition dans le domaine économique, n'ont plus une origine utilitaire. Ces deux activités n'ont pas eu d'abord un objectif alimentaire. On oublie que l'être en voie d'hominisation descend directement de végétariens et qu'il ne devient omnivore que progressivement. Pour comprendre la chasse, l'organisation et les rites qu'elle suscite (cf. les peintures préhistoriques), il faut la ramener à l'activité sacrificielle.

« Le gibier est perçu comme un remplaçant de la victime originaire, monstrueuse et sacrée. » La *domestication des animaux* a la même fonction. L'explication économique de la domestication est invraisemblable. Il a fallu, le plus souvent, des centaines d'années pour parvenir à des *races domestiques*. Il aurait donc fallu que les premiers hommes se disent : « Traitons les vaches et les chevaux comme s'ils étaient déjà domestiqués, et nos descendants, dans un avenir indéterminé, jouiront des avantages de l'élevage. » En fait, les rituels du sacrifice ont fourni le motif de la domestication future ; la victime émissaire est devenue le *bouc émissaire*.

Bien entendu, dans le même mouvement d'enfouissement de la violence, l'origine réelle de nos institutions et de notre pensée a été, peu à peu, engloutie par des explications plus apaisantes.

On peut émettre l'idée que les recherches tâtonnantes des causes, à partir desquelles s'est développée la pensée, participent aussi à cet apaisement de la violence originelle. Elles rejettent la cause hors du groupe ; elles objectivisent l'origine de la peur et du mal. La *causalité* a, elle aussi, un fondement subjectif et entretient des liens étroits avec la violence.

Nous ne trouvons plus que des traces de la violence fondatrice. Toute l'histoire de l'humanité tend à effacer ce fondement pour essayer d'extraire de son sein la violence, qui risque toujours, à tout moment, de la détruire[2].

---

2. Pour R. Girard, historiquement, seule la tradition judéo-chrétienne a affronté le rôle de la victime émissaire, tenté de renverser sa logique, ses conséquences religieuses. Nous retrouvons dans la tradition judéo-chrétienne le meurtre fondateur (Caïn et Abel, Jacob et Ésaü, Joseph et ses onze frères), mais il est condamné. Les mythes bibliques et, surtout, le Nouveau Testament constituent une rupture dans la pensée religieuse. Le meurtre fondateur y révèle, mais pour être rejetée, la violence qui n'est plus sublimée. Mais la tradition religieuse a essayé d'enfouir ce dévoiement et tire l'interprétation de la Bible et de l'Évangile dans la voie du sacrifice meurtrier nécessaire et des rituels religieux traditionnels, alors qu'ils en étaient la dénonciation.

ANNEXE 2

L'approche systémique et l'élaboration de modèles économiques*

La notion d'interdépendance générale qui sous-tend toute approche systémique se retrouve dans tous les modèles économiques.

Un modèle économique est la représentation de phénomènes économiques par un système d'équations qui permet, soit de prévoir son évolution, soit de tester l'effet de certaines décisions, soit encore de rechercher les conditions d'une solution optimale. Il est la mise en œuvre la plus spectaculaire de l'approche systémique dans le domaine économique.

Il faut bien distinguer les modèles *abstraits,* qui relèvent de l'économie mathématique, et les modèles *concrets*. L'économie mathématique analyse, de manière abstraite, les relations entre les variables et en tire un certain nombre de conséquences théoriques. Tel est le sens du modèle walrassien d'équilibre général. Les modèles économétriques partent de données chiffrées. Ces données quantitatives utilisées peuvent être des données *théoriques* définies *a priori,* ou des données *observées*. Ce sont ces modèles concrets qui seront analysés ici. Ces dernières années, ils ont pris une importance croissante, grâce au progrès de l'économétrie, de la statistique, de l'accumulation théorique et de l'informatique.

La mise au point de modèles quantitatifs est une approche très ancienne. Parmi les premiers, on peut citer le modèle élaboré par Quesnay en 1758, parallèlement à l'élaboration de son tableau économique d'ensemble. Tout au long du XIXe siècle, les auteurs, pour appuyer les démonstrations, ne se privaient pas de construire des modèles théoriques, à partir de quantités définies *a priori*. Les démonstrations de Ricardo à propos des coûts comparatifs, ou encore, celles des rapports entre les deux secteurs de l'économie, faites par Karl Marx, sont des exemples d'une telle démarche. À cette époque, l'économie quantitative se cantonne, le plus souvent, dans une tâche d'observation. L'étude de la *conjoncture* amena cependant, assez tôt, parfois par des applications assez triviales, comme la prévision boursière, un premier développement prévisionnel. Il s'agissait de tirer des conséquences de l'évolution parallèle, divergente ou décalée, de plusieurs séries statistiques. Le plus célèbre des « baromètres » fut celui d'Harvard. Son fiasco est demeuré célèbre : en 1929, il s'obstinait à prévoir la reprise, alors que la Bourse de New York s'effondrait, entraînant avec elle le système bancaire américain et l'économie mondiale.

Cet échec des baromètres va être le point de départ des progrès considérables de l'*économétrie*.

L'économétrie, dit l'*Encyclopædia universalis*, peut être définie « comme l'application des méthodes d'induction statistique, afin de vérifier les relations suggérées par la théorie économique ». Ainsi peut-on parvenir à des modèles économiques chiffrés simulant le fonctionnement de l'économie.

Au départ, ses ambitions étant modestes, son application portait sur des marchés particuliers et des problèmes limités. Après 1929, on tenta d'appliquer ses méthodes à l'ensemble de l'économie. Dans les années trente, ses promoteurs, en France, furent R. Roy, F. Divisia et E. Milhau, puis le groupe X. Crise. C'est à cette époque que fut créée la célèbre revue *Econometrica*.

Les progrès de l'économétrie actuelle et sa capacité à permettre l'élaboration de modèles de plus en plus ambitieux, vont être accélérés :

1. Par les progrès des statistiques. À partir des années 1930, et surtout depuis 1945, la collecte des données statistiques va devenir systématique. On va pouvoir ainsi posséder des séries longues et fiables dans un très grand nombre de domaines (démographique, économique, financier, social…). Bien plus, à partir de 1945, des systèmes de comptabilité nationale sont mis en place ; ils fourniront des données *macroéconomiques* cohérentes entre elles. Toutefois, sans des progrès parallèles dans la science statistique, cette accumulation de données chiffrées n'aurait pu être intégrée dans la construction des modèles économiques.

L'avancée décisive dans ce domaine a été *la théorie de la régression*. Elle peut s'appliquer à toute donnée statistique. Cette théorie concilie deux éléments contradictoires : tenir compte d'un ensemble complexe d'éléments qui interagissent les uns sur les autres ; être, cependant, utilisable, ce qui suppose que les phénomènes complexes sont maîtrisables. La régression permet, à partir de séries statistiques, d'exprimer l'action d'un facteur et de faire intervenir l'action des autres facteurs sous la forme d'un résidu dont on peut mesurer l'effet.

2. Le progrès de la *macroéconomie,* inspirée essentiellement, au départ, par l'approche keynésienne, a été l'impulsion théorique décisive. Même si, aujourd'hui, des modèles s'élaborent en dehors de cette optique, c'est la macroéconomie qui demeure l'application centrale de la modélisation économique. Non seulement la macroéconomie permet une approche systémique relativement simple, mais elle répond aux besoins des gouvernements. Au départ, on a tenté de dynamiser l'analyse de l'économie en termes de circuits. La combinaison, par Samuelson et Hansen, du multiplicateur keynésien et de l'accélérateur, a été aussi un premier pas théorique. On a, ensuite, cherché à affiner l'intégration des anticipations et à élargir le nombre de variables pouvant être prises en compte. On a, enfin, cherché à passer de ces modèles directement déduits de la théorie à des modèles de type économétrique intégrant le maximum de données chiffrées et des démarches plus empiriques. Dans ce domaine, les recherches de Leontief, à Harvard, et de Tinbergen, aux Pays-Bas, ont été assez décisives.

3. Aujourd'hui, l'informatique permet de nouvelles avancées. On peut résoudre des systèmes d'équations qui auraient autrefois exigé plusieurs milliers d'heures. On peut intégrer à des systèmes complexes des équations qui ne relèvent pas du même fondement théorique. Certain bloc d'équations, fondé sur une première approche, permet de fournir un certain nombre de résultats à un autre bloc dont le fonctionnement a une tout autre base théorique. Ainsi, le modèle français DMS (modèle dynamique multisectoriel) a environ 1 900 équations, dont 250 de comportement. Il peut faire intervenir simultanément 400 variables exogènes. Il intègre les résultats de 2 500 séries statistiques. Il est organisé en 32 blocs de 98 équations, qui ont chacune pour fonction de déterminer une série de résultats.

Ces différents progrès permettent aujourd'hui d'envisager la construction de modèles hors du domaine privilégié de la macro et de la microéconomie. De nouveaux traitements de données (l'analyse factorielle ou l'analyse de similitude) permettent de dépasser le temps des modèles ne pouvant pas prendre en charge des données plus qualitatives (notamment sociales). Des tentatives ont actuellement lieu pour appliquer l'économétrie à la dynamique structurelle. D'autres modélisations tentent de tourner la difficulté de l'expérimentation dans le domaine de l'économie. Partout, l'informatique permet de réaliser des modèles dont l'élaboration et, surtout, le fonctionnement étaient autrefois hors de portée des économistes. On peut unir des données empiriques à des champs théoriques différents. Cette liaison entre l'empirisme et la théorie offre des possibilités jusqu'alors inconnues. Une recherche purement empirique n'est pas possible et, à la limite, devient même dangereuse, car elle aboutit à rapprocher des données sans rapports entre elles. Il est nécessaire que la théorie oriente la recherche des relations. Or, suivant les domaines, ce ne sont pas les mêmes approches théoriques qui sont utilisables.

Il faut se garder de deux illusions.

Il serait extrêmement dangereux de croire que, grâce à l'informatique et à une « boîte à outils » théorique bien fournie, on pourra parvenir à une sorte de synthèse. Au point où nous en sommes dans notre ouvrage, nous comprenons mieux pourquoi les modèles ne sont jamais que des bricolages plus ou moins géniaux qui peuvent éclairer les choix politiques.

Il serait encore plus dangereux de croire que les modèles sont des sortes de « boules de cristal » ou encore des « machines à penser » qui vont enfin permettre de faire scientifiquement des choix, notamment politiques, c'est-à-dire sans influence idéologique. Prévoir n'est pas prédire

D'abord, les choix des variables à prendre en compte et des champs à explorer sont déjà des choix politiques. Il serait urgent que des débats démocratiques s'instaurent à ce propos.

Ensuite, un modèle *ne prévoit pas l'avenir,* il donne une représentation simplifiée de ce qui arrivera, compte tenu de ce que l'on a mis dans ces équations. Il permet de mieux situer les conséquences de telle ou telle action ; il ne permet pas de se substituer au politique.

Enfin, le modèle n'est qu'un élément d'un choix politique qui doit obligatoirement compter sur les rapports de forces. La solution politique d'un problème, la seule, finalement, qui peut le résoudre, ne peut être mathématiquement déterminée. Tout ce que nous avons dit jusqu'ici des différences dans les points d'observation, qui expliquent les divergences économiques, nous le fait mieux comprendre.

Les modèles économiques ne sont, cependant, pas inutiles, même lorsque l'environnement change, comme c'est aujourd'hui le cas.

Rien ne garantit que les relations de comportement telles qu'elles ressortent des séries statistiques puissent demeurer. Bien plus, les mesures que prennent les gouvernements pour sortir de la crise peuvent rendre caduques certaines équations. De toute manière nous manquons de recul.

L'intérêt des prévisions modélisées n'en demeure pas moins, car c'est un moyen efficace d'avoir des points de repère.

12. Le déploiement des hérétiques « à la Schumpeter »

Bien que John Stuart Mill ait déclaré qu'un véritable économiste ne peut pas être qu'un économiste, les Écoles classique et néoclassique, ou encore la plupart des keynésiens, paraissent vouloir faire la preuve du contraire.

Les orthodoxies dominantes – marxisme excepté – négligent toutes une grande partie de ce qui, pour d'autres, permet de mieux comprendre les sociétés humaines. Certes, il existe des exceptions. Pareto est aussi un sociologue. Rueff et Friedman s'intéressent à l'épistémologie. Hicks a écrit un ouvrage sur l'histoire économique. Arrow a fait un tour de force pédagogique en publiant une synthèse socio-économique intitulée *Les Limites de l'organisation*.

Toutefois, la plupart des descendants d'Adam Smith et bien des keynésiens cherchent plutôt à construire des systèmes abstraits, dont les liens avec la réalité perçue sont parfois contestables. Le déchaînement contemporain des formalisations mathématiques a poussé très loin cette rupture. Malheureusement, « les mathématiques », comme l'a dit F. Perroux, « n'épuisent jamais le phénomène humain ».

Ce sera la gloire de J. A. Schumpeter[1] que d'avoir fortement affirmé les limites de l'analyse économique, sans pour cela nier sa spécificité. Comme nous l'avons dit, il a donné leurs lettres de noblesse à tous les hérétiques et hétérodoxes qui, depuis fort longtemps, refusent une totale autonomisation du champ de la science économique.

---

1. Cf. p. 461-463 (sa vie et son œuvre).

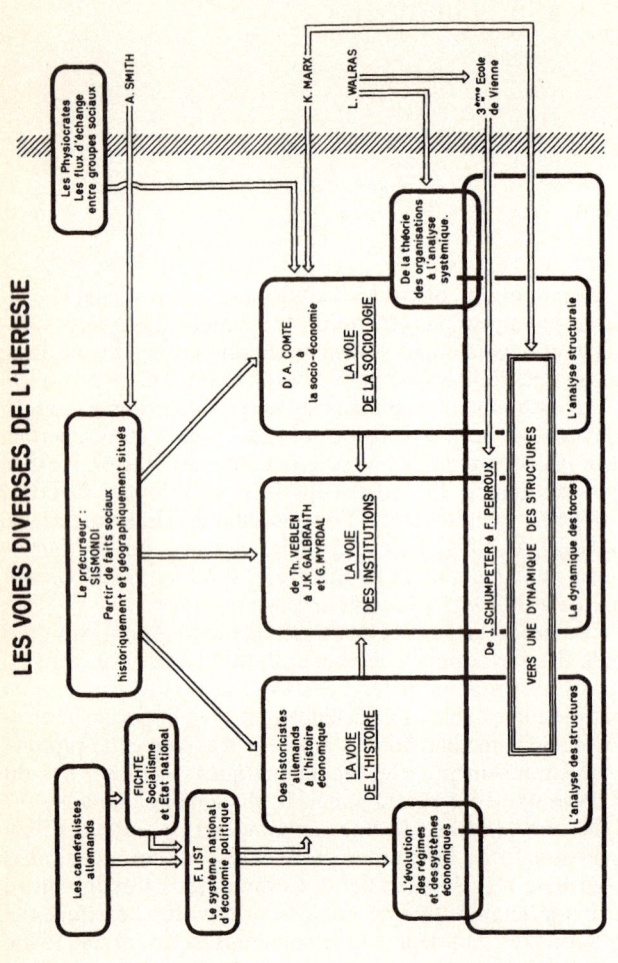

La présentation de ce courant est délicate. Il y a, en effet, de multiples manières d'être un hérétique.

Toutes les tendances de l'hérésie ont eu, chez les classiques, un précurseur : J. C. L. de Sismondi. Toutefois, diverses voies peuvent être explorées : l'histoire, les institutions, la sociologie, la dynamique des structures, l'épistémologie (la science des sciences), chacune de ces voies a été empruntée par des hérétiques.

Nous ne sommes pas devant un courant fortement charpenté, dont on pourrait suivre aisément le déroulement historique. Nous sommes plutôt en présence de voies parallèles, qui se prolongent jusqu'à nos jours. Bien entendu, il est souvent difficile de classer tous les auteurs : on n'est pas hétérodoxe pour rien. Plus encore que pour les trois autres courants, nos hésitations ont été nombreuses, et les risques d'arbitraire, grands.

1. LE PRÉCURSEUR CLASSIQUE DE L'HÉRÉSIE SCHUMPÉTÉRIENNE : JEAN CHARLES LÉONARD SIMONDE DE SISMONDI (1773-1842)

Citoyen de Genève, Sismondi se voulait disciple d'Adam Smith. Il est cependant possible de voir en lui, tout à la fois, un précurseur de Keynes[2], du socialisme réformiste et de l'hérésie schumpétérienne. Comme c'est le propre d'un hétérodoxe de ne pas être facilement classable, nous pensons qu'il est d'abord, et avant tout, un précurseur de l'hérésie schumpétérienne.

---

2. Cf. p. 93. Outre les *Nouveaux principes d'économie politique*, Sismondi a notamment écrit une *Recherche sur les institutions des peuples libres* (1798), une *Histoire des républiques italiennes* (seize volumes, publiés entre 1804 et 1818) et une *Histoire des Français* (vingt volumes, publiés entre 1820 et 1844).

En effet, Sismondi s'éloigne d'une conception limitée de l'économie. Il ne veut plus réduire celle-ci à l'étude de la croissance matérielle et de l'accumulation des richesses. Il veut en faire une science destinée à réaliser le *bonheur des hommes vivant en société*.

Sismondi désire construire une économie sociale qui tienne compte du temps, de l'espace et de l'inégalité des partenaires sociaux dans la *jouissance*. L'élaboration de cette économie sociale ne se réalise cependant pas au détriment de l'analyse théorique. Sismondi forge de nombreux concepts, tels que ceux de *salaire minimum* et de *mieux-value*. Toutefois, à la différence des autres classiques, et notamment de Ricardo, il part de faits sociaux précis, historiquement et géographiquement situés. Smith avait déjà employé cette méthode, oubliée par bon nombre de ses descendants.

Sismondi, qui a beaucoup voyagé, s'insurge d'abord contre la loi de J.-B. Say, car le chômage existe, s'étend et n'a rien de volontaire. L'économie doit donc expliquer la surproduction, et non en nier la possibilité théorique. Sismondi donne trois causes principales à ce phénomène central : la sous-consommation, la concurrence et l'incertitude.

« Plus le commerce s'étend, plus les échanges se multiplient entre les pays éloignés, plus il devient impossible aux producteurs de mesurer exactement les besoins du marché qu'ils doivent pourvoir. » Chaque producteur, pour réduire les risques de l'incertitude, va tenter par tous les moyens de s'attribuer la plus grosse part du revenu social, aux dépens des autres... et souvent, « pour y parvenir, le plus court moyen est de diminuer la part de tous ». Le progrès technique, l'utilisation des machines, la division du travail s'inscrivent dans cette stratégie, qui débouche sur la surproduction, la surpopulation et la sous-consommation. En voulant limiter les sommes qu'ils versent aux propriétaires du capital, aux travailleurs ou aux autres entrepreneurs, les producteurs capitalistes travaillent efficacement à la diminution de leurs débouchés.

Pour remédier à cette situation, Sismondi propose l'intervention de l'État, qui doit veiller à ce que l'intérêt particulier respecte l'intérêt général (Sismondi nie l'existence d'un ordre naturel qui, spontanément, aboutirait à harmoniser les intérêts de tous). Nous sommes près de la négation des lois économiques. Sismondi rejette aussi la croissance économique, qu'il lie au libéralisme économique. Marx, qui le cite abondamment, le qualifiera, pour cette raison, de « socialiste petit-bourgeois », et Lénine parlera à son propos de « socialisme romantique ». Certains pourront voir en Sismondi l'un des premiers critiques économiques du progrès économique et de la croissance pour la croissance.

2. LA VOIE DE L'HISTOIRE

L'histoire a été et demeure encore un moyen privilégié pour empêcher la fermeture de l'économie sur un ensemble théorique abstrait. Sismondi l'a largement exploitée.

Au XIXe siècle, l'exploration de la voie historique a vu se développer l'« historicisme », pratiqué par l'*École historique allemande*. C'est une contestation, à la fois de l'idéologie et de la méthode des *classiques*.

1. Les précurseurs : du caméralisme au nationalisme économique.

Le libéralisme manchestérien a eu peu de succès en Allemagne. Le mercantilisme y a survécu, alors qu'il était pratiquement oublié dans le reste de l'Europe. La recherche d'une union entre les États, que Bismarck finira par réaliser en 1871, explique peut-être cette survivance de la doctrine mercantiliste, connue sous le nom de *caméralisme*. Ce terme ancien désigne la science des finances publiques dans les pays « encore gouvernés par des principes plus ou moins absolutistes » (J. A. Schumpeter).

Cette approche de l'économie, illustrée par Seckendorff (1626-1692), von Justi (1717-1771), Sonnerfeeds (1732-1817),

548 *L'économie selon les hérétiques « à la Schumpeter »*

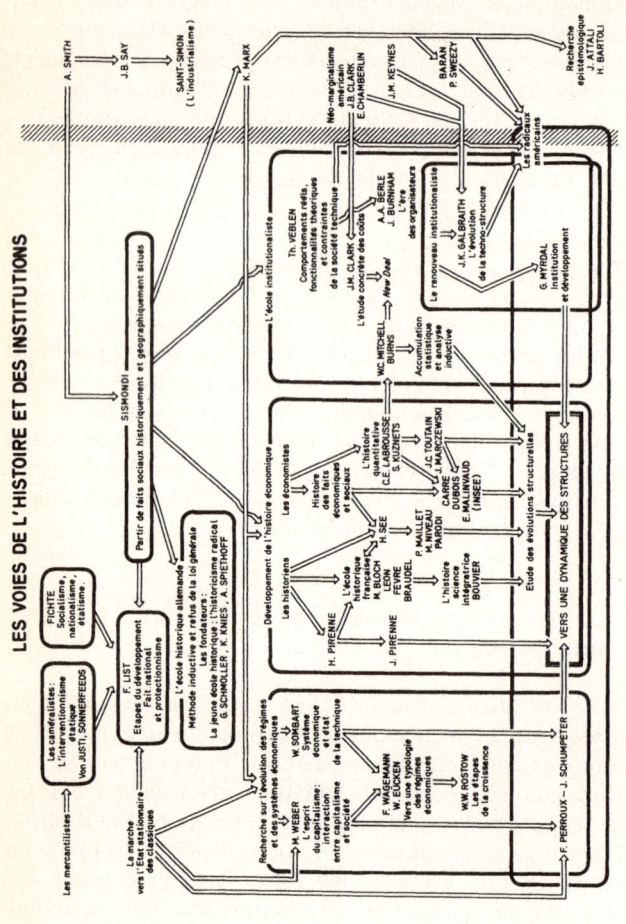

fonde un interventionnisme systématique, que l'on retrouve dans toute la tradition politique allemande. Il prendra sa forme politique extrême dans l'hitlérisme.

Par ailleurs, cet interventionnisme va amener la naissance d'une théorie protectionniste, illustrée par le socialiste J. G. Fichte (1762-1814)[3], et surtout par Friedrich List (1789-1846).

Dans son *Système national d'économie politique* (1840), F. List explique que le libre-échange est une doctrine d'exportation des Anglais, doctrine qui, pour se développer, a d'abord usé et abusé du protectionnisme. Anticipant sur l'historicisme, F. List distingue diverses étapes dans l'évolution de toute nation. Elles mènent de « l'État pastoral » à « l'État agricole manufacturier et commercial », l'économie complexe. C'est à ce dernier stade qu'il convient d'appliquer le « cosmopolitisme » de Smith et de Ricardo, c'est-à-dire le libre-échange. Aux autres stades, et notamment pour permettre l'apparition de l'industrie, un protectionnisme éducateur doit être de règle. Ces idées avaient déjà été exprimées, en 1819, par J. Chaptal et surtout, développées, par la suite, par l'Américain H. Ch. Carey (1842), le Français Dupont-White (1851), et surtout l'Américain Patten, dans ses célèbres *Fondements économiques de la protection* (1890).

Toutefois, au-delà de son protectionnisme, List annonce le relativisme de l'École historique allemande. Ce qui est valable pour une époque peut ne pas l'être pour une autre.

2. *L'historicisme de l'École allemande.*

L'École historique allemande part d'une critique du déductivisme classique, puis néoclassique. Elle rejette l'*Homo œconomicus* sans sexe, sans âge, sans patrie, mû par l'unique mobile de l'intérêt. Elle préfère une méthode *inductive,* partant de l'observation des faits et prenant en

---

3. Cf. *L'État commercial fermé* (1800) et *Le Discours à la nation allemande* (1813).

compte tous les mobiles qui expliquent le comportement des hommes. Quant aux « lois économiques », elles ne sont, au mieux, que des lois relatives à un type de société donnée. Il n'y a pas de lois économiques générales.

Les historicistes allemands ont eu un précurseur anglais James Steuart (1712-1780). Il écrivit un premier manuel d'économie en 1767 *An Inqury into the Principles of Political Economy*[4] qu'Adam Smith a lu mais qu'il a passé sous silence car il mettait en cause la plus grande partie des thèses qu'il voulait soutenir dans *La Richesse des nations*. James Steuart que l'on aurait pu classer comme le dernier mercantiliste anglais énonce des idées et propose une démarche que défendront un siècle plus tard les historicistes allemands : il ne peut pas y avoir de loi générale ; s'appuyant sur l'observation et l'induction, il affirme que « le grand art économique consiste donc à l'adapter à l'esprit, aux mœurs, aux habitudes et aux coutumes de chaque peuple ». Il critique les économistes français portés sur la formalisation facile de « systèmes qui ne sont au fond qu'un enchaînement de conséquences d'une application incertaine, établies sur un petit nombre de maximes fondamentales, adoptées trop légèrement ». Il s'attaque à la prétendue « loi du marché » ou encore à celle de « la théorie quantitative de la monnaie ». Il considérait le droit à l'emploi comme un élément essentiel. Il est indéniablement mercantiliste lorsqu'il considère que le consommateur est un moteur pour la production et que pour consommer il faut un revenu à chaque habitant. C'est l'objet de la science économique que « de fournir toutes les choses nécessaires pour satisfaire les besoins de la société » et de développer des relations d'interdépendances entre les habitants.

Mais, paradoxalement, comme beaucoup de mercantilistes et aussi les classiques qui viendront après, notamment Robert Malthus qui semble s'être largement inspiré des recherches

---

4. Traduit en français rapidement sous le titre Recherche des principes de l'économie politique, ou Essai sur la science de la police intérieure des nations libres, Didot l'Aîné, 1789-1790 [1767].

de Steuart ainsi que l'indique Schumpeter[5], il est un fervent défenseur d'une loi d'airain des salaires. Il préconise, en effet, des salaires très bas afin de favoriser les exportations. Celles-ci doivent être subventionnées et la monnaie dévaluée afin de conquérir des marchés étrangers, tandis que les importations seront taxées. Pour lui l'État est nécessaire à la bonne marche de l'économie ; il prônait notamment le recours à la fiscalité pour financer les travaux publics. Mais il ne faut pas abuser de ce recours car « si aucun contrôle n'est porté à l'augmentation des crédits publics, cela finira que toute propriété et tous les revenus seront avalés par des taxes ! [6] ». C'est du mercantilisme finalement modéré, assez dans l'air du temps, sans être tout à fait du néomercantilisme qui, lui, est plutôt précurseur du marginalisme. C'est Karl Marx qui le sort de l'oubli en abordant ses conceptions de la monnaie dans la *Critique de l'économie politique* de 1858. Mais en France, les idées de James Steuart ont été reprises par son traducteur, le mathématicien Alexandre T. Vandermonde (1735-1796), dans le premier cours d'économie politique qu'il a donné à l'École normale entre février et avril 1795 ainsi que dans divers autres écrits[7].

Steuart et Vandermonde peuvent être considérés comme des précurseurs du keynésianisme sur plus d'un aspect. L'un et l'autre préconisent de stimuler la demande par la baisse des taux d'intérêt, liée à l'accroissement de l'offre de monnaie Le rejet de l'or comme base monétaire au travers de la formule « de relique barbare » (Keynes) se retrouve dans l'hostilité des deux économistes du XVIIIe siècle à l'égard du métallisme qui, par la propension à le thésauriser, freine la consommation et par conséquent la production. Vandermonde est logiquement un défenseur des assignats, mais en

---

5. J. A. Schumpeter, *Histoire de l'analyse économique* (1954).
6. Cité par Jacques Brasseul, in Cécile Bastidon-Gilles, Jacques Brasseul, et Philippe Gilles, *Histoire de la globalisation financière*, Armand Colin, 2010.
7. Voir Alain Alcouffe, « Vandermonde, la monnaie et la politique monétaire de la Révolution », in *Annales historiques de la Révolution française*, n° 273, 1988, p. 254-264.

les gageant sur la terre – certes qui ne se thésaurise pas –, il n'est plus tout à fait pour la conception de la monnaie purement fiduciaire que proposera Keynes avec le Bancor.

S'il existe des idées communes à Steuart et aux historicistes, il y a aussi chez ces derniers des nuances, voire des oppositions. Au départ, W. G. F. Roscher (1817-1894), professeur à Göttingen, ne met pas en cause le système classique. Il veut l'illustrer par des exemples concrets. La science économique est bien une science, mais elle doit établir des ponts avec les autres sciences sociales.

Bruno Hildebrand (1812-1878) conteste radicalement l'existence de lois naturelles et générales. Il nie même le caractère scientifique d'une discipline aussi étroite que la science économique qui, pour lui, doit d'abord *expliquer* les lois du développement économique. Il rejoint F. List et prend la voie de ce que l'on nommera le *socialisme de la chaire*.

Dès 1853, K. G. Knies va beaucoup plus loin. Il nie l'idée de loi, même dans le développement des sociétés. Il ouvre la voie à ce que l'on appelle *la jeune École historique allemande*, dont le chef de file est G. Schmoller (1838-1917). Schmoller enseigna à l'université de Strasbourg après 1871. La jeune École va essentiellement *décrire*, au risque de tomber dans l'érudition. Schmoller s'opposera très fortement aux marginalistes, à Menger en particulier. Cette querelle n'a plus guère aujourd'hui de raison d'être, car il est devenu assez certain que le travail fourni pour amasser des faits ne débouche sur rien sans certaines hypothèses préalables. La connaissance est d'abord structuration du perçu. L'absence de modèle de référence explique la stérilité de certains travaux de la jeune École historique allemande. Toutefois, on retiendra les travaux d'A. Wagner (1835-1917) sur l'économie financière et de G. F. Knapp (1842-1926) sur la monnaie.

On notera aussi l'importance de la contribution à l'étude des cycles économiques d'Arthur Spiethoff, l'assistant de G. Schmoller. Appelée théorie de la sous-production des biens de consommation et de la surproduction des biens de production, elle met l'accent sur les insuffisances de l'épargne par rapport à l'investissement. Elle rejoint les vues de l'économiste marxiste russe Tugan-Baranovsky. Bien d'autres apports pourront être cités, par exemple celui d'Adolphe Wagner, qui a montré qu'au fur et à mesure que le revenu national s'élève la part de la puissance publique s'accroît. On a souvent une impression d'éparpillement ; toutefois, *l'École historique allemande va permettre d'approfondir les recherches dans le domaine de l'histoire économique et dans celui du développement des régimes économiques.*

3. Les recherches sur l'évolution des régimes économiques.

Les théories sur la succession des régimes économiques dans le temps (appelées aussi théories de la périodisation de l'histoire économique) ont pour base les travaux de l'École historique et de F. List, et non *Le Capital* de K. Marx.

Lorsque ce dernier écrit : « le pays qui est industriellement le plus développé montre à celui qui l'est moins l'image de son propre futur », il ne fait que reproduire la théorie de l'École historique.

A) Régimes économiques et environnements socioculturels.

Werner Sombart (1863-1941) définit un système économique comme un ensemble social caractérisé par un état de la technique, des formes d'organisation économiques et sociales et un esprit ou un ensemble de valeurs juridiques. Le régime est l'application historique plus ou moins fidèle du système. Avec Max Weber (1864-1920), plus étudié en sociologie qu'en économie, Sombart réintroduit ainsi la possibilité de l'abstraction dans l'historicisme et une certaine autonomie dans l'étude des systèmes économiques.

Max Weber définira aussi le « type idéal ». Pour lui, un système n'est pas l'assemblage de n'importe quelles institutions avec n'importe quels comportements. Il y a des problèmes de compatibilité ou d'incompatibilité de structures. Dans son fameux ouvrage, *L'Éthique protestante et l'Esprit du capitalisme* (1903), Weber montrera que le protestantisme et le capitalisme sont non seulement compatibles entre eux, mais que l'un a permis le développement de l'autre. Dans *Économie et société* (1921) – titre qui deviendra celui d'une revue créée par F. Perroux –, Max Weber va plus loin. Il considère que la théorie économique doit être subordonnée à une théorie sociologique générale de l'action. Nous passons de l'histoire à la sociologie. On comprend l'intérêt que portent à Weber les sociologues, et le silence des économistes à son égard.

Cette intégration des environnements socioculturels pour mieux comprendre le fonctionnement des régimes économiques a été reprise plus récemment par Andrew Shonfield et Michel Albert, deux généralistes, loin de la théorie abstraite et fins observateurs sans *a priori* de l'économie contemporaine.

Dans son livre *Le Capitalisme aujourd'hui. L'État et l'entreprise*, paru en 1965, Andrew Shonfield, qui fut directeur des études au Royal Institute International Affairs de Londres, montre comment le capitalisme, qui semblait près du gouffre dans les années 1930, assure après 1945 la prospérité des pays où il est implanté. Écrit avant le ralentissement de la croissance et la contestation de l'intervention de l'État des années 1980 et 1990, ce livre ne fait pas qu'analyser les raisons de ce redressement (notamment la transformation des mécanismes de décisions qui intègrent l'intervention publique et la régulation des cycles économiques). L'apport principal de son ouvrage est la description de la manière dont le capitalisme de chaque pays a épousé son temps en restant fidèle à son passé culturel et politique. Poursuivant son analyse comparative, il montre que les évolutions politiques et culturelles ont ainsi abouti à des développements très différenciés de « l'idéologie du marché ».

L'analyse comparative des régimes capitalistes est aussi l'objet du livre de Michel Albert, ancien commissaire au Plan, *Capitalisme contre capitalisme*, paru en 1991 après la chute des régimes socialistes européens. Ce livre veut éviter les simplismes en montrant qu'il existe, aujourd'hui, dans les pays industrialisés, plusieurs types de capitalismes. Au travers d'une série de cas concrets, notamment celui de l'assurance (l'auteur fut aussi le PDG d'une grande compagnie d'assurances), il oppose les régimes capitalistes de type anglo-saxon aux capitalismes rhénans auxquels se rattache par certains de ses aspects le modèle japonais. Les premiers donnent une plus grande place au marché, à la réussite individuelle, aux profits financiers et font de l'entreprise un bien vendable comme un autre. Les seconds privilégient la coopération entre l'État et les entreprises, l'action collective, les investissements à long terme et font de l'entreprise une communauté d'intérêt. Le capitalisme français a des aspects qui se rattachent aux deux modèles. Comme Shonfield, Michel Albert enracine ces divergences dans des histoires et des cultures différentes. Il pense cependant qu'en dépit de fonctionnement plus adéquat pour résoudre les problèmes d'aujourd'hui, le modèle rhénan a moins d'avenir que le modèle anglo-saxon. Ce dernier bénéficie du mythe de l'enrichissement individuel à la portée de tous et prône un profit financier à court terme plus « sexy » que le profit industriel. Il est en outre conforté par une formidable industrie de masse médiatique qui subit la loi de l'argent et par le réseau des transnationales américaines. Dans le vide créé à l'Est de l'Europe par l'effondrement des régimes communistes, le capitalisme anglo-saxon, en paraissant demander moins d'effort d'organisation, a plus de chances de se développer que le capitalisme rhénan.

La convergence des régimes capitalistes a fait quelque temps l'objet d'un débat. La globalisation de la technologie au niveau du monde et le développement d'un espace économique mondial et pas simplement international, l'influence organisée de certains experts et penseurs, tels ceux qui se réunissent chaque année à Davos (en Suisse), la pression du FMI et de l'OCDE sur la définition des politiques nationales ou encore l'utilisation par les entreprises des mêmes outils de gestion semblent favoriser la convergence. Dans son livre,

The Borderless World[8] (le monde sans frontières) paru en 1990, Kenichi Ohmae prévoit avec bien d'autres observateurs que l'ensemble de l'économie mondiale aura bientôt la même organisation. En réalité, en dépit de la mondialisation des économies et des marchés, des différences importantes existent dans les taux d'épargne et d'investissement, il n'y a pas d'unification des prix, leur établissement se fait en fonction du pouvoir d'achat des consommateurs. La concurrence est d'ailleurs de plus en plus imparfaite ; en donnant une place croissante à la concurrence hors prix, elle doit plus tenir compte qu'auparavant de la spécificité de chaque société. Il n'y a pas non plus de déterminisme technologique. David F. Noble a ainsi mis en évidence dans *Forces of Production. A Social History of Automation*[9] que l'automatisation et la robotisation ont pris des directions différentes aux États-Unis et au Japon par suite des différences dans le contexte social et dans les relations capital/travail. Les États-Unis ont préféré des machines numériques dont le contrôle est centralisé. Le Japon a opté pour un système de robots plus simples reproduisant les mouvements d'un opérateur humain qui en assure le contrôle. Pour Robert Boyer « *la recherche d'alternatives au fordisme montre bien la multiplicité des compromis institutionnels destinés à répondre à des exigences identiques* ». Les théories des organisations que nous examinerons plus loin ne plaident pas pour une convergence. Selon les contextes, des normes et des organisations différentes peuvent durablement coexister sans converger.

B) Les étapes dans le développement des régimes économiques.

Après Werner Sombart et Max Weber, la théorie des systèmes économiques sera développée entre les deux guerres par Ernst Wagemann et Walter Eucken.

---

8. La première édition est publiée par Collins, New York-Londres, 1990.

9. David F. Noble, *Forces of Production. A Social History of Industrial Automation*, New York, Alfred Knopf, 1989.

Wagemann (1884-1956) propose ainsi une typologie des régimes qui, dans un premier temps, va du semi-capitalisme au haut capitalisme, en passant par le néocapitalisme, et, dans un second temps, de l'économie libre à l'économie centralisée. On doit également à Wagemann, qui fut directeur de l'Institut de la Conjoncture de Berlin, la distinction entre structure et conjoncture. De son côté, W. Eucken traduit la notion d'ordre économique en une organisation fonctionnelle, au sein de laquelle se déroule un processus économique particulier.

Plus près de nous, l'Américain W. W. Rostow, professeur à Harvard, a repris, en 1960, l'approche de la succession des régimes économiques dans son ouvrage *Les Étapes de la croissance économique*. Il montre comment les sociétés passent de la société traditionnelle à la société de consommation. Il décrit comment le régime soviétique arrive à un tournant : devenir une société de consommation ou l'instrument d'une économie de conquêtes. Il situe les nations du Tiers-Monde dans la succession des étapes de la croissance et analyse les problèmes de leur décollage. En fait, le sous-titre de son livre, *Manifeste anticommuniste,* indique bien ses intentions. Son livre, largement répandu, a amené des auteurs souvent proches du marxisme à réviser la conception marxiste des étapes du développement, conception somme toute fort proche de celle de Rostow. Celso Furtado, André G. Frank, Gérard Destanne de Bernis, Samir Amin, ont essayé de montrer que le sous-développement n'est pas un simple retard de développement, mais une situation liée à l'exploitation, de la périphérie – le Tiers-Monde – par le centre (les pays développés)[10] ou encore qui s'enracine dans le choc entre deux types de sociétés et d'économies. La France, l'Allemagne, l'Angleterre n'ont ainsi jamais été des pays sous-développés. La révision du processus de développement est faite aussi sur des bases plus empiriques par Raul Prebish (auteur des concepts de centre et de périphérie), par G. Myrdal, ou encore dans le cadre d'une recherche sur la dynamique des structures.

---

10. Cf. p. 432.

C) Comment passer d'un régime socialiste à un régime capitaliste.

Après 1990, l'effondrement des régimes communistes a donné lieu à une série d'analyses de la période de transition assurant le passage d'un régime à un autre. Toutes partent de l'impossibilité de rendre viable une économie socialiste de marché tant recherchée par ceux qui désiraient ne modifier qu'à la marge le système socialiste[11]. Même la réforme économique hongroise qui s'est le plus approchée de cet objectif ne pouvait parvenir qu'à la suppression pure et simple de l'économie socialiste.

La plupart des auteurs occidentaux sont partisans d'une thérapie de choc et rejettent une tentative de réformes progressives aboutissant à terme à l'instauration du régime capitaliste. Il n'y a pas pour eux de conciliation possible entre le capitalisme et le socialisme. Quand on saute au-dessus d'un précipice, on ne peut le faire en deux fois. Pour Jeffrey Sachs, professeur à l'Université de Harvard et conseiller en Pologne de Solidarność », il faut lier une politique de stabilisation macroéconomique à une privatisation rapide des actifs. Les deux devant aller de pair avec une ouverture extérieure contraignant le gouvernement et les entreprises privatisées à une gestion rigoureuse. Si certains auteurs pensent que dans cette thérapie de choc on doit privilégier la stabilisation macroéconomique, d'autres, tel Morris Bornstein de l'Université du Michigan, estiment qu'il faut mener de front tous les changements afin de se débarrasser rapidement des comportements aberrants et éviter un retournement de l'opinion. En d'autres termes, le passage d'un régime à un autre ne peut être que brutal et non graduel. L'expérience a montré que cette thérapie de choc n'a pleinement réussi qu'en Allemagne de l'Est, grâce à une aide massive de l'Allemagne de l'Ouest. L'économie socialiste a été en quelque sorte dissoute dans la puissante économie capitaliste de l'Allemagne occidentale. Cette opération a été accompagnée par un changement du personnel

---

11. Cf. p. 443.

politique, administratif et de la direction des entreprises avec en prime un énorme apport de pouvoir d'achat grâce à l'échange d'un mark de l'Est contre un mark de l'Ouest. Cette brutale injection de pouvoir d'achat a permis de rendre acceptables la fermeture des entreprises incapables de rivaliser avec la compétitivité des entreprises de l'Allemagne de l'Ouest et l'augmentation du chômage qui en est résultée.

L'académicien hongrois Janos Kornai, qui enseigne aussi à Harvard, tout en s'insurgeant contre les « réformateurs naïfs » qui espéraient instaurer un socialisme de marché, opte pour un passage plus graduel au capitalisme. Le gouvernement ne doit pas réaliser des privatisations sauvages ou hâtives allant de pair avec une sous-estimation des actifs. Il doit donc garder son contrôle sur les firmes privatisées et leur imposer une forte contrainte budgétaire et financière. Parallèlement, le gouvernement doit attirer les investisseurs étrangers tout en prenant des mesures pour protéger les catégories sociales les plus touchées par le changement de régime et garder ainsi l'appui de l'opinion. Toutefois, J. Kornai pense que cette période de transition doit être la plus courte possible. En Chine, Deng Xiaoping a imposé un gradualisme plus lent. Pour lui, on ne traverse un cours d'eau en avançant un pied qu'au moment où l'autre a trouvé un solide appui. Des entreprises d'État, encore largement subventionnées, coexistent en Chine avec un développement rapide de firmes capitalistes de toutes tailles tandis que des investisseurs étrangers s'associent avec des capitalistes chinois et que Hong Kong conserve un régime purement capitaliste. Le contrôle social, mis en place par la dictature communiste, autorise la mise en œuvre du gradualisme. Dans tous les cas, l'analyse historique du passage d'un régime à un autre ne peut se faire sans prendre en compte le rôle des institutions et des avancées dans la dynamique des structures.

4. Le développement de l'histoire économique.

L'École historique allemande a été en grande partie à l'origine d'un important développement de l'histoire économique, qui a, à son tour, enrichi la science économique.

En Belgique, H. Pirenne (1862-1935) et son fils, Jacques Pirenne, ont véritablement repensé l'économie dans une perspective historique. Ils ont élaboré des synthèses qui permettent de suivre les grandes pulsations de l'histoire à partir d'hypothèses économiques. En France, l'École historique française, avec Marc Bloch (1886-1944), Lucien Febvre (1878-1956), Pierre Léon (1914-1976), Fernand Braudel (1902-1985), Georges Duby (1902-1985) et Emmanuel Le Roy Ladurie ont donné une grande place à l'économie dans les évolutions historiques. F. Braudel fait d'ailleurs de l'histoire une discipline largement englobante qui, à la limite, fait disparaître la spécificité de l'économie, ou, du moins, en fait une discipline auxiliaire.

Aujourd'hui, du côté des économistes, se développe une histoire quantitative, dont Ernest Labrousse a été, en France, le précurseur. Elle vise à reconstituer les séries statistiques longues, voire les comptes nationaux. Ces recherches furent entreprises, aux États-Unis, entre les deux guerres, par Colin Clark (dont tout le monde connaît la distinction entre les trois secteurs, empruntée à A. B. Fisher : primaire, secondaire et tertiaire), et surtout S. Kuznets (prix Nobel), qui cherche a reconstituer les séries longues des comptes nationaux. En France, J.-C. Toutain, l'équipe de J. Marczewski (décédé en 1990) et des chercheurs travaillant dans le cadre de la Direction de la Prévision et de l'INSEE[12] sont engagés dans cette voie. L'histoire quantitative a déjà donné des résultats intéressants, mais forcément limités, car elle ne prend en compte que les époques pour lesquelles on peut quantifier sans trop de risques.

---

12. Cf. notamment la *Fresque du système productif français* publié en 1975.

De son côté, Jean Fourastié (1907-1993), tout en prolongeant les travaux de Colin Clark et en les appliquant à la France, a mis au point une méthode d'analyse de l'évolution des prix réels. Elle consiste à diviser les prix nominaux d'une époque par le coût salarial minimum (aujourd'hui celui d'un salarié payé au SMIC). Cette méthode permet de mieux comprendre le rôle de la productivité dans l'évolution à long terme des prix et dans les modifications des structures économiques. Il démontre ainsi que même les périodes d'inflation vont de pair avec une baisse des prix réels et qu'il faut se demander non pourquoi les prix montent mais pourquoi ils baissent tant. Ses travaux ont en outre ouvert la voie à des études tout autant prospectives que rétrospectives (*Les 40 000 heures, Le Grand Espoir du XXe siècle, Les Trente Glorieuses*).

À côté des économistes qui poussent très loin la quantification, l'histoire des faits économiques sociaux a donné lieu à de nombreux travaux. Elles rejoignent les recherches effectuées dans le domaine de la dynamique des structures. Parmi les auteurs qui ont largement contribué à l'élaboration de l'histoire des faits économiques et sociaux, citons, en France, M. Niveau, A. Philip, P. Maillet, M. Parodi et J.-J. Carré, P. Dubois et E. Malinvaud. *La Croissance française* (écrit par ces trois derniers auteurs) fait le lien entre l'histoire quantitative et la dynamique des structures. On retrouve une démarche assez proche, mais beaucoup plus quantitative, dans l'ouvrage intitulé *La Crise du secteur productif*, publié en 1981 par le département « entreprise » de l'INSEE.

5. *La nouvelle histoire économique*

En 1993, le prix Nobel d'économie a récompensé deux économistes américains que l'on considère comme les pères de la nouvelle histoire économique : Robert W. Fogel et Douglass C. North. Tous les deux ont tenté de joindre l'histoire à la théorie économique et de donner une vision moins statique aux analyses néoclassiques de la rationalité dans l'allocation des ressources. Ils se situent parmi les économistes américains qui réintroduisent les évolutions à long terme dans l'approche néoclassique. Toutefois contrairement aux théoriciens des cycles réels ou de la croissance endogène (voir p. 479), ils ne cherchent pas simplement à prouver que l'intervention de l'État est inutile. Fogel se livre à une relecture de l'histoire économique. North montre que les facteurs mis en évidence par la théorie néoclassique de la croissance économique ne peuvent permettre à eux seuls d'expliquer son déroulement.

Robert W. Fogel développe ses recherches d'histoire quantitative en appliquant à l'analyse historique les méthodes de l'économétrie. Sa « cliométrie » (du nom de la muse de l'histoire) jette le doute sur ce qui était jusque-là considéré comme acquis. Il a appliqué sa méthode à trois domaines : le rôle des chemins de fer dans la croissance économique américaine, l'esclavage dans les États du Sud des États-Unis et la relation entre les niveaux de vie et la croissance américaine. Dans les trois cas, ses « analyses contre-factuelles » ont abouti à des résultats surprenants. Ses travaux infirment en effet le rôle des chemins de fer dans la croissance économique américaine et l'improductivité de l'esclavage. Dans *Railroads and American Economic Growth* (Les chemins de fer et la croissance économique américaine) paru en 1964, il analyse de combien le PNB américain aurait été en 1990 si les chemins de fer n'avaient pas existé. En fait, il aurait été peu différent, d'autres moyens de transports tels les canaux se seraient développés et la phase de décollage de l'économie américaine aurait été presque identique à celle qui a eu réellement lieu. Dans *Time on the Cross* publié en 1974, il compare les taux de profit, les rendements, la productivité et plus généralement l'ensemble des résultats économiques des plantations esclavagistes du Sud à ceux des exploitations où la main-d'œuvre était composée de salariés. Contrairement, là encore, à l'opinion généralement admise, l'esclavage n'apparaît pas contre-productif. Depuis 1982, en recherchant les relations entre divers aspects de l'évolution des niveaux de vie et la croissance, il tente de faire de la « cliométrie » un outil d'évaluation des politiques gouvernementales. Il est encore trop tôt pour juger les résultats de cette nouvelle voie, en tout cas elle incite les économistes à vérifier leurs hypothèses plutôt deux fois qu'une.

Les recherches de North mettent de leur côté en lumière le rôle des institutions dans le développement économique de l'Europe occidentale de 900 à 1800 et dans celui des États-Unis au cours du XIXe siècle. Dans *Structure and Change in Economic History* publié en 1981, il démontre que les évolutions du droit, et particulièrement le droit de propriété et les transformations dans les institutions politiques, expliquent mieux la croissance que l'accumulation du capital, les économies d'échelle, l'éducation. Ces éléments pris en compte dans l'approche habituelle de la croissance sont plus des conséquences des changements institutionnels que les causes directes de la croissance. Toutefois, chez North, tous les comportements induits par les changements institutionnels sont analysés avec des outils néoclassiques et à partir de la doctrine classique des droits de propriété (c'est la rareté qui crée le droit de propriété). L'évolution économique s'explique par la conquête de nouveaux droits de propriété. L'évolution se bloque lorsque l'État (qui chez North demeure une nécessité) impose la supériorité de ses droits sur ceux des agents privés. La gestion collective des droits est moins performante que leur gestion privée. Adam Smith n'a rien dit d'autre. Par ailleurs North reprend à Coase (prix Nobel 1991) la notion de coûts de transaction dans une économie où l'information est imparfaite, ce qui est toujours le cas. Le rôle des institutions dans la croissance s'explique par leur capacité plus ou moins grande à diminuer les coûts de transaction. Une fois de plus la voie de l'histoire mène à celle des institutions.

3. LA VOIE DES INSTITUTIONS

Les grandes orthodoxies keynésiennes, smithienne ou marxiste ont toujours voulu minimiser la place et le rôle des hérétiques. Dans les années 1960, quand triomphait l'analyse keynésienne, que renaissait l'approche néoclassique et que le marxisme était encore conquérant, on avait oublié que Wagemann, un héritier du courant historiciste allemand, avait conseillé le docteur Schacht et que ce furent les institutionnalistes et non Keynes qui avaient été à l'origine du New Deal de F. Roosevelt.

L'institutionnalisme doit beaucoup à l'École historique allemande, du moins dans ses premières tendances. L'institutionnalisme, c'est l'historicisme à la mesure d'un pays qui n'a pas encore d'histoire. Il ne faudrait cependant pas appliquer de manière stricte cette formule. En tout cas, même si, aujourd'hui, l'institutionnalisme dépasse très largement le cadre des États-Unis, c'est dans ce pays qu'il a pris naissance et a encore aujourd'hui ses principaux bastions.

1. Les caractères communs de l'institutionnalisme.

Critiquant, comme l'École historique allemande, l'abstraction marginaliste, l'institutionnalisme propose de substituer à l'*Homo œconomicus*[13] l'homme sociologique, c'est-à-dire un homme situé dans un milieu, en relation avec d'autres agents aux comportements souvent imprévisibles. L'institutionnalisme vise donc à une réunification des sciences sociales.

Pour les institutionnalistes, « anciens », il ne s'agit pas de normaliser la vie économique, mais de comprendre son processus compliqué par une étude réaliste et quantitative des

---

13. Cf. p. 168 *sq.*

faits (P. T. Homan)[14]. La description des faits est privilégiée. Toutefois, en mettant l'accent sur *l'évolution*, l'institutionnalisme n'abandonne pas toute élaboration théorique[15]. Il veut rechercher les meilleures voies possibles de l'évolution des institutions. Par « institution », cette école entend les habitudes de pensée, les règles législatives ou de comportement et les conventions qui déterminent les actes des individus et des entreprises, des administrations et des groupes sociaux.

L'institutionnalisme rejoint le darwinisme (théorie de l'évolution des espèces). Toutefois, l'observation historique le modère ; il est, en effet, impossible de dévoiler les meilleures voies de l'évolution.

La méthode inductive est précédée de l'hypothèse selon laquelle il existe des rapports dialectiques entre institutions et vie économique. Cette dialectique n'a rien de commun avec la dialectique de K. Marx, car il n'y a pas, en dernière instance, de détermination par l'économique.

L'institutionnalisme rejette le néomarginalisme. Pour l'institutionnalisme, l'individu n'est jamais isolé, il fait partie d'un groupe, il est au sein d'un réseau d'influences et de pouvoirs dans lequel l'État joue un rôle essentiel. Contrairement à la conception néoclassique selon laquelle les individus s'adaptent passivement à leur environnement, les individus ont la capacité de manipuler le système politico-économique en leur faveur.

L'institutionnalisme s'efforce d'expliciter ses hypothèses et ses présupposés idéologiques, autrement dit son système de valeurs. Là aussi, il s'oppose vigoureusement aux néoclassiques qui veulent élaborer une science indépendante des valeurs, proche des sciences de la nature. Les

---

14. Paul Thomas Homan, *Essai sur la pensée économique contemporaine des Anglo-Américains* (traduit de l'anglais), Sirey, 1933.
15. Voir Véronique Dutraive, *Les Fondements de l'analyse institutionnaliste de la dynamique du capitalisme*, thèse doctorale, université Louis Lumière-Lyon II, 1992.

institutionnalistes désirent rendre explicites leurs postulats et leurs jugements de valeurs car l'homme est porteur et créateur de valeurs. Ils se refusent ainsi à cantonner l'analyse économique à la recherche des choix rationnel dans l'utilisation des ressources rares.

On peut rattacher à l'institutionnalisme les travaux récents en théorie des conventions et en économie des organisations. Si, dans le premier cas, le rapprochement est sans problèmes, puisque l'institution peut être tout simplement une convention sociale, culturelle et non nécessairement une règle écrite juridique, en revanche, l'organisation se distingue nettement de l'institution, car les règles du jeu sur lesquelles elle repose « font largement l'objet d'un choix ou de négociations. Le cadre qui définit l'organisation comporte une composante volontaire, y compris dans le court terme, que n'ont ni les institutions ni d'ailleurs les marchés » (Claude Ménard, *L'Économie des organisations*, La Découverte, 1990). Si l'organisation apparaît à la charnière entre les institutions et le marché, elle est aussi et « toujours institutionnalisation de rapports économiques entre agents, par le biais de la structure hiérarchique choisie, des mécanismes incitatifs retenus, des règles de mobilité interne, etc. » (Claude Ménard).

Avec l'institutionnalisme moderne, éclairé par la théorie des conventions (O. Favereau, F. Eymard-Duvernay, A. Orléan, R. Salais…) et l'économie des organisations (J.-G. March, H.-A. Simon, R. Coase, H. Mintzberg, H. Leibenstein, C. Ménard…), l'entreprise et le ménage ne sont plus des agents microéconomiques atomistiques lorsqu'il est question d'avoir des hypothèses plus réalistes. Aussi, l'entreprise n'est pas un atome unique et indépendant des autres, mais une molécule comportant d'autres atomes réunis par des conventions, des règles qui organisent le fonctionnement de l'ensemble, conventions et règles qui peuvent aussi être des produits du fonctionnement de l'organisation, en vertu de la logique dialectique commune aux institutionnalismes.

2. L'institutionnalisme des fondateurs.

Quatre auteurs dominent ce courant de pensée : T. Veblen, J. M. Clark et W. C. Mitchell et J. R. Commons. Ce sont eux qui l'ont véritablement fondé.

A) Thorstein Veblen (1857-1929).

Il est le plus spirituel des institutionnalistes américains. Avec sa *Théorie de la classe des loisirs* (publiée en 1893 et souvent traduite par *Théorie de la classe oisive*) et sa *Théorie de l'entreprise d'affaires* (1904), il apparaît comme un analyste du capitalisme et des crises. En fait, il propose une critique virulente des comportements réels, bien éloignés des modèles rationnels imaginés par les économistes. Pour Veblen, les hommes d'affaires sont loin d'être des exemples de parfaite rationalité économique ; ce ne sont que de vulgaires brigands. Heureusement, par-dessous ce monde peu recommandable, existe la technique, la machine, qui oblige l'homme à mesurer et à calculer.

Dans ses derniers ouvrages : *Les Ingénieurs et le Système des prix* (1921), *Propriétaire absentéiste et l'entreprise privée,* Veblen annonce un monde où économistes et ingénieurs gouverneront l'économie et accapareront le pouvoir. Il ouvre la voie à « l'ère des organisateurs » de Burnham et à la technostructure de Galbraith[16]. Il fait de la technologie et de la science les grandes forces du changement.

Ainsi, Veblen d'un côté rend quelque peu ridicule le monde policé et glacé des néoclassiques et inscrit ses constatations dans le cadre d'une évolution des sociétés et de leurs institutions.

---

16. On retrouve la même idée dans le socialisme utopique et technocratique de Saint-Simon, qui lança l'idée qu'un jour le gouvernement des choses remplacera le gouvernement des hommes. Idée reprise par Marx pour la phase du communisme, au cours de laquelle commence le dépérissement de l'État.

B) John Maurice Clark (1884-1963).

Fils de J. B. Clark, il applique, comme lui, l'analyse à la marge. C'est le moins hérétique des institutionnalistes. Il étudie la formation des prix en fonction du coût marginal et du coût fixe. Toutefois, en 1913, il adopte une perspective macroéconomique et définit, comme Aftalion, l'accélérateur, qu'il formalise[17]. Avant Keynes, Clark établit l'interdépendance de l'offre et de la demande. Examinant la pertinence du multiplicateur de Kahn et de Keynes, il fut le premier à signaler d'une part la distinction entre le multiplicateur statique et le multiplicateur dynamique ; et d'autre part le caractère théorique de cet outil : l'effet de multiplication dépend du mode de financement.

C'est en fait sa condamnation de l'abstraction qui en fait un fondateur de l'institutionnalisme. Il revendique le caractère scientifique de l'induction. Il rejette la psychologie primitive du marginalisme et du néomarginalisme et souhaite une approche interdisciplinaire. Enfin, il se prononce pour l'interventionnisme public et le contrôle des entreprises. Loin des modèles théoriques, il appelle une concurrence praticable. Il a incontestablement influencé les institutionnalistes qui dans les années 1930 participèrent à l'élaboration du *New Deal* de Roosevelt.

C) Wesley C. Mitchell (1874-1948).

Directeur du National Bureau of Economic Research de 1921 à 1948, W. C. Mitchell fut un des plus grands rassembleurs de statistiques de l'histoire de l'économie. Avec Arthur Burns, il chercha à accumuler des chiffres sans vouloir vérifier une théorie. Ils voulaient tirer des hypothèses des faits accumulés, et non définir *a priori* ce qui devait être étudié. En fait, Mitchell et Burns débouchent sur une théorie du cycle qui est avant tout une théorie des fluctuations de prix. En fin de période d'expansion, les coûts augmentent plus vite que les prix. Le profit global s'élève, mais le profit

---

17. Cf. p. 92.

unitaire chute, ce qui incite peu les entrepreneurs à investir pour entretenir la croissance. Cela s'est encore vérifié en 1973. Pourtant, on retiendra surtout qu'il ouvrit la voie à l'histoire quantitative, dont nous avons déjà parlé.

D) John Roger Commons (1862-1945).

Longtemps oublié[18] ou trop souvent réduit à l'étude des questions du travail et à son histoire, J. R. Commons est cependant le quatrième grand fondateur de l'institutionnalisme américain. On lui doit d'ailleurs l'article de définition de l'économie institutionnelle[19]. Il y caractérise l'institution comme « une action collective en matière de contrôle, de libération et d'expansion de l'action individuelle ».

Il part d'études appliquées et débouche sur une conception institutionnaliste du travail avec un véritable programme de recherche. L'analyse des problèmes du travail est située dans la dynamique du capitalisme au cœur de laquelle il met la négociation collective. Ce n'est cependant qu'à partir de *Legal Foundations of Capitalism* (1924) que Commons entreprend d'élaborer sa théorie d'économie institutionnaliste. Il conçoit son approche économique comme une articulation entre le droit et l'éthique. Mais pour lui l'économie, comme toutes les sciences, doit avoir des implications pratiques dans la « vraie vie ». Les recherches de Commons le conduisent à penser que l'économie moderne repose fondamentalement sur trois institutions – l'État de droit, la monnaie, le salariat – et que la relation capital-travail est au

---

18. Il faut tout de même rappeler qu'il a eu des jugements inacceptables sur les races, jetant un discrédit sur ses travaux même lorsqu'ils ne portent pas sur la race. Voici ce qu'il écrit dans *Races and Immigrants in America* (p. 131) : « Les Chinois et les Japonais sont peut-être les plus industrieux de toutes les races, tandis que les Chinois sont les plus dociles. Les Japonais excellent dans l'imitation, mais ne sont pas aussi fiables que les Chinois. [Aucune race] ne possède l'originalité et l'ingéniosité qui caractérisent les Américains et les Britanniques. » Publié en 1907, le livre de 292 pages est réédité par Bibliolife en janvier 2009.

19. J. R. Commons, « Institutional Economics », *American Economic Review*, vol. 21, 1931, p. 648-657.

fondement de la dynamique du capitalisme. La « lutte pour gagner sa vie » est à la racine de tous les autres problèmes. Selon lui, la transaction sous le contrôle de l'action collective et arbitrée par des autorités légitimes constitue l'unité de base de l'institutionnalisme. À ce titre, dans le cadre du New Deal et après les réformes qu'il fait réaliser dans le Wisconsin, il est l'un des promoteurs de ce que l'on nommera ultérieurement « l'État providence ». Il sera à l'origine des grands courants de l'institutionnalisme américain.

En définitive, Mitchell sera l'initiateur des analyses quantitatives ; les travaux de Veblen seront prolongés par l'analyse et le rôle des pouvoirs ; l'influence de Commons se maintiendra au travers des travaux sur les relations industrielles.

Bien d'autres auteurs devraient être cités... Ce qui est plus important encore, c'est de retenir le rôle que joua cette première génération d'institutionnalistes (qui voulut à son époque être « la nouvelle économie ») dans le *New Deal*. Elle en fut souvent la principale inspiratrice et participa à l'une des plus importantes évolutions institutionnelles de l'histoire américaine.

3. *Le renouveau institutionnaliste.*

La révolution keynésienne, les querelles entre keynésiens et néoclassiques, monétaristes ou non, éclipsent parfois le maintien d'une tradition institutionnaliste. L'institutionnalisme n'est pas un simple interlude historique, même si les auteurs dont nous allons parler sont difficilement classables.

Nous avons déjà eu l'occasion de citer plusieurs fois, à ce propos, G. Myrdal, J. K. Galbraith et les radicaux américains, dont les filiations sont plus complexes.

Nous ne reviendrons pas sur G. Myrdal, ce Suédois qui aurait pu être l'auteur d'une révolution fort proche de celle de Keynes. Il est arrivé à l'institutionnalisme en s'attaquant aux problèmes du développement.

Signalons que certains théoriciens des choix publics, tel que Bruno Frey, s'attribuent l'étiquette d'hétérodoxes.

A) John Kenneth Galbraith.

Il est, dans tous les sens du terme, un des plus grands économistes actuels. On peut y voir sans problème une sorte particulière de postkeynésien. La base de son raisonnement macroéconomique est fondamentalement keynésienne. Toutefois, il intègre ce raisonnement dans des préoccupations sur l'évolution des sociétés qui le rattachent aux institutionnalistes. Politiquement libéral (au sens américain du terme), il fut conseiller du président Kennedy.

Déjà, les préoccupations de Galbraith apparaissent dans son ouvrage : *Les Pouvoirs compensateurs et le Capitalisme américain* (1952). Nous l'avons analysé. *L'Ère de l'opulence* (1958) est une dénonciation de la croissance quantitative des biens marchands au détriment des biens collectifs. Critiquant « l'ostentation », il débouche sur la nécessité d'un plus grand équilibre dans la croissance. Il préconise une politique fiscale et un contrôle des secteurs fortement concentrés. L'idée d'un pouvoir compensateur se transforme en un interventionnisme bien dans la tradition institutionnaliste.

Avec *Le Nouvel État industriel* (1967), Galbraith se situe dans la perspective de Veblen, de Burnham, ou d'Adolf Berle[20]. Il reprend les théories d'une transformation du capitalisme en une technostructure capable d'imposer sa loi au consommateur (la filière inversée). Cette technostructure fait croire qu'elle défend l'intérêt général (y compris l'emploi de ses salariés), alors que sa survie devient une fin en soi. Contre cette mystification, Galbraith, dans *La Science économique et l'Intérêt général*, propose la solution socialiste. Ce socialisme cherche à éviter autant

---

20. Auteur de l'ouvrage *Les Grandes Corporations et la Conscience du roi* qui analyse comment les grandes sociétés capitalistes pèsent sur l'opinion et comment l'opinion peut peser sur ces grandes sociétés.

L'économie selon les hérétiques « à la Schumpeter »

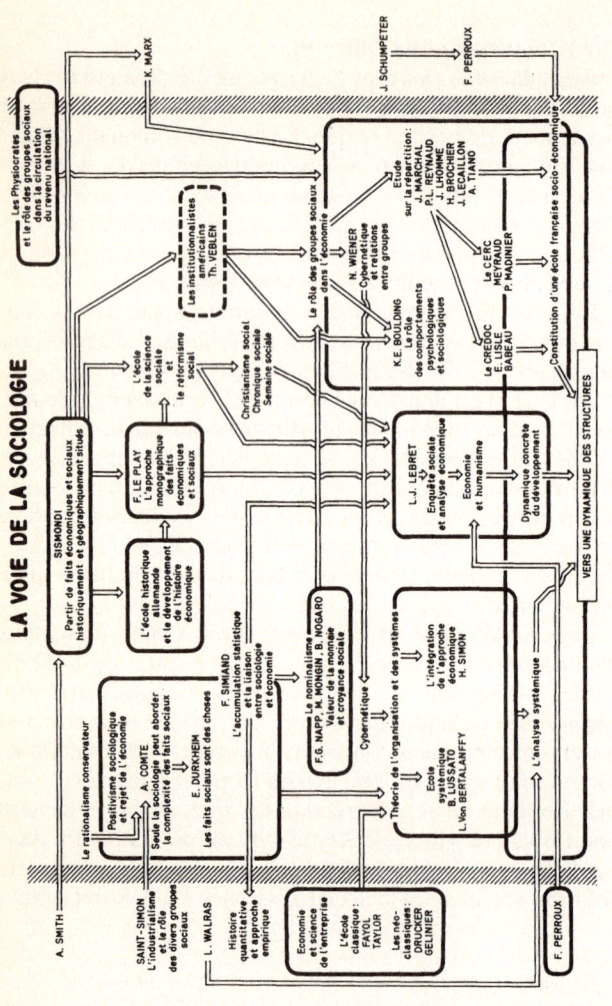

l'exploitation des travailleurs que celle des consommateurs. Le socialisme imposé par les faits que propose Galbraith doit se traduire par des nationalisations, dans les secteurs retardataires pour relever leur productivité, dans les secteurs surdéveloppés (notamment l'armement, dont les marchés publics représentent plus de 50 % du chiffre d'affaires), pour contrôler leur puissance. Nous ne sommes pas très loin de ce que d'aucuns appelèrent parfois le socialisme... à la française de 1981.

B) L'économie politique radicale.

Le radicalisme économique apparaît en 1968. Il est lié aux mouvements de la nouvelle gauche américaine qui protestent contre la guerre au Viêtnam et les inégalités sociales aux États-Unis.

Ce groupe s'est rapidement organisé dans une « Union pour l'économie politique radicale ». Il s'implante dans de prestigieuses universités et s'attire la sympathie de grands noms de la science économique américaine (Arrow, Galbraith, Hirschman, Leontief). Samuelson qualifie même de « sérieux » ce mouvement de recherches.

Il faut toutefois ramener le radicalisme à ses justes proportions. Il est essentiellement plus un défi à la très orthodoxe Association économique américaine qu'une révolution théorique.

On y retrouve l'influence institutionnaliste (l'attaque contre l'abstraction néoclassique), combinée à un marxisme romantique (inspiré par les œuvres de jeunesse de Marx) et à des tendances écologistes et anarchistes.

C'est presque un cri de révolte d'économistes formés par des néoclassiques et des keynésiens d'assez stricte observance. Parfois, on assiste à la transposition des thèses ultralibérales de Friedman dans un extrémisme anticapitaliste.

Les principaux auteurs du groupe (G. Weisskopf, Angus Bloc, C. E. Edwardo, D. M. Gordon, H. Scherman...) rejoignent la contestation épistémologique française[21] (et

---

21. Cf. p. 629 *sq.*

notamment Jacques Attali, Henri Bartoli, Marc Guillaume, Hugues Puel) ou encore des marxistes en rupture de ban tels que Henri Lefebvre, Roger Garaudy et le trotskyste belge E. Mandel. Parmi les références du radicalisme américain, on trouve d'ailleurs les marxistes américains Paul Baran et Paul. Sweezy.

4. LES NOUVEAUX SURGEONS DE L'INSTITUTIONNALISME

Il y a quelques années, la conversion de quelques grands noms de l'économie à l'institutionnalisme paraissait de leur part une originalité dans une brillante fin de carrière. Il n'en va plus de même aujourd'hui. Il n'est guère de champs explorés par les économistes où l'institutionnalisme ne soit présent. Bien des héritiers de Keynes et de Smith mettent aujourd'hui le rôle des institutions au centre de leur analyse. Les voies de l'histoire, de la sociologie et de la dynamique des structures s'entrecroisent avec celles des institutions. Il est d'ailleurs parfois difficile de classer les auteurs actuels. Certains analysent préférentiellement les évolutions historiques, d'autres les organisations, les relations industrielles ou la dynamique des structures, tous donnent une place importante aux institutions.

1. *Cette invasion institutionnelle s'attaque d'abord au fonctionnement du marché et à la rationalité économique.*

Dans une certaine mesure, elle permet de mieux comprendre les fonctionnements microéconomiques et comment les marchés réels ne peuvent être expliqués par les mécanismes décrits par les smithiens, conclusion paradoxale au moment où s'effondrent les économies socialistes qui niaient ces mécanismes. Nous leur consacrerons l'encadré : « les institutionnalistes au secours du MIC » (de la microéconomie).

Ensuite, l'invasion institutionnelle emprunte souvent les voies de la sociologie et notamment celles des théories de l'organisation et des relations industrielles. Nous examinerons son développement dans la section suivante. Toutefois, même s'il recoupe souvent le thème des relations industrielles, il faut faire ici une place à part entière au « néo-institutionalisme », héritier pour partie de Commons[22]. Il se fonde principalement sur les travaux de Ronald Coase[23], et notamment sur sa théorie de l'entreprise et des coûts de transaction. Les autres auteurs les plus célèbres sont Douglass North (co-lauréat avec Robert Fogel du prix Nobel en 1993 pour leurs travaux en histoire économique) et Oliver Williamson (prix Nobel en 2009 avec Elinor Ostrom pour leurs recherches en économie des organisations portant sur la gouvernance).

Pour le néo-institutionnalisme, une organisation est essentiellement constituée d'un réseau de contrats d'une part entre ses membres et d'autre part avec l'extérieur. Or, pour Ronald Coase, toutes les transactions que supposent ces contrats, et notamment celles des échanges avec le marché, engendrent des coûts de transaction que les néoclassiques traditionnels ont négligés. Dans l'affrontement entre les entreprises, les gagnantes seront celles qui pourront minimiser ces coûts de transaction, lorsqu'il est avantageux de réaliser l'intégration verticale. Comme l'indique O. Williamson, cet avantage apparaît notamment lorsque la fréquence du recours au marché pour s'approvisionner est élevée. Mais à l'intérieur de la firme, il existe aussi des coûts de coordination dans la gestion des facteurs qui augmentent avec la taille de la firme. Par conséquent se dessine une limite à partir de laquelle l'augmentation de la taille de la firme n'est pas avantageuse dans la mesure où la hausse des coûts internes réduit l'avantage de la baisse des coûts de transaction externes issus de la croissance de la firme.

---

22. Cf. p. 569.
23. Cf. p. 592.

Notons qu'avec le développement de l'Internet, les coûts de transaction tendent à baisser sérieusement, car l'essentiel de ces coûts est constitué par les coûts de l'information. Nous en reparlerons à propos des théories des organisations et de l'approche contractuelle de la firme[24].

2. Avec « *l'École de la régulation* », *les institutionnalistes français s'emparent de la dynamique des structures.*

L'École de la régulation a la particularité d'être essentiellement française. Ces institutionnalistes qui refusèrent pendant un certain temps de l'être tentent d'intégrer dans la macroéconomie les changements techniques et les enchaînements dynamiques (structuraux).

C'est le livre de Michel Aglietta intitulé *Crises et régulation du capitalisme. L'expérience des États-Unis*[25], issu de sa thèse soutenue en 1974 et publié en 1976, qui est sans doute à l'origine de l'École de la régulation[26], dont les principaux fondateurs sont Robert Boyer, Benjamin Coriat, Alain Lipietz, Jacques Mistral. Les membres de cette nouvelle école ont été pour plupart influencés par le marxisme. La réédition en 1997 du livre d'Aglietta montre comment l'École de la régulation est passée d'un néomarxisme à l'institutionnalisme.

---

24. Cf. p. 592 *sq*.
25. Calmann-Lévy.
26. En fait, il a existé deux Écoles de la régulation. La plus connue est l'École parisienne, en rupture avec le marxisme, dont les membres sont en majorité chercheurs au Cepremap et formés à l'École polytechnique. La seconde école, celle de l'université de Grenoble, est composée des équipes autrefois animées par Gérard Destanne de Bernis. Elle maintient le rattachement au marxisme mais en le corrigeant pour l'adapter aux réalités nouvelles. Cette école grenobloise réunit notamment Rolande Borrelly, Bernard Gerbier, Renato Di Ruzza, Michel Vigezzi. On peut lire le manifeste de cette école de Grenoble dans le premier numéro de la *Revue économie et société* intitulé « L'approche en termes de régulation » (série R, janvier 1985).

DES INSTITUTIONNALISTES AU SECOURS DU MIC

Dans le chapitre consacré à l'explication du chômage par les hérétiques « à la Schumpeter », nous avons vu comment ces derniers, et notamment des institutionnalistes, permettaient de comprendre pourquoi la régulation keynésienne ne parvenait plus à faire reculer le chômage. Ces institutionnalistes complètent l'approche macroéconomique du chômage. D'autres partent d'un point de vue plus microéconomique et volent au secours du MIC.

En effet, certaines analyses institutionnelles contemporaines du marché du travail mettent en évidence que le fonctionnement de ce marché ne peut pas parvenir à l'établissement d'un niveau des salaires facilitant la résorption du chômage.

Les institutionnalistes renouent ici avec une des constatations des tenants de la théorie néoclassique. Pour ces derniers, la rigidité des salaires et le maintien de coûts salariaux élevés sont au centre de leurs explications des dysfonctionnements du marché du travail. La mise en cause du SMIC et des cotisations sociales fait ainsi l'objet de nombreux débats. En fait, les études empiriques sur le rôle du SMIC dans l'emploi de la main-d'œuvre, notamment juvénile, montrent que son influence est très faible compte tenu de l'importance des mesures incitant à l'emploi de cette main-d'œuvre. Le fait que le chômage touche davantage les moins qualifiés qui sont payés au SMIC n'induit pas que le SMIC soit la cause de leur chômage. Leur employabilité a une influence plus grande que le SMIC et l'abaissement de ce dernier n'y changera pas grand-chose. Quant aux cotisations sociales, il apparaît que seules les cotisations patronales ont une influence durable car il existe un jeu de vases communiquants entre salaires directs et salaires indirects (les cotisations sociales salariales). De toute façon, les études empiriques montrent que l'influence des charges sociales est réelle mais à la marge, sauf en ce qui concerne les salaires des services de proximité.

En réalité, le marché du travail, et pas simplement en France, ne fonctionne pas comme un marché véritable. Keynes l'avait déjà dit mais des institutionnalistes, tout en se plaçant dans le cadre de la microéconomie, vont aller plus loin dans la compréhension du marché réel du travail.

Le marché du travail est segmenté et cette segmentation accélère les passages par le chômage et le maintien d'un niveau de salaire qui ne facilite pas le développement de l'emploi. Voici les principales théories de la segmentation du travail :

1) La théorie du *dualisme du marché du travail* a été proposée en 1971 par Peter Doeringer et Michael Piore (*Internal Labor Markets*

and Manpower Analysis). Elle distingue, d'une part, un secteur moderne constitué par de grandes entreprises dynamiques proposant des emplois qualifiés, stables, biens rémunérés, comportant de larges possibilités de promotions et une forte syndicalisation et, d'autre part, un secteur de petites et moyennes entreprises à l'avenir incertain, proposant des emplois précaires, faiblement qualifiés et peu rémunérateurs à des travailleurs peu formés, généralement non syndiqués, issus de groupes sociaux défavorisés. Le premier secteur constitue le marché primaire du travail. Il est quasiment indépendant des fluctuations conjoncturelles, tandis que le marché secondaire des emplois précaires, instables et mal rémunérés contribue à l'adaptation du système productif aux fluctuations conjoncturelles de la demande.

2) L'approche en termes de *marché interne et marché externe du travail* est due à A. Lindbeck et L. Snower (*The Insider-Outsider Theory of Employment and Unemployment*, MIT, 1989). L'expression « marché interne » signifie que les salaires et la détermination des emplois obéissent à des règles de type administratif à l'intérieur de l'entreprise ; le « marché externe » désigne la relation de marché entre employeurs et chômeurs. Les travailleurs qui sont dans la firme sont les *insiders* ; ceux qui recherchent un emploi sont des *outsiders* : les salariés déjà intégrés à une entreprise ne sont pas facilement remplaçables par des externes car ils connaissent l'entreprise ; il y aurait les coûts de formation de leurs remplaçants, les coûts de licenciement si, pour un emploi ouvert, la candidature d'un externe au salaire bas était envisagée, de sorte qu'ils peuvent exiger des salaires plus élevés sans risquer d'être licenciés. L'augmentation des salaires de ceux qui travaillent (*insiders*) en période de chômage de masse (les chômeurs sont les *outsiders*) est possible. Il est difficile aux dirigeants de refuser, car aux coûts de licenciement de ceux qui ont de trop fortes rémunérations, aux coûts d'embauche et de formation des chômeurs qui rendent déjà non rentable l'opération de substitution de chômeurs au salaire bas aux travailleurs aux salaires élevés s'ajoutent, d'une part, l'effet d'antisélection (ne viendront que les chômeurs à faible compétence) et, d'autre part, la réaction des *insiders* qui n'accepteront pas sans lutte de perdre leur rente de situation. Le niveau du salaire est donc indépendant de la conjoncture, et le chômage ne peut diminuer[1].

---

1. Pour une application de la théorie de la segmentation au cas français, voir Bernard Gazier et Héloïse Petit, « French Labour Market Segmentation and French Labour Market Policies since the Seventies : Connecting Changes », Économies et Sociétés, série « Socio-Économie du travail », *AB*, n° 28, 6/2007, p. 1027-1056.

Dès les années 1970, à la suite du travail de Michael J. Piore (professeur d'économie du travail au MIT), des économistes américains ont attiré l'attention sur le caractère de plus en plus dual du marché du travail. À côté du marché du travail primaire, celui des personnes ayant un emploi, existe un marché secondaire, celui où se portent les demandeurs d'emploi. Le premier intéresse surtout des salariés qualifiés bien protégés par les syndicats, aux États-Unis principalement des hommes adultes et blancs. Le second attire plutôt des femmes et des jeunes ou des travailleurs appartenant à des ethnies minoritaires. Plus le marché primaire est solidement défendu par les syndicats, plus le patronat tente de trouver des marges de jeu sur le marché secondaire. Plus il en trouvera, plus il accordera des gages de bonne volonté à ceux qui dépendent du marché primaire. La flexibilité devient à la fois une garantie de l'emploi pour les uns, une cause de passages fréquents par le chômage pour les autres.

Cette segmentation du marché du travail n'empêche pas simplement l'absence d'ajustement global du marché du travail, il accélère aussi le passage par le chômage. La flexibilité devient instabilité et la coupure du marché du travail s'aggrave.

On a trop tendance à croire que le chômage résulte seulement d'une comparaison entre le stock des emplois et la population active. C'est aussi et avant tout un problème de flux. Il y a ceux qui sortent de l'inactivité, ceux qui y rentrent. Il y a surtout ceux qui entrent et qui sortent de l'emploi, une partie passe par le chômage, généralement ceux qui ont le plus de peine à s'intégrer de manière durable dans le chômage. Plus les garanties données aux salariés du marché primaire de l'emploi sont grandes, plus les passages par le chômage de ceux qui dépendent du marché secondaire s'accélèrent. C'est le moyen pour les entreprises d'obtenir la flexibilité qu'elles désirent. Lorsque les passages par le chômage s'intensifient, le moindre ralentissement dans les flux d'entrée dans l'emploi et d'accélération dans les flux de sortie risque de provoquer une explosion du chômage. Le chômage joue en effet le rôle du vase d'expansion des sorties et des entrées dans l'emploi.

La segmentation du marché du travail fait ainsi supporter la plus grande partie des ajustements à une main-d'œuvre contingente. L'instabilité de l'emploi est une des causes du chômage. Cette analyse est reprise par J.-P. Noyelle (1989) dans le cadre de ses recherches sur l'économie des services. En France, cette situation est aggravée par les habitudes et les comportements sociaux. Alors qu'au total le taux de changement d'emploi de la main-d'œuvre salariée des entreprises est presque identique en France et aux États-Unis, les taux de chômage y sont sensiblement différents. Cela est en partie dû aux conditions macroéconomiques de la croissance et au développement différent des emplois de services mais pas seulement. Aux États-Unis, la règle du « premier sorti – premier entré » permet au salarié qui perd son emploi d'accepter plus facilement son licenciement, par contre rien ne garantit à un salarié français licencié d'être le premier réembauché par son entreprise. Philippe d'Iribarne met aussi en lumière le rôle des cultures nationales dans la rationalité des comportements au travail et sur le marché du travail. Il fait ainsi une analyse de ce qu'il nomme la logique de l'honneur qui permet de mieux comprendre pourquoi le chômage évolue de manière différente suivant les pays. Le cadre français qui perd son emploi n'acceptera pas n'importe quel emploi car, s'il le fait, les entreprises peuvent par la suite se demander pourquoi il a accepté cette « déchéance ». Aux États-Unis, un tel comportement de la part d'un cadre licencié est par contre considéré comme un signe de combativité.

Pourquoi le patronat, même en l'absence de syndicats, accepte-t-il de pérenniser, voire de développer, une segmentation du travail qui finit par lui coûter cher ?

Les *insiders* (les travailleurs en place ayant des contrats à durée indéterminée) possèdent en fait une rente de situation qui leur permet d'obtenir des salaires supérieurs sans que les *outsiders* (les demandeurs d'emplois) puissent leur faire concurrence. La substitution des uns aux autres est limitée et il ne peut y avoir l'établissement de salaires favorisant l'augmentation de l'emploi par une baisse du salaire moyen, réel ou pas.

Pour comprendre cette situation, la théorie des conventions d'Olivier Favereau (1985-1989) et de Jean-Pierre Dupuy (1989) met en cause le cœur même de la théorie néoclassique et rejoint les travaux réalisés à propos de ce qu'il est convenu d'appeler le salaire d'efficience de Janet Louise Yellen (1984). Cette théorie réanalyse celle des contrats implicites de Costas Azariadis et s'appuie sur les travaux de Ronald Coase dans le domaine des théories des organisations que nous traiterons dans la « voie sociologique » de l'hérésie. À côté d'une rationalité liée au marché existe une rationalité procédurale liée aux rapports institutionnels et contractuels qui se sont établis entre les divers participants au marché du travail. Rompre avec cette situation peut coûter fort cher et augmente le coût des transactions.

La théorie des conventions se situe dans le sillage direct de John Maynard Keynes et d'Herbert Alexander Simon (1916-2001, prix Nobel 1978 – voir encadré plus loin, p. 514) : dans la mesure où l'information est imparfaite et la rationalité humaine limitée, pour remédier à l'incertitude et aux défaillances de la rationalité, on a recours à des conventions, des institutions, des organisations. Elles facilitent les relations, régulent les contradictions et parviennent sinon à une décision optimale, du moins à une solution suffisamment satisfaisante. On peut être rationnel sans obéir pour autant aux indications du marché, celui-ci perd alors sa capacité d'harmonisation des choix individuels. Certains auteurs français appartenant à l'École de la régulation rejoignent aujourd'hui cette approche et cherchent à élaborer une théorie institutionnaliste du fondement microéconomique de la macroéconomie. En fait, de nombreux théoriciens redécouvrent aujourd'hui le rôle central des règles, des normes et des institutions tant dans la dynamique économique que dans la macroéconomie et dans le fonctionnement du marché.

La théorie du salaire d'efficience met ainsi en évidence que le maintien d'un niveau élevé des salaires et la garantie de l'emploi ne sont pas, pour les entreprises, des décisions aberrantes. Elles permettent l'incitation et la motivation des *insiders* nécessaires à l'augmentation de la productivité et finalement au développement des nouvelles technologies. Il n'y a rien là d'étonnant, l'effort au travail est fonction du salaire réel versé. Même si les chômeurs acceptent un salaire plus bas, les entreprises ont avantage à maintenir un salaire plus important pour éviter les pertes de productivité. Ce maintien accélère parallèlement le recours à de nouvelles technologies et l'exclusion du marché du travail d'un nombre croissant de salariés dont l'employabilité diminue.

On entre alors dans un cercle vicieux qui marginalise un peu plus une partie de la main-d'œuvre et peut même aboutir à toucher les entrants de haut niveau quand, toujours pour assurer une meilleure stimulation de ses salariés, l'entreprise opte pour une politique onéreuse de promotion et de maintien de l'emploi. Toutefois, dans ce cas, il peut exister un contrat de travail implicite qui permet à l'entreprise de payer moins cher l'*insider* que l'*outsider*. Le coût de l'avantage de la stabilité et de la promotion est inférieur aux gains qu'il procure à l'entreprise.

Un tel fonctionnement du marché du travail peut-il permettre le développement du plein-emploi ?

Aux États-Unis, l'existence d'une main-d'œuvre contingente au statut incertain et précaire permet à la main-d'œuvre privilégiée de se procurer des services sans amputer fortement leur revenu. L'élévation de son niveau de vie peut se poursuivre sans une élévation trop rapide des coûts salariaux de cette main-d'œuvre. C'est finalement au travers d'une régulation fort différente de celle qui présidait au fonctionnement du circuit keynésien et qui justifiait le New Deal que le plein-emploi peut être obtenu. Ce n'est plus l'augmentation globale de la consommation mais la consommation du groupe le plus privilégié jointe à une baisse du prix réel des services qui facilite la diminution du chômage.

Nous venons de le voir, depuis le début des années 1970, la flexibilité de l'emploi augmente. Pour faire face à l'incertitude des marchés, les entreprises ont tenté de lutter contre certaines rigidités et de refaire du salaire un coût variable. La sous-traitance, les emplois précaires, le recours aux agences de travail temporaire ont accru la flexibilité externe de l'emploi. Les heures supplémentaires, l'épargne-temps, la formation permanente gérée par l'entreprise ou encore l'individualisation des salaires ont assuré la flexibilité interne. Cette flexibilité est principalement supportée par le salarié. C'est lui qui doit maintenir son employabilité en devenant plus mobile et en acceptant le nouveau fonctionnement de l'entreprise. Cette flexibilité a abouti à une segmentation du marché du travail et amené de nouvelles analyses de ce marché (voir plus haut les théories de la segmentation du marché du travail). D'une part, un marché du travail interne aux entreprises pour les salariés indispensables (les *insiders*) ; contre la garantie de l'emploi, ils doivent accepter la flexibilité du travail. D'autre part, un marché externe pour les salariés (les *outsiders*) qui assurent principalement la flexibilité externe, allocations chômages et diverses autres aides leur garantissant un minimum de revenu.

Dans la seconde moitié des années 1990, on a vu apparaître, notamment en Hollande et au Danemark, des politiques de flexisécurité. Leur objectif était de réduire le dualisme du marché du travail. La teneur des contrats à durée déterminée et celle des contrats à durée indéterminée sont rapprochées, les mêmes droits sont attribués à tous les salariés, notamment en matière de formation. Une politique active de l'emploi est mise en œuvre, des formations de reconversion et des allocations de chômage conséquentes sont offertes aux chômeurs. Plus de personnes passent par le chômage, mais perdre son emploi comporte moins de risques d'exclusion du marché du travail. Trop souvent, dans les rapports entre le patronat et les organisations syndicales, la flexisécurité a été une sorte de troc : accepter la mobilité contre la possibilité pour les salariés de retrouver plus rapidement un emploi.

La crise a fait brutalement bondir le nombre des chômeurs. Ce sont les *« outsiders »* qui l'ont principalement subie. Mettre en place une flexisécurité dite « à la danoise », notamment dans les pays qui n'ont pas la même histoire des rapports sociaux, apparaît très onéreux. Des voies nouvelles sont explorées. Elles s'appuient sur une conception plus large, plus collective et plus dynamique de la flexisécurité. Au-delà des dispositifs traditionnels de formation et de reclassement, de nouveaux arrangements sont expérimentés. Ils visent à reconnaître et à développer les compétences acquises hors de l'activité professionnelle, à faciliter le chômage partiel, à lier allocations de chômage et exercice d'activités utiles, à créer des groupes d'employeurs facilitant le passage d'un contrat de travail à un autre, du travail à la formation. On ne prend pas uniquement en compte les parcours professionnels mais les parcours de vie ainsi que la diversité des transitions entre l'emploi, le chômage et l'inactivité (formation, congés, activités non lucratives, mi-temps, éducation des enfants). On favorise l'intégration sociale et pas simplement le retour à un emploi stable à plein temps. À terme, le marché du travail ne serait plus considéré comme la confrontation entre des stocks offres et demandes de travail mais comme un espace de mobilités dans lequel s'organiseraient des flux entre divers « états ». *Peu à peu se précise la possibilité de « marchés transitionnels du travail »*[2], pour reprendre la notion proposée par l'Allemand Günther Schmid[3] dans son article « Le plein-emploi est-il encore possible ? », publié en 1995 en français dans la revue *Travail et emploi*. Il ne s'agit plus comme dans la flexibilité « d'équiper les gens pour le marché » mais « d'équiper le marché pour les gens » tout en limitant les coûts de la simple flexisécurité. On est encore loin du compte mais il est sûr que pour être menée à son terme cette évolution exigera une politique visant un horizon bien au-delà de la crise.

---

2. Bernard Gazier, « Genre, "flexicurité" et "marchés transitionnels du travail" : angle mort ou fenêtre de tir ? », *Travail, genre et sociétés*, n° 19, 2008/1 ; Bernard Gazier, « Making Transitions Pay : The Transitional Approach to Flexicurity », *in* H. Jørgensen et P. K. Madsen (dir.), *Flexicurity and Beyond. Finding a New Agenda for the European Social Model*, Copenhague, Djøf Publishing, 2007, p. 99-130.

3. Comme l'indiquent Jérôme Gautier et Bernard Gazier, l'approche en termes de marché transitionnel est essentiellement *« un ensemble de propositions analytiques et politiques visant à réformer les politiques publiques de l'emploi, et, au-delà, à améliorer le fonctionnement du marché du travail dans le sens d'une plus grande capacité d'intégration »*. Cf. Jérôme Gautier et Bernard Gazier, « Les marchés transitionnels, à quel paradigme appartiennent-ils ? », *in* François Eymard-Duvernay (dir.), *L'Économie des conventions. Méthodes et résultats*, La Découverte, 2006.

Au départ, cette école apparaît surtout comme une recherche d'un marxisme non dogmatique, s'opposant ainsi aux thèses orthodoxes du Parti communiste français exprimées sous la forme de la théorie du « capitalisme monopoliste d'État » selon la formule de Paul Boccara. Toutefois, dès le départ, leur désir de se confronter à la réalité et d'éviter l'abstraction théorique va être renforcé par les circonstances dans lesquelles ils développeront leur apport théorique.

En d'autres termes, pour les régulationnistes parisiens, on ne peut, sans tomber dans l'anachronisme[27], se servir des analyses marxistes conçues au XIXe siècle pour analyser le monde d'aujourd'hui. Ils se demanderont alors, comme l'a écrit Alain Lipietz en 1994[28], pourquoi « il y a des structures relativement stables alors que logiquement elles devraient éclater » par suite des contradictions qui les minent.

Comme Marx, Keynes et bien d'autres, les théoriciens de l'École de la régulation constatent qu'historiquement le marché n'est pas autorégulateur ni autorégulé, mais ils avancent qu'à certaines conditions des institutions peuvent permettre des ajustements et, en dépit de contradictions de diverses natures, maintenir sans crise majeure des régimes d'accumulation garantissant la croissance sur une longue période. C'est ce qui s'est produit avec le régime d'accumulation fordiste, aussi appelé « régime de croissance fordiste », qui s'est déployé au cours des Trente Glorieuses, même si l'entreprise de construction automobile d'Henry Ford a été fondée au début du XXe siècle et que la mise en place de sa méthode de production à la chaîne en pratiquant des hauts salaires date des années 1910[29]. C'est en mettant l'accent sur la « notion de rapport salarial », institutionnalisé en France après 1945, que Robert Boyer montre en 1979 comment le compromis fordiste change la donne du capitalisme. Grâce à lui les salaires ne sont plus dépendants du marché du travail. Au travers d'institutions et de réglementations,

---

27. L'anachronisme est la « pire erreur pour un historien » comme l'indique R. Boyer à propos de la New Economic History qui applique en histoire économique les outils de l'analyse néoclassique, faisant ainsi de « l'histoire immobile », cf. Robert Boyer, « Économie et histoire : vers de nouvelles alliances », *Annales. Économies, sociétés, civilisations*, n° 6, 1989, p. 1397-1426.

28. Alain Lipietz, « De l'approche de la régulation à l'écologie politique : une mise en perspective historique », in *École de la régulation et critique de la raison économique*, futur antérieur, L'Harmattan, 1994.

29. Pierre Dockès, « Les recettes fordistes et les marmites de l'histoire : (1907-1993) », *Revue économique*, 1993, vol. 44, n. 3, p. 485-528.

la moyenne des salaires s'aligne sur la productivité. C'est le rapport salarial fordiste qui permet de déplacer, voire de dépasser, les contradictions du capitalisme monopoliste, nommé aussi néocapitalisme. Comme nous l'avons vu, ce compromis social fordiste a facilité la croissance durant les Trente Glorieuses.

Toutefois, à partir de la seconde moitié des années 1990, les régulationnistes, qui ont été conseillers des gouvernements de gauche, se demandent comment un nouveau compromis social peut être instauré. Leur nouveau programme de recherche porte sur le post-fordisme. Robert Boyer, dans une volumineuse étude du Cepremap[30] pour le Commissariat général au plan, reprend la méthode des scénarios. Il présente trois combinaisons entre le système de technique, les formes de concurrence, le rapport salarial, l'intervention publique et les relations internationales. Le premier scénario, dit « au fil de l'eau », est le moins attrayant. Le deuxième est celui d'un « retour volontariste au marché ». Le troisième est celui de la mise en place de « formes collectives d'adaptation » et de la recherche d'un nouveau rapport salarial pour le partage des gains de productivité, y compris par la réduction du temps de travail et le développement de nouvelles formes d'emploi.

Derrière cette démarche on perçoit une évolution théorique : il n'y pas qu'une seule forme de régulation mais une multiplicité de combinaisons possibles et leur relation est systémique. Pour Michel Aglietta, les différents régimes d'accumulation sont déterminés par leur mode de financement. Et le régime post-fordiste correspond au capitalisme patrimonial[31] avec des salariés associés à l'actionnariat. Ce

---

30. Robert Boyer (dir.), *Aspects de la crise*, Commissariat général du plan et Cepremap, 1987. Voir en particulier le tome 3 : *Les Économies au milieu du gué*.

31. Michel Aglietta, « Le capitalisme de demain », *Note de la fondation Saint-Simon*, novembre 1998. Les synonymes de l'expression « capitalisme patrimonial » sont principalement « régime d'accumulation financiarisée » proposé par Frédéric Lordon (« Le nouvel agenda de la politique économique en régime d'accumulation

rôle de la finance se dessinait déjà dans l'ouvrage écrit en commun avec André Orléan et intitulé *La Violence de la monnaie*[32], ainsi que dans une partie de ses autres ouvrages concernant la monnaie et les institutions financière. Nous en reparlerons dans le chapitre de conclusion à propos de l'énigme de la valeur. On notera que parmi les divers courants institutionnalistes qui abordent le mécanisme de la formation des prix sans arriver à une théorie complète de la valeur et des prix[33] l'École de la régulation est le seul à aborder le thème de la valeur, sans doute en lien avec l'origine marxiste d'une partie de ses membres.

Comme on le voit la prise en compte des institutions et de leurs évolutions dans toutes les catégories d'institutionnalisme est à la fois fondamentale et variée.

5. LA VOIE DE LA SOCIOLOGIE

La sociologie apparaît à la fois comme la concurrente potentielle de l'économie et comme son éternelle compagne. Les conflits entre économistes et sociologues sont fréquents, et cependant, chacune de ces deux disciplines fait souvent appel à l'autre.

1. Le positivisme et le rejet de l'économie.

Selon Auguste Comte (1798-1857), l'humanité passe successivement par l'âge de la théologie, celui de la métaphy-

---

financiarisé », *in* G. Dumesnil et D. Lévy, *Le Triangle infernal. Crise, mondialisation, financiarisation*, PUF, « Actuel Marx confrontation », 1999) et « capitalisme actionnarial » de Dominique Plihon.

32. Michel Aglietta et André Orléan, *La Violence de la monnaie*, PUF, 1982.

33. C'est ce que démontre Éric Brousseau dans son article « Néo-institutionnalisme, prix et normativité », *Économies et société*, série « Œconomia », PE, n° 28, avril 1999.

sique, puis enfin par l'âge positif, ou encore scientifique, qu'il appelle de ses vœux. Fondateur du positivisme, Auguste Comte a eu une influence considérable. Curieusement, son conservatisme ne l'empêche pas d'avoir, dans les faits, supplanté Marx dans toute une partie de l'idéologie soviétique officielle. Sous Brejnev la révolution prolétarienne a été discrètement éclipsée au profit de la révolution scientifique et technique.

Pour Auguste Comte, l'économie, par ses débats scolastiques sur la valeur et bien d'autres choses, relève de l'âge métaphysique. Elle ne peut aborder la complexité des faits sociaux. Seule, la sociologie peut le faire, grâce à l'observation directe des faits, à l'analyse des cas pathologiques et aux comparaisons historiques.

Par sa méthode *positiviste,* A. Comte rejoint Sismondi, l'historicisme et les institutionnalistes. Il n'abandonne cependant pas l'idée de mettre à jour les lois d'une physique sociale.

É. Durkheim (1858-1917) en faisant des faits sociaux des choses, aboutit à la même négation de l'économie. Cependant, F. Simiand, disciple de cette École sociologique française, va dépasser la compilation statistique et établir un pont entre l'économie et la sociologie. Il rejoint, tout, en les condamnant, les historicistes, et peut être considéré comme un précurseur de l'histoire quantitative. Bien plus, en 1933, dans *Monnaie, réalité sociale,* il fait le saut et présente une explication de la nature de la monnaie.

Il montre que la valeur de la monnaie n'est pas liée à la substance matérielle qui lui sert de support, mais à la croyance sociale qu'elle suscite : « Toute monnaie est fiduciaire, l'or n'est que la première monnaie fiduciaire. »

Durkheim reprend l'idée du *nominalisme* de la monnaie, déjà émise par l'historiciste allemande F.G. Napp (1842-1926) ; Marcel Mongin, en 1887, et surtout Bertrand Nogaro qui, en 1905, avaient dit la même chose. Tous les nominalistes furent des précurseurs du plan Keynes, de Bretton Woods et des DTS (droits de tirage spéciaux) actuels et établirent à travers cette conception une liaison étroite entre la monnaie et la société.

2. L'observation monographique et l'enquête sociale.

Frédéric Le Play (1806-1882) est le fondateur d'une approche monographique dans l'étude des faits économiques, sociaux et culturels. Il lie son observation – notamment des budgets familiaux – à un réformisme social. Sa démarche et sa préoccupation pour la paix sociale marqueront profondément le « christianisme social ». On les retrouve dans la *Chronique sociale,* dans les *Semaines sociales* ou encore dans les travaux suscités par *Économie et humanisme.*

C'est toutefois dans les travaux du fondateur d'*Économie et humanisme,* L.-J. Lebret (1897-1966), que l'on retrouve le mieux la tendance à l'analyse des situations concrètes de F. Le Play. Si L.-J. Lebret a créé de nouvelles méthodes d'enquête (*Guide pratique de l'enquête sociale*), l'observation a toutefois été, chez lui, de plus en plus liée à la recherche d'une dynamique des structures. L.-J. Lebret avait lu Marx dans les années trente et collaboré avec F. Perroux à partir de 1940. Il avait également pris conscience des problèmes structuraux posés par le développement du Tiers-Monde. Un de ses derniers ouvrages économiques, *La Dynamique concrète du développement* (1961), témoigne de cette évolution.

3. Les théories des organisations et la théorie des systèmes.

Le terme d'*organisation* évoque à la fois les idées de structure, d'ordre, de système, de plan et surtout (pour ce qui intéresse le courant socio-économique qui trouve le terme d'entreprise trop étroit pour son champ d'analyses) d'une association se proposant des buts déterminés.

Pour Bruno Lussato, les *théories de l'organisation* sont en fait des productions de la *science de l'entreprise.* Elles touchent l'organisation du travail, l'économie de l'entreprise, le management. L'expression la plus moderne de la science de l'entreprise est le prolongement dans l'entreprise de la « théorie générale des systèmes ».

La science de l'entreprise tend à se développer d'une manière autonome, tout en intégrant les travaux économiques de Herbert Simon et Peter Drucker, ou d'autres auteurs appartenant à d'autres disciplines. Avec ce développement des écoles, se forment des appellations qui rappellent celles de l'économie politique, sans avoir la même signification. Il en est ainsi de l'École classique, dont les bases sont les travaux de Henri Fayol et Frédéric W. Taylor et de l'École néoclassique, qui est ici le mouvement empirique, représenté principalement par Peter Drucker. Le Français Octave Gelinier se rattache à ce dernier courant.

A) Les Écoles classiques et néoclassiques de l'organisation.

L'Américain Frédéric W. Taylor (1856-1915) et le Français Henri Fayol (1841-1925) furent les grands fondateurs de l'École classique de l'organisation, qui intègre également les travaux de Max Weber sur la bureaucratie. Elle se développa par la suite au travers d'autres travaux empiriques, notamment ceux de Peter Drucker et Octave Gelinier qui représentent les principaux auteurs de l'École néoclassique. Pour ces écoles, il s'agit de rendre l'organisation de l'entreprise plus efficace. Taylor recherche cet objectif en rationalisant la production des ateliers, Fayol en rationalisant leur administration, Peter Drucker et Octave Gelinier en recherchant de nouvelles méthodes de management.

Le taylorisme a longtemps été la méthode d'organisation de la production la plus répandue dans le monde. Taylor exposa sa théorie de l'organisation scientifique du travail dans plusieurs ouvrages notamment dans *« Shop Management »* (littéralement *la gestion des ateliers*) paru en 1903. Un Bureau des Méthodes doit établir une division du travail en autant de séquences qu'il est nécessaire pour fabriquer plus rapidement, mieux et moins cher. Les ouvriers doivent rigoureusement appliquer les indications du Bureau des Méthodes dans les temps exigés par ce dernier et respecter leur chronométrage. « *Ne pensez pas, le Bureau des Méthodes pense pour vous* » est l'injonction de Taylor aux ouvriers, toutefois il pense que le Bureau des Méthodes, pour établir la décomposition des tâches, doit bénéficier de la collaboration des ouvriers. À cette organisation du travail, il ajoute une rémunération en fonction des pièces fabriquées. Taylor ne comprit jamais la résistance ouvrière à ces propositions. Pour lui, elles devaient au contraire permettre à chaque ouvrier d'améliorer son revenu tout en diminuant la pénibilité de sa tâche ; ce double objectif, très néoclassique du point de vue de l'économie, ne prenait pas en compte la perte d'intérêt du travail parcellisé et chronométré. Dans les années 1930, *L'École des relations humaines* d'Elton Mayo recherche comment amender l'organisation taylorienne en prenant en compte les relations entre les individus et comment améliorer les conditions de travail dans les ateliers (en termes de lumière, humidité, chaleur, bruit, poussières). Toutefois cette école ne revient pas fondamentalement sur l'organisation taylorienne et, comme Taylor, veut déterminer la meilleure organisation possible du travail[34].

En fait, le taylorisme n'était pas qu'une méthode d'organisation du travail, c'était aussi une conception de l'organisation de l'entreprise et de son management. Première organisation scientifique du travail, le taylorisme était en parfaite adéquation avec le contexte de l'époque. Son hypothèse sous-jacente est simple : *si chacun est excellent, l'ensemble le sera*. Taylor voyait dans cette hypothèse l'application à l'organisation du travail et à toute l'entreprise du principe de base de la théorie libérale : *que chacun recherche son propre intérêt et on obtiendra l'intérêt général*. Le taylorisme a eu d'autant plus de succès qu'il s'enracinait très profondément dans l'idéologie qui a permis la révolution industrielle. La comptabilité analytique, le contrôle de gestion, l'imposition de cahiers des charges

---

34. Ce n'est qu'à partir des années 1960, donc bien plus tard, que la remise en question du taylorisme est envisagée avec notamment les travaux de Frederic Herzberg qui ont porté l'enrichissement des tâches des ouvriers, bien au-delà de l'élargissement des tâches sans intérêt.

détaillés aux sous-traitants, l'approche séquentielle des projets par des directions fonctionnelles apportant de manière additive leurs conclusions, voire la direction par objectif, ont tous un parfum taylorien.

Henri Fayol, ancien élève de l'école des Mines, pense que dans les entreprises l'organisation de la production est efficace mais qu'il n'en va pas de même de leur organisation administrative. Dans *Administration industrielle et générale, prévoyance, organisation, commandement, contrôle*, publié en 1915, il distingue les grandes fonctions de cette administration et la nécessité d'une unicité de la direction qui permet leur coordination tout en affirmant que quiconque exerce une autorité doit en avoir la responsabilité et cela jusqu'en bas de la ligne hiérarchique. Il n'est pas ainsi nécessaire de tout faire remonter au sommet de la hiérarchie.

Dans les années 1920, devant redresser la situation de la General Motors, A. R. Sloan recherche l'adhésion des cadres de l'entreprise en décentralisant la gestion. La direction se concentre sur les décisions stratégiques et la coordination des unités décentralisées. Les responsables de ces unités ont la liberté du choix des moyens et le contrôle du centre ne porte que sur les résultats. Ainsi est mise en place une *direction participative par objectif*. Après la Seconde Guerre mondiale, Peter Drucker aux États-Unis et Octave Gelinier en France la développeront et en faciliteront la généralisation en la liant à une analyse du management. En fait, il n'y a pas de contradiction entre le principe de base du taylorisme et le « fayolisme » ou la direction participative par objectif : *que chacun fasse de manière excellente ce dont il est chargé et l'entreprise sera efficace !*

B) L'École systémique.

L'École systémique a pour origine les travaux de Ludwig von Bertalanffy (1951), révélés par l'économiste Kenneth Boulding. Bruno Lussato résume l'apport des chercheurs de la théorie des systèmes en signalant, d'une part, leur effort pour « combler les fossés qui s'élargissent sans cesse entre les divers mouvements : qualitatifs (psycho-sociologiques), quantitatifs, et empiriques (néoclassiques) » et, d'autre part, pour « abolir les cloisons qui les séparent des autres sciences de l'activité humaine : économie de l'entreprise, information, recherche opérationnelle, macroéconomie, ergonomie, *industrial engineering,* psychologie industrielle, etc. ».

Dans son esprit, lorsque Jay Forrester, le père de la *dynamique industrielle,* écrit que « la théorie des systèmes a pour but de favoriser une prise de conscience *formelle* de l'interaction entre les parties d'un système », on voit que l'idée n'est pas nouvelle, puisque l'interdépendance walrassienne se posait déjà en ces termes. La nouveauté réside dans ses applications quantifiées, tant d'ailleurs à l'analyse de l'évolution de l'économie mondiale (*Halte à la croissance,* du Club de Rome paru en 1967) qu'à un système, ou organisation, plus restreint que forme l'entreprise. Ce développement nouveau est lié à celui de l'informatique.

En termes de problématique, la théorie des systèmes, lorsqu'elle relève de la théorie de l'entreprise, traite principalement des *structures et des politiques générales de l'entreprise considérées comme un tout indissociable,* selon les conceptions de Bruno Lussato et de Peter Drucker.

En France, ce courant est illustré par les travaux de Jean-Louis Le Moigne, Marie-Josée Avenier, Gérard Métayer, Alain-Charles Martinet, Jacques Lesourne, Raymond Alain Thiétart. (Pour une réflexion plus générale sur l'approche systémique, le sociologue Edgar Morin est également à citer, de même que le prospectiviste Yves Barel.)

C) Les approches contractuelles de la firme.

Les approches contractuelles de la firme peuvent tout aussi bien, pour la plupart, se rattacher à la voie institutionnaliste qu'aux théories de l'organisation de la voie sociologique. Elles se sont développées parallèlement aux travaux de l'École systémique. Dans une certaine mesure, elles permettent de mieux comprendre comment se prennent les décisions à l'intérieur d'une entreprise conçue comme un système.

Au départ, en 1937, dans son article séminal « La théorie économique de la firme », le Britannique Ronald H. Coase

RATIONALITÉ LIMITÉE, RATIONALITÉ PROCÉDURALE, COMPORTEMENT SATISFAISANT CHEZ HERBERT ALEXANDER SIMON (1916-2001)

À la fois théoricien en psychologie cognitive (on lui doit notamment la distinction entre mémoire à court terme et mémoire à long terme), en informatique (associé à Newell, avec qui il reçoit le prix Turing en 1975, il élabore la notion d'intelligence artificielle), économiste critique de la théorie néoclassique (ses travaux lui valent le prix en l'honneur de Nobel), Herbert Alexander Simon invite les économistes à davantage de réalisme dans les hypothèses relatives au comportement en situation de choix de l'individu décideur. Le comportement de l'*Homo œconomicus* de la théorie néoclassique repose sur l'hypothèse d'une rationalité substantive, en ce sens que l'individu connaît, parmi toutes les actions, celle qui lui procurera la plus grand avantage (maximisation) ou utilité, et sait identifier, entre tous les moyens susceptibles d'être mobilisés pour réaliser cette action, celui ou ceux qui minimiseront les sacrifices. Cette maximisation des avantages et cette minimisation des coûts constituent la démarche d'optimisation ou rationalité pure, encore appelée « rationalité substantive ». Dans son ouvrage de 1947, H. A. Simon emploie aussi l'expression de « décision objectivement rationnelle ».

Selon H. A. Simon : « Le comportement réel s'écarte, à trois égards au moins, de la rationalité objective :

la rationalité exige la connaissance parfaite et l'anticipation des conséquences de chacun des choix. En fait, la connaissance des conséquences est toujours fragmentaire.

Comme il s'agit de conséquences futures, l'imagination doit suppléer au manque d'expérience en leur affectant une valeur. Mais l'anticipation des valeurs reste toujours imparfaite.

La rationalité oblige à choisir entre diverses alternatives possibles de comportements. En pratique, on n'envisage qu'un nombre très limité de cas possibles[1]. »

Le comportement réel est alors un calcul limité par tous ces éléments : l'impossibilité de connaître toutes les conséquences d'une action, l'impossibilité d'identifier tous les moyens qui permettent de réaliser l'action et le fait que, finalement, l'essentiel ne réside pas dans un mieux inaccessible mais dans l'atteinte d'un résultat

---

1. Herbert Alexander Simon, *Administration et processus de décisions*, présentation de Xavier Greffe, Economica, 1983, p. 321 (collection Gestion).

acceptable (*satisficing*). Tel est le sens de l'expression de « rationalité limitée » dont la définition « est d'ailleurs passablement floue », comme le note Bernard Guerrien[2], en signalant tout de même que cette rationalité limitée justifie la négation de toute pertinence à la théorie des jeux. Ce caractère sibyllin a conduit à l'élaboration de la notion encore moins claire de « rationalité procédurale ». Les procédures que suivent les individus pour prendre une décision sont rationnelles, la procédure n'est nécessaire que pour l'individu réel, par pour l'*Homo œconomicus*, et chacun, en fonction de son expérience, de ses capacités, peut adopter un programme différent d'un autre individu pour réaliser le même objectif.

« La procédure de calcul rationnel est intéressante seulement dans le cas où elle n'est pas triviale – c'est-à-dire lorsque la réponse substantiellement rationnelle à une situation n'est pas immédiatement évidente. Si vous posez une pièce de vingt-cinq *cents* et une pièce de dix *cents* devant un sujet et lui indiquez qu'il peut prendre l'une ou l'autre, non les deux, il est facile de prévoir laquelle il choisira mais difficile d'apprendre quelque chose de ses procédures cognitives[3]. »

---

2. Bernard Guerrien, *La Théorie des jeux*, 3e éd., Economica, 2002.
3. Herbert A. Simon, « From Substantive to Procedural Rationality », *in* Spiro Latsis (dir.), *Method and Appraisal in Economics*, Cambridge, Cambridge University Press, 1976, p. 129-148.

---

refuse l'hypothèse de l'information parfaite qui sous-tend le système walrassien. Mieux, pour Coase, les divers agents sont inégaux devant l'information. Partant de la situation du marché du travail, devant l'inégalité de l'information, les individus tentent de sortir de l'incertitude en passant des contrats. L'entrepreneur est alors amené à remplacer l'ensemble des contrats bilatéraux par un contrat multilatéral qui se substitue au système de prix néoclassique et lui évite les coûts de transactions individuelles établies en référence à l'état du marché. En fait l'entreprise, toutes les fois qu'elle le peut, cherche à retrouver une plus grande certitude en échappant au marché. Chaque entreprise a ainsi une particularité qui tient à la manière dont se sont organisés en son sein les droits et les obligations et chaque entreprise recherche l'affectation la plus efficiente possible de ses ressources en minimisant les coûts de transaction. L'approche de Coase, dite néo-institutionnaliste, est à la fois juridique et économique et préfigure, dès 1937, les nouvelles théories de l'organisation.

En 1975, Oliver Willamson prolonge l'approche néo-institutionnaliste de Coase mais en reconsidérant l'origine des coûts de transaction, tout en prenant appui sur les travaux de H. A. Simon, en particulier l'hypothèse de rationalité limitée. Pour Williamson, ce n'est pas essentiellement les simples défaillances de l'information qui expliquent que l'entreprise n'alloue pas ses ressources en fonction du marché, c'est surtout le comportement habituel des agents qui explique cette dérive. Chacun essaie à partir d'une rationalité limitée de tirer le meilleur parti d'une situation ; le comportement des agents est essentiellement opportuniste. Dans ce contexte, où chacun tire « à hue et à dia » les coûts de transaction ne peuvent qu'être accrus. L'incertitude quant aux profits que chacun peut récolter est telle que l'entreprise recherche d'autres modes de « gouvernance » que celui du marché. Chaque entreprise, chaque organisation doit trouver celui qui, dans une situation donnée, sera le plus praticable pour elle. Pour y parvenir, tous les agents, et pas seulement le chef d'entreprise, doivent acquérir une compétence contractuelle et la firme doit les y aider. On peut voir une illustration de cette approche dans la mise en place par les entreprises de ce que les directeurs des ressources humaines nomment « l'entreprise apprenante » : c'est l'organisation même de l'entreprise qui doit faciliter la formation des opérateurs. Le rôle de l'entreprise est de mettre en place un contrôle et des incitations qui minimisent le coût des transactions.

L'économiste japonais Masanao Aoki, en recherchant quelle est l'organisation la plus pertinente pour diminuer les coûts de transaction, a mis l'accent sur l'ensemble des pratiques qui font de l'entreprise un système dont le résultat est supérieur à la somme de chacune de ses parties. L'intégration des flux d'information et de formation du juste à temps et les flux tendus, celle des sous-traitants dans des relations partenariales, y compris pour la mise au point de nouveaux produits, la recherche de nouvelles relations salariales et bancaires facilitent une plus grande flexibilité de l'entreprise et une réactivité élevée à son environnement. Le coût des transactions en est diminué. L'entreprise devient agile et nœud d'un ensemble de contrats qui n'a plus rien à voir avec la conception unitaire de la théorie néoclassique. M. Aoki appelle ce modèle de firme idéale la *firme J* (courante au Japon), par opposition au modèle unitaire de la *firme A* (encore courante en Amérique du Nord).

D) La sociologie conforte l'approche des économistes.
Bien entendu, la plupart des théories de l'organisation flirtent d'une manière ou d'une autre avec la sociologie.

LA FIRME DANS L'ÉCONOMIE DES CONVENTIONS

L'économie des conventions renouvelle la place donnée à l'entreprise, en allant au-delà de la théorie des coûts de transaction qui se limite à l'analyse de l'efficience de la coordination, mais sans rompre avec la tradition néoclassique qui analyse les échanges sur le marché. L'un des représentants de l'économie des conventions, François Eymard-Duvernay, écrit :

« Pour nous, l'entreprise organise l'articulation entre des marchés de biens, du travail, de capitaux. Il faut aussi introduire des espaces de coordination plus larges que l'entreprise, par exemple la branche professionnelle si les règles de valorisation des biens et du travail sont produites dans ce cadre. En outre, l'entreprise est à l'intersection de plusieurs formes de coordination, gérant les tensions qui résultent d'une telle situation par des compromis entre elles. La diversité des modèles d'entreprise et des mondes de production sur laquelle débouche l'analyse des conventions de coordination met en question la vision de l'entreprise comme mode de coordination unifié et simplement hiérarchique[1]. »

---

1. F. Eymard-Duvernay, O. Favereau, A. Orléan, R. Salais et L. Thévenot, « Valeurs, coordination et rationalité : trois thèmes mis en relation par l'économie des conventions », *in* François Eymard-Duvernay (dir.), *L'Économie des conventions, op. cit.*, p. 23-44.

Cette discipline s'intéresse directement aux relations sociales, les théories de l'organisation qui se sont constituées dans le champ de l'économie ne les prennent en compte que dans leur rapport avec l'efficience économique. On ne peut cependant parler des théories de l'organisation sans nommer les principaux apports des sociologues à la compréhension du fonctionnement des organisations. Nous avons déjà signalé, à propos du taylorisme, l'apport dans les années 1930 de l'École des relations humaines d'Elton Mayo. De son côté, dans les années 1950, l'École sociotechnique du « Tavistock Institute of Human Relations » de Londres, contrairement à l'École des relations humaines qui ne prend pas en compte les relations sociales, analyse l'entreprise comme un système composé de deux sous-systèmes, l'un technique l'autre social. Si l'un est modifié, l'autre doit l'être aussi. L'apport le plus décisif des sociologues aux théories de l'organisation a cependant été celui de « *la sociologie des organisations* » élaboré à partir des années 1960 par Michel Crozier. Cet auteur réfute la conception de l'*Homo œconomicus* du taylorisme ou de l'individu réagissant à des stimulations de l'École des relations humaines. Dans son livre écrit en 1976 avec Erhard Friedberg, *L'Acteur et le Système* (Le Seuil, « Points Essais »), il analyse les interactions entre les acteurs et les systèmes complexes. Dans une organisation, tous les acteurs ne poursuivent pas le même but et chacun possède une marge d'autonomie. Au sein de chaque organisation, chaque individu choisit à son niveau la solution qui lui paraît la plus efficace pour atteindre ses propres objectifs. Toutefois il n'a ni les moyens, ni le temps de déployer la rationalité de l'*Homo œconomicus* et encore moins de l'*Homo marginalus*. Il n'a qu'une rationalité limitée. C'est à partir de cette hypothèse que se déploient les analyses de la sociologie des organisations. Elles sont la version sociologique de celles des économistes qui élaborent une théorie de l'organisation.

On notera auparavant que l'approche systémique des organisations débouche aujourd'hui sur la recherche de nouvelles formes de management pour obtenir une participation efficace et efficiente. Dans cette perspective, l'investissement immatériel – notamment le savoir, le savoir-faire et le faire-savoir – et le capital immatériel – humain, structurel, relationnel[35] (voir encadré ci-contre) – deviennent primordiaux. Les travaux des consultants qui font de la recherche en sciences de la gestion arrivent à la conclusion que la réduction des dysfonctionnements organisationnels est aussi importante, si ce n'est davantage, que les investissements matériels. Pour Chris Argyris et Donald A. Schön[36], les consultants externes sont à même de faciliter la mise en évidence de ces dysfonctionnements. Dans leur ouvrage fondamental en sciences de la gestion, ils indiquent notamment que ces consultants externes sont particulièrement efficaces pour arriver à faciliter une collaboration sans frein de la part des salariés en mettant fin aux routines défensives dues aux craintes d'être jugés ou de mettre en difficulté un collègue. Ces craintes levées, il est alors possible de construire une entreprise apprenante telle que la propose Peter Senge[37]. L'entreprise apprenante permet à son tour la mise en œuvre du management par les compétences[38]. Celui-ci est un processus récursif d'interaction entre les compétences et l'organisation visant à améliorer la flexibilité organisationnelle et l'adaptation de l'organisation à des contraintes variables. Le management par les compétences met l'accent sur un repérage des potentialités et leur meilleure utilisation possible. Mais le management doit « participer à la transformation des compétences,

---

35. Leandro Cañibano Calvo, M. Paloma Sánchez Muñoz *et al.*, *Guidelines for Managing and Reporting on Intangibles (Intellectual Capital Report)*, Meritum Project, rapport pour l'Union européenne, 2002.
36. Chris Argyris et Donald A. Schön, *Apprentissage organisationnel*, De Boeck, 2002.
37. Peter Senge, *La Cinquième Discipline. L'art et la manière des entreprises qui apprennent*, First éditions, 1991. Peter Senge, Charlotte Roberts, Richard Ross, Brian Smith et Art Kleiner, *La Cinquième discipline. Le guide du terrain. Stratégies et outils pour construire une entreprise apprenante*, First éditions, 2000.
38. Annick Cohen Haegel et Annette Soulier, *Management par les compétences*, Éditions Liaisons, 2004.

LE CAPITAL IMMATÉRIEL

Les composants du capital immatériel selon Leif Edvinsson et Michael Malone[1] sont les suivants :
– le capital humain correspond à l'expérience, la formation, la capacité de direction, les relations interpersonnelles, la motivation, etc. ;
– le capital structurel désigne « ce qui reste dans l'entreprise à la fin de la journée », c'est-à-dire la culture de l'entreprise, la communication interne, l'organisation, l'innovation, etc. ;
– le capital relationnel est l'ensemble des rapports avec les parties prenantes externes de l'entreprise : les relations avec les actionnaires, les clients, les fournisseurs, les pouvoirs politiques, etc.

---

1. Leif Edvinsson et Michael Malone, *Intellectual Capital. Realizing your Company's True Value by Finding its Hidden Brainpower*, New York, Harper-Collins, 1997 ; traduction française : *Le Capital immatériel de votre entreprise. Identification, mesure, management*, Maxima, 1999.

---

lesquelles transforment l'organisation qui, à son tour, agit sur les compétences » (cf. M. Barthold-Prothade, *L'Acteur et le devenir du système*, Éditions Universitaires Européennes, 312 p., 2010).

Les économistes d'entreprise n'ont pas négligé ces dimensions dans le cadre d'une approche ressource, comme on peut le voir avec les travaux de l'économiste américaine Edith Penrose (1914-1996). Elle donne une place centrale à l'information, à l'expérience, au capital humain et rejoint les travaux évolutionnistes de Kenneth Boulding qui portent sur l'information, le savoir et la connaissance. De l'économie évolutionnaire à la théorie du développement de la firme, il n'y a que la différence entre des propos généraux et l'enracinement empirique ou appliqué, illustré notamment par « l'effet Penrose[39] », même si Penrose a critiqué dès 1952

---

39. « L'effet Penrose » désigne les dysfonctionnements dus à une croissance trop rapide de la firme. Cet effet conduit à préconiser de prendre le temps nécessaire pour intégrer de nouvelles ressources, pour faciliter l'apprentissage, l'acquisition de l'expérience, assurer la formation de nouveaux collaborateurs.

l'analogie biologique fréquente chez certains évolutionnistes en économie de la firme[40]. L'évolutionnisme évoque la dépendance de sentier, et par conséquent la vanité d'une stratégie de surcroissance, épuisante, ignorante des ressources disponibles[41].

E) L'entreprise n'est plus une boîte noire.

En définitive, les approches systémiques et contractuelles, tant des économistes que des sociologues, décrivent une situation où il ne suffit plus qu'à l'intérieur de la firme chacun soit excellent afin que la firme soit la plus efficiente possible. Désormais, pour parvenir le plus près possible de l'excellence, l'entreprise doit avant tout favoriser la circulation de l'information et les relations entre toutes ses parties prenantes. Au-delà des performances partielles, l'entreprise vise la performance globale d'un ensemble allant bien au-delà de ses propres limites. Les performances partielles ne sont pas négligées, mais elles doivent être cohérentes avec les éléments qui permettent d'élever la performance globale. Les compétences individuelles ne peuvent s'exercer que dans le cadre d'une organisation collective. L'inter-opération a la priorité sur l'opération. Il y a aujourd'hui une profonde cohérence entre la mise en place des directions de projet, la mise en cause de l'organisation taylorienne du travail, le développement des unités élémentaires du travail et la sous-traitance partenariale.

La montée des services, y compris à l'intérieur des entreprises industrielles et dans la nature des produits qu'elle vend (un constructeur d'automobiles vend aujourd'hui tout autant une série de services facilitant l'usage d'une auto-

---

[40]. Edith Penrose, *The Theory of the Growth of the Firm*, Oxford, Basil Blackwell, 1959 ; 3e éd., Oxford, Oxford University Press, 1995.

[41]. Yasemin Y. Kor et Joseph T. Mahoney, « Edith Penrose's (1959). Contributions to the Resource-Based View of Strategic Management », *Journal of Management Studies*, 41-1, janvier 2004.

mobile qu'un véhicule), accentue cette primauté de la relation sur l'opération. Le service ne se réalise pas en dehors de sa « consommation ». Avant que le service soit rendu, il n'existe que des moyens pour le rendre, quand le service est rendu, ne subsiste que des effets difficiles à modifier. Dans le domaine des biens immatériels, il y a concomitance de la production et de la consommation. Les chercheurs qui se sont intéressés à l'économie des services ont pu ainsi déterminer que la qualité d'un service dépend essentiellement des relations qui s'établissent entre le producteur et l'utilisateur (le consommateur des services). De même, lorsqu'on change la manière de rendre un service, il faut remonter bien en amont du point de « servuction »[42], celui où est assurée la jonction entre la consommation et la production. Les recherches dans le domaine de l'économie des services menées notamment par J. Bonamy, A. Barcet, J. I. Gershuny (*Après la société industrielle ? L'économie du self-service en émergence*, Mcmillan, 1978) et son quasi-homonyme C. Gersuny, qui avec W. R. Rosengen a publié *La Société de service* (Schenkmen, Cambridge, Mass., 1973), ont une portée générale pour l'étude des organisations y compris administratives et éducatives.

Toutes les théories qui s'intéressent aux décisions auxquelles aboutissent les relations à l'intérieur des organisations marginalisent ainsi le rôle du marché dans l'efficience économique. Elles ouvrent l'automate que constitue l'entreprise dans la théorie de l'équilibre général. L'entreprise n'est plus une boîte noire dont la rationalité des comportements aboutit au sein de l'équilibre général à un optimum. L'efficience de l'entreprise ne vient pas principalement de son obéissance au marché mais de sa capacité à assurer sa cohérence interne pour minimiser le coût des transactions. Pas étonnant que, aujourd'hui, les entreprises s'intéressent tant aux formes de la concurrence hors marché. Dès les années 1950 et 1960, en publiant *Les Organisations* (John Wiley and Sons, 1958),

---

42. Terme forgé par les Français P. Eiglier et E. Langeard par concaténation de service et de production.

> **UN NOUVEAU CHAMP SCIENTIFIQUE :
> LES SCIENCES DE LA GESTION**
>
> Ces avancées dans le développement des théories de l'organisation se réalisent parallèlement et en liaison avec celles des sciences de la gestion. Elles ont pour objectif la compréhension du fonctionnement des organisations et la mise au point d'outils facilitant la conduite et la maîtrise des organisations. Comme la science économique, la gestion vise à une meilleure allocation des ressources. Son entrée est cependant principalement microéconomique, même si une organisation peut être un ensemble d'individus. Toutefois voulant contribuer à comprendre comment des individus interagissent au sein d'une organisation et quels sont les rapports entre ces interactions et l'environnement des organisations, il s'agit d'une science très interdisciplinaire. Pour explorer son champ, la gestion fait appel à bien des sciences humaines et sociales : économie, psychologie, sociologie, psycho-sociologie, science politique, droit, histoire… Par rapport à ces sciences, elle ne cherche pas seulement à décrire ou comprendre, mais elle est explicitement normative en ce qu'elle recherche comment améliorer les performances des organisations. Cet objectif opérationnel lui permet d'éviter les impasses et les confusions où mène parfois une interdisciplinarité touche-à-tout et sans véritable cohérence disciplinaire.

James C. March et Herbert A. Simon avaient repris l'idée d'un équilibre organisationnel déjà émise en 1937 par Chester Barnard (*Les Fonctions des dirigeants*). C'est cet équilibre qui permet de maintenir la cohérence interne des ensembles sociaux. L'entreprise est un acteur complexe « produit » par les interactions entre ses diverses parties prenantes qui se contentent désormais d'un choix satisfaisant et non optimal. Tout en mettant l'accent sur l'organisation et son management, ces théories n'en demeurent pas moins dans le cadre de la microéconomie.

4. Le rôle des groupes sociaux dans la vie économique.

L'analyse du rôle des groupes sociaux dans la vie économique est très ancienne. Physiocrates et marxistes l'ont, chacun à leur niveau, introduite et développée. On la retrouve chez les institutionnalistes. Bien entendu, elle est à la base des approches de l'économie par les sociologues et par ceux qui tentent d'élaborer une dynamique des structures.

On peut cependant noter que, dans les années 1950 et 1960, des économistes vont plus spécialement étudier le rôle des groupes sociaux dans la répartition et l'inflation.

Aux États-Unis, K. E. Boulding propose, en 1950, « une reconstruction de l'économie », où il met en évidence le rôle des comportements psychologiques et sociologiques. Il rejoint ici Th. Veblen, qu'on aurait pu rattacher à la voie sociologique mais qu'il est traditionnel de classer parmi les fondateurs de l'institutionnalisme. À la même époque, des auteurs tel N. Wiener essayent d'appliquer la cybernétique[43] aux relations entre groupes. Pour Wiener : « La nature des communautés sociales dépend dans une large mesure de leurs modes intrinsèques de communication. »

En France, J. Marchal, P.-L. Reynaud, J. Lhomme, J. Lecaillon, A. Tiano, H. Brochier et C. Morrisson ont plus spécialement énoncé les problèmes de la répartition à partir du comportement des groupes sociaux. Ces études ont en même temps permis de mieux comprendre le rôle des groupes sociaux dans l'inflation, et débouché, dans la fin des années 1960 et le début des années 1970, sur le concept de *société d'inflation* (R. Maury).

L'inflation n'y est plus due, simplement, à des déséquilibres économiques, mais au rôle des groupes sociaux qui désorganisent pour éviter ses conséquences négatives et

---

43. Science des relations, des communications, de la régulation de l'être vivant et des machines, son application à l'économie répond à des préoccupations proches de celles qui amènent aujourd'hui les économistes à s'intéresser à l'analyse systémique.

les reporter sur les autres (Théorie d'Henri Aujac). Serge Christophe Kolm, qui se qualifie de marxo-walrasso-keynésien, préconise l'indexation pour combattre l'inflation.

Le CERC (Centre d'études des coûts et des revenus), sous l'impulsion de Jacques Méraud et Philippe Madinier, a multiplié les analyses concrètes. Elles permettent de mieux comprendre le rôle, en France, du comportement des groupes sociaux dans la répartition des revenus, le partage des surplus de productivité et la hausse des prix.

Bien entendu, il faut rapprocher de ces travaux ceux réalisés par le CREDOC sur l'épargne et la consommation, et l'analyse de l'épargne faite par E. Lisle et P. Babeau.

Toujours à propos du rôle des groupes sociaux dans la vie économique, on doit aussi signaler les travaux qui ont trait aux rapports entre les groupes sociaux au sein des entreprises et qui rejoignent les recherches entreprises à propos des organisations.

Certains sont principalement centrés sur la prise du pouvoir dans la direction de l'entreprise. Comme nous l'avons signalé, John Kenneth Galbraith, à la suite de Thorstein Veblen et Adolphe Berle, a analysé dans le *Nouvel État Industriel* (1967) la montée de la technostructure. La technostructure enracine son pouvoir non dans la propriété du capital mais dans sa compétence et dans l'organisation de l'entreprise. Cette analyse débouche sur une *théorie managériale du gouvernement des entreprises*. Le retour en force des investisseurs institutionnels dans la direction des entreprises donne actuellement lieu à des recherches sur les conséquences de luttes entre financiers et managers issus de la technostructure. Dans le cadre des approches contractuelles de l'entreprise, la *théorie de l'agence* analyse ainsi les relations entre l'actionnaire-principal et l'agent-manager. Le premier est d'abord intéressé par une augmentation de la valeur des entreprises, le second par une politique de croissance (notamment externe) et une augmentation des profits pour la faciliter. Lorsque l'actionnaire principal impose sa loi, les contradictions entre les stratégies industrielles et financières aboutissent à privilégier le court terme au détriment

Le déploiement des hérétiques « à la Schumpeter » 605

d'une stratégie à long terme et de la cohésion sociale qu'elle implique. Une telle situation a ainsi des conséquences importantes sur les relations entre toutes les parties prenantes (*stakeholders*) de l'entreprise étudiées dans le cadre des théories de l'organisation ou encore dans celui des relations professionnelles, qui est aussi un des principaux champs d'analyse du rôle des groupes sociaux dans l'entreprise.

Dans tous les cas nous ne sommes pas loin d'une dynamique des forces ou d'une approche *socio-économique* relativement empirique. Nous rejoignons la dynamique des structures.

6. LES VOIES DE LA DYNAMIQUE DES STRUCTURES

Nous arrivons ici aux tendances que nous avons largement décrites dans les deux précédents chapitres. Nous avons vu dans l'introduction du deuxième chapitre de cette partie, pourquoi elles connaissent un rapide développement[44].

Schumpeter a donné à cette recherche ses lettres de noblesse[45] (cf. ses ouvrages : *Théorie de l'évolution économique* ; *Capitalisme, Socialisme et démocratie*).

François Perroux a permis son développement. Il a non seulement fait connaître J. A. Schumpeter, mais il est certainement l'économiste qui a exploré le plus grand nombre des pistes ouvertes par J. A. Schumpeter. Aussi, lorsque nous allons voir successivement :

1. l'analyse des structures,
2. la dynamique des forces,
3. l'analyse structurale,
4. et au-delà de l'analyse structurale,

nous aurions pu, à chaque étape, reprendre l'apport spécifique de François Perroux. Nous réserverons la présentation de son apport à l'analyse structurale.

---

44. Cf. p. 492.
45. Cf. p. 461 *sq.* (sa vie et son œuvre).

Ajoutons que, d'une manière générale, ce courant est très largement dominé par des économistes français.

1. *L'analyse des structures.*

Nous avons eu l'occasion de présenter l'idée de *structure*[46].

a) Exception faite des travaux de Wagemann, de Weber et d'Eucken, qui tentaient d'établir une théorie des structures et des systèmes économiques[47], l'analyse des structures a été une des caractéristiques de l'École socio-économique française, que nous avons déjà citée à propos du rôle des groupes sociaux dans la vie économique. On la retrouve en effet chez F. Perroux, André Marchal, Jean Marchal, Jean Lhomme, André Piettre, André Nicolaï, Maurice Bye, Jacques Houssiaux, Alfred Sauvy, et, dans une certaine mesure, Raymond Barre.

Tous ces auteurs se refusent à analyser simplement l'économie en termes d'équilibre macroéconomique ou en termes d'équilibre walrassien. Ils prêtent une très grande attention aux évolutions à long terme et aux évolutions historiques.

C'est sans doute chez A. Marchal, A. Nicolaï et J. Houssiaux, que la dynamique des structures est la plus systématique. Chez ces auteurs, on voit apparaître la recherche de *lois* d'évolution des structures et des contradictions structurales.

b) Bien entendu, ces recherches se sont souvent orientées vers l'étude des problèmes du Tiers-Monde. Citons notamment, à ce propos : Marc Penouil, *Socio-économie du développement* ; D. C. Lambert, *Les Économies du Tiers-Monde* ; J.-M. Albertini, *Mécanismes du sous-développement et développements* ; G. Blardonne, *Progrès économiques dans le Tiers-Monde* ; R. Gendarme, *La Pauvreté des nations*. Sans être tiers-mondistes, ces auteurs font une analyse des

---

46. Cf. p. 465.
47. Cf. p. 553 *sq.*

ÉCONOMISTES ET SOCIOLOGUES DANS L'ÉTUDE DES RELATIONS PROFESSIONNELLES*

Les relations professionnelles (que l'on nomme industrielles ou encore du travail) étudient les rapports entre les groupes sociaux au sein de l'entreprise et plus généralement de l'économie. Leur étude constitue un sous-ensemble de celle des organisations. Un système de relations professionnelles est en premier lieu le produit d'un ensemble de règles implicites ou explicites. Il est établi par le jeu des acteurs de ce système et gouverne leur comportement. Il est bien entendu en relation avec d'autres systèmes qui organisent la société (les systèmes techniques, économiques, sociaux et politiques). Il est en outre le résultat de l'agrégation de sous-systèmes, notamment ceux des entreprises ou de l'organisation interne des syndicats, plus ou moins cohérents entre eux (cf. sous la direction de Jean-Daniel Reynaud, *Les Relations professionnelles*, Éditions du CNRS, 1990, 464 pages).

Économistes et sociologues se sont chacun de leur côté intéressés aux relations professionnelles.

Comme nous l'avons vu (cf. p. 328 sq.), Marx fut, dans une certaine mesure, un des premiers économistes à les intégrer dans la description du fonctionnement de l'économie. Le marxisme inspire encore directement ou indirectement certaines théories des relations professionnelles, notamment celles de R. Hyman et de H. Braverman ou encore de l'École de la régulation des sociologues F. Dahrendorf et T.H. Marshall, qui, toutes, se rattachent aussi au courant institutionnaliste. Par contre, l'approche contractuelle de la firme, non héritière du marxisme et qui appartient aussi au courant institutionnaliste, peut permettre de comprendre comment se structurent les relations professionnelles et les conséquences de leur évolution sur la régulation par le marché (cf. Des institutionnalistes au secours du MIC, p. 577 *sq.*).

Parallèlement à ces analyses plus économiques, les sociologues se sont aussi intéressés aux relations professionnelles. Elles ne permettent pas d'établir directement une liaison entre les relations professionnelles et la régulation économique et encore moins avec l'allocation des ressources rares. Elles prennent cependant mieux en compte le contexte social. Ces analyses sociologiques des relations professionnelles ne sont pas que descriptives et empiriques, de grands courants théoriques les dominent.

Le premier, apparu en 1958, est celui de John. T Dunlop (Systèmes des relations industrielles, *livre réédité par la Harvard Business School en 1993, ce qui traduit son intérêt*). Il se rattache directement à l'École systémique. Nous avons en partie repris plus haut la définition qu'il donne des relations professionnelles. Au sein de ce système, il analyse les rapports entre les ouvriers, les syndicats qui les représentent, le management et ses organisations patronales au sein d'un contexte technique ou encore idéologique et des relations de pouvoir dans une société donnée. Ainsi apparaissent des normes, des institutions, des procédures qui structurent le système des relations professionnelles à un moment donné. Elles stabilisent les relations à l'intérieur du système des relations professionnelles et en même temps jouent un rôle important dans la stabilisation du système économique. Contrairement à des approches parfois inspirées par le marxisme, ce n'est cependant pas, chez Dunlop, le conflit qui joue un rôle déterminant mais plus la recherche d'un consensus. *La stabilisation du système est d'autant plus acquise que les idéologies propres à chaque agent sont compatibles entre elles.* Toutefois la théorie systémique de Dunlop est plutôt une manière d'ordonner la description d'un système de relations professionnelles qu'une théorie explicative, les règles sont produites mais on ne voit pas toujours les motivations qui guident les acteurs dans cette production et dans le choix des moyens pour y parvenir.

L'approche pluraliste de l'École d'Oxford de H.A. Clegg et A. Flanders, élaborée dans les années 1960-1970, est parfois considérée comme une variante britannique de la théorie systémique de Dunlop. Elle centre son analyse sur les négociations collectives, principales sources des règles et normes qui structurent le système des relations professionnelles. Par contre, si le conflit peut être résolu par la négociation, les conflits d'intérêts sont directement pris en compte. Il peut y avoir acceptation de règles de fonctionnement et compromis acceptable par tous alors que les idéologies fondant le comportement de chaque acteur ne sont pas compatibles et que les rapports entre les acteurs sont inégaux.

Pour l'École de la micropolitique, dont les principaux apports datent des années 1980 et 1990, les relations professionnelles ne constituent pas un système ni de coopération ni de domination, elles sont simplement des ensembles de jeux micropolitiques (au sens de la théorie des jeux) entre des acteurs aux pouvoirs inégaux. Ces acteurs sont susceptibles de développer des stratégies conflictuelles car l'inégalité des pouvoirs n'est jamais une domination totale. Chacun a une marge de liberté et de négociation d'autant plus grande qu'il contrôle une plus grande part de l'incertitude. Cette entrée micropolitique est critiquée *par les tenants de la politique du travail* qui se placent plus directement au niveau politique. La politique du travail régule les relations sociales dans le cadre de la sphère productive. Les relations de pouvoir qui la déterminent se déploient certes dans les rapports sociaux au sein de l'entreprise mais aussi grâce à des règles et à des institutions conquises collectivement ou imposées par le pouvoir politique. Les négociations collectives se retrouvent dans les analyses qui, de même que les précédentes, partent de l'action des acteurs mais qui s'intéressent tout autant au marchandage officiel qu'à toutes les règles et relations informelles. Dans tous les cas, comme en ce qui concerne la micropolitique, c'est essentiellement le jeu des acteurs qui est étudié, ainsi s'élabore une *théorie de l'action des acteurs sociaux.*

La théorie du « choix stratégique » de T. A. Kochan, H.C. Katz et R.B. Kersie, présentée en 1986 dans *La Transformation des relations industrielles américaines* (Basic Books), tente de faire le pont entre l'approche systémique de Dunlop et les théories de l'action. Elle prend en compte l'évolution des relations professionnelles des années 1980 et 1990. Les entreprises tendent de plus en plus à écarter les syndicats ou créent des syndicats maison, le consensus n'est plus recherché et les entreprises veulent établir de manière autonome leurs décisions tant économiques que sociales tout en imposant leurs décisions aux autres acteurs. Leurs actions les plus stratégiques influencent le comportement des autres acteurs, d'autres se situent simplement au niveau d'un ajustement individuel par une gestion des ressources humaines qui minimise les régulations collectives. Le système des relations professionnelles décrit par la théorie des choix stratégiques donne ainsi un rôle majeur aux entreprises et minimise l'action syndicale. À la limite, elle décrit un système de relations professionnelles dont les syndicats seraient exclus. Reste à savoir si une telle perspective assure mieux la stabilité du système de production qu'un système de relations professionnelles largement négocié.

La Logique de l'action collective : biens publics et théorie des groupes de Mancur Olson, paru aux États-Unis en 1965, et seulement vingt ans plus tard en France, peut permettre de comprendre les raisons du déclin syndical. Pour Olson, la défense des intérêts d'un groupe est une production d'un service et comme toute production de services elle implique un coût. Or un groupe dépend de ce que font et recherchent les individus qui le composent. Leur comportement dépend de ce qu'ils peuvent attendre individuellement de leur engagement dans l'action collective et de l'importance de l'organisation de l'action collective. Certains, les militants, se portent volontairement candidats pour prendre en charge ses coûts d'organisation. Ils ne le font pas par par désintéressement mais en fonction des avantages matériels et surtout par suite du changement de statut social que leur procure leur engagement. Les autres sont prêts à les suivre et à les rejoindre et à faire réussir l'action collective s'ils sont sûrs des gains que leur procurera cette action et surtout qu'ils n'auront pas à supporter les coûts d'organisation. La plupart attendent ainsi que les autres obtiennent pour eux des résultats, nous retrouvons là la notion de passager clandestin développée par les économistes. Plus le groupe est nombreux, plus le risque de voir s'accroître le nombre de ces passagers est grand. Mancur Olson développe ainsi un modèle avantages/coûts inspiré par la théorie économique. Pour être puissants, les syndicats doivent offrir des services dont les avantages sont supérieurs aux coûts de transactions de ceux qui rallient leur action. Dans la mesure où les militants mus par des considérations idéologiques deviennent plus des porte-parole des exclus que des producteurs de services aux salariés en place, ils perdent leur capacité de mobilisation de ces derniers. Il en est de même lorsqu'ils proposent des services liés essentiellement aux cercles vertueux d'un fordisme et qui sont dépassés par les évolutions technologiques et sociales. Pour redevenir puissants, les syndicats doivent adapter leur offre et comprendre quel est leur nouveau marché.

Au total ces approches, essentiellement sociologiques, des relations professionnelles peuvent permettre aux économistes de mieux intégrer les rapports sociaux et le fonctionnement du marché du travail dans leur quête des conditions d'une plus grande efficacité économique. Cette convergence entre les approches sociologiques et économiques déjà largement entreprise devrait s'accentuer. Reste à se demander comment elle peut être prise en compte dans les formalisations mathématiques, l'autre grande caractéristique de l'évolution de la science économique. Mais faut-il tout formaliser ?

---

problèmes du Tiers-Monde qui rejoint ou prolonge les analyses de G. Myrdal, de L.-J. Lebret et de F. Perroux.

On peut rapprocher ces travaux de ceux menés à l'étranger par S. H. Frankel, A.-O. Hirschmann, N. S. Buchanan (co-auteur, avec F. A. Lutz, de *Reconstruire l'économie mondiale*) et B. Hoselitz. A. Lewis (prix Nobel) a fait lui aussi une analyse des caractéristiques du sous-développement, mais dans une optique plus néoclassique[48].

Cette dernière perspective, dans une orientation libérale, a pris le pas sur les analyses structuralistes dans les années 1980. Du point de vue de la politique économique, cela s'est

---

48. Cf. p. 511.

traduit par le consensus de Washington, selon l'expression de John Williamson. Promu par le FMI et la Banque mondiale, le « consensus de Washington » représente, dans une perspective libérale, l'ensemble des conditions d'accès au développement. Pour favoriser les *politiques de croissance et de développement*, le FMI et la Banque mondiale proposent de restaurer l'efficacité des marchés dans des économies caractérisées par une forte intervention étatique (grâce à des *monopoles* nationaux, souvent publics) et par des grands déficits du budget de l'État comme de la balance commerciale (les déficits jumeaux). L'ensemble de ces mesures appliquées à un pays en développement endetté bien au-delà de ses capacités de remboursement constitue un programme d'ajustement structurel (PAS).

Le consensus de Washington recommande l'ouverture des économies nationales, la libéralisation des marchés nationaux des capitaux et la promotion de la libre concurrence par des politiques de dénationalisation et de *déréglementation*. Pour beaucoup d'analystes (Y. Akyüz, J. Brohman, S. Lall, H. W. Singer, D. Rodrik, H. Ben Hammouda[49], etc.), les PAS n'ont pas donné les résultats escomptés. Les critiques du « consensus » ont même été mises à la portée du grand public par Joseph Stiglitz dans *La Grande Désillusion*[50]. En faisant de la libéralisation des marchés (des capitaux, des biens et services, etc.) le moteur de la croissance des pays en développement, les préconisations du FMI produisent des effets pervers, dus notamment à l'opacité des informations liées aux décisions des institutions internationales.

Le renouveau structuraliste, ou néostructuralisme, apparaît à la faveur de ces critiques du courant néoclassique ainsi que grâce au développement de la nouvelle économie keynésienne et de la nouvelle microéconomie, évoquée ici par

---

49. Voir Hakim Ben Hammouda qui présente une synthèse des critiques formulées à l'égard des PAS et du consensus de Washington dans « Renouveau structuraliste. Contexte, intérêt et limites », *Mondes en développement*, 2001/1, n° 113-114, p. 37-47.

50. Fayard, 2002.

les travaux du prix Nobel J. Stiglitz. Il se caractérise par un éclectisme théorique, méthodologique et doctrinal qui le rend difficilement cernable. Tout en utilisant les modèles IS-LM, les auteurs rejettent l'holisme et reprennent les hypothèses réalistes des fondements microéconomiques (information imparfaite); ils préconisent de limiter le rôle de l'État à la régulation pour corriger les imperfections du marché. Mais Hakim Ben Hammouda reconnaît que, malgré leur intérêt, les modèles néostructuralistes ne permettent pas de comprendre la réalité changeante des économies en développement actuelles.

Même si ces travaux des néokeynésiens en économie du développement utilisent les fondements microéconomiques, l'essentiel de leur contenu est macroéconomique. Les innovations les plus radicales sont plus récentes et permettent d'identifier une nouvelle discipline que l'on désigne quelquefois par « économie du microdéveloppement ». La représentante de cette tendance nouvelle est la Française Esther Duflo[51], professeur au MIT. Ses publications sont souvent faites en collaboration, avec pour principaux co-auteurs : Michael Kremer, Jonathan Robinson, Abhijit Banerjee, Rachael Glennerster. La perspective spécifique de ces travaux consiste à accorder une place importante aux outils permettant d'appréhender les effets des politiques économiques au niveau microscopique, par une analyse aléatoire (*randomisation* en anglais) des expériences sur le terrain, tout en préconisant la stratégie de développement basée sur des microprojets. On est loin des théories du *big push* et des industries industrialisantes des années 1950-1960.

c) Aujourd'hui, la dynamique des structures emprunte souvent une nouvelle voie : *la prospective*, que l'on nomme aussi parfois *futurologie*. Elle est née aux États-Unis à la fin de la Seconde Guerre mondiale. Son objectif a été de

---

51. *Lutter contre la pauvreté. 1. Le Développement humain ; 2. La politique de l'autonomie*, Le Seuil « La République des idées », 2010.

prévoir l'évolution des puissances et des rapports de forces. Elle s'est développée en France sous la double influence de Gaston Berger et de Bertrand de Jouvenel. C'est un courant très largement international.

Pensant les problèmes à long terme, la prospective s'est fortement intéressée aux évolutions structurales et a multiplié les approches interdisciplinaires (prenant en compte l'évolution des systèmes de valeurs). Peu à peu, sa méthodologie est sortie des approximations et des intuitions peu scientifiques. Au déterminisme banal, elle a substitué la méthode des scénarios et a utilisé l'aide de l'économétrie.

Dans la longue liste des travaux publiés, on retiendra ceux réalisés dans le cadre du Commissariat général au Plan français, notamment les derniers parus (*La France dans le monde*, 1980; *L'Europe des vingt prochaines années*, 1980; le rapport de l'OCDE, *Face au futur*, 1974), l'ouvrage de J. Lesourne *Les Mille et Un Sentiers de la croissance*), celui de A. Toffler *(Le Choc du futur)*, les diverses études du Club de Rome, qui mettent surtout en garde contre les dangers d'une croissance trop forte. Notons qu'il existe aujourd'hui de véritables centres de prospective. Citons à ce propos, aux États-Unis, la Commission de l'an 2000, de D. Bell; le Hudson Institute, de Herman Kahn; Mankind 200 en Grande-Bretagne; l'Association Futuribles de B. de Jouvenel en France; ainsi que les équipes spéciales de l'ONU et de l'OCDE. Certains de ces centres ou commissions ont disparu, d'autres ont une activité permanente. Notons que Bernard Cazes, qui a eu au Commissariat général au Plan la responsabilité de la prévision à long terme, a publié, en 1986, chez Seghers, une *Histoire des futurs* qui soumet la prospective à l'épreuve des faits.

614   L'économie selon les hérétiques « à la Schumpeter »

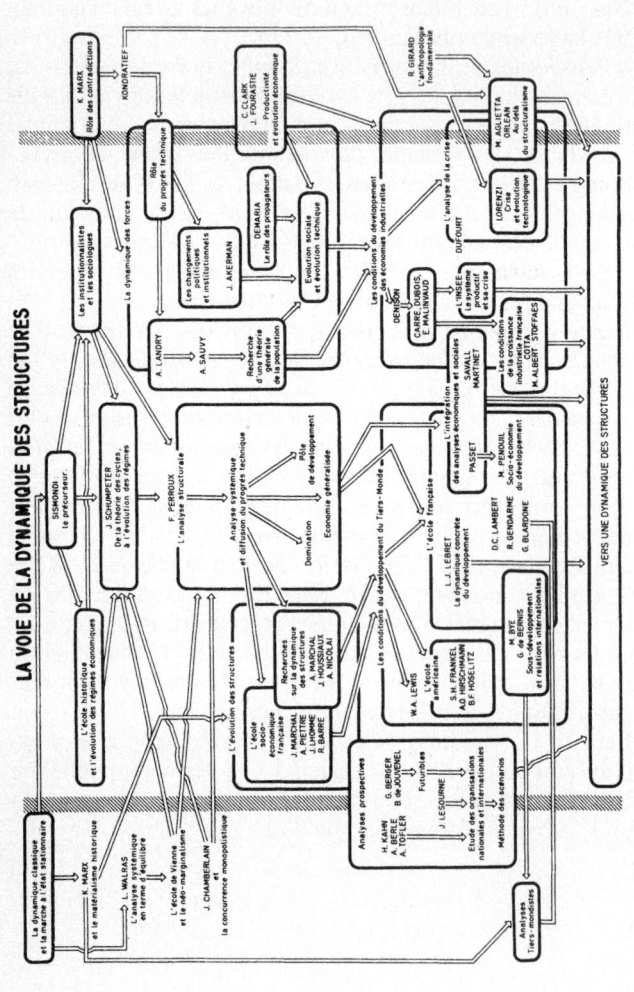

2. La dynamique des forces.

L'analyse des forces a deux points de départ : l'évolution technique et l'évolution démographique ; on pourrait y adjoindre le rôle des groupes sociaux, déjà analysé à propos de la voie sociologique.

Toutefois, on voit peu à peu, comme en ce qui concerne l'analyse des structures, une évolution vers une dynamique générale des forces.

A) L'intégration du progrès technique dans la dynamique des structures.

Nous avons vu que la prise en compte de l'évolution technique est une des caractéristiques des hérétiques « à la Schumpeter ».

En dehors de Marx, Schumpeter a été le premier à en réaliser l'intégration dans une synthèse théorique[52]. Toutefois, cette intégration n'est que partielle. Nous avons vu aussi que Colin Clark et Jean Fourastié ont fait du progrès technique une variante déterminante de l'évolution des prix et de la structure de la consommation et des activités. Jean Fourastié fait même du progrès technique dans *Le Grand Espoir du XXᵉ siècle* l'élément moteur de toute l'évolution économique et sociale au point que le lecteur inattentif peut y voir l'expression d'un optimisme technologique.

1) Le progrès technique, variable dépendante.

C'est, comme nous l'avons vu dans le chapitre précédent, le Suédois Åkerman qui fait de cet élément un facteur véritablement endogène[53]. J. Åkerman démontre que les changements de structures sont à l'origine des fluctuations économiques (*Structures et cycles économiques*, 1945). Les variations structurelles sont le résultat de l'action de huit forces motrices : quatre forces primaires (le progrès

---

52. Cf. p. 472.
53. Cf. p. 473.

technique, l'accroissement de la population, le changement politique et les grèves, la formation et la transformation des mobiles) et quatre forces secondaires (le développement du système de crédit, le développement du groupe, l'expansion de l'industrie aux dépens de l'agriculture et la transformation de la répartition des revenus).

L'analyse de ces forces, confrontées à des données empiriques sur les cycles, conduit Åkerman à contester les théories de Schumpeter sur la nature des innovations et l'interprétation qu'il fait des cycles de Kondratieff.

Parmi les auteurs qui tentent de réintégrer le temps dans les nouvelles théories néoclassiques[54], les *théoriciens du cycle réel* font du progrès technique une variable indépendante, mais ceux de *la croissance endogène* en font une variable dépendante. Les progrès de la connaissance sont cumulatifs, des phénomènes d'apprentissage rendent de plus en plus aisé le progrès technique et permettent le maintien de rendements croissants. Du fait même de la croissance, il y a ainsi accélération tendancielle du progrès technique. Une telle théorie peut permettre de comprendre l'augmentation à long terme de la productivité. Elle a beaucoup plus de mal à expliquer les phases de chômage qui vont de pair avec une baisse cyclique de la productivité. En complétant cette théorie par la destruction créatrice de Schumpeter qui accompagne l'apparition de nouveaux produits par la disparition des anciens et l'effondrement de certains pans de l'économie, on peut sortir de cette impossibilité. Notons ici que la vision optimiste sur la poursuite du progrès technique a été quelque peu malmenée en 1992 par l'ouvrage de Jean Gimpel *La Fin de l'avenir*. Pour cet auteur, nous nous trouvons sur un plateau technique comme au Moyen Âge à la fin du XIIIe siècle et au début du XIVe siècle. Ce n'est pas l'assoupissement de la science qui explique ce plateau. C'est le retour aux idéologies obscurantistes ou les craintes des retombées négatives de la science qui, dans le passé, ont entraîné le déclin provisoire du progrès technique.

---

54. Cf. p. 280-281, 560 *sq*.

Depuis la parution de cet ouvrage un nouveau cycle haussier de Kondratieff à la mode schumpétérienne semble prendre de l'élan. Il est largement entraîné par les technologies de l'information. Le nouveau système technique ne fonctionne qu'en intégrant massivement de l'information. Or l'intégration massive de l'intelligence y compris dans les objets matériels met non seulement en cause l'organisation des entreprises mais aussi le système éducatif et les rapports de forces en présence (p. 475 *sq.*). L'hypothèse d'Åkerman contestant le caractère autonome du progrès technique est bien confirmée.

Le rôle du progrès technique prend une autre forme à propos des transferts technologiques. C'est la voie explorée notamment par D. Dufourt (*Transfert de technologie et dynamique des systèmes techniques*). Pour cet auteur, « la diffusion des connaissances scientifiques et techniques s'inscrit dans un double contexte économique et technique, et seule la connaissance des modalités d'ajustement entre système technique et système économique permettrait de comprendre comment sont induites les innovations technologiques ». L'intégration du progrès technique dans la dynamique des structures se fait à travers une analyse systémique. Il rejoint les préoccupations de B. Gille dans l'*Encyclopédie de la Pléiade* (1978).

Le ralentissement de la croissance durant les trois dernières décennies du XXe siècle a favorisé les recherches sur le rôle de l'évolution technique. Ainsi, *La Crise du système productif* (INSEE, 1981) analyse l'évolution technique dans une *dynamique structurelle*. Ces travaux prolongent ceux déjà cités sur la croissance économique française[55]. Toutefois comme l'a montré le colloque du CNRS de Lyon en mai 1990, si l'histoire des techniques a progressé, la science des techniques est en construction.

Notons que ces analyses du rôle de l'évolution technique rejoignent celles de J. H. Lorenzi dans *La Crise du XXe siècle* (1980) et de Michel Aglietta dans *Régulation et crise du*

---

55. Cf. p. 561.

capitalisme. L'expérience des États-Unis (1979). Ces ouvrages sentent parfois l'influence du marxisme. Ils s'en éloignent par la volonté de ne pas s'enfermer dans les seules contradictions marxistes. Ils ont été à la base de la description que nous avons faite[56].

Toutefois l'importance de ce courant, appelé École de la régulation, exige une présentation spécifique.

2) Progrès technique, régulation économique et ajustement institutionnel.

La notion de régulation qui donne son nom à cette école désigne, selon Robert Boyer, « *tout ensemble de procédures et de comportements, individuels ou collectifs, qui a la triple propriété :*
– de reproduire les rapports sociaux individuels ;
– soutenir ou piloter le régime d'accumulation en vigueur ;
– d'assurer la compatibilité dynamique d'un ensemble de décisions décentralisées sans que soit nécessaire l'intériorisation, par les acteurs économiques, des principes de l'ajustement de l'ensemble du système ».

L'idée fondamentale de l'École de la régulation est donc que rien de significatif ne peut être changé dans une société si les institutions ou les structures ne changent pas. C'est en les prenant en compte que l'on peut établir les fondements microéconomiques de la macroéconomie. Robert Boyer plaide à ce propos pour un programme de recherche permettant d'établir une macroéconomie institutionnelle et historique. Grâce à ce programme, les régulationnistes voudraient faire face à la non-pertinence des analyses marxistes pour rendre compte du mode de gestion des économies nationales contemporaines et de l'essoufflement de l'analyse keynésienne pour rendre compte de la crise de 1973. Ils n'en reprennent pas moins une partie de la terminologie marxiste et donnent une place importante au rôle des rapports sociaux et du régime d'accumulation. Comme Keynes, ils situent

---

56. Cf. p. 478 *sq.*

leur analyse au niveau d'une régulation macroéconomique, même s'ils en recherchent comme bien d'autres économistes contemporains les fondements microéconomiques. De toute façon, ils considèrent que la théorie keynésienne était bien adaptée à la situation des économies capitalistes d'avant la crise de 1973.

Pour l'instant l'analyse historique entreprise par les économistes de la régulation conduit au constat selon lequel les économies du XXe siècle ont un mode de régulation différent de celle du XIXe siècle. Avant 1930, les économies occidentales se sont principalement développées sur le mode de l'accumulation extensive (*i.e.* : développement des biens de production). Le mode de régulation se faisait par le marché dont les agents sont nombreux. On parle alors de mode de régulation concurrentielle.

Avec l'apparition du taylorisme au début du XXe siècle le mode d'accumulation devient de plus en plus intensif (on cherche des gains de productivité). Le fordisme renforce cette tendance, surtout après la Seconde Guerre mondiale. La croissance de la production et de la productivité exige une consommation de masse afin d'éviter le retour des crises. Or, la régulation concurrentielle a montré ses limites en 1929. L'avènement du keynésisme résulte des limites du marché dans sa capacité à assurer le plein-emploi. Le keynésisme et les Trente Glorieuses qui ont suivi se caractérisent par la substitution de la régulation monopoliste à la régulation concurrentielle. Leurs principaux traits en sont : l'établissement d'un salaire minimum, les conventions collectives, les transferts sociaux *(Welfare State)*. L'objet de ces mesures est de permettre l'adaptation continuelle de la *consommation des masses* aux gains de productivité sur une base nationale.

La crise de 1973, qualifiée de crise de la rentabilité, celle de 1929 étant une crise de surproduction, résulte des contradictions entre le caractère national de la régulation monopoliste et le caractère international de la production. En se plaçant du point de vue des régulationnistes, on peut alors avancer que les institutions comme la CNUCED (Conférence des Nations unies pour le commerce et le développement) ou les revendications pour un nouvel ordre économique et monétaire international (NOEMI) ou, plus restrictivement, les marchés communs constituent des prodromes des changements institutionnels nécessaires à un nouveau régime d'accumulation, qui est cette fois à l'échelle mondiale. Pour l'instant, les radicaux français (P. Dockès, B. Rosier, *Rythmes économiques,* La Découverte), et les régulationnistes considèrent qu'une régulation institutionnelle supra-nationale n'existe pas. Les principaux auteurs qui ont contribué au développement de cette approche, sont, en plus de ceux déjà cités (Aglietta, Lorenzi, Boyer), Jacques Mistral (*Accumulation, inflation et crise*), Benjamin Coriat (*L'Atelier et le Chronomètre*), Alain Lipietz (*Crise et inflation. Pourquoi ?*).

Cette école qui s'est développée au moment du ralentissement de la croissance doit maintenant vérifier la solidité de ses hypothèses sur la reprise et l'augmentation de la productivité du capital qui l'accompagne.

B) L'économie évolutionniste.

Il s'agit d'un courant qui, en s'inspirant des théories biologiques et institutionnalistes, décrit le développement des systèmes et des organisations comme une transformation qui se fait au cours du temps. Le rejet par Armen Alchian[57] du postulat standard de maximisation d'une fonction objectif sous contrainte l'a mené à formuler le principe selon lequel les firmes sont guidées par la recherche de « règles de conduite » permettant leur survie. C'est la substitution d'une logique de satisfaction à une logique de maximisation, elle-même couplée aux analogies biologiques, qui conduira Sidney. G. Winter, très influencé par Schumpeter, à affirmer, à l'instar de la sélection écologique des espèces qui agit à long terme, que c'est aux structures des firmes

---

57. Armen Alchian, « Incertitude, évolution et théorie économique », *JPE*, 1950.

qu'il faut se référer pour comprendre leur évolution[58]. Les firmes formalisent des règles de décision qu'elles appliquent d'une manière routinière, jusqu'à ce que des circonstances exceptionnelles les obligent à changer.

Héritière du programme de recherche institutionnaliste (Commons, Mitchell, Burns), l'approche évolutionniste de l'économie reprend l'idée schumpétérienne – développée par Kenneth E. Boulding (1910-1993) dans *Evolutionnary Economics* (1981) – selon laquelle l'entrepreneur innovateur, en changeant ses comportements routiniers, est à l'origine de la dynamique du système économique. Elle se caractérise par trois orientations majeures :

– l'analyse du comportement des firmes en référence à un principe de sélection qui agit sur l'évolution des firmes en choisissant celles qui présenteraient les « gènes » les plus adaptés au contexte concurrentiel ;

– l'interprétation du progrès technique (innovation) comme un processus cumulatif, spécifique. Il serait le résultat de facteurs permanents – d'hérédité au sens biologique – qui sont les « gènes » des firmes, et sont interprétés comme des « routines » appliquées par les agents et qui fondent leurs comportements ;

– la conception de l'environnement économique comme un ensemble d'évolutions possibles d'une population, d'organisations tributaires d'un principe de contingence et de variété, ce qui conduit à attribuer une nature génétique aux enchaînements sélectifs qui évoluent de façon irréversible.

C'est à Richard R. Nelson et Sidney G. Winter[59] qu'il revient d'être à la naissance des fondements de l'École évolutionniste. La référence aux modèles biologiques de type darwinien de sélection naturelle tient une place centrale dans

---

58. Sidney G. Winter, « Economic "Natural Selection" and the Theory of the Firm », *Yale Economic Essays*, vol. 4, printemps 1964, p. 225-272.
59. Richard R. Nelson et Sidney G. Winter, *An Evolutionary Theory of Economic Change*, Cambridge, Harvard University Press, 1982.

cette approche. Ainsi, si on prend en compte des interactions récurrentes entre les agents, et l'hypothèse cognitiviste qui fait des agents des sujets qui construisent leurs comportements au cours d'apprentissages, ceux-ci se font sur le long cours, par des mécanismes de répétition et d'expérimentation, qui se surajoutent et se complexifient en enrichissant les compétences des agents.

Cette compétence est retenue par les agents sous forme de connaissances matérialisées et comprises dans les « routines organisationnelles » qui prennent ainsi le statut de bien collectif et spécifique du fait de l'expérience unique et propre à chaque firme. Ce dernier point débouche sur la proposition de Giovanni Dosi, David J. Teece et Sidney G. Winter[60] exposant le caractère « historiquement déterminé » de l'évolution des firmes.

En fait, la nature des compétences accumulées et la capacité à développer en son sein les apprentissages nécessaires pour continuer à évoluer dans un environnement changeant finissent par créer une « contrainte de sentier », ou « chemin de dépendance » (*path dependancy*), qui est le chemin prédéterminé par la nature même des actifs spécifiques des firmes (compétences, savoir-faire, etc.). Suivant cette théorie, c'est par le biais de ses « actifs secondaires » que la firme peut être conduite à changer de trajectoires.

En définitive, les firmes ayant les routines les mieux adaptées à l'environnement ont une meilleure croissance. Considérées au niveau de la population des firmes dans son ensemble, les décisions des firmes individuelles ne font qu'affecter la fréquence relative de comportements types. Lorsque ces décisions sont interdépendantes, il y a un déterminant de conformité qui renforce la présence de certaines « routines » ; *a contrario*, la sélection opère à partir du caractère aléatoire de la capacité de changer et de l'importance des effets d'interactivité.

---

60. Giovanni Dosi, David J. Teece et Sidney G. Winter, « Vers une théorie de la cohérence de la grande entreprise », *REI*, 1990.

C) L'évolution démographique et la dynamique des forces.

A. Landry et A. Sauvy sont, en France, avec J. Lambert, à l'origine du renouveau des études démographiques. C'est A. Sauvy qui va intégrer les analyses démographiques à une dynamique des structures et des changements sociaux.

En fait, il est difficile d'enfermer A. Sauvy dans une catégorie. C'est sans nul doute l'économiste (ou le démographe, ou le sociologue…) qui a le plus établi de liens entre les « disciplines ». Ainsi, pour lui, la pression démographique, par la « montée des jeunes », est incitatrice du développement économique. Elle est créatrice parce qu'elle est un défi, et les défis, pour la jeunesse, sont faits pour être relevés. Au contraire, une population vieillissante est conservatrice.

Bien entendu, *l'optimum démographique* a amené A. Sauvy à se poser le problème du développement, et surtout de l'emploi. C'est sans doute dans sa *Théorie générale de la population* que son approche est présentée avec le plus de force.

Renvoyant dos à dos les théories classique et marxiste simplistes – machine responsable du chômage (marxisme), machine créatrice d'emplois (théorie classique) –, il distingue le progrès processif et le progrès récessif.

– *Le progrès processif* est celui qui favorise le développement économique et permet à une population plus nombreuse de vivre mieux. Il se manifeste notamment par la découverte de nouvelles sources d'énergie et de matières premières, les progrès dans l'agriculture, etc.

– *Le progrès récessif* est celui qui se traduit par un volume de production identique, obtenu avec moins de travail. Il débouche par conséquent sur du chômage.

Pour ne pas tomber dans le simplisme, Alfred Sauvy introduit le temps dans sa théorie. À court terme, une machine qui remplace des hommes est, certes, un progrès récessif, mais sur une période plus longue, elle peut devenir un progrès processif. Les cas de cette espèce sont les plus nombreux, comme le démontre notre mode de vie par rapport à celui de nos grands-parents ou à celui des siècles précédents.

En fait, on trouve dans les analyses transdisciplinaires d'A. Sauvy une dynamique implicite des forces de changement. Elle est explicitement recherchée par l'économiste italien De Maria, dont nous avons déjà parlé ; sa théorie des propagations rejoint, d'une certaine manière, la théorie des forces motrices de Johan Åkerman.

3. L'analyse structurale et l'économie selon François Perroux.

Nous avons déjà vu la différence entre l'analyse des structures et l'analyse structurale[61]. Pour simplifier, disons que la seconde étudie les mêmes phénomènes que la première, mais dans le cadre d'une théorie de la connaissance.

Nous ne reviendrons pas sur la manière dont le structuralisme[62] est venu à l'économie, ni sur les diverses dimensions de cette démarche.

Nous consacrerons cette section à présenter l'œuvre de François Perroux, qui, sans être structuraliste à proprement parler, a le plus contribué au progrès d'une analyse structurale, comme d'ailleurs d'une dynamique des structures.

Élève de Joseph Schumpeter, vulgarisateur des néo-marginalistes, participant à l'élaboration de la première Comptabilité nationale française, attentif aux révolutions marxienne (préface aux *Œuvres économiques* de K. Marx, La Pléiade) et keynésienne (*Généralisation de la théorie générale*, Istanbul, 1949), théoricien du développement (*Trois outils d'analyse du sous-développement. Les techniques quantitatives de la planification*, 1965) des systèmes économiques (*Le Capitalisme*, 1947), auteur, en 1975, d'une contribution à la reconstruction de la théorie de l'équilibre économique général et d'un grand nombre d'articles sur ces différents thèmes, ainsi se présente F. Perroux. En nous limitant à l'essentiel, nous pouvons cependant avancer que le

---

61. Cf. p. 500-501.
62. Cf. p. 521 *sq*.

thème du pouvoir[63], appréhendé dans le cadre des relations entre des agents ou unités de force ou d'énergie inégale, est la préoccupation centrale de F. Perroux. Nous présenterons en premier lieu les bases méthodologiques qu'il a choisies pour aborder ce thème. Nous examinerons ensuite le concept clé de la domination économique et, enfin, l'apport spécifique de F. Perroux à la théorie du développement.

A) La synthèse méthodologique.

Pour François Perroux, l'économie est une discipline empirique, et non expérimentale, qui commence par l'observation orientée et contrôlée, par la théorisation, par la conceptualisation, par la formulation d'hypothèses, et se prolonge par l'élaboration de modèles variés. Il faut éviter la répétition « des erreurs de l'École historique allemande au XIXe siècle, en accumulant des matériaux qui ne seront jamais utilisés ». *Autrement dit, la mise au clair de grilles d'analyses explicites et finalisées doit être au départ de toute approche économique.*

Sur ces bases méthodologiques, François Perroux développe une théorie générale plus rigoureuse et plus pertinente que celles qui ignorent les faits (*Unité active et mathématiques nouvelles*).

Devant la réalité de la concentration des firmes multinationales, de l'intervention de l'État, des inégalités de développement entre les pays et entre les régions, du contrôle, de l'insuffisance de l'information, François Perroux ne peut que rejeter l'irénisme (le pacifisme) de l'équilibre général néoclassique, conçu dans le cadre irréel de la concurrence parfaite.

Aux microdécisions sur un marché des agents sans dimension et sans structure, il oppose les macrodécisions des organisations et des agents dans ces organisations...

À l'équilibre statique, il oppose le processus d'équilibration dans la croissance et la dynamique de la puissance. À l'équilibre général sur le marché, il oppose les opérations

---

63. Cf. p. 516 *sq.*

de structuration et de déstructuration qui correspondent à des « relations ambiguës et ambivalentes de conflits – coopération, luttes – , concours entre les agents et les groupes d'agents » (*Pouvoir et économie*).

Ce sont ces conflits d'organisation que l'économie usuelle doit redécouvrir, nous dit F. Perroux. Dans ce nouveau programme de recherches, il élabore un grand nombre de concepts qui traduisent bien, pour la plupart, les rapports de coopération et de lutte : la domination, les effets d'entraînement, les pôles de croissance, les firmes motrices, la croissance harmonisée, etc.

L'influence de Schumpeter, d'E. Chamberlin (*La Concurrence monopolistique*), celle de la théorie des jeux, de J. von Neumann et O. Morgenstern, et des rapports de forces entre classes sociales chez Marx ne sont évidemment pas absentes de cet effort de conceptualisation. Signalons enfin que F. Perroux n'est pas insensible à l'axiomatique de G. Debreu (*Théorie de la valeur*).

B) La domination économique.

De tous les concepts cités précédemment, la domination demeure le socle de tous les autres. François Perroux présente la domination comme l'influence dissymétrique et irréversible, intentionnelle ou non, qu'une unité économique simple (individu ou firme) exerce, par son pouvoir contractuel ou sa dimension même, sur une ou plusieurs unités, simples ou complexes.

Une firme ou une nation dominante peut engendrer *des effets d'entraînement* – c'est-à-dire faciliter le développement des autres unités – mais aussi des effets de stoppage ou de blocage, par le jeu d'un effet de *détournement* involontaire des ressources humaines et matérielles à son profit. Les unités dominantes transforment progressivement les structures de l'économie ou des économies. Même si la domination est liée à *la volonté de puissance* des classes, des nations, ses effets d'entraînement ou de stoppage ne sont pas intentionnels, contrairement à ceux de l'impérialisme. Lorsqu'une unité dominante exerce un effet d'entraînement, on parle de *pôle de développement*.

On rapprochera ici les travaux de F. Perroux des recherches sur les firmes multinationales qui ont été lancées, en France, par son ami Maurice Bye.

La croissance harmonisée que préconise F. Perroux est une croissance qui s'exerce sous l'influence des pôles de développement. Elle déborde donc très largement la notion de *croissance équilibrée* qui, pour le keynésien Harrod désigne une croissance sans fluctuations. Elle est également plus large que la conception des théoriciens du développement, comme Hirschmann, Rosenstein-Rodan et Lewis, qui opposent la croissance équilibrée, c'est-à-dire la croissance des investissements répartis au mieux dans plusieurs secteurs et dans plusieurs régions, à la croissance déséquilibrée qui implique des investissements massifs dans des secteurs particuliers exerçant des effets d'entraînement. Disciple de François Perroux, Gérard Destanne de Bernis, avec son concept d'industrie industrialisante, se situe du côté de la croissance déséquilibrée, et non de la croissance harmonisée. Par ailleurs, en analysant les problèmes d'exploitation des pays en voie de développement, G. de Bernis s'est rapproché des tiers-mondistes marxistes.

C) La théorie du sous-développement et les problèmes des jeunes nations.

Les concepts présentés précédemment en tant qu'éléments d'une théorie générale, s'appliquent parfaitement à l'analyse des jeunes nations, ou pays du Tiers-Monde, pour reprendre l'expression forgée par Alfred Sauvy, mais qu'on trouve quelquefois attribuée à François Perroux et à Georges Balandier. François Perroux va cependant plus loin dans *son effort de théorisation, respectueux du principe, selon lequel on ne transporte pas des théories et des modèles conçus dans une certaine structure pour interpréter une autre structure sans risquer de tomber dans l'erreur fatale de l'occidentalo-centrisme.*

Les limites d'une généralisation de la *Théorie générale,* on les rencontre dans les jeunes nations, nous dit F. Perroux.

Quel peut être l'effet du multiplicateur d'investissement dans des pays désarticulés, dominés, à l'économie extravertie[64] ?

L'approche structurale du développement réalisée par F. Perroux ralliera un grand nombre de spécialistes, des libéraux, comme René Gendarme (*Pauvreté des nations*) aux radicaux comme de Bernis en passant par l'inclassable Albert Hirschmann (*La Stratégie du développement économique*). Avec L.-J. Lebret, qui fut son ami, F. Perroux a très fortement marqué toutes les recherches sur le développement[65].

Si leurs démarches ont pris des voies différentes, elles étaient le plus souvent complémentaires.

– Perroux recherche une théorie générale qui mette le projet humain au centre de la science, il place les finalités humaines au cœur de sa théorie. Lebret élabore des méthodologies permettant de prendre en compte toutes les dimensions de l'humain.

– Perroux est à la recherche du dépassement de l'équilibre walarassien et débouche sur une analyse systémique ouverte. Lebret conçoit dans *Dynamique concrète du développement*, les outils pour y parvenir.

– Perroux développe une théorie des coûts de l'homme, Lebret met au point des méthodes pour analyser les niveaux de vie et promeut une interdisciplinarité opérationnelle.

– Perroux introduit l'espace dans l'analyse économique, un espace polarisé et structuré, Lebret est un des pionniers de l'aménagement du territoire.

– Perroux élabore une théorie du don, Lebret analyse ce qui permettrait de parvenir à un monde plus solidaire et le défend dans les instances internationales et, au Vatican, il sera le rédacteur de l'encyclique *Popularum Progressio* signée par le Pape Paul VI le 26 mars 1967.

– L'un va tenter d'ouvrir la théorie économique à l'homme ; l'autre, pour y parvenir, va d'abord être un homme d'action et se battre. En ancien marin il disait qu'il fallait bourlinguer pour l'homme.

---

64. Cf. p. 518.
65. Cf. p. 606.

On peut rapprocher des perspectives ouvertes par F. Perroux et L.-J. Lebret les travaux qui, aujourd'hui, tentent de trouver des voies spécifiques aux problèmes du développement. Dans *La Pauvreté Richesse des peuples*, préfacé de Jan Tinbergen (prix Nobel) et par Dom Helder Camara (Les Éditions Ouvrières, Paris, 1977), Albert Tévoédjre montre que les voies du développement sont sans doute très loin des recettes qui ont fait la croissance des pays industriels de l'Est et de l'Ouest. Il rejoint certains aspects du maoïsme, mais en dehors d'une optique marxiste. Il réfute un développement fondé sur l'accumulation matérielle, s'en prend au transfert mimétique de technologie, prépare une économie plus autocentrée. On retrouve des idées identiques chez D. C. Lambert (*Le Mimétisme technologique du Tiers-Monde*) et chez un certain nombre d'experts de la Banque mondiale. Les impasses actuelles du développement mondial incitent à rechercher de nouvelles voies et à relativiser la science économique.

4. Au-delà du structuralisme : le retour à l'épistémologie et à l'éthique.

Au-delà du structuralisme, deux voies sont prospectées : l'application à l'économie de l'anthropologie fondamentale de R. Girard et la contestation épistémologique (l'épistémologie est la science des sciences).

Nous avons largement et explicitement décrit la première[66]. Nous n'y reviendrons pas. Rappelons que les économistes qui ont le mieux allié l'*anthropologie fondamentale* de R. Girard à la *dynamique des structures* sont J.-P. Dupuy, M. Aglietta et A. Orléan. R. Girard leur permet de faire sauter les limites de l'analyse marxiste et d'éviter certaines de ses impasses.

Nous avons abordé, mais de manière moins explicite, la contestation épistémologique des hérétiques « à la Schumpeter ».

---

66. Cf. p. 533 *sq.*

Elle est une constante de ce courant, puisqu'elle apparaît dès Sismondi et l'École historique allemande. Nous la retrouvons au centre de l'élaboration des institutionnalistes, et c'est à elle qu'aboutissent les recherches de J. K. Galbraith et des radicaux américains.

L'épistémologie n'est pas le monopole des hérétiques « à la Schumpeter ». Hayek et Friedman lui ont consacré d'importants ouvrages, dont on retrouve certains aspects chez les nouveaux économistes français.

On peut cependant isoler, à propos de la dynamique des structures, une contestation épistémologique spécifique. Bien sûr, nous retrouvons F. Perroux et ses recherches méthodologiques. Il faut, à côté, citer d'abord H. Bartoli dans *Économie et création collective*. Cet auteur se livre à une critique épistémologique à partir d'une réflexion sur la création et l'aliénation. Au-delà des perspectives d'une économie du travail, il donne une synthèse des dépassements nécessaires de la science économique. De leur côté, J. Attali et Marc Guillaume, dans *L'Anti-économique*, J. Attali dans *La Parole et l'Outil*, rejoignent et approfondissent les thèses des radicaux américains.

On retrouvera, dans le chapitre 11, les points clés de cette contestation.

Au-delà des certitudes ébranlées par les crises et l'échec des politiques, les économistes s'interrogent sur leur science et sur son devenir.

Le plus souvent cette réflexion est le fait des hérétiques, de ceux qui s'intéressent à l'histoire de l'analyse économique. La plus récente observation dans ce domaine, et en même temps la plus riche en enseignement, est celle de Christian Schmidt.

Dans *La Sémantique économique en question* (1985), il expose et démontre que les théories et modèles économiques sacrifient la sémantique (le sens, la signification) à la syntaxe (la cohérence formelle). On aboutit ainsi à un jeu de langage totalement étranger à la réalité concrète. La science économique risque de ce fait de perdre toute dimension praxéologique, alors même que le courant néoclassique fondateur de ce formalisme caractérise l'économique comme la science de l'action.

Avec le livre de C. Schmidt, se manifeste une tendance au retour de l'interprétation, au développement de recherches appliquées tout autant théoriques pour donner une épaisseur sociale aux travaux axiomatiques les plus formalisés tels que ceux de la théorie de l'information et des incitations, des anticipations rationnelles, ou encore de l'économie du déséquilibre.

De l'épistémologie à l'éthique, il n'y a qu'un pas; de plus en plus des économistes le franchissent. Au nom d'une « scientificité étroite », longtemps la plupart des économistes ont refusé de prendre en compte un jugement moral dans leurs analyses, ils désiraient élaborer une science économique proche des sciences de la nature. Cette conception de la science économique a fini par régenter tout l'espace économique et social alors qu'elle est fondée sur une anthropologie d'une pauvreté désarmante. Nous avons vu que les institutionnalistes américains ont refusé de s'engager dans cette voie et ont au contraire voulu expliciter les valeurs qui sous-tendaient leurs théories[67]. Les analyses structuralistes ont, elles aussi, débouché sur la nécessité de se fonder sur une référence aux valeurs[68]. De plus en plus d'économistes s'engagent dans cette voie. Sous la direction de Claude Mouchot, dans un ouvrage intitulé *Pour que l'économie retrouve la raison*[69], un groupe d'économistes se livre à une critique radicale d'une science orthodoxe refusant de prendre en compte l'éthique. Ils démontrent que la crise de 2008 et les basculements du monde doivent nous conduire à abandonner cette impasse. Selon eux, il s'agit de reconstruire la « raison économique, d'une part, en faisant une retour au bien commun, d'autre part, en remettant

---

67. Cf. p. 567.
68. Cf. p. 611.
69. Economica, 2010.

la science économique en rapport avec toutes les autres sciences et, en particulier, avec des anthropologies réellement consistantes ». Pour eux, le triptyque *« épistémique, éthique et pragmatique »* autorise des approches plurielles parmi lesquelles la *raison*, entendu ici au sens fort de discernement, pourra choisir.

L'économiste indien Amartya Kunar Sen (prix Nobel 1998) de son côté fait de l'économie une science morale. A. K. Sen est un spécialiste de l'étude des famines, de la pauvreté et de ses indicateurs, et il a fait progresser la théorie des choix sociaux et notamment les relations entre les préférences individuelles et les décisions collectives. Ces investigations l'ont amené à la conclusion que la réalité étudiée par les économistes est biaisée si on ne prend pas en compte les valeurs morales qui fondent le comportement des individus et si l'on réduit leur comportement à une rationalité économique. Mieux, pour lui, l'efficacité économique impose l'éthique. Sans la loyauté et la confiance, bon nombre d'échanges économiques ne pourraient avoir lieu et le coût des transactions deviendrait insupportable. Pour réaliser un ajustement satisfaisant et non dictatorial des préférences individuelles et des choix sociaux, on doit s'efforcer de rendre les individus plus égaux dans leur capacité à participer aux choix sociaux. L'efficience des choix collectifs rejoint les principes éthiques les mieux établis qui revendiquent l'égalité de tous les individus.

L'éthique et l'économie ne s'ignorent plus, y compris dans les sciences de la gestion[70]. Les entreprises sont ainsi amenées à prendre l'éthique en compte dans leurs calculs économiques. La non-référence à une éthique, à des valeurs a entraîné l'économie dans des impasses, notamment sur la crise de 2008[71]. Lorsque les entreprises

---

70. Voir notamment Jean-Louis Le Moigne *Les Épistémologies constructivistes*, PUF, 1995; Alain-Charles Martinet, *Épistémologies et sciences de gestion*, Economica, 1990.

71. Voir dans *Pour que l'économie retrouve la raison*, le chapitre 8, « Crise de la rationalité en gestion », dû à Alain-Charles Martinet.

décident d'ignorer ces valeurs, on commence à voir des tribunaux les condamner lourdement pour avoir notamment mis plus ou moins directement en danger la vie d'autrui. La condamnation des producteurs de cigarettes américaines est de ce point de vue exemplaire. Même si l'idée d'une entreprise citoyenne est quelque peu galvaudée, le seul fait que des entreprises tentent de la promouvoir et s'intéressent à l'éthique montre que la rationalité économique ne peut ignorer des finalités bien étrangères à l'*Homo œconomicus*. Notons que les théories de l'organisation sont aussi parvenues à une conclusion du même type. Comment, par ailleurs, parvenir à un développement durable si les coûts humains ne sont pas pris en compte et l'environnement respecté. Ces dernières années, les rapports de la Banque mondiale sur le développement, en voulant étudier « les vrais problèmes », ont repris à leur compte le concept de développement durable. Comme l'écrit Henri Bartoli dans *Repenser le développement* paru en 1999, ce nouveau paradigme ramène l'économie « *à son rôle au service de la vie dans sa plénitude et référée aux finalités humaines* ». L'instauration d'un ordre humain équitable que proposait L. J. Lebret en 1964 au cours de la première séance de la CNUCED (Conférences des Nations unies pour le commerce et le développement) n'est plus un simple vœu pieux d'un moraliste mais une contrainte économique.

L'ÉCOLOGIE, LES ÉCONOMISTES ET LE DÉVELOPPEMENT DURABLE

Le discours écologique sur l'environnement a eu quelque difficulté à faire bon ménage avec la science économique. Il apparaît souvent comme une de ses réactions récurrentes contre le développement économique qui, depuis la révolution industrielle, dénonce les méfaits du progrès technique. Il y a parfois dans le courant écologique actuel une sorte de volonté de retour à la nature qui, en s'alliant aux peurs de la fin du deuxième millénaire et de ce début du troisième millénaire, constitue ce qu'Edgar Morin a appelé le « néo-archaïsme »[1]. Les économistes dont la science recherche la meilleure utilisation possible des ressources rares n'aiment guère que l'on s'en prenne au progrès technique. Toutefois lorsque l'écologie dénonce des atteintes à l'environnement qui risquent de créer de nouvelles raretés et de compromettre la croissance, un discours économique sur l'environnement peut se constituer. Les préoccupations dans ce champ tournent toutes de nos jours autour d'une interrogation majeure : comment la croissance d'aujourd'hui peut-elle ne pas handicaper la croissance de demain ? C'est la question clairement posée en 1987 par le rapport Brundtland à la commission de l'environnement et du développement des Nations unies[2].

Pour répondre à cette question les économistes explorent plusieurs voies.

La première est celle de l'hypothèse malthusienne. Elle a été formulée en 1798 par le pasteur Robert Malthus dans son livre *Essai sur le principe de la population*. Il y opposait la croissance démographique à celle de la production de subsistance[3]. Cette idée est reprise par ses contemporains, dont le père du transformisme Jean-Baptiste Lamarck (1744-1829). Il écrit en 1820 : « L'homme, par son égoïsme trop peu clairvoyant pour ses propres intérêts, par son penchant à jouir de tout ce qui est à sa disposition, en un mot par son insouciance pour l'avenir et pour ses semblables, semble travailler à l'anéantissement de ses moyens de conservation et à la destruction de sa propre espèce. En détruisant partout les grands

---

1. Edgar. Morin « De la culturanalyse à la politique culturelle », Revue *Communications*, *La politique culturelle*, n° 14, 1969, p. 5-38.
2. *Notre avenir à tous*, Rapport de la Commission mondiale sur l'environnement et le développement de l'ONU, présidée par Mme Gro Harlem Bruntland, avril 1987. Mme Bruntland, qui a été ministre de l'Environnement, était alors ministre d'État en Norvège.
3. Cf. p. 197.

végétaux qui protégeaient le sol, pour des objets qui satisfont son avidité du moment, il amène rapidement à la stérilité ce sol qu'il habite, donne lieu au tarissement des sources, en écarte les animaux qui y trouvaient leur subsistance et fait que de grandes parties du globe, autrefois très fertiles et très peuplées à tous égards, sont maintenant nues, stériles, inhabitables et désertes. [...] On dirait que l'homme est destiné à s'exterminer lui-même après avoir rendu le globe inhabitable[4]. »

Sa reformulation actuelle prend surtout en compte l'hypothèse de caractère fini des ressources naturelles. Tôt ou tard ces dernières devraient être épuisées. Cette réflexion a été au centre des premiers travaux du club de Rome publiés en 1972 dans le rapport *The Limits to Growth* traduit par l'expression « *Halte à la croissance* »[5]. Ce rapport est à l'origine du développement de la doctrine du zégisme (*Zero Growth* : croissance zéro). La crise pétrolière a été paradoxalement fatale aux théoriciens de la croissance zéro dont le modèle prévoyait une fin apocalyptique de la croissance économique si on continuait à épuiser sans vergogne le stock des ressources naturelles. En réalité, ces ressources ne constituent pas un stock parfaitement identifié et mesuré. Si une ressource se fait rare, son prix augmente et rend rentable la recherche de nouveaux gisements, de nouvelles méthodes d'extraction, de nouveaux produits de substitution et la perspective de nouvelles pistes de développement. C'est exactement ce qui s'est passé depuis 1973. L'appareil productif s'est adapté aux nouvelles conditions de la croissance. L'immatériel et l'information ont ouvert de nouvelles perspectives de croissance aux services moins consommateurs d'énergie que l'industrie. Au fur et à mesure que les activités à haute intensité de connaissances, caractéristiques de la société d'information, se sont développées, l'intensité énergétique de la croissance (c'est-à-dire le rapport entre la consommation énergétique et le PIB) a diminué. En France, entre 1970 et 2005, cette baisse a été de 48 %.

Les programmes de production d'énergie de remplacement, notamment celui des centrales nucléaires, ont du être révisés à la baisse. Dans la mesure où la croissance est susceptible d'être réorientée, elle

---

4. Cité par René Passet, *in* Sylvie Faucheux et Jean-François Noël, *Économie des ressources naturelles et de l'environnement*, Armand Colin, « U », 1995.

5. *Halte à la croissance* est le titre la version française publiée en 1973 par les éditions Fayard, avec un ajout de Jeanine Delaunay intitulé *Enquête sur le club de Rome*. Ce rapport est aussi connu sous l'appellation usuelle de Rapport Meadows en référence à deux de ses quatre auteurs : les époux Meadows (Donatella et Dennis). Ce 1er rapport a donné lieu à plusieurs actualisations (la dernière datant de 2004).

est sans frontière physique, ses véritables limites sont politiques et sociales. Nous en reparlerons plus loin. Cela ne signifie pas que le recul des limites matérielles de la croissance soit purement spontané et automatique. Il y a bien des comportements et des intérêts qui risquent de le bloquer ou de le retarder dangereusement. Pour reprendre l'image proposée en 1996 déjà par Kenneth E. Boulding, nous devons passer d'une « économie du cow-boy », c'est-à-dire d'une économie ouverte sur la conquête dans la violence d'espaces vierges, de plaines étendues à l'infini et aux ressources illimitées, à une « économie du cosmonaute », autrement dit une économie fermée « pour laquelle la Terre est devenue un vaisseau spatial unique, dépourvu de réserves illimitées, que ce soit pour y puiser ou pour déverser ses polluants »[6]. Les contraintes de rareté qui pesaient sur l'économie du cow-boy étaient du point de vue des ressources naturelles bien moindres que celles qui pèsent sur l'économie du cosmonaute obligé de récupérer le maximum de ressources. Cela peut être l'occasion d'un autre développement profitable, les grandes firmes spécialisées dans le recyclage l'ont compris.

La deuxième voie du discours économique sur l'environnement est héritière des néoclassiques. Elle recherche comment les mécanismes du marché peuvent lutter de manière satisfaisante pour la défense de l'environnement. La croissance de la rareté n'est pas suffisante pour permettre à ces mécanismes de toujours faire jouer leurs effets correcteurs. Tous les éléments de l'environnement n'ont pas la chance d'être une ressource rare. Dans une approche économique où le marché est l'élément essentiel, il leur manque un indicateur de valeur pouvant jouer le rôle de prix. En effet, n'ayant pas de prix, l'apport du patrimoine naturel (comme celui des relations sociales les plus fondamentales) est nul. Sa destruction est alors négligée. Livrée à elle-même, l'économie de marché ne prendra dès lors en compte la pollution de la Méditerranée ou de tout autre espace qu'au moment où ses eaux seront trop sales pour permettre de nettoyer les tankers. Il ne faudrait pas en conclure qu'une économie ignorant les lois du marché serait plus apte à résoudre les problèmes de l'environnement. Dans les pays communistes, la soumission de l'économique à un volontarisme politique tout-puissant se moquant de l'évaluation monétaire s'est traduite par de véritables catastrophes écologiques. Ces économies ont été incapables de prendre en compte à un moindre coût la défense de l'environnement, elles l'étaient d'autant

---

6. Kenneth E. Boulding, « The Economics of the Coming Spaceship Earth », in Henry Jarrett (dir.), *Environmental Quality in a Growing Economy*, Baltimore, Johns Hopkins University Press, 1966, p 3-14.

plus qu'elles avaient une foi sans borne dans le progrès technique. De toute façon, lorsqu'on privilégie l'interdiction et la réglementation, on développe un art consommé de leur contournement. Les réglementations n'ont le plus souvent de chance d'être appliquées que lorsque, en ouvrant de nouvelles sources de profits, elles aboutissent à modifier le calcul économique des agents. La voie néoclassique de la défense de l'environnement consiste à l'internaliser dans le calcul économique. Ainsi s'est constitué peu à peu un savoir-faire pragmatique qui va du développement des labels à l'application de la règle « les pollueurs seront les payeurs »[7] jusqu'à l'instauration d'un marché des « droits à polluer » dit marché « des permis de polluer » mis en place dans le cadre du protocole de Kyoto[8]. Ces méthodes recherchent toutes l'internalisation des externalités négatives (limitées ici à la pollution) dans le calcul économique. Dans le cas des droits à polluer, chaque centre pollueur a un quota de pollution possible. S'il juge que dépolluer lui reviendra moins cher que ce qu'il retirera de la vente de ses droits à polluer, il vendra ces derniers et dépolluera. Le marché donne ainsi de la flexibilité à la réglementation. Mais permettre à un centre situé sous le vent d'acheter les droits d'émettre des fumées, qui, par le CO_2, contribuent à l'effet de serre, n'est certainement pas la meilleure manière d'éviter la pollution. Lorsque certains hommes politiques et responsables d'organisations patronales envisagent d'étendre le principe des droits à polluer à l'ensemble du monde, cela signifie que les pays les plus développés, les plus pollueurs, pourront acheter aux pays les moins développés, et de ce fait les moins pollueurs, leurs droits à continuer à tranquillement détruire l'environnement. Le calcul économique néoclassique a ses limites.

L'approche systémique est la troisième voie empruntée par les économistes pour prendre en compte l'écologie. Au-delà des

---

7. Inspiré d'Arthur Cecil Pigou (*The Economics of Welfare*, 1920), adopté par l'OCDE en 1972, puis instauré comme principe indispensable pour tout candidat à l'entrée dans l'Union européenne (traité de l'Acte unique de 1987), le principe pollueur-payeur (dit encore taxe « pigovienne » en référence à Pigou) comporte, parmi ses limites, la difficulté de mesurer les externalités négatives qui sont par essence hors marché.

8. L'inspirateur est cette fois Ronald Coase (« The Problem of Social Cost », *Journal of Law and Economics*, vol. 3, p. 1-44). Dans cet article, il critique la taxe pigovienne qui réduit le surplus collectif. Au lieu de passer par l'État, il vaut mieux déterminer des droits échangeables. Ceux qui polluent trop par rapport à un volume fixé achèteront des droits à ceux dont le niveau de pollution est plus faible que le seuil établi. Tel est le principe de la finance carbone du protocole de Kyoto. Celui-ci est entré en vigueur dès sa ratification par 55 États. Ce fut le cas en 2005 suite à la ratification russe. En 2010, 183 pays l'ont ratifié. L'exception notable reste celle des États-Unis.

contraintes de la rareté, elle considère la problématique des interdépendances nécessaires au développement durable. René Passet, dans *L'Économique et le Vivant* (1979), a été l'un des premiers à élaborer cette notion qui intègre l'environnement dans l'analyse économique. Un développement n'est durable que lorsqu'il ne porte pas atteinte à la capacité de l'économie et de la biosphère à se régénérer, qu'il ne fragilise pas l'avenir. Le rapport du PNUD de 1994 sur « le développement humain dans le monde » reprend ainsi les conclusions du rapport Bruntland. Il lie la réduction de la pauvreté et l'intégration sociale à la régénération de l'environnement. « Le développement, nous dit R. Passet, est un phénomène à la fois quantitatif, qualitatif et multidimensionnel, liant la reproduction économique à celle des ressources humaines et des milieux naturels[9]. » Cette vision se rapproche de celle que défend Edgar Morin[10]. Selon lui, en tenant compte de toutes les interactions, on est obligé d'abandonner l'idée de déterminisme et de tenir compte de l'irréversibilité de l'évolution avec tous les risques que cela représente pour l'environnement.

Pour le rendre durable, le calcul ne suffit pas ; il faut examiner attentivement les finalités, notamment notre devoir de solidarité avec les générations futures. Nous n'avons pas le droit de transmettre un monde qui n'assurerait pas leur bien-être et leur survie. Nous avons le devoir de léguer aux hommes à venir un monde où la diversité des espèces est maintenue. La prise en compte de l'environnement débouche sur la défense de la biodiversité. Pour René Passet, la diversité des espèces, la multiplicité des variétés et l'accroissement des interdépendances dans ces réseaux sont une richesse pour le système. Celui-ci doit relever le défi des perturbations dont il peut être l'objet.

Il reste que tous les experts ne sont pas d'accord sur les conséquences à long terme de nos comportements actuels. Leurs avis divergent sur le trou dans la couche d'ozone, le réchauffement de la planète, la biodiversité. La recherche d'un développement durable entraîne ainsi des analyses de l'application du principe de précaution. Des chercheurs, tels C. Golier, B. Julien N. Treiche ou encore les Américains A. Ulph et D. Ulph, ont donné en 1997 les prémices d'une *théorie de la précaution*[11]. Ils reprennent le principe de res-

---

9. R. Passet, *L'Économique et le Vivant*, Payot, 1979.
10. Un grand nombre de textes d'E. Morin abordent ce thème dont : *Pour une politique de civilisation*, Arléa, 2002 ; *L'An I de l'ère écologique* (avec Nicolas Hulot), Tallandier, 2007 ; *Où va le monde ?*, L'Herne, 2007 ; *Vers l'abîme*, L'Herne, 2007.
11. Voir notamment J.-J. Laffont et J. Tirole, *A Theory of Incentives in Regulation and Procurement*, Princeton, Princeton University Press, 1993 ; C. Gollier, B. Jullien, and N. Treich, « Scientific Progress and Irreversibility : An Economic Interpretation of the Precautionary Principle », *Journal of Public Economics*,

ponsabilité vis-à-vis des générations futures énoncé en 1979 par le philosophe Hans Jonas (1903-1993)[12] pour qui « l'existence une fois donnée réclame légitimement la continuation de l'existence ». En fait, cette théorie ne fait que prendre en compte la relativité de nos connaissances et de la science. Même les défenseurs d'une approche systémique ne doivent pas perdre de vue qu'ils ne font que reconstruire mentalement ce qu'ils croient percevoir.

La quatrième voie, celle de la décroissance[13], *pousse à l'extrême le principe de précaution.* Face aux problèmes de l'épuisement des ressources naturelles non renouvelables, de l'effet de serre et des pollutions de toutes sortes, la décroissance est une proposition exprimée par certains auteurs, notamment Serge Latouche. Ils mettent en lumière les limites de la croissance économique du fait de la diminution d'année en année de la surface moyenne nécessaire par habitant pour produire les ressources consommées et pour traiter les déchets et les pollutions associés à cette activité (« empreinte écologique »).

Pour les tenants de la décroissance, la politique du développement durable ne fait que reculer les échéances de la catastrophe inéluctable si l'on ne lui substitue pas la décroissance durable. Ils évoquent l'effet rebond qui limite la portée d'une politique de développement durable. L'effet rebond signifie, dans ce contexte, que les économies réalisées en termes de quantité de ressources naturelles (éco-efficience) pour produire un bien ou un service sont surcompensées par un accroissement encore plus important des quantités produites. Par exemple, les avions moins gourmands en kérosène sont moins chers et suscitent un plus grand nombre de déplacements par ce moyen. En tout cas, comme l'indiquent Lahsen Abdelmalki et Patrick Mundler[14], il existe une pluralité d'interprétations du développement durable et de grandes difficultés de mise en œuvre.

La réflexion dans ce domaine remonte à Malthus, Torrens et Ricardo, qui ont analysé le phénomène de la croissance de la rente foncière et tréfoncière du fait de la rareté relative du facteur naturel,

---

1975, p. 229-253, 2000 ; A. Lange et N. Treich, « Uncertainty, Learning and Ambiguity in Economic Models on Climate Policy : Some Classical Results and New Directions », *Climatic Change*, 1989, p. 7-21, 2008.

12. *Le Principe responsabilité. Une éthique pour la civilisation technologique* (1979), traduction française, Éditions du Cerf, 1990.

13. Pour une approche plus détaillée, cf. Jean-Marie Harribey, « Les théories de la décroissance : enjeux et limites », *Cahiers français, Développement et environnement*, n° 337, mars- avril 2007.

14. *Économie de l'environnement et du développement durable*, De Boeck, 2010, voir chap. 3.

consécutive à la croissance démographique. Ensuite dans le cadre d'une conférence organisée par l'UNESCO en 1948, l'Union internationale pour la conservation de la nature (UICN) a été fondée. Sa première tâche a été de produire rapidement un rapport[15], précurseur du rapport Bruntland de 1987. L'analyse économique a, quant à elle, pour pionnier l'économiste roumain Nicholas Georgescu-Roegen (1906-1994). Il introduit en 1966 le concept d'entropie en économie dans son livre *Analytical Economics*[16]. Au regard du thème de la décroissance inéluctable, il écrit en 1971 notamment : « La thermodynamique et la biologie sont les flambeaux indispensables pour éclairer le processus économique [...] la thermodynamique parce qu'elle nous démontre que les ressources naturelles s'épuisent irrévocablement, la biologie parce qu'elle nous révèle la vraie nature du processus économique[17]. »

L'importation du concept d'entropie en économie a suscité des réticences dans la mesure où l'on sous-estime les capacités humaines à trouver des solutions nouvelles aux problèmes que les hommes rencontrent et à reculer les limites de la nature. Néanmoins cette analogie est à l'origine de rares travaux pionniers théoriques dans ces années 1960-1970, parmi lesquels il convient de citer « Entropie et gaspillage » (Cujas, 1975) d'Henri Guitton, préfacier de N. Georgescu-Roegen. C'est avec le premier rapport du club de Rome (1972) que se développe un mouvement social important en faveur de la croissance zéro (zégisme), relayé par les courants d'écologie politique.

Ce courant se rattache à « l'écologie profonde » prônée par le philosophe norvégien Arne Dekke Eide Næss (1912-2009)[18]. Très en vogue aux États-Unis, il milite pour un radicalisme écologique exigeant que toutes les espèces tant végétales qu'animales aient le même droit à la vie que l'espèce humaine. Sa critique de la modernité se rapproche de celle du *new age* et de la génération des hippies. Elle se répand en Europe au travers de la revue *The Ecologist* dirigée par le philosophe Edward Goldsmith, dont l'édition française est *L'Écologiste*.

---

15. *L'État de la protection de la nature dans le monde en 1950*. Ce document donnera lieu à une actualisation en 1954.

16. Nicholas Georgescu-Roegen, *Analytical Economics. Issues and Problems*, Cambridge, Harvard University Press, 1966 ; traduction française, *La Science économique. Ses problèmes et ses difficultés*, préfaces de Paul Samuelson et d'Henri Guitton, Dunod, 1970.

17. Nicholas Georgescu-Roegen, *The Entropy Law and the Economic Process*, Cambridge, Harvard University Press, 1971.

18. Cf. Arne Næss, *Ecology, Community and Lifestyle*. Cambridge University Press, 1989.

Bien des théoriciens de la décroissance puisent dans le concept d'entropie la preuve de la justesse de leur hypothèse. Il faut cependant signaler que l'économiste roumain fait bien attention à ne pas confondre croissance et développement. Pour lui, la décroissance n'est pas le refus du développement, c'est à tort que « les défenseurs de l'environnement ont pu être accusés d'être des adversaires du développement »[19]. La décroissance dans cette optique est synonyme de développement qualitatif comme le fait remarquer Jean-Marie Harribey dans son article « Décroissance ou développement qualitatif ? »[20].

Yves Cochet commentant son *Antimanuel d'écologie*[21] juge la décroissance inéluctable et se rattache à la vision la plus pessimiste. Il va jusqu'à demander l'arrêt des politiques encourageant les naissances et propose la « grève du troisième ventre » qui inverserait l'échelle des prestations familiales. Il propose qu'une famille continue de percevoir des aides pour les deux premiers enfants, mais que ces aides diminuent sensiblement à partir du troisième. Selon lui, « pour sauver la planète, il faut mettre en état d'hibernation l'économie, car le problème n'est pas le capitalisme, mais le productivisme prométhéen ». Toutefois, réduire la consommation et la production ne suffira pas. Il faut aussi diminuer l'empreinte écologique de l'espèce humaine. Un enfant européen (ou douze burkinabés) provoquerait tout au long de sa vie une pollution équivalente à celle de 620 trajets Paris-New York.

En soutenant cette thèse, Yves Cochet, homme politique et docteur en mathématiques, oublie que la croissance démographique ralentit y compris dans les pays où la limitation des naissances est condamnée par la loi ou la religion. La croissance exponentielle de la population n'aura pas lieu. En 2005, la population mondiale était de 6,5 milliards, elle n'était encore que de 1,5 milliard en 1900 et de 2,4 milliards en 1950. En 2050, en dépit des incertitudes, il est probable que les 10 milliards ne seront dépassés que de peu. Cette croissance est largement à la portée des progrès de l'agriculture si les politiques les favorisent. Par contre, d'autres problèmes démographiques apparaissent : le manque de bras en Europe, le vieillissement de la population presque partout, le manque de femmes dans les pays d'Asie qui ont privilégié la naissance des garçons. Ils n'avaient certainement pas été prévus par Malthus et restent ignorés par Yves Cochet.

---

19. Cf. Nicholas Georgescu-Roegen, *La Décroissance. Entropie, écologie, économie* (1979), 2ᵉ éd. revue et augmentée, traduit et présenté par Jacques Grinevald et Ivo Rens, Sang de la Terre, 1995, p. 106.
20. Cf. son site http ://harribey.u-bordeaux4.fr
21. Éditions Bréal, 2009.

L'hypothèse malthusienne n'est cependant pas la seule qui tente de justifier aujourd'hui la décroissance. Les courants actuels qui prônent la décroissance s'enracinent aussi dans la critique du progrès technique élaborée par le sociologue, théologien et historien du droit Jacques Ellul (1912-1994)[22] ou encore dans la contestation anarchiste et chrétienne d'Ivan Illich (1926-2002), dont certaines critiques de l'opulence ne sont pas loin de l'ascétisme religieux[23]. C'est aussi par la critique du capitalisme qu'André Gorz (1923-2007) est arrivé très tôt (1975) à l'écologie politique[24], de même que Cornelius Castoriadis (1922-1997), trotskyste et cofondateur en 1946 avec Claude Lefort du groupe Socialisme ou barbarie, dont les analyses critiquent équitablement le capitalisme et le socialisme. Dans un livre cosigné avec Daniel Cohn-Bendit, il affirme que le système capitaliste a instillé deux schèmes aux individus, celui de l'autorité et celui des besoins. Il explique ensuite que : « Ce que le mouvement ouvrier attaquait surtout, c'était la dimension de l'autorité. […] Ce que le mouvement écologique a mis en question de son côté, c'est l'autre dimension : le schème et la structure des besoins, le mode de vie. […] Ce qui est en jeu dans le mouvement écologique est toute la conception, toute la position des rapports entre l'humanité et le monde, et finalement la question centrale et éternelle : qu'est-ce que la vie humaine ? Nous vivons pour quoi faire[25] ? »

Ce survol serait incomplet si l'on oubliait de citer les auteurs de la nouvelle école qui sont à droite sur l'échiquier politique, comme, par exemple, Alain de Benoist, auteur en 2007 de *Demain, la décroissance ! Penser l'écologie jusqu'au bout* (Edite). Et avant lui, sur cette partie de l'échiquier politique, on trouve Bertrand de Jouvenel (1903-1987), le fondateur de *Futuribles*, spécialiste de la

---

22. Jacques Ellul, *La Technique ou l'Enjeu du siècle*, Armand Colin, 1954 ; rééd., Economica, 1990.

23. Cette critique de l'opulence momentanée et dérisoire (à vouloir gagner du temps par la vitesse, on le perd dans les embouteillages, les réparations, l'entretien du véhicule), mais sans arrière-fond religieux, se retrouve à la même époque chez Jean-Pierre Dupuy, cf. Paul Dumouchel et Jean-Pierre Dupuy, *L'Enfer des choses*, Le Seuil, 1979 ; Jean-Pierre Dupuy et Jean Robert, *La Trahison de l'opulence*, PUF, 1976.

24. André Gorz, *Écologie et politique*, Le Seuil, 1975. Une de ses formules publiée initialement dans un article en 1974, reproduit dans *Le Monde diplomatique* d'avril 2010, pose clairement le problème en termes de système économique : « Nous pouvons être plus heureux avec moins d'opulence, car, dans une société sans privilège, il n'y a pas de pauvres. » Mais dès 1980, le marxisme n'est plus sa référence, cf. *Adieux au prolétariat*, Le Seuil, 1980.

25. Cornelius Castoriadis et Daniel Cohn-Bendit, *De l'écologie à l'autonomie*, Le Seuil, 1981, p. 36-38.

prospective, l'un des premiers penseurs de l'écologie politique avec notamment son article du 1er mars 1957 intitulé « De l'économie politique à l'écologie politique »[26].

Les courants qui analysent et prônent la décroissance sont donc fort divers et pas toujours cohérents. En fait, leur plus petit dénominateur commun[27] est la critique de l'idée de progrès telle qu'elle a été élaborée à partir de la Renaissance et s'est développée au siècle des Lumières. En effet, cette conception du progrès prône la domestication de la nature ainsi qu'un universalisme des valeurs et des droits en contradiction avec la diversité du monde.

Le mérite de la critique radicale du développement et du progrès est de montrer qu'il est urgent de faire aller de pair l'économique et le social, et par conséquent de trouver une autre mesure du progrès que la simple augmentation du PIB. Le PIB a été conçu pour mesurer les flux de revenus et de production en unités monétaires, déterminer comment la production, les revenus et la dépense s'équilibrent. Le PIB mélange ainsi l'incendie, l'incendiaire et l'effort pour éteindre le feu. Tout ce qui implique une dépense y est valorisé. On sait depuis longtemps que le PIB ne mesure pas le BNB (le Bonheur national brut)[28]. Aujourd'hui, à la suite des travaux sur les niveaux de vie, de nouvelles voies sont explorées et rejoignent les analyses multidimensionnelles de L. J. Lebret et la prise en compte des coûts de l'homme pensés par François Perroux. Il reste à se demander si pour rendre le développement durable, il ne faudrait pas d'abord s'attaquer aux butoirs politiques, sociaux et culturels qui bloquent le développement économique ou le pervertissent.

---

26. Article de 23 pages publié dans le bulletin *SEDEIS* (n° 671) et repris dans le chapitre 6 de *La Civilisation de puissance*, Fayard, 1976, p. 49 à 77.

27. Que l'on peut ramener à la formule du mouvement belge : « Mouvement des objecteurs de croissance ».

28. Bertrand de Jouvenel, « Arcadie. Essai sur le mieux-vivre », *Futuribles*, 1968.

13. En guise de conclusion :
La contre-épreuve de la valeur

L'hypothèse centrale de cet ouvrage est simple : pour comprendre les économistes, il faut découvrir le point d'observation à partir duquel ils décrivent l'économie.

Lorsqu'on la regarde du bureau du ministre des Finances on ne voit pas la même chose que la réalité observable d'un atelier d'usine, d'une salle de conseil d'administration ou de la bibliothèque d'un chercheur. On voit d'autant moins la même chose que, suivant le point d'observation, on ne cherche pas la même chose.

Cette hypothèse a quelques mérites essentiels : elle donne un sens au champ éclaté de la science économique ; elle rend plus intelligibles les disputes d'économistes qui étonnent toujours le commun des mortels ; elle rassure le non-spécialiste, qui s'aperçoit qu'il ne voit pas et ne cherche pas la même chose que ces messieurs si distingués et si en désaccord entre eux.

Admettre que les économistes ne s'intéressent pas tous à la même économie et comprendre pourquoi est un premier pas dans le décryptage de leur curieux langage.

Dans ce dernier chapitre, nous voudrions faire la contre-épreuve de notre démonstration, à partir du problème de la *valeur*. Il apparaît au non-initié l'un des plus hermétiques de la science économique, alors qu'il en a, *a priori,* une perception beaucoup plus simple, et, peut-être… plus saine. Pour lui, la valeur d'un bien, c'est son prix. La taxe à la valeur ajoutée peut l'amener à une conception plus fine. Il percevra la décomposition du prix en fonction de ce que chaque entreprise ayant participé à la production aura ajouté de valeur. S'il est industriel, la notion de valeur lui évoquera l'analyse de la valeur. Dans ce cas, il se préoccupera de décomposer les coûts de production, de les minimiser, ou encore il étudiera si un produit répond bien à ce qu'on attendait de lui techniquement, commercialement, financièrement...

À travers les théories de la valeur, les économistes semblent rechercher autre chose. Ils veulent se demander pourquoi les prix entretiennent entre eux des rapports à peu près constants ou qui ne se modifient que lentement, même si, par ailleurs, les prix exprimés en monnaie courante changent rapidement.

Dans les temps modernes, au XVIIe siècle, W. Petty fut le premier à se demander quel rapport il pouvait bien y avoir entre une unité monétaire, une journée de travail et un acre de terre. C'était une question semblable que s'était posée, dans l'Antiquité, le philosophe grec Xénophon. Les réponses à cette interrogation ont été fort diverses, et parfaitement contradictoires entre elles. Bien plus, certains économistes font de la valeur la pierre angulaire de tous leurs raisonnements. D'autres n'y font plus qu'une allusion polie et, visiblement, n'en ont aucun besoin pour la cohérence de leur vision. Pire, certains, tel Marx, tout en établissant une théorie de la valeur-travail qui supporte une grande partie de son œuvre, parle, à propos de la valeur, de « fantasmagorie ». D'autres, enfin, cherchent à comprendre pourquoi la valeur tient tant de place dans la science économique. Le lecteur comprend que nous nous rangeons dans cette dernière catégorie.

En effet, dans ce chapitre de conclusion, nous voudrions montrer que la valeur a, dans une théorie économique, un rôle central toutes les fois que l'on a besoin, socialement, de justifier le point d'observation à partir duquel on décrit l'économie. Si l'on parle au nom d'un point de vue déjà socialement justifié, il n'en va pas de même, la valeur n'aura qu'un rôle très marginal. Toutes les théories qui parlent au nom du Prince, de l'État, ne font qu'un appel discret à une théorie de la valeur. La souveraineté n'a pas besoin d'une théorie économique pour être fondée, le droit divin, le suffrage universel et bien d'autres choses y pourvoient. De son côté, l'orgueil du clerc est d'être celui qui a toujours le droit de dire. Il est, en permanence, le fou du roi (quel que soit le roi). La *pensée* n'a point besoin de théorie de la valeur pour avoir le droit de parler. En revanche, si l'on se place du point de vue d'un groupe particulier ou d'une classe sociale, une théorie de la valeur va tenir lieu de justification sociale.

1. Les keynésiens, des économistes sans « valeur »

La plupart des keynésiens ne s'intéressent que vaguement aux problèmes de la valeur. Pour eux, les prix sont d'abord et seulement exprimés en monnaie, les calculs économiques aussi ; la monnaie est un pouvoir, et sa valeur exprime un rapport de pouvoir. Toute description de l'économie en termes de circuit peut bien se passer d'une théorie de la valeur. Il faut simplement bien savoir décomposer un prix, un agrégat, déterminer les flux de revenus. Tout au plus, a-t-on besoin de savoir éliminer les variations de prix, lorsque l'on doit établir des comparaisons en volume (en monnaie constante). Les problèmes d'indice et de conversion monétaire sont plus importants que ceux de la recherche des fondements de la valeur. Pour établir une comptabilité, notion dérivée du système keynésien, une théorie de la valeur est inutile. L'économie keynésienne est affranchie des théories de la valeur. Les biens, le travail, le capital, la monnaie n'ont pas de valeur, mais des prix. Keynes n'a cependant pas catégoriquement rejeté *l'utilité* de la valeur, il s'en est désintéressé. Tout au plus peut-on retrouver chez lui des éléments qui relèvent de deux théories parfaitement contradictoires.

Lorsqu'il parle d'efficacité marginale du capital et de la productivité marginale du travail, dans la détermination des salaires réels, il se rattache à la valeur-utilité des néoclassiques. En cela, il est le bon élève d'Alfred Marshall. Toutefois, cet appel à certains éléments de la *valeur-utilité* ne suppose pas une véritable adhésion. Cela ressemble un peu à la foi des catholiques, pour lesquels, l'adhésion religieuse se réduit à bien fêter Noël. De toute façon, pour comprendre Keynes, la valeur-utilité est inutile.

Certains ont d'ailleurs vu dans Keynes des éléments qui prouveraient son adhésion à l'antidote de la valeur-utilité, la valeur-travail. En fait, disons qu'il n'y a pas incompatibilité, mais que Keynes calcule seulement le revenu réel total en unité d'emploi (obtenue par division de la masse des salaires nominaux par le salaire nominal moyen). Ainsi, le revenu réel et un certain nombre d'agrégats sont-ils convertis en *quantité de travail.*

Malheureusement, on ne retrouve guère, dans Keynes, des déductions de cette utilisation de *l'étalon-emploi* (sinon de l'étalon-travail) dans ces modalité de fixation des prix et de répartition des revenus. À travers le *revenu réel* et l'utilisation des relations qu'il établit entre la demande effective, le revenu et l'emploi, il réaffirme l'indépendance entre la *fixation des salaires* et *l'emploi*. Quant à son *étalon-emploi,* qui permet de mesurer le revenu réel, il ne sert pas à mesurer la valeur mais le bien-être. Aujourd'hui nous préférons le PNB par tête, exprimé en monnaie constante. Quand le chômage dévaste les économies capitalistes, calculer le revenu réel, le bien-être réel, en unité d'emploi aurait un tout autre sens.

Chez la plupart des keynésiens, comme autrefois chez la plupart des mercantilistes, la théorie de la valeur est pratiquement ignorée. Les mercantilistes étaient-ils des primitifs ? L'économie keynésienne est-elle une régression scientifique ? En fait, comme nous l'avons dit, la légitimité de l'État n'a que faire, pour s'affirmer, d'une théorie de la valeur. La monnaie n'est que l'expansion de cette légitimité, et sa valeur lui est intimement liée. Les mercantilistes verront même dans la monnaie la richesse par excellence. Dans la perspective de l'anthropologie fondamentale de R. Girard, cela n'est pas tout à fait une illusion, du moins lorsque l'on essaie de comprendre le rôle de la monnaie dans la socialisation des hommes, ou, ce qui revient au même, dans leur hominisation.

Aujourd'hui, des keynésiens (les *old cambridgiens*) cherchent plus explicitement à intégrer une valeur-travail (parfois néoricardienne, parfois néomarxiste) au système keynésien. En réalité, ils cherchent, avant toute chose, à déplacer le point d'observation de Keynes. Ces « néokeynésiens », Joan Robinson en tête, trouvent la « révolution » keynésienne bien fade. Ils désirent mieux la lier à la répartition des revenus, à la lutte des classes, à l'exploitation du travail. Leur préoccupation est bien conforme au rôle que nous attribuons à la valeur dans le déploiement de la science économique.

2. ADAM SMITH ET LA JUSTIFICATION DU TRAVAIL INDUSTRIEL

Adam Smith passe pour être le premier économiste à avoir posé le problème de la valeur dans toutes ses dimensions. La plupart des économistes lui en savent gré. En même temps, ils s'accordent pour lui pardonner ses approximations et ses maladresses. On ne peut être le précurseur et tout savoir.

En réalité, A. Smith n'a pas directement cherché à établir une théorie de valeur. Il a d'abord voulu mettre en question la manière dont les physiocrates et les mercantilistes parlaient de la richesse.

Pour les mercantilistes, la richesse dépendait de l'abondance d'une monnaie belle et bonne. Pour les physiocrates, seule la terre pouvait fournir un surplus[1].

On comprend que Smith ait jugé pernicieuses de telles vues. Pour lui, la richesse des nations s'enracine dans le travail industriel. Il faut laisser les entrepreneurs, les industriels capitalistes, libres de s'enrichir. Ils multiplieront les activités industrielles. En écrivant au début de son livre « Le travail manuel d'une nation est le fond primitif qui lui fournit son produit », et plus loin : « Le travail est le fondement et l'essence des richesses », il écarte les conceptions mercantilistes et physiocrates. Si le travail fonde la richesse, l'agent de la prospérité n'est plus ni l'État, ni le marchand, ni le propriétaire foncier, c'est celui qui permet l'agencement le plus productif du travail, c'est l'industriel capitaliste.

---

1. Cf. annexe, p. 687 *sq.*

1. De la réfutation des mercantilistes et des physiocrates à la valeur-travail-commandé.

C'est sur cette base qu'Adam Smith élabore sa théorie de la valeur. Il recherche les éléments qui permettent aux prix de divers biens d'entretenir des relations à peu près constantes, du moins à moyen terme.

Il distingue valeur d'usage et valeur d'échange. L'une exprime l'utilité particulière d'un bien, l'autre, le pouvoir d'acheter d'autres biens.

Il marque les contradictions possibles entre valeur d'usage et valeur d'échange. On notera, à ce propos, qu'Adam Smith ne fait pas de l'utilité un fantasme. Est utile ce qui est socialement reconnu utile par la... *raison*. Pour lui, le diamant est inutile. (On peut se demander si c'est le rationaliste ou l'Écossais qui parle.)

Ces paradoxes signalés, Smith se désintéresse de la valeur d'usage. Elle ne peut servir à comprendre ce que coûte réellement un bien. Elle n'est, avec la richesse des demandeurs, qu'un des éléments qui fixent la demande. Pour comparer et pouvoir échanger, il faut un élément moins subjectif que l'utilité. « Le prix réel de chaque chose est ce que chaque chose a réellement coûté à celui qui vient de l'acquérir... Le travail est donc la mesure réelle de la valeur des choses. »

La formule est à la fois explicite et compliquée. Le travail est à l'origine de la valeur d'échange, mais ce n'est pas du travail incorporé dans le produit que parle Smith. La valeur-travail de Smith est celle qu'il est nécessaire de dépenser, non pour produire un bien, mais pour l'acquérir. En renversant la proposition, on en vient à « la valeur-travail-commandé » : la valeur d'une marchandise est égale à la quantité du travail (de peines, de troubles) qui permet de l'acheter. Cela suppose, bien entendu, que la valeur du travail soit aisément mesurable. Le montant du prix du travail, ou salaire minimum, exprimable dans une seule subsistance élémentaire, le blé, permet de simplifier le problème. Nous y reviendrons[2].

---

2. Cf. p. 652.

Les marxistes considèrent la « valeur-travail-commandé » de Smith comme supérieure à la « valeur-travail-incorporé » de Ricardo. Elle montrerait que celui qui, au départ, possède une marchandise, peut acheter avec elle plus de travail qu'il n'en a fallu pour la produire. Malheureusement, toujours d'après les marxistes, la « valeur-travail-commandé » n'explique pas l'origine de cette différence. Bien plus, cette théorie déboucherait sur un raisonnement circulaire. La valeur du travail est égale à la quantité de marchandise (de blé) nécessaire à sa reproduction, la valeur du blé étant égale à la valeur du travail qu'on peut acheter avec une unité de blé. On pourrait objecter aux marxistes qu'il manquait ici à Smith la fixation simultanée des prix permise par l'interdépendance walrassienne.

En fait, cela n'a pas beaucoup d'importance, puisqu'une fois sa théorie de la valeur construite, elle est abandonnée. Elle a joué son rôle : établir le bien-fondé du travail industriel. Smith va alors tenter de revenir à une réalité toujours plus complexe que le monde théorique de la polémique.

2. De la valeur-travail à la fixation des prix réels.

À peine a-t-il établi la véracité de la valeur-travail que Smith, comme à son habitude, multiplie les objections. Pour lui, la valeur-travail n'existe à l'état pur que dans les sociétés primitives. Aujourd'hui, pour produire, il faut non seulement du travail direct, mais aussi du capital fixe et du capital circulant. Faisant les avances du capital, il est nécessaire que les entrepreneurs bénéficient des profits suffisants. Sans le profit, l'économie retournerait à la stagnation. Il faut aussi tenir compte de la terre et des propriétaires fonciers. A. Smith est encore trop proche des physiocrates. Ricardo aura, vis-à-vis de la terre, moins de scrupules.

Smith en arrive ainsi à faire des coûts de production la base des prix réels dans une société moderne. Or, il n'a pu traduire ces coûts en travail. Le profit est un revenu *stimulant* proportionnel au capital engagé ; quant au capital, il ne peut pas être comptabilisé en travail, car Smith n'a pas choisi la « valeur-travail-incorporé » dans la production d'un bien.

Les coûts de production lui semblent donc une base relativement sûre et concrète pour mesurer la valeur.

Reste à savoir comment s'établit le prix du diamant ou d'une œuvre d'art. La rareté relative lui semble une explication suffisante.

En fait, Smith ne cherche pas à établir une théorie de la valeur, il veut comprendre quelles sont les causes de l'évolution à long terme des prix. Le prix du marché de Smith n'a pas encore la splendeur du prix d'équilibre de Walras. Il est lié à des marchandages incessants, aux rapports de forces incertains et aux fluctuations monétaires. Il n'est qu'instabilité ; Smith recherche derrière elle la tendance et ses explications.

Stuart Mill, ce classique réformiste qui ne cherchait plus à justifier les capitalistes, s'est rallié à cette explication composite de l'évolution des prix.

Pour expliquer les prix réels, il combine les coûts de production, la rareté et les conditions de production.

La demande et l'offre commandent le prix des biens indéfiniment reproductibles. Toutefois, il y a un prix plancher au-dessous duquel on ne descend pas, car la production s'arrête. Ce prix minimum est constitué par les coûts de production.

Toutes les fois que les choses ne se prêtent pas à une reproduction indéfinie, la demande et l'offre déterminent les fluctuations de la valeur... jusqu'au moment où l'offre se modifiera.

Pensant avoir fait la synthèse du rôle des coûts, de l'utilité et de la rareté, Mill juge qu'il est temps de ne plus se préoccuper de la valeur des choses. Mill, le réformiste, voit bien ce qu'il y aurait pour lui de dangereux à explorer un tel concept. Avec quelque candeur, il l'exorcise : « Il n'y a plus rien, dans les lois de la valeur, qui reste à élucider dans le présent, ni pour aucun auteur dans l'avenir ; la théorie de la valeur est aujourd'hui achevée. »... Bigre !

3. DAVID RICARDO ET LA DÉNONCIATION DES PROPRIÉTAIRES FONCIERS

Avec Ricardo, nous sommes en présence de la première théorie de la valeur qui joua un rôle théorique central. Cela n'empêche pas Ricardo d'être aussi explicite qu'Adam Smith sur le sens de la valeur du travail. Elle lui sert d'arme de guerre contre les propriétaires fonciers, ou plus exactement, les *corn laws*.

Lorsque Ricardo élabore sa théorie de la valeur, la révolution industrielle est déjà très avancée. La population augmente rapidement. La croissance des villes, où se multiplient les manufactures, suppose des approvisionnements de plus en plus importants. Certes, l'agriculture britannique est l'une des plus avancées du monde. La révolution agricole a précédé, et non suivi, la révolution industrielle. Mais la production de céréales et de viande a quelque mal à suivre la demande. Les grands propriétaires fonciers qui, grâce aux *enclosures*[3], ont peu à peu généralisé les techniques nouvelles, bénéficient de cette situation. Certaines années, les profits d'une exploitation agricole modernisée dépassent de 50 % les capitaux investis. Dominant le Parlement, et, sous prétexte d'encourager la production de grains, les propriétaires vont faire voter une réglementation douanière protectrice : les *corn laws*. Elle cherche à perpétuer le pactole dont ils bénéficient.

En 1813, avec l'intensification de la guerre contre Napoléon et les mauvaises récoltes, les cours du blé montent à des prix records. Celui du boisseau[4] de farine équivaut au double du salaire hebdomadaire d'un ouvrier. Cela ne profitait ni aux ouvriers ni aux industriels, obligés d'augmenter les salaires. Avec une impudence très grande, le Parlement britannique vota un renforcement des droits d'entrée sur les céréales… afin d'encourager l'approvisionnement national.

L'affrontement des propriétaires fonciers et des industriels devint sans merci. Pétitions, libelles, meetings agitent la Grande-Bretagne. Rien n'y fit : les *corn laws* furent maintenues. En 1815, avec la fin des guerres napoléoniennes, le

---

3. Clôture des champs et partage des communaux par des lois spéciales, dont certaines furent votées dès le début du XVIIe siècle.
4. Ancienne mesure de capacité pour les matières sèches, de contenance variable suivant les pays (environ 13 litres).

prix du blé retrouve un niveau plus acceptable et la réforme des *corn laws* semble être renvoyée aux calendes grecques.

Ricardo ne l'entend pas ainsi et publie un livre dont le titre est sans ambiguïté : *Essai sur l'influence des bas prix du blé sur les profits*. La dénonciation des propriétaires fonciers y est sans nuances : « les intérêts des propriétaires fonciers sont toujours opposés à l'intérêt de toutes les autres classes sociales ». C'est contre ces propriétaires qu'il construit sa théorie de la valeur. Son argumentation lui paraîtra si convaincante, l'enrichissement abusif des propriétaires si inévitable, qu'en 1816, il se retire des affaires de spéculations boursières et devient… un richissime propriétaire terrien. L'immense fortune qu'il laissa à sa mort prouve que Ricardo[5] avait une manière bien empirique de vérifier ses propres théories.

1. La démonstration ricardienne des risques de la rente foncière a besoin de la valeur-travail.

Nous avons déjà donné, à propos de la répartition, les grandes lignes de la théorie ricardienne de la rente foncière.

---

5. David Ricardo est né à Londres en 1772, dans une famille israélite venue des Pays-Bas, mais originaire du Portugal. Son père était un courtier en marchandises et, à l'âge de 17 ans, Ricardo se lança dans des spéculations boursières en tout genre. À 22 ans, il fonde sa propre maison d'affaires. Son mariage avec une *quaker* et sa conversion au protestantisme le séparent de sa famille. Il va mener de front ses activités financières et son élaboration théorique. Il deviendra professeur à l'université de Haileybury, fondée par la compagnie des Indes pour former des administrateurs. Son premier ouvrage fut publié en 1810. Son contenu : « le haut prix des lingots comme preuve de la dépréciation du billet de banque », ouvre la voie à la théorie quantitative moderne de la monnaie. La première édition des *Principes d'économie politique et de l'impôt* date de 1817. Il rééditera l'ouvrage en 1819, puis en 1821, en approfondissant chaque fois son analyse théorique. Élu au Parlement en 1819, il meurt brusquement en 1823, dans la propriété où il s'était retiré, après avoir cessé, en 1816, ses activités de spéculateur financier et s'être reconverti dans la… rente foncière.

En guise de conclusion 655

Nous voudrions ici en montrer les liaisons intimes avec la théorie de la valeur.

Pour Ricardo (comme pour Malthus), au fur et à mesure que la population s'accroît, on est obligé de mettre en culture des terres de moins en moins fertiles. Turgot avait déjà signalé cette situation, et la loi des rendements décroissants est la reprise, au niveau théorique, des arguments donnés en 1813 par les propriétaires fonciers, qui voulaient justifier le renforcement des *corn laws*. Les terres que l'on pouvait mettre en culture ne pouvaient être rentables que si le prix du blé dépassait 80 shillings l'hectolitre.

Pour compléter sa démonstration, Ricardo pose alors :

1. Que tous les sacs de blé, quels que soient les travaux et dépenses qu'ils impliquent, ont la même valeur d'échange. Si des marchandises sont semblables dans leur qualité et leur nature, peu importent les différences dans les coûts de production ; elles concourent toutes à la formation du prix, et le prix est le même pour toutes. Aucun acheteur ne consentira à payer plus cher un sac de blé qu'un autre ; il n'y a qu'un seul prix d'équilibre. Stanley Jevons parlera, à ce propos, de loi d'indifférence.

2. Que cette valeur d'échange uniforme est déterminée par le travail. C'est la reprise de l'idée d'Adam Smith, mais systématisée comme savait le faire Ricardo. Il écarte la vision composite des coûts de production qu'avait A. Smith. La rente foncière est éliminée, elle n'est qu'un revenu abusif. Le capital est réduit à des *unités de travail*. Ricardo, abandonnant la théorie de la « valeur-travail-commandé » au profit de la « valeur-travail-incorporé », peut ramener le capital au travail qui a été nécessaire à sa production.

3. Que la quantité de travail qui détermine la valeur d'échange est celle nécessaire à la production du blé sur la terre la moins fertile. En effet, ce blé est nécessaire pour parvenir à équilibrer l'offre et la demande, il faut donc que le prix du marché couvre ses frais de production, le travail direct ou indirect qu'il a incorporé.

Ainsi va apparaître une situation de *rente* au profit des producteurs de blé qui ont des terres plus fertiles. Admirez le raisonnement. Ricardo explique la rente, revenu qui ne dépend d'aucun travail, à partir d'une théorie qui explique que toute valeur vient du travail.

Ricardo fait coup double.

Il fonde le caractère productif de tout travail, et principalement du travail industriel.

Il montre que la rente foncière est dangereuse. Le prix du blé, se fixant à partir de la fertilité de la terre la moins bonne, ne peut que monter au fur et à mesure que la population s'accroîtra. « Les manufacturiers » (les industriels) seront obligés d'augmenter leurs salaires aux dépens de leurs profits. Il viendra un moment où ils ne pourront plus que renouveler le capital. Son accumulation s'arrêtant, la croissance s'étiolera. Les salaires seront alors élevés, mais engloutis par le prix du grain. Les prix du blé et l'arrêt de l'accumulation du capital auront tôt fait de stopper la croissance industrielle. Dans ce monde de stagnation, seuls, les propriétaires jouiront de revenus indécents.

2. Les développements de la théorie ricardienne de la valeur.

L'origine de la théorie ricardienne de la valeur-travail montre bien sa fonction ; toutefois, cette théorie n'est pas enfermée dans la dénonciation de la rente. Ricardo n'a pas la même légèreté qu'un A. Smith, cet esprit encyclopédique, ouvrant, puis négligeant une piste. C'est au contraire un homme pratiquant un raisonnement rigoureux, soucieux de cohérence dans l'articulation des principes qu'il développe. Il va aussi être amené à faire de la valeur-travail l'élément intégrateur de toute sa vision de l'économie.

a) Il n'y a plus de confusion entre la richesse et la valeur.
– *La richesse* représente ce qui est nécessaire, utile, agréable ; sa recherche commande la demande. *Pour les biens non reproductifs* (par exemple les œuvres d'art), la

rareté est l'élément qui détermine la valeur d'échange. Mais pour Ricardo, ces biens ne représentent qu'une infime partie des biens échangés.

– La valeur de tous les autres biens dépend de la plus ou moins grande facilité avec laquelle un bien est produit ; de la *quantité* de travail qui est nécessaire à sa production.

Comment expliquer cette liaison valeur/travail ? Ricardo a une réponse qui frise le simplisme : « Toutes les marchandises sont le produit du travail et n'auraient aucune valeur sans le travail dépensé à les produire. » Autrement dit, sans le travail, elles n'existeraient pas, donc, c'est le travail qui fait leur valeur. Mais pourquoi les produits du travail sont-ils devenus des marchandises, c'est-à-dire des biens vendus sur un marché ? Ricardo ne se pose pas cette question, qui est fondamentale pour Marx. Il ne lui vient pas à l'idée de soulever des questions qui pourraient être gênantes pour le capitaliste industriel, il n'a qu'un ennemi : le propriétaire foncier.

b) Ricardo choisit une conception de la valeur-travail-incorporé. Il n'y a pas ainsi besoin de distinguer la société primitive et la société moderne, comme le fait Smith. Marx reprendra cette définition, mais avec une tout autre signification ; que l'on ait besoin de capital ou non, que l'on connaisse ou non la monnaie, la valeur-travail-incorporé de Ricardo permet de mesurer la valeur relative des biens. La valeur-travail ricardienne est a-historique, hors de l'histoire.

c) Il n'y a pas, chez Ricardo, de confusion entre salaire et travail. Ricardo raisonne clairement en *quantité de travail-incorporé*.

d) Ricardo intègre bien sa théorie de la valeur et sa théorie de la monnaie. La valeur de la monnaie dépend de la quantité de travail qu'il a fallu pour la produire. Le prix d'un bien dépend du rapport entre la quantité de travail qu'il a fallu pour le produire et la quantité de travail qu'il a fallu pour produire une unité de monnaie. Si on extrait plus facilement l'or, la quantité de travail nécessaire à la production d'une unité de monnaie baissera, les prix monteront. Si on remplace l'or par des billets non convertibles, la valeur de la monnaie baissera, et les prix monteront. En effet, le remplacement – par exemple – d'une unité-or par dix unités-papier revient à produire une unité de monnaie avec dix fois moins de travail. Les prix nominaux seront multipliés par 10.

e) La théorie ricardienne de la valeur est conforme à sa théorie de la répartition. Il serait curieux qu'il en aille autrement, puisqu'elle est née à propos de la répartition. Les propriétaires fonciers prélèvent leur rente. Les salariés reçoivent leur rémunération, qui leur permet tout juste de subsister, quel que soit, par ailleurs, le prix du grain. (Le prix du grain dépend du rapport entre le travail nécessaire pour produire un sac de blé sur la terre la moins fertile et le travail nécessaire pour produire une unité monétaire.) Les profits que touchent les propriétaires sont un résidu. Les marxistes s'opposent à une telle conception, qui ne permet pas de faire du profit un revenu d'exploitation. Certes, une fois la rente prélevée, les salaires et les profits sont dans un face-à-face conflictuel. Toutefois, le malheur des ouvriers ne vient pas des capitalistes, mais de leur propension à faire des enfants. Ricardo voulait justifier le travail industriel et le rôle des industriels, non la lutte des ouvriers, ce qui, à son époque, n'avait guère de sens. Avant de vouloir expliquer la lutte du prolétariat, il faut que ce dernier devienne une véritable entité.

f) La valeur-travail est à la base de l'explication ricardienne de la division internationale du travail par les coûts comparatifs[6].

g) Ricardo explique les mouvements des prix à long terme par des changements dans les conditions de leur production, par la productivité. C'est une explication du même ordre qu'on trouve chez bien des économistes contemporains, tel

---

6. Cf. p. 522.

En guise de conclusion 659

J. Fourastié qui, cependant, est très loin d'une solution aussi unitaire que celle de Ricardo.

3. *Les incertitudes de la théorie ricardienne de la valeur.*

Tous ces éléments auraient dû permettre à Ricardo d'affirmer que les rapports entre les prix expriment les rapports entre les valeurs incorporées dans la production de chaque bien ; que les prix sont proportionnels au travail-incorporé.

Or, c'est là que commencent les difficultés.

a) Revenons au point de départ : au prix de la nourriture. Il dépend bien de la quantité de travail, *mais de la quantité nécessaire pour exploiter les terres les moins fertiles.* Plus tard, en généralisant à leur manière l'idée de la productivité marginale et de la rente, les néoclassiques parviendront à donner un sens à cette situation bizarre. Ils auront abandonné la valeur-travail pour la valeur-utilité. Nous en reparlerons.

b) Pour Ricardo, les salaires sont proportionnels au travail fourni, et les profits, aux capitaux financiers investis. Il n'y a pas de liaison entre travail et profit (si ce n'est à travers le prélèvement de la rente et la fixation du salaire minimum, indépendant de la fixation des profits). Les capitaux étant convertibles en quantité de travail, même si on fait jouer la *loi d'égalisation du taux de profit* énoncée par Smith et qui fut reprise par Marx[7], on devrait retrouver un certain rapport avec la quantité de travail. Or, il n'en est rien.

---

7. D'après cette loi, la concurrence aboutit à égaliser tous les taux de profit, car elle pousse les capitaux à s'investir là où les profits sont les plus élevés, de sorte que l'offre y augmente rapidement et que les prix y baissent. En revanche, là où les profits sont faibles au départ, les capitaux rechignent à s'investir ; l'offre stagne, voire régresse ; les prix montent, les profits, également.

La *valeur* des capitaux fixes, exprimée en travail, peut représenter des données financières fort différentes. Durant leur fabrication, plus ou moins longue suivant le type d'équipement, le prix du travail (le salaire) a pu varier ; cela est d'autant plus sensible que l'utilisation et, par là même, la durée d'amortissement d'un capital fixe, peut s'étaler sur de nombreuses années. Pire, avec un même taux de profit, selon la durée d'amortissement des équipements, il faut, si l'on veut récupérer sa mise et pouvoir racheter un équipement neuf pour remplacer l'ancien, avoir des profits effectifs fort différents. Il faut doubler le taux de profit théorique lorsqu'un équipement doit être amorti deux fois plus vite (pas tout à fait deux fois si l'on tient compte des intérêts composés). Les relations entre le prix et la quantité de travail deviennent donc très lâches.

c) Supposons maintenant que le prix du blé s'accroisse. Les salaires vont suivre. Les profits baisseront ; les prix changeront, mais pas uniformément. Les prix monteront dans les secteurs faiblement capitalistiques (ceux qui utilisent beaucoup de travail et peu de capital). Ils baisseront dans les autres. C'est ce que l'on a appelé *l'effet Ricardo* et qui, aujourd'hui encore, permet d'expliquer certains phénomènes de substitution du capital au travail. Cet effet est dû aux mécanismes de l'égalisation des profits. Dans le premier secteur, les profits chutent plus vite que dans le second (où, dans la logique de Ricardo, le travail incorporé dans le capital l'a été à une époque où les profits étaient plus bas). Les capitaux financiers fuient le premier secteur pour aller s'investir dans le second. L'offre du premier secteur stagne, tandis qu'elle s'élève dans le second. D'un côté, les prix montent, de l'autre, ils chutent, jusqu'au moment où le taux de profit des deux secteurs sera à nouveau identique.

Ajoutons maintenant à toutes ces incertitudes les variations de la *valeur* de la monnaie : la belle relation proportionnelle entre les prix et les quantités de travail-incorporé dans les produits vole en éclats. Ricardo était fort conscient de ces difficultés. Pour s'en sortir, il recherchait un invariant, un *étalon* qui aurait pu permettre d'éliminer toutes les causes d'incertitude. Il ne parvint qu'à un résultat contestable. Aussi finit-il par dire que l'explication de la variation des prix par la quantité de travail-incorporé dans la production était *approximativement* valable.

Elle avait parfaitement joué son rôle dans l'attaque des *corn laws*, elle permettait certains développements théoriques suffisamment explicatifs de phénomènes réels; pour le reste, pour comprendre, il faut simplifier. Ricardo était maître dans cet art d'élimination des phénomènes parasites.

En fait, ce qu'il y a de plus remarquable, dans Ricardo, c'est la liaison qu'il a établie entre l'évolution à long terme des prix et les conditions de la production. L'évolution de la production, et finalement des techniques, est un des points majeurs de son système. On peut peut-être parvenir à un tel résultat sans des hypothèses concernant la *valeur*.

En définitive, ces dernières ont toujours été formulées à propos de la défense sociale (ou de l'attaque) d'un des acteurs de l'économie. Elles ont permis d'explorer des champs différents, car elles décalent le point d'observation. En cela, ces hypothèses n'ont pas été inutiles, mais tout construire à partir d'elles, cela s'appelle avoir des œillères Ce n'est pas la valeur-travail marxiste qui nous convaincra du contraire. Il reste que toute approche scientifique est découpage, et, donc, œillère.

Aujourd'hui, la reprise de l'hypothèse ricardienne de la valeur par un certain nombre de néoclassiques ou de keynésiens n'est bien sûr pas dénuée de tout objectif social. Les uns, les néoclassiques-néoricardiens, veulent sortir des limites de la valeur-utilité. À force de vouloir justifier le capitalisme, la concurrence et le rôle d'une rationalité fort spéciale, elle ne parvient plus à éclairer la réalité. On voudrait réintroduire la lutte des classes en aseptisant le marxisme, en le délivrant de son virus révolutionnaire. On croit pouvoir le faire en revenant à la valeur-travail ricardienne, qui rassure. Comme l'a dit Samuelson en 1974 : « Le marxisme est une chose trop valable pour qu'on la laisse aux marxistes. » Les

LES ÉCONOMISTES À LA RECHERCHE D'UN ÉTALON GÉNÉRAL DE MESURE. OU, D'ADAM SMITH À SRAFFA, LA PETITE HISTOIRE DE LA PIERRE PHILOSOPHALE DE L'ÉCONOMIE*

Ricardo a recherché désespérément un point fixe à partir duquel toutes les mesures de la valeur deviendraient possibles. Tout au long de l'histoire de l'économie, on retrouve cette quête ; il semble même que le point fixe soit devenu, pour certains, une idée fixe. Stuart Mill l'a fort bien compris : « Ce que recherchent les économistes, ce n'est pas la mesure de la valeur des biens aux mêmes lieu et place, mais une mesure de la valeur du même bien, à différents moments du temps et en des lieux différents. »

Adam Smith croyait avoir trouvé cette mesure dans l'étalon-travail. Cet étalon devait lui permettre de mesurer l'évolution de la richesse d'une nation en éliminant les variations nominales des prix et des salaires. Smith substitue à l'unité-salaire *un salaire réel exprimé en quantité de blé.* Le blé était la base alimentaire du peuple. Smith constate que si le prix du blé varie d'une année à l'autre, son prix est remarquablement constant d'un siècle à l'autre (nous ne sommes pas encore à l'époque des *corn laws*). Les salaires sont ramenés au niveau de la subsistance. Il croit voir là tous les éléments d'un étalon général de mesure. En fait, il obtient une sorte *d'indice de bien-être* qui répond aux questions : combien peut-on faire vivre de personnes avec la richesse nationale ? Comment a évolué dans le temps cette possibilité ? C'est dans une voie semblable que s'est engagé Keynes lorsqu'il essaie de traduire le revenu national en unités d'emploi. Il ne s'agissait plus de faire subsister un maximum de personnes, mais de leur donner un emploi.

Ricardo est le premier à aller à la recherche d'un véritable invariant ; il n'y parvient pas et il garde un substitut bien curieux à l'étalon général de mesure : l'or. Comme à son habitude, Ricardo a l'air de trouver des solutions simples aux problèmes compliqués, en ajoutant qu'elles sont... approximativement satisfaisantes. Les raisons que donne Ricardo pour justifier son choix sont intéressantes : l'or, quelle que soit l'évolution de ses conditions d'exploitation, est toujours produit, au cours du temps, avec l'intensité capitaliste moyenne de l'économie. Autrement dit, la quantité de travail qu'il exige varie dans la même proportion que celle que réclame en moyenne l'ensemble des branches. L'or entretient donc un rapport constant avec la valeur moyenne d'un bien exprimé en quantité de travail. Choisir comme étalon invariable l'étalon-monnaie, il faut bien avouer que cela simplifie le problème. En fait, cela ne mène pas à grand-chose, si ce n'est à comprendre que *la recherche d'un invariant n'est pas indépendante des conditions de production.*

C'est dans cette voie que le bibliothécaire de Cambridge responsable de la réédition des œuvres de Ricardo, Piero Sraffa, s'est engagé. Dans un ouvrage célèbre publié en 1960 : *la Production des marchandises par des marchandises : prélude à une critique de la théorie économique,* il tente de sortir des ornières ricardiennes. Il n'est pas question de faire ici une critique d'ensemble de cet ouvrage. Il s'inscrit dans le renouveau ricardien, dont nous avons montré la signification. Il est, en outre, particulièrement illisible, et on a parfois l'impression d'un déchaînement intempestif de formalisations mathématiques abstraites. Ce qui est intéressant, c'est que Sraffa, tout en présentant la valeur-travail, essaie de résoudre le problème de l'étalon général de mesure. À cette fin, il part d'un *panier de marchandises,* un peu comme aujourd'hui, dans le domaine des monnaies internationales, on établit la valeur d'un étalon à partir d'un *panier* de monnaies nationales (par exemple, les droits de tirage spéciaux – DTS). Pour Sraffa, l'étalon composite qu'il recherche devrait être parfaitement représentatif des combinaisons du travail et du capital de l'ensemble des branches. C'est reprendre l'idée de Ricardo d'un étalon qui exprimerait les conditions moyennes de production. Grâce au calcul matriciel et aux principes de l'interdépendance walrassienne d'un tableau d'échange interindustriel, il pense pouvoir échapper au simplisme de Ricardo. Il tente d'établir un étalon de mesure représentatif de la combinaison moyenne du travail et du capital[1]. Au départ, il raisonne sur une situation ultra-simplifiée. Dans son économie, il n'y aurait notamment besoin que de capital circulant et de travail. Il élimine les capitaux fixes, qui supposent un amortissement et les variations de la technologie (nous voilà ramenés au bon exemple ricardien du blé, dont la production ne supposait que du travail et des semences). Sraffa pense alors avoir construit un *invariant* convenable pour une économie simplifiée à l'extrême. Il avoue qu'à partir du moment où l'on introduit un capital fixe et des délais d'amortissement, son système aboutit à *un ensemble d'équations abstraites* dont il ne perçoit plus la signification concrète... C'est à notre avis un euphémisme.

Cela dit, Sraffa cherche à déterminer si, quand un prix change, cela provient des conditions de sa production ou de celles des biens qui servent à sa production. Il essaie aussi d'examiner comment les changements de prix se traduisent dans la répartition des salaires

---

1. Pour les initiés : *branche non fondamentale* (celle qui ne sert ni à la production des autres branches ni à la consommation indispensable) *exclue.*

> et des profits. Il montre alors qu'en l'absence de tout changement dans la demande, dans les techniques, dans les échelles de production et divers autres éléments extérieurs, *il y a indétermination du partage salaire/profit*. À partir d'une situation ultra-simplifiée il semble fonder logiquement, *mathématiquement,* une théorie néo-keynésienne de la répartition. Mais alors, que vient faire, dans tout cela, la valeur-travail ricardienne ? Elle sert de justification aux keynésiens, qui passent avec armes et bagages du côté de la contestation sociale.
>
> Mais revenons à l'invariant. Sraffa a relancé toute une partie des recherches actuelles sur la valeur. Elles cherchent à déterminer comment se fixent *les prix de production.* Dans bien des cas, ces recherches auraient avantage à examiner les démarches des sciences de la gestion et à fuir la quête sans fin de la pierre philosophale. Le détour par les théories de la valeur ne fait qu'accumuler hypothèses sur hypothèses. Ce n'est pas toujours le signe du bon sens et de l'efficacité scientifique. Il y a des limites à l'économie pure, au-delà desquelles on ne stimule plus la recherche mais les jeux de l'esprit et, Dieu seul sait quoi !...

« néoricardiens-néokeynésiens » veulent tout au contraire, comme nous l'avons déjà dit[8], renforcer la caractère révolutionnaire de la vision keynésienne.

4. Marx et la valeur-travail au service de la révolution

Nous avons déjà très longuement analysé la valeur-travail marxiste et son rôle à la fois historique et théorique dans la lutte du prolétariat[9].

Nous voudrions, dans ce chapitre, mieux marquer les différences entre la valeur-travail ricardienne et la valeur-travail marxiste. Toutes deux se rattachent au concept de

---

8. Cf. p. 649.
9. Relire éventuellement ici, p. 357 *sq.*

valeur-travail-incorporé et sont pourtant fondamentalement différentes. Nous examinerons ensuite les limites et les déviations de la nature de la valeur-travail marxiste, ce qui nous ramènera au rôle social de toute théorie de la valeur.

1. De la valeur-travail ricardienne à la valeur-travail marxiste.

La valeur-travail marxiste n'est pas fondée sur la quantité de travail mais sur le prix de la force de travail, du travail transformé en marchandise. Dans toute la théorie marxiste, on raisonne en prix monétaire, et non en prix réel, ou encore en unités physiques de travail.

La valeur-travail marxiste est liée aux rapports sociaux d'exploitation. Elle naît de la division du travail et de l'appropriation privée des biens de production, qui obligent les travailleurs à vendre leur force de travail au prix du marché. De ce fait, le profit n'est plus un revenu résiduel et innocent, il s'enracine à la fois dans la fixation du prix de la force de travail au niveau de la subsistance, et de l'appropriation de la plus-value par les capitalistes. Il y a une unité fondamentale des lois qui gouvernent la répartition.

Marx établit une relation étroite entre la valeur d'usage et la valeur d'échange. Elles apparaissent comme les deux aspects à la fois complémentaires et contradictoires d'un phénomène, celui de la valeur. Cela permet à Marx de réintroduire de manière cohérente les problèmes de la rareté et de l'utilité. Grâce à cette relation, la concurrence (les rapports entre l'offre et la demande) permet d'expliquer les distorsions possibles entre les variations de prix et la valeur-travail-incorporé. La valeur-travail est un objet pensé, qui permet de voir, de comprendre, mais ne peut être vu. Au premier niveau de l'analyse, on ne perçoit que des prix, qui peuvent être déterminés, à la limite, suivant les lois de l'équilibre walrassien.

Les contradictions entre prix du marché et valeur-travail-incorporé étant explicables, Marx évite les incertitudes de

Ricardo. Il n'a plus à se préoccuper de calculs compliqués et sans issue auxquels le système ricardien aboutit lorsqu'il tente de trouver une relation entre les variations des prix et les quantités de travail-incorporé. Chez Marx, il n'y a pas indépendance des deux éléments, mais les relations entre valeur d'usage et valeur d'échange peuvent expliquer les fluctuations du prix du marché autour d'un point d'équilibre qui, lui, entretient une liaison intime, mais invisible avec la valeur-travail-incorporé[10].

2. Les limites de la valeur-travail marxiste.

Marx ne part pas d'une situation a-historique, comme le font Ricardo et les néoclassiques. Comme chez Smith, il y a opposition entre la société primitive et la société actuelle.

a) La valeur d'échange est liée à la constitution de la société, au processus de socialisation ; née de la socialisation, elle y joue un rôle précis. Elle explique comment et pourquoi la socialisation telle qu'elle a évolué a entraîné l'exploitation du travail, réduit à l'état de marchandise. Dans

---

10. Bien des analyses néoricardiennes, voire marxistes, ont oublié ces différences. Elles établissent notamment, à la suite de Sraffa, des tableaux d'entrées et de sorties utilisant des *quantités,* de travail-incorporé et essaient de montrer l'erreur de Marx dans certains passages du *Capital.* Il se serait trompé en établissant les prix de production de chaque branche et le prix des produits finaux. Ces analyses oublient que Marx utilise une valeur-travail exprimée en monnaie, que, dans les passages incriminés, il n'établit pas de relations entre les branches (il les cite à titre d'exemple et n'avait pas – et pour cause – l'idée d'un tableau d'entrées et de sorties fondé sur les interdépendances walrassiennes), enfin et surtout, toute la théorie marxiste en témoigne, la *valeur-travail* est un objet pensé... invisible. Il est donc bien vain pour Marx de rechercher des liaisons étroites entre les *valeurs* et les prix du marché. L'erreur de Marx n'est pas une erreur, c'est, au choix, soit la confirmation éclatante de sa théorie de la connaissance, soit le plus beau tour de passe-passe de l'histoire de la pensée économique.

le même mouvement, elle explique pourquoi les produits du travail sont des marchandises[11]. C'est à travers cette socialisation et l'échange que va apparaître l'équivalent-travail, *le travail abstrait*[12].

Ce point de départ pouvait ouvrir une voie assez proche de celle qu'explorent aujourd'hui certains schumpétériens actuels[13]. Marx évite cependant de l'exploiter. Bien au contraire, on le voit reprendre la fable du troc. L'échange préexiste à la monnaie, et celle-ci ne fait que l'élargir, et qu'accentuer la division du travail. Toute l'économie marxiste est monétaire, mais il existe, dans la reconstitution marxiste de l'évolution des sociétés, un moment où l'échange n'était pas monétaire. *C'est la faille fatale*. Si l'échange a pu exister en dehors de la monnaie, il a fallu qu'existe déjà une *norme-travail*, un équivalent-travail. On débouche sur un raisonnement circulaire. La monnaie est la condition de l'apparition de l'équivalent-travail, la monnaie naît de l'échange, qui lui-même suppose un équivalent-travail.

Les marxistes ont encore accentué cette préexistence du référent social, essence de la valeur de toute chose. Ils ont même oublié la dualité des formes de la valeur affirmées par Marx, et font bizarrement précéder la valeur d'usage par la valeur d'échange ; le travail doit à toute force primer sur l'utilité. Peu à peu, on s'est réacheminé vers Ricardo. Le marxisme officiel soviétique a aussi prôné des calculs économiques en termes d'unités physiques de travail, ce qui n'a plus beaucoup de lien avec la valeur-travail... marxienne. En fait, si l'on veut faire de la valeur-travail la justification sociale de la révolution, la valeur-travail doit transcender la socialisation. Cette dernière ne fait que dévoiler la finalité de l'homme.

Certes, Marx a placé au départ le caractère idéal du travail abstrait (simple objet pensé) et de la valeur-travail. C'était un garde-fou. Il n'a pas tenu, car Marx n'a pas osé aller jusqu'au

---

11. Cf. p. 328.
12. Cf. p. 327.
13. Cf. p. 678.

bout de la constitution de la société, à travers la socialisation et sans faire apparaître des normes supérieures.

b) Il l'a d'autant moins fait que lorsqu'il parle de la valeur, il quitte le domaine de la dialectique marxiste pour celui de la dialectique hégélienne. Nous ne sommes plus en présence de contradictions se combinant entre elles dans un processus historique. La valeur d'usage s'oppose à la valeur d'échange, comme l'une et son contraire. L'une et l'autre apparaissent comme les deux formes antinomiques du même concept de valeur. Pousser jusqu'au bout une telle conception aurait amené Marx à donner une place toute particulière à l'entrepreneur. Ce dernier deviendrait celui qui résout la contradiction entre les deux formes de la valeur, en combinant au mieux les facteurs de production. Le profit ne serait plus un simple revenu d'exploitation. C'est la voie qu'indique le professeur H. Denis en parlant de l'échec de Marx.

Marx, à propos de la valeur, a visiblement mélangé deux méthodes. L'une est hégélienne. L'autre, plus conforme à la dynamique des structures, qu'il élabore lorsqu'il recherche les lois d'évolution des sociétés. Il a fondé les lois d'évolution du capitalisme sur une conception hégélienne de la valeur. Parallèlement, il a fait de la valeur *l'essence* des prix, dans une société dont l'évolution dépend de contradictions structurelles.

Il aurait pu s'engager dans d'autres voies, opter plus franchement pour l'une ou l'autre des méthodes. Il ne serait pas parvenu à la même justification sociale.

N'accusons pas trop vite ici Marx d'erreur méthodologique ; il a adapté ses choix méthodologiques à ses objectifs, et ses successeurs ont accentué les glissements. N'accusons pas Marx de parti pris, c'est le propre de toute approche économique, dans la mesure où toute approche économique, voire toute approche scientifique, suppose un découpage dans la réalité. Mais il ne suffit pas de découper la réalité pour être scientifique. Nous y reviendrons dans l'épilogue de cet ouvrage.

5. LES NÉOCLASSIQUES ET L'UTILITÉ AU CŒUR...
DU CAPITALISME

Nous n'avons pas, dans les chapitres consacrés aux descendants d'Adam Smith, explicitement traité du problème de la valeur selon les néoclassiques.

Toutefois, le lecteur a déjà tous les éléments dont il a besoin pour comprendre cette approche. Elle fut, en son temps, considérée comme une révolution théorique. Rappelons-la brièvement :

1. *Les néoclassiques se situent bien dans l'univers smithien* : laissons les hommes libres de poursuivre leurs intérêts particuliers, et on aboutira à la meilleure allocation possible des richesses. La rationalité hédoniste des individus en concurrence sur le marché a plus de chances d'arriver aux bons choix que la raison d'État.

2. *Les néoclassiques vont unifier des éléments qui, chez les classiques, étaient disparates.* La valeur d'usage et la valeur d'échange ne vont plus avoir qu'un seul fondement ultime : l'utilité[14]. Les calculs hédonistes des agents économiques deviendront notablement plus homogènes. Le rôle de la rareté relative dans la formation des prix évitera d'avoir deux types de référence : la valeur-travail pour les biens reproductibles, la rareté pour les biens non reproductibles. À partir de l'utilité de la dernière unité entrant dans la production d'un bien, ils veulent unifier les *lois* de la *production* et les *lois* de la *répartition*.

---

14. Relire éventuellement p. 168 *sq*.

1. De la valeur d'échange classique à la valeur d'échange néoclassique.

Pour Ricardo, si quatre mètres de tissu de coton s'échangent contre deux mètres de tissu de laine, cela signifie qu'il a fallu deux fois moins de travail pour produire le tissu de coton que pour produire le tissu de laine. Ce rapport se retrouvera dans les prix exprimés en monnaie. Le travail nécessaire à la production d'une unité monétaire étant défini, le prix du mètre du tissu de laine sera le double du prix du mètre du tissu de coton. La valeur d'échange est chez Ricardo, un rapport entre des chiffres absolus, des quantités mesurables de travail, qui expriment les conditions de production.

Pour *les néoclassiques* la valeur d'échange est la relation entre deux valeurs d'usage. Si quatre mètres de tissu de coton s'échangent contre deux mètres de tissu de laine, c'est qu'en définitive l'utilité du tissu de laine est jugée deux fois plus élevée que celle du tissu de coton par les participants à l'échange. Toutefois, ne faisons pas ici de contresens. Il n'est pas question de mesurer les valeurs d'usage et de les comparer. La mesure de l'utilité subjective a, certes, été tentée. La psychologie mathématique d'Edgeworth n'a abouti qu'à rendre plus subtiles (ou compliquées) les formules exprimant le calcul du plaisir et de la désutilité. Nous en reparlerons. En réalité, comme l'a fort bien exprimé Walras : « Notre étalon de mesure doit être une certaine quantité d'une certaine marchandise, et non la valeur de cette quantité de marchandise… Quant aux valeurs, elles se mesurent d'elles-mêmes, puisque leurs rapports apparaissent directement dans les quantités de marchandises échangées. »

En d'autres termes, la fixation de l'équilibre général, tel que nous avons eu l'occasion de le décrire[15], *aboutit à la fixation des prix, et les rapports entre des prix sont l'expression des rapports entre des valeurs d'usage qui n'ont nul besoin d'être mesurées pour être comparées.*

---

15. Cf. p. 142.

En guise de conclusion

Rappelons qu'à l'équilibre, il y a égalité entre les utilités marginales. La recherche de l'utilité maximale explique le comportement des individus en rapport dans l'échange. Le point d'équilibre signifie qu'ils sont tombés d'accord sur le rapport entre les utilités qu'ils donnent aux biens faisant l'objet de l'échange. La valeur d'échange obtenue est bien le rapport entre des valeurs d'usage, mais il n'est nul besoin de donner à ces valeurs un chiffre absolu, ainsi que Ricardo le faisait avec la valeur-travail.

Nous sommes beaucoup plus près d'un *objet pensé* de Marx que des quantités physiques de Ricardo. L'utilité explique tout, mais est invisible. On n'en voit que des effets, les formules mathématiques abstraites permettant de comprendre comment l'on passe de l'utilité aux prix. De même que chez Marx, ce qui se voit et se mesure, ce sont les prix. Ce qui explique, c'est ce qui ne se voit pas (la valeur d'usage chez les néoclassiques, la valeur-travail chez les marxistes). On comprend que, dans ces conditions, l'équilibre walrassien puisse être en partie récupéré dans une vision marxiste. V. Pareto a d'ailleurs, dès 1902, remarqué que la théorie de l'équilibre était indépendante des théories de l'utilité cardinale.

Mais revenons à la valeur néoclassique, elle permet aussi de réintroduire une théorie de la monnaie plus convaincante que celle de Ricardo. Nous l'avons déjà expliquée[16]. Rappelons ici qu'elle est fondée sur la détermination du prix de la monnaie suivant les mêmes principes que la fondation du prix des autres biens. Plus la monnaie en circulation, par rapport à des biens en quantité constante, est abondante, plus sa rareté relative s'estompe, plus son utilité diminue. Ceux qui détiennent les biens exigent plus de monnaie pour s'en séparer; les prix exprimés en monnaie montent, sans que pour autant les prix relatifs changent. La voie est ouverte aux théories quantitatives contemporaines de la monnaie[17].

---

16. Cf. p. 194 *sq*.
17. Cf. p. 194.

Et si c'est la relation utilité-rareté qui en fin de compte détermine la valeur, la valeur remonte de l'utilisation finale des biens vers les biens de production.

L'interdépendance des prix ne part plus de la décomposition des prix des produits de base, puis des prix des produits intermédiaires, puis des produits finis. Dans cette démarche typiquement ricardienne, les prix des produits finis intègrent dans leur coût de production les produits des branches travaillant en amont. Ils dépendent essentiellement des conditions de production et d'apparition du profit. Bien entendu, on a un problème au moment où le produit arrive sur le marché et où le *prix de production* doit se transformer en *prix de marché*. C'est ce que l'on nomme la *transformation*. Chez Ricardo, les distorsions entre les deux prix vont provoquer des séries d'ajustements complexes. Chez Marx, où se pose aussi un problème de transformation, nous avons vu qu'il y a en fait rupture entre les deux univers. Ce sont les conditions du marché qui règlent les prix, et c'est justement cette rupture qui va entraîner les capitalistes dans la baisse tendancielle du profit.

Chez les néoclassiques, ce sont les utilisateurs finaux, essentiellement les consommateurs, qui vont donner valeur aux choses. Bien entendu, des arbitrages se font au niveau des entreprises. Si les prix ne satisfont pas les entrepreneurs, suivant les règles des utilités et des productions marginales[18], des ajustements seront nécessaires. Les offres et les demandes variant, les prix varieront. Si nous nous plaçons dans le cadre théorique de l'équilibre général, les échanges ne pourront avoir lieu qu'au moment où la meilleure allocation possible des ressources sera acquise[19].

La valeur établit le règne du consommateur-roi et supprime le délicat passage des prix de production et des prix de marché. Le système des prix est unifié.

---

18. Cf. p. 197 *sq*.
19. Cf. p. 145.

2. Comment l'utilité vint aux économistes.

L'utilité néoclassique, avec ses calculs à la marge et ses égalisations d'utilité, eut, comme nous l'avons dit, de multiples inventeurs. Les déficiences de la valeur-travail, son abandon par Stuart Mill, les attaques des socialistes et de Karl Marx, celles de l'École historique anglaise, les progrès dans l'utilisation des mathématiques vont provoquer cette mutation des smithiens.

Deux hommes sont particulièrement intéressants pour comprendre le sens des théories de la valeur : William Stanley Jevons et Léon Walras.

a) W. St. Jevons (1835-1882) est le fils d'un industriel ruiné. Pour justifier sa théorie, Jevons se place dans la position d'un industriel qui veut faire de bonnes affaires. Il doit d'abord se préoccuper de ses clients. Il ne doit pas regarder ce qui est derrière lui (ses coûts de production, le travail accumulé) ; ce qui est fait est fait. Il doit au contraire regarder devant lui : la demande possible, l'utilité future de son produit. « L'industrie est essentiellement prospective, et non rétrospective. » Jevons condamne la valeur-travail au nom d'une saine pratique des affaires. Il cherche comment prévoir le mieux ce qui se vendra. Il en vient à une valeur d'échange liée à des utilités marginales. Il cherche comment le consommateur choisit. Il établit la proportionnalité des prix aux utilités marginales. En tout cas, Jevons indique sans ambiguïté quel est le point d'observation qui justifie la valeur-utilité et, finalement, est justifié par elle.

b) La démarche de Walras est tout aussi intéressante. Nous l'avons vu, Walras est un socialiste réformateur qui croit à la concurrence, mais socialiste quand même. Son *économie sociale* ne laisse aucun doute. Il n'est pas sûr qu'il n'y ait pas eu de relation étroite entre sa volonté réformatrice et son *économie pure*.

LES PRÉCURSEURS OU L'INCERTAINE UTILITÉ

La « révolution » néoclassique fut brutale ; entre 1862 et 1874, en plusieurs lieux d'Europe, on vit soutenir des thèses identiques par des économistes qui n'étaient pas en rapport entre eux.

Toutefois, l'utilité avait cheminé lentement, elle avait peu à peu sapé l'édifice de la valeur-travail des classiques.

Au départ, ceux qui tentent d'établir des liens entre valeur et utilité les fixent maladroitement et de manière bien originale.

Ainsi, l'abbé de Condillac (1715-1780), qui voulait, comme Smith – il est son contemporain – , pourfendre les physiocrates, le fit en partant de l'utilité des choses. Mais il y a l'eau utile et l'eau sans valeur. Condillac comprend qu'il lui faut combiner utilité et rareté. Il va plus loin, il essaie de sortir de la subjectivité : « une chose coûte parce qu'elle a de la valeur ». Seulement, il ne distingue pas valeur d'usage et valeur d'échange. Pour lui, ces deux notions sont confondues. Dans ces conditions, la valeur d'échange, mesurée par le prix, n'est plus le résultat d'une confrontation (en coulisse) entre deux valeurs d'échange. Il faut se résoudre à rechercher une *mesure* de l'utilité ; c'est évidemment une impasse.

C'est dans cette impasse que s'engage, sans remords, J. Bentham (1748-1832). Ce contemporain de Ricardo est un réformateur. Il rêve d'une société où la somme des plaisirs serait maximale, et celle des peines, minimale. À travers cette vaine poursuite, il commence à établir des formules et à ébaucher une démarche, qui ne sont pas sans rapport avec celles des néoclassiques. À la fin du XIXe siècle, un professeur d'Oxford, Francis Ysidro Edgeworth, s'inspira de sa démarche dans une *psychologie mathématique*. Toutefois, il ne s'attachait plus à une véritable quantification. Il désirait plutôt établir les formules mathématiques qui expliqueraient comment fonctionne cette « machine à plaisir » qu'était l'homme. C'était un prude et austère personnage, qui n'avait rien d'une *« love machine »*.

De son côté, J.-B. Say avait ouvert une autre voie. Il comprend qu'il faut unifier les divers domaines explorés par la science économique. L'utilité lui paraît un bon instrument. À partir d'elle, on justifie non seulement le travail industriel, créateur de richesses matérielles, mais tout travail. Plus personne, ni les oisifs ni les fonctionnaires, n'est stérile. Cette idée devait être en avance sur son temps, car aujourd'hui encore elle est parfois contestée[1]. Bien plus, il détache l'utilité d'un jugement social. Est utile ce qui est l'objet d'un désir. Il jugera utile la perle, que Smith, au nom de la raison, aurait rejetée dans le superflu et la vanité. À partir de l'utilité, il fait

---

1. Cf. p. 200.

> des revenus le paiement des services et justifie le rôle de l'entrepreneur. Le profit n'est plus un résidu. Malheureusement, pour combiner efficacement rareté et utilité, il faut passer par la satisfaction marginale et son utilisation. J.-B. Say en était bien loin.
>
> Bastiat (1801-1850) va reprendre l'idée des services rendus. Ce brillant polémiste, chantre du libre-échange, va aller plus loin ; il va faire de la valeur le rapport entre des services rendus. Nous brûlons. Mais comment mesurer les services ? Par le travail qu'ils permettent d'épargner. Il reprend là, une idée de l'Américain Ch. H. Carey (1793-1879), qui l'accusa de plagiat. Il croyait ainsi faire la jonction entre la valeur-utilité et la valeur-travail ricardienne. En fait, mesurer le travail-épargné est encore moins simple que de mesurer le travail-incorporé.
>
> Ce qui est intéressant c'est de voir que tous ces auteurs cherchent, à travers la valeur-utilité, la justification de la société libérale. Bastiat n'y est pas allé par quatre chemins : « Socialistes, économistes, égalitaires, fraternitaires, je vous défie, écrit-il, tous, autant que vous êtes, d'élever même l'ombre d'une objection contre la légitime mutualité des services volontaires, et, par conséquent, contre la propriété telle que je l'ai définie [celui qui accorde un terme[2] rend service]... À l'égard les uns des autres, les hommes ne sont propriétaires que de valeurs, et les valeurs ne représentent que des services comparés, librement reçus et rendus. »
>
> ---
>
> 2. Qui loue un appartement.

Walras, tout en mettant la subjectivité au centre de l'économie, a trois démarches qui tentent d'atténuer les conséquences de son choix.

1. Il se refuse à porter un jugement moral. Il rejoint J.-B. Say : on n'a pas à juger ce qui est utile ou non. Dans la valeur-travail ; tant ricardienne que smithienne, que marxiste, il y a une valorisation du travail. L'utilité triviale de la plupart des précurseurs répond aux besoins et à un aspect moralisant et justificatif.

2. Il choisit un langage qui l'oblige à la neutralité, du moins le croit-il : le langage mathématique. Son père, Auguste Walras (1801-1866), inspecteur d'académie mis en disponibilité, s'était engagé dans cette voie, et son fils lui doit beaucoup. Augustin Cournot (1801-1877) avait

fait de même et avait clairement énoncé que la demande et l'offre étaient des fonctions du prix[20].

3. Il fonde bien le prix sur l'utilité et sur des comportements, tous commandés par la relation avec l'utilité et la rareté, mais, rappelons-le, la valeur-utilité devient invisible. *Le prix réel* résulte de sa gigantesque machinerie d'équations, qui mène à l'équilibre général. Au moment où l'utilité triomphe, elle est passée dans les coulisses. Pour le socialiste Walras, ce n'est peut-être pas totalement innocent. Cela est si vrai que l'équilibre walrassien (avec ses équations qui établissent l'interdépendance générale des prix, des revenus, et des productions) a pu, comme nous l'avons dit, être détaché du système de la concurrence pure et parfaite, voire de la valeur-utilité. Walras voulait défendre, à travers son équilibre, la théorie de la libre concurrence. En réussissant à « neutraliser », au moins partiellement, la valeur, il a donné à son système une portée instrumentale plus grande.

La révolution de la valeur-utilité eut bien du mal à s'imposer. Puis on vit se multiplier les écoles en tout genre. Aujourd'hui, ce qui perdure le plus est l'équilibre walrassien, Or, cet équilibre tomba pratiquement dans les oubliettes durant des décennies. Il fallut attendre les années 1930, avec Hicks et Allen, pour le revoir mis au centre de l'analyse économique néoclassique. Au moment où commençait à s'affirmer la révolution keynésienne, l'équilibre général walrassien paraissait un appui plus ferme que la loi de J.-B. Say et les raisonnements microéconomiques. Ce ne fut pourtant pas cet aspect, la révolution de l'utilité, qui frappa le plus les observateurs de l'époque. On parla surtout de l'École hédoniste. Quand la révolution triompha, on crut y voir enfin une science détachée des hypothèses sur l'homme et la société. On crut que la science économique devenait enfin, grâce à la prolifération des formules abstraites et des paradigmes de base, une science positive. Comme si une science de l'homme pouvait se passer d'une hypothèse sur l'homme et sur la société.

---

20. Ce fut aussi A. Cournot qui identifia l'effet d'ostantation dit aujourd'hui effet Veblen.

3. Mais enfin, l'utilité est-elle indispensable ?

En tant qu'approche conceptuelle et objet servant à voir, la valeur-utilité néoclassique a été d'une grande efficacité, du moins si l'on consent à se placer dans une perspective smithienne. Si l'on refuse cette perspective, elle ne peut être qu'une mystification… ; elle ne permet plus de voir ce que l'on recherche.

Il reste que demeure un certain nombre de problèmes de fond, que l'on peut résumer par le mot d'*irréalisme*. On dira qu'il ne s'agit pas de décrire la réalité, mais de déterminer les conditions du bon choix. On peut légitimement s'interroger sur la nécessité d'avoir des hypothèses irréalistes pour faire un bon choix.

Nous pourrions ici décrire en détail les objections bien classiques que soulève la valeur-utilité. Nous en avons parlé à un moment ou à un autre.

La psychologie hédoniste est d'un simplisme désarmant qui se réfère à une conception philosophique du siècle des Lumières[21].

La concurrence pure et parfaite devait pouvoir permettre l'efficacité la plus grande. Schumpeter a montré que rien n'était moins certain[22]. Le monopole est plus efficace pour transformer la technologie.

Partir d'une situation théorique du consommateur-roi et d'une consommation rationnelle n'a rien à voir avec la situation présente. Là encore, le comportement de la firme qui maîtrise le consommateur est peut-être plus avantageux pour la croissance que celui des firmes qui ne peuvent que subir les lois du marché.

L'évolution des conditions de production – et notamment l'évolution technologique – ne peut être prise en compte que médiocrement[23]. Cela renvoie aux deux observations précédentes.

---

21. Cf. p. 149.
22. Cf. p. 398.
23. Cf. p. 408.

L'inexistence de l'exploitation – chacun étant payé suivant sa productivité marginale, au point d'équilibre – a tout l'air d'un conte de fées ou d'un compte d'apothicaire[24]. L'irréalisme est ici tel, nous l'avons vu, qu'il incite certains néoclassiques à retourner vers la valeur-travail ricardienne.

Même d'un point de vue *purement* théorique, la solidité de la valeur-utilité est faible et irréaliste. Prenons un exemple.

On suppose que la demande varie en fonction du prix.

$D = f(p)$

Le consommateur, avec des besoins donnés, est confronté à une multitude de biens (au passage besoins et biens liés sont positionnés de manière autonome). Or, les biens sont plus ou moins liés ou plus ou moins substituables. En d'autres termes, la demande pour un bien n'est pas seulement fonction de son prix, elle dépend aussi des prix des autres biens. À partir de là, aucun élément n'est donné, autre que l'échelle de préférence, c'est-à-dire les besoins. Ce problème a amené des développements théoriques complexes et incertains. Malheureusement, comme le signale Hicks, « lorsqu'il s'agit de la consommation de plus de deux biens, il se peut que l'équation différentielle du système de préférence ne soit pas intégrable ». En d'autres termes, si le prix d'un bien baisse, le consommateur bénéficie d'un revenu qui peut l'inciter à augmenter sa demande pour l'ensemble des autres biens, alors qu'en principe on postule la demande comme une fonction décroissante des prix.

Nous pourrions continuer à ajouter les objections aux objections. Cela ne mène pas à grand-chose, car on peut faire de même avec toutes les théories de la valeur. Entre économistes, les batailles à propos de la valeur sont les plus meurtrières, car on fait mouche à chaque coup. On dirait que, presque sûrement, les économistes se sont mis à découvert. C'est d'ailleurs pour cela que la théorie de la valeur nous a permis de mieux découvrir les points d'observation de chaque école et ses intentions sociales.

---

24. Cf. p. 189.

Pourquoi des hommes qui, d'habitude, sont quelque peu retors, ont-ils été si naïfs, ou – plus exactement – si imprudents, lorsqu'ils ont abordé le problème de la valeur ?

Quelle force impérieuse les a poussés à se battre sur un terrain aussi dangereux[25] ?

Aujourd'hui, certains schumpétériens tentent d'apporter une réponse à cette question.

6. Des schumpétériens et l'énigme de la valeur

Jusqu'ici, les schumpétériens semblaient n'avoir eu que fort peu de préoccupations fondamentales à propos de la valeur. Certes, à l'origine, Schumpeter est un néoclassique, mais le comprendre ne nécessite nullement l'adhésion à la valeur-utilité. François Perroux a soutenu une brillante thèse sur la valeur néoclassique[26], mais c'était avant qu'il ne joue un rôle décisif dans la propagation de l'hérésie schumpétérienne. À travers toute l'histoire de la pensée économique, tous ceux que l'on rattache plus ou moins à l'hérésie schumpétérienne n'ont jamais fait de la valeur le centre même de leur approche théorique. Certains ont même rejeté toute hypothèse à ce propos.

En fait, les hérétiques « à la Schumpeter » sont d'abord, comme nous l'avons dit, des intellectuels, qui justifient leur point de vue par la quête de la connaissance. Ils ont d'autant moins besoin de justifier socialement leur point d'observation, qu'ils ont la naïveté de croire que la quête de la vérité est reconnue en soi. Certains vont même plus loin.

---

25. Il est peut-être significatif que nous-mêmes, dans cet ouvrage, ayons retardé le plus longtemps possible le moment où nous engagerions le fer sur cette question. Nous sommes bien sûrs qu'ici les coups vont pleuvoir de toutes parts. Nous aussi, sur ce terrain, nous sommes vulnérables.

26. À propos du profit.

Ils n'ont pas besoin de justifier un point d'observation de l'économie, car la quête de la connaissance pour la connaissance n'est pas liée à une transformation de l'économie. C'est quand le savoir économique se dégrade et devient politico-économique qu'il a besoin de justification. C'est à ceux qui dégradent le savoir en politique, à se justifier, pas à eux. Nous retrouvons là la bonne conscience de l'intellectuel en général et du chercheur scientifique en particulier. Ils refusent d'avouer la responsabilité du savoir et accusent les autres au nom du droit imprescriptible qu'a tout intellectuel de contester le pouvoir. Subrepticement, ils s'arrogent au passage le droit d'agir dans la société, sans avoir besoin, socialement, de se justifier.

Enfin, il faut prendre les hommes tels qu'ils sont.

Ce n'est que récemment que l'on a vu des schumpétériens s'intéresser de façon directe à la valeur[27]. Peut-être influencés dans leur cheminement par l'analyse marxiste, ont-ils été incités à se poser à eux-mêmes quelques questions indiscrètes. Leur point de départ est l'anthropologie fondamentale de la violence de R. Girard. Nous reprenons ci-dessous leur argumentation.

1. De la violence à la valeur.

Saisir le sens de l'enchaînement théorique suscité par le problème de la valeur suppose que l'on prenne conscience des conditions de la socialisation des hommes.

Nous voilà ramenés à l'anthropologie fondamentale de R. Girard. La socialisation naît de la nécessité de maîtriser la violence du désir mimétique. L'être en voie d'humanisation est mû par un formidable désir d'imiter l'autre, de le capturer pour se l'approprier. Mais l'autre aussi est mû par le même désir mimétique. Chez ces animaux qui sont devenus les hommes, personne n'accepte plus, d'instinct, le rôle de dominé. La stabilité des sociétés animales est rompue.

---

27. M. Aglietta et A. Orléan.

Chaque membre du groupe peut, par la ruse et à l'aide de pierres, abolir la force physique qui permettait autrefois la domination. Les lentes et hasardeuses évolutions biologiques ont amené l'espèce animale à ce point de rupture.

Nous avons déjà évoqué cette situation. Nous avons vu aussi comment, peu à peu, le sacré, le monarque (le pouvoir politique), la monnaie (l'ordre marchand) ont permis l'édification de la société en organisant la violence.

Au-delà du sacré, de ses rites et de ses sacrifices, du monarque et de son droit de transgresser les rites, d'user de la violence, nous avons vu que, peu à peu, les hommes ont tenté de détourner la violence vers les objets. Le don réciproque peu dégagé des rites du sacré, le vol et, bientôt, la monnaie appartiennent à la domestication tâtonnante de la violence.

a) Ce que nous nommons valeur d'usage, « l'utilité » s'enracine dans le désir de capturer de l'autre et non dans une nécessité biologique de survie.

L'instinct animal suffit pour répondre aux pulsions physiologiques. L'utilité naît, au contraire, d'une impérieuse nécessité de survie sociale. Elle n'exprime pas les rapports de l'homme avec la nature, mais les rapports sociaux entre les hommes. Afin de détourner la violence du désir mimétique, l'autre désigne un objet qui lui appartient comme substitut de soi-même. En même temps, il s'oppose à la satisfaction de ce désir acquisitif, car il veut aussi imiter celui qui veut l'imiter. Il se voit alors présenter un objet dont le rôle est, lui aussi, de détourner la violence. « La valeur d'échange, écrivaient Michel Aglietta et André Orléan, est l'obstacle que le rival place devant le désir acquisitif du sujet. »

Nous sommes dans le monde des rites, et non de l'économique, du désir, et non de la nécessité. Si le rite échoue, le désir montera jusqu'au paroxysme, jusqu'au meurtre...

b) Cet enracinement dans l'irrationnel, ou plus exactement, de l'économie dans le culturel et les rites du sacré, a été refusé par les classiques, les néoclassiques et les marxistes.

Les hommes cherchent toujours à enfouir ce péché originel auquel, peut-être, nous devons d'être des hommes. C'est une manière de conjurer le risque de son retour que d'affirmer une rationalité préexistante.

1. *Marx* a très bien compris que l'homme n'existait que dans le rapport social. Il a très bien compris le caractère conflictuel, dialectique, des rapports entre valeur d'échange et valeur d'usage. Mieux : il a entrevu le caractère fantasmagorique de la valeur. Toutefois, il n'est pas allé jusqu'au bout de sa démarche.

Pour Marx, si la valeur d'échange naît de la relation sociale, la valeur d'usage naît de la relation de l'homme et de la nature. Elle s'enracine dans des instincts qui deviennent des *besoins*.

Brusquement, au moment le moins opportun pour la compréhension du phénomène de socialisation, Marx bifurque. L'homme devient un être qui connaît ses besoins et les satisfait par son travail (l'affrontement de l'homme et de la nature). Besoins et travail finissent par apparaître comme préexistants, ils sont, en quelque sorte, « l'essence de la nature humaine ». La valeur d'usage devient une « prénotion », « en dépit, écrivent Michel Aglietta et André Orléan, de toutes les indications que Marx multiplie sur la dimension morale et historique des besoins, la valeur d'usage demeure une énigme, parce qu'elle n'est pas conçue comme un rapport social ».

Toute la vision marxiste du monde va basculer dans une anthropologie « besogneuse[28] ».

Le besoin humain n'est plus la forme polie de la capture de l'autre, le camouflage du désir, sinon son assagissement. Il n'est plus ce que l'homme cherche à prendre à l'autre. Marx va en faire un acte *rationnel*, qui fonde la primauté de l'économique sur le culturel ; d'abord, il faut survivre. L'infrastructure va gouverner l'évolution des sociétés vers un monde rationnel, où l'on passera de « chacun selon ses

---

28. Le terme est de G.-H. de Radkowski.

capacités » à « chacun selon ses besoins », comme si le besoin n'était pas d'abord violence contre l'autre.

En attendant, tout est prêt pour faire du *travail* le fondement de *la valeur* et pour justifier le rôle du prolétariat. En effet, si la valeur d'usage naît, en dehors de la socialisation, du mouvement qui permet à l'homme de satisfaire ses *besoins* par son travail, la socialisation passe non par la violence, mais par un échange de travail. Elle permet une plus grande satisfaction des besoins. Cela n'a plus de sens si nous admettons que le *besoin* qui fonde l'utilité provient du désir d'accaparement de l'autre, d'un désir de meurtre, qu'il n'est qu'un *subterfuge* social qui a, progressivement, *dénaturé* les instincts qui assuraient la survie physiologique, en les entraînant dans sa logique.

2. *Classiques et néoclassiques* n'ont même pas soupçonné les problèmes posés par les conditions de la socialisation.

L'homme classique ou néoclassique a « la société tout entière dans sa tête ». Ce qui permet l'échange, c'est *la raison* (le propre de l'homme). *Le besoin* ne naît plus, comme chez Marx, de l'instinct de la survie biologique ; il est désir d'un être raisonnable vis-à-vis d'un objet. La relation sociale est inutile. Chacun va faire des choix rationnels, ou en suivant son intérêt, ou en recherchant son plaisir, guide suprême de la rationalité. Dans le modèle idéal que veulent construire les classiques et, surtout, les néoclassiques, il est extraordinaire de noter combien l'on tente d'éviter la relation entre des hommes différents. Ils seraient alors voués à la violence mimétique, chacun voulant être l'autre. Nous sommes en présence d'individus qui, indépendamment les uns des autres, font des choix, à partir d'une référence commune : *la raison*.

Les choix peuvent être différents, la fonction de l'échange est de les rendre compatibles. Le marché homogénéise les choix, en laissant chaque individu dans son raisonnement solitaire. Tout au plus fait-on intervenir le personnage mythique du commissaire-priseur. « L'individu et le social sont définitivement réconciliés, écrivent M. Aglietta et A. Orléan, par suppression de la tension qui les unit. L'individu s'est fondu dans le social, parce que ce dernier était déjà présent, avant tout échange, dans la conscience de l'individu isolé. »

Smith et Ricardo ont fait du travail l'étalon à partir duquel la raison exerce des choix. Les néoclassiques substituent à l'étalon-travail l'utilité. La démarche demeure rigoureusement identique. Elle débouche sur une *société* où les contradictions n'ont pas de place et ne sont que des imperfections (l'exploitation est l'une d'entre elles). Les hommes raisonnent à partir des rapports qu'ils entretiennent avec les choses ; la monnaie ne peut être qu'une chose parmi d'autres ; l'échange est, fondamentalement, un troc.

Dans tous les cas, la valeur camoufle les conditions d'apparition de l'économie et, en même temps, justifie un groupe social. Elle oblige les autres groupes à adhérer à la logique qui fonde sa domination. Elle participe au grand mythe du sacré et à l'instauration des interdits, des tabous, du bien et du mal. Il est évident que lorsqu'on gratte un peu la croûte rationnelle dont elle se pare, il est facile d'en démontrer la déraison, mais peut-être pas l'inutilité sociale. Le sacré aussi joue un rôle fondamental dans la socialisation des hommes.

2. L'important, c'est la monnaie.

Quoi qu'il en soit, ne prenant pas en compte les conditions de la socialisation, des hommes, classiques, néoclassiques et marxistes font préexister l'échange à la monnaie.

Dans le cadre de l'anthropologie fondamentale de R. Girard, cela est impossible. La monnaie n'a pas été une nécessité économique, mais une nécessité sociale qui a fondé l'économique. Pour que le troc soit possible, il faut que chacun se réfère à une valeur supérieure à l'échange. Or, l'échange est fondé sur un mutuel désir de capturer l'autre ; il ne peut donc parvenir à la stabilité. Il n'y a pas possibilité d'égaliser des évaluations, puisqu'aucun référent extérieur à l'échange n'existe, ni valeur-travail ni valeur utile.

L'échange des choses, quand il dépasse le cadre du don rituel ou du vol, ne veut être, sous une forme ou sous une autre, qu'un échange monétaire.

Nous l'avons vu, peu à peu, les hommes, à travers les rites, ont détourné la violence sur les victimes émissaires et les choses. À travers ce détournement se fonde la société. La *monnaie* est l'élément qui va faire basculer la socialisation dans l'économie.

Par un accord commun, dans un processus identique à celui qui fait de la victime émissaire le facteur de la réconciliation du groupe, un bien est rejeté de la consommation. Il va alors devenir ce que chacun recherche et vers quoi il va détourner sa violence acquisitive.

Ainsi, la monnaie n'est pas un bien comme un autre, un moyen d'échange. Elle est une institution sociale, celle qui crée le champ de l'économique, permet son développement et désacralise notre monde, tout en entretenant de subtils liens avec le sacré.

En apparence, nous voilà revenus à Keynes, voire aux mercantilistes (qui n'ont peut-être pas *tout à fait* tort d'y voir la richesse par excellence).

En fait, la monnaie du circuit économique ne permet pas de comprendre les crises de *l'institution monétaire*. Elle est celle que conçoit le pouvoir politique, un élément de son pouvoir dans l'organisation sociale.

La voie hérétique « à la Schumpeter » est d'étudier le rôle de la monnaie, institution sociale, dans le développement des sociétés. Elle se centre sur les crises de cette institution ambiguë qui a pour fonction de détourner la violence, mais non de l'apaiser. Elle ne cherche pas à prescrire une politique. Nous sommes bien loin du problème de la quantité de monnaie ; nous sommes renvoyés à l'ensemble des problèmes de la société des hommes, dans ses rapports changeants et évolutifs.

Il est finalement réconfortant que, pour le non-spécialiste, la valeur soit toujours liée aux prix exprimés en monnaie.

Il est temps que les économistes prennent la monnaie au sérieux ; ce serait un pas vers la désacralisation de leur science.

Annexe

Mercantilistes et physiocrates à la recherche de la richesse*

Les mercantilistes furent les premiers à considérer l'enrichissement comme une fin louable.

Pour eux, l'intérêt personnel est un aiguillon qui mène à la prospérité générale. Toutefois, les agents de cette prospérité ne sont pas les industriels, mais les marchands et, surtout, l'État.

À leur époque, les États nationaux s'affirment, le capitalisme marchand prend son essor. De grandes compagnies maritimes créent un véritable réseau d'échanges internationaux. Tout incite les mercantilistes à voir dans l'accumulation de la monnaie, de la bonne monnaie – celle qui n'est pas altérée par les manipulations monétaires : la cause et la base de l'enrichissement des nations. Il faut prendre des mesures pour rendre l'or ou l'argent abondant. Certains mercantilistes – les bullionistes : de bullion (lingot) – voient la solution dans des mesures qui empêchent la sortie de l'or et de l'argent. Il faut éviter d'acheter à l'extérieur (y compris des matières premières), exploiter des mines d'or et d'argent au-delà des mers. L'Espagne fut leur victime et connut un déclin « doré ». Pour d'autres, il faut au contraire multiplier le commerce à l'étranger et les affaires profitables. L'effort doit se concentrer sur une balance commerciale suréquilibrée. Telle était la recette des mercantilistes hollandais et britanniques. Pour les mercantilistes français, la recette est celle de Colbert : développer l'industrie ; Sully préférait l'agriculture. L'État doit créer des manufactures et les protéger. Mais l'objectif reste finalement le même : suréquilibrer le commerce extérieur. Ce sont des hommes acquis aux idées mercantilistes qui, de Richelieu à Colbert, favorisent le développement des grandes compagnies maritimes.

Dès 1568, Jean Bodin, dans ses *Réponses aux paradoxes de M. de Malestroit touchant au renchérissement de toute chose*, avait établi un lien entre la hausse des prix et l'abondance des moyens de paiement. Ce fut le départ de controverses qui aboutirent, au XIXe siècle, à la théorie quantitative de la monnaie.

La liaison fondamentale entre la richesse et la monnaie n'en demeure pas moins au centre de la pensée mercantiliste. Lorsque la monnaie est abondante, on peut aisément l'emprunter, et les taux d'intérêt sont bas. Les marchands ont aussi les moyens de se lancer dans de fructueuses opérations commerciales extérieures et de faire rentrer encore plus d'argent et d'or. Certains iront même jusqu'à justifier l'inflation : « Rien ne doit être bon marché sauf l'argent. » La hausse des prix profite aux marchands et les incite à rechercher de bonnes affaires. Lorsque les prix montent, les pauvres sont obligés de travailler plus pour pouvoir survivre. Ce dernier point de vue rejoint la thèse populationniste. Ils ne craignent pas la croissance de la population, ils la souhaitent. Plus il y aura de population, plus il y aura de main-d'œuvre, et les salaires baisseront (Colbert conseille de faire travailler les enfants dès l'âge de six ans), plus les capitaux disponibles pour les affaires s'accroîtront.

Notons au passage que les intérêts des marchands et de l'État coïncident. Une population nombreuse et des capitaux à la recherche d'emprunteurs permettent à l'État de lever des armées nombreuses et de financer aisément ses dépenses.

Ces hommes, souvent préoccupés par les finances des princes, ne peuvent que voir dans la monnaie *l'alpha* et *l'oméga* de la prospérité et n'ont pas à s'interroger sur le fondement de sa valeur.

Ce n'est qu'au moment où les mercantilistes perdent leurs certitudes que l'on voit apparaître le problème de la valeur. Au fur et à mesure que le développement commercial et industriel (celui des manufactures royales et des grandes compagnies maritimes) prend son essor, il semble moins dépendant de l'État. Certains s'attaquent aux impôts qui limitent la consommation intérieure et demandent l'abolition des entraves à l'exportation. Ainsi, Boisguilbert (1646-1714) émet même l'idée que les diverses activités du pays se servent mutuellement de débouchés; il faut laisser jouer la nature. Nous nous rapprochons du libéralisme. Il parle de « prix normaux ». Boisguilbert sera exilé en Auvergne, et ses ouvrages condamnés, au même titre que ceux de Vauban, dont il reprit, en 1712, les théories fiscales. Il faut cependant attendre le banquier d'origine irlandaise, Richard Cantillon (1680-1734), pour voir formuler plus précisément le rôle d'une théorie de la valeur. Toutefois, son ouvrage : *Essai sur la nature du commerce en général* ne sera publié qu'en 1755 ; il était mort en 1734. Il reprend dans cet ouvrage une idée déjà émise en 1662 par W. Petty (1623-1687), selon laquelle la valeur des choses dérive de la terre et du travail, mais il met l'accent sur le rôle de la terre. W. Petty avait plutôt accentué l'aspect de la valeur du travail, en essayant de ramener la valeur de la terre au travail nécessaire à son exploitation. Mais W. Petty resta mercantiliste jusqu'au bout, il fut interventionniste ; sa prétendue théorie de la valeur-travail n'est là que pour fonder une théorie du salaire minimum. Grâce au salaire minimum, on pourra incorporer le maximum de travail dans les exportations et établir le plein-emploi. Il est plus proche de l'indice du bien-être keynésien que de la valeur-travail ricardienne ou marxiste. Cantillon n'est plus un interventionniste virulent. Il pense que trop de monnaie risque d'entretenir la hausse des prix, la ruine du commerce extérieur, et fera retomber la nation où elle se produit dans la pauvreté. « La trop grande abondance de l'argent, qui fait, tant qu'elle dure, la puissance des États, les rappelle insensiblement à une grande faiblesse. » En mettant l'accent sur le rôle de la terre, de sa mise en valeur, il ouvre la voie aux physiocrates (dans une annexe de son ouvrage, qui fut perdue, il établit, comme Quesnay, un tableau économique d'ensemble).

Dans le milieu du XVIIIe siècle les physiocrates, presque tous d'origine française, vont donner un tout autre fondement à la prospérité.

Pour eux, le commerce n'est pas la source inépuisable des richesses. La monnaie n'est plus l'élément clé du bonheur des nations. Il n'est de richesse que dans la terre, don de Dieu.

Les temps ont changé. Les progrès de l'agronomie sont rapides. On passe de la prairie naturelle à la prairie artificielle, des jachères périodiques à l'assolement triennal. De toute évidence, la révolution agricole précède la révolution industrielle, éclipse le rôle des marchands.

Par ailleurs, le vent de la liberté commence à souffler. La bourgeoisie est lasse des monarques absolus. Après les libertins, voilà l'ère de la raison. Elle établit que l'ordre n'a pas besoin des monarques pour exister. Mais les physiocrates ne sont pas des utopistes. Ils ne croient pas au bon sauvage de J.-J. Rousseau et au libre contrat social. Cela les mènerait vers un suffrage universel, une « ploutocratie » qu'ils redoutent, ou tout simplement, excluent de leurs perspectives. Les physiocrates sont des gens distingués. Ils soignent les riches, ils administrent les grands domaines des nobles, ils sont magistrats, intendants royaux, ministres. Comme les mercantilistes, ils conseillent des princes. Ils se refusent à imaginer que le sauvage soit un être meilleur et plus libre que les membres de leur société raffinée. Contre l'absolutisme de droit divin, ils érigent *l'ordre naturel des choses* (les classiques feront le même choix, mais pas au profit du même groupe social). L'ordre naturel des physiocrates n'a rien de révolutionnaire. C'est celui qui est *évident* pour des hommes cultivés et libéraux. Les physiocrates raffolent de l'évidence. À tout moment, ils ne cessent de l'invoquer. Leur devise n'est pas « Liberté, Égalité, Fraternité », mais « Prospérité, Sûreté, Propriété ». Quand ils parlent de la liberté, c'est de celle des affaires et des gens cultivés contre l'arbitraire des lois.

Conseillers ou serviteurs des princes (grands propriétaires terriens) au moment où l'agronomie progresse, il leur paraît *tout à fait évident* que la terre est le seul élément productif.

C'est elle et elle seule qui permet d'obtenir un « produit net », un surplus. Certes, toutes les opérations de production exigent la combinaison de diverses richesses, mais seule l'agriculture ajoute un plus à ce que l'on a combiné. L'agriculture permet une multiplication, là où les autres activités ne font qu'additionner. Or, pour croître, il faut un surplus. « La prospérité, dira Dupont de Nemours, est tout entière associée au plus grand produit net possible[1]. »

---

1. Dupont (1759-1817) dit de Nemours, où il naquit, était fils d'horloger. Il fit des études scientifiques et adhéra aux idées du docteur Quesnay (1694-1774), le médecin de Mme de Pompadour. De tous les physiocrates, il eut la vie la plus aventureuse. Conseiller du roi de Suède, puis collaborateur de Turgot au Contrôle général des

Mais le surplus de l'agriculture ne servira à rien sans les propriétaires fonciers. Non seulement ils font les avances nécessaires à la production agricole et à son progrès, mais ils font circuler les surplus. Ce sont en quelque sorte les intermédiaires entre la classe productive (les agriculteurs auxquels certains physiocrates ajoutent les pêcheurs et les mineurs) et la classe stérile (les industriels et leurs ouvriers, les artisans et les commerçants, les banquiers, les domestiques et les professions libérales). Assez généralement, les physiocrates lient l'économique et le social, l'analyse sociale et une première esquisse de la comptabilité nationale. Habilement, ils font des nobles qu'ils servent une classe sociale indispensable à la prospérité.

---

finances royales, il suit d'abord ce dernier dans sa disgrâce. Vergennes le rappelle ; il devient conseiller d'État chargé du Commerce extérieur. Il prépare alors le traité qui devait aboutir à l'indépendance des États-Unis et un traité de commerce avec l'Angleterre. Avec l'agitation révolutionnaire, il se lance dans la politique, devient représentant du Tiers État, puis président à l'Assemblée nationale. Il échappe à la vindicte de Robespierre, mais, après Thermidor, ayant plaidé la cause des émigrés, il est compromis dans un complot royaliste et doit s'exiler. Il part aux États-Unis s'occuper d'agriculture et surtout fonde, dans le Delaware, une entreprise qui est devenue aujourd'hui l'une des plus importantes multinationales du monde et célèbre son nom dans le monde entier. Aux États-Unis, en 1802, il établit, à la demande de Jefferson, un plan d'éducation nationale, puis retourne à Paris, où il devient président de la Chambre de commerce. Il participe au gouvernement provisoire de 1814, qui restaure les Bourbons, et regagne définitivement l'Amérique lors du retour de Napoléon de l'île d'Elbe. Membre de l'Institut, il a laissé une œuvre considérable, dont une *Vie de Turgot* en 9 volumes, publiée en France sous le Premier Empire. On peut ne pas être d'accord avec les physiocrates mais il faut bien reconnaître qu'ils participèrent tous à la transformation du monde.

Épilogue

1. AU POINT OÙ NOUS EN SOMMES, UNE QUESTION DOIT ÊTRE POSÉE : LA SCIENCE ÉCONOMIQUE EST-ELLE UNE SCIENCE OU UN DISCOURS IDÉOLOGIQUE ?

La réponse à cette interrogation est plus complexe qu'on ne le croit.

L'idéologie peut, en effet, être perçue de plusieurs manières :

Pour les uns, elle n'est rien d'autre qu'une série d'idées *a priori* erronées et utopiques, qui justifient des contestations abusives. Elle a tout à la fois un relent de totalitarisme et de révolution. Pour d'autres, elle ne serait qu'un moyen de justifier des rapports de production. Les marxistes ont alors tôt fait d'accuser l'économie politique « bourgeoise » d'être une mystification sociale.

Malheureusement, comme nous avons déjà l'occasion de le dire dans l'introduction de ce livre, les rapports entre l'idéologie et la science sont beaucoup plus ambigus que ne le laissent croire ces positions extrêmes et caricaturées.

L'idéologie peut avoir une connotation positive. Alain Birou, dans son *Vocabulaire des sciences sociales,* y voit « l'ensemble des idées et des représentations qui découlent des préoccupations et des centres d'intérêt d'un groupe d'hommes donné ». Comme l'écrit Sartre : « C'est une pensée synthétique produite en nous par des faits sociaux et qui tente de se retourner sur eux pour les ramasser dans l'unité plus ou moins rigoureuse d'une même vision. »

Dans ce cas, il n'y a pas forcément opposition entre *science* et *idéologie* ou, plus exactement, *il n'y a pas de science sans idéologie*.

Schumpeter a fortement rappelé (dans son *Histoire de l'analyse économique*) que toute élaboration scientifique commence par une vision : « L'acte de connaissance antérieur à l'analyse qui fournit la matière première à l'effort d'analyse. »

Même le développement des mathématiques, cette science formelle qui construit son propre objet sans référence à un environnement, a une historicité. Son développement n'est pas vraiment logique : il dépend très largement de la *vision*, de l'idéologie des mathématiciens et, à travers elle, de leur insertion dans un social daté.

De plus, toute la conception de la connaissance à laquelle nous nous sommes référés fait bien de la science une représentation mentale. La science est une représentation mentale obéissant à certaines règles : elle est de nature idéologique. Par rapport aux sciences de la nature et de la vie, les représentations mentales à partir desquelles la science économique peut se déployer sont beaucoup plus aléatoires. Le découpage du « réel » qui permet l'élaboration d'une science est plus arbitraire. L'économiste doit trancher dans un « réel » plus enchevêtré. L'économique, le social, le psychologique et finalement tous les aspects de la vie des hommes forment un tout beaucoup moins dissociable et plus difficilement réarticulable que la physique, la chimie, la biologie ou encore l'astronomie. La science économique n'est pas une science molle comme le prétendent des chercheurs qui croient que leurs sciences sont dures. La science économique est une science du complexe, cela ne simplifie pas le découpage du réel. L'hypertrophie théorique de la science économique et la coexistence de plusieurs paradigmes ne sont pas une défaillance scientifique de l'économie, elles sont dues à la nature même du champ étudié. Comme nous l'avons vu, l'initiation économique et, plus généralement, scientifique, bute sur les difficiles rapports entre les représentations des spécialistes et celles des non-spécialistes (idéologie pratique, qui permet à ces derniers d'analyser leur environnement et d'y agir).

2. Toutefois quels que soient l'origine de la pensée scientifique, ses modes de fonctionnement et ses rapports avec l'idéologie, la science n'est pas n'importe quoi.

Les découpages de la réalité qu'elle effectue, les articulations qu'elle établit, sont distincts de ceux que font spontanément les non-spécialistes. Nous l'avons dit dans l'introduction : il y a rupture de langage, c'est-à-dire, rupture entre des modalités différentes de connaissance.

Dans ces conditions, le rejet, l'adoption ou, plus simplement, la reconnaissance d'un statut scientifique à une théorie, n'est pas *un simple choix idéologique,* même si la multiplicité des découpages possibles de son champ implique une part idéologique plus importante que dans les sciences de la nature ou de la vie.

1. Toute théorie scientifique doit respecter le principe de non-contradiction.

En ce qui concerne une science purement formelle, comme les mathématiques, la validation est de nature logique et le principe de *non-contradiction* est un garde-fou solide. Bien entendu cela n'empêche pas l'existence de théories contradictoires liées à la diversité du champ étudié. Le principe de non-contradiction doit être seulement respecté à l'intérieur d'un corpus théorique donné.

2. Toute théorie scientifique doit avoir des résultats.

Pour les sciences empirico-formelles, telle la physique, on combine à la fois les règles précédentes et l'expérience. Le raisonnement doit non seulement obéir à une logique formelle, mais doit également permettre de prévoir des événements. On notera, ici, qu'une théorie peut fort bien permettre une prévision *juste,* ou une pratique *efficace,* puis être infirmée par une autre : son champ explicatif était trop limité, le raisonnement supposait une multiplicité d'hypothèses secondaires. Combien de capitaines ont été sauvés en faisant le point sur les étoiles ? Des dizaines, des centaines de milliers. Or, le fondement théorique de cette technique fait de la terre le centre de l'univers.

La combinaison de la logique, de la théorie et de la pratique est cependant plus difficile dans les sciences sociales que dans les sciences de la nature. Il n'existe pas de véritable aller retour bien ordonné entre la pratique et la théorie.

A) Des économistes mettent la main à la pâte.

Certes bien des économistes ont principalement voulu transformer le monde où ils vivaient ou ont été des praticiens. Par leur élaboration théorique, Keynes, Smith et Marx voulaient explicitement changer le cours des choses. Par diverses voies, chacun d'eux y est parvenu. Si ses malencontreuses incursions dans les affaires publiques et financières ont incité Schumpeter à préférer comprendre le monde plutôt que de le transformer, une grande partie des hérétiques ont eux les mains dans le cambouis de la pratique. Quel que soit le courant auquel ils se rattachent, plus de la moitié des prix Nobel de l'économie ont eu des rôles d'experts. De même que les mercantilistes d'autrefois, ils ont été les conseillers des princes de la politique ou des affaires. Certains économistes ont même mis en œuvre leur construction théorique pour tenter de faire fortune. Ricardo a condamné la rente foncière mais a largement profité de ses observations théoriques pour devenir un des hommes les plus riches d'Angleterre. Les deux prix Nobel de 1997, Robert C. Merton et Myron Scholes ont eu moins de chance. La « Théorie de la spéculation », qui leur a valu le prix Nobel, n'a pas empêché leur fonds d'investissements en produits dérivés des marchés financiers de faire une retentissante faillite. Cette faillite a sans doute fait pencher l'année suivante le jury du prix Nobel en faveur d'Amartya Kunar Sen qui désire refaire de l'économie une science morale. Il n'en est pas moins un expert auprès du Programme des Nations unies pour le développement (PNUD). Keynes a participé directement à la gestion des affaires de son pays et, confiant dans ses analyses, s'est enrichi en spéculant à la baisse durant la crise de 1929.

B) Il n'existe pas un corps de praticiens de l'économie.

L'implication d'économistes dans la vie économique, financière, sociale et politique n'a cependant pas abouti à la constitution d'un corps d'experts du même type que les ingénieurs dans les sciences physiques ou les médecins dans les sciences biologiques. Il n'existe pas un art économique, ni de praticien ayant ses règles propres, ni une organisation systématique des rapports entre la théorie et la pratique.

Cette constatation est contraire au souhait de J. M. Keynes qui en 1930 écrivait : « L'étude des problèmes économiques devrait être confiée à des spécialistes – de même que l'on confie les besoins de la bouche aux dentistes. Si les économistes parvenaient à se cantonner dans le rôle d'hommes modestes et compétents sur le même plan que les dentistes, ce serait merveilleux ! Mais surtout, n'attachons pas une importance excessive au problème économique, et ne sacrifions pas à des nécessités présumées des valeurs d'une signification plus profonde et plus durable[1]. » Tout ce livre montre pourquoi cette perspective n'est ni réalisable ni souhaitable. On peut être un très grand économiste et parfois être peu pertinent, Keynes n'est pas le seul dans son cas.

---

1. J. M. Keynes, *Perspectives économiques pour nos petits-enfants*, Gallimard, 1931 (traduit de l'anglais par Herbert Jacoby).

Il n'est d'ailleurs pas besoin d'être économiste patenté pour devenir un expert économique. Journalistes, hommes d'affaires, romanciers, hommes politiques apportent sans vergogne leur avis, voire deviennent des conseillers écoutés. Il est vrai que plus encore que dans les autres sciences, tout le monde fait tous les jours de l'économie, découpe à sa manière le réel et en tire des conséquences efficaces dans le champ de ses activités. Cela ne signifie pas pour autant que tout le monde puisse donner n'importe quel conseil. De ce point de vue, on peut rapprocher la science économique des travaux dans le domaine de l'éducation. L'expérience du passé d'écolier et de parent fait croire à beaucoup qu'ils peuvent donner un avis pertinent sur l'éducation. De ce fait, aucun ministre ne recule devant une réforme supplémentaire réalisée sans recherche ni expérimentation préalable ou mise en place d'un dispositif d'évaluation. De toute façon, avant la fin de sa mise en œuvre, sa réforme sera remplacée par celle de son successeur. Il y a cependant une grande différence entre les chercheurs du domaine de l'éducation et les économistes. Les premiers ne sont pas parvenus à constituer un corps scientifique donnant ses lettres de noblesse à leur discipline et les imposant parmi les praticiens de l'éducation. Certes, dans le domaine de la pratique, les économistes sont parfois en curieuse compagnie mais il est difficile de ne pas entendre leur discours.

C) L'apparition de champs théoriques plus proches de l'économie appliquée.

Cette présence massive des économistes parmi les experts a permis, ces dernières décennies, d'ouvrir de nouveaux champs d'investigation ; l'économie y a un caractère beaucoup plus appliqué. Nous en avons au passage cité quelques-uns. La gestion, l'économie des services, l'économie des transports, l'économie financière, l'économie de l'énergie, l'économie de l'environnement, l'économie de l'information... deviennent des disciplines au sein desquelles des rapports plus étroits se créent entre l'élaboration théorique et la pratique économique. Bien entendu, l'objet de ces démarches oblige ces économistes à plus d'interdisciplinarité et d'empirisme. Des tenants d'une science plus pure tendent à les considérer comme des scientifiques de seconde zone. Un champ scientifique est aussi un champ clos mais les tenants d'une science plus appliquée gagnent souvent en réalisme ce qu'ils perdent en pureté. Un corps d'économistes praticiens est peut-être en train de se constituer, il renoue en partie avec la tradition française des ingénieurs économistes enracinée dans les grandes écoles et dans l'école d'application de l'INSEE. Il n'en reste pas moins que les rapports entre experts et décideurs n'ont rien de très simple. Chaque responsable, chaque organisme, a ses propres experts et les choisit parfois en fonction de ce qu'il veut entendre. Ces aléas n'empêchent pas une théorie économique d'être scientifique si elle respecte un certain nombre de conditions.

2. Toute théorie doit obéir aux critères de la scientificité.

Lorsqu'on aborde les sciences humaines la *scientificité* d'une théorie est parfois plus difficile à saisir. Nous ne nous sommes cependant pas livrés, là comme ailleurs, à l'arbitraire des choix idéologiques : des critères peuvent permettre de juger la *scientificité* d'une théorie.

A) Le premier critère est la solidité méthodologique.

Trop souvent on a fait de la formalisation mathématique la preuve de la solidité méthodologique et de la scientificité des recherches théoriques. L'emploi des mathématiques n'a pas empêché le fiasco de la NEC[2]. L'importance des mathématiques dans la formation des étudiants qui débutent en économie n'est dans bien des cas qu'une forme de sélection. Pire, en France, elle permet en première année d'éliminer une partie des étudiants au bout de deux ou trois mois et

---

2. Pour la NEC un déséquilibre ne dure pas, alors que les crises montrent que le retour à l'équilibre est long, qu'il faut plusieurs faits pour que les individus arrivent à anticiper leurs conséquences et modifier leurs comportements. Les limites des modèles mathématiques sont évidemment plus évidentes avec la faillite du fonds LTCM (cf. p. 310).

parfois avant ; or, dans le système des universités publiques françaises, les crédits sont alloués en fonction du nombre d'inscrits et non de la réussite aux examens. L'importance accordée aux mathématiques ne répond pas aux besoins des futures professions de la plupart des étudiants. La plus grande partie d'entre eux n'en auront aucun usage. La France n'a besoin chaque année que d'un nombre restreint de spécialistes de la modélisation mathématique, certainement moins de 200, et on les prend essentiellement à la sortie des grandes écoles d'ingénieurs. Mieux vaudrait former les étudiants à la manière de lier hypothèses et conclusions, de replacer les faits économiques et leurs analyses dans une évolution historique. Il faudrait apprendre à tous à travailler avec d'autres spécialistes au sein d'équipes pluridisciplinaires, à comprendre ce que d'autres disciplines peuvent leur apporter et ce qu'ils peuvent offrir à ces autres spécialistes. Ici l'épistémologie, la capacité de communication et l'apprentissage du travail en équipe seraient plus utiles que les mathématiques.

Toutefois, quelle que soit la rigueur méthodologique, il ne faut pas croire qu'il n'y aura pas d'incertitude dans une démarche théorique et dans les jugements qu'elle entraîne. La rigueur méthodologique n'est pas unique. La méthode cartésienne et la méthode systémique peuvent entraîner des appréciations fort différentes de la *scientificité* d'une démarche[3].

B) Le deuxième critère est la place des jugements de valeur.

La science économique s'est constituée en se détachant progressivement de la morale et de la philosophie. Au XIXᵉ siècle, les économistes cherchaient à aller plus loin dans l'autonomie de leur science. Ils distinguaient *l'économie positive* et *l'économie normative*. L'une exprime ce qui est, l'autre, ce qui doit être. Cette distinction n'est pas toujours facile. La science économique ne peut être qu'une accumulation de jugements moraux et d'exigences sociales ou poli-

---

3. Cf. p. 508.

tiques. Toutefois, le *normatif* demeure étroitement imbriqué à l'analyse scientifique. La théorie néoclassique est fondée sur des comportements rationnels, qui sont, en réalité, des normes de comportement. Les vérifications par l'expérience passent par des conseils aux pouvoirs. La science économique ne peut ignorer les finalités et les valeurs. Elle s'intéresse, comme les autres sciences humaines, aux comportements et aux actions humaines. Comment les décrire et les expliquer sans prendre en compte leur sens, leurs finalités[4] ?

C) Le troisième critère est la vérification par l'expérience.

Si, toutes les fois qu'on essaye de *prédire* un événement grâce à une théorie, la prédiction est erronée, on doit avoir un profond doute sur sa *scientificité*. Malheureusement, en économie, la vérification par l'expérience est souvent délicate ou dépourvue de sens, d'autant que la prévision crée les conditions de son infirmation.

a) Tout d'abord, comme dans toutes les sciences sociales, il n'y a pas, en économie, d'expérience, au sens scientifique du terme.

Il y a des événements et des évaluations qui ne se reproduisent jamais dans les mêmes conditions et qui n'obéissent jamais au fameux « toute chose étant égale par ailleurs ! ». Les *protocoles* scientifiques sont difficiles, la modélisation ne pallie que médiocrement cette insuffisance.

Mais à quel seuil de distorsion va-t-on juger une *vérification* ? L'influence des phénomènes exogènes, les contradictions internes qui expliquent les décalages entre les faits et les théories peuvent servir d'alibi à un laxisme réconfortant.

b) Ensuite, une théorie scientifique peut désirer ne pas prévoir, mais décrire un *modèle idéal* qui permettra de mieux situer les problèmes à résoudre. L'équilibre walrassien n'a pas besoin de se vérifier par l'expérience, pour *prouver* sa *scientificité*.

---

4. Cf. p. 506.

c) Enfin, et surtout, dans bien des cas, la science économique cherche à interpréter des faits visibles à partir d'hypothèses non vérifiables. La théorie devient un décodage de la réalité perçue. L'utilité walrassienne, la loi de la valeur marxiste, le rôle de la violence dans l'émergence de l'humain permettent des lectures différentes et, finalement, des conclusions divergentes. Il faut alors juger ce qui est le plus explicatif, mais les économistes ne cherchent pas la même chose.

D) Toutes ces raisons nous amènent au critère de réfutabilité du philosophe contemporain K. Popper.

Est scientifique ce qui est réfutable. Les acceptations de la critique, de la remise en jeu des hypothèses, deviennent la preuve de la *scientificité* (ce qui ne veut pas dire de la véracité).

Nous voilà renvoyés, à travers la discussion acceptée, aux autres critères de la *scientificité*. Dans le cas des théories interprétatives, la discussion portera sur la capacité des hypothèses à élargir le champ de l'interprétation. Le ralliement de certains économistes aux hypothèses de R. Girard intervient au moment où d'autres hypothèses (marxistes-keynésiennes ou néoclassiques) atteignent, pour eux, la limite de leur capacité explicative.

Cela ne signifie pas que, dans un champ plus restreint, la *scientificité* des autres hypothèses ne subsiste pas !

Dans ces conditions, l'existence de théories économiques contradictoires n'est plus un argument contre la science économique.

Une théorie peut fort bien répondre aux critères que nous venons brièvement de décrire et aboutir à des conclusions diamétralement opposées à celles d'une autre théorie. Le champ de la science économique n'est pas unifié. Nous savons aussi pourquoi il ne peut pas le devenir.

« L'ÉCONOMIE EXPÉRIMENTALE »
À LA RECHERCHE D'ISSUES CRÉDIBLES
À L'ABSENCE DE VÉRIFICATION
PAR L'EXPÉRIENCE

Les progrès de l'informatique et de la simulation peuvent permettre aujourd'hui de reconstituer en laboratoire une situation économique simplifiée mais suffisamment réaliste pour permettre une expérimentation. Cela suppose bien entendu un certain nombre de choix. Il faut sélectionner les éléments qui résument au mieux le phénomène étudié. Dans ce contexte défini et contrôlé, appelé environnement, des sujets humains interagissent, par l'intermédiaire d'une institution : les divers types de marchés, d'entreprises, d'administrations... C'est en effet, comme nous l'avons vu, les institutions qui organisent le déroulement des interactions entre les individus, édictent les règles qui permettent aux sujets d'échanger de l'information afin de modifier leur situation initiale. En partant d'hypothèses sur leur rationalité, on observe leurs comportements et leurs réactions en faisant varier certains éléments de l'environnement.

La construction d'un tel cadre d'étude du comportement humain confronté à des situations économiques autorise à la fois le contrôle de l'environnement et la possibilité de répliquer les situations tout en introduisant de nouveaux éléments. Plusieurs laboratoires peuvent alors travailler sur les mêmes objets, multiplier des expérimentations et confronter les résultats obtenus en fonction des paramètres modifiés. Si dans les sciences physiques, l'informatique évite la mise en place matérielle de dispositifs onéreux en temps et en argent, dans la science économique, la mise en place de dispositifs informatiques peut en partie pallier l'impossibilité d'une expérimentation en vraie grandeur.

L'économie expérimentale peut valider ou préciser le domaine de pertinence d'une théorie ou encore faire apparaître des régularités de comportements dans des situations encore peu ou mal théorisées. Elle aide la résolution de problèmes réels et la prise de décision. Elle se développe notamment dans le domaine de l'économie du travail, de l'économie financière, de l'économie industrielle, de l'économie de l'environnement, de l'économie publique et plus récemment de la macroéconomie. Bien entendu, pour parvenir à un réalisme croissant, elle doit dépasser largement les limites traditionnelles de la science économique. Elle est amenée à prendre en compte la psychologie cognitive, les systèmes multi-agents, les modèles interaction homme-machine.

Comme pour toute simulation dans le champ des sciences sociales, les limites de l'économie expérimentale sont de deux ordres.
Toute simulation économique suppose des options sur la rationalité qui guide le comportement des individus dans une situation donnée. On n'en est plus aujourd'hui à la rationalité de l'*Homo œconomicus*, la prise en compte des institutions a abouti à examiner comment des individus appliquent des rationalités procédurales et limitées. Nous savons aussi que des phénomènes de foule existent. La rationalité des comportements keynésiens est celle des moutons de Panurge. Les anticipations rationnelles de Lucas qui prétendent permettre aux individus de comprendre où risquent de mener les comportements grégaires, mettant en échec les politiques keynésiennes ont cependant une énorme faille. Pourquoi des individus capables d'anticiper rationnellement l'avenir ne sont-ils pas capables de comprendre où leurs anticipations risquent de les entraîner ? La prise en compte de l'*Homo sociologicus* peut faciliter le dépassement des rationalités limitées ou non mais trop étroitement économiques. Les progrès de la modélisation facilitent la prise en compte de comportements complexes. Toutefois, comme nous l'avons dit l'homme passe l'homme, sa liberté n'est ni dans des équilibres partiels ou généraux, ni dans une rationalité parfaite ou procédurale, elle est dans le déséquilibre et l'existence de comportements atypiques. Soyons honnêtes. La science n'a pas à dire ce qu'est la réalité mais situer les conséquences de certains phénomènes et de comportements dans une situation donnée. De ce point de vue, la démarche de l'économie expérimentale est un réel progrès.

La complexité de l'environnement et des comportements est telle qu'il est toujours nécessaire de réaliser des simplifications. Les choix dans la rationalité des acteurs en sont un bel exemple. Or, parfois, ce qui est négligé était imprévisible et se révèle être essentiel pour comprendre un phénomène donné. Toute science a certes besoin d'un minimum de déterminisme et surtout du probabilisme qui tend à se substituer au déterminisme d'antan. Elle doit cependant s'en méfier si elle veut éviter de mauvaises surprises. Même si nous pouvions prendre en compte tous les aspects de la réalité, nous ne pourrions, contrairement au démon de Laplace, connaître l'avenir. « Le démon (déterministe) de Laplace, écrit Ilya Prigogine, qui observe les trajectoires, peut indéfiniment ignorer que certaines coalitions de particules en sont venues à des êtres pensants capables d'inventer l'idée de démon… » « Dans un monde qui s'éloignerait de l'équilibre, aucune évolution probabiliste ne serait possible, tout événement pourrait avoir des conséquences imprévisibles et démesurées. » Or, c'est justement ce que nous constatons, au moins partiellement, dans la vie économique. Comment prendre en compte le léger battement d'aile du papillon qui de fil en aiguille sera à l'origine d'une furieuse tempête !

Ces remarques qui incitent à la prudence et rappellent la relativité de toute approche scientifique ne s'adressent pas seulement à l'économie expérimentale. En mieux maîtrisant la prise en compte de l'environnement et le réalisme des comportements, en facilitant la confrontation des résultats, l'économie expérimentale peut en partie pallier les difficultés de la vérification par expérience. Cette avancée explique qu'aujourd'hui dans le monde entier des laboratoires se spécialisent dans l'économie expérimentale. Ce domaine en pleine croissance a été à l'origine d'une revue : *Journal of Experimental Economics*. Il a été distingué par le prix Nobel accordé en 2002 à Vernon Smith, considéré comme le fondateur de cette branche. Toutefois, la première démarche expérimentale entreprise date de 1948 et a pour auteur l'Américain Edward Hasting Chamberlin (1899-1967), qui a été le professeur de V. Smith. Son article publié dans le *Journal of Political Economy* (« An Experimental Imperfect Market », 1948, *JPE*) avait pour objet de démontrer la supériorité de sa théorie de la concurrence monopolistique et les limites de la théorie de l'équilibre général. Maurice Allais fait également partie des précurseurs. Sans être de l'économie expérimentale en laboratoire au sens strict[1], la mise en évidence en 1953 du paradoxe d'Allais a été faite par un questionnaire envoyé à des collègues (dont P. A. Samuelson) concernant le choix effectifs des loteries fictives. Il montrait en effet que les choix effectifs des individus violaient une des principales hypothèses du modèle théorique traditionnel de comportements individuels face au risque.

Les travaux en économie expérimentale ont connu un développement important à partir des années 1980. Si les principaux contributeurs sont américains, les Européens sont de plus en plus productifs dans ce champ. Les principaux laboratoires engagés dans des recherches en économie expérimentale en France sont le Groupe d'analyse et de théorie économique (*GATE*) CNRS - université de Lyon ; le Laboratoire d'économie expérimentale de Montpellier

---

1. Pour qu'il y ait fiabilité des résultats, l'analyse en économie expérimentale doit respecter les 5 principes de la théorie de la valeur induite formulée par V. Smith en 1976 : 1) l'insatiabilité du joueur ; 2) la prééminence, à savoir que le joueur assume toutes les conséquences de ses décisions ; 3) la dominance, c'est-à-dire que la décision n'est déterminée que par les gains dans le jeu ; 4) le secret sur ses dotations et ses gains ; 5) le parallélisme qui revient à soutenir que les résultats en laboratoire se retrouvent dans la vie réelle. Ce dernier principe est généralement considéré comme le plus fragile.

(LEEM) ; le Laboratoire d'expérimentation en sciences sociales de Rennes (LABEX) ; le Laboratoire d'économie expérimentale de Paris ; le Laboratoire d'économie appliquée de Grenoble (GAEL)[2].

Aujourd'hui, l'économie expérimentale, qui procède de l'économie comportementale, est concurrencée et parfois couplée, comme au GATE, par la neuroéconomie dans le domaine de l'analyse des fondements des comportements microéconomiques.

Centrée davantage sur l'individu, elle ne relève plus de la microéconomie qui peut s'appliquer à un ménage, une entreprise ou au décideur public à la tête d'un État ; on préfère alors parler de picoéconomie[3] comme l'indique le titre du livre collectif *Midbrain Mutiny. The Picoeconomics and Neuroeconomics of Disordered Gambling. Economic Theory and Cognitive Science*[4]. Au lieu d'une analyse psychologique de l'économie expérimentale, la neuroéconomie étudie les facteurs cognitifs et émotionnels dans la prise de décision individuelle. Elle s'appuie sur des fondements neurobiologiques, en faisant appel aux techniques des neurosciences cognitives comme, par exemple, l'imagerie cérébrale.

Pour Christian Schmidt[5], ce rapprochement entre l'approche économique, via le calcul rationnel de l'individu, et la neurobiologie ou la psychophysiologie n'est pas nouveau. Il cite à ce propos les travaux au XIXe siècle des Anglais Jevons ou Edgeworth et des Allemands Fechner, Helmholtz, Wundt. La nouveauté réside dans le recours aux techniques d'imagerie cérébrale. C. Schmidt fait observer que la neuroéconomie semble se développer selon deux voies : la première illustrée par les travaux des neurobiologistes et physiologistes, comme, par exemple, Paul W. Glimcher, qui voient dans les modèles économiques de maximisation un formalisme capable de rendre compte des activations neuronales observées par imagerie ; la seconde est celle des économistes, comme Colin Camerer ou Ernest Fehr, qui cherchent une base scientifique pour

---

2. Voici quelques manuels et articles de synthèse pour aller plus loin : John Denis Hey, *Experiments in Economics*, Oxford, Blackwell, 1991 ; Douglas D. Davis et Charles Holt, *Experimental Economics*, Princeton, Princeton University Press, 1993 ; John H. Kagel et Alvin E. Roth, *The Handbook of Experimental Economics*, Princeton, Princeton University Press, 1995 ; Régis Deloche « Expérimentation, science économique et théorie des jeux », *Revue économique*, vol. 46, n° 3, p. 951-960, 1995.

3. Dans les préfixes du système international d'unités, pico correspond à un facteur 10^{-12} alors que micro a pour facteur 10^{-6} et nano 10^{-9}.

4. MIT Press, 2008. Les auteurs ayant eu l'initiative de l'édition sont des enseignants chercheurs sud-africains : l'économiste Don Ross, les psychiatres Carla Sharp et Rudy E. Vuchinich, le philosophe David Spurrett.

5. *Neuroéconomie*, O. Jacob, 2010.

fonder une théorie des choix alternative. Plus précisément, dans les travaux de Colin Camerer[6], l'économie comportementale et la neuroéconomie sont alliées pour analyser les fondements psychologiques et neurobiologiques de la décision.

Les domaines d'application sont, notamment, l'analyse du rôle des émotions dans le choix, l'effet de l'ambiguïté en situation de choix comportant un risque (en finance, à propos de la prise de décision risquée pour emprunter ou pour placer, on parle de neurofinance), le comportement en situation d'interaction stratégique, l'option de sociabilité ou d'égoïsme dans les rapports sociaux. Il s'agit donc de réintroduire, comme l'indique C. Schmidt, des phénomènes pourtant connus des fondateurs de la science économique mais évacués par une économie de plus en plus formalisée. Ces phénomènes sont les émotions, les passions, le regret, le hasard, la surprise ou encore l'empathie[7].

---

6. Colin Camerer, *Behavioral Game Theory*, Princeton, Princeton University Press, 2003.
7. Une synthèse des méthodes et des principaux travaux est donnée dans le livre collectif *Neuroeconomics. Decision Making and the Brain* (Academic Press, Elsevier, 2009), publié à l'initiative de Paul W. Glimcher, Colin Camerer, Russell Alan Poldrack et Ernest Fehr.

3. Reste alors à se demander ce que signifie une telle science ? À quoi sert-elle et comment est-elle apparue ?

Nous ne reprendrons pas ici les querelles sur l'objet de l'économie[5]. Nous voudrions plutôt émettre quelques hypothèses sur la signification de l'économie. Replaçons-nous dans les perspectives de l'anthropologie fondamentale de R. Girard.

1. Pour éviter que la violence (entraînée par l'imitation-acquisition) ne les désintègre, les premiers groupes humains ont cherché à la détourner. Nous avons vu par quels subterfuges ils y sont parvenus. La victime émissaire, la guerre extérieure, le monarque, le sacré, le vol, la monnaie et l'échange, sont des étapes ou des voies parallèles, qui ont un objectif commun.

A) Très vite, à travers cette quête d'une violence maîtrisée (mais non évacuée), l'homme va inventer des techniques et produire des objets. Chasse, élevage, armes, art sacré, ornements rituels, n'ont pas une utilité *économique* mais une finalité *socioculturelle*. Les premières techniques naissent de l'inutilité. Lorsque la violence est détournée vers les objets, un pas décisif est fait vers la désacralisation de la société et la société moderne. En effet, dans l'affrontement mimétique, on ne peut détourner la violence de l'autre sur l'objet, qu'en lui résistant, qu'en créant le besoin, autrement dit la *rareté*.

B) L'invention de la rareté est un acte de paix, au même titre que l'invention de la monnaie, du travail et, finalement, de l'économie.
La monnaie rend les biens échangeables. Le désir ne débouche plus sur le vol ou la capture, mais sur la produc-

---

5. Cf. p. 494-495.

tion, qui permet de se procurer la monnaie. La nécessité de produire des biens pour accumuler de la monnaie va instituer le travail. Elle entraîne de nouveaux développements techniques et l'émergence progressive de la rationalité instrumentale. « La voie est libre » vers une désacralisation progressive de la société. L'organisation de la production crée de nouveaux rapports entre les hommes et de nouvelles formes d'affrontement.

2. La technique et son application à la transformation du monde du travail vont élargir le champ des productions possibles.

A) À chaque élargissement des champs du *possible*, la rareté ne recule pas, mais progresse.
Tout progrès technique, toute nouvelle production, fait apparaître de nouveaux besoins qui exigent, eux-mêmes, de nouvelles ressources. La rareté précédente est remplacée par une rareté nouvelle, encore plus contraignante. Les imbrications entre l'organisation des hommes et l'organisation des choses multiplient les accaparements, les inégalités et les raretés.

B) La science économique apparaît au moment où le développement des techniques ne permet plus d'arbitrer l'allocation des ressources par la simple imposition des droits du plus fort, le respect des règles morales ou des coutumes. Paradoxalement, plus la technique permet de produire des biens, plus la science économique devient nécessaire.

C) Finalement, la science économique ne parle que d'une chose : l'organisation de la lutte contre la rareté. Les moyens qu'emploient les hommes pour lutter contre la rareté ne faisant qu'accroître cette dernière, l'économie a un bel avenir. On comprend, en définitive, que la seule contrainte universellement reconnue par tous les courants de la pensée économique soit la *contrainte de rareté*.

Trivialement, cela signifie qu'en économie, on ne peut pas avoir plus que ce dont on peut disposer. Cela a l'air d'une vérité de La Palisse, pourtant, bien des gens agissent comme si la contrainte de rareté n'existait pas. Il est vrai qu'il n'y a jamais une solution unique pour organiser l'économie en fonction de cette contrainte. Selon le point d'observation et l'objectif qu'on lui donne, les prescriptions diffèrent.

Certes, l'économiste voudrait bien émettre un discours qui permettrait de comprendre sans avoir à prendre parti ; il redoute la réduction de sa science à quelque recette de basse politique économique. Malheureusement, le cœur même de la science rend ce projet totalement impraticable. Même lorsque l'économiste veut se placer de son point de vue personnel – rendre le *monde intelligible* – , la reconnaissance sociale passe par une mise en œuvre pratico-politique. Lorsque les économistes rêvent d'être des Don Quichotte de la société, leur science les entraîne à n'être que les Sancho Pança de la rareté.

Dans un monde en évolution rapide, à chaque grande crise ou à chaque grande mutation, la science économique est récupérée et accroît son emprise. Peu à peu, elle devient la rationalité à partir de laquelle certains acteurs sociaux tentent d'organiser à leur profit le détournement de la violence sur les choses et de créer une certaine unanimité ou, à défaut, un certain consensus qui évitera à la société de se défaire. Selon les rapports de forces existants dans une société, et en fonction des problèmes à résoudre, la science économique évolue.

Elle s'organise autour de paradigmes différents ou, plus exactement, on voit peu à peu s'étioler « des programmes de recherche scientifique[6] », tandis que d'autres, autour d'un noyau dur différent, rallient une majorité d'économistes. Les intimes rapports entre l'évolution des sociétés et la science économique expliquent ces changements. Ils ne doivent pas scandaliser. La science économique ne fait que montrer plus clairement qu'il n'y a pas d'évolution scientifique indépendante de l'évolution sociale.

---

6. Ce terme est du philosophe des sciences Lakatos.

Épilogue

La vérité scientifique est toujours contingente. De toute façon, quels que soient les états d'âme de certains économistes, au fur et à mesure que la technique progresse, l'économie devient un langage dominant. Elle envahit les propos politiques, sociaux et, juste retour des choses, religieux.

L'information économique, dont la place est chaque jour plus importante, est parfois très éloignée de la démarche scientifique des économistes. L'initiation économique devient une exigence sociale. Certes, les sciences économiques, comme les autres sciences, ne sont pas forcément pertinentes pour permettre à un non-spécialiste, à un homme normal, de régler ses actions. L'initiation économique est nécessaire afin que le plus grand nombre domine le langage dominant.

RÉPONSES AU TEST DE L'INTRODUCTION[1]

1 : S	2 : M, (K)	3 : S	4 : K	5 : H
6 : S	7 : S	8 : K	9 : K, H	10 : S
11 : M	12 : S	13 : H	14 : K, (S)	15 : S
16 : M	17 : K, S	18 : K	19 : H, (K)	20 : M
21 : M	22 : S	23 : S	24 : S	25 : K
26 : H, (S)	27 : M	28 : S	29 : S	30 : (K), (M), (H)
31 : H	32 : S, (K)	33 : M.	34 : K, S, M, H	
35 : H	36 : S	37 : H		

1. Page 22. K : fils de Keynes ; S : descendants d'Adam Smith ; M : disciples orthodoxes de Karl Marx ; H : hérétiques « à la Schumpeter » pour l'affirmation qui peut, éventuellement, être rattaché au courant.

Pour aller plus loin...
Sites et indications bibliographiques

Le nombre d'étoiles précédant le nom de l'auteur indique le degré de difficulté de l'ouvrage.

Les ouvrages dont le titre est suivi d'une étoile nous ont particulièrement inspirés ; nous leur avons emprunté certains développements et démonstrations. Les livres sont pleins de ceux qui les ont précédés. L'originalité est rarement dans les idées, plus fréquemment dans la manière de les dire.

I. Sites et ouvrages généraux

A) *Sites*

** http://cepa.newschool.edu/het/.
Ce site propose un répertoire de sites et d'informations sur l'histoire de la pensée économique du XVIIe siècle à nos jours. Il comporte un index alphabétique de plus de 500 économistes, la présentation des principales écoles de l'histoire de la pensée économique, des dossiers et essais (théorie de la valeur par courant, des essais en macroéconomie par courant, des essais en microéconomie – théorie de l'utilité, théorie de la production, théorie des jeux, etc.–, des thèmes divers comme la méthodologie, les revues professionnelles des économistes) avec des liens vers d'autres ressources sur le web ainsi qu'une bibliographie.

* http://ses.ens-lyon.fr/10014834/0/fiche___pagelibre/&RH=120 0565413653&RF=62.
Ce site permet d'accéder au « Feuilleton HPE » de Jean-Pierre Potier. Il est consacré à la tradition aristotélicienne et scolastique

jusqu'à l'œuvre de Keynes et il propose une formation à la lecture d'un certain nombre de grands auteurs ou de grands courants de pensée.

*** http ://www.oeconomia.net/hpe.htm.
Ce site permet de consulter des travaux en HPE. Il propose des liens avec d'autres centres d'information et de recherche en HPE.

**** http ://www.charlesgide.fr/.
Il s'agit du site de l'association Charles Gide pour l'étude de la pensée économique (ACGEPE) dont l'objet est de promouvoir les travaux de recherche et les activités de formation en histoire de la pensée économique, en théories économiques comparées, en méthodologie et en épistémologie économiques.

**** http ://www.eshet.net/.
Ce site est celui de l'European Society for the History of Economic Thought, qui est l'équivalent européen de l'ACGEPE.

B) Livres et revues

*	ALTERNATIVES ÉCONOMIQUES	*Histoire de la pensée économique*, Hors série n° 73, avril 2007.
**	M. BACACHE-BEAUVALLET M. MONTOUSSÉ (dir.)	*Textes fondateurs en sciences économiques. Depuis 1970,* Rosny-sous-Bois, Bréal, 2003, 245 p.
***	A. BARRÈRE	*Histoire de la pensée économique et analyse contemporaine*, Montchrestien, 1974, 2 tomes, 674 et 1 200 p.*
****	A. BARRÈRE	*Histoire de la pensée et de l'analyse économiques*, t. 1 : *La formation des premiers systèmes d'économie politique (des origines à 1870)*, Cujas, 1994, 724 p.
***	M. BASLÉ, Fr. BENHAMOU B. CHAVANCE, A. GÉLÉDAN	*Histoire des pensées économiques. Les contemporains*, Sirey, 1997, 422 p.
****	M. BEAUD et G. DOSTALER	*La Pensée économique depuis Keynes,* Le Seuil, 1993.

Indications bibliographiques

**	H. Ben Hammouda	*Les Pensées uniques en économie*, L'Harmattan, « Forum du tiers-monde », 2000, 304 p.
***	A. Beraud et G. Faccarello (dir.)	*Nouvelle Histoire de la pensée économique*, Paris, La Découverte (t. 1 : 1992, t. 2 et 3 : 2000).
****	Mark Blaug	*La Pensée économique. Origine et développement*, Economica, 1981, 861 p.
*	D. Clerc	*Déchiffrer les grands auteurs de l'économie et de la sociologie*, t. 1 : *Les Fondateurs*, 2ᵉ éd. augmentée, Syros, 2000, 248 p.
**	J.-M. Daniel	*Histoire vivante de la pensée économique. Des crises et des hommes*, Pearson, 2010, 424 p.
****	Gh. Deleplace	*Histoire de la pensée économique. Du royaume agricole de Quesnay au monde à la Arrow-Debreu*, 2ᵉ éd., Dunod, 2007, 536 p.
***	H. Denis	*Histoire de la pensée économique*, PUF, « Thémis », 1980, 730 p.*
**	F. Dubœuf	*Introduction aux théories économiques*, La Découverte, « Repères », 1999, 128 p.
*	J. K. Galbraith	*L'Économie en perspective, une histoire critique*, Le Seuil, 1989, 381 p.
***	C. Gide et C. Rist	*Histoire des doctrines économiques*, Sirey, 1947, 2 tomes, 902 p.*
*	R. L. Heilbroner	*Les Grands Économistes*, Le Seuil, « Points Économie », 1977, 336 p.*
***	E. James	*Histoire des théories économiques*, Flammarion, 1950, 329 p.
****	Cl. Jessua	*Histoire de la théorie économique*, PUF, 1991, 592 p.
****	H. Kempf	*Macroéconomie*, Dalloz, 2001, 332 p.

****	M. LAVOIE	*Macroéconomie : Théorie et controverses postkeynésiennes*, Paris, Dunod, 1987.
**	D. MARTINA	*La Pensée économique*, t. 1 : *Des mercantilistes aux néoclassiques* ; t. 2 : *Des néomarginalistes aux contemporains*, Armand Colin, « Cursus », 1991 et 1993, 192 p.
**	M. MONTOUSSÉ (dir.)	*Histoire de la pensée économique. Cours, méthodes, exercices corrigés*, Rosny-sous-Bois, Bréal, 2000, 415 p.
**	C. NÊME	*La Pensée économique contemporaine depuis Keynes*, Economica, 2001, 254 p.
****	R. PASSET	*L'Économique et le Vivant*, Payot, 1979.
***	A. PIETTRE	*Pensée économique et Théorie contemporaine*, Dalloz, 1979, 574 p.
***	K. PRIBRAM	*A History of Economic Reasoning*, Baltimore, Johns Hopkins University Press, 1983 ; trad. fr. : *Les Fondements de la pensée économique*, Economica, 1986, 778 p.
**	A. REDSLOB	*Histoire de la pensée économique. Abrégé des analyses et des théories économiques des origines au XXe siècle*, L'Esprit des lois, 2009, 296 p.
**	A. SAMUELSON	*Les Grands Courants de la pensée économique*, PUG, 1985, 344 p.
****	G. L. S. SHACKLE	*The Years of High Theory. Invention and Tradition in Economic Thought (1926-1939)*, Cambridge, Cambridge University Press, 1967, 328 p.
***	J. A. SCHUMPETER	*Histoire de l'analyse économique*, t. 1 : *L'Âge des fondateurs. Des ori-*

		gines à 1790 ; t. 2, *L'Âge classique. De 1790 à 1870* ; t. 3 : *L'Âge de la science. De 1870 à J. M. Keynes*, Gallimard, 1983 ; rééd., « Tel », 2004, 519 p., 495 p. et 710 p.
****	Br. SNOWDON, H. R. VANE	*Conversations with Leading Economists. Interpreting Modern Macroeconomics*, Northhampton, Edward Elgar Publishing, 2000, 384 p.
****	Br. SNOWDON, H. R. VANE	*Modern Macroeconomics. Its Origins, Development And Current State*, Northhampton, Edward Elgar Publishing, 2005, 807 p.
**	J. VALLIER	*Brève histoire de la pensée économique. D'Aristote à nos jours*, Flammarion, « Champs Essais », 2009, 240 p.
**	D. VILLEY et C. NÈME	*Petite histoire des grandes doctrines économiques,* Paris, M.-T. Genin, 1973, 419 p., nouvelle édition Litec-Éditions du JurisClasseur, 1996, 474 p.
***	P. WYNARCZYK	*A Modern Guide to Macroeconomics. An Introduction to Competing Schools of Thought*, Northhampton, Edward Elgar Publishing, 1994, 460 p. ; trad. fr. : *La Pensée économique moderne*, Ediscience international, 1997, 498 p.
**	J. WOLFF	*Les Grandes Œuvres économiques,* t. 1 : *De Xénophon à Adam Smith* ; t. 2 : *De Malthus à Marx* ; t. 3 : *Walras et Pareto* ; t. 4 : *Lénine, Schumpeter, Keynes, C. Clark, Von Neumann, Morgenstern*, Cujas, 1976, 1977, 1981, 1983 ; 378 p., 408 p., 256 p., 336 p.
**	J. WOLFF	*Les Pensées économiques. Les courants, les hommes, les œuvres*, t. 1 : *Des origines à Ricardo* ; t. 2 : *De Ricardo à nos jours*, Montchrestien, 1988, 1989, 348p., 352 p.

II. Des livres par chapitre

Chapitre d'introduction

***	J.-M. ALBERTINI et D. C. LAMBERT	*L'Initiation économique des adultes*, CNRS, coll. « ATP », n° 4, 1974, 118 p.
****	A. BARRÈRE	*Théorie économique et Impulsion keynésienne*, Dalloz, 1951, 750 p.
****	P. VERGES	*Les Formes de la connaissance économique*, Grenoble, SRT, 1977, 244 p.*

Première partie : Les fils de Keynes

****	A. BARRÈRE	*Déséquilibre économique et Contre-révolution keynésienne*, Economica, 1979.*
**	R. L. HEILBRONER et L. THUROW	*Comprendre la macroéconomie*, Economica, 1979, 373 p.
****	G. MANKIW et D. ROMER (dir.)	*New Keynesian Economics*, 2 tomes, Cambridge, MIT-Press, 1991.
*	MICHAEL STEWART	*Keynes*, Le Seuil, coll. « Points », 1969, 144 p.

Deuxième partie : Les descendants d'Adam Smith

A) Sites

http ://www.wikiberal.org/wiki/Accueil
 L'encyclopédie Wikibéral contribue à faire connaître la pensée libérale et libertarienne dans différents domaine (économie, social, politique, droit, philosophie, histoire, culture, écologie, etc.). Comme cela est précisé dans la page d'accueil, « ce site n'est pas lié à la fondation Wikimedia et fait partie de la galaxie liberaux. org. ».

B) Ouvrages

***	A. Barrère	*Déséquilibre économique et contre-révolution keynésienne, op. cit.**
***	Collectif	« La Reaganomie », in *Économie et prospective internationale*, n° 9, La Documentation française, 1982, 320 p.
*	H. Lepage	*Demain, le capitalisme*, Le Livre de poche, 1978, 448 p.
***	J. J. Rosa et F. I. Aftalion	*L'Économie retrouvée*, Economica, 1978, 326 p.*
***	C. Schmidt	*La Théorie des jeux. Essai d'interprétation*, Paris, PUF, 2001, 435 p.
****	R. S. Thorn et divers	*La Théorie monétaire*, Dunod, 1971, 360 p.

N.B. Généralement, les ouvrages généraux donnent une analyse très ample des Écoles classique et néoclassique. Nous ne citons donc ici que les ouvrages permettant d'approfondir certaines théories smithiennes actuelles.

Troisième partie : Les disciples orthodoxes de Karl Marx

**	P. Boccara et divers	*Le Capitalisme monopoliste d'État*, Éditions sociales, 1971, 2 tomes, 448 p. chacun.
****	H. Denis	*L'Économie selon Marx. Histoire d'un échec*, PUF, 1980, 216 p.*
***	M. Godelier	*Rationalité et irrationalité en économie*, Maspero, 1966.*
**	J. Guichard	*Le Marxisme. Théorie de la pratique révolutionnaire*, Éditions de la Chronique sociale, 1976, 304 p.*
**	G. Kozlov	*Économie politique. Le capitalisme*, Moscou, Éditions du Progrès, 1977, 806 p.
*	É. Shangai	*Étudier l'économie politique*, Éditions E 100, Paris, 1976, 288 p.

*	H. Voslensky	*La Nomenklatura,* Belfont, 1980, 463 p.*

Quatrième partie : Les hérétiques « à la Schumpeter »

****	H. Bartoli	*Économie et création collective,* Economica, 1977, 566 p.*
***	J.-L. Le Moigne	*Nouveaux discours de la méthode,* PUF, 1977, 258 p.*
****	A. Orléan (dir.)	*Analyse économique des conventions,* Paris, PUF, 1994, 410 p.
**	F. Perroux	*L'Économie du XXe siècle,* PUF, 1964.
***	F. Perroux	*Pouvoir et économie,* Dunod, 1974, 140 p.*
**	F. Perroux	*Pour une philosophie du développement,* Aubier, 1981, 286 p.

À propos de l'hypothèse de R. Girard

****	M. Aglietta et A. Orléan	*La Violence et la Monnaie,* PUF, coll. « Économie en liberté », 1982, 324 p.
***	P. Dumonchel et J.-P. Dupuy	*L'Enfer des choses,* Le Seuil 1979, 268 p.
****	R. Girard	*La Violence et le Sacré,* Le Livre de Poche, coll. « Biblio Essai », 534 p.*
**	R. Girard	Des choses cachées depuis la fondation du monde, Grasset, 492 p.*
****	G. H. De Radkowski	*Les Jeux de désir,* PUF, coll. « Croisés », 1980, 262 p.*

Chapitre de conclusion : La contre-épreuve de la valeur

****	G. Abraham-Frois et E. Berrebi	*Théorie de la valeur des prix et de l'accumulation,* Economica, 1976, 388 p.
****	C. Benetti	*Valeur et répartition,* Grenoble, PUG, 1974, 158 p.*

***	P. Fabra	*L'Anticapitalisme : essai de réhabilitation de l'économie politique*, Flammarion, 1979, 504 p.
****	M. Glansdorff	*Les Déterminants de la valeur : ses applications en esthétique, en religion, en morale, en économie politique*, Bruxelles, 1966, 408 p.
***	P. Salama	*Sur la valeur*, Petite Collection Maspero, 1975, 256 p.

III. Des livres pour ceux qui ont besoin d'appuis dans leurs connaissances économiques

J.-M. Albertini	*Les Nouveaux Rouages de l'économie*, Éditions de l'Atelier, 2008, 336 p.
A. Silem et J.-M. Albertini	*Lexique de l'économie*, Éditions Dalloz, 2008, 788 p.
D. Clerc	*Déchiffrer l'économie*, La Découverte, 2007, 414 p.
M. Niveau, Y. Crozet	*Histoire des faits économiques contemporains*, PUF, 2010, 847 p.
A. Beitone, P. Gilles, M. Parodi	*Histoire des faits économiques et sociaux de 1945 à nos jours*, Éditions Dalloz, 2000, 440 p.

Index

Nous donnons deux index : index des notions et index des auteurs. Dans l'index des notions, nous avons fait des choix et des regroupements qui doivent vous permettre de retrouver les définitions et les principaux développements. Dans tous les cas, lorsque plusieurs pages se suivent, il s'agit des passages les plus représentatifs.

INDEX DES NOTIONS

ACCÉLÉRATEUR (MÉCANISME, PRINCIPE DE L'), 101, 102, 106, 107, 108, 250, 539, 568
AGENCE (THÉORIE DE L'), 604
AGRARIANISME, 88, 142, 143
ALÉA MORAL (HASARD MORAL, RISQUE MORAL), 121, 291
ALIÉNATION, 355, 395
ALLOCATION DES RESSOURCES, 76, 143, 146, 148, 150, 156, 157, 169, 180, 181, 208, 242, 251, 261, 263, 270, 285, 286, 506, 507, 511, 518, 562, 602, 607, 672, 709
ANARCHISME, 373, 393, 399, 404, 408, 409, 417, 419-422, 499, 573, 642
ANARCHO-CAPITALISME, 286

ANARCHO-SYNDICALISME, 421, 422
ANTICIPATIONS RATIONNELLES, 33-36, 41, 69, 70, 71, 72, 76, 138, 154 n. 4, 157, 158, 161, 188, 196-198, 265, 268-269, 278-284, 286, 293, 593, 631, 699, 704
ANTISÉLECTION (OU SÉLECTION ADVERSE), 121, 291, 578
APPRENTISSAGE (*LEARNING BY DOING*), 479, 616, 622
APPROCHE FRACTALE, 309
AUTOFINANCEMENT, 272
ANTHROPOLOGIE FONDAMENTALE, 527, 531, 533-536, 629, 648, 680, 684
ASYMÉTRIE DE L'INFORMATION, 121, 290-292

AUTO-STOPPEUR, 291
AVANTAGES COMPARÉS OU COMPARATIFS, 210, 211, 214, 224, 314, 522, 537, 658
AXIOME DE RICARDO-BARRO, 269

BABOUVISME, 393
BANQUE, 36, 51, 53, 55, 56-59, 71, 97, 104, 114, 126, 188, 253, 407, 611
BIG-BANG FINANCIER, 56-58, 267
BIEN COLLECTIF, 289, 343, 479, 571, 622
BIEN SANS EXCLUSION, 479
BIEN NON RIVAL, 479
BLOC OR, 266
BOLCHEVISME, 415
BULLIONISME, *voir* MERCANTILISME.

CALCUL À LA MARGE, 172-173, 174, 176, 494 n. 2
CAMÉRALISME, *voir* MERCANTILISME.
CAPITAL CIRCULANT, CAPITAL FIXE, 329, 438, 476, 651, 660, 663
CAPITAL HUMAIN, 228, 270, 479, 599
CAPITAL IMMATÉRIEL, 598, 599
CAPITAL VARIABLE, CAPITAL CONSTANT, 329, 331, 336, 340, 365
CAPITALISME MONOPOLISTE D'ÉTAT, 325, 334, 336, 338-344, 430, 446, 583
CASTRISME, 416, 418
CDO (*COLLATERAZISED DEBT OBLIGATION*), 58, 315
CDS (*CREDIT DEFAULT SWAP*), 58
CHARTISME, 398
CHOIX DE PORTEFEUILLE, *voir* THÉORIE DU CHOIX ET DE LA DÉCISION.
CHÔMAGE INVOLONTAIRE, 72, 151, 153, 156, 262
CHÔMAGE STRUCTUREL, 60, 213
CHÔMAGE VOLONTAIRE, 89, 150-154, 228
CIRCUIT KEYNÉSIEN, 33-41, 43, 102, 581

CLIOMÉTRIE, 562, 563
CLUB DE ROME, 592, 613, 635, 640
COEFFICIENT DE CAPITAL, 108
COLBERTISME, 88
COMMERCE INTERBRANCHE, 214-215
COMMERCE INTERNATIONAL, 99, 210-216, 246, 466, 476, 491, 522-524
COMMERCIALISME, *voir* MERCANTILISME.
COMMISSAIRE-PRISEUR, 145, 180, 261, 683
COMMUNISME, 30, 203, 320, 356, 356, 369-376, 384, 387-393, 398, 399, 405, 412, 419, 567 n. 16, 636
COMMUNISME ARISTOCRATIQUE, 85, 389
COMMUNISME CHINOIS, *voir* MAOÏSME.
COMPTABILITÉ NATIONALE, 13, 16, 64 n. 2, 104, 117-119, 255, 312, 488, 538, 624, 691
CONCURRENCE IMPARFAITE, 121, 146, 147, 165, 238, 242, 248
CONCURRENCE MONOPOLISTIQUE, 215, 237, 248, 520, 705
CONCURRENCE PURE ET PARFAITE, 121, 142, 146-148, 165, 179, 188, 189, 205, 242, 496, 511, 520, 676, 677
CONSENSUS DE WASHINGTON, 281 n. 79, 611
CONSERVATISME, 226-227, 396
CONVENTIONS, *voir* THÉORIE DES CONVENTIONS.
COURBE DE PHILLIPS, 159-160, 265 n. 74, 580, 596
COÛTS COMPARATIFS, *voir* THÉORIE DES COÛTS COMPARATIFS.
COÛTS FIXES, 176-178, 568
COÛTS VARIABLES, 176-179, 582
CRISE DE 1929, 44, 61, 149, 266, 338, 491, 538, 618, 697
CRISE DE 2007-2010, 129-130, 253

Index

CRISE DE 2008, 6, 51, 55-58, 138, 282, 631, 633
CRISE DES *SUBPRIMES*, 57-58, 308, 315
CRISES FINANCIÈRES, 57-58, 282, 310, 388
CROISSANCE, 20, 28, 41, 49, 52-54, 59, 61, 62, 106-111, 125, 159-161, 164, 186, 214, 224, 238, 267-269, 271, 273, 333, 341, 430, 438, 455, 462, 465, 468-471, 475-483, 485-487, 511, 512, 518, 519, 547, 557, 562-563, 584, 585, 611, 613, 617, 620, 622, 625-627, 634-643, 656, 677
CROISSANCE APPAUVRISSANTE, 213
CROISSANCE ENDOGÈNE, 478-480, 562, 616
CROISSANCE ÉQUILIBRÉE, 106-111, 627
CYCLE DE VIE DE VERNON, 214
CYCLE RÉEL, 279-281, 562, 616
CYCLE DE KONDRATIEFF, 472, 616, 617
CYCLES ÉCONOMIQUES, 100-103, 106-107, 279, 472, 552

DARWINISME, 565, 621
DÉCROISSANCE, 639-643
DÉFICIT BUDGÉTAIRE, 52, 56, 67, 69, 75, 80, 96, 112, 152, 246, 248, 267-269, 277, 611
DÉFICITS JUMEAUX, 611
DEMANDE DE DIFFÉRENCE, 215
DEMANDE DE MONNAIE, 35, 37, 39, 46, 79, 92, 97, 100, 185, 193, 196-199
DEMANDE DE VARIÉTÉS (OU DE DIVERSITÉS), 215
DEMANDE EFFECTIVE, 33-34, 40-43, 50, 63-64, 70, 72, 75, 79, 80, 91, 92, 93, 149, 159, 196, 207, 263, 648
DEMANDE GLOBALE, 21, 42-43, 63, 126, 138

DEMANDE REPRÉSENTATIVE, 215
DETTE PUBLIQUE, 112, 267
DEUXIÈME ÉCOLE DE VIENNE, 98, 236, 243, 245-246, 249
DÉVELOPPEMENT DURABLE, 60, 633, 638-639, 643
DISCOURS DE LA MÉTHODE, 508
DICHOTOMIE ENTRE LE RÉEL ET LE MONÉTAIRE, 84, 92, 95-100, 120, 196
DILEMME DU PRISONNIER, 294, 295, 298, 299, 303
DIVISION INTERNATIONALE DU TRAVAIL, 281 n. 79, 522-524, 658
DOMINATION, 210, 408, 431, 476, 483, 490, 516, 518-519, 521, 608, 625, 626, 681, 684
DYNAMIQUE, 93, 230, 250, 273, 279, 354, 374-376, 429, 461, 465, 466, 487, 493, 498, 510 n. 5, 512-514, 520, 530, 540, 545, 557, 559, 561, 569, 570, 574, 576, 581, 588, 603, 605-606, 612, 615, 617, 621, 623, 624, 629, 630, 668

ÉCHANGE INÉGAL, 408, 432, 433, 435, 451, 476, 521-524
ÉCHANGES INTERBRANCHES, 214, 215
ÉCHANGES INTRA-BRANCHES, 215
ÉCOLE DE CAMBRIDGE, 100, 233, 236-238, 241, 249
ÉCOLE DE CHICAGO, 137, 185, 247, 264, 265, 478
ÉCOLE DU CIRCUIT, 126
ÉCOLE DE LA NÉCESSITÉ, 404, 411
ÉCOLE DE LA RÉGULATION, 458, 576, 581, 584, 586, 607, 618
ÉCOLE DE LAUSANNE, 238-243, 245
ÉCOLE DE MINNEAPOLIS, 138, 278
ÉCOLE DE STOCKHOLM, 98, 113, 248, 400 (*voir aussi* ÉCOLE SUÉDOISE).
ÉCOLE DE VIENNE, 98, 235, 236, 243, 245-246, 249, 461

ÉCOLE HISTORIQUE ALLEMANDE, 91, 500, 502, 513, 525, 547, 549, 552-553, 560, 564, 625, 630
ÉCOLE HISTORIQUE FRANÇAISE, 560
ÉCOLE HOLLANDAISE, 98
ÉCOLE SOCIO-ÉCONOMIQUE FRANÇAISE, 606
ÉCOLE SOCIOLOGIQUE FRANÇAISE, 587
ÉCOLE SUÉDOISE, 95-99, 103, 194
ÉCOLE SYSTÉMIQUE, 591, 593, 607
ÉCOLE VOLONTARISTE ANARCHISTE, *voir* VOLONTARISME ANARCHISTE.
ÉCOLE VOLONTARISTE MARXISTE, *voir* VOLONTARISME MARXISTE.
ÉCONOMIE COMPORTEMENTALE, 120, 171, 308, 311, 706, 707
ÉCONOMIE D'ÉCHELLE, 40, 215, 217, 237, 312, 476, 479, 563
ÉCONOMIE DES ORGANISATIONS, 566, 575
ÉCONOMIE DU BIEN-ÊTRE, 212, 213, 234, 238, 240-242, 251, 256, 289, 490, 507, 648, 662, 689
ÉCONOMIE du MICRODÉVELOPPEMENT, 612
ÉCONOMIE ÉVOLUTIONNAIRE, 599
ÉCONOMIE EXPÉRIMENTALE, 303, 449, 703-706
ÉCONOMIE PUBLIQUE, 289, 290, 703
ENDETTEMENT, 56-58, 121, 130, 210, 269, 315
EFFET MATTHIEU, 217
EFFICACITÉ MARGINALE DU CAPITAL, 35, 50, 54, 68, 69, 77-79, 82, 85, 96, 97, 194, 196, 250, 647
EFFICIENCE DES MARCHÉS, 282, 304, 305, 315
EFFICIENCE INFORMATIONNELLE, 283, 304-307
ÉLASTICITÉS CRITIQUES, 113
ÉPARGNE, 29, 37-39, 42, 61, 63-67, 69, 75, 77-80, 85, 89, 93, 95, 97, 99, 107, 108, 109, 112, 163, 192, 201, 224, 256, 259, 262, 266-269, 270-272, 276, 277, 440, 471, 480, 498, 500, 553, 556
ENCHÈRES À LA VICKREY, ENCHÈRES AU DEUXIÈME PRIX, 292
ENTREPRENARIAT, 14, 17, 71, 89, 168, 181, 187, 205, 264, 285, 473
ÉQUILIBRE BUDGÉTAIRE, 266-269n 277 n. 78
ÉQUILIBRE CONCURRENTIEL, 251
ÉQUILIBRE DE NASH, 293, 299-300
ÉQUILIBRE DES POUVOIRS, 210
ÉQUILIBRE DES FLUX, 64, 66, 207
ÉQUILIBRE DU MARCHÉ, 158, 262
ÉQUILIBRE GÉNÉRAL, 76, 124, 142-143, 145-148, 181, 183, 184, 186, 195, 206, 231, 238, 239, 242, 243, 249, 251, 252, 261, 264, 376, 437, 461, 498, 510 n. 5, 511, 524, 537, 601, 625, 670, 672, 676, 705
ESPRITS ANIMAUX, 189, 308
ÉTAT PROVIDENCE, 44, 59, 340, 570
ÉTAT ZÉRO, ÉTAT MINIMUM, 286
ÉTAT STATIONNAIRE, 221-223, 225, 512
ÉTHIQUE, 456, 496, 510, 569, 631-633
EXTERNALITÉS, 271, 281 n. 79, 479, 480, 637
EXUBÉRANCE IRRATIONNELLE, 189, 307-308

FABIANISME, 94-95, 407
FÉDÉRALISME, 399
FLEXIBILITÉ, 73, 148, 158, 485, 579, 581-583, 596, 598, 637
FLEXISÉCURITÉ, 582-583
FRANC POINCARÉ, 266

HASARD MORAL, *voir* ALÉA MORAL.
HÉDONISME, 169, 243, 247, 263, 505, 506, 669, 676, 677
HÉRÉSIE SCHUMPÉTÉRIENNE, 461, 462, 466, 545, 580, 679
HOLISME MÉTHODOLOGIQUE, 256, 257, 454

Index

HOMO ŒCONOMICUS, 169, 171, 174, 189, 229, 308, 311, 454, 494, 505, 549, 564, 593, 594, 597, 633
HOMO MARGINALUS, 174, 495

IMPÉRIALISME, 28 n. 2, 95, 238, 334 n. 2, 338, 343, 403, 405, 407-408, 412, 416, 431, 433, 434, 451, 452, 492, 518, 521, 627
IMPÉRIALISME SYNDICAL, 409, 421
INDIVIDUALISME MÉTHODOLOGIQUE, 256-257, 270, 530
INDUSTRIALISME, 88, 395, 396, 401, 567 n. 16
INFLATION PAR LA DEMANDE, 46, 47-49
INFLATION PAR LES COÛTS, 46, 47-49
INFRASTRUCTURE, 353, 507, 682
INSTITUTIONNALISME, 31, 59, 99, 101, 105, 208, 209, 248, 456, 513, 525, 564-586, 587, 592, 603, 607, 620, 621, 630, 631
INTERVENTIONNISME, 84, 89, 105, 216, 398, 401, 549, 568, 571, 689 (*voir aussi* KEYNESIANISME).
INVESTISSEMENT DE CAPACITÉ, 46, 50, 51, 53, 165 n. 5
INVESTISSEMENT DE PRODUCTIVITÉ, 46, 165 n. 5, 485
IRRATIONALITÉ, 311, 353

KEYNÉSIANISME, KEYNÉSISME, 27-130, 551, 619

LÉNINISME, 323, 387, 404, 413, 414, 417, 422
LIBÉRALISME DE TOUTES LES COULEURS, 285-288
LIBERTARIANISME, 286
LIBRE-ÉCHANGE, 143, 212, 216, 221, 239, 251, 281 n. 79, 314, 549

LOI DE J.-B. SAY (LOI DES DÉBOUCHÉS), 101, 191-192, 224, 256, 270
LOI ÉCONOMIQUE, 170-171, 203, 314, 493, 500-504, 513, 517 n. 7, 531, 547, 550
LOI DE KEYNES, 37, 85, 428
LOI DE LA BAISSE TENDANCIELLE DU TAUX DE PROFIT, 408, 430
LOI DE LA VALEUR, 200, 204, 357, 360 n. 9, 361, 362, 365, 366, 367-368, 381, 435, 448, 500, 702
LOI DE MALTHUS, 223, 634
LOI DE ZIPF, 310

MACROÉCONOMIE, 29, 62-63, 83-85, 98, 106, 115, 117, 118, 120, 147, 164, 170, 192, 247, 250, 255, 257, 259, 263, 266, 278, 279, 467, 498, 500, 530, 538, 539, 571, 576, 581, 592, 612, 618, 619
MALTHUSIANISME, 223, 250, 634, 655
MAOÏSME, 416, 417, 433-435, 629
MARCHÉ EXTERNE DU TRAVAIL, 578, 582
MARCHÉ FINANCIER, 114, 268, 282, 304, 307, 308, 309, 697
MARCHÉ INTERNE DU TRAVAIL, 578
MARCHÉ TRANSITIONNEL DU TRAVAIL, 583 n. 3
MARGINALISME, 96, 97, 174, 176, 204, 206, 227, 229-243, 243-250, 314, 366, 435, 437, 502, 505, 512, 551
MARGINALISME AMÉRICAIN, 246-248
MARGINALISME ANGLAIS, 236-238
MARXISME, 20, 143, 203, 224, 257, 258, 321, 323, 325, 346, 347-376, 377-384, 385-387, 403, 405, 407, 409, 411, 412, 419, 423, 425, 446-447, 543, 557, 573, 576, 583, 607, 608, 618, 623, 661, 667

MARXISME ANALYTIQUE, 453-456
MARXISME TIERS-MONDISTE, 433
MEDAF (MODÈLE D'ÉQUILIBRE DES ACTIFS FINANCIERS), 305
MENCHEVISME, 415
MERCANTILISME, 87-91, 95, 111, 193, 312, 391, 547, 550-551, 648, 649, 650-651, 686-691
MICROÉCONOMIE, 83, 85, 97, 117, 120, 121, 126, 165, 170, 172-179, 230, 255, 257, 259, 263, 266, 270, 273, 278, 290, 293, 302, 304-307, 315, 455, 467, 498, 499, 540, 574, 577, 581, 602, 611, 612, 618, 619, 676, 706
MODE DE PRODUCTION, 325, 329, 351-354, 357, 366, 370, 371, 374, 377-379, 430, 518, 525
MODÈLE À GÉNÉRATION IMBRIQUÉE, 252
MODÈLE ÉCONOMIQUE, 111, 115, 312 n. 1, 313, 314, 315, 537-541, 630, 706
MODÈLE DE KLEIN-GOLDBERGER, 313
MODÈLE DE MUNDELL-FLEMING, 127-130
MODÈLE HOS, 211
MODÈLE SOLOW-SWAN, 478
MODÈLE ÉCONOMÉTRIQUE, 111, 115, 117, 143, 276, 279, 313, 510 n. 5, 537, 539
MONDIALISATION, 54, 55, 57, 162, 170, 210, 251, 281 n. 79, 452, 556
MONNAIE, 29, 35-37, 39, 44, 46, 47, 50, 52, 53, 62, 63, 67-70, 71, 73, 77 n. 1, 79-81, 87, 88, 89, 92, 94, 95-97, 100, 114, 126, 149, 152, 154-156, 158, 161, 165 n. 5, 182-189, 191-199, 209, 221, 222, 239, 247, 253, 259, 261, 263, 264, 274, 276, 279, 280, 281 n. 79, 357-359, 362-365, 392, 398, 413, 423, 439, 512-513, 527, 535, 550-552, 569, 586-587, 646-647, 655 n. 5, 657-658, 662-663, 667, 670-671, 681, 684-685, 687-689, 708-709
MONÉTARISME, 67, 100, 105, 114, 115, 137, 151, 185-186, 187-188, 197-199, 247, 259, 261, 276, 277, 278, 282, 328, 512, 513
MOUVEMENT BROWNIEN, 310
MULTIPLICATEUR DE CRÉDIT, 104
MULTIPLICATEUR D'EMPLOI, 104
MULTIPLICATEUR D'INVESTISSEMENT, 74, 75, 103, 104, 573

NATIONALISATION, 54, 93, 142-143, 339, 342, 343, 573
NOMENKLATURA, 376, 377-384, 441, 507
NÉOCLASSICISME, 73, 77, 83, 84, 92, 97, 98, 99, 101, 103, 105, 106, 109, 112-113, 120, 126, 137, 151, 169, 182 n. 6, 193, 195, 204-206, 210-212, 219-220, 226, 228, 229-231, 234-243, 245, 246, 249, 257-260, 265, 270, 278, 279, 292, 308, 314-315, 427, 437, 454, 455, 472, 510 n. 5, 523, 530, 543, 562-567, 570, 573, 577, 580, 589-590, 593, 596, 610, 616, 631, 636, 637, 659, 661, 666, 669-679, 681-684, 701
NÉOKEYNÉSIANISME, NÉOKEYNÉSISME, 105, 109 n. 14, 126, 188, 238 n. 37, 249, 325, 648, 664
NÉOLIBÉRALISME, 228
NÉOMARGINALISME, 98, 100, 169, 174, 204, 206, 236, 243-249, 368, 494, 502, 565, 568, 624
NÉOMARXISME, 238 n. 37, 325, 343, 576
NÉOMERCANTILISME, 89, 551
NEUROÉCONOMIE, 706, 707
NO-BRIDGE, 234 n. 29, 242, 257, 500

Index 729

NOUVELLE ÉCONOMIE CLASSIQUE (NEC), 55, 117, 126, 138, 228, 278-284, 307, 308, 312 n. 1, 319
NOUVELLE ÉCONOMIE KEYNÉSIENNE (NEK), 120, 122, 126, 611
NOUVELLE HISTOIRE ÉCONOMIQUE, 561-563
NOUVELLE MICROÉCONOMIE, 121, 290, 611

OPHELIMITÉ, 240
OPTIMUM DE PARETO, 240-241, 251, 291, 294, 300, 437, 456, 506, 510 n. 5
OPTIMUM DE PEUPLEMENT, 98, 263
ORTHODOXIE BUDGÉTAIRE, 267
OSCILLATEUR DE SAMUELSON, 106

PARADOXE D'ALLAIS, 252, 705
PARADOXE DE CONDORCET, 242
PARADOXE DE GRAHAM, 213
PARADOXE DE LEONTIEF, 211 n. 20
PASSAGER CLANDESTIN, 291, 297, 610
PENSÉE UNIQUE, 281
PHILANTHROPISME PATRONAL, 398
PHYSIOCRATIE, 91, 103, 134, 221, 224, 395, 488, 516, 517 n. 7, 603, 649-651, 687-691
PLEIN-EMPLOI, 30, 43, 54, 65, 73, 76, 77, 80, 109, 113, 151, 158, 159, 581
PLUS-VALUE, 105, 200, 328-342, 360, 363, 368, 431, 437, 488
POLITIQUE BUDGÉTAIRE ET FISCALE, 113-115
POLITIQUE DE L'OFFRE, 165, 269, 278
POLITIQUE DE *« STOP AND GO »*, 157, 261, 482
POLITIQUES DE DÉRÉGLEMENTATION, 57-58, 281 n. 79, 611
POLITIQUES STRATÉGIQUES, 217
POLLUEUR-PAYEUR, 241, 637
POSTKEYNÉSIANISME, POSTKEYNÉSISME, 83, 105, 109, 111-113, 126, 265, 428

POUVOIR, 59, 62, 70-74, 210, 264, 343, 369-376, 380-381, 404, 409, 418, 502, 516-521, 625
POUVOIR COMPENSATEUR, 208, 571
PRÉFÉRENCE POUR LA LIQUIDITÉ, 35, 37, 100, 195-198
PRÉKEYNÉSIANISME, PRÉKEYNÉSISME, 83, 98
PREMIÈRE ÉCOLE DE VIENNE, 245
PRIX D'ÉQUILIBRE, 139-145, 425, 655
PRODUCTIF, IMPRODUCTIF, 488
PRODUCTIVITÉ, 51, 72-73, 98-99, 122, 159-160, 205, 234, 280, 330, 337, 433, 437, 468-489, 523-524
PROGRAMME D'AJUSTEMENT STRUCTUREL (PAS), 611
PROGRÈS TECHNIQUE, 17, 73, 93, 168, 462, 468-475, 478, 487, 615-621, 642
PROPENSION MARGINALE À ÉPARGNER (À CONSOMMER), 37-39, 63, 65-66, 74, 80, 108, 170, 195, 476
PROPENSION MOYENNE À ÉPARGNER (À CONSOMMER), 37-39, 42
PROTECTIONNISME, 61, 227, 229, 343, 549
PROTECTIONNISME ÉDUCATEUR, 549
PROUDHONISME, 419-421

RECHERCHE ET DÉVELOPPEMENT (R&D), 214, 479-480
RADICALISME AMÉRICAIN, 446, 574
RADICALISME ÉCONOMIQUE, 573
RATIONALITÉ ÉCONOMIQUE, 169-171, 230, 424, 493-497, 502, 511, 574
RATIONALITÉ LIMITÉE, 580, 593-595, 704
RATIONALITÉ PROCÉDURALE, 580, 593-594, 704
RATIONNEMENT DU TRAVAIL, 262
REAGANISME, 269
REAL BUSINESS CYCLES (RBC), 279
RÉCESSION, 49, 97, 111, 130, 262

RÉDUCTION DU TEMPS DE TRAVAIL, 585
RÉÉQUILIBRAGE DE LA BALANCE DES PAIEMENTS, 112-113
RÉFORMISME, 94, 142, 202-203, 388, 400-401, 407, 652
RÉGIME ÉCONOMIQUE, 20, 283, 413, 491, 497, 553, 557
RENDEMENTS INTERNES D'ÉCHELLE, 215, 478
RENTE, 93-94, 201, 224, 229, 654-659
RÉVISIONNISME, 325, 405, 407, 409, 418
RISQUE MORAL, *voir* ALÉA MORAL.

SAINT-SIMONISME, 395-396
SALAIRE, 34, 45, 70, 72-73, 109, 125-126, 149-160, 200-201, 362-363, 432, 546, 648, 662-664
SALAIRE D'EFFICIENCE, 122
SÉLECTION ADVERSE, *voir* ANTISÉLECTION.
SENTIER DE DÉPENDANCE, 600, 622
SOCIAL-DÉMOCRATIE, 281 n. 79, 405-408, 411
SOCIALISME, 237, 238, 249-250, 284, 321, 334, 344, 367-368, 372-375, 378, 385-458, 558
SOCIALISME ASSOCIATIONNISTE, 388, 397-399
SOCIALISME CHRÉTIEN, 401-402
SOCIALISME D'ÉTAT, 388, 400-401
SOCIALISME DE LA CHAIRE, 552
SOCIALISME FABIEN, *voir* FABIANISME.
SOCIALISME IDÉALISTE, 388, 391, 397
SOCIALISME RÉFORMISTE, 388, 400-401, 545
SOCIALISME TECHNOCRATIQUE OU INDUSTRIALISTE, *voir* INDUSTRIALISME.
SOCIALISME UTOPIQUE, 322, 391, 567 n. 16
SOCIÉTÉ DU MONT-PÈLERIN, 252
SOCIOLOGIE DES ORGANISATIONS, 597

SOUS-CONSOMMATION, 92-95, 103, 333, 337, 340, 343, 428-429, 546
SOUS-DÉVELOPPEMENT, 99, 433, 511, 513, 518-519, 610, 627-629
SPARTAKISME, 417
STALINISME, 416, 507
STATIQUE, 512-513, 625
STOCK-OPTIONS, 121, 210, 271
STRUCTURE, 98, 230, 250, 259, 352-354, 465-466, 472-474, 484, 507-513, 514-531, 576, 605-630
STRUCTURALISME, 526, 527, 531, 611
SYSTÈME ÉCONOMIQUE, 387, 456, 496, 553, 556, 606, 617, 624

TAUX de CHANGE, 46, 129-130
TAUX D'INTÉRÊT, 35-37, 50-52, 69, 73, 77-82, 92, 97, 192-198
TAUX DE PROFIT, 109, 224, 326, 329-331, 333, 337, 659-660
THÉORÈME D'IMPOSSIBILITÉ D'ARROW, 242
THÉORÈME DE RYBCZYNSKI, 212
THÉORÈME DE STOLPER-SAMUELSON, 212
THÉORÈME FONDAMENTAL DU RENDEMENT SOCIAL, 251
THÉORÈME HOS, 211
THÉORÈME HOV, 211 n. 21
THÉORÈMES DE MODIGLIANI-MILLER, 306
THÉORIE DE L'ÉCART TECHNOLOGIQUE, 214
THÉORIE DE L'INFORMATION ET DES INCITATIONS, 290, 631
THÉORIE DE L'UTILITÉ ESPÉRÉE, 252
THÉORIE DE LA MAIN TREMBLANTE, 301
THÉORIE DE LA PRÉCAUTION, 638-639
THÉORIE DE LA RÉPARTITION, 106-109, 125, 200-210, 246, 366, 372, 396, 658, 669
THÉORIE DE LA SPÉCULATION, 697

Index

THÉORIE DE MODIGLIANI ET MILLER, 306
THÉORIE DES CONVENTIONS, 299, 566-567, 580, 596
THÉORIE DES COÛTS COMPARATIFS, 210, 224, 522, 537, 658
THÉORIE DES CYCLES RÉELS, 279, 281, 562
THÉORIE DES JEUX, 288, 292-293, 302-303, 446, 594
THÉORIE DES RELATIONS PROFESSIONNELLES (OU INDUSTRIELLES), 143, 456-457, 575, 607-610
THÉORIE DU CHOIX ET DE LA DÉCISION, 304-307
THÉORIE DU CYCLE DE VIE DU PRODUIT, 214
THÉORIE ÉCONOMIQUE DES CONTRATS, 290
THÉORIE PURE DU COMMERCE INTERNATIONAL, 99
THÉORIE QUANTITATIVE DE LA MONNAIE, 87, 97, 186, 194-199, 222, 364, 550
TRAVAIL CONCRET, TRAVAIL ABSTRAIT, 327, 359, 361, 667
TRENTE GLORIEUSES, 10, 473, 561, 584, 585, 619
TROC, 68, 182-183, 192, 274, 362, 364, 413, 667, 684
TROIS LOIS DES FINANCES FONCTIONNELLES, 113
TROTSKYSME, 414, 416

UTILITÉ, 67, 153, 169, 172-175, 182-183, 204, 230-243, 359-361, 389, 487, 647-648, 669-684
UTOPIE, 391, 393

VALEUR D'ÉCHANGE, 169 n. 2, 221, 235, 239, 327-329, 335, 357-364, 655, 666, 670-672, 674
VALEUR D'USAGE, 169 n. 2, 221, 235, 359-364, 650, 665, 681-683
VALEUR-TRAVAIL, 100, 169 n. 2, 219, 220-221, 230, 356-360, 650-651, 655-661
VALEUR-UTILITÉ, 219, 230, 647-648, 675-678
VALEURS, 68, 168, 182-189, 506, 507
VIOLENCE, 350, 419, 422, 527-531, 533-536, 680-685, 708
VOL D'OIES SAUVAGES, 214
VOLONTARISME ANARCHISTE, 404, 417, 419-422
VOLONTARISME MARXISTE, 404, 411-419

WELFARE STATE, 30, 155, 275, 289, 619

ZÉGISME, 635, 640
ZONE EURO, 46, 51-52, 129-130, 165 n. 5
ZONES MONÉTAIRES OPTIMALES (ZMO), 129-130

Index des noms cités

ABDELMALKI, L., 639
ABRAHAM-FROIS, Gilbert, 427, 429
ACEMOGLU, D., 480
AFTALION, Albert, 101, 108, 113, 245, 250, 568
AFTALION, Florin, 138, 270
AGHION, Ph., 480
AGLIETTA, Michel, 182 n. 7, 326, 466, 527, 531, 535, 576, 585, 617, 620, 629, 681, 682, 683
AKAMATSU, K., 214
AKERLOF, George, 120-122, 126, 189, 308
ÅKERMAN, Johan Henryk, 98, 473, 474 n. 2, 615, 616, 617, 624
AKYUZ, Y., 611
ALBERT, Michel, 554, 555
ALBERT le Grand, 347
ALBERTINI, Jean-Marie, 606
ALCHIAN, A., 620
ALEMBERT, Jean Le Rond d', 394
AL-FARABI, Abu Nasr, 222
ALLAIS, Maurice, 243, 251-253, 705
ALLEN, R. G., 676
ALTHUSSER, Louis, 320, 422
AMIN, Samir, 408, 432-433, 435, 451, 557
ANGELL, James W., 107
ANTISTHÈNE, 388

AOKI, Masanao, 595-596
ARDANT, Gabriel, 119 N. 21
ARISTOTE, 85, 221, 347, 389, 390
ARROW, Kenneth J., 106, 143, 231, 234 N. 29, 242, 243, 256, 479, 543, 573
ARTUS, Patrick, 126, 243, 480
ARZOUMANIAN, A., 335
ATLAS, Z.V., 438
ATTALI, Jacques, 424, 466, 574, 630
AUJAC, Henri, 604
AUSTRUY, Jacques, 465
AVENIER M.-J., 592
AYMARD Stéphane, 303
AZARIADIS, Costas, 580

BABEAU, P., 604
BABEUF, Gracchus (François Noël, *dit*), 393, 394, 412, 419
BACHELIER, L., 309, 310
BADIOU, Alain, 447
BAKOUNINE, Mikhaïl Aleksandrovitch, 323, 419, 421, 422
BALANDIER, Georges, 627
BALIBAR, Étienne, 422
BALOGH, Thomas, 105
BARAN, Paul, 428-429, 574
BARCET, André, 601
BAREL, Yves, 592

BARNARD, Chester, 602
BARONE, Enrico, 241, 249
BARRE, Raymond, 138, 606
BARRÈRE, Alain, 31, 42 N. 1, 70, 105, 126
BARRO, Robert, 126, 260, 269, 279, 437
BARTLETT, Bruce, 269, 274
BARTOLI, Henri, 466, 505, 526, 574, 630, 633
BASILE (saint), 390
BASTIAT, Frédéric, 226, 229, 675
BAUDEAU, Nicolas (abbé), 92
BAUDIN, Louis, 228
BAUDRILLARD, Jean, 235
BAUER, B., 320
BAUER, Otto, 429
BAYES, Thomas, 301
BAZARD, Saint-Amand, 396
BEAUD, Michel, 424
BECKER, Gary S., 256, 270
BELL, D., 613
BELLERS, John, 393
BÉNARD, Jean, 290
BENASSY, Jean-Pascal, 138, 260
BENETTI, Carlo, 427
BEN HAMMOUDA, H., 611, 612, 715
BENOIST, A. de, 642
BENTHAM, Jeremy, 674
BERGER, Gaston, 613
BERGERAC, Cyrano de, 393
BERGSON, Henri, 234 N. 29
BERLE, Adolf, 571, 604
BERNACER, German, 103
BERNANKE, B., 126
BERNIS, Gérard Destanne de, 557, 576 N. 26, 627, 628
BERNOULLI, Jacques, 293
BERNOULLI, Nicolas, 293
BERNOUILLI, Daniel, 293, 306 n. 90
BERNSTEIN, Eduard, 405, 407
BERTALANFFY, Ludwig von, 591
BETTELHEIM, Charles, 430, 432, 435

BIROU, Alain, 693
BISMARCK, Otto von, 547
BLANC, L. P., 119
BLANC, Louis, 397, 398
BLANCHARD, Olivier, 120 n. 24, 121, 126
BLACK, Fisher, 307, 310
BLANQUI, Louis-Auguste, 394
BLARDONNE, Gilbert, 606
BLAUG, Mark, 427
BLINDER, Alan S., 114
BLOC, Angus, 573
BLOCH, Marc, 560
BLOCH-LAINÉ, François, 119
BLUM, Léon, 118, 409
BOCCARA, Paul, 325, 430, 583
BODIN, Jean, 88, 222, 688
BÖHM-BAWERK, Eugen von, 108, 235, 259, 461, 517 N. 7
BOISGUILBERT, Pierre Le Pesant de, 89, 92, 104, 117, 219 N. 1, 521, 689
BOITEUX, Marcel, 255
BONALD (vicomte de), 396
BONAMY, Joël, 601
BOREL, Émile, 293
BORIS, Georges, 118
BORRELLY, R., 576 N. 26
BORSTEIN, Maurice, 558
BORTKIEWICZ, Ladislaus von, 427
BOUDON, Raymond, 256
BOUKHARINE, Nicolaï Ivanovitch, 407, 408, 414, 431
BOULDING, Kenneth E., 591, 599, 603
BOURDIEU, Pierre, 384
BOUSQUET, G. Henri, 245
BOYER, Robert, 556, 576, 584, 585, 618, 620
BOWLES, Karl, 449, 450
BRAUDEL, Fernand, 560
BRAVERMAN, H., 457
BREJNEV, Leonid, 368, 379, 380, 381
BRENNAN, Geoffrey H., 289
BROCHIER, Hubert, 603

Index

BRÖDY, Andras, 425, 437, 438
BROHMAN, J., 611
BROUSSEAU, E., 586 n. 33
BRUNHOFF, Suzanne de, 422, 423, 424, 447
BRUNNER, K., 265
BRUNTLAND, Gro Harlem, 634, 638, 340
BUCHANAN, James M., 256, 289
BUCHANAN, N. S., 610
BUCHEZ, Philippe, 398, 401
BUONAROTTI, Philippe, 393, 394
BURNHAM, James, 567, 571
BURIDAN, Jean, 87
BURNS, Arthur, 568, 621
BUSH, George W., 59
BUTLER, Judith, 447
BYE, Maurice, 606, 627

CABET, Étienne, 394
CAMERER, Colin, 706, 707
CAMERON, B., 425
CAMPANELLA, Tommaso Giovanni, 391, 392
CANTILLON, Richard, 89, 193 n. 1, 222, 247, 689
CAREY, Henri Charles, 225, 228-229, 549, 675
CARLYLE, Thomas, 222 n. 3, 402
CARRÉ, Jean-Jacques, 478, 561
CARTELIER, J., 427
CASANOVA, Jean-Claude, 91
CASE, Karl, 308
CASSEL, Gustave, 96, 101, 228
CASTORIADIS, Cornelius, 416, 642
CATCHINGS, W., 94
CATEPHORES, 427
CAZES, Bernard, 613
CHAMBERLIN, Edward H., 148, 237, 242, 246, 248, 392, 626, 705
CHAPTAL, J., 549
CHARRIÈRE, Jean, 435
CHATTERJEE, Satyajit, 280
CHEVALIER, Michel, 226, 396
CHILD, Josiah, 88

CHOMSKY, Noam, 447
CLAASEN, Emil-Maria, 228
CLARK, Colin, 118, 503, 560, 561, 615
CLARK, J. Bates, 246
CLARK, John Maurice, 101, 404, 108, 250, 567, 568
CLEGG, H. A., 608
CLOWER, Robert W., 126, 138, 260, 437
COASE, Ronald, 563, 566, 575, 580, 592, 594, 595, 637 n. 8
COBB, Ch. W., 478
COCHET, Y., 641
COHEN, G.-A., 454-455
COLBERT, Jean-Baptiste, 20, 88, 516, 687, 688
COLSON, Clément, 118, 251
COMTE, Auguste, 396, 586-587
CONDILLAC (abbé de), 674
CONDORCET, Nicolas, (marquis de), 242, 396
CONNAN, 100
CONSIDÉRANT, Victor, 397
COPELAND, Morris, 118
CORIAT, Benjamin, 576, 620
CORNU, P., 355
COURBIS, Raymond, 115
COURNOT, Antoine Augustin, 176, 233, 300, 314, 675, 676 n. 20
COURTIN, René, 245
COUTROT, Th., 448, 449
CROZIER, Michel, 597
CURTIS, M., 118
CYPRIEN (saint), 390

DAHRENDORF, F., 607
DAUDET, Léon, 422
DAVIDSON, David, 98, 99
DAVIDSON, Paul, 31, 126
DAY, 112
DEBREU, Gérard, 143, 243, 253, 626
DELEUZE, Gilles, 447
DE GAULLE, Charles (général), 402, 404 n. 8, 411

DE MARIA, 514, 624
DENG Xiaoping, 441, 442, 559
DENIS, Henri, 429, 437, 668
DENISON, Edward F., 478
DENIZET, Jean, 105
DESCARTES, René, 347
DESROCHE, Henri, 398
DIDEROT, Denis, 394, 395
DIOGÈNE (Le « Cynique »), 388
DI RUZZA, R., 576 n. 26
DIVISIA, François, 251, 538
DJILAS, Milovan, 377
DOBB, Maurice, 428
DOCKÈS, Pierre, 407, 620
DOMAR, Evsey, 108, 125
DOSI, G., 622
DOUGLAS, Charles, 94
DOUGLAS, P. H., 478
DRUCKER, Peter, 589, 591, 592
DUBOIS, Paul, 478, 561
DUBY, Georges, 560
DUFLO, Esther, 612
DUFOURT, Daniel, 617
DUMESNIL, Gérard, 326, 428, 447, 453 n. 40
DUMONT, René, 435
DUMONTIER, Jacques, 119
DUNOYER, Charles, 227
DUNLOP, John T., 456, 607-609
DUPONT de Nemours, Pierre Samuel, 91, 92, 690
DUPONT-WHITE, Charles Brook, 400, 549
DUPUIT, Jules, 233, 237, 250, 315
DUPUY, Jean-Pierre, 580, 629, 642 n. 23
DURKHEIM, Émile, 587

EBERT, Friedrich, 417
EKELAND, Ivar, 299
EDGEWORTH, Francis Ysidro, 236, 670, 674, 706
EDWARDO, C. E., 573
EFFERTS, Otto, 250
EIGLIER, P., 601 n. 42
EINAUDI, Luigi, 245
EL MAKRIZI, 87

ELLUL, J., 642
EMMANUEL, Arghiri, 408, 429, 432
ENFANTIN, Barthélemy Prosper, 396
ENGELS, Friedrich, 321-323, 346, 347 n. 3, 396, 402, 405
ERHARD, Ludwig, 245, 250
EUCKEN, Walter, 556, 606
EYMARD-DUVERNAY, François, 566, 596

FANON, Frantz, 418
FAURE, Sébastien, 421
FAVEREAU, Olivier, 566, 580
FAYOL, Henri, 589, 591
FEBVRE, Lucien, 560
FEHR, E., 707
FELLNER, William J., 105, 108
FÉNELON, 391
FERMAT, Pierre de, 293
FEUERBACH, Ludwig, 319-320, 347, 348, 350, 351, 355
FICHTE, Johann Gottlieb, 396, 549
FISCHER, A. B., 560
FISCHER, Irving, 194, 195 n. 3, 243, 246-247
FISCHER, Stanley, 126, 265
FITOUSSI, Jean-Paul, 105, 243
FLANDERS, A., 608
FLEMING, M., 58 n. 15, 127-129
FOGEL, Robert W., 561, 562, 575
FORD, Henry, 584
FORRESTER, Jay, 592
FOSSAERT, Robert, 325, 425
FOSTER, W. J., 94
FOUCAULT, Michel, 447
FOURASTIÉ, Jean, 561, 615, 659
FOURIER, Charles, 322, 397
FRANK, André Gunder, 433, 557
FRANKEL, S. H., 610
FREUD, Sigmund, 505
FREY, Bruno, 289, 571
FRIEDBERG, Erhard, 597
FRIEDMAN, David, 286

Index

FRIEDMAN, Milton, 104, 114, 137, 155, 161, 162, 163, 165 n. 5, 184, 185, 188, 199, 247, 252, 258, 259, 264-265, 267, 270, 282, 286, 450, 510, 512, 543, 573, 630
FRISCH, Ragnar, 103, 115
FROMENT, R., 119
FURTADO, Celso, 433, 557

GADREY, Jean, 274
GALBRAITH, John Kenneth, 31, 70, 105, 188, 207, 208, 209, 235, 273, 466, 501, 567, 570, 571-573, 604
GARAUDY, Roger, 422, 574
GAREGNANIM, P., 125
GAVANIER, P., 119
GAUTIER, Jérôme, 583 n. 3
GAZIER, Bernard, 583 n. 3
GELINIER, Octave, 589, 591
GENDARME, René, 606, 628
GENDEVILLO, Nicolas, 393
GEORGE, Henry, 250
GEORGESCU-ROEGEN, Nicholas, 640
GERBIER, B., 576 n. 26
GERSHUNY, J. I., 601
GERSUNY, C., 601
GERVAIS, 427
GESELL, Silvio, 96
GIDE, Charles, 398
GILDER, George, 269
GILLE, Bertrand, 617
GIMPEL, Jean, 616
GINTIS, Herbert, 449, 450
GIRARD, René, 507 n. 3, 527, 528, 533-536, 629, 648, 680, 702, 708
GLIMCHER, P., 706, 707 n. 7
GODELIER, Maurice, 354, 370, 422, 424, 430
GODIN, 397
GODWIN, William, 393
GOLDBERGER, Arthur Stanley, 313
GOLIER, C., 638

GOODWIN, Richard M., 107
GORBATCHEV, Mikhaïl, 440, 443, 445
GORDON, D. M., 573
GORZ, André, 642
GOSSEN, Hermann Heinrich, 204 n. 9, 233, 250
GOURNAY, Vincent de, 285
GRAMSCI, Antonio, 419
GRANDMONT, Jean-Michel, 126, 260
GREENSPAN, Alan, 288
GREENWALD, Bruce, 283
GRESHAM (chancelier), 88, 516
GROSSMAN, Herschell I., 260, 347
GROSSMAN, Robert, 279
GRÜNING, Ferdinand, 118
GRUSON, Claude, 119
GUERRIEN, Bernard, 280, 594
GUESDE, Jules, 409
GUEVARA, Ernesto (*dit Le* Che), 416
GUICHARD, J., 346 n. 1, 355
GUILLAUME, Marc, 235, 424, 494, 574, 630
GUITTON, Henri, 640
GUTELMAN, M., 435

HAAVELMO, 113
HAIRAULT, J. O., 280
HANSEN, Alvin H., 77, 83, 105, 106, 125, 249, 539
HANSEN, Bent, 105
HARDT, Michael, 451-452
HARMEL, Léon, 401
HARRIBEY, Jean-Marie, 639 n. 13, 641
HARRIGTON, James, 392
HARROD, Roy F., 83, 104, 106, 107, 108, 111, 125, 627
HARSANYI, John Charles, 293, 301
HAWTREY, Ralph George, 96, 100, 101
HAYEK, Friedrich August von, 96, 98, 108, 228, 245, 252, 258, 259, 265, 286, 630

HEGEL, Friedrich, 319, 347, 350-351, 373 n. 14, 394, 395, 399
HEILBRONER, Robert Louis, 20, 202
HEINE, Heinrich, 320
HELLER, Walter W., 114
HÉNIN, P.Y., 280
HERZBERG, Frederic, 590 n. 34
HERZOG, Philippe, 324, 430
HICKS, John Richard (sir), 77, 83, 100, 106, 125, 175, 234, 241, 243, 249, 257, 260, 543, 676, 678
HIGGINS, Benjamin, 114
HILDEBRAND, Bruno, 552
HILFERDING, Rüdolf, 407, 408, 412, 431, 432
HIRSCHMANN, Albert, 573, 610, 627, 628
HOBBES, Thomas, 89, 222, 312
HOBSON, John, 94, 95, 238, 400, 407, 412
HOMAN, Paul Thomas, 565
HOSELITZ, B., 610
HOUSSIAUX, Jacques, 465, 606
HUDSON, R., 309
HUME, David, 133, 221
HUSSON, M., 447-449
HYMAN, R., 456, 607

IAMBULOS, 389
IBN Khaldoun, Abd-Al Rahman, 87, 221
ILLICH, I., 642
IRIBARNE, Philippe d', 580

JACOT, J. H., 429
JALÉE, Pierre, 433
JAURÈS, Jean, 409, 411
JEAN Chrysostome (saint), 390
JEAN XXIII, pape (Angello Guiseppe Roncalli), 391, 401
JENNINGS, Richard, 233
JEVONS, William Stanley, 230 n. 22, 231, 236, 237, 314, 655, 673, 706
JOHANSEN, L., 425

JOHNSON, Harry G., 265
JONAS, H., 639
JOUVENEL, Bertrand de, 613, 642
JUGLAR, Clément, 101
JULIEN, B., 638
JUSTI, Johann Heinrich Gottlob von, 91, 547

KAHN, Herman, 613
KAHN, Richard F., 104, 568
KAHNEMAN, Daniel, 303 n. 88, 311
KALDOR, Nicholas, 105, 107, 108, 125, 238, 241
KALECKI, Michal, 107, 108, 125, 433, 444
KANT, Emmanuel, 347, 405
KANTOROVITCH, Leonid Vitalievitch, 368, 435, 437, 443
KATZ, Herman C., 609, 613
KAUTSKY, Karl, 322, 334, 405, 407
KENEN, P. B., 129
KERSIE, R.B., 609
KEYNES, John Maynard, 14, 16, 27-30, 31, 33, 35, 37, 39, 41, 42, 44, 45, 51, 53, 54, 55, 59, 60, 61, 62, 63, 67, 69, 70, 72-73, 74, 77, 82, 84, 85, 92, 93, 95-100, 103-106, 111, 118, 119, 120, 137, 143, 147, 149, 155, 156, 159, 162, 170, 183, 187, 189, 192, 194, 198, 208, 219, 237, 238, 241, 247, 249, 250, 256, 257-260, 262-264, 267, 278, 282, 285, 308, 400, 404, 428, 429, 495, 500, 501, 511, 512, 524, 551, 552, 564, 568, 570, 577, 580, 584, 587, 647, 648, 662, 696, 697
KHROUCHTCHEV, Nikita, 334, 380, 381
KING, Gregory, 88, 91, 117
KLEIN, Lawrence R., 31, 83, 105, 115, 125, 313

Index 739

Knapp, G. F., 552
Knies, K. G., 552
Knight, Frank H., 246, 247-248
Kochan, T. A., 609
Kolm, Serge Christophe, 255, 285, 286, 604
Kondratieff, Nikolaï, 472, 616, 617
Koopmans, Tjalling Charles, 98, 115
Kornai, Janos, 260, 437, 438, 443, 559
Kozlov, G., 325
Kreps, David Marc, 302
Kropotkine, Piotr Aleseïevitch (prince), 421, 422
Krugman, P. R., 126, 215-217
Kuznets, Simon, 115, 118, 560
Kydland, Finn E., 279, 280, 281

Labrousse, Ernest, 560
Lacaze, Dominique, 427
Lacordaire, Henri, 401
Laffemas, Barthélemy de, 88
Laffer, Arthur B., 137, 155, 165, 269, 274, 275
Laffitte, 396
Laffont, Jean-Jacques, 290
Lakatos, 710 n. 6
Lall, S., 611
Lambert, Denis-Clair, 606, 629
Lambert, Jacques, 623
Lambert, Paul, 416
Lamennais, Félicité Robert de, 401
Landry, Adolphe, 250
Lange, Oskar, 249, 423, 425, 435
Langeard, Éric, 601 n. 42
Largentaye, Jean de, 118
Lassalle, Ferdinand, 200, 332 n. 1, 400, 401, 405
Lasserre, Georges, 398, 402
Lassudrie Duchêne, B., 215
Latouche, Serge, 429, 639
Lavergne, Bernard, 398

Law, John, 85, 91, 95
Le Moigne, Jean-Louis, 509, 592
Le Play, Frédéric, 588
Le Roy Ladurie, Emmanuel, 560
Lebret, Louis-Joseph, 588, 610, 628-629, 633, 643
Lecaillon, Jacques, 603
Lederer, F., 94
Lefebvre, Henri, 422, 574
Lefort, C., 642
Leibenstein, Harvey, 122, 566
Leijonhufvud, Axel, 260
Lemire, Jules (abbé), 401
Lénine (Vladimir Ilitch Oulianov, *dit*), 95, 334, 338, 371, 374, 379, 387, 393, 404, 408, 411-417, 425, 432, 435, 452, 547.
Léon XIII, pape (Vincenzo Giocchino Pecci), 33 n. 1, 391, 401.
Léon, Pierre, 560
Leontief, Wassily, 115, 118, 143, 211, 243, 255, 438, 539, 573
Lepage, Henri, 138, 270
Lerner, Abba, 83, 113
Leroy-Beaulieu, Paul, 143, 227
Lesourne, Jacques, 251, 255, 510 n. 5, 592, 613
Lesseps, Ferdinand de, 396
Lévi-Strauss, Claude, 526
Lévy, D., 326 n. 1, 447
Lewis, Arthur (sir), 511, 518, 610, 627
Lhomme, Jean, 603, 606
Libermann, Levseï Grigorievitch, 368, 438, 444
Lindhal, Erik R., 99
Linder, S. B, 215
Lipietz, Alain, 576, 584, 620
Lippmann, Walter, 228
Lipsey, R. G., 45
Lisle, E., 604
List, Friedrich, 229, 523, 549, 552, 553

LOCKE, John, 222, 286, 287
LONG, John, 280
LONGFIELD, S. M., 223 n. 4
LORDON, F., 585 n. 31
LORENZI, Jean-Hervé, 466, 617, 620
LUCAS, Robert E., 265, 278, 279, 280, 281, 314, 704
LUKÁCS, György, 422, 423, 424
LUNDBERG, Erik, 99
LUSSATO, Bruno, 588, 591, 592
LUTZ, F. A., 610
LUXEMBURG, Rosa, 335, 408, 412, 416, 417, 429, 431
LYSSENKO, Trofim Denissovitch, 423

MAAREK, Gérard, 425, 438, 455
MACHIAVEL, Nicolas, 16
MACHLUP, Fritz, 111, 112, 245
MADINIER, Philippe, 604
MAGDOFF, Harry, 433, 453 n. 40
MAILLET, Pierre, 561
MAIRESSE, Jacques, 115
MAKHNO, Nestor, 422
MALATESTA, Enrico, 422
MALESTROIT, 688
MALINVAUD, Edmond, 115, 126, 243, 251, 255, 260, 478
MALTHUS, Thomas Robert, 92, 93, 137, 192, 200, 220 n. 2, 222, 223, 226, 233, 284, 332, 387, 393, 429, 550, 634, 639, 641, 655
MALYNES, Gérard, 88
MAN, Henri de, 408
MANDEL, Ernest, 416, 472 n. 1, 574
MANDELBROT, Benoît, 308-310
MANDEVILLE, Bernard de, 89, 221
MAO Tsé-toung, 417-418, 435
MARCH, James C., 602
MARCHAL, André, 465, 606
MARCHAL, Jean, 603, 606
MARCHISIO, Hélène, 435

MARCZEWSKI, Jean, 562
MARIANA, Jean, 87
MARKOWITZ, Harry, 304, 305
MARSHALL, T. H., 607
MARSHALL, Alfred, 100, 143, 148, 225, 233, 234, 236-238, 241, 479, 513, 647
MARTINET, Alain-Charles, 592, 632 n. 70, 71
MARX, Karl, 14, 17, 89, 94, 100, 101, 103, 200, 201, 202, 203, 204, 206, 207, 219 n. 1, 220, 233, 287, 314, 319-323, 323, 333, 334, 337, 338, 342-344, 345-376, 378, 381, 385, 387, 395, 399, 401-405, 412, 413, 416, 419, 421, 422-425, 428, 431, 434, 435, 437, 438, 447, 448, 449, 452-457, 472, 488, 496, 500-501, 502, 505, 507, 513, 515, 516, 524, 525, 537, 547, 551, 553, 567 n. 16, 587, 588, 607, 626, 646, 657, 659, 664-668, 671, 672, 682, 683
MASSÉ, Pierre, 115, 255
MAUNOURY, Jean-Louis, 427
MAURICE, F. D., 401
MAURRAS, Charles, 422
MAURY, René, 603
MAYER, Hans, 245
MAYO, Elton, 590, 597
McCULLOCH, John Ramsay, 223 n. 4
McKINNON, R., 129
MEADE, James Edward, 104, 112, 118
MEADOWS, Donatella et Denis, 635 n. 4
MÉNARD, Claude, 566
MENDÈS France, Pierre, 31, 118, 119 n. 21
MENGER, Carl, 231, 233, 234, 235, 236, 256, 552
MÉRAUD, Jacques, 604
MERCIER de la Rivière, 92
MERCIER, R., 119

Index

MERTON, Robert C., 307, 310, 697
MESLIER (abbé), 391
MÉTAYER, Gérard, 592
METZLER, Lloyd A., 111, 112, 265
MILHAU, E., 538
MILL, John Stuart, 94, 137, 193, 194, 202-203, 207, 211, 219, 222 n. 3, 223, 224-225, 229, 246, 286, 399, 502, 522, 543, 652, 662, 673
MILLER, Merton, 304, 306
MINTZBERG, H., 566
MIRABEAU (père), Victor Riquetti de, 92
MIRRLEES, James A., 291, 292
MISES, Ludwig von, 98, 285
MISTRAL, Jacques, 576, 620
MITCHELL, Wesley C., 567, 568-569, 570, 621
MITTERRAND, François, 411
MODIGLIANI, Francisco, 105, 125, 306
MONGIN, Marcel, 587
MONTCHRESTIEN, Antoine de, 88
MONTESQUIEU, Charles de Secondat de, 92
MORE (Morus), Thomas, 391-392
MORELLY, 393
MORGENSTERN, Oskar, 245, 252, 293, 626
MORIN, Edgar, 592, 634, 638
MORISHIMA, Michio, 103, 260, 263, 404, 423, 425, 427, 455
MOULTON, H. G., 94
MUELLER, Dennis C., 289
MUET, P. A., 280
MUMMERY, Albert Frederick, 95
MUN, Albert de, 401
MUN, Thomas, 88
MUNDELL, Robert A., 114, 127-130
MUNDLER, Patrick, 639
MUSGRAVE, Richard Abel, 114, 115

MUTH, John, 279
MYRDAL, Karl Gunnar, 99, 557, 570, 610

NAPOLÉON III, 393
NAPP, F. G., 587
NÆSS, A. D. E., 640 n. 18
NASH, John F., 299-300
NASSAU (senior), 223 n. 4
NEGRI, Antonio, 447, 451-452
NELSON, S. G., 621
NETTER, 427
NEUMANN, Johannes von, 243, 252, 293, 423, 438, 626
NICOLAÏ, André, 465, 606
NISKANEN, William, 279
NIVEAU, Maurice, 561
NOBLE, David F., 556
NOGARO, Bertrand, 587
NORA, Simon, 119
NORTH, Douglass C., 561, 562, 563, 575
NOVOJILOV, Victor, 435, 437
NOYELLE, J.-P., 579
NURKSE, Ragnar, 111
NYERERE, Julius, 435

OBAMA, Barak, 59
OHLIN, Bertil, 99, 113, 211, 523
OHMAE, Kenichi, 556
OLIVARES, 87
OLSON, Mancur, 609, 610
OPPENHEIMER, Franz, 250
ORESME, Nicolas, 87, 516
ORLÉAN, André, 182 n. 7, 302, 466, 527, 531, 535, 566, 586, 629, 681, 682, 684
ORTIZ, 87
OWEN, Robert, 394, 397-398
OZANAM, Frédéric, 401

PALLOIX, Christian, 432
PANTALEONI, Maffeo, 239, 247
PARETO, Vilfredo, 174, 234 n. 29, 239-241, 243, 251, 279, 285, 289, 294, 300, 425, 456, 500, 506, 510 n. 5, 543, 671

PARODI, M., 561
PASCAL, Blaise, 293
PASSET, René, 638
PATINKIN, Don, 188
PATTEN, Simon Nelson, 229, 549
PEACOCK, Alan Turner, 114
PELLOUTIER, Fernand, 421
PENOUIL, Marc, 606
PEREIRE (frères), 396
PERROUX, François, 119, 245, 288, 309, 310, 465, 495, 507, 509, 510-511 n. 5, 520, 543, 554, 588, 605, 606, 610, 624-629, 630, 643, 679
PETTY, William (sir), 88, 89, 91, 103, 104, 117, 219 n. 1, 221, 312, 646, 689
PHELPS, Edmund, 126, 265
PHILIP, André, 402, 561
PHILLIPS, Alban William, 45, 159, 265 n. 74
PHILLIPS, Chester Arthur, 104
PIE XI, pape (Achille Ratti), 391
PIETTRE, André, 522 n. 1, 606
PIGOU, Arthur Cecil, 234 n. 29, 238, 240-241, 637 n. 7
PIORE, Michael J., 577, 579
PIRENNE, Henri, 560
PIRENNE, Jacques, 560
PIROU, Gaétan, 245
PLATON, 85, 222, 287, 388-389, 391
PLIHON, D., 586 n. 31
PLOSSER, Charles, 280
POLDRACK, R. A., 707 n. 7
PONSARD, C., 234
POPPER, Karl, 702
POSNER, M., 214
POUGET, Émile, 421
PREBISH, Raul, 557
PREOBRAJENSKY, Evgueni, 414
PRESCOTT, Edward C., 279, 280, 281
PRESSER, E., 94
PRIGOGINE, Ilya, 704
PROU, Ch., 119

PROUDHON, Pierre Joseph, 93-94, 96, 287, 288, 321, 397, 399, 419
PUEL, Hugues, 574

QUESNAY, François, 91, 117, 134, 222, 312, 537, 689, 690 n. 1

RABELAIS, François, 393
RAMONET, I., 281, n. 81
RAMSEY, F., 292
RANCIÈRE, Jacques, 447
RAWLS, John, 287-288
REAGAN, Ronald, 138, 216, 267, 269, 276, 277, 278
REBELLO, Sergio, 280
RECLUS, Élisée, 421
REYNAUD, Jean-Daniel, 607
REYNAUD, Paul, 118, 603
RICARDO, David, 93, 100, 113, 137, 143, 193, 194, 200-201, 210, 222-223, 224, 226, 233, 234, 238, 269, 284, 285, 314, 332, 358, 370, 387, 397, 427, 438, 488, 516, 522, 524, 537, 546, 549, 639, 651, 652-661, 662-672, 674, 684, 696
RICCI, Umberto, 245
RICHET, Xavier, 443
ROBBINS, L., 96, 230 n. 22
ROBERTS, Harry V., 305
ROBERTSON, Dennis Holme, 100, 103
ROBINSON, Joan Violet, 108, 111, 113, 125, 148, 237, 238, 248, 258 n. 62, 648
ROBINSON, Jonathan, 612
RODBERTUS, Karl, 93, 400
RODIN, Auguste, 421
RODRIK, D., 611
ROEMER, John, 376, 454-456
ROOSEVELT, Franklin Delano, 59, 60, 62, 564, 568
ROPKE, Walter, 268
ROSA, Jean-Jacques, 138, 270
ROSCHER, W. G. F., 552

Index 743

ROSENGEN, W.R., 601
ROSENSTEIN-RODAN, Paul Narcyz, 100, 245, 627
ROSIER, Bernard, 620
ROSTOW, Walt Whitman, 557
ROTHBARD, Murray, 286
ROUSSEAU, Jean-Jacques, 135, 287, 393, 394-395, 690
ROY, René, 255, 538
RUBEL, Maximilien, 399
RUEFF, Jacques, 96, 184, 227, 228, 267, 543
RUSKIN, John, 402

SACHS, Ignacy, 433
SACHS, Jeffrey, 440, 558
SAINT-SIMON, Claude Henri de Rouvroy de, 394, 395-396, 567 n. 16
SALAIS, R., 566
SAMUELSON, Paul Anthony, 45, 77, 83, 105, 106, 125, 211, 212, 243, 250, 252, 258, 259, 260, 500, 539, 573, 661, 705
SANDRETTO, René, 211, 213, 407
SANGNIER, Marc, 401
SARGENT, Thomas J., 265, 278, 279
SARTRE, Jean-Paul, 693
SAUSSURE, Ferdinand de, 526 n. 10
SAUVY, Alfred, 118, 465, 606, 623, 624, 627
SAY, Jean-Baptiste, 93, 97, 101, 103, 105, 183, 184, 185, 187, 191-193, 203-204, 220 n. 2, 224, 225-226, 238, 247, 260, 261, 262, 270, 274, 276, 278, 285, 396, 495, 502, 546, 674-675, 676
SCHACHT (docteur), 62, 564
SCHERMAN, H., 573
SCHILLER, R., 126, 189, 307, 308
SCHMIDT, Christian, 630, 631, 706, 707
SCHMOLLER, Gustav, 400, 552

SCHOLES, Myron C., 307, 310, 697
SCHULTZ, Th. W., 270
SCHUMPETER, Joseph Aloïs, 14, 91, 96, 98, 147, 236, 238, 245, 246, 286, 461-464, 465, 472-473, 491, 492, 497, 507, 529, 543, 547, 551, 605, 615, 616, 620, 626, 677, 679, 694, 696
SECKENDORFF, 547
SELTEN, J. Reinhard, 293, 300
SEN, Amatartya Kunar, 288, 466, 632
SÉRISÉ, J., 119
SERRES, Olivier de, 88
SERVOLIN, Claude, 424
SETON, Johansen F., 425
SÈVE, Lucien, 422
SHARPE, William, 304, 305
SHAW, George Bernard, 94, 400
SHAW, Graham K., 114
SHONFIELD, Andrew, 554, 555
SIK, Ota, 438
SIMIAND, François, 587
SIMON, Herbert Alexander, 566, 580, 589, 593-594, 595, 602
SINGER, H. W., 611
SISMONDI, Jean-Charles Léonard Simonde de, 93, 101, 219 n. 1, 220, 226, 400, 429, 545-547, 587, 630
SLOAN, A. R., 591
SMITH, Adam, 14, 72, 133-136, 137-165, 167-189, 191-217, 220, 221, 222, 223 n. 4, 225, 233, 264, 270, 285, 286, 288, 479, 488, 500, 506, 512, 516, 517, 519, 522, 543, 546, 549, 550, 563, 649-653, 659, 662, 684, 696
SOCRATE, 388
SOLOW, Robert M., 45, 114, 122, 125, 478
SOMBART, Werner, 553, 556
SONNERFEEDS, 547
SOREL, Georges, 421

SPIETHOFF, Arthur, 552
SRAFFA, Piero, 125, 238, 248, 662-664, 666 n. 10
STACKELBERG, 146
STALINE (Joseph Vissarionovitch Djougatchvili, *dit*), 334, 367, 368, 379, 381, 414, 416, 417, 418, 423, 472 n. 1
STERNBERG, F., 431
STIGLER, Georges Joseph, 270
STIGLITZ, Joseph E., 120 n. 24, 122, 126, 215 n. 25, 283, 611, 612
STIRNER, Max, 419, 421
STONE, 118
STRIGL, Richard von, 98
STROUMILINE, Stanislav Goustavovitch, 368, 414, 437
SULLY, Maximilien de Béthune de Rosny, 88, 688
SWEEZY, Paul M., 427, 428, 429, 574

TAUSSIG, Franck William, 246, 248
TAYLOR, Frédéric W., 589-591
TEECE, D. J., 622 n. 60
TEVOÉDJRE, Albert, 629
THATCHER, Margaret, 138
THIERRY, Augustin, 396
THIÉTART, Raymond Alain, 592
THOMAS d'Aquin (saint), 85, 347, 390, 391, 392
THOREZ, Maurice, 334
THORTON, 194 n. 2
THÜNEN, Johann Heinrich von, 233, 234
TIANO, André, 603
TINBERGEN, Jan, 115, 313, 539, 629
TOBIN, James, 105, 114, 125, 307
TOFFLER, Alvin, 613
TOUTAIN, J.-C., 560
TOWNSHEND, Ch., 134
TREICHE, N., 638
TROTIGNON, J., 129 n. 3

TROTSKY, Léon (Lev Davidovitch Bronstein, *dit*), 415-417, 418
TSURU, S., 429
TUCKER, A. W., 298
TUGAN-BARANOVSKY, Mikhail, 429, 553
TULLOCK, Gordon, 289, 290
TURGOT, Anne Robert Jacques, 92, 134, 231, 655, 690-691 n. 1
TVERSKY, Amos, 303, 311

ULPH, A., 638
ULPH, D., 638

VANEK, J., 211
VAN PARIJS, Ph., 450, 454
VARGA, Eugène, 429, 430
VAUBAN, Sébastien le Prestre de, 88, 91, 221, 479, 689
VEBLEN, Thorstein, 567, 570, 571, 603, 604, 676 n. 20
VERNON, R., 214

VICKREY, William S., 291, 292
VIGEZZI, M., 576 n. 26
VINER, Jacob, 246
VOSLENSKY, Michael, 377, 380
VOZNESSENSKI, Nikolaï, 367

WAGEMANN, Ernst, 556, 557, 564, 606
WAGNER, Adolphe, 400, 503, 552, 553
WAGNER, Richard, 289
WALLACE, Neil Th., 265, 278, 279
WALRAS, Auguste, 233
WALRAS, Léon, 100, 103, 105, 125, 126, 137, 142-143, 145, 147, 180, 187, 188, 227, 231, 233, 238-240, 242, 243, 246, 249, 250, 258, 260, 261, 262-264, 279, 285, 360, 376, 404, 423, 425, 524, 525, 526 n. 10, 652, 670, 673, 675, 676

Index

WEBB-HICKS, Ursula Kathleen, 114
WEBB, Beatrice Potter, 94, 400
WEBB, Sidney, 94, 400
WEBER, Max, 553, 554, 556, 589, 606
WEIL, G., 427, 479
WEISSKOPF, G., 573
WELLS, Herbert George, 94
WEST, Edward G., 223 n. 4
WETHING, W., 321
WHEATLEY, 113
WHITE, Harry Dexter, 246
WICKSELL, Knut, 95, 96-99, 113, 194, 259
WIENER, N., 603
WIESER, Friedrich von, 235, 461
WILLIAM, John H., 246
WILLIAMSON, Oliver, 302, 575, 595, 611
WILLIAMSON, John, 282 n. 81, 611
WILSON, Robert, 302
WINSTALEY, G., 392
WINTER, R. R., 620-622
WOLFELSPERGER, A., 138

XÉNOPHON, 85, 221, 388, 646

YELLEN, Janet Louise, 120 n. 24, 122, 126, 580

ZIBILOTTI, F., 480 n. 4
ZÉNON, 389

Table

Avertissement 7

Introduction 11

   1. Chacun voit l'économie d'un point de vue différent........................ 12

   2. De quelques-unes de nos excuses et de nos justifications 15

   3. Après la lecture de cet ouvrage... 19

   APPENDICE 22

PREMIÈRE PARTIE
L'économie selon les fils de Keynes

Qui était Lord John Maynard Keynes ? 27

1. Le fonctionnement de l'économie et l'explication du chômage par les fils de Keynes

   1. Le « circuit keynésien »................... 31

   2. La fixation de l'emploi et les difficultés actuelles . 33

   de la lutte contre le chômage 41

2. Les clés de la lecture keynésienne de l'économie .. 61

1. L'analyse économique keynésienne est d'abord macroéconomique 62

2. Le cadre de l'analyse est l'économie nationale .. 63

3. La monnaie est directement intégrée au fonctionnement de l'économie 67

4. L'économie est décrite en heurts de pouvoirs 70

5. Le marché n'est pas le régulateur de la vie économique 74

ANNEXE 77

3. Le déploiement des keynésiens 82

1. Les précurseurs du système keynésien antérieurs à Adam Smith 84

2. Les classiques et les néoclassiques dissidents 92

3. L'expansion keynésienne 104

ANNEXES 123

DEUXIÈME PARTIE
L'économie selon les descendants d'Adam Smith

Qui était Lord Adam Smith ? 133

4. Le fonctionnement de l'économie et l'explication du chômage par les descendants d'Adam Smith 137

1. « L'économie de marché » des descendants d'Adam Smith 138

2. Le fonctionnement normal de « l'économie de marché » perturbé par les politiques keynésiennes 149

3. Les prescriptions des descendants d'Adam Smith pour sortir de la crise 158

5. Les clés de la lecture smithienne de l'économie ... 167

   1. Les individus ont des comportements rationnels .. 168

   *2. Le marché est l'élément moteur
de toute régulation économique* 179

   3. Les valeurs s'échangent contre des valeurs 182

ANNEXES 191

6. Le déploiement des smithiens. 219

   1. Le déploiement des smithiens avant Keynes 220

     1. Les classiques et leurs précurseurs 220

     *2. Les néoclassiques et l'invention
du marginalisme* 229

     *3. L'invasion marginaliste
et le néomarginalisme* 243

   2. Le déploiement des smithiens après Keynes 257

     *1. Réintroduire Keynes
dans l'analyse néoclassique* 257

     2. Combattre Keynes 264

TROISIÈME PARTIE
***L'économie selon les disciples
orthodoxes de Karl Marx***

Qui était Karl Marx ? 319

**7. Le fonctionnement de l'économie et l'explication
du chômage par les disciples orthodoxes
de Karl Marx** 325

   1. Le capitalisme de crise en crise. 326

   *2. Le capitalisme monopoliste d'État
n'a pu que camoufler momentanément
les contradictions du capitalisme* 338

*3. Les prescriptions des disciples orthodoxes
   de Karl Marx pour sortir de la crise* 342

8. Les clés de la lecture marxiste de l'économie 345

*1. Le marxisme cherche à expliquer les lois
   du développement capitaliste.
   Le marxisme est une révolution théorique* 347

*2. Le marxisme cherche à fonder une action
   révolutionnaire. Le marxisme
   est une pratique révolutionnaire* 354

ANNEXES 377

9. Le déploiement des socialistes marxistes et marxiens 385

1. Les socialismes avant Marx 387

2. Après Marx, marxistes et marxiens 402

QUATRIÈME PARTIE
L'économie selon les hérétiques « à la Schumpeter »

Qui était Joseph Aloys Schumpeter ? 461

10. Le fonctionnement de l'économie et l'explication du chômage par les hérétiques « à la Schumpeter » 465

*1. Le fonctionnement de l'économie
   est inséparable d'une évolution d'ensemble* 467

*2. L'explication par les hérétiques « à la Schumpeter »
   du chômage, du ralentissement de la croissance
   dans les anciens pays industrialisés et des crises* . 481

*3. Les prescriptions des hérétiques
   « à la Schumpeter » pour lutter
   contre le chômage et les crises* 487

11. Les clés de la lecture de l'économie par les hérétiques « à la Schumpeter » 491

1. L'acceptation des limites de la rationalité économique 493

2. L'étude préférentielle des évolutions structurales. 511

ANNEXES 533

12. Le déploiement des hérétiques « à la Schumpeter » 543

1. Le précurseur classique de l'hérésie schumpétérienne : Jean Charles Léonard Simonde de Sismondi (1773-1842). 545

2. La voie de l'histoire 547

3. La voie des institutions 564

4. Les nouveaux surgeons de l'institutionnalisme... 574

5. La voie de la sociologie 586

6. Les voies de la dynamique des structures. 605

13. En guise de conclusion : La contre-épreuve de la valeur. 645

1. Les keynésiens, des économistes sans « valeur ». . 647

2. Adam Smith et la justification du travail industriel 649

3. David Ricardo et la dénonciation des propriétaires fonciers 652

4. Marx et la valeur-travail au service de la révolution. 664

5. Les néoclassiques et l'utilité au cœur… du capitalisme 669

6. Des schumpétériens et l'énigme de la valeur 679

ANNEXE. 687

Épilogue. 693

Sites et indications bibliographiques 713

Index des notions. 723

Index des noms cités 733

Des mêmes auteurs

Comprendre l'économie mondiale
Seuil, 1980

Lexique d'économie
Dalloz, 2004
12ᵉ éd., 2012

OUVRAGES DE JEAN-MARIE ALBERTINI

Les Rouages de l'économie nationale
Éditions de l'Atelier, 1960, 1996

Mécanismes du sous-développement et développements
Éditions de l'Atelier, 1967, 1987

Premiers pas en économie
Éditions de l'Atelier, 1969, 1981

Capitalismes et socialismes
Éditions de l'Atelier, 1970, 1990

L'Initiation économique des adultes
Presses du CNRS, 1974

Le Circuit de l'économie mondiale
(en collaboration avec Jean-Jacques Lambert)
Seuil, 1975, 1983

L'Inflation
(en collaboration avec André Viau)
Seuil, 1975, 1979

La Monnaie et les Banques
(en collaboration avec Jacques Adenot)
Seuil, 1975, 1983

L'Économie française
Seuil, 1978

Initiation économique et jeux pédagogiques
Presses du CNRS, 1980

Développement économique et changement social
Terminale B
Vol. 1. Les pays industriels capitalistes
(en collaboration avec Maurice Parodi et Jean Rebel)
Scodel, 1983

Des sous et des hommes
Ce que vous n'avez jamais osé demander à un économiste
Seuil, « Points-Virgule » n° 36, 1985, 1995

Pourquoi le chômage ?
(en collaboration avec Éliane Coiffier et Michèle Guiot)
Scodel, 1987

Bilan de l'économie française
À l'usage du citoyen ordinaire et de quelques autres
Seuil, 1988

La pédagogie n'est plus ce qu'elle sera
Seuil / Presses du CNRS, 1992

L'Économie en 200 schémas
Éditions de l'Atelier, 1994

L'Économie de la France
Milan, 1995

L'Aventure automobile
(en collaboration avec Olivier Auroy)
Gallimard-Jeunesse, 1996

Le chômage est-il une fatalité?
PUF, 1996

L'Argent
Milan, 1997

Pour en finir avec le chômage
Milan, 1998

Le Monde des sous
Circonflexe, 1998, 2014

Mondialisation et stratégies industrielles
Milan, 1999

Le Siècle de Renault
(direction)
Gallimard-Jeunesse, 1999

L'Argent de la France
À quoi servent nos impôts?
Milan, 2000

Histoire de la monnaie
(en collaboration avec Véronique
Lecomte-Collin et Bruno Collin)
Reader Digest, 2000

Mémoires infidèles d'une famille de Provence
L'Harmattan, 2004

Les Nouveaux Rouages de l'économie
Éditions de l'Atelier, 2008

Ouvrages d'Ahmed Silem

Pourquoi l'inflation ?
(en collaboration avec Pierre-Marie Perret)
Scodel, 1982

Information des salariés et stratégies de communication
(en collaboration avec Gérard Martinez)
Éditions d'Organisation, 1983

Dictionnaire encyclopédique des sciences de l'information et de la communication
(codirection avec Bernard Lamizet)
Ellipses, 1997

Sciences économiques et sociales
(codirection avec René Revol)
(3 volumes : seconde, première, terminale)
Hachette Éducation, 2004

L'Économie politique
Bases méthodologiques et problèmes fondamentaux
Armand Colin, 1991
6ᵉ éd., 2011

Histoire de l'analyse économique
Hachette Éducation, 3ᵉ éd., 2005

Passeurs culturels dans le monde des médias et de l'édition en Europe (XIXᵉ-XXᵉ siècle)
(codirection avec Diana Cooper-Richet et Jean-Yves Mollier)
Villeurbanne, Presses de l'Enssib, 2005

Lexique de gestion et de management
(codirection avec Alain-Charles Martinet)
Dunod, 10ᵉ éd., 2009

Banquiers et économistes face à la crise
(avec Hakim Ben Hammouda,
Pierre Berthaud et René Sandretto)
Bruxelles, De Boeck, 2010

RÉALISATION : CURSIVES À PARIS
IMPRESSION : NORMANDIE ROTO IMPRESSION S.A.S. À LONRAI
DÉPÔT LÉGAL : AOÛT 2014. N° 116812 (1402976)

IMPRIMÉ EN FRANCE

Éditions Points

Le catalogue complet de nos collections est sur Le Cercle Points, ainsi que des interviews d'auteurs, des jeux-concours, des conseils de lecture, des extraits en avant-première…

www.lecerclepoints.com

Collection Points Économie

- E4. Keynes, *par Michael Stewart*
- E7. Les Grands Économistes, *par Robert L. Heilbroner*
- E15. Tout savoir – ou presque – sur l'économie
  par John Kenneth Galbraith et Nicole Salinger
- E17. Comprendre les théories économiques
  par Jean-Marie Albertini et Ahmed Silem
- E18. Histoire du capitalisme, *par Michel Beaud*
- E19. Abrégé de la croissance française, *par Jean-Jacques Carré, Paul Dubois et Edmond Malinvaud*
- E20. Les Riches et les Pauvres, *par Éliane Mossé*
- E21. Théories de la crise et Politiques économiques
  par André Grjebine
- E22. Les Grandes Économies
  par Yves Barou et Bernard Keizer
- E24. L'Entreprise du 3ᵉ type
  par Georges Archier et Hervé Sérieyx
- E25. L'Agriculture moderne, *par Claude Servolin*
- E26. La Crise… et après
  Comprendre la politique économique, t. 2
  par Éliane Mossé
- E27. Les Finances du monde, *par Jean-Yves Carfantan*
- E28. L'Ère des certitudes
  Comprendre la politique économique, t. 1
  par Éliane Mossé
- E31. Introduction à l'économie
  par Jacques Généreux
- E32. Comptabilité nationale, *par Daniel Labaronne*
- E34. L'Union monétaire de l'Europe
  par Pascal Riché et Charles Wyplosz
- E35. Introduction à la politique économique
  par Jacques Généreux

E36. Chiffres clés de l'économie française, *par Jacques Généreux*
E37. Chiffres clés de l'économie mondiale, *par Jacques Généreux*
E38. La Microéconomie, *par Bernard Guerrien*
E39. Les Théories monétaires, *par Pierre-Bruno Ruffini*
E40. La Pensée économique depuis Keynes
  par Michel Beaud et Gilles Dosteler
E41. Multinationales et Mondialisation
  par Jean-Louis Mucchielli
E42. Le Système monétaire et financier français
  par Dominique Perrut
E43. Les Théories de la croissance
  par Jean Arrous
E44. Les Théories du marché du travail
  par Éric Leclercq
E45. Les Théories de l'économie politique internationale
  par Gérard Kébabdjian
E46. Économie monétaire, *par Paul-Jacques Lehmann*
E47. Économie internationale
  par Christian Aubin et Philippe Norel
E48. Le Débat interdit, *par Jean-Paul Fitoussi*
E49. Les Systèmes fiscaux, *par Annie Vallée*
E50. Les Politiques de l'emploi, *par Liêm Hoang-Ngoc*
E52. L'Entreprise et l'Éthique, *par Jérôme Ballet et Françoise de Bry*
E53. Économie de l'environnement, *par Annie Vallée*
E54. Méthodologie économique, *par Claude Mouchot*
E55. L'Économie d'entreprise, *par Olivier Bouba-Olga*
E56. Les Trous noirs de la science économique, *par Jacques Sapir*
E57. Lettre ouverte aux gourous de l'économie qui nous prennent pour des imbéciles, *par Bernard Maris*
E58. Les Politiques économiques européennes
  sous la direction de Michel Dévoluy
E59. Made in Monde, *par Suzanne Berger*
E60. Les Vraies Lois de l'économie, *par Jacques Généreux*
E61. La Société malade de la gestion, *par Vincent de Gaulejac*
E62. Le Commerce des promesses, *par Pierre-Noël Giraud*
E63. Repenser l'inégalité, *par Amartya Sen*
E64. Pourquoi les crises reviennent toujours, *par Paul Krugman*
E65. La Démondialisation, *par Jacques Sapir*
E66. L'Histoire économique globale, *par Philippe Norel*
E67. Les Pratiques de gestion des ressources humaines
  par François Pichault et Jean Nizet
E68. L'Empire de la valeur, *par André Orléan*

Collection Points Essais

DERNIERS TITRES PARUS

510. Sur l'interaction, *par Paul Watzlawick*
511. Fiction et Diction, *par Gérard Genette*
512. La Fabrique de la langue, *par Lise Gauvin*
513. Il était une fois l'ethnographie, *par Germaine Tillion*
514. Éloge de l'individu, *par Tzvetan Todorov*
515. Violences politiques, *par Philippe Braud*
516. Le Culte du néant, *par Roger-Pol Droit*
517. Pour un catastrophisme éclairé, *par Jean-Pierre Dupuy*
518. Pour entrer dans le XXIe siècle, *par Edgar Morin*
519. Points de suspension, *par Peter Brook*
520. Les Écrivains voyageurs au XXe siècle, *par Gérard Cogez*
521. L'Islam mondialisé, *par Olivier Roy*
522. La Mort opportune, *par Jacques Pohier*
523. Une tragédie française, *par Tzvetan Todorov*
524. La Part du père, *par Geneviève Delaisi de Parseval*
525. L'Ennemi américain, *par Philippe Roger*
526. Les Pousse-au-jouir du Maréchal Pétain, *par Gérard Miller*
527. L'Oubli de l'Inde, *par Roger-Pol Droit*
528. La Maladie de l'islam, *par Abdelwahab Meddeb*
529. Le Nu impossible, *par François Jullien*
530. Schumann. La Tombée du jour, *par Michel Schneider*
531. Le Corps et sa danse, *par Daniel Sibony*
532. Mange ta soupe et… tais-toi !, *par Michel Ghazal*
533. Jésus après Jésus, *par Gérard Mordillat et Jérôme Prieur*
534. Introduction à la pensée complexe, *par Edgar Morin*
535. Peter Brook. Vers un théâtre premier, *par Georges Banu*
536. L'Empire des signes, *par Roland Barthes*
537. L'Étranger ou L'Union dans la différence
     par Michel de Certeau
538. L'Idéologie et l'Utopie, *par Paul Ricœur*
539. En guise de contribution à la grammaire
     et à l'étymologie du mot « être », *par Martin Heidegger*
540. Devoirs et Délices, *par Tzvetan Todorov*
541. Lectures 3, *par Paul Ricœur*
542. La Damnation d'Edgar P. Jacobs
     par Benoît Mouchart et François Rivière
543. Nom de Dieu, *par Daniel Sibony*
544. Les Poètes de la modernité
     par Jean-Pierre Bertrand et Pascal Durand
545. Souffle-Esprit, *par François Cheng*
546. La Terreur et l'Empire, *par Pierre Hassner*

547. Amours plurielles, par *Ruedi Imbach et Inigo Atucha*
548. Fous comme des sages
     par *Roger-Pol Droit et Jean-Philippe de Tonnac*
549. Souffrance en France, par *Christophe Dejours*
550. Petit Traité des grandes vertus, par *André Comte-Sponville*
551. Du mal/Du négatif, par *François Jullien*
552. La Force de conviction, par *Jean-Claude Guillebaud*
553. La Pensée de Karl Marx, par *Jean-Yves Calvez*
554. Géopolitique d'Israël, par *Frédérique Encel, François Thual*
555. La Méthode
     6. Éthique, par *Edgar Morin*
556. Hypnose mode d'emploi, par *Gérard Miller*
557. L'Humanité perdue, par *Alain Finkielkraut*
558. Une saison chez Lacan, par *Pierre Rey*
559. Les Seigneurs du crime, par *Jean Ziegler*
560. Les Nouveaux Maîtres du monde, par *Jean Ziegler*
561. L'Univers, les Dieux, les Hommes, par *Jean-Pierre Vernant*
562. Métaphysique des sexes, par *Sylviane Agacinski*
563. L'Utérus artificiel, par *Henri Atlan*
564. Un enfant chez le psychanalyste, par *Patrick Avrane*
565. La Montée de l'insignifiance, Les Carrefours du labyrinthe IV
     par *Cornelius Castoriadis*
566. L'Atlantide, par *Pierre Vidal-Naquet*
567. Une vie en plus, par *Joël de Rosnay,
     Jean-Louis Servan-Schreiber, François de Closets,
     Dominique Simonnet*
568. Le Goût de l'avenir, par *Jean-Claude Guillebaud*
569. La Misère du monde, par *Pierre Bourdieu*
570. Éthique à l'usage de mon fils, par *Fernando Savater*
571. Lorsque l'enfant paraît t. 1, par *Françoise Dolto*
572. Lorsque l'enfant paraît t. 2, par *Françoise Dolto*
573. Lorsque l'enfant paraît t. 3, par *Françoise Dolto*
574. Le Pays de la littérature, par *Pierre Lepape*
575. Nous ne sommes pas seuls au monde, par *Tobie Nathan*
576. Ricœur, textes choisis et présentés par *Michael Fœssel
     et Fabien Lamouche*
577. Cantatrix Sopranica L. et autres écrits scientifiques
     par *Georges Perec*
578. Philosopher à Bagdad au Xe siècle, par *Al-Fârâbî*
579. Mémoires. 1. La brisure et l'attente (1930-1955)
     par *Pierre Vidal-Naquet*
580. Mémoires. 2. Le trouble et la lumière (1955-1998)
     par *Pierre Vidal-Naquet*
581. Discours du récit, par *Gérard Genette*
582. Le Peuple « psy », par *Daniel Sibony*
583. Ricœur 1, par *L'Herne*

584. Ricœur 2, *par L'Herne*
585. La Condition urbaine, *par Olivier Mongin*
586. Le Savoir-déporté, *par Anne-Lise Stern*
587. Quand les parents se séparent, *par Françoise Dolto*
588. La Tyrannie du plaisir, *par Jean-Claude Guillebaud*
589. La Refondation du monde, *par Jean-Claude Guillebaud*
590. La Bible, *textes choisis et présentés par Philippe Sellier*
591. Quand la ville se défait, *par Jacques Donzelot*
592. La Dissociété, *par Jacques Généreux*
593. Philosophie du jugement politique, *par Vincent Descombes*
594. Vers une écologie de l'esprit 2, *par Gregory Bateson*
595. L'Anti-livre noir de la psychanalyse, *par Jacques-Alain Miller*
596. Chemins de sable, *par Chantal Thomas*
597. Anciens, Modernes, Sauvages, *par François Hartog*
598. La Contre-Démocratie, *par Pierre Rosanvallon*
599. Stupidity, *par Avital Ronell*
600. Fait et à faire. Les carrefours du labyrinthe V
    par Cornelius Castoriadis
601. Au dos de nos images, *par Luc Dardenne*
602. Une place pour le père, *par Aldo Naouri*
603. Pour une naissance sans violence, *par Frédérick Leboyer*
604. L'Adieu au siècle, *par Michel del Castillo*
605. La Nouvelle Question scolaire, *par Éric Maurin*
606. L'Étrangeté française, *par Philippe d'Iribarne*
607. La République mondiale des lettres, *par Pascale Casanova*
608. Le Rose et le Noir, *par Frédéric Martel*
609. Amour et justice, *par Paul Ricœur*
610. Jésus contre Jésus, *par Gérard Mordillat et Jérôme Prieur*
611. Comment les riches détruisent la planète, *par Hervé Kempf*
612. Pascal, *textes choisis et présentés par Philippe Sellier*
613. Le Christ philosophe, *par Frédéric Lenoir*
614. Penser sa vie, *par Fernando Savater*
615. Politique des sexes, *par Sylviane Agacinski*
616. La Naissance d'une famille, *par T. Berry Brazelton*
617. Aborder la linguistique, *par Dominique Maingueneau*
618. Les Termes clés de l'analyse du discours
    par Dominique Maingueneau
619. La grande image n'a pas de forme, *par François Jullien*
620. «Race» sans histoire, *par Maurice Olender*
621. Figures du pensable, Les Carrefours du labyrinthe VI
    par Cornelius Castoriadis
622. Philosophie de la volonté 1, *par Paul Ricœur*
623. Philosophie de la volonté 2, *par Paul Ricœur*
624. La Gourmandise, *par Patrick Avrane*
625. Comment je suis redevenu chrétien
    par Jean-Claude Guillebaud

626. Homo juridicus, *par Alain Supiot*
627. Comparer l'incomparable, *par Marcel Detienne*
628. Rumeurs, *par Jean-Noël Kapferer*
629. Totem et Tabou, *par Sigmund Freud*
630. Malaise dans la civilisation, *par Sigmund Freud*
631. Roland Barthes, *par Roland Barthes*
632. Mes démons, *par Edgar Morin*
633. Réussir sa mort, *par Fabrice Hadjadj*
634. Sociologie du changement
     par Philippe Bernoux
635. Mon père. Inventaire, *par Jean-Claude Grumberg*
636. Le Traité du sablier, *par Ernst Jüng*
637. Contre la barbarie, *par Klaus Mann*
638. Kant, *textes choisis et présentés
     par Michaël Fœssel et Fabien Lamouche*
639. Spinoza, *textes choisis et présentés par Frédéric Manzini*
640. Le Détour et l'Accès, *par François Jullien*
641. La Légitimité démocratique, *par Pierre Rosanvallon*
642. Tibet, *par Frédéric Lenoir*
643. Terre-Patrie, *par Edgar Morin*
644. Contre-prêches, *par Abdelwahab Meddeb*
645. L'Éros et la Loi, *par Stéphane Mosès*
646. Le Commencement d'un monde
     par Jean-Claude Guillebaud
647. Les Stratégies absurdes, *par Maya Beauvallet*
648. Jésus sans Jésus, *par Gérard Mordillat et Jérôme Prieur*
649. Barthes, *textes choisis et présentés par Claude Coste*
650. Une société à la dérive, *par Cornelius Castoriadis*
651. Philosophes dans la tourmente, *par Élisabeth Roudinesco*
652. Où est passé l'avenir ?, *par Marc Augé*
653. L'Autre Société, *par Jacques Généreux*
654. Petit Traité d'histoire des religions, *par Frédéric Lenoir*
655. La Profondeur des sexes, *par Fabrice Hadjadj*
656. Les Sources de la honte, *par Vincent de Gaulejac*
657. L'Avenir d'une illusion, *par Sigmund Freud*
658. Un souvenir d'enfance de Léonard de Vinci
     par Sigmund Freud
659. Comprendre la géopolitique, *par Frédéric Encel*
660. Philosophie arabe
     textes choisis et présentés par Pauline Koetschet
661. Nouvelles Mythologies, *sous la direction de Jérôme Garcin*
662. L'Écran global, *par Gilles Lipovetsky et Jean Serroy*
663. De l'universel, *par François Jullien*
664. L'Âme insurgée, *par Armel Guerne*
665. La Raison dans l'histoire, *par Friedrich Hegel*
666. Hegel, *textes choisis et présentés par Olivier Tinland*

667. La Grande Conversion numérique, *par Milad Doueihi*
668. La Grande Régression, *par Jacques Généreux*
669. Faut-il pendre les architectes?, *par Philippe Trétiack*
670. Pour sauver la planète, sortez du capitalisme
    par Hervé Kempf
671. Mon chemin, *par Edgar Morin*
672. Bardadrac, *par Gérard Genette*
673. Sur le rêve, *par Sigmund Freud*
674. Claude Lévi-Strauss et l'anthropologie structurale
    par Marcel Hénaff
675. L'Expérience totalitaire. La signature humaine 1
    par Tzvetan Todorov
676. Manuel de survie des dîners en ville
    par Sven Ortoli et Michel Eltchaninoff
677. Casanova, l'homme qui aimait vraiment les femmes
    par Lydia Flem
678. Journal de deuil, *par Roland Barthes*
679. La Sainte Ignorance, *par Olivier Roy*
680. La Construction de soi
    par Alexandre Jollien
681. Tableaux de famille, *par Bernard Lahire*
682. Tibet, une autre modernité
    par Jean-Pierre Barou et Sylvie Crossman
683. D'après Foucault
    par Philippe Artières et Mathieu Potte-Bonneville
684. Vivre seuls ensemble. La signature humaine 2
    par Tzvetan Todorov
685. L'Homme Moïse et la Religion monothéiste
    par Sigmund Freud
686. Trois Essais sur la théorie de la sexualité
    par Sigmund Freud
687. Pourquoi le christianisme fait scandale
    par Jean-Pierre Denis
688. Dictionnaire des mots français d'origine arabe
    par Salah Guemriche
689. Oublier le temps, *par Peter Brook*
690. Art et figures de la réussite, *par Baltasar Gracián*
691. Des genres et des œuvres, *par Gérard Genette*
692. Figures de l'immanence, *par François Jullien*
693. Risquer la liberté, *par Fabrice Midal*
694. Le Pouvoir des commencements
    par Myrian Revault d'Allonnes
695. Le Monde moderne et la Condition juive, *par Edgar Morin*
696. Purifier et détruire, *par Jacques Semelin*
697. De l'éducation, *par Jean Jaurès*
698. Musicophilia, *par Oliver Sacks*

699. Cinq Conférences sur la psychanalyse, *par Sigmund Freud*
700. L'oligarchie ça suffit, vive la démocratie, *par Hervé Kempf*
701. Le Silence des bêtes, *par Elisabeth de Fontenay*
702. Injustices, *par François Dubet*
703. Le Déni des cultures, *par Hugues Lagrange*
704. Le Rabbin et le Cardinal
    par Gilles Bernheim et Philippe Barbarin
705. Le Métier d'homme, *par Alexandre Jollien*
706. Le Conflit des interprétations, *par Paul Ricœur*
707. La Société des égaux, *par Pierre Rosanvallon*
708. Après la crise, *par Alain Touraine*
709. Zeugma, *par Marc-Alain Ouaknin*
710. L'Orientalisme, *par Edward W. Said*
711. Un sage est sans idée, *par François Jullien*
712. Fragments de vie, *par Germaine Tillion*
713. Le Délire et les Rêves dans la Gradiva de W. Jensen
    par Sigmund Freud
714. La Montée des incertitudes, *par Robert Castel*
715. L'Art d'être heureux, *par Arthur Schopenhauer*
716. Une histoire de l'anthropologie, *par Robert Deliège*
717. L'Interprétation du rêve, *par Sigmund Freud*
718. D'un retournement l'autre, *par Frédéric Lordon*
719. Lost in management, *par François Dupuy*
720. 33 Newport Street, *par Richard Hoggart*
721. La Traversée des catastrophes, *par Pierre Zaoui*
722. Petit dictionnaire de droit constitutionnel
    par Guy Carcassonne
723. La Tranquillité de l'âme, *par Sénèque*
724. Comprendre le débat européen, *par Michel Dévoluy*
725. Un monde de fous, *par Patrick Coupechoux*
726. Comment réussir à échouer, *par Paul Watzlawick*
727. L'Œil de l'esprit, *par Oliver Sacks*
728. Des yeux pour guérir, *par Francine Shapiro
    et Margot Silk Forrest*
729. Simone Weil, le courage de l'impossible
    par Christiane Rancé
730. Le Philosophe nu, *par Alexandre Jollien*
731. Le Paradis à la porte, *par Fabrice Hadjadj*
732. Emmanuel Mounier, *par Jean-Marie Domenach*
733. L'Expérience concentrationnaire, *par Michael Pollak*
734. Agir dans un monde incertain, *par Michel Callon,
    Pierre Lascoumes, Yannick Barthe*
735. Le Travail créateur, *par Pierre-Michel Menger*
736. Comment survivre à sa propre famille
    par Mony Elkaïm
737. Repenser la pauvreté, *par Abhijit V. Banerjee, Esther Duflo*